試飛英雄

張子影 著

開明書店

目錄

序

章

中國空軍試飛員是一個特殊的群體、英雄的群體，他們承擔着中國最新式、最尖端的軍用航空器的試飛。藍天試劍，勇者無畏。一代代試飛員以超乎尋常的勇氣創造了一個個堪稱經典的藍天傳奇，為一代代中國新型戰鷹賦予了靈魂和生命。他們忠誠使命、勇於擔當，把夢想和激情大寫在祖國的藍天上……

一、濃煙

　　一切都來不及反應，冒着煙的飛機帶着異樣的聲響
擦頂而過。懷裏還抱着一袋麵粉的宋樹清大吃一驚，他
腳一軟倒在地上，麵粉撒了一地……

　　還有幾天就是元旦了。

　　四十三歲的陝西渭南人宋樹清在大王村村頭開了一家麵館，經營麵條、炒菜等。那天他正在備貨，因為新年將近，他便多進了些麵粉和醋。陝西渭南這裏的風俗，人們會在年關這幾天呼朋喚友地吃油潑麵和鍋盔，這些都是當地人喜愛的美食。

　　大王村在渭南之東，渭河的一條支流從村外繞過。這裏號稱渭南的「白菜心」，有着一馬平川的好地景，土地肥沃，風調雨順，四季分明。宋樹清在村外有幾畝地，但這地耗費不了他什麼工夫。一年裏他大部分時間都在經營他的麵館。宋樹清備貨用的交通工具是他那輛修理過無數次的兩輪輕摩托。這天下午他滿載而歸，在店門口把車子支好，正在卸貨，就聽見頭頂上傳來巨人的聲響，只見一架飛機冒着黑煙赫然從雲中衝將下來——

　　距大王村百多公里的地方，就是著名的「航空城」。儘管宋樹清從來沒有去過，但他和村裏其他人都知道，那是個神秘且了不起的地方，全中國最新式的飛機在那裏研發和試驗，他們幾乎每天都聽得到頭頂上空各種飛行器的響聲。但如此近距離地看見，在他還是第一次。

　　看上去這架飛機出了問題。

一切都來不及反應，冒着煙的飛機帶着異樣的聲響擦頂而過。懷裏還抱着一袋麵粉的宋樹清大吃一驚，他腳一軟倒在地上，麵粉撒了一地。他在一片雪白中坐着，抬起頭，絕望而無助地看着那架冒煙的飛機傾斜着，一側的機翼幾乎掃過屋簷旁的樹梢尖，飛機在地面上投下的陰影像一隻巨大的黑鳥。眼看着就要俯衝墜地的飛機好似被人用力拉了一把，機頭努力地一抬，隨後衝出了村子，斜着一頭紮了下去。

總共只有兩三秒鐘吧，只聽轟的一聲，腳下的地皮都震動了。

屋外所有人都看到東南方向騰起的大火，轟然而起的紅黑煙霧瞬間遮蔽了半邊天。

「壞了，摔飛機了！」

宋樹清站起來的時候，看到眨眼間從村子的各個角落冒出幾十上百號人，他們和宋樹清一起，呼喚着、叫喊着，奔向出事地點。

刺耳的警報聲響起。

二、半夜電話

一整夜我都守在手機和電腦前。後半夜時，手機微信跳了一下，又跳了一下，一些晃動的小花朵和小蠟燭出現了。

電話到來已是半夜時分。

當時我正在收拾行裝，準備把備好的各種錄音錄像設備

和採訪本裝進旅行箱。所有設備都已經充好電,備用電池也按航空旅行要求用專門的小塑料袋封閉裝好了,幾個小時後也就是明天一早,我將乘早班飛機趕往試飛基地。

這實在是一次來之不易的採訪,在我二十餘年的寫作生涯裏,這是最困難、最糾結的一次。試飛員是一個特殊的群體。作為航空和國防科研的空中實踐者,他們常年在各地執行任務,他們的任務場地、任務內容、執行日程與完成時間等一切內容均嚴格保密,不對外公開。同時,處於試驗鑒定期的各項任務在時間和內容方面有很多變數,所以客觀上也有許多不確定性。也正因如此,我每次採訪的申請在報批時都需要等待相當漫長的時間,而最近的這一次,更是等待了五個多月之久。五個多月間,儘管我一次又一次地申請、申報,還輔助了一系列複雜的個人關係的協調,採訪的時間、地點和人員名單一再修改,仍然一直未得到確認。雖然一再的延宕令我一次次失望,但我依然不屈不撓地堅持着。幾天前,有關部門通知我,採訪終於可以成行了。得到這個消息的時候,我真想隔着電話給這位福音傳播者敬個禮。

出於專業和保密的需要,試飛部隊指定小王幹事負責與我聯繫協調具體事宜。小王告訴我,三天後他們有一次非常重要的年度會議,與會的人包括一些高等級的試飛員及各部隊的部隊長,是一次難得的大聚會,所以我決定提前一天到達,等候聚之不易的各路英雄。

已是12月下旬,越往西北去會越冷的,我翻出了軍用棉大衣,正在糾結如何攜帶這件大傢伙,電話鈴聲響起了。夜闌人靜之時,乍然而起的鈴聲特別突兀。響鈴的不是手機,而是桌上的軍線辦公電話。我一把抓起聽筒,第一秒鐘就聽出是負責與我聯絡的小王的聲音。

「抱歉這麼晚了打擾——」聽筒裏小王囁嚅着，聲音有些啞，還有一些嘈雜的聲音。顯然他的周圍有其他人。

我靜聽着。

「我們領導讓我通知您，因為突然發生了特殊的事情，您明天的採訪取消了……請您先別過來了……」

我看了下錶，22時45分。離出發時間只有不到7個小時，為什麼突然改變計劃呢？這麼晚，又是軍線內部電話，顯然是有需要保密的內容。我握着聽筒，問他：「能不能解釋下『特殊』是什麼意思？」

聽着聽筒裏細碎的聲音，一霎間我突然感覺到一種特別的氣氛——我從小在機場長大，與飛機和飛行員們打交道幾十年，直覺告訴我，出事故了……

「幾等？」我問。

電話裏，一片沉默。

這沉默就是答案。飛行部隊有嚴格規定，在事故鑒定出來之前，任何人都無權透露什麼。

桌上的電腦還開着，搜索了幾秒後，我就看到了：

　　22日下午3時30分許，在W城區大王村附近，一架軍用飛機在上空盤旋數分鐘後，着火墜毀在麥田中。附近村民聽到巨響後，紛紛趕到現場。

　　下午4時許，四輛消防車趕到現場滅火。記者在現場看到，留有機體殘骸處濃煙滾滾。飛機發動機掉落在機體殘骸西側約500米處，飛行員當場犧牲。警方已開始維持秩序。

濃煙加上人工處理，網上的失事現場圖片不甚清晰，但飛機殘骸上的標記尚有特見，找認出這是殲轟 -7 系列之一。

殲轟 -7 又名「飛豹」，對外名稱 FBC-1(JH-7)，是中國 20 世紀七八十年代自行設計研製的中型戰鬥轟炸機，主要用以進行戰役縱深攻擊以及海上和地面目標攻擊，可進行超音速飛行。該戰機於 1973 年開始研發，1988 年首次試飛，在 1998 年珠海航展上首次公開亮相。事故中的飛機應該是此系列的一款改進型，執行此型飛機試飛任務的，正是我要去採訪的試飛部隊。

仿佛一記重錘突然狠狠擊打在我的胸口，我握着聽筒的手指開始抽搐，聲音也顫抖了：

「事故現場確認了嗎？他們還有沒有可能……」我知道這句話多餘，此型飛機前後艙各有一個駕駛員，從圖片上飛機嚴重毀損的情況看，如果之前駕駛員未曾實施緊急逃生，那麼，他們生還的希望渺茫。但我還是希望小王能報告我說：重傷，搶救中——或者跳傘逃生、失蹤。

我採訪過的試飛員中就有失蹤數小時後又生還的例子。

電話裏，小王躊躇着，用沙啞的聲音艱難地回答：「已經……基本確認了。」

其餘的話都不用再說，也不能再說了。

電話掛了。

這是個寒冷的 12 月的夜晚。一整夜我都守在手機和電腦前。後半夜時，手機微信跳了一下，又跳了一下，一些晃動的小花朵和小蠟燭出現了。我打開試飛員採訪名冊，在第二頁的第二排和倒數第三排中各找到一個名字，淚眼迷離中，我在這兩個名字上畫上了黑黑的方框。

天亮後，我打電話給一位領導，告訴他，對試飛員的採

訪不能取消，我要求繼續。為了他們，我需要做一些事，作為一名軍人寫作者，我有責任向更多的人介紹這樣一個英雄的試飛員群體。因為很少有人知道，在今天的和平時期，仍然有這樣一群人，他們所從事的事業，每天都面臨着巨大的危險，甚至犧牲。

首長秘書說，首長正在緊急召開的事故調查會議上。

我發了條短信：等事故調查完畢我就去。

等了1分鐘，我又發了一條：為有犧牲多壯志。

半小時後，首長秘書回覆了我：去。

（特別說明：因為試飛員身份與職業的特殊性，書中部分人物為化名。）

第一部

在雲端唱響

他們是和平時期離死亡最近的人

試飛事業考驗試飛員們的意志、品德和操守，更考量信念、智慧和忠誠。他們為捍衛國家主權和保衛祖國的安寧，做出了突出貢獻。

在發展中國航空事業的征程中，他們以堅定的信念、科學的態度、無畏的勇氣、獻身的精神，經過幾代人的艱苦努力，開創了中國航空史上的許多第一，填補了一個個空白。

　　駿馬似風飆，鳴鞭出渭橋。彎弓辭漢月，插羽破天
驕。——〔唐〕李白《塞下曲六首》（其三）

　　我將兩張照片放進文件夾中。

　　厚厚一摞採訪材料中，這個文件夾的顏色是綠色的，文件夾上的名籤我寫的是：「英雄」。

　　在昨天之前，這個文件夾裏有二十七張照片。現在，是二十九張。

　　照片大小不等，有黑白照，也有彩色照。其中的一張，只是姓名的手簽文字影印照——因為年代久遠，當年的試飛工作嚴格保密，烈士還沒有留下個人影像就犧牲了。

　　他們一律面朝我，微笑或者嚴肅，靜默無言。這是新中國成立後，中國空軍試飛員隊伍成立六十多年來，為試飛而光榮犧牲的二十九位試飛員。

　　二十九位烈士。

　　他們大多屍骨無存，航空城郊外那背山而立的試飛烈士陵園的墓穴中，大多數埋進去的只是一些散碎的遺骨和遺物。

　　此刻，當我在電腦上敲下「試飛英雄」這幾個字時，我知道，我已經寫晚了，我的那些從事試飛的戰友兄弟師長中，又有兩名離開了，他們再不能看見，也再不能讀到我的文字。

　　但我還是要寫。我必須告訴世人關於他們這些人的故事。

　　他們是一群空軍試飛員。

第一章　國之重器　以命鑄之

　　像鳥兒一樣擁有一雙翅膀，自由地翱翔於天空，這是人類長久以來的夢想。

　　這個夢想，在 20 世紀初的一天實現了。

　　美國北卡羅來納州基蒂霍克小鎮，這個位於大西洋沿岸的偏僻小鎮被人們稱為「小鷹鎮」。1903 年 12 月 17 日這一天，上帝在空中向小鷹鎮人伸出了一隻手。20 世紀最重大的事件之一在這個小鎮上發生：來自代頓市的一對兄弟——哥哥威爾伯·萊特和弟弟奧維爾·萊特將一架飛行器送上了天空，飛行器飛行了 12 秒，航程約 36.5 米（約 120 英尺），時速 10.9 千米（約 6.8 英里）。在場的約翰·T. 丹尼爾斯用奧維爾事先準備好的相機記錄下了這珍貴的歷史性一幕。在這張後來驚動了全世界的照片上，這架名為「飛行者一號」的機器像一隻伸展着翅膀停在空中的巨鳥。

　　這是人類歷史上第一次動力操縱機械飛行成功。萊特兄弟與他們的飛行器就此名垂青史，二人於 1909 年獲得美國國會榮譽獎。

　　就在萊特兄弟廣受褒獎的這一年，一個黑髮黑睛的中國人，又一次將人類的飛天夢想變成了現實。1909 年 9 月 22 日，在美國舊金山奧克蘭機場，祖籍廣東恩平的中國人馮如駕駛自製的飛機飛上了藍天，這是繼萊特兄弟首次機械飛行後的又一次飛天壯舉。

這一天，與萊特兄弟的首飛隔了六年。它向世人宣告：對飛天夢的探索，中華民族的腳步也毫不遲緩，中華民族的智慧和才能絕不在其他民族之下。

通往夢想的征途從來不是平坦的，萊特兄弟首飛後損失的只是飛機，馮如獻出的卻是生命。1912 年 8 月 25 日，馮如在參加飛行表演時因飛機墜毀傷重不治，不幸逝世，年僅二十九歲。史料記載，臨終前，病床上渾身是血的馮如留下遺言，聲音斷續卻字字清晰：

「勿因吾斃而阻其進取心，須知此為必有之階段。」

中彈倒地的英雄依然是英雄。

馮如雖然英年早逝，但他在為人類飛天而探索的行動中所做出的重大貢獻為世人所銘記，他那追夢藍天的精神綿延長存。不僅中國人一直把馮如譽為「中國航空之父」，美國人亦將馮如稱為「天才的航空發明家」。2009 年 9 月 19 日，在美國奧克蘭的蘭尼大學舉行了馮如銅像的揭幕儀式。這是高傲的美國人在美國國土上為他們所景仰的中國人自發豎立的第三座銅像，前兩位分別是中國古代傑出的教育家孔子和清代的禁煙英雄林則徐。

馮如一直活着。他不僅活在美國蘭尼大學的草地上，更活在所有仰望天空心懷夢想人的心中。

20 世紀末，法國達索飛機製造公司成功研製出第四代超音速戰鬥機。它採用雙引擎、三角翼、優化的航電系統，最大平飛速度達到 2 馬赫，低空突防有效半徑為 1093 千米，遠程空中截擊半徑高達 1852 千米，最大載彈量 9 噸。這款飛機因為具備超乎尋常的靈巧性和機動性能，成為法國海軍及空軍現役主力戰鬥機，被形象地稱作「陣風」，單機售價超過

9000 萬歐元。

　　曾有人問飛機製造公司的老板，「陣風」的誕生，誰是最大的功臣。投資方？設計師？製造商？還是購買者法國軍方國防部？老板的回答是：最大的功臣是「陣風」的試飛員。

　　因為沒有他們，就沒有真正的「陣風」。

　　「飛機在正式使用前進行試驗性飛行，用來檢查飛機的設備和驗證飛機的性能等。」這是《現代漢語詞典》對「試飛」的定義。

　　飛機的誕生，是人類文化和文明發展史上最重大的發明創舉之一，由飛行器而引發的航空革命以及由此衍生的航空航天業，如此重大且迅猛地改變了人類社會的生存和發展空間，這可能是發明者遠沒有料到的。飛機誕生一百多年來，體量從微型飛行器到巨型飛機，飛行速度從亞音速到高超音速，飛行高度從貼地飛行到翱翔外層空間，空中作戰半徑從近距纏鬥到超視距空戰，飛機駕駛方式從有人駕駛到無人駕駛……人類對天空的嚮往和追求就這樣一次次突破思維的界限，並將痕跡烙印在無垠的天空。航空的功能，不僅僅是實現了人類飛翔的夢想，更使人類這個之前總是緊臨地面垂首行走的種群抬起頭來，將思想的目光連同對慾望的追逐放射到了無邊無際的天空，由此無限拓展了人類文化文明與科技文明的外延，在帶來技術的變革與參照、經濟的交流與融合的同時，也蘊含着政治的抗衡與角力和國防軍事的相持與較量。一種先進飛機的現身代表的不再僅僅是一種不可或缺的交通運輸工具的進步，更代表一個國家國力的提高和其在世界上地位的上升。

　　在今天，一個國家航空工業的水平標誌着這個國家的國

力和軍事水平，直接決定國防安全和經濟發展的程度和進程。對於風雲變幻的地球人來說，和平從來就不是一句輕飄飄的口號，它需要無數陣列的大國利器作為豐富內涵和強大背景。

沒有制空權的國家遑論國土安全。

沒有強大的軍事航空工業，遑論人民安全。

要想把飛機這樣一個系統龐大複雜的航空器最終鍛造成一把出鞘的利劍，完全依靠於飛行者勇於實踐的精神加上積極作為的行動——試飛。正是通過一次次的試飛實踐，那些天才的靈感、奇妙的設想、宏偉的藍圖和各種千變萬化的零部件，才能真正化為飛翔的翅膀。

沒有試飛員，再好的設計也無法真正變為合格的裝備。

美國人萊特兄弟駕駛自製飛機邁出了有人駕駛動力飛行的第一步，開創了航空科技發展的新紀元，同時也開始了飛機試飛的先河。駕駛自製飛行器的萊特兄弟與馮如是第一批飛行者，也是第一批試飛人。

中國空軍試飛員承擔了中國 90% 以上的航空武器裝備的試飛任務。幾乎所有的軍用、民用飛機都要經過空軍試飛員試飛後才能進入裝備列裝。從某種程度上說，試飛員的高度，決定着一個國家國防工業乃至航空工業的高度，最終決定這個國家在世界上的地位。

中國空軍試飛員的高度，是中國軍人的高度，更是中國居於世界的高度。

藍天探險的試飛是世界公認的極富冒險性的職業，每型現代戰機列裝前，要完成數百個科目、1500 到 4000 架次飛行試驗，伴隨出現的各類故障數以千萬計。即使是世界航空強國，每一種新飛機試飛成功前，也要摔上十架八架。一種新型戰機的飛天之路，就是條試飛「血路」。

讓我們走近這群直面生死的大勇者。
走近這群叩問天門的試飛英雄。

一、貌不驚人的 001 號

一架貌不驚人的飛機安靜地停在跑道一頭，鴨式外形，樸素的綠黃色機殼，流線型機身上只有寥寥幾個醒目的鮮紅色的字：001 號。這一天，全世界都睜大了眼睛。

1998 年 3 月 23 日。四川成都。溫江機場。

天色還沒明，機場上的跑道燈提前亮了。

兩位戴着胸牌的軍官站立路側，揮手引領着數輛軍用吉普駛入機場重地。荷槍的哨兵驗過口令後，打開鋼柵欄，放車隊進去。5 分鐘後，一隊士兵的身影出現在機場內，幾束交叉的探照燈光無聲地巡迴掃過，壓低的聲音和控制了速度的車輪，以及許多雙穿軍用膠鞋的腳，箆子一樣箆過偌大機場內的每一寸土地。數小時後，這些士兵重新回到車上，在太陽跳出地平線時，所有人員和車子都在跑道的盡頭消失了。

天亮了，這個號稱「天府之國」的宜居城市，在陽光和春風的沐浴下醒來。

早飯後，一些貼着特殊標記的車子穿過春意盎然的街頭，一路向西駛過。與當年基蒂霍克小鎮的居民沒能及時目睹萊特兄弟試飛「飛行者一號」的遺憾不一樣，這一天，一些早起出門的人預感到：今天，這個城市的某處，將有重大的事件發生。

車隊行駛的方向是城西，那個被大片鮮花、綠樹與圍牆環繞的地方，是軍事重地，老城區人管它叫「黃田壩」。天府之國的人們還不知道，從這一天的晚些時候起，全世界都將知道中國的這個地方。

上午 10 點，隨着鑼鼓的喧嘩一起進入機場的人們看到，越過草長鶯飛的草坪，在彩旗、警戒線和哨兵組成的多層安全帶之內，一架飛機靜靜地停放在停機坪上。

今天，這裏將舉行一架國產新型戰機的首飛。

首飛是嚴格保密的，見證首飛的除了總設計師及其帶領的技術人員團隊、首飛試飛小組成員、歷年參與課題重要領域的設計生產製造的專業人士，還有就是這一領域軍方和官方的領導及負責人。只有極少數經過嚴格審查的媒體被允許進入核心區，之前，他們每個人都接到了關於這次事件報道範圍的明確要求。

同樣是出於嚴格保密的要求，新機的機身沒有做外觀處理，甚至沒有編碼標識。許多年之後，一些軍迷還會頻頻提起，無不惋惜首飛當日的這一款原型機在初出閨門時是如何未加修飾素面朝天，與十年之後在珠海航展上亮相時豔壓群芳的定型機完全不可同日而語，後者那威風凜凜、令人歎為觀止的驚世容顏，是怎樣在中國乃至全世界引起軒然大波。當日西方媒體在評介這一款新機時曾說：全世界都睜大了眼睛。

這一天的天氣並不理想，陰且有霧，但並沒有下雨。氣象報告說午前的能見度不足 500 米，遠達不到首飛的飛行要求。9 點不到就趕到的人們看到，機場跑道上往日停放的所有飛機在一夜之間消失得乾乾淨淨，只有那架貌不驚人的飛機安靜地停在跑道一頭，鴨式外形，樸素的綠黃色機殼，流線

型機身上只有寥寥幾個醒目的鮮紅色的字：001 號。

二、就是摔也要摔在跑道上

> 現場那麼多人，聽到的聲音只有兩種：秒錶聲和心
> 跳聲。這是一條太熟悉的路，從塔台到戰機，210 米的
> 距離，他走了十三年。

午後，天氣開始轉晴。

兩輛車子從特別通道一直開到塔台樓下。現場指揮大力
揮動了黃色的小旗，偌大的機場上，數萬人突然靜下來，靜
得只聽得到風吹動旗幟的聲音。

當他出現的時候，人群有一刻的喧嘩。所有人的目光，
全都集中在他的身上。

首席試飛員雷強從車上下來。他左手拎着頭盔，一身特
製的橘紅色抗荷服使他在人群中格外出眾。他今天將要執飛
的這架飛機，是新中國成立以來，完全由中國人自主設計和
製造的全新一代戰鬥機。

世界上，空軍戰機配置先進合理的國家，均採用「高低
搭配」的方式，如美國的 F-15 和 F-16、蘇聯的蘇 -27 和米
格 -29、法國的「陣風」和「幻影」、美國的 F-22 和 F-35 等。
鑒於此，進入 20 世紀 80 年代後，中國人民空軍也開始構建
具有特色的「高低搭配」。彼時，中國空中防禦最大的威脅
是超音速轟炸機。隨着航空技術的進步，現代超音速轟炸機
擁有較遠的航程和較大的作戰半徑，並且憑借其完善的航空
電子設備，在夜晚及惡劣氣象條件下，在低空以複雜地形為

掩護，進行高速突防，在深入上千千米縱深後，可用空地武器攻擊我方重要目標。因此，防禦此類目標最好的辦法就是禦敵於國門之外，在其邊境或者近我方縱深地區就將其攔截。這就要求中國空軍殲擊機要具備良好的超音速機動性能，以便能夠快速起飛，迅速抵達戰區攔截目標。

20世紀80年代初，中國研製了殲-X型殲擊機。該機主要用來攔截高空高速入侵目標，其最大時速可達2馬赫，並首次配備了採用數據鏈的半自動化截擊引導系統，大大提高了截擊高速入侵目標的能力。時隔不久，蘇聯第三代殲擊機蘇-27問世並迅速裝備部隊。蘇-27航程遠，機動性能好，火力強，機載設備較為先進，可以執行較長距離的為轟炸機護航的任務。也就是說，蘇-27可以在預警機的支援下，在轟炸機前形成一道攔擊線，阻擋殲擊機對轟炸機的攔截。而以殲-X的各項性能來看，要想突破其攔擊線非常困難。因此，中國空軍需要這樣一種殲擊機：既具備良好的遠程攔截性能，又要有良好的空中機動性能，以便有效對抗外軍的F-16、蘇-27等級別的戰機。這意味着新型殲擊機必須有代差的提升，包括氣動佈局、航空電子、機載武器都必須有質的提高。因此，新型殲擊機个但對於中國空軍，而且對於中國航空工業以至整個國防工業都有着重要的意義。

新機在設計研製過程中，需要解決多個第三代戰機主要技術特徵方面的難題，比如靜不安定控制、翼身融合、大推力渦扇發動機、四餘度電傳等，這些代表着最前沿技術的成果在當時還鮮為人知，因此研製工作極為艱巨。從80年代中期立項，到科研樣機誕生，歷經十餘載，攻關設計數千次，調整修改上萬次。儘管如此，無論理論上的設計與構想多麼周密，都仍然只是圖紙上的假設、地面上的模擬。如果不經

過試飛檢驗，一切都是紙上談兵。

　　今天，作為首席試飛小組的首飛試飛員，雷強要將中國自主研製的第一架新型的、定位為三代機的戰鬥機飛上藍天。那麼，它能不能飛起來？飛起來後，還能不能飛回來？

　　世界航空研製史試飛成功的案例統計顯示，新型飛機的新品率（指飛機新改進改動部分佔原整機部分的比率）設計一般控制在 20% 左右，最高不超過 30%。但這架新機，氣動外形佈局、數字式電傳飛控系統、綜合化航電系統、計算機輔助設計等等各部分完全是「脫胎換骨」的全新設計，新品率高達 60%！通俗的解釋是：新型飛機的新型設計部分達到整機的 60%。這在世界航空研製史上是極其罕見的。

　　新型機還有一個特點是：飛機的氣動佈局採用了靜不安定鴨式佈局方式。這是國內飛機首次採用這種電傳方式。鴨式佈局因飛機飛行時的狀態類似於鴨子而得名，它使得飛機在高速飛行時具有更好的作戰機動性能。這是一種新型技術，材料顯示，僅僅幾年前，某大國著名資深設計研究中心的同類 4 架原型機在試飛中全部墜毀。而在此前後，在全世界範圍內，所有採用這種方式的飛機，在試飛中也均發生過墜毀事故。

　　當天在現場的一位記者——他已經是年過五旬的資深軍旅記者了——後來對我說，起飛前，機場上出奇地安靜，人們自覺地分站在安全區的兩側。現場那麼多人，聽到的聲音只有兩種：

　　秒錶聲和心跳聲。

　　聽到心跳聲的還有雷強。

　　在看到停機坪上靜靜停立的熟悉的樣機的那一刻，雷強

的眼睛突然濕了，心跳得像打鼓。身旁的部隊長看到了他通紅的臉以及脖子上跳動的青筋，職業性地把手搭上他的脈搏，測了 10 秒：

心率達到了 152。

血壓肯定也會高。這是少有的。飛行二十多年，雷強還從來沒有過如此劇烈的生理反應。

航醫立刻站在了他的身邊。

雷強搖了搖頭，他想說：「我這時候全身沸騰，腔子裏的熱血都能從天靈蓋衝出去，血壓能不高嗎？」但他只輕輕地說：「終於等到了這一天。」

平靜了片刻，他向飛機走去。

這是一條太熟悉的路，從塔台到戰機，210 米的距離，他走了十三年。

十三年，全國 300 多家科研院所及生產廠家為它集智攻關，通力協作。幾萬科研人員拚盡一生的心血和努力，無數人十數年夜以繼日地嘔心瀝血，多少人黑髮熬成白髮，多少人甘當幕後英雄，更有以身許國的拳拳赤子，壯志未酬卻英年早逝⋯⋯

天空還有些淡淡的霧，氣象數據報米了，能見度依然不夠理想。擔任首飛指揮員的湯連剛從指揮室的窗邊側過臉來問雷強：「怎麼樣？飛不飛？」

湯連剛在試飛隊伍中被稱為老湯、湯頭。老湯是試飛部隊的老部隊長了，叫他湯頭不僅因為他姓湯，還有一個深厚的內涵：他是鍋長久地融匯了豐富內容並且翻滾着無窮智慧和經驗的老湯。如果能打開他的腦子看，你會發現，他的每一個腦細胞都充滿藍天風雲。

老湯的話音很輕，語氣淡得不行。雷強每個字都聽懂了。

他再次看天，他想說：「湯頭，這天氣，比我們平時訓練時的還要好呢。」但他沒多說，湯頭什麼不知道呢？所以他只是一點頭：「飛。」

湯連剛亦點頭，說：「行。」

無須多言，共事十數年，他們彼此太了解了。

湯連剛拎過話筒，像一個大導演：「各部門就位。」

一瞬間指揮室內一片忙碌，人人挺直腰板，神情聚焦。片刻間，各種儀器聲、呼叫聲、傳遞報告聲此起彼伏。

在場外一角，一群白大褂和灰大褂與一排排設備坐在一起，一些低低的聲音在一問一答。這是各系統技術負責人在做起飛前最後的檢測。一個接一個的人舉起了標着「OK」的紙片或者給出手勢。所有的測試都是正常。當然，所有的測試都只是地面的理論。

總設計師宋文聰走過來，此刻，一向穩重的他步子似乎有些晃，但聲音還是沉靜的：

「飛機準備好了，就看你的了。」

雷強濕潤的目光望向了宋總的頭頂，頂着一頭華髮的總設計師在人群中格外醒目。這十三年裏他看着宋總一頭的烏黑漸染霜雪。雷強一邊戴頭盔一邊說：「宋總您放心，只要飛機的發動機還在，哪怕斷胳膊斷腿，我也會把飛機給您飛回來。」

雷強緊了下扣帶，突然笑了一下：「就是摔，我也要摔在跑道上！我要讓您知道，我們這十幾年的心血、努力，究竟是哪兒出了問題。」

熱淚唰地湧上，宋文聰緊緊地握住雷強的手。

雷強深吸一口氣，走向戰機。

機場上觀眾鴉雀無聲，人們佇立不動，無數期待的目光

無聲地聚焦在那一點移動的橘紅上。

部隊長屈見忠走出塔台，一言不發地走到雷強面前，面色凝重地拉着雷強的手，二人並肩直行，彼此一路無語。一直走到飛機的舷梯下，屈見忠目送雷強登上舷梯，進入座艙。進艙回身的那一刻，雷強一抬頭，看到了屈見忠臉上滾落的淚水——共事許多年，飛過無數次，他還是第一次看見自己的局長掉眼淚。

14 時 28 分，兩發綠色的信號彈衝向天空。

耳機裏傳來指揮員湯連剛的聲音：「準備好了，開車！」

這是歷史性的一刻。

全場的人屏住呼吸，看着飛機點火、發動、滑行、加速。隨着一陣巨大的轟鳴聲，機頭在快速滑跑中昂起，前輪優美地抬起，瞬間，巨大的機身離地而起，呼嘯着衝向藍天。

啊，飛起來了，飛起來了！全場一片歡呼。

飛機開始爬升。之後，加速。減速。調整油門響應。模擬減速下滑。下滑。高度降至 500 米，一切正常。通場，減油門。

一圈，兩圈，三圈。三圈過後，預定的試飛動作完成。

這期間，雷強有意輕輕壓了壓桿，又試了試方向舵，檢測坡度和滾轉響應。真好！飛機的反應靈敏準確。這時候他已經明白了，這傢伙就是這麼一架機敏的飛機，每秒可達 200 多度的極限瞬時滾轉角速度可真是夠刺激的！

按照預定計劃，該返場了，雷強看看油量還十分充足，於是請求加試一圈。得到指揮小組的同意後，他再次按規定動作通場一周。

17 分鐘後，飛機穿雲而下，一個靈巧的下滑，宛若翩然起舞的芭蕾舞演員，戛然收起舞姿，輕盈地落在了跑道正

中央。

一次劃時代的首飛圓滿地畫上了句號。

機場上再一次沸騰，人們歡呼着，鼓掌、揮手、跳躍，男人和女人們一起吶喊，淚流滿面地彼此擁抱。所有人都把手中早已準備好的鮮花、彩旗、帽子拋向天空，向偉大的飛機和試飛員致敬。

這就是中國自行研製的最新一代採用國際先進技術且具有國際先進水平的高性能、多用途、全天候軍用戰機──殲-10的首飛。

這是雷強有生以來最刻骨銘心的一次飛行，也是中國航空工業發展史上具有里程碑意義的一次試飛。

這一天，標誌着中國擁有完全自主知識產權的第三代國產戰機問世，自此，中國成為世界上少數能夠自主研製第三代戰機的國家之一。

因為新機尚在保密期，當天新聞媒體只做了有節制的報道：

「四百多名國家部委、航空工業部門以及軍隊各級領導，數以萬計的研製科研人員，將整個機場指揮中心和塔台擠得滿滿的，機場四周的圍牆邊、草垛旁、屋頂上，人頭攢動，人聲鼎沸。」

一向不苟言笑的設計所所長被他的幾個過分激動的年輕女下屬摟抱得喘不過氣來。他終於能夠沉穩地站住後，正看到被簇擁着過來的雷強和總設計師宋文驄。於是，他張開雙臂，把和着讚美和哽咽的熱淚灑在他們二人的肩膀上。

十年後，珠海航展中，新型戰機才正式公開亮相，直到這一天全世界人才知道了它的名字：殲-10。

2009 年 10 月 1 日，新中國成立六十週年慶典在北京舉行，這一天全世界的目光再次聚焦於天安門廣場。上午 11 時 11 分——選在這個時間是為了紀念人民空軍於 1949 年 11 月 11 日成立——由 151 架各型飛機組成的空中梯隊準時飛抵天安門廣場上空。由 10 架殲 -10 組成的戰鬥機編隊驚豔亮相，成為萬眾矚目的焦點。

殲 -10 被中共中央、國務院、中央軍委列為國家重大專項國防重點裝備，空空作戰能力（包括進攻和防禦）被視為該型戰鬥機發展的主要需求。它也是中國空軍在未來戰爭中奪取空中優勢、實施戰役突擊的戰略性武器。殲 -10 的橫空出世，標誌中國成為全球第五個能夠獨立研製第三代戰鬥機的國家。至此，我們可以自豪地宣稱，在世界殲擊機研製領域，中國完成了躋身世界先進行列的歷史性跨越。

第二章　萬米高空的突發事件

一、振動是突然產生的

　　如此強烈的振動會使飛機的發動機和其他部件頃刻
間功能喪失、設備損毀，嚴重時甚至整機會在瞬間解體。

　　振動是突然產生的。

　　視線突然搖晃，繼而模糊，緊接着整個機艙開始振動。

　　煙塵驟起，濃煙密佈。持續強烈的振動中，座艙內各種儀盤儀錶以及操縱手柄仿佛立刻就要掙脫束縛，從它們各自固定的位置上跳將出來——

　　巨大的噪聲壓迫着耳膜和頭頂，雙耳劇痛，頭顱像要炸開，心臟仿佛要碎裂。被安全帶扣在座椅上的身體，仿佛也在瞬間被分裂成無數小塊，每一塊肌肉每一根骨頭似乎都要撕裂般地掙脫抗荷服的壓迫——

　　這是在 2 萬米以上的高空，以接近音速飛行的飛機的座艙內。

　　10 月的中原大地，驕陽普照，晴空澄碧。這是搞飛行的人們最喜愛的天氣。

　　試飛員滑俊跨進了機艙。他今天執行的試飛任務，要求

飛機在保持某一個高度和速度的情況下，獲得平飛極限加力 1
分鐘的數據資料。

按程序進行開機前檢查。一切就緒後，滑俊向地面給出
了手勢。

15 時整，隨着一聲轟響，戰鷹出擊，新型殲擊機衝破雲
層，如一支利箭射上萬米高空。

按照計劃，打開加力躍升到規定高度後就改為平飛。

振動就是在這個時候突然產生的。

原本平飛中的飛機突然開始劇烈振動，劇烈的振動下整
個座艙都在抖動。

作為試飛部隊資深的試飛員之一，滑俊歷經風險無數，
但這是他從來沒有遇到過的異常現象。滑俊很清楚，如此強
烈的振動會使飛機的發動機和其他部件頃刻間功能喪失、設
備損毀，嚴重時甚至整機會在瞬間解體。通常，解除振動最
快速有效的方法就是關加力。

關加力就是關閉飛機油門動力。但此時飛機在高速飛行狀
態下，高速運轉的發動機突然關加力極有可能造成空中停車！

空中停車，就是飛機在高空中失去動力。

一旦失去動力，飛機就如同一隻失去控制的鐵陀螺，會
失速，旋轉，急速下墜。

一架飛機有數十個子系統、數百個機載成品設備、數萬個零
部件、數十萬個元器件，機載系統軟件規模高達幾十萬行甚至百
萬行。每一部分在地面常態下單獨成立與在高空特殊環境和飛行
狀態下綜合聯動時的變化情況更是數不勝數。每型戰機列裝前，
都要完成 1500 至 4000 架次的飛行試驗。試飛之艱難之危險，常
人難以想像。尤其是試飛初期，高故障率更是不可避免。

此前從來沒有遇到過的巨大險情，這一次，滑俊遇到了。千鈞一髮的時刻，滑俊首先想到的是：保住飛機！因為一旦丟棄飛機，丟掉的將不僅是一架飛機，還有全部的測試數據。

在向地面指揮員報告情況的同時，滑俊迅速關加力、收油門，果然，最不願見到的事終於發生了：

加力一關，兩台發動機同時停車！

雙發停車！地面指揮員接到滑俊的這句報告，不亞於晴天霹靂。容不得他們發出驚歎，空中，這架沒有了動力的飛機，開始迅速墜落。

面對險情，滑俊沉着穩定，他一邊盡力保持高度滑行，一邊按程序開車。

空中開車，啟動右發，沒有成功；再啟動左發，仍然沒有成功！

一連 4 次開車啟動，都失敗了！無線電裏，塔台的呼叫清晰傳來，指揮員和監控提醒他：「注意高度和速度。」

他盯着高度錶，失去動力的飛機急速下墜，轉眼間，飛機高度掉到了 8000 米。儀錶顯示應該接近機場了，但此時，艙外天空突變，陰雲密佈，能見度轉差，靠目力完全無法看見機場。滑俊在頃刻間面臨數重危機：他既要集中目力尋找機場，又要密切注意飛機狀態，同時繼續操作開車。

隨着高度降低，飛機在自身重力的作用下，下落的速度會越來越快。飛行員的大腦運轉速度都是可與精密計算機相比的，哪怕是一個初級飛行員也知道，在這樣的高度和速度下，再過一二十秒，飛機就會墜落到地面。

形勢萬分緊急。

後來在面對眾多媒體的採訪時，滑俊都會被問到一句話：

「那時候你緊張嗎？」

滑俊老老實實地說：「還是緊張的。」

媒體追問：「在那麼緊張和生死攸關的危險時刻，你想的是什麼？」

滑俊說：「我只想着一定要把飛機完好無損地開回去！」

二、飛機像隻巨大的陀螺不斷下墜

在死神強大的魔力面前，機會稍縱即逝，每一毫秒
都是直達終極的考驗，考量一個人的意志、品德、操守，
更考量信念、智慧和忠誠。

飛機像隻巨大的陀螺在不斷下墜，現在，高度掉到了7500 米。

7300 米。

7000 米。

高度降到 6500 米了！

塔台又在呼叫：「注意高度和速度！」

這是 1978 年。當時飛機上逃生系統的設計遠達不到今天三代、四代機的零高度零速度設計指標，啟動逃生系統必須要有一定的高度指標。現在，滑俊的高度已經接近逃生臨界值。

《空軍飛行人員飛行大綱》規定，飛行員在特殊情況下，允許跳傘逃生，棄機保人。這些條款，當年剛剛當上飛行員第一次登機時他就十分清楚，按照《大綱》要求，此時他完全可以採取彈跳自救。

逃生座椅的按鈕就在座位下方，此時高度也夠，他只要伸手輕輕一按，半秒鐘後，他就能從這架危機四伏的飛機上

離開，潔白的傘花在碧空中張開，清風托舉，白雲安撫，大約 10 分鐘後，他會平安地降落在踏實的地面上。他依然能獲得九死一生歸來後的所有榮譽，畢竟，他盡力了。

但是，這架飛機，這架凝結了多少人數年心血的飛機連同寶貴的數據都將毀於一旦。由於數據丟失，故障原因無法查清，此型飛機的所有研發都將可能無限期中止。而如果他繼續留在飛機上，幾秒鐘之後，他將不再可能有逃生的機會了。

滑俊沒有選擇跳傘，他繼續穩穩地坐在座椅上，按程序開動啟動按鈕：

第五次啟動。無果。

第六次啟動。仍然沒有成功。

高度低於 6000 米後，由於地球引力的作用增加，飛機的下墜更快了，地面指揮員甚至已經沒有時間再提示，因為每一次語言的對接都會耗去最寶貴的時間 ── 這可能是以秒計算的最後的倒計時。

指揮室裏突然靜下來，空氣壓抑得讓人喘不過氣來，只有聽筒設備中發出的電流聲吱吱響。

無線電裏，滑俊的聲音傳來，依然沉穩，他報出的高度是：4000 米。

頻譜儀晃動的曲線顯示：從空中發生故障到現在，時間已經過去了整整 6 分鐘。也就是說，在完全的自由落體、無動力狀態下，滑俊在高空堅持飛行了 6 分鐘。

萬米高空中的生死攸關，不比地面上上刀山下油鍋的苦刑，可以有反覆的糾纏與煎熬。在死神強大的魔力面前，機會稍縱即逝，每一毫秒都是直達終極的考驗，考量一個人的意志、品德、操守，更考量信念、智慧和忠誠。是與非、捨與取，只是一瞬間的抉擇。

一個人能夠坦然面對死神的時間是多久？滑俊用行動給予了回答。

滑俊，1930 年 9 月出生，1949 年 3 月入伍，同年 7 月加入中國共產黨，歷任飛行學員、飛行員、副大隊長、團領航主任、試飛部隊大隊長、飛行團副團長。此時的他，已在飛行團副團長的位置上幹了四年，是中國試飛員隊伍中舉足輕重的柱石級人物。如果說一個普通飛行員是金子堆出來的，那麼，已經飛了近三十年的滑俊，豈止白金級的！

時間刻不容緩。按照空中開車程序，滑俊第七次開動按鈕。這一次，飛機所在高度層的空氣條件有所改變，滑俊終於聽到了熟悉的發動機的轟鳴聲——

塔台，極度寂靜的指揮室裏，人們也聽到了這轟然而起的聲音——這歡快無比的發動機運轉聲啊！

開車成功了！

重新調整好高度和速度後，滑俊讓飛機處在良好的狀態，地面塔台指揮也迅速做好調度，淨場，讓出空域。救火車和救護車到位。幾個性急的戰友已經按捺不住，跳出指揮室站到天井陽台上，這裏視野開闊，可以在第一時間看清更廣闊的空域。

數分鐘後，隨着一陣熟悉的轟鳴聲，飛機穿雲而出。塔台上下，翹首仰望多時的人們看到，銀灰色的飛機在近場劃了一道優美的弧線後，徐徐降落。滑俊帶着他的飛機回來了。在空中出現重大險情，飛機空中無動力飛行長達近 7 分鐘的危急情況下，滑俊和飛機安全回來了。他最終取得了加力後飛機平飛時間最大數值的寶貴科研數據。

飛機在跑道一頭平穩停住。

打開座艙蓋走下舷梯的滑俊抬頭看去，失職許久的太陽

正從雲層中露出一小片光燦燦的臉。遠處，一群人正奮力奔跑着，那是他的首長和戰友們，有拎梯子的，有背藥箱的，居然還有人扛着擔架。他們所有人都高高地揮着手，一邊大聲呼喊着他的名字，一邊快速向他擁來。

第三章　極限飛行：無逃生備選

一、我準備好了

如果說，試飛員在執行預定任務時，在空中遇到突發險情能夠成功處理脫險叫作「絕境求生」的話，那麼，明知危險卻又要以身犯險的邊界測試試飛，就是「向死而生」。

夕陽如一隻巨大的紅輪，自天邊緩緩落下，蒼黃的大漠被籠罩上一層驚心的紅。一個身材頎偉的軍人筆直地站着，目光深邃，注視遠方。一個聲音在他身後響起：「中華，就等你了。」

他倏地轉過身來，整齊的小平頭，古銅色、線條堅毅的臉，目光如劍。儘管漠北黃沙滿天，他一身軍裝還是挺括乾淨，衣領雪白，皮鞋鋥亮。

他叫李中華，人稱「李大膽兒」，是第一批獲得國際試飛員證書的中國空軍試飛員之一。

沙蔥、羊肉、烤土豆，外加一堆各式軍用罐頭，低矮的白條木桌——戈壁灘上的一個農家小院裏炊煙嫋嫋，一次特別的聚餐正在進行。明天，李中華將要進行殲-10飛機低空大錶速科目的試飛。

搞飛行的都知道，這一行有十分嚴苛的規定：第二天如有重要的試飛任務，前一天絕對禁酒，也嚴禁暴飲暴食。但是，這個傍晚，這個「壯行晚餐」卻是組織上以任務小組的名義，為李中華明天的試飛特別準備的。在基地的中國飛行試驗研究院領導和專門趕至基地的空軍相關部門領導都來參加了。

沒有酒，只能以清茶入杯。這是領導專門帶來的自用的好茶，只見片片綠葉在杯中盤旋激盪，仿佛此刻眾人翻騰難抑的情緒。

李中華立在桌邊，一張被紫外線過分關照的臉波瀾不驚。「我準備好了。」他說。

每個人都舉起自己面前高矮不等的茶杯：

「為中華──」

「為戰機──」

「為空軍──」

「為成功──」

「乾杯！」全體仰脖，一飲而盡。

年屆六十的試飛總工程師先紅了眼睛，他握着李中華的手，卻什麼也沒說。

李中華讀到了他眼睛裏的擔憂。

試飛有一個十分重要且特殊的使命：突破安全邊界。業內人士常用的術語叫作「飛包線」。

試飛是一種極其特殊的職業。試飛的內容極其複雜。如果說，試飛員在執行預定任務時，在空中遇到突發險情能夠成功處理脫險叫作「絕境求生」的話，那麼，明知危險卻又要以身犯險的邊界測試試飛，就是「向死而生」。

　　一架飛機定型試飛必須考核各種極限邊界狀態，因為所謂安全與危險之間，都有一個從量變到質變的過程，在什麼樣的數據範圍內飛機是安全的，突破這個範圍後飛機就會是非正常狀況，這個數據範圍，行業內叫作「包線邊界」。包線有普通包線和極限包線。不難理解，極限包線是對飛機在能夠保證安全的情況下極限性能的界定。

　　包線邊界試飛是危險等級最高的一類風險科目。

　　在李中華所擔負的殲-10試飛任務中，光是一類風險科目，如包線邊界試飛、極限數據採集，包括速度、高度、迎角、過載等等項目就有數十個。

　　試飛包線邊界、採集極限數據，就是要找出這個由量變到質變的臨界點。突破這個臨界點，就意味着安全沒有保證。到了接近極限的時候，每向前一步，後果都是未知的。曾任中國試飛研究院院長的沙長安打過一個形象的比喻，他把這個試驗的過程叫作「摸電門」。沙長安說：「誰都知道電流大到一定程度會電死人，所以一般人就算是知道電流量並不足夠大也不會去碰它。當電流量大到足以置人死地時，所有人無一例外地會退避三舍。但試飛不同，試飛員要做的是：明知有電，卻偏偏要用手去摸。為了測試極限電流數據，會將電流量一點點增加，然後試飛員就這樣一次次去摸——一直摸到既不至於被電死，又絕對不能再大了為止。」

　　對這個臨界點的把握是難之又難的。如何界定每次的遞增量是一個十分要命的選擇：增量大了，說被電死就被電死了！但是，如果增量不夠大，測試次數就會增加，拋開投入成本和週期這些不說，不管是微增量還是大增量，對於執行者來說，每一次的風險都是相同的。對飛機也一樣，過度的包線測試會對飛機各部分系統產生複雜多變的影響。此外，

每一次飛行，因氣象、高度、飛機機體狀態、發動機情況、
飛行員駕駛習慣等不同，飛機在空中的動態情況是變化的、
不可預知的，這些不可預知的因素中任何一條哪怕只有極小
的一點變化發生，都會影響增量的變化，從而導致極端後果。

　　李中華和他的試飛員戰友們的包線試飛，就是這樣一次
一次去「摸電門」。

二、低空大錶速

　　　在全世界範圍內，低空大錶速都是一級一類風險科
　　目。大速度極易引發顫振。資料記載，事發時，飛機從
　　出現顫振到空中解體，一共只有短短的 2 秒鐘。

　　低空大錶速，指的是戰機在高度低於 1000 米時所能達
到的最大速度。這是一項檢驗飛機結構強度和顫振特性的試
飛 —— 簡單地説，飛機的速度越大，對機身機體的結構和強度
要求越高。因此，這項指標是對飛機結構強度、振動特性和
可靠性的最有力檢驗，是一型飛機能否最終定型的絕對必要
參數。

　　同樣是大錶速試飛，高空與低空是完全不同的兩種狀況。
當飛機達到某個特定速度，在天空中如疾風閃電般穿梭的時
候，飛行員面臨着種種不可知的巨大風險。

　　第一，高空中空氣稀薄，飛機與空氣的摩擦作用較弱。
而低於 1000 米的低空大氣層大氣稠密，飛行速度越快，飛機
與空氣的摩擦作用越強，機體所承受的壓力就越大。飛機的
機身由若干塊金屬片鉚接而成，在如此大的速度下，環行於
機身周圍的高速氣流會將飛機機身的蒙皮分塊撬起，甚至壓

扁雙翼。

第二，高速飛行時飛機與空氣振動，極易產生共振。一旦共振發生，在如此高的速度和如此大的空氣壓力下，飛行員甚至來不及做出反應，整架飛機轉眼就會在沒有任何先兆的情況下解體成無數碎片。

第三，空中遇險，飛行員最後唯一的自救方式就是跳傘。但是大錶速狀態下飛行員甚至沒有逃生的可能。假設飛機此時的速度是 1000 千米 / 小時，就算飛行員能夠瞬間捕捉到共振產生，忽略個體反應和安全座艙彈出所花費的時間，即便飛行員能夠及時彈出艙，但由於飛行員出艙時的飛行速度遠小於飛機飛行速度，因此，在被彈離座艙的瞬間，他就會被迅疾撲過來的垂直尾翼撞得粉身碎骨。

而低空大錶速時的飛機速度，遠遠超過 1000 千米 / 小時……

在全世界範圍內，低空大錶速都是一級一類風險科目。大速度極易引發顫振。資料記載，事發時，飛機從出現顫振到空中解體，一共只有短短的 2 秒鐘。

據可能搜尋到的統計資料，全世界在試飛這一科目時，有記錄的機毀人亡的慘劇有 50 餘起，其中數起是飛機空中解體。飛機一旦解體，所有的故障原因、數據就再也無從查考，損失掉的不僅僅是一架戰機和一個優秀試飛員，更會導致一代型號研製的前功盡棄——原因很簡單：故障原因不清就無法找到相應的解決方法，沒有應對的方法就無法再進行試飛，而未能通過包線試飛的飛機是不能定型的。

在世界試飛史上，由於機毀人亡原因不明而導致新型戰機「下馬」的例子屢見不鮮。也許有人要問，既然這麼危險，為什麼要給飛機設計這麼大的速度呢？

速度是戰鬥機最重要的戰術技術指標之一，特別是對於遠程攻擊型戰鬥機。簡要地說，速度決定戰鬥機的機動性和攻擊性能。

第一，飛機的速度越大，遠程奔襲接近目標的時間就越短，相應地，對手的空中攔截時間就越短。

第二，大速度使飛機在同樣長的時間內能夠更近距離地接近目標，導彈距離越近能量越大，攻擊範圍和強度也增加。

第三，在通常情況下，速度與機動性成正比。大速度的飛機動力強勁，在同等載彈量的情況下攻擊能力更強，空空作戰時，進攻、對抗與脫離的機動性好，能適應多種戰術要求。

殲-10 是遠程攻擊型中型作戰飛機。出於國防和空軍戰備的需要，殲-10 在設計時，主要的技術指標之一就是速度，設計提供的低空大錶速速度值，遠超當時號稱先進的西方某「獅」型及美國 F-16 公佈的設計速度，不僅在國內所有型號飛機中前所未有，在世界三代戰機中也名列前茅，是體現殲-10 優異性能的決定性重要參數。低空大錶速試飛科目小組成立了，以李中華為主，一共六人。

這是試飛的一類風險科目中放在最後的最難啃的硬骨頭。為了完成這個科目，李中華和他的試飛部隊殫精竭慮。所有人都十分清楚，這真是到了拚命的時刻，要完成這樣一個科目，生死只在一瞬間。

試飛嚴格按照循序漸進的原則進行，前期幾個試飛員集體攻關。進入後期，考慮到種種因素——經驗、感覺的連續性、試飛員心理素質與技術磨煉的熟練性等——就由李中華獨自擔當了。每一次試飛，速度都在一點一點地增加，速度越增加，危險性越大，飛機飛行中出現的問題也越多——

隨着飛行次數增多，速度值增大，每次的增量亦漸漸減小：增加 50 千米，增加 30 十米，增加 10 十米……每前進一步，中國航空工業的紀錄就被刷新一次。

速度達到離最大設計值還有將近 200 千米時，前起落架護板變形；

速度達到離最大設計值還有 100 多千米時，因載荷太大，機翼的部分鉚釘被吸出；

速度達到離最大設計值只剩 50 千米了，飛機的油箱開始往外滲油……

再增加速度試飛會產生什麼後果，誰心裏也沒底。從設計立項，到今天的定型試飛，這型舉全國航空之力鑄就的國產飛機，已經走過了十八個年頭。十八年，何止一代人的心血和期盼？上自試飛總指揮、中國試飛院院長沙長安，殲 -10 試飛總師周自全，下至普通機務人員，每個人都寢不安蓆，食不甘味，如臨深淵，如履薄冰。

隔日，雲淨天高。

這是在大漠深處的西線機場。茫茫戈壁，曠無人煙。

李中華像往常執行普通任務時一樣，堅定、從容地向飛機走去。

其他人的表情和目光，卻與往常大不一樣，擔心中蓄滿深情，期盼中飽含祈禱。有的與他緊緊握手，有的拍拍他的肩膀，有的眼中淚光閃閃。雖然沒有人說話，但所有人目光中的內容李中華都讀得懂。

試飛小組和總師給了他這次試飛許多特殊的權限，其中最重要的一條是：

任何時候，任何情況下，他可以忽略地面監控，隨時關

掉加力，只要他認為需要。

也就是說，只要憑李中華個人認定的飛機狀態需要，他不用申報，隨時可以立即減速終止試飛。因為處於臨界邊界的飛機瞬間的狀態變化，只有試飛員才能即時、實時感覺到，他需要分秒必爭地處理，可能完全沒有時間再用語言向地面指揮系統報告。

預定的時間到了。李中華緩步平靜地登機，頭也不回地跨進了座艙。

啪！綠色信號彈升起，殲 -10 戰機騰空而起。

飛機瞬間就爬升到萬米高空，調整好狀態後，李中華把油門桿推到最大擋位置，全力加速向下俯衝。

飛機飛馳而下，如同一道閃電，從澄藍的蒼穹筆直地劈向大地！

巨大的速度值下空氣產生了巨大壓力，將他的身體死死壓向座椅後背，原本壯碩的身體幾乎成了扁扁的一片。他的五官及面部肌肉被使勁地向耳後撕扯，他的臉龐劇烈而可怕地扭曲着。他拚力咬緊牙關，閉攏嘴唇，瞪大眼睛緊盯着高度和速度顯示錶——它們已經在強烈的振動下劇烈地抖動着、哆嗦着。

飛機抖動得越來越劇烈，強大的過載壓力使他的耳膜劇痛，轟鳴作響。但這對久經考驗的耳朵還是在巨大的轟鳴聲中準確地捕捉到了密佈在整個機艙的尖銳刺耳的噪音——那是氣流與機身摩擦產生的。他努力保持眼明耳聰，他必須完全憑借五官的感覺判定飛機的狀態變化——哪怕僅僅是極其細微的異常聲音。

突然，噪音減弱。又過了片刻，萬籟俱寂，聲息全無——這是跨越音障的一刻，標誌着飛機已經進入超音速飛行。

之後，噪音重新響起，飛機繼續加速俯衝。

油箱裏的燃油井噴一樣向發動機狂泄。此時飛行速度每增加一個單位，噪音和視覺反差都會增加十個單位。機艙內任何一點細微的變化都使人高度緊張。越來越稠密的大氣與機身高速摩擦產生的噪音，完全蓋過了發動機的轟鳴聲。這真是令人毛骨悚然的時刻。試飛員沒有膽小鬼，李中華的大膽更是戰友們公認的，但在那一刻，他確確實實感覺到了恐懼。

高度越來越低，已經能夠看到機翼下大片紅褐色撲面而來，那是戈壁大地。

之後他才知道，地面人員比他更緊張，監控室內的空氣幾乎要凝固。試飛院院長沙長安的頭髮一根根奇跡般地豎立着。總師周自全大張着嘴，卻説不出一個字……

飛機如同一顆閃亮的流星，掠過茫茫戈壁。顯示屏上的速度數字在不停地向上跳躍。轉眼，中國飛機最快低空飛行速度已被李中華甩在了身後。

試驗已經成功，但李中華沒有停止，頭腦敏捷的他發現飛機仍有潛力。這個巨大的喜悅讓他對自己和飛機陡然增強了信心，他決定繼續挑戰極限·加速！

他繼續駕駛戰機加速急遽俯衝。

現在，視野裏撲面而來的戈壁和沙丘已經模糊不清了。

地面一個年輕的監控員忍不住叫起來，他下意識地捂住了嘴——因為，超過試飛計劃速度的飛機距地面已經不到千米，這樣的速度下，一旦控制不好，或者飛機有問題，數秒鐘之內，這隻龐然大物就會直插地面……

但李中華駕駛的這架飛機仿佛被賦予了超級靈性，它在1秒鐘後突然減速，然後迅速拉平，爬升——而在這1秒鐘之

前，「李大膽兒」用傾盡生命的代價，飛出了此型飛機飛行速度新的中國紀錄。

歷史記下了這輝煌的一刻：飛機時速達到並超出了設計數值，中國戰機飛行速度的最高紀錄被刷新！

可以想像李中華走下飛機時機場上沸騰的景象，人們不僅歡呼英雄的歸來，更是表達對這一型號國產新機優秀性能和品質的驕傲和讚許。

直到歡樂的聲浪平息後，人們才發現，因為低空高度實在太低，飛機大速度俯衝時所產生的強大振盪波，把方圓十數里範圍內所有建築的玻璃全部擊碎了。

不就是百十件玻璃嗎？我們保證一週之內全部修復。場站管理辦的答覆顯得底氣十足。是啊，與強大的國防技術指標相比，這個小小的代價簡直太不足掛齒、太值得了。

這裏還有一個小小的插曲。

李中華的飛機落地之後，人們歡呼着向他擁來，其中就有中國航空工業集團產品部部長晏翔老大姐。已經年屆七旬的晏翔直接跑到了機翼下，李中華剛走下舷梯，她就一把抱住了他。

晏翔是在延安保育院長大的八路軍後代，童年在馬背搖籃上飽受日軍轟炸之苦，所以她從少年起就立志學航空，將自己的名字取了獨獨的一個「翔」字，把自己的一輩子獻給了航空事業。

晏翔抱着李中華喜極而放聲大哭：「中華，謝謝你！你就是為殲-10的低空大錶速而生的！」

至此，殲-10戰機全部試飛科目勝利完成。

在殲-10戰機的定型試飛中，李中華獨創該機最大飛行錶速、最大動升限、最大過載值、最大迎角、最大瞬時盤旋

角速度、最小飛行速度等 6 項「中華」紀錄。

2006 年 12 月，中國第三代戰機殲 -10 的外形圖片曝光。

2008 年殲 -10 戰機在珠海航展正式公開亮相後，官方公佈了它的各種性能數據：

殲 -10 戰機的最大航程 2500 千米，作戰半徑 1100 千米。在懸掛兩個副油箱的情況下載油量不超過 5 噸，戰機最大載彈量為 7 噸。飛機正常起飛重量 11070 千克，最大起飛重量 19277 千克。飛機推重比 1.13 左右。在上述這一系列指標中，有一串外行人眼中不起眼的數據：

高空最大速度：2.2 馬赫；低空最大錶速：1250 千米 / 小時。

這貌似平常的數據，寥寥一二十字，內中萬千風雲，只有試飛人才能懂得。

第四章　翼下秦川八百里

一、鑰匙留在鎖眼裏

飛機具有複雜的系統，許多在高空動態狀態下才能發生的情況，在地面試驗室中沒有辦法完全模擬完成⋯⋯此型飛機在飛至某一速度時發生顫振繼而瞬間解體到底是什麼原因？這個問題無人能回答，但又必須回答。

寫完最後一個句號，再仔細看一遍，他把信紙小心摺了兩摺，裝進一隻信封，平平整整地放進抽屜正中間，然後，他關上抽屜，將鑰匙留在鎖眼裏。離開辦公室前，他沒忘記關上燈。

屋外是晴好的秋夜，月色皎潔。他深深地吸了一口氣：明天是個好天。

沒有人知道這個仲秋之夜，老試飛員黃炳新想了些什麼。

一夜平靜地度過。

第二天果然是個好天，關中平原微風輕拂，碧藍的蒼穹，雲淡天高。對於試飛員來說，這是極好的飛行天氣。特級飛行員黃炳新和一級飛行員楊步進闊步登機，他們將駕駛正在研製中的某重型「飛豹」戰鬥機，執行查明飛機異常顫振振

源的試飛任務。

顫振是飛機在飛行中經常會遇到的現象。飛機在空中飛行時，受附近氣流渦流的影響，機翼可能發生橫向和縱向兩種方向的顫振。當顫振劇烈到一定程度時，飛機會在強烈顫振下瞬間解體，導致災難性後果。因此，飛機在設計時都要考慮特殊顫振是否會發生以及發生後如何處理，而這就需要通過試飛來檢驗。

此型飛機在之前的兩次試飛中，都出現了劇烈振動現象，機翼和垂尾異常顫振，垂尾的蒙皮及頂部因此一再出現損傷，方向舵根部連接部位也鬆動、變形。設計師及各設計研製廠所的技術人員一起排查，卻總是找不出原因。沒找出原因，就必須繼續試飛。就在數月前的最後一次試飛中，試飛員只來得及報告一聲「飛機顫振」，之後，飛機瞬間在高空解體，飛行員殞命長天。那是一位技術優異、經驗豐富的老試飛員。除了最後這一句話，他沒有來得及將事發時的任何信息留下來。解體後的飛機，也未能保留下試飛數據。

異常顫振的慘烈後果已經發生，但發生的原因卻不清楚。在原因不清處置方式不明的情況下試飛，將會面臨怎樣的風險，誰都清楚。可是，如果不飛，問題無法查清，這一型飛機就不能完成定型，也就不能問世。時間一天天過去，進度一拖再拖，設計所從上到下人人焦慮難安。此型飛機的研製是國家重點項目，為了這個型號的飛機，從設計到製造到試飛，數年間無數人投進了無數的心血。

試飛院副院長張克榮是振動專家，他在一個傍晚走進黃炳新的辦公室。辦公室裏煙霧彌漫，鑽石級的老試飛員黃炳新坐在煙霧裏，像塊石頭。

黃炳新抽煙，而且煙癮很大。他們兩人共事快二十年了，

彼此知根知底。張克榮待黃炳新抽了半支煙之後，開口了。關於任務科目的動員、啟發、試探、激勵等等，種種的鋪墊半個字也沒有，張克榮就說了一句話：「老黃，你再飛一次吧！」

黃炳新絲毫沒有猶豫地回答：「行，我來飛。」

很多日子以後，我在和黃炳新老英雄談到這個細節時，他嘴裏還像那天一樣叼着煙，語氣平淡，他說：「我們幹的，不就是試飛嗎？」

這一句話就是承諾。

飛機還在向上爬升。今天的能見度極好，放眼望去，翼下八百里秦川盡收眼底。

飛機平穩極了，空中沒有氣流，就連耳機中都是靜悄悄的，沒有往日刺耳的噪音。這一切的一切都那麼寧靜，仿佛預示着一場莫測的風險正在孕育。

按計劃，他們開始逐項檢查並報告：

雙發工作正常；

操縱系統工作正常；

儀錶及通信導航系統工作正常；

測試儀器在正常準備狀態。

前艙的黃炳新精確、利索地完成着一項項操縱動作。後艙的楊步進則隨着機長的動作注視飛機的反應，核對着關鍵儀錶指示的每一個數據。

高度到達海拔 3000 米，開始引發顫振試驗。

黃炳新平衡好飛機，打開儀器測試開關，接通動作序號記錄器，分別做中等速度和亞音速飛行。飛機在水平直線和機動飛行中狀態穩定，操控自如，沒有任何振動的跡象。

高度 8000 米，試驗引發顫振。黃炳新加大油門，接通雙發加力平飛增速。當飛行速度接近音速時，飛機出現剛剛能感覺到的輕微振動，並隨速度增大越來越明顯。隨着 M（馬赫）數錶的指針滑過「1」，振動加劇，並伴有嘟、嘟、嘟的聲音，整個飛機都在抖動，儀錶的指示已模糊得幾乎無法辨清。黃炳新及時收油門關斷加力，隨着速度減小，振動逐漸減弱、消失。這一高度的試驗成功。

為了獲得更多、更準確的實測數據，他們按照《綜合試飛任務單》的要求，改變高度繼續試飛。

高度錶指針準確地指在 5000 米，這是此次試飛的關鍵高度。在 5000 米高度，飛機的發動機推力大，飛機增速極快。速度增至顫振邊界值後，機體顫振區（如機翼、尾翼的局部區域）附近的氣流流場變化迅速，飛機結構受力急劇增大，振動的出現和發展也相對劇烈。所以，在這個高度的顫振試驗數據極為關鍵。

二、你跳傘，我把飛機飛回去

> 「你別緊張，我也別緊張。萬一飛機不行了，你跳傘，我把飛機飛回去。如果我犧牲了，你跳傘成功了，你就把這個情況向上面報告。」

飛機突破了音障，進入超音速飛行。振動開始加劇。

隨着飛行速度的持續增大，機身振動得異常劇烈。飛機座艙內，儘管安全帶將黃炳新和楊步進的身體緊扣在座椅上，但他們仍然能強烈地感覺到整個身體連同座椅都在劇烈抖動，

他們全身發麻，手幾乎握不緊桿。更糟糕的是，艙內儀錶板和儀錶指針因高頻抖動變得模糊，根本無法看清示度，耳際震盪着一連串刺耳的、令人心碎的怪聲，地面指揮員的聲音完全聽不見。

黃炳新果斷決定收油門關斷加力，希望通過降低速度減輕振動。但就在他剛剛準備收油門時，飛機突然向兩側大幅度搖擺，接着只聽咣當一聲悶響，飛機劇烈地偏搖起來。

黃炳新大聲向地面報告：「飛機振動非常劇烈。」

耳機中，一連串的吱吱聲裏，黃炳新終於捕捉到了指揮員下的命令：「停止試飛，返場。」

收了加力後，飛機減速很快，振動也隨之減弱、消失。黃、楊二人遂駕機下降高度，轉向機場，準備返航。

但是，黃炳新發現，新的問題出現了：振動發生之前還操縱自如的飛機忽然變得異常遲鈍，形成坡度所需的壓桿力和行程均比正常情況下大了約三分之一；左右蹬舵毫不費力地一下子蹬到底，飛機卻毫無反應；側滑儀的小球向一側偏到頭，絲毫不隨蹬舵的動作移動！這說明：飛機方向舵失靈。坐在艙裏的黃炳新無法看到機尾，所以他並不知道，飛機方向舵已被震掉了。

飛機尚未進入視線，塔台收到的信息是方向舵失靈，還沒有人知道飛機的方向舵其實已經不在了。儘管如此，這種故障還是令人震驚：方向舵失靈意味着飛機無法控制方向，而沒有了方向的飛機，就成了一隻飄在天上的巨大風箏，如何返場？如何對準跑道降落？

塔台內一片寂靜。這突然出現的情況，讓所有人，包括總設計師、指揮員們都啞然了。雖然之前在地面準備中，對試飛中可能出現的各種情況做了儘量充分的準備，但誰也沒

有想到，真正到了空中，會發生如此嚴重的情況。

　　黃炳新冷靜地對楊步進說：「你別緊張，我也別緊張。萬一飛機不行了，你跳傘，我把飛機飛回去。如果我犧牲了，你跳傘成功了，你就把這個情況向上面報告。」

　　楊步進堅定地說：「團長！你不跳，我也不跳，我要為你鼓勁兒，你往前飛，我跟你往前走！」

　　這是驚心動魄的考驗，震撼蒼天的一搏。

　　黃炳新推桿，駕機返航。他試着推左發動機油門，同時向右壓駕駛桿，飛機向右滾轉，在左右發動機推力的反差力矩作用下，機頭緩緩地橫側，改變着方向。他就這樣艱難而冷靜地駕機飛向機場上空。

　　飛臨機場了，熟悉的地標歷歷在目。

　　由於方向舵操縱失效，黃炳新建立了比正常情況下寬一些的起落航線，放好起落架後有意延遲進入三轉彎。飛機壓着坡度進入三轉彎後，機頭緩慢地向左轉着，整個飛機劃着大半徑向起落航線外側甩去。黃炳新立即將坡度增加修正狀態，由於帶着起落架，飛機速度已經減小，既不能增加坡度，也不能再多帶桿，只得任機頭慢慢左轉。

　　飛機還沒有進場的時候，在機場附近觀看的人因為看不到飛機，還不了解此時高空中的危險狀況，人們還在興奮地期待着。等看到飛機的那一刻，看到飛機搖晃的狀態，人人都知道——出事了！

　　先是看見飛機在左搖右擺，搖搖晃晃像隻斷了線的風箏。再近一些，看清了，飛機沒有了方向舵。

　　觀看的人群中，大多數都是與飛行打交道的行內人，他們都明白一個基本的道理：沒有方向舵的飛機在高速降落時，只能靠副翼不斷變換方向，大角度側滑飛行。飛機帶着起落

架和大角度着陸襟翼，同時速度又在不斷減小，操縱變得越來越困難，只要稍稍出現一點點差錯，飛機就可能失速，直接的結果就是機毀人亡。

「天啊——」人群中有人驚呼，一些膽小的女人用手捂住了眼睛。

塔台內，指揮員們屏住呼吸，不眨眼地盯着這架扭着「秧歌」衝向跑道的飛機。

藍天、機場仿佛都凝固了，在場所有人的心都揪緊了，偌大的機場，只有風聲在響着。所有人的眼睛都盯着這架左搖右晃進場的飛機。隨着高度降低，隨着飛機一次次地飄移，人們的心一次又一次提到了嗓子眼⋯⋯在這麼低的高度上，跳傘逃生絕無可能。

黃炳新全力以赴地操縱飛機對向跑道中心線，楊步進則不間斷地報出高度、速度數據，注視飛機狀態變化。

高度 90 米、80 米、70 米⋯⋯

飛機仍在「扭秧歌」，但扭擺的幅度小了。就在離地高度約 50 米時，飛機在略偏右的位置對正了跑道，終於不再「扭秧歌」了，地面的人們不約而同地舒了口氣。

大地升上來，跑道頭就在眼前了。

黃炳新柔和地拉桿控制住飛機的下沉量，慢慢收光油門。隨着機頭高高仰起，四個主輪輕輕觸地，一個漂亮的着陸！但萬萬沒有想到，就在機輪輕輕觸地的一剎那，機頭突然急劇地向右偏轉三四十度，轉眼間飛機就要偏出跑道！黃炳新毫不猶豫地用全力踩滿左腳蹬，同時放出減速傘，飛機開始迅速減速。終於，速度減下來了，飛機雖然滑出了跑道，但最終停在了滑行道上（後來查明是剎車防滑系統傳感器故障，致使右起落架外側輪胎爆破）。

黃炳新和楊步進跳下飛機，人群圍了上去，只見飛機尾部整個方向舵不見了，依然高聳的垂直尾翼後部出現了一個一人多高的缺口……

在人群的歡呼聲中，黃炳新悄悄地離開了。他回到辦公室，辦公桌抽屜的鑰匙還在鎖眼裏。他打開抽屜，拿出那封沒有封口的信，打開，裏面有一些錢，還有半張紙，紙上短短的幾行字他可以背下來——這是他給愛人和組織寫下的「遺書」。全文只有三句話：「即使我這次犧牲了，為國防發展也值得。這裏面的錢，是我交給組織的最後一次黨費。家人不要給組織添任何麻煩。」

他輕輕地將這封信撕碎，看着許多白色的碎片蝴蝶一般起舞。

第五章 遞向春天的答卷

　　2012 年底，遼寧號航母的正式亮相，於全世界而言，可謂是石破天驚之舉，全中國乃至全世界人們的目光都注視着這艘有着無比偉岸的身姿的海上霸王。僅僅數月前，西方媒體還在自說自話地評點說，中國人要駕駛航母，至少還需要十年時間……

　　2012 年 11 月 23 日，隨着艦載機首次在遼寧號航母上着艦成功，包括殲 -15 艦載機在內的一系列國之重器的駕駛員和指揮員隨之解密。經過多年的隱身之後，他也終於從幕後走到了台前，被世人所知。

　　空軍有份招生簡章裏說：一名優秀的戰鬥機飛行員，是一名通曉四十門以上學科的科學家，一名十項全能的飛行工程師。對於試飛員來說，在試飛生涯中能有 1 次擔當首席試飛員的機會就十分難得，而他在 2300 多小時的飛行生涯中，曾先後 5 次擔任首席試飛員，其中有兩種是第三代新型戰機，一種是第四代新型戰機。他就是中國第一架艦載機殲 -15 的首飛試飛員李國恩。

一、穿雲沐霧風笑看

　　每一項科目，每一次極限挑戰，都是對未知的生死探索，是與死神的驚險博弈。人們談之色變的極限，在

　　他，只是胸有千壑的坦然自若，笑看風雲。

　　生命對我們每一個人來説之所以無比寶貴，是因為它只有一次。犧牲與奉獻雖然常常被提起，但對於平常人來説，因為過於遙遠而每每顯得類乎矯飾。猝不及防的死亡威脅，令所有的高談闊論與豪言壯語瞬間失色——坦然地笑對死神並不只是金庸武俠小説中的情節，對於試飛員來説，這是他每個飛行日，甚至每個飛行時刻都要面對的現實情境。駕駛着巨大的高速飛行器，在廣袤無垠的天空中馳騁縱橫，每一項科目，每一次極限挑戰，都是對未知的生死探索，是與死神的驚險博弈。人們談之色變的極限，在他，只是胸有千壑的坦然自若，笑看風雲。

　　他叫李國恩。

　　14 時 18 分，李國恩同往常一樣，不緊不慢地跨進了座艙。

　　河南人李國恩是試飛部隊公認的美男子。

　　頭盔壓住了他的臉，但線條清晰的下巴還是透露了這張臉龐的信息。老話説天庭飽滿地閣方圓，李國恩有寬闊的天庭和飽滿的下頜，這讓他整個人看上去如同他的性格，沉穩、端厚。由於座艙容積收縮及作戰體能要求的原因，戰鬥機飛行員們通常身體緊湊而瘦小，像李國恩這樣身材偉岸的，在年輕試飛員中，屈指可數。

　　北方的初春，白雲似雪，晴空如碧。

　　這一天，李國恩駕駛某新型戰機來到西北空軍某試驗基地。這是一種新型重點型號戰機的空中轉場，按計劃要求，整個空轉過程分為兩個階段：第一階段，戰機從始發機場起

飛後降落在這個西北機場；第二階段，加油後再直飛目的地，進行下一階段的科研試飛。對於李國恩來説，執行類似的轉場任務司空見慣。從任務內容上説，這不是個複雜科目。

　　第一階段的飛行十分順利，這個中轉機場他來過多次，對機場及周邊情況都很熟悉，這一天近場天氣情況良好，他順利降落。下機後，機務人員準備飛機去了，他到飛行員休息室作短暫的休息。機場上認識他和他認識的人很多，一路上遇到好幾個熟人，他笑呵呵地揮着頭盔，向他們打着招呼。飛行員們就是這樣，天南地北的人，2 小時之後就能見面，可再過 2 小時，一加油門後又相隔千里萬里了。

　　個把小時後，飛行參謀來通知飛機準備好了，可以按計劃起飛。他把杯子裏的水喝乾淨，走出休息室。

　　機務已經將飛機準備好，按照下段航程距離的要求給飛機加滿了油，再加上各種外掛武器及裝備，另外還加掛了三個副油箱，飛機再次升空屬於滿載起飛。機場位於高原，空氣密度低，燃油燃燒率低，為了保證順利升空，要採用加力起飛。

　　李國恩按程序進行了最後的檢查，確認各系統正常後便示意地面，塔台給出了起飛命令。14 時 19 分，李國恩鬆開剎車，加油門，加速滑跑。此時發動機進入加力狀態，他一邊開加力一邊觀察，油門推到最大位置時，轉數、噴口、加力信號燈等雙發參數正常。

　　飛機在加力狀態下幾秒鐘就達到離陸速度，李國恩正準備拉桿升空，發現飛機出現右偏，他一邊保持方向，一邊立刻蹬舵進行修正。但他感覺到，飛機在抬前輪時拉桿量很大，前輪抬起困難。他的眼睛掃視過去：發動機溫度指示上，左發 720 攝氏度，右發 635 攝氏度，相差頗大。他立即判斷可

能是右發動機加力未點火。此時，飛機的滑跑距離已經超過跑道的四分之三，接近跑道盡頭，沒有條件地面助滑加速，亦無法中斷起飛，李國恩果斷決定繼續拉起。飛機離陸了，但由於左右發動機嚴重的推力差，飛機出現了將近 15 度的右側偏，而此時機身剛剛離陸，速度小，高度低，如果處置失敗，試飛員連跳傘的機會都沒有。千鈞一髮之際，他憑借過硬的技術和多年的經驗，迅疾地進行桿舵一致修正，同時保持飛機小角度上升。地面指揮員也發現飛機狀態不正常，立即詢問：「右發加力沒接通吧？」

「是的。」李國恩一邊動作一邊平靜地回答。

「保持好狀態。」

「明白。」

沒有幹過飛行的人，很難明白一句「保持狀態」的深刻豐富的含義。飛機出現特殊情況，能否保持正常狀態是決定性的。

李國恩收起落架、襟翼，同時將右發油門推到最大位置，但是，並沒有太多轉機。當飛機爬升到 100 米左右高度時，突然嘭的一聲，飛機發出強烈爆音，機身劇烈振動，右發轉數、溫度急劇下降——是右發動機停車了。

在起飛階段遭遇發動機停車，是最難處置的空中特殊情況之一。

飛機在起飛過程中失去動力是極度危險的，由於高度太低，飛機留空時間極短，給飛行員反應和處置的時間只有短暫的幾秒。儘管之前李國恩成功地處置過多次空中停車之類的特情，但在起飛過程中遭遇這種險情還是第一次。更糟糕的是，他現在處於高原機場，空氣密度小，發動機動力較之在平原機場時會有相當程度的遲滯，此時哪怕任何一絲一毫

的操作不當或不及時都會導致災難性後果。他下意識地掃了一眼彈射拉環，但立刻就恢復了平靜，他知道，緊張對他沒有任何幫助。

地面指揮員聽到李國恩的報告：「右發停車。」聲音不高，平靜、清晰。

危急時刻李國恩非常鎮靜，他的腦子飛快地轉着，空停的種種特情處置預案閃電一般掠過，他迅速進行了一連串的操作：桿舵一致修正，保持飛機小角度上升以調整飛機狀態；接通點火開關進行空中開車；將油門收至慢車；調整飛機方向，對向機場；關掉左發加力—— 這一系列動作幾乎是同時進行的。但是，空中開車仍沒有成功。

他關閉點火電門，向前移動油門，緊盯轉速錶，在發動機轉速下降到適當值時，迅速收油門到停車位，又進行了第二次啟動，但這一次依然沒有成功，儀錶顯示右發報故（右發動機故障警報）。發動機出故障了，在原因不明的情況下不能再進行空中啟動。

形勢急轉直下。李國恩必須憑借這僅有的一台發動機，在飛機滿載的狀態下返場着陸。

指揮室裏，壓抑的空氣讓眾人喘不過氣來。此時飛機處在勉強維持的狀態，一台發動機已經發生故障，飛機隱藏着巨大的危機，為保飛行員的安全，必須儘快迫降着陸。作為一名資深試飛員，李國恩何嘗不知道自己身處險境？他剛剛從起飛空停的死亡旋渦中掙脫出來，在空中每多停 1 秒，不可預測的潛在的危險就會增加不知多少倍。之前在空軍部隊已經發生了一起二等事故，他的心理壓力不言而喻。

但是他更明白，這架滿載的、掛着三個副油箱的故障飛機迫降，如稍有不測，就會像一顆巨型重磅炸彈從天而落。

這款新型的重點型號飛機，機上掛載了當今中國設備最先進、功能最全的驗證機，是目前國內僅有的一台。必須保住飛機，否則，無數人奮鬥了數年的成果將毀於一旦。

指揮員聽到了李國恩的報告：「我準備先去投掉副油箱。」李國恩的聲音聽上去仍然是平靜的。

沒有任何遲疑，李國恩把危險留給了自己。

指揮室裏有片刻的寂靜，短到只有 2 秒，指揮員答覆：「好的。」

果然藝高人膽大，李國恩重新調整好飛機狀態，加力爬升，高度適合。他正準備投下副油箱，低頭間發現機下忽然出現一片屋頂——原野裏出現了幾家工廠和一片居民區。他立刻停止了空投動作，帶着飛機改變方向，繼續尋找空曠地帶。他一邊小心地控制飛機飛行，一邊適時在空中耗油，繼續尋找合適的位置。時間在一分一秒地延續，他密切地觀察各個儀錶。他很清楚，這時在空中多停留 1 秒就多許多危險，但為了保證地面人民財產的安全，他甘願把更大的風險留給自己。

前面出現一座山，他的嘴角出現些許笑意：通常無人的山區是理想的拋擲點之一。果然，繞過山脊，在山的另一側，一大片無人的丘陵地帶出現在眼前。他小心翼翼地，以堅定的意志、過人的技術，單發爬升到 3000 米，同時做好另一台發動機也發生故障的最壞打算。他再一次確認了地面情況後，接連投下了副油箱。

飛機載重減輕了，但李國恩並沒有感到輕鬆，因為飛機載油量仍然較大，遠遠超過允許着陸的最大載荷，他還要繼續滯留在空中耗油。

駕駛艙裏，標示發動機狀態的警示燈刺眼地亮了，電子

音一遍又一遍地提示右發故障。沒有時間選擇了，他必須立刻返場着陸。

指揮室裏，指揮、通信、雷達各部門人員嚴陣以待，指揮員適時調整近場淨空，為李國恩的歸來做好準備。人人手心裏都攥着把汗：飛機一側發動機出現故障，並且還要超載落地。

幾十秒鐘後，一架飛機出現在人們的視線中。在指揮員的指揮下，李國恩下降高度做了一個漂亮的標準航線，放起落架、襟翼。隨着一聲長長的嘯叫，飛機如蜻蜓點水般輕柔接地，停在春意朦朧的機場跑道上。

事後的事故調查發現，就在飛機接地的那一刻，右發附件全部告警，發動機轉數及溫度全部歸零——好險啊！哪怕再晚上幾秒，一切都將會是另外一種情況。

李國恩的飛機是單發超載着陸，按照相關要求，在極限落地的情況下，要對飛機起落架進行探傷。事後探傷的結果表明，起落架沒有任何問題，足見飛行員對落地的掌控非常完美。

關車時，李國恩習慣性地看了一下儀錶顯示：15時14分。他伴着這架故障機，前後共達 55 分鐘。

透過座艙玻璃，他看到一群人焦急地向他這裏跑，裏面有他認識的戰友同行，他們一邊跑一邊衝他使勁揮手。他剛剛推開座艙蓋，呼喊聲就灌到了耳朵裏：「李隊快出來，快出來——」

他隨即聞到了熟悉的燃油味，還帶着某種金屬燒焦的異味。順着機翼下方人們的指示，他轉身看到，飛機右側發動機的噴嘴有明亮的火光赫然閃爍（事後判斷是發動機裏面有餘油燃燒）。

「趕緊出來──」幾個率先跑近的機務使勁比劃着，「趕緊下來，後面還在着火呢！」

李國恩笑起來，他笑得雲淡風輕：「已經落地了，飛機屁股還離我那麼遠，怕什麼！」

李國恩在右發停車、極限超載、高原機場的複雜情況下，駕機單發安全着陸，不僅保住了新型科研飛機和新型發動機，還保住了全部飛行試驗數據，為後續的研製和改進提供了極為寶貴的依據和參考價值。

李國恩腳步輕鬆地走下飛機。面對急切地迎上來的領導和戰友，他還是那樣風輕雲淡地笑着說：「今天這趟可是考技術了。春天第一大考呀！」

他用智慧、赤誠和勇敢向春天遞交了一份完美的答卷。

二、礪月馳星劍長歌

一架飛機源於一個構想，試飛員在跨入座艙的那一刻，開啟的是一個從夢想到現實的征程。一種新的飛行器橫空出世，意味着它從大地到天空的蛻變。

2012 年 9 月 25 日，中國第一艘航空母艦遼寧艦正式交接入列。

隨着遼寧艦宏偉身姿的呈現，艦載機自然而然地成了人們熱議的焦點。艦載機是航空母艦的作戰利器，它不僅能對海、陸目標發動攻擊，而且能保障區域制空權，在捍衛國家利益的行動中起着舉足輕重的作用。

2012 年 11 月 24 日，隨着一聲信號令響，中國第一架艦載機殲-15 從遼寧艦甲板上昂首躍起。這美麗而雄健的一躍，

實現了中國航空工業從陸地到海洋的跨越。殲-15是中國第一代艦載戰鬥機，它的昂然英姿令世人驚歎。殲-15的首飛試飛員就是李國恩。當然，出於保密的原因，人們從新聞上看到殲-15已經是他首飛幾年之後的事情。

殲-15的首飛是解放軍裝備發展史上具有里程碑意義的一件事，也必將載入史冊。

李國恩童年喪父，母親含辛茹苦一個人把他養大成人。李國恩終生都感激他親愛的母親——在那麼拮据困難的家庭條件下，不僅給了他強健的身體，更教會他笑對人生。當飛行員，是李國恩對母親唯一的一次忤逆。本來，他高中畢業時母親希望他考師範院校，這樣可以早點掙工資養家。但李國恩執意去當兵——不是普通一兵，而是當飛行員。「媽媽，您應該為我高興：適合當老師的人有千千萬萬，而符合當飛行員條件的人卻很少很少。感謝您給了我一副好身體，我該有多幸運，您有多光榮啊！」李國恩當年的一番勸說，終於打動了母親。

母親頑強的基因遺傳給了李國恩，他從一個普通的農民孩子成長為了人民空軍一名優秀的試飛員。

讓我們回到他首飛殲-15的那一日。

2009年8月31日。中國北方某機場。

北方夏季明亮絢麗的陽光慷慨地灑滿機場，今天的機場到處彩旗飄揚。上午10點，一行人走上觀禮台。從他們中一些人制服上佩戴的略章和金燦燦閃爍的一長排星星就可以看出，他們是軍方的高級別人士。跑道一頭，一隻巨大的戰鷹以它天然的雄姿靜靜竚立，特殊的寬闊機翼被陽光洗得閃亮灼目。

這一天，國產殲-15艦載機進行首次試飛。如戰士出征，現場氣氛十分緊張。殲-15艦載機首次飛行成功與否，不僅關係到瀋陽飛機工業（集團）公司和中國航空工業集團公司瀋陽所這些年來辛苦耕耘的創新成果，更關係到國家航母事業進程的推進。

殲-15艦載機研製現場總指揮是瀋飛集團公司董事長、總經理羅陽。身材高大、膚白貌端、儀態儒雅的羅陽緩緩地走到李國恩面前，拍了拍他的肩膀，停了半刻，只說了幾個字：「兄弟，等着你回來。」

李國恩用他標誌性的微笑回答了羅總。他們握手、輕輕地擁抱了一下。

新型艦載機的研發過程中，每一次試飛，只要在試飛現場，試飛員們登機前和下機後，羅陽都會走上前去，與他們握手、擁抱。羅陽既是專家又是管理者，工作嚴謹，思維縝密，同時又心地溫厚、性情平和。

上午10時30分，飛機慢慢滑入起飛跑道，它低低地轟響着，機場四周的空氣跟着顫抖，視界中的建築和樹木都抖動起來。

10時50分，只聽一聲怒吼，隨着塔台首席指揮員畢紅軍一聲令下，李國恩駕駛的這架中國自行研製並具有自主知識產權的全新型戰機，昂首升空，直射藍天……

此刻，機場觀禮台上，總部、空軍、海軍首長和有關部門的領導，中航工業、瀋飛集團公司、各有關工廠、飛機設計研究所的領導和科研人員，以及試飛現場員工，所有人的目光都隨着戰機飛上藍天，正在期待並即將見證一個重要的時刻。羅陽一直抬頭仰望，目光緊緊跟隨着空中的飛機……

轉眼間，新型戰機呼嘯而至，先低空盤旋一圈，又拉起，

從人們頭頂呼嘯而過，緊接着又是一個垂直躍升，機頭瀟灑地昂然抬起，尾部噴出的氣流氣勢逼人，眨眼間，戰機以雷霆萬鈞之勢直衝霄漢。還沒等人們從驚喜和震撼中回過神來，戰機又來了一個小半徑盤旋和 S 機動，宛如漂亮的空中芭蕾旋轉，然後是一個低空大速度通場，風馳電掣，讓人目不暇接。女人們尖叫不已，前排的觀眾用手捂住了眼睛。正當人們震撼不已的時候，戰機又來了一個低空小速度通場，這回它像一隻偌大的鯤鵬，在空中悠閑漫步。最後一個動作是空中應急放油，湛藍的天空中頓時留下了一條壯美的銀龍⋯⋯

20 分鐘後，戰機做了一個優美的小航線，平穩地降落在跑道上。

嘭！戰機安全着陸，輪胎與地面接觸摩擦，冒出三股白煙。首飛成功！

羅陽唰地從椅子上站起來，拚命地鼓掌。機場頓時沸騰了，鮮花、掌聲、淚水、擁抱、歡呼⋯⋯

一個全新的機種誕生了！從這天起，中國有了自己的艦載機！

李國恩剛跨下飛機，羅陽與政委張保庫就上前緊緊擁抱住他。淚水從兩個男子漢的眼眶中奔湧而出。

按規定，李國恩要和總設計師孫聰一起去向主席台的領導和首長報告首飛情況，但老大不小的孫聰一直抱着李國恩嗚嗚地哭，鼻涕、眼淚把李國恩的抗荷服都染花了一片。李國恩當然也很激動，不過試飛員的心理素質還是強過總師的書生意氣，他拍拍總師的背說：「哎哎，我這不是都好好地在這裏了嗎？那邊主席台還等我們彙報呢！」

總師孫聰破涕為笑。

當他們跑步至主席台前時，歡騰的會場有了片刻的寧靜。

李國恩激情滿懷，麥克風將他洪亮而堅定的聲音清晰地傳向整個會場：「首長同志，國家重點工程殲-15型首架樣機試飛完畢，各項性能指標完全達到設計要求。請指示！」

全場再次掌聲雷動。

新型戰機的首飛成功，標誌着中國新一代艦載航空裝備的研製跨入了一個全新階段，並填補了中國艦載機領域的空白，這一次試飛具有里程碑意義。

總裝備部的一位副部長在場，他是內行，下來的時候對李國恩講：「我見過很多型號的首飛，像你這樣首飛就收起落架、低高度、帶起落架通過，都還是第一次，飛得非常好！」

每個試飛員在新裝備首飛過程中都是有心理壓力的，這個壓力不光來自執行這種未知任務的風險，更主要的是責任。因為每個型號都承載着國家和民族的希望與需求，最現實的是還凝結着廣大科技人員和設計人員的心血，對於設計人員來講，一輩子搞上一個型號就不得了了。因為是首飛的原型機，可能也存在一些技術風險認識不到的問題，會出現部件或者結構故障。這是中國第一架艦載機，機翼是摺疊的，與一般的作戰飛機相比，結構上發生了巨大變化。另外，艦載機因為着艦要求，不帶減速傘，輪子剎車的特性也不一樣，而首飛的地面跑道盡頭沒有攔阻網，因此就存在剎車出故障無法減速、飛機衝出跑道的風險……

鑒於新機的種種不確定性，為防止發生意外，西方國家通常的做法是，首飛不收起落架，只是完成升降，只要求離陸和返航落地，包括控制律的包線都受到限制，在首飛時不做擴展。

確定首飛方案的時候，李國恩看到了設計人員期盼的眼

神。從設計系統來講，他們希望飛機有個很好的表現，包括收放起落架、做些機動等，他也明白，上上下下都在關注這架新機的亮相。儘管在試驗室裏做了大量的試驗，但沒有真正的實際飛行，還是可能有很多地方沒有摸透。任何形式的首飛，都可能有技術上的問題，或者技術上認識不到位的問題。如果發生技術上的錯誤，造成型號上的損失，試飛員個人的責任就太大了。

儘管「壓力山大」，李國恩還是提出要收起落架，要做一些鑒定性機動。他親切地看着總師孫聰説：「我相信自己的能力，也相信設計人員，我相信我能夠平安地回來。」

這幾天，孫聰的臉蛋子看上去明顯沒有平時順眼了，因為着急上火使他晚上睡不着覺，嘴唇裏外起了水泡。從試飛前兩週開始，李國恩就常常看見，夜已經深了，失眠的孫總師還在院子裏來回踱着步。李國恩就説：「我的孫總啊，你不要來來回回地走了，你睡不着可我必須要睡着，因為如果我睡不着覺的話，狀態就不在了。」孫聰盯着他的腦袋沒吱聲。設計師的眼睛是纖毫必糾的，孫聰看得到，自從飛上艦載機，美男子李國恩的頭髮明顯地越來越稀疏了。

一架飛機源於一個構想，試飛員在跨入座艙的那一刻，開啟的是一個從夢想到現實的征程。一架新的飛行器橫空出世，意味着它從大地到天空的蛻變。

而這個蛻變，可能是化繭為蝶，也可能是鳳凰涅槃。

「空中遇險你緊張嗎？」我問。他微笑着説：「怎麼你們都愛問這個問題？」

李國恩説，還曾經有人問過他，任務艱辛，風險巨大，是不是事先留有遺書。

他明確地搖頭：「從不。」

「為什麼？」

「試飛這個職業，在空中遇到特情是難免的，是正常的，沒有特情反倒是不正常的。有的特情是設計任務給予的，有的是意外發生的，還有可能是設計特情產生了新的特情。不管是哪一種情況，必須要做處置。緊張對你不僅沒有任何幫助，反而會帶來一些負面的影響。適度的緊張，對潛能有激發作用，但高度緊張會使你喪失判斷的基本技能。」

「首飛那天你緊張嗎？」

「還是有變化的。我平時血壓不到 110，那天 120 多，不過應該說調整得還比較好。我比較滿意。」他淺淺地一笑。

李國恩率領的團隊是新中國組建的第一支試飛部隊，同時也是一支具有光榮歷史傳統的英雄部隊。這支部隊先後成功試飛出了 30 多種型號數千架殲擊機，為捍衛國家主權和保衛祖國的安寧做出了突出貢獻。在開創中國航空事業的征程中，這支試飛部隊以堅定的信念、科學的態度、無畏的勇氣、獻身的精神，經過幾代人的艱苦努力，開創了中國航空史上的許多第一，填補了一個個空白。

2010 年 11 月 16 日這天，各大媒體都在醒目位置報道了一條新聞：

15 日晚，第六屆中國航空航天月桂獎頒獎儀式在珠海舉行。

中國航空航天月桂獎，是中航傳媒集團於 2005 年發起並主辦的全行業大獎，以「弘揚行業精神、謳歌骨幹精英、探索新知前沿」為宗旨，每年舉辦一屆。獎項評選涵蓋部隊、民航、中外航空航天工業、科研院所及相關機構。中國航空

航天月桂獎共設立攜手合作獎、飛行精英獎、英雄無畏獎、閃耀新星獎、個人技術先鋒獎、領導卓越獎、月桂風雲獎和終身奉獻獎共 8 項大獎，旨在表彰為中國航空航天事業勤勤懇懇、默默無聞、無私奉獻的業內人士，是業內最具權威和影響力的獎項。翻開歷屆獲獎人員名錄，映入眼簾的，全是令人矚目的航空航天界精英。

李國恩曾 5 次承擔國家重點型號飛機的研製試飛重任，多次成功處置空中特情，挽救科研飛機，填補多項國內空白，本屆大會授予他英雄無畏獎，獎勵他為中國航空事業發展和國防建設做出的突出貢獻。他上台受獎時，有一個動人的小插曲──

主持人問：「艦載機首飛的時候，你老婆有沒有為你擔心？」

他回答：「一個男人為何要把所有的事情都告訴女人呢？我一個人承受這種壓力就可以了。」

觀眾瘋狂鼓掌。

那一天，大屏幕上出現的頒獎詞是：

他是農民的孩子，低調謙遜，快樂純樸。他是藍天的驕子，功勳卓著，全軍楷模。在試飛道路上，他寵辱不驚，無怨無悔，向巔峰默然前行。他說：「飛行是我的快樂，飛行是我的生命。」

他的血脈中，有一種狂野而冷峻的聲音，有一種澎湃而內斂的力量，讓他穿越雲霄，讓他熱血沸騰，讓他沉着冷靜，讓他笑看風雲。

燈光幻彩的舞台上，李國恩站着，他的臉上，還是那種淡然、自信的微笑，雲淡風輕。

在本書的寫作將要完成時，一個最新消息傳來：中國第二種四代戰機殲 -31 正式解密。這型飛機的首飛試飛員，還是李國恩，首飛時間是 2012 年 10 月 31 日 10 時 32 分。

對於當時被形象地稱為「粽子機」的神秘新機的首飛，美國《連線》雜誌評論文章報道說：

中國最新型的隱形戰機據稱於 10 月 31 日上午從瀋飛集團公司機場起飛，進行首次飛行試驗。雙發「鶻鷹」時長 10 分鐘的處女秀標誌着中國雄心勃勃的隱形戰機項目向前邁出了一大步。

兩年之後，殲 -31 向世界掀開了神秘的面紗。2014 年 11 月，殲 -31 實機在第十屆中國國際航空航天博覽會上首次亮相，並進行飛行表演。

殲 -31 成功首飛，標誌着中國成為世界上第二個同時試飛兩種四代機原型機的國家。殲 -31 與中國重型隱形戰鬥機殲 -20 形成「高低搭配」，專家普遍認為其可能發展成新一代航母艦載戰鬥機。

就在李國恩成功首飛殲 -31 近一個月後，2012 年 11 月 25 日，也就是海軍試飛員與空軍試飛員向全世界展示中國艦載機首次着艦成功的次日，殲 -15 飛機設計總指揮羅陽因過度勞累，突發急性心肌梗死、心源性猝死，經搶救無效，在工作崗位上殉職，終年五十一歲。24 日當天中午，得知艦載機着艦成功後，興奮的李國恩曾給羅陽打過電話，但羅陽的電話一直佔線。想到羅總那時一定十分忙碌，李國恩就收起了電話，但他沒想到就此錯過了與羅總的最後一次通話。

在晚上的電視新聞中，他看到了羅陽，直覺上覺得羅總熟悉的笑容中有些疲憊，人似乎也憔悴了許多。一向心細如

髮的李國恩感慨了一下，並沒有多想。作為殲 -15 艦載機首席試飛員，他對這位殲 -15 艦載機研發項目總負責人的操勞和壓力感同身受。他並不知道那是羅陽留給他的最後的身影。

第二天中午，他接到遼寧艦上某首長戰友的電話，説羅陽離艦登車後，突發心臟病，一去不歸⋯⋯

李國恩一下子呆了。

告別羅陽的追悼會那天，一大早李國恩就帶着試飛部隊所有試飛員趕到了靈堂，他們站在離羅陽遺體儘可能近的地方，目送這位戰友領導最後一程。那天李國恩哭了，泣不成聲。他已經很多年沒怎麼流過淚了。

很多日子過去了，每次飛行下來，走過指揮塔台下，李國恩還是會不由自主地將目光投向一個位置——那是羅陽以前總是站立的地方。他恍然覺得那個膚色白淨、笑容端厚的伙伴還站在那裏。

那天與羅陽告別的時候，李國恩將胸前的白花取下，輕輕放在他的身邊：羅總，你太累了，好好歇息吧。

一代新機問世，帶走的何止一代人的時光韶華——

可能還有生命。

第二部

凌霄踏歌

他們被稱為「刀尖上的舞者」

凌霄踏歌，長空礪劍。萬米高空，鐵翼鵬程。中國空軍試飛員們始終將目光瞄準世界航空發展的最前沿，以時不我待的緊迫感和責任感向世界尖端技術發起衝擊。他們參與和完成了一千多項國家級科研課題，刷新了中國航空工業數千項紀錄，突破了一大批事關國家核心競爭力和部隊戰鬥力的關鍵技術，讓中國戰機驕傲地飛翔在新世紀的天空。

天接雲濤連曉霧，星河欲轉千帆舞。——〔宋〕李清照《漁家傲》

德國飛機設計師、製造工程師和試飛員李林達爾說過一句話：「設計一架飛機並不難，製造一架飛機也沒什麼了不起，只有飛行才意味着一切。」

李林達爾是世界著名的滑翔飛行家、航空先驅之一，是他最早設計和製造出可實用的滑翔機。李林達爾對飛機的最早探索始於 1863 年，那時他年僅十四歲。他飛行事業的巔峰時期是 1893 年到 1896 年，這幾年裏他進行了超過 2000 次滑翔飛行試驗，最終在 1896 年 10 月 9 日，因飛機失事壯烈犧牲，這一日的飛行也是他人生中最後一次騰飛。

李林達爾雖然犧牲了，但他所積累的動力飛行經驗，直接影響了後來者萊特兄弟的飛行實踐。李林達爾過早地成為一顆劃過天際的流星，但他留給後人的這句名言卻將天空探索者所具有的可貴的精神和意志傳遞了下去。

「只有飛行才意味着一切」，這句意味深長的話，是對飛機飛行試驗所強調的實踐意義最好的詮釋。

第六章　「大哥大」

　　看過他飛行的人，懂行的男人會由衷地說：呵——漂亮！

　　不懂行的女人會尖叫：哇——太帥了！

　　有一句話叫作「米脂的婆姨綏德的漢」，說的是陝西出美女和帥哥。

　　他是陝西綏德人。但是，在試飛界，用漂亮與帥形容的，不是他的容貌，而是他的飛行技術。在現今中國乃至世界，從事試飛的沒有人不知道他的名字。在中國航空工業領域，他的名字更是如雷貫耳。在從頭講述他的故事之前，有必要先介紹一下他的光榮與歷程：

　　他是中國空軍第一個在國外試飛員學校接受三角翼飛機失速尾旋培訓的飛行員，是中國失速尾旋首席教員之一，首次在國產飛機 K-8 上進行失速尾旋試驗 200 次，並完成了蘇 -27、蘇 -30 飛機失速尾旋試驗和「眼鏡蛇機動」。

　　他是中國空軍第一批「空軍級試飛專家」及「空軍功勳飛行人員金質榮譽獎章」獲得者之一。

　　他是中國自主研製生產的第一架殲 -10 的首席試飛員，創造了出廠試飛史上的十項第一。

　　他是中國軍人中第一位三角翼飛機、K-8 教練機尾旋的首席試飛員兼國際教員，帶教過二十多個國家的近二百名飛行員。

　　在三十多年的試飛生涯中，他參與完成的中國戰鬥機重

大科研試飛項目有 100 多個，其中 40 餘項填補了中國戰鬥機試飛史上的空白。他曾榮獲國家科學技術進步獎三等獎、國防科學技術進步獎二等獎，多次獲航空系統科技進步獎。他先後榮立一等功 1 次、二等功 4 次、三等功 8 次，1997 年被空軍評為「飛行員標兵」，1999 年被空軍授予「功勳試飛員」稱號，2002 年 7 月被總政治部評為「全軍優秀共產黨員」。

他是目前中國空軍戰鬥機試飛員隊伍中年齡最大、飛行時間最長、參與試飛科目最多的資深試飛專家⋯⋯他駕駛過國內外 15 個不同性能的機種達 37 個機型，經他試飛出廠的飛機可以裝備 6 個航空兵團。

他叫雷強。但是，在試飛這個行業，很少有人叫他的本名。年輕的少壯者或者年老的長者，戰友同行，甚或官員領導，無論在公開還是私下場合，大家都叫他——「大哥大」。

一、草叢中躺着個熟睡的孩子

正值盛夏，這塊無人光顧的草坪野草瘋長，足有半米多高。雷強在草地裏大步跨着，他一手提着頭盔，另一邊腋下挾着一個四五歲的男孩。男孩小臉曬得通紅，還在閉着眼睛酣睡，兩隻手臂和兩條腿，在雷強的腰下一甩一甩。

1997 年，盛夏。成都某機場。
「真漂亮。」看着他走過來的時候，我張口就說。

正午的跑道像一條巨幅銀練，陽光在上面鋪就了水銀般

明亮、強烈的反光。發動機的轟鳴聲由遠而近，在強烈的聲波衝擊下空氣持續顫振，目力所及，四下的景物呈現變形彎曲的抖動。在機場，這種現象太熟悉了。

飛機劃過一道漂亮的弧線，從頭頂掠過，下降高度了，幾乎是貼着地面在飛，航線和翼展保持得又平又直。然後，飛機如蜻蜓點水般落地，準確地落在跑道中線上。發動機停車後，巨大的轟響停止，空氣振動停止，景物和我的視線又恢復了正常。

飛行員從飛機上下來，皮飛行服，長筒皮靴，步子很大。

在飛行部隊採風的第一天，正逢飛行日，我站上塔台，他的第一個起落就被我捕捉到了。一個飛行員的資質，只要看一下他的飛機在天上和落地時的姿態，你就可以知曉大半。我一直盯着他駕機落地、滑行、停靠。艙門打開，他鑽出來，最後兩階舷梯，他是一躍而下。

「我要採訪你。」我追上他説。

「沒空——」他把手一揮，大步走過我。

「你落地真漂亮！」我對着他的背影喊。

他站下，轉身，摘下墨鏡。他的臉很普通，五官小而緊湊，毫無特徵。眼睛不大卻十分清澈明亮，目光中有少見的敏鋭。我看着他的眼睛説：「小弧線，角度真刁。」

他一把取下頭盔，鋭利的眼睛看着我手中的採訪本和筆（我當年對自己採訪時的造型很得意：穿着多口袋的衣服，口袋裏揣着雙色筆、便簽條、錄音筆、電池、微型話筒和耳機），燦爛一笑：「不錯，懂行啊！」

「你飛得真漂亮。」我説。這句話打開了通往他飛行世界的門。

「飛得不漂亮，能幹這一行嗎？」他用手指指關節敲了

一下頭盔，丟下這句話就大步走了。頭盔並沒有發出清脆的
聲響，倒是他的聲音清晰地留下來了：

「記者丫頭，我 16 點 15 退場，16 點 30，休息室見。」

這是二十多年前的一幕。我初識他時，他三十三歲，我
二十三歲。那時他只是空軍某試飛部隊的一名普通試飛員，
剛剛離婚。請別誤會，在這裏我講的不是愛情故事，或者說，
我所講述的故事，與愛情無關。

那時候這個城市還沒有這麼膨脹，我住的地方在城市的
最西邊，再往外就是一望無際碧綠的農田。機場的外跑道筆
直穿過這片碧綠，成為我每日散步時的目極線。試飛部隊就
在離我家不遠的地方。我們這個小院人丁不旺，因為與城市
隔了一段距離，所以只有寥寥幾戶人家。幾乎是，他們那邊
飛機發動機一響，我家院子的鐵柵欄門就跟着響起來，隔壁
人家院子裏養着的大狗立刻收了平時的氣勢，跑到自己窩裏
蜷臥下來，把頭埋進盤起的雙腿裏，看着十分解氣。在每天
寫作的間隙悠然地打望飛行員們的生活、訓練、飛行，於我，
是一件很輕鬆、很愜意的事。我看着他們進場、退場，清晨
跑步、翻雙槓，傍晚打球、游泳，每一個人都有一張帶着特
徵感的「老飛」臉，生活簡單而規範。

是哪一天呢？在飛行員跑步的隊伍中，看不見雷強了。
那時我還不知道，他去參加「型號工程」了。

殲 -10 立項後，對外稱「型號工程」。很長一段時間，
這個工程處於高度機密狀態，雷強的身影就淡出了人們的視
野。他為了執行國家戰略上的某項重大任務，蟄伏在這個城
市的某個角落。這一蟄伏，就到了 1998 年 3 月，但他這一次
的出現，吸引了全世界人的目光。

16 點 30 分整，我按時到達飛行員休息室，卻在門口被人攔住了。

「雷強不在。」大隊政委擋在我面前。

指揮樓一共四層，指揮室在四樓，一至三樓是空勤和指揮員休息室、餐茶室、更衣室、大小會議室、信息控制室。一樓有偌大的走廊，進門就是塊大號黑板，有飛行任務的日子，上面貼着任務計劃表，飛行員代碼、任務標號、場次、時間、考評一覽無餘。我看到，在雷強名字的代碼下，數個指揮員都給出了「5分」。我的預感沒錯，他果然是全大隊最優秀的試飛員。

「不是説好的時間嗎？他應該是守信用的人。」

「情況有點變化，他找兒子去了——」

於是我聽到了這個叫作雷強的試飛員的故事。這當然是一個再簡單不過的故事，雷強醉心飛行，無暇風花雪月，妻子不願意忍受孤獨的生活，提出離婚。雷強同意了。他沒有辦法不同意。

在「大哥大」還沒有被叫作「大哥大」的時候，他雷強只是空軍某試飛部隊一個鮮為人知的普通試飛員。

於是，離婚的妻子丟下孩子走了。

飛行部隊對飛行員有各種近乎嚴苛的要求，像雷強這種「家庭關係出現狀況」的，按規定必須停飛。但沒有多久，雷強就復飛了。他是一個性格剛毅的人，按部隊領導的話説，他不會趴下的。

機場附近沒有幼兒園，就是有也沒人接送。復飛後的雷強每天堅持飛行，兒子太小，不能一個人在家，他只得帶着兒子到機場，飛行的時候把小傢伙丟在休息室裏，讓司機、炊事員或者代班員看着。但是這些地面工作人員都是有職責

在身的，小傢伙腿腳又利索，就在警戒區之外到處亂跑。機場空曠，每次飛行落地以後，雷強第一件事就是滿世界尋找兒子。

將近 1 小時後，我在遠離機場主跑道的外場隔離區外看到了滿頭大汗的雷強，身穿飛行服的他焦慮地走在隔離區一大片空曠的草地上，邊走邊東張西望。

今天飛的場次多，時間長，小傢伙等得不耐煩，自己跑到外頭玩，玩累了，天又熱，就躺在草叢中睡着了。雷強找到兒子的時候，小傢伙四仰八叉地在草叢中睡覺，臉上、手臂上全是蚊蟲咬出的紅疙瘩。正值盛夏，這塊無人光顧的草坪野草瘋長，足有半米多高。雷強在草地裏大步跨着，他一手提着頭盔，另一邊腋下挾着一個四五歲的男孩。男孩小臉曬得通紅，還在閉着眼睛酣睡，兩隻手臂和兩條腿，在雷強的腰下一甩一甩。

夕陽跟在雷強的身後，他挾着孩子大步行走的身影，孤單卻倔強。

我在機場外的一家小餐館裏找到雷強時，他正帶着兒子吃晚飯。餐館不起眼，卻是這附近僅有的幾家館子之一。黑乎乎、油漬漬的桌上有兩籠包子、一碟涼拌牛肉、一碟炒青菜，父子倆對坐，兒子伸手就抓包子和肉，雷強用筷子制止了兒子，強調必須先吃一口青菜，然後才能吃肉。

兒子顯然是不願意吃青菜，但他的動作沒有大人敏捷，每次伸出的手都被當爹的及時準確地用筷子擋住了。兒子無奈，縮回手，鼓起嘴巴氣呼呼地瞪着他。他正在身體力行一口青菜一口肉地吃着，眼看着桌上的菜在急劇減少。

　　雷強用筷子點點牛肉碟說：「小子，你再不抓緊，等會兒我把肉肉都吃完，就沒你什麼事兒了！」

　　看見我進來，雷強站起來讓了一下說：「沒辦法，我會做飯，但沒時間。吃完了我還得去隊裏，做明天的飛行準備。」

　　我看着狼吞虎咽地喝湯吃包子的雷強，問他：「後悔嗎？」

　　「啥？」雷強抬頭看了我一眼，立刻明白了我在問什麼。

　　「不要拿任何事情與我的飛行相比。」雷強說。

　　他的兒子，趁我們說話的當兒，迅速伸手—— 而且是兩隻手—— 把桌上的包子和牛肉各抓了一大把，立刻填進小嘴巴裏。我和雷強都笑起來。

　　笑着笑着，雷強看着兒子的眼睛濕了。

　　他們快速吃完，雷強把兒子扛在肩頭，一邊大步向回走，一邊大聲唱着歌。兒子在他的肩頭轉過身來，乖乖地向我搖着小手說：「阿姨再見。」

　　正是黃昏下班時分，這個片區因為有一個軍工廠及一個飛行設計院，人聲喧嚷。紛紛而過的行人們，沒誰會注意這個穿着便裝、身材不高大、肩膀上還扛着個小孩子的男人。連雷強自己也不知道，他會在通往試飛的路上，走得那麼久，那麼難。

　　妻子提出離婚的時候，雷強的眼淚都掉下來了。在飛行上，沒有人會懷疑雷強的智商，但對待女人，他的確算不上高情商。他們在一個大院長大，兩家是至交。他與她初戀、熱戀，而後結婚、生子，一切都順理成章，一切都平靜如水。

　　但是婚姻與愛，確乎與這些無關。

　　那一天，妻子最後問他，在飛行與她之間，選擇哪個。雷強沉默了許久，最後，他說話了，向來聲高氣壯的他，聲

音和心卻都在抖。他說：「把兒子給我留下。」

妻子哭着走了。

「沒辦法，我努力過，但是，我的心都被飛行塞滿了。」雷強自我檢討。

「如果不從事試飛，如果不是瞄着『型號工程』，也許一切還會是原來的樣子吧？」我問他。

「沒有如果。走上試飛這條路，就會一往無前地一直走下去，這是理想，更是職責。」

說這話時雷強並不知道，為了這款三代機的首飛，他整整準備了十三年。

二、穿大皮靴的飛行員父親是他的偶像

穿大皮靴的飛行員父親是他的偶像，這個偶像的形象如此清晰與明確，從他記事起，就成為他人生與事業最直接的榜樣，影響了他一生。

穿着飛行服，腳蹬長筒大皮靴，手裏拎着飛行圖囊，腰裏還別着把小手槍。這個人是雷強的父親。父親雷雨田是一名飛行員，參加過抗美援朝。穿大皮靴的飛行員父親是他的偶像，這個偶像的形象如此清晰與明確，從他記事起，就成為他人生與事業最直接的榜樣，影響了他一生。

雷雨田是自己後來改的名字，爹媽原來給起的名字是什麼，他也說不清。當年，雷雨田跟着哥哥離開家鄉加入陝北劉志丹的紅軍隊伍成為紅小鬼時，才十一歲。在紅軍隊伍中他學會了認字寫字，就把「雷」拆分成兩個字做了自己的名字。有次聊天，談笑風生的雷強說，父親的名字倒是很有「離

騷」味，不想雷雨田沉着臉斥責了他一句：「荒唐！」雷強嚇得吐了吐舌頭。

　　一身正氣的雷雨田並非不知道屈原，但從兒子嘴裏說出的這個詞，字面意義的確不符合他根正苗紅的老革命風格。雷雨田是來自老航校的新中國第一批飛行員中的一員，他大半生都奉獻給了白山黑水的東北的天空和大地。

　　客觀地說，在飛行學院出生的雷強年少時並沒有表現出多少軍人的天賦，頑皮的他整個童年和少年時期狀況不斷，上樹下河，抓鳥摸魚，常常被老師和同院孩子的家長告到家裏來。要說不同的地方，可能是他比同齡的孩子對飛機和飛行知道得多些。雷強是雷雨田的愛子，但這不影響雷雨田這個嚴父對愛子施以拳腳的管教。年少的雷強不懼父親的拳頭，卻怕父親一言不發時的冷峻面孔。東北日式的老房子居多，厚厚的大條石的牆，灰白的水泥地面又冷又硬，只要聽見父親的大皮靴踏在上面的聲音，他就遠遠地遁開——這總是在他犯了事的時候。

　　在這樣的家教下，雷強迅速從飛行學院的一群孩子中脫穎而出，他身體健碩，思維敏捷，眼神靈動，四肢協調。在這樣的環境中成長起來的雷強理所應當去做飛行員。

　　高中畢業那年，空軍招飛，雷強報名了。「老飛」父親雷雨田原本對兒子的身體狀況胸有成竹，但是正式體檢的第一天，晌午才過兒子就垂頭回來了——居然落選。雷雨田大吃一驚。雷強的坦白非常簡單：體檢前一天，雷強從同學那裏得到一本盼望已久的小說。在那個年代，一本好小說是要在同學或者同伴們中間快速廣泛流動的，雷強手不釋卷地看了一個通宵，小說看完了，天也亮了。紅着一雙眼睛的雷強在

體檢面試的第一關就被淘汰了。

可以想像雷雨田的憤怒。不管雷強說什麼，雷雨田決不出面為兒子做任何解釋補救工作。

「做事分不清主與次，說明你還不是個成熟的男子漢，也不適合從事飛行這樣一種周密謹慎的工作。」雷雨田這樣教育兒子。

雷強老老實實地下鄉了。塞翁失馬，一年的農村生活和勞動，將他的體質和毅力都錘煉了。

轉過年，又一次招飛開始，正值空軍發展飛行員隊伍，這一年的招生範圍從應屆畢業生擴大到了知青。也許雷強天生注定繞不開飛行，命運這隻無形的手，毫無懸念地把他推進了空軍飛行員序列。像後來媒體多次敍述的那樣，他毫不猶豫地「抓住了命運的手」。

1976年，雷強當上了飛行員，他的飛行天賦迅速表現出來，從初教機到高教機，他都是第一個放單飛。但那時他還完全不知道試飛是怎麼回事。而「人生目標」這種意義重大的詞，只是在他的思想彙報裏偶爾出現。

初教機學習結束時，團裏有意留雷強當教員。領導找他談話，他直愣愣硬邦邦地回了一句：「不，我想上大學。」

雷強進入航校的第二年，1977年，國家開始恢復高考。這個時期，幾乎全國的青年都嚮往成為代表着知識與時代潮流的大學生。

雷強父母的愛情，非常類似《激情燃燒的歲月》中的情況——雷強的母親當年是東北軍區文工團團員，由組織出面「協調」給老紅軍雷雨田。雷雨田並不是一個粗枝大葉的人，相反，搞一輩子飛行的他是一個十分細膩的人，只不過，由

於過分忙碌的工作加上特殊的時代背景，雷雨田並不擅長言情。雷強的母親一門三姐弟全是老牌的大學生，母親當然希望自己鍾愛的兒子也能成為大學生。受母親的影響，上大學是雷強長久以來的心願。有段時間，雷雨田因為「單純軍事觀點」受衝擊，被弄到北京批鬥，母親帶着幾個子女搬出院領導宿舍，住進了航校的一個舊倉庫。倉庫十分大，按後來雷強的話說：「一個通間，全部是用發動機的箱子隔成的。」

雷強到底太年輕，他沒想到，「我想上大學」這句話在一些人中引起了歧義。

幾天後，在全團軍人大會上，領導不點名地批評說：「我們有的同志，國家把他培養出來了，可是他呢？技術學好了，思想卻沒跟上趟，不想當飛行員了，想去上大學。這是什麼原因？怕死嘛！」

坐在會場下面小馬紮上的雷強臉騰地紅了。被人這樣曲解，他覺得很委屈，卻又很無奈。

雷強身上好勝、勇敢、不服輸的勁頭表現出來了，他不想解釋，「我當時就下決心，我哪都不去，就當飛行員」。

高教機訓練結束，飛行學院的學習生涯也結束了，學員們該分配了。軍事院校通常有個不成文的規定：從每一屆畢業學員中，選最好的留校任教。雷強接到的分配命令是留校當教員，帶飛初教 -6。望着機場上花花哨哨地停着的初教 -6，雷強問：「這飛機能打仗嗎？」

他的教員笑起來：「怎麼了，小雷？問出這麼幼稚的問題。這是初教機，當然不能打仗。要打仗，那得是噴氣式飛機。」

「我當然知道初教機不能打仗。我不想飛初教機，我要飛殲擊機。作為軍人，應該接受戰火的洗禮！」

這一時期，南疆局部的戰事正酣。教員望着手下愛將堅

毅的眼神，他明白，青春的熱血正撞擊着這顆年輕的心。

當晚雷強給父親打電話，上來就説：「我要飛殲擊機。」

雷雨田是另一所飛行學院的院長，各航校的招生與分配情況是彼此透明的，他説：「飛殲擊機，就要到作戰部隊去。但是按軍務部的計劃，你們航校的這一批畢業學員要全部分到北方某部隊任教。」

雷強的強勁上來了：「所以我給你打電話，你給我找人。」

作為多年的航校領導，每到畢業季雷雨田經常會遇到這樣那樣的人打招呼、遞條子，通常都是想調換單位，換到相對舒適、便捷的地方。除非事出有因迫不得已，雷雨田一律以按組織原則辦事為由推擋。留校任教在外人看來，是畢業後最好的出路之一，不是最優秀的，想留也留不下來。這個兒子倒好，反着來，要往艱苦困難的地方去，做父親的當然很為兒子的表現驕傲。

「你是我兒子，更應該服從組織安排。做一個優秀的教員一定能帶出更多優秀的飛行學員。」

「誰愛當誰當，反正我不當教員，我要飛殲擊機。」雷強斷然拒絕。

父子在電話裏爭執起來。

「不行，必須服從分配。我做校長的不能給自己的兒子走後門。」還是做父親的有威風，雷雨田毫不通融地掛了電話。

雷強知道父親生氣了，可雷強也倔，他跟着也把電話掛了，而且賭氣再也不打電話回家，連每週固定的請安問候也沒有了。後來雷雨田出面，把雷強從初教機團換到了高教機團，雖然不是作戰部隊，但飛的總算是噴氣式飛機。雷強當教員去了。

　　如果雷強就此一直留在航校當教員，不管是飛初教機還是高教機，他都不可能成為後來的「大哥大」。

　　沒過多久，一個人的到來讓事情有了轉機。

三、一班教員裏數你脾氣大

飛行員是馳騁長天的騎士，我們不要飛機駕駛員。

　　那個穿着軍裝的高個子在機場跑道上剛一出現，雷強就發現了他。

　　驕陽當空，寬闊的機場跑道上一覽無餘。那人軍服筆挺，腰板筆直，踱步至一架飛機旁，伸手去摸飛機的外殼——這是正午，機場地面溫度達到了六七十攝氏度。陽光下銀白的機身亮得晃眼，飛機的外殼被曬得滾燙，一般人別說用手摸，就是離機身近了，都會被晃得眯上眼睛。但這個人沒有眯眼。

　　正是午餐的時候，透過休息室潔淨的落地大玻璃窗，雷強用筷子指指外頭，說：「喏，是個『老飛』。」

　　不知道為什麼，看到這個「老飛」的時候，他的心動了一下。

　　今天雷強在外場帶飛新飛行學員。新飛行學員一共有四個人。車子接了雷強和新飛行學員一溜煙到了機場，他跳下車，帶頭向飛機走去。雷強已經站在舷梯上了，回頭看見只有兩個新飛行學員緊跟上來，後下車的兩個還在七八米開外，炫目的日頭下兩個豆芽菜似的小傢伙縮手縮腳半低着頭，頭盔落下來壓在眼睛上。新式飛機換代後，經過大規模的改進，強調人機界面的人性化和互動性，座艙空間比前幾代飛機要

小很多，所以招飛局這幾年弄來的新學員幾乎都是骨感、瘦小的，初來乍到者一個個都像豆芽菜一樣白淨順溜卻單薄，要吃上幾年飛行灶，經過起降升空的多番摔打，才會變成像雷強這樣又黑又硬又緊湊的一粒鐵豌豆。

雷強臉拉下來了，衝着落在後頭的兩個新學員說：「計劃取消，你們兩個，回去！」

兩個新學員顯然吃了一驚，卻一聲不敢吭，提溜着飛行頭盔垂頭喪氣地向後轉。送他們過來的調度車正在掉頭呢，司機見怪不怪地將方向盤一打，將車直接停在兩根「新豆芽」的腳前。車門關上前，雷強聽見司機用不無驕傲的口氣對兩個新瓜蛋說：「哎，遇上雷教員，你們算是撞上雷啦！」

雷強帶着剩下的兩個新學員上天轉了一圈。

帶飛的科目是簡單得沒法再簡單的，雷強推桿壓舵，如行雲流水，動作細緻又細膩，不過半個多鐘頭，一個起落就完成了。

飛機落地，發動機油門關上，座艙蓋還沒拉開，雷強扯下面罩就吼了一聲：「看見沒？」

「新飛」和「老飛」，從相貌上就能看出來：飛行小時過白的「老飛」，赭色的臉像塗了一層油彩，而新瓜蛋沒怎麼在天上吃過高空紫外線，面皮都還是白生生的。此刻矮矬的一個沒吱聲，眼睛滴溜兒轉着，好似還在回味。另一個瘦一點挺着小脖子的昂着頭，聲音蠻大地接了句：「看見了——」

這姿態好。雷強的口氣軟了些：「光看見了不行，還得真正領會——」

矮矬的說話了，慢吞吞地，還比劃了一下：「雷教員，我看你在二轉彎位置的時候，你這樣⋯⋯壓了桿⋯⋯」

瘦子點頭：「是的，我也看見了兩回——」

雷強今天總算看見光明了。

「行啊！」雷強站住腳，異於常人的大手一左一右拍上兩個人的肩，瘦子沒怎麼動，矮矬的身子卻跟着更一矮，雷強就從他肩膀後方看見餐車掛着雪白的餐布來了。雷強喜形於色地說：「行了！吃飯去吧！」

兩個「新飛」笑逐顏開地奔向餐車。

他們一離開，雷強的臉就拉下來了，他接通團長的電話，毫不客氣地憤怒地表達了對今天飛行計劃的不滿。雷強的氣憤不光來自「新飛」蛋子的膽怯無能，他還怪團長眼拙。雷強說：「以後，這種提不起來的貨色不要送到機場來，來了也別交給我，用腳指頭看看就知道他們根本不可能是飛行的料，別浪費國家的汽油了！這種學員在地面可能『長袖善舞』，上了天就完全『短板』甚至『翻板』，就算勉為其難地上了天，最樂觀的結果也只是個會開飛機的駕駛員。可飛行員是馳騁長天的騎士，我們不要飛機駕駛員。」

放下電話，雷強還是氣呼呼的。航醫照例來檢查身體，他撈過雷強的手搭脈搏，邊記錄邊說：「行啊雷子，新飛行學員們都在說，一班教員裏頭就數你脾氣大。」

雷強一巴掌拍上他的腦袋：「他們怎麼不說，一班教員裏頭我雷強飛得最好！」

雷強並不知道，他聲大氣粗地說出那些話的時候，政委高建林正陪着那位高個子軍人站在指揮室的窗前，透過大開的窗子，風把雷強的話無一遺漏地送到了他們耳朵裏。站在一邊的領航主任臉上帶着笑容說：「之一 —— 雷教員的意思是，他是……之一……」

「沒有之一。」高建林政委平靜地說，「雷強就是我們

航校最好的飛行教員。」

高個子説：「大家都説，航校出來的飛行學員第一批是被航校選走了，分到部隊的學員和航校留校當教員的有差距。」

「那當然，我們肯定把各方面比較全面的飛行學員留下任教。」高建林政委還是平靜地説。

高個子一笑：「我倒想看看怎麼個有差距。」

高個子看了一下錶：「氣象説，14 點到 18 點，天氣條件好。這樣，你們自己選個科目，快速的，有表情的。」

政委高建林還是一副波瀾不驚的表情：「您是來檢查的首長，還是您定。對於我們雷強教員，只要是空軍下發的飛行教員大綱上的科目，您隨便選。」

40 分鐘後，飛機劃着漂亮的小弧線，如一葉小舟，穩穩地輕落在跑道盡頭。艙門打開，雷強跳下舷梯，一位高個子軍人站在他面前。是那個「老飛」。

「老飛」説：「你就是雷強？」

「是。」雷強立正，音短卻聲大，習慣性地右手一靠帽簷。

「老飛」沒回禮，只是點了點頭，説了句：「是有差距。」

雷強聽見了，但沒聽懂。「老飛」很近地站在雷強面前：「剛才做 082 科目的時候，為什麼超時？」

雷強怔住了，那個高度上進行的動作，在地面的指揮塔裏，指揮員僅靠目視是根本不可能看得到飛機動作的，那他是怎麼發現的？

「回答我的問題。」「老飛」口氣生硬。

雷強只能實話實説：「我聽師兄説，他們團的 Q-1 飛機，在改變進入仰角的情況下 082 的完成時間可以減少近 5 秒。

今天正好飛這個科目，我想試一下，所以做了兩次。」

「結果呢？」

雷強的眼睛亮晶晶：「我認為我們的 S-2 飛機如果再提高升限動力，基本可以達到他們的水平。但這需要減重，具體多少我還沒算出來，估計 35% 左右。」

「老飛」不說話，只是看着雷強，突然說：「摘掉帽子。」

雷強怔了一下，把頭盔取下，露出了用鑷子也鑷不起的過分短的頭髮。

「老飛」目光在雷強的腦袋上睃了一睃：「什麼造型？」

雷強自嘲說：「報告領導，造型不好，沒辦法，飛行太忙了，沒時間打理，我頭髮長得快，只有搞短點省事。」

「老飛」哈哈笑起來，笑聲裏他把自己的帽子也取下了——兩個人的腦袋如出一轍。

雷強就跟着笑了：「彼此彼此啊！」

二十年後，「大哥大」雷強在跟我講到這裏的時候，我笑得嘎嘎的。

「真有意思，說飛行怎麼說到頭型上去了？這個『老飛』可真跳躍。」我說。

「說對了。」雷強說，「丫頭你腦子夠用。部隊飛行員是打仗的，應急對抗，頭腦靈活，而航校教員按教材實施教學，按部就班。這就是部隊與航校的區別。我那時突然就意識到，我得改變。」

帽子重新戴上後，「老飛」臉上的笑容像被風吹跑了：「你剛才說你認為『基本可以』，什麼叫『基本可以』？雷強同志，誰批准你在空中擅自更改飛行計劃？飛行是科學，不是

遊戲。」

「老飛」背着手走了。他步子很快，四十出頭的人卻身姿矯健。

「丁天明，空 X 師的師長。」政委高建林適時地出現在雷強面前，並且適時地做了備注。

空 X 師——雷強眼睛亮了：這是全空軍最優秀的航空兵師之一，抗美援朝時打掉過敵機的，高手雲集。雷強恍然想起丁天明這個名字幾年前在報紙上經常出現，他是特級功勳飛行員。

「聽說來了個工作組，不是來考察幹部嗎？他來幹什麼？」雷強不解。

高建林拉着臉：「保密紀律第二條附第一款，不該說的秘密絕對不能說。」

「是，不該知道的秘密絕對不打聽。」雷強拎着頭盔就走。

「站住！」高建林對着他的後背說，「你說一個飛行師長到航校來幹什麼？總不會是走親戚吧！」

高建林把話丟下就走了，西斜的太陽把他的影子拉得意味深長。

雷強這下明白了，工作組名義上是檢查工作，實際上是來調查飛行員情況的。調查飛行員情況為什麼要這麼保密呢？坊間風傳的工作組來是考察、招收戰鬥機飛行員的消息，看來是真的。

命運仿佛伸出了一隻手，在悄然指引着雷強。丁天明的到來，讓雷強骨子裏的英雄熱血再一次激盪，他又聽到了內心沸騰的聲音。雷強定定地站在原地，突然一拍腦袋，拔腳就跑。

　　雷強敲門進去的時候，坐在桌後的丁天明沒有動，眼睛還盯在桌上的一堆飛行員檔案上，他仿佛意料中地點點頭說：「想問我對你的評價，是吧？」

　　雷強說：「是的。」

　　丁天明直截了當地說：「飛得不錯，部隊就要你這樣的。」

　　雷強臉上嘩地綻開了笑容，他一個立正：「報告首長，我想到你的戰鬥部隊去。」

　　丁天明站在他面前：「真想去？」

　　雷強大聲道：「真想去。」

　　丁天明說：「好。只要你真想去，我就帶你走。」

　　雷強卻欲言又止，他脫掉帽子扭在手裏皺了皺眉頭。

　　丁天明哈哈一笑，拍拍他的肩膀：「放心吧，雷雨田那裏，我去做工作。」

　　雷強並不知道，那天他在天上飛行的時候，丁天明從塔台指揮室走了出來，即使只用肉眼從地面觀察，飛行行家丁天明也看得出來，那個坐在機艙裏的小伙子有着不同於一般人的稟賦。

　　「這小子有飛行的特質。」丁天明說。

　　高建林說：「那當然，他的父親是雷雨田。」

　　不知道丁天明和雷雨田是否進行了交流，是如何交流的。當天晚上，雷強給父親打電話，開口就說：「我要到戰鬥部隊去。去 X 師。」

　　電話那頭沉默了半天，終於有了聲音。雷雨田只說了三個字：「你去吧——」

　　兩個月後，雷強來到了位於祖國南方的 X 師 YY 團，成為了同期學員中唯一一個被分到作戰部隊的飛行員。當時這是全空軍戰鬥力最強的師。

到了飛行部隊的雷強真是如魚得水。短短兩年時間裏，他把空軍下發的殲擊機飛行大綱中的幾乎所有科目都飛了一遍：海上超低空、沙漠超低空、夜間編隊⋯⋯在那個年代，這些絕對都是難度高得不能再高的科目。空軍編的殲擊機飛行大綱，他只有夜間空靶這一個科目沒有完成。因為訓練計劃安排飛行的那日，他不巧發燒了，這讓他非常遺憾。儘管如此，兩年內他還是達到了「四種氣象」條件下作戰的水平。當時，空軍中具備這種水平的飛行員不超過十個。

1979 年，雷強參加了那場局部戰爭。時任某軍軍長的于振武擔任前線總指揮，從各個師分頭選人，共八人，組成了前線小分隊，承擔空中防衛任務。除了雷強，其他人全是副團職以上的老飛行員，只有最年輕的雷強，只是一名普通飛行員。這一年雷強剛滿二十三歲。

都飛到這種地步了，以後還能飛出什麼「花」來呢？這個巨大的困惑讓從不知苦惱的雷強苦惱了。

四、空軍司令員在他的名字上畫了一個圓圓的圈

和平時期對軍人的考量就是榮譽，沒有硝煙卻關乎尊嚴，優秀的飛行員是飛行師的尊嚴，無尊嚴毋寧死。雷強這樣的骨幹，團長們看得像心肝眼珠子一樣，輕易不示人，更勿說易手。

1980 年元旦剛過，一個特別的消息引起了全國的震動。1 月 3 日的《人民日報》《解放軍報》等全國各大報紙在頭版的顯著位置刊登了一則消息：

　　中華人民共和國中央軍事委員會授予空軍試飛員王昂、滑俊「科研試飛英雄」稱號。

　　對於大多數中國人來說，20世紀80年代的第一個春天是令人難以忘懷的。

　　從這一年開始，中國，這個掙脫了十年桎梏的國家，開始大步走上向「四個現代化」科學進軍的征程，開始了日新月異的科學發展。對試飛員的表彰似乎是一種信號。試飛進行的是對最先進空中武器的試驗和驗證，是國家軍事和國防現代化發展的最新體現。隨着「科研試飛英雄」王昂、滑俊的英雄事跡在大江南北廣為傳頌，曾經是嚴格保密的幕後英雄——試飛員第一次走進了國人的視界，全國人民開始注視這個鮮為人知的特殊群體。

　　1983年11月，是值得在中國試飛史上大書特書的，那一年中國空軍第一次系統選拔試飛員。進入80年代，中國空軍和中國航空工業開始進入飛速發展時期，一批中國自主研究設計的新型飛機項目頻頻上馬，對試飛員的選擇第一次進入有計劃的程序。到了1983年，為了完成殲教-7、殲-7Ⅲ、殲-8Ⅱ三機定型試飛任務，不再是以往對老舊款飛機修復和單一定型試飛，對試飛員的要求空前高。於是航空工業部和空軍聯合組織，在空軍飛行部隊選拔試飛員。包括雷強在內的一大批飛行員，都是在這個時候第一次知道，在人民空軍飛行員的序列中，還有試飛員這樣一個特殊的存在。

　　機會是給有準備的人的，但機會的到來又是曲折的。

　　第一次選拔時，雷強所在的空X師向空軍上報的名單中並沒有他。在這個問題上，師領導是留了點「私心」的。當時全軍實行幹部年輕化，雷強所在的軍區空軍要求各建制團都儲備一名三十歲以下的領導幹部，雷強是最靠前的人選，

也是全空軍最年輕的領航主任。

空軍第一次在各個飛行團選拔試飛員的活動，大張旗鼓地搞了半年多。選拔截止後，送選的人員在空軍試飛部隊專家的第一輪審查中就被大量淘汰。這個結果令空軍軍訓部的領導十分被動。顯然，各軍區空軍並沒有忠實執行選拔文件的要求——一個顯而易見的事實是：全空軍人才最集中最出名的空 X 師居然沒有一個飛行員被選中成為試飛員。這說明，送選來的人並不是各團最拔尖的精英。也就是說，各師各團，都把各自的寶貝飛行員「窩藏」起來了。試飛部隊和軍訓部領導的惱火那就不用提了。

空 X 師光頭，隸屬於空 X 師的 YY 團當然也是光頭。消息傳來，雷強所在的 YY 團團領導們表面不動聲色，內心卻鶯歌燕舞。本來嘛，要親手把好不容易調教出來的團裏最好的飛行員調走，哪個團長會幹呢？

YY 團是全師的拳頭團，在整個空軍都位居前列，常與同樣是拳頭團的空 Z 師 AA 團爭先後分伯仲，兩家不相上下。這一點，在飛行部隊幹過十年以上的人都認賬。這歷史是從抗美援朝時期開始的，兩個師先後上陣，當時的空軍司令員劉亞樓對飛行員們的獎勵是：擊落老美的飛機一架，在機身上畫一實心紅星；擊傷一架，畫一虛心紅星。及至兩個師班師回國時，幾乎所有的飛機都彈痕畢現又花團錦簇，機身上一長排的虛實紅星晃得耀眼。這崢嶸與爭榮從那時起亦結下。每逢空軍大的演習演練，兩個師往往出任紅藍對抗，雙方棋逢對手旗鼓相當，你爭我奪花樣百出，讓評審委員會的新老傢伙們興趣大漲，呼吸急促，心驚肉跳，最後大呼過癮。按空軍領導的話說：兩虎相較，相得益彰。

但是，一切戰爭的因素都是人的因素。飛行員之於戰鬥

力，就像龍骨之於航母、發動機之於飛機，是生死攸關的。和平時期對軍人的考量就是榮譽，沒有硝煙卻關乎尊嚴，優秀的飛行員是飛行師的尊嚴，無尊嚴毋寧死。部隊的士氣志氣和底氣豪氣膽氣霸氣，全在這個叫作尊嚴的東西裏面。這樣一來，各家的寶貝兒就互相暗暗地較上勁兒了。雷強這樣的骨幹，團長們看得像心肝眼珠子一樣，輕易不示人，更勿說易手。按團長的話說：「我們不是不支持試飛，但要把我們團最好的飛行員都調走了，我這團長還幹不幹！」

但試飛關乎國家大局，於是，這才有了空軍組織的第二輪選拔。這回，空軍軍訓部改變了策略，不再由下而上。他們對行動宗旨實行了嚴格的保密措施，事先不打招呼不通知，只說是幹部考核，相關人等帶着考核小組的人員一竿子直接插到飛行團。

儘管還沒有接到空軍的通知，但師長已經明白，雷強這個「寶」是私藏不住了。從內心說，師長是不希望雷強走的，畢竟於師的發展而言，培養一個後備幹部是需要各種條件的，僅僅從時間上說，一個優秀的飛行員，不經過四年以上的磨煉是不可能出來的。

可師長畢竟也是懂大局的，組織命令也是必須要服從的。師長是雷強父親的學員，這麼大的事情，學生肯定要向老校長說一聲。這回是雷雨田一個電話打到團裏來，做父親的直接對兒子說：「雷子，自從你當上飛行員，你不飛初教飛高教，不留院校到部隊，不到內地上前線，我都沒有反對。這次，聽爸一回話，爸已經老了，你就留在團裏幹吧。」

雷強說：「爸，我決心已定，我要到試飛團去，這一點，絕不動搖。」

電話那頭，雷雨田沉默了一會兒，他的聲音再響起來的

時候，聽上去十分滄桑：「你一直都沒聽過我的。現在你有這麼好的條件，要珍惜。關於試飛和試飛部隊，你了解多少？」

父親的話一針見血。雷強老老實實地說：「我一點也不了解，我只是在報紙上看過『王昂、滑俊』，我知道他們都是英雄。」

父親沒有再吱聲。成為英雄是每一個男子漢的夢想。兒子從小好強，他選定的事情，再苦再難也不回頭。但是，要做試飛員，要成為英雄，這背後意味着什麼，父親比兒子更清楚。

當時的空軍政委和司令員都曾是雷雨田的同學，司令員就來自雷強所在的軍區空軍，他對自己部隊的情況如數家珍般地熟悉。試飛員人選名單報上來後，慧眼識珠的司令員用筆在雷強的名字上畫了一個圓圓的圈，說了一句話，這句話決定了雷強的新使命。這個圓圈與其說是雷強人生的轉折，不如說是中國試飛業的幸事。空軍司令員說：「他們一家出了五個飛行員（指雷強和他的父親、弟弟、姐夫、妹夫），是個飛行世家，這小伙子飛得不錯，幹試飛，非常適合。」

1983 年年底，雷強來到空軍某試飛部隊，從此踏上了試飛之路。

五、我看飛機是透明的

一個好的試飛員，不僅要會飛，而且要知道為什麼這麼飛。他的手感甚至屁股的感覺可以代替飛機的傳感器。

12 月的西南中心城市成都，以它天府之國特有的南方式溫情接待了雷強。從冰封雪凍的北國乍一進入這裏，滿眼的青翠碧綠令他欣喜莫名。走進試飛員隊伍的雷強站在他人生，也是中國試飛員隊伍發展史的一個重要關節點上。沒過多久，初涉試飛征程的他就遇到了第一個下馬威。

1984 年春，國家某「型號工程」啟動。是年初秋，他隨「型號工程」的老試飛員們一道，前往大漠深處的西線機場，參加某型飛機的導彈加載試驗，對飛機掛彈後的攻擊方式及性能進行試飛。

按照計劃，先由老將出馬。但意外出現了，第一名老試飛員在進行空中發射導彈科目時發生了空中停車。萬幸的是飛機高度較高，重啟發動機成功，試飛員帶着飛機平安返回，沒有造成更大的事故。後面的試飛員繼續上，還是個老試飛員。但同樣的問題再次出現——連續發射六發導彈，都出現了發動機空中停車的問題。

這款新型空空導彈是 Y 國提供的，故障發生時的現象完全一致：導彈一出艙離機，飛機就機身側翻，剛一改平，發動機就吞煙停車。提供技術服務的外國專家在現場連續調看了幾次記錄後，不停地搖頭。他給出的結論是：「因為你們中國的飛機太輕，掛載不了這種武器。不能飛了。」

新型空空導彈採用脈衝式發射，導彈高速發射時，出艙速度肯定要大於飛機即時速度，飛機受到的反作用力瞬間值遠大於加載導彈的此型飛機的發動機推力。推力不夠，飛機吸入羽煙導致發動機停車。分析結果出來後，大家都沉默了。國家重金購進的先進武器，現在被認定為國產飛機不能掛載。這個結果太讓人無法接受了。試飛陷入了僵局，項目小組的一班人，難過卻又無奈。

雷強在旁邊看了半天，然後站出來，他說：「我想上去再打一發。」

外國專家看了一眼這個小個子年輕人，未置可否地聳聳肩，那意思是：還有必要嗎？

在場的領導考慮到這位初來乍到的年輕試飛員還從來沒有打過導彈，讓他體驗一下也好，就同意了。

接下來的一幕有些戲劇化。

雷強登機，按程序操作。按計劃，飛機爬升高度為8000米、速度是1馬赫時準備發射。聽到耳機裏傳來指揮員的投送命令，雷強輕輕地摁下了發射按鈕。地面指揮室裏多少有點提心吊膽的人們從監控中看到，砰的一聲，導彈從機翼下方發射了出去。控制台聽不到雷強的聲音，緊張地問：「打出去沒有？」

雷強說：「打出去了。」

控制台又問：「停車沒有？」

雷強說：「沒有。」

耳機裏的聲音加大了：「好好看看，停車了沒有？」

雷強大聲回答：「確實沒有啊！」

聽筒裏雷強的聲音很清晰，同樣清晰的還有發動機的轟鳴聲，發動機沒有停車。塔台上下立刻盪過一陣輕鬆的氣氛。

指揮員們一商議，讓雷強又做了兩次。兩次的結果都令人滿意：導彈離機後，飛機發動機工作正常，沒有停車。

「我一打，感覺就像飛機被石頭擊中一樣，飛機呼地一下立起來。當時我有點緊張，一下子愣住了——這是怎麼回事啊？飛機姿態變化如此之大！然後我低頭向座艙外面望了一下，心想，導彈出去了沒有？一看，出去了，心裏的石頭落了地——」確信導彈已經離機，雷強這才把飛機改平，這一操

縱，他發現，咦，發動機沒停車啊。雷強後來這樣向我描述。

雷強當時並不知道，他向機艙外張望的那一眼至關重要，因為飛機處於側翻狀態，發動機進氣口偏移，有效地避免了導彈發射時羽煙的影響，等他收回目光再改平時，高速飛行的飛機已經脫離了羽煙群。

雷強順利返航。數據分析很快出來了。

原來，老試飛員們之前在做試飛科目準備時，就已經考慮到飛機的推力小於導彈發射後的擾力，二力作用不平衡，一側導彈離機後飛機會向另一側側翻。為保持飛機的正常姿態，他們幾乎在按下發射按鈕的同時立刻壓桿將飛機改平，但這瞬間的改平使導彈發動機放出的羽煙正好把飛機的進氣口罩住，結果飛機發動機就吞煙停車了。初來乍到的雷強並沒有人教他做這些動作，他只是習慣性地在完成一個動作後注意觀察飛機的姿態。儘管導彈離機後的強烈反作用力讓飛機立刻被彈得側翻，但他沒有立即改平，而是目視導彈離機遠去後過了2秒才修正姿態。正是這個短暫的延遲時間有效地避免了吞煙。在空中聽到指揮員呼叫的片刻，頭腦清晰的雷強已經迅速明白了原委，所以在後面兩次發射導彈時，他有意識地觀察並控制了改平的時間。他得到的結論是：延遲2秒再進行保持狀態的動作。

直到今天，各飛行部隊在發射同型號導彈時，仍然採用類似的辦法。

分析結束，皆大歡喜，雷強也小小得意。「老飛」大隊長還拍了拍他的肩膀，用動作表示了讚賞。但外方專家卻搖頭指着雷強說：「你，飛行不合格。」

眾目睽睽之下聽到這句話，雷強的臉都紅了。他當然不服氣，雖說自己是新試飛員，但早已是「四種氣象」的優秀

飛行員，居然被一個外國佬説「飛行不合格」！雷強甚至還想，是不是因為自己推翻了這個老外的結論，他心生不快，當眾給自己難堪？雷強梗着脖子説：「怎麼不合格？」

外國專家中文實在不好，他嘟噥了半天，並輔以手勢比劃，雷強也沒有聽懂。後來翻譯在一邊説：「讓你再飛一次。上天後，保持平飛的姿態不變，連續直飛 5 分鐘。」

雷強笑起來，老外這是怎麼了？這可是再簡單不過的科目了。雷強二話不説，重新登機。他心裏明白，這是考察本事的時候，所以他儘量精細地把桿控制着飛機，來回飛了幾次。落地後，數據送上來，雷強看到曲線，臉真是紅了：有 80% 的曲線不平整，平飛過程中過載太大。

飛行 1000 多個小時的全天候飛行員，卻成了不合格試飛員。雷強的懊惱可想而知。

老試飛員告訴他：「你知道問題在哪裏嗎？你當然是會飛的，可你不知道為什麼要這樣飛。」

一句話如醍醐灌頂，雷強明白了，一個優秀的飛行員並不等同於一個合格的試飛員。試飛與飛行，不僅不是同一個概念，更不是同一種評價標準。

如果説，雷強對試飛的選擇還有一定的偶然性，那麼，他在試飛上的成功卻是得益於他的自我磨煉和執着追求。在 1984 年那個沙漠秋紅的季節，雷強面對基地蠻荒的廣袤天地，突然想明白了自己的定位。一個好的試飛員，不僅要會飛，而且要知道為什麼這麼飛——

「要飛飛機，首先要了解飛機。」雷強從此再也沒有給自己放過假。飛機、飛行，組成了雷強的試飛人生。

飛機作為一個高科技的集成體，要了解它並不容易。雷強沒有上過大學，在航校所學的基礎理論底子並不算很深厚，

所有的知識都是他後來自學的。航空力學、材料學、航空電子，甚至氣象學，只要與飛行相關的他都學，只要跟試飛有關聯的他都認真鑽研。為了與外國專家交流，他還自學了英語、俄語。他養成了個習慣，有空就到裝配車間去看，對飛機的各個系統、各個零件，小到飛機的一顆鉚釘，對其規格和安裝方法都要看。每一個架次完畢，他都要將飛過的雷達記錄回放一遍，主動與工程設計人員探討交流。為了熟悉飛行地標，他將飛行地圖鋪在操場上，每天頭頂烈日，趴在上面仔細摘錄背記。十數年下來，雷強堅持不懈的努力有了成效，他對飛機的任何一個橫截面和縱截面的結構都能了如指掌，飛機的結構、原理，以及零部件的位置、作用、與飛行的邏輯關係，他都非常清楚。他說：「飛機的機體看上去是固定的，然而飛行起來，機體是變化的，受力最大的地方，強度也是最大的。所以，飛機要輕，更要堅固。」作為一個試飛員，他的知識面已經延伸到了設計和製造領域。

試飛員和飛行員的區別在於，試飛員必須拿到精準的數據，為工程設計人員提供第一手資料，儘可能不浪費任何一個起落。尤其是新機科研試飛，往往一個架次就要耗費一二十萬元，時間節點要求又非常嚴格，能否以最小的代價飛出最有價值的數據，自然成為了人們評判一個試飛員水準的尺度。

多看之餘就是多練。帶着感覺，帶着目的，雷強的日常訓練與一般人的不同，他很少借助飛行儀錶，而總是腦袋靠在座艙邊，手握駕駛桿憑感覺控制飛機。一會兒平飛，一會兒壓坡度，通過身體感受着飛機的姿態變化，摸索着人機合一的「秘訣」。時間一長，他可以用手感甚至屁股的感覺代替飛機的傳感器。在採訪中，經常會有新老試飛員們津津樂

道又不無羨慕地向我説起雷強的幾手絕活：

他飛加力盤旋，高度、速度、過載始終保持不變，轉上一圈，飛機一點波動都沒有⋯⋯

飛低空小速度盤旋，他眼睛看着窗外，僅憑屁股坐在座椅上的感覺，就能將速度錶、高度錶、地平儀三個儀錶飛成三個指針一動不動⋯⋯

這些本事不是三兩年工夫能磨出來的，同行們驚羨之餘，是打心眼裏對他的佩服：「大哥大」就是個飛行天才。

雷強自己説的是：「我不是天才。但我看飛機是透明的。」

「我看飛機是透明的」，這句話，是雷強的首創，不是內行人，聽不懂。凡是要達到這一點的人，沒有在飛機上摸爬滾打二十年以上的工夫，誰敢妄言？

多年之後，關於知識結構這一點，殲-10 總設計師宋文驄對雷強這個試飛界的「大哥大」有個評價：「他學習很苦，因為他從一個老舊的飛機，跨到一個很現代、先進的飛機，你想想他得學多少東西。飛機的原理、方法及各個系統之間的關係⋯⋯他不光是學，他自己得掌握。他飛了以後，要能對這個飛機做出評價，要能把結果反饋給設計師，這個飛機才能夠更好。」

西線打導彈那次，在快結束時，外國專家對中方領隊説了句話：「你們中國人現在的飛機比較差，我們那裏有一款不錯的飛機，性能很好。」雷強聽到了，有點嗤之以鼻。他想，這傢伙不過是為他們國家向中國外銷飛機預先做技術鋪墊罷了！

也就是這一次，雷強第一次聽説了一個詞：鴨式佈局。

我問雷強，「大哥大」這個稱呼是哪一天產生的。

他想也不想地揮了揮手説：「別聽他們瞎説，小子們的意思是説我年紀大！」

　　年輕的試飛員說：「我們還在當飛行員的時候，就聽說了。」有幾個老一點的試飛員，分頭講述了「大哥大」這個稱呼的來由──

　　一次飛行，天氣突變，機場上空烏雲籠罩，塔台要求飛機立即返場。由於能見度不足 1.5 千米，4 架戰機像低空盤旋的燕子找不到歸巢。望着頭頂呼嘯而過的戰鷹，大家手心裏都攥出了汗。按理，油量最少的應當優先落地。雷強的飛機油量不足戰友們的一半，但膽大藝高的他把機會留給戰友們，決定最後一個落地。戰友們一個接一個地落地了。輪到雷強時，雨越來越大，大雨滂沱中，機場上空全是水霧，跑道被半尺深的水淹沒了。人們正在焦急等待時，雷強的飛機穿過濃厚的陰雲出來了，只見機頭對準跑道，一個非常漂亮的接地動作，機身後拽起一丈多高的水霧，穩穩地停在了跑道正中央。

　　某型殲擊機的飛機進行出廠試飛，按規定要做某項包線試飛，但兩個月過去了，這個包線的極限值連續飛了十六個起落，始終沒有達到計劃要求。廠方急了：這個科目起飛 1 個架次就要耗費 15 萬元，再這樣飛下去，就算經濟上可以勉強應付，時間卻是拖不起的，裝備配發部隊的時間半年前就定下來了。怎麼辦呢？一番考慮之後，廠方決定換人。廠方領導找到雷強，一五一十地坦陳了進度與技術上的困難。

　　雷強一直沒怎麼說話，待對方說完了，他說：「資料留下，你們領導回去忙工作，讓工程師帶我去看看飛機。」

　　連續三天，雷強上午在飛機裏頭上下轉，這裏瞧瞧，那裏摸摸，下午、晚上趴在設計圖紙和技術說明書上看。圖紙大大小小前後連起來有將近 100 米長，盤着彎鋪在地上，雷強就在上面爬來爬去，用三色筆在一些地方畫着記號。工程

師跟着他來回爬，不時回答他提出的問題。

三天過去了。第二個三天，老樣子。

接下來的一週，雷強還是天天不慌不忙不緊不慢地在飛機上、圖紙上爬上爬下，沒有任何行動的意思。廠方急了，又不好說，只能繞着彎問：「雷頭，你看看還要我們準備些什麼？」

雷強抬頭看看天說：「今天天不行，明天吧，明天飛。」

第二天，雷強拎着頭盔上機場了。中午時分飛機落地，項目設計師和工程師在機場接下了飛機的雷強，他取下頭盔時就說了兩個字：「行了。」

技術人員一分析，樂得合不攏嘴：他只飛了一個起落，就飛出了全部數據。

搞技術的人一般都是有點古板的。項目設計師也是個不擅褒獎人的，他措辭措了半天，覺得都不好，最後，他伸出一個大拇指高高地舉在頭頂上。雷強雖然有些累，但還有心情開玩笑，逗他說：「爪子舉這麼高，啥子意思嗎？」

文質彬彬的設計師言簡意賅：「你小子，大哥大！」

從此「大哥大」就叫開了。

六、你欠了我兩個腦袋

戰友們後來對雷強說：「我們那個急啊！如果飛機發動機啟動不成功，你肯定回不來了。茫茫雪山群，飛機沒有地方落，你就是跳傘也白跳……那種地方，我們到哪兒去找你啊！」

1983 年 7 月 23 日，加拿大航空 143 號班機 (B767-233)

由於公制與英制換算錯誤，飛機僅攜帶需要量一半的燃油就出航了。航程進行到一半時，因燃油不足，在高空中飛機引擎熄火。在機組人員的齊心協力下，飛機靠無動力滑翔，平安降落於曼尼托巴省基米尼一個空置的軍用機場內，機上人員無一人傷亡。雖然機長佩爾森被降級六個月，副機長莫里斯停職兩週，三個當事機務人員也被停職，但成功落地的該班機和此型客機被加拿大人稱為「基米尼滑翔機」，以喻示其優越的滑翔性能。

2001 年 8 月 24 日，同樣的空中停車事故發生在了越洋航空 236 號班機上，由於 2 號引擎漏油，燃料耗盡失去動力發生空中停車。後來該班機以滑翔方式成功降落在亞速爾群島，無人死亡，此舉打破了民航機滑翔飛行最長距離的世界紀錄。

對於民用航空飛行員來說，雙發動機同時空中停車的事故並不多見，大多數人終其一生也只是偶爾聽說。民用航空器在發生空停時，通常高度足夠高，速度均衡。但作戰飛機往往是在進行特殊動作時突發停車，特別是在超音速下飛機姿態劇烈變化時發生，此時留給試飛員的處置時間十分有限，因而危險性巨大。

在雷強的飛行生涯中，光是空中停車他就遇到 200 多次，其中一部分是科目中設置的自主關車，另外一部分，就是空中意外停車事故，後者多達 40 多次。

雷強有厚厚的幾十大本飛行記錄本，每一次飛行之後，計劃任務及執飛情況、事故總結等等，他都一一詳盡地記錄下來，之後還會不斷地補充和再確認。這些本本已成為了試飛部隊的傳家寶，因為涉密也從不示人，不過雷強隨便翻翻，

就能給我找到幾個有關空中停車的故事。

　　1993年，中國開始殲-7X型飛機的發動機選型試飛任務。

　　那天的第一次飛行，雷強是指揮員。飛機升空不久，首席試飛員就遇到發動機空中停車。雖然重新啟動成功，但雷強聽出了他聲音上的變化，就指揮他說：「你落地吧。」結果，試飛員是把飛機飛回來了，落地卻落得歪歪斜斜。對於一個試飛員級的飛行員來說，這種動作太不夠水平了。

　　雷強火了。「大哥大」在飛行業務上向來是不容一絲懈怠的。飛機剛一關車，試飛員還沒有下來，塔台裏的雷強就站了起來，摘下耳機朝桌上一摜，丟下一句：「你們選的什麼飛行員啊，差點給我把飛機摔了！」就甩手走出了塔台。

　　試飛員跑步追過來了，因為方才在空中高度緊張，這會兒臉還是通紅的。他見了雷強就委屈地說：「雷頭，這個發動機不好，要停車！」

　　本來今天進行的科目就是發動機選型試飛，第一天的第一次試飛就被說發動機有問題，那就意味着選型是錯誤的，工廠方面當然不可能接受。技術人員來了，經過一段時間的地面檢查和測試，工廠回覆的結論是：發動機沒有發現問題。

　　按計劃要進行第二次試飛了。下達任務後，雷強與試飛員交流，他詳細地陳述應該如何操作。這位試飛員不聲不響地聽完之後，卻說：「雷頭，不行，這個發動機不好，我不能飛。」

　　在場的技術人員說：「我們已經再次檢查了，對上次的問題也做了處理。」試飛員還是堅持說：「不行，不能飛。」

　　雷強是了解同行的，一個「老飛」，通常不會犯簡單的判斷錯誤，他如此執意不飛，顯然堅信飛機有問題。

「這可麻煩了，他不幹了怎麼辦？」我問。

「我一想，你不幹，任務還得完成啊。我就說：『你不飛我飛。』」雷強說。

這個常識我是知道的：定型試飛科目未完成就不能定型，不能定型意味着這個型號會被取消或者無限期地延宕。一個型號的誕生經過多少人多少年的艱苦努力，不從事航空的人很難想像。舉個不十分準確的例子：如同一個多年不孕的婦人，想方設法歷經數年才懷上孩子，臨近產期卻被通知，因為不明原因的疾病，孩子不能出生。想一想那會是一種什麼樣的痛斷肝腸——只不過，痛的人不是一個婦人，而是所有參與型號的決策者、設計者和生產方。

航空發動機一直是世界各國工業發展水平的「王冠」標誌，也是中國航空工業發展的瓶頸。國際公認，在世界範圍內，掌握一流水平渦扇發動機製造技術、能自行製造大涵道大推力高性能軍用渦扇發動機的公司，僅有英國羅·羅瑞達、美國普惠和通用這三家，從嚴格意義上說，俄、法兩國還都無法躋身一流。這是一個真正的壟斷行業。

在美、英等發達國家，發動機與飛機研發基本是分開的，發動機核心機的研發會提前很多。但中國的科研體制，航空發動機的研發是跟隨型號的，即一款發動機的研發是要配套一款飛機，如果發動機下馬了，飛機需要重新進行新的發動機選型，同型的飛機研發就會嚴重受阻。

了解了發動機定型試飛的重要性，試飛員在第一個架次就給出了「發動機有問題」的結論，這個問題的嚴重性就不言而喻。飛機是肯定存在問題的，這一點已經被上一次飛行實踐證明，但問題在哪，沒人說得清。試飛中常會遇到這樣

的情況，有些問題，必須要通過動態的飛行狀態才能發現，才會表現。那麼，誰能再帶着這架存在問題的飛機上天飛呢？按規定，在試飛階段，試飛科目必須由首席試飛員或者首席指揮員來完成，既然首席試飛員不飛，就要由雷強這個首席指揮員飛了。

明知山有虎，偏向虎山行。即便知道這是去闖鬼門關，但如果試飛需要，還是要闖。因為——「我們不能沒有自己的發動機」。

於是雷強上天去了。

飛機剛剛爬升到萬米高空，就聽嘭嘭兩聲，發動機停車了。

這是個難得的好天，淨空澄碧，萬里無雲。機下是夾金山，皚皚雪山異常壯觀，白雪終年不化。小時候學習過中共黨史，雷強非常清楚，這一帶的某個山頭，是當年紅軍長征爬雪山時經過的。但這個美麗又有歷史的地方，此刻對於處於空中停車狀態的雷強來說，無異於噩夢。雷強不知遇到過多少次空中停車，可是這一次不同了——

乖乖——

戰友們後來對雷強說：「我們那個急啊！如果飛機發動機啟動不成功，你肯定回不來了。茫茫雪山群，飛機沒有地方落，你就是跳傘也白跳，跳下去也是個凍死餓死，那種地方，我們到哪兒去找你啊！」

在雷強的試飛生涯中，他還從來沒有遇到過這麼緊張的時刻。

雷強趕快轉回來對向機場，準備返航降落。可是失去動力的飛機，「轉彎的時候就以每秒 40 多米的速度在下降，我轉個彎大概 2 分鐘，120 秒，相當於我轉一圈回來，正好就

撞山了。你說誰不緊張？都蒙了」。

人在緊張時，大腦會一片空白。雷強說：「我當時緊張得連點火電門在哪兒都不知道了。」

他問塔台：「（啟動）電門在哪裏？」

塔台也有點慌，沒想到「大哥大」居然能問出這個問題，像他這種試飛員都找不到電門了，可見情況多麼緊迫。指揮員趕緊回答說：「在左操控台。」

但雷強還是想不起具體位置，於是又問：「在前面在後面？」

「大哥大」到底是「大哥大」，短暫的幾秒鐘高度緊張之後，雷強迅速恢復了平靜。

他迅速將飛機改平，然後按電門重新啟動發動機。很好，發動機啟動起來了。但雷強還是不敢收油門，有經驗的他考慮到油門一收，還可能再次發生停車。於是他帶着減速板，調整速度，總算把飛機飛了回來。

回來後討論時發生了爭執，雷強和首席試飛員都認為發動機有問題，但設計人員說不可能有問題，他們再一次提交的報告顯示的是減速板之類的問題。設計師拍着胸脯說：「我用腦袋擔保，肯定不是發動機的問題。」

雷強不認同，他說：「對不起，你們找的問題是存在，但肯定不是停車的原因，我認為問題沒找對。」

試飛員們都很服雷強，首席指揮員說不能飛，其他人更不能飛。

僵持了兩個月，問題上報到空軍，空軍派了副司令員帶着工作組下來調研。廠方工程部門當然彙報了他們的整改情況，工程師重複了他「用腦袋的擔保」。當時的副司令員林虎就來找雷強。

「小雷，要不——我們再試驗一下？」

雷強說：「沒問題啊！我當面飛一個給你們看。」

雷強戴上頭盔又升空了。果然，同樣的情況發生，又停車了。

雷強已經比較沉穩了，他利索地處理好問題，平安降落了。

雷強還沒有說什麼，林虎副司令員板臉了：「看來這個問題就是存在，而且很大。停下來檢查。」

檢查進行了八個月。八個月後，設計師報告說，可以了，他們發現了這個那個問題，經過了這項那項處理，解決了甲乙丙丁種種問題，增加了一二三四種種措施。這次，保證不會停車了！雷強看着他們的報告還是搖頭：「用不着上天，我現在就可以肯定地告訴你，現在，雖然在原來咱們停車的那個位置不會停車了，但是你這個發動機還是有問題，超音速時還是要停車。」

經過長期的試飛合作，雷強和設計師們都成了肝膽相照的好戰友、好朋友。眼下，凝結了無數心血的設計不被認可，設計師也不高興了：「小雷，別給我牛哄哄的，我說了我用腦袋擔保。」

雷強說：「好，我再去給你試。」

又一次試飛的情況果然不出雷強所料，飛機在超音速 1.5 倍時，再次停車了。

這一回的情況大不同了。

在這裏很有必要先介紹一下，作戰飛機在超音速飛行時發動機停車是什麼狀況。

飛行器就是一根高速運動的管子，氣流不斷地從進氣道

前端湧入，經過發動機，再從後面噴湧而出。發動機停車後，失去動力的飛機在慣性作用下高速前行，氣流堵在了進氣口，如同衝天的海浪撞向海岸的岩石。僅用「顛簸」一詞完全不能準確描述實際情況。因為飛機不是岩石，岩石是固定的，而座艙是一個沒有任何依托的懸空的世界，試飛員儘管有安全帶固定，身體也會被甩得在座艙內四下亂撞。可以把這種情況下的座艙想像成一隻正在被海嘯的巨浪劇烈衝擊的小艇，不過有一個很大的不同就是：飛機座艙內所有物品都是堅硬的，對飛行員來說，顛簸和搖擺發生後，沒有任何緩衝的可能。

當飛機速度剛剛達到 1.5 倍音速的時候，發動機又停車了。因為速度太快，氣流不暢，飛機像一頭發怒的瘋牛，左衝右突、橫衝直撞，人在座艙裏根本坐不住。儘管試飛員的體質和耐受性都遠勝於普通人，但這種劇烈的衝擊十分殘酷和猛烈，試飛員在無法控制身體的情況下很難完成必需的動作，而且這種情形在地面上完全無法模擬。幾年前，雷強所在的飛行部隊曾經發生過發動機在超音速情況下停車，飛機劇震後把駕駛員震暈的事故。當事人就是雷強的老部隊長。

設想一下，飛行員在高空突然昏迷是怎樣一種極度危險的情形。萬幸的是當時耳機還貼在飛行員耳邊，沒有被震落，數十秒後，空停的飛機速度逐漸慢下來，飛機垂直下墜。在千鈞一發之際，老部隊長被塔台無線電連續不斷的大聲呼叫叫醒，他立刻緊急調整姿態，但再次啟動依然沒有成功，經驗豐富的老部隊長後來駕着失去動力的飛機迫降返場成功。這次，同樣的情況在雷強身上發生了。

劇烈的顛簸中，雷強像皮球一樣在座艙裏被拋來拋去，頭盔一會兒撞到左邊，一會兒撞到右邊，似乎要被撕裂了。

即使戴着頭盔，雷強的腦袋還是被撞得全是血，身上也被勒出一道道血痕，臉上沾滿血跡。

必須控制住飛機，把速度降下來再啟動。他死死抓着駕駛桿，用力蹬舵，用全身的力氣穩住身體、穩住飛機。再一次擺脫死神的糾纏後飛機落地，設計師和戰友們擁了上去。檢查後發現，頭盔已經裂出絲絲紋路，座艙內壁上全是斑斑血痕。設計師看着面目大改的雷強，心痛地擁抱他。

雷強還能開玩笑，他咧開腫脹的嘴，點着設計師的頭說：「你欠我兩個腦袋了啊！」

就是在這樣的情況下，之後，為了一步步確認發動機的問題，雷強一次又一次駕機升空。如果說之前的幾次試飛，雷強是不得已而為之，那麼之後的若干次試飛，就是雷強「自找的」——

「我就不信我找不到這個傢伙的問題。」雷強說。

「這個傢伙」，當然是指那台令他吃盡苦頭的發動機。

就這樣，他前後共飛九次，九次空中停車，直到徹底把故障確認後完全排除。

「可是——如果你還找不到故障呢？」我問他。

「那我還會飛第十次、第十一次、第十二次……直到確認問題全部排除。因為作為試飛員，找不到問題，找不到隱患，會給部隊帶來太多不可知的風險。我們絕不能把可能潛藏着風險的設備交給部隊。」雷強毫不猶豫地回答。

不愧是「大哥大」。不管雷強是否承認這個稱呼，到了80年代末，他已是年輕試飛員中飛過機種最多、飛行高難度科目最多、發射武器最多，同時亦是心理素質和身體素質較好的全面試飛員。

七、失速失速

「真不知道你們國家想幹什麼，讓你們學這麼危險的科目。」院長指着畫着醒目紅槓的飛行計劃單說，「你們怕不怕死？」

雷強和盧軍走進會議室的時候，在場的包括空軍副司令員和參謀長、裝備技術部部長在內的所有領導都不約而同地向他們轉過身來。雷強和盧軍站定，神色肅穆地敬禮：

「報告首長——我們準備好了。」

1993 年，為了進一步提高首席試飛員小組試飛員們的能力與素質，試飛員雷強和盧軍到知名的俄羅斯國家試飛員學校學習飛行失速尾旋。在世界航空領域，「失速尾旋」是令人談之色變的一個詞。而三角翼飛機失速尾旋，是世界試飛領域公認的「死亡禁地」。

1968 年 3 月 27 日清晨，一批蘇聯宇航員前往莫斯科郊外的契卡洛夫斯基航天場進行米格 -15 殲擊機的飛行訓練。著名宇航員尤里・加加林和他的飛行教官——航空團副團長弗拉基米爾・謝廖金於 10 點 19 分駕機起飛，幾分鐘後地面機場調度員聽到加加林請求返航的聲音，可是緊接着，地面塔台就失去了加加林的消息。營救人員到達現場時發現：他們駕駛的米格 -15 飛機墜毀在森林中一個深坑的底部，兩人均已死亡，屍體嚴重變形。據說，當天的氣象條件很差。

事後，政府曾專門組成一個委員會進行事故調查，大約有二百名專家參與其中。但當時的領導人禁止公佈調查結果，並下令將長達 30 卷的調查報告束之高閣。政府規定，調查人

員不得發表總結性結論，理由是它危及國家安全。多年來，儘管對於加加林的死因眾說紛紜、莫衷一是，但有一點是一致的：專家認定飛機最終毀於失速。

失速和尾旋是兩個概念，但又相互聯繫。

飛機的失速，形象地講就是飛機失去了保持正常飛行的最低速度；而飛機在運動中，當一側機翼先於另一側機翼失速時，飛機會朝先失速的一側機翼方向沿飛機的縱軸旋轉，稱為「螺旋」或「尾旋」。飛機在空中一旦發生螺旋是非常危險的，能否脫險，關鍵在於飛行員的技術和飛機的性能。

飛機在空中失去速度，呈螺旋狀加速下墜的瞬間，飛行員稍有操縱不當，便很難逃脫「死亡陷阱」。僅美國和俄羅斯在失速尾旋科目的試飛中，就損失過幾十架飛機，數十名試飛員獻出了寶貴的生命。以往由於中國從來沒有人嘗試涉足這片「禁地」，這一檢驗飛機極限性能的一類風險科目始終處於「空白」，所有新機種出廠定型時，不得不留下這個「尾巴」，這嚴重制約着中國航空工業的發展和部隊戰鬥力水平的提高。

為了設計出高水平的飛機，試飛員必須具備開闊的眼光、良好的專業素養以及開放性思維的能力。從某種意義上說，試飛員的水平決定了飛機的技術水平，而高素質的試飛員是需要經過特殊訓練的。

新殲的試飛工程已經全面展開，如果要試飛新殲，失速尾旋是必須攻剋的科目，這是一類高難高風險科目，國內還沒有人能夠完成。所以，有關方面聯繫了外國試飛學院，決定派雷強和盧軍首批去參加培訓。

6月是俄羅斯一年中最美麗的時候，天高雲淡，碧野清

風。雷強和盧軍脫下軍裝，換上了在今天看來有些傻氣的大翻領西裝。穿慣了休閑裝的雷強被筆挺的白的確良襯衣領弄得很不自在。作為中國國際試飛技術交流的第一批試飛員，他們來到位於莫斯科東南方茹科夫斯基的俄羅斯國家試飛員學校。

俄羅斯國家試飛員學校的任務是試驗俄羅斯所有的航空設備，開展包括各種飛行平台、無人駕駛飛機和遙控飛行器的基礎研究。二戰後蘇聯的第一架噴氣式飛機、垂直起降飛機和航天飛機都在這裏進行試飛。

他們還來不及領略美麗的異域風情，正式上課的第一天，雷強就幾乎發了大火。

學員們到齊後，坐着敞篷汽車的俄羅斯試飛教官來到，他下了車，一眼看到兩個中國人，就指着雷強他們問：「你們是幹什麼的？」

雷強認真地回答：「我們是中國試飛員。」

大鼻子教官當即笑了：「中國有試飛員嗎？你們的飛機都是仿製的，要試飛員幹什麼？」

雷強臉紅得像隻公雞，他咬牙忍了半天，才將怒火壓下。接下來的一堂課，他一言不發。

但是沒過多久，雷強的火氣就消了，滿腔的委屈變成了敬佩和嚮往——

在世界航空領域，俄羅斯國家試飛員學校是名冠全球的世界權威的五大試飛學院之一。

這裏的教員都是資深的飛行家。他們的居高臨下令雷強很難堪卻又不得不接受——畢竟這是中國人第一次踏出國門進入世界試飛領域。倔強的雷強內心有一個強大的聲音：我一定要飛出來！

　　轉過天，雷強和盧軍在學習計劃的報告中寫上：科目——試飛三角翼失速尾旋。

　　計劃按程序上報，在準備帶飛之前，因為事關重大，試飛學校的院長親自召見了他們。

　　關於這次召見，他們有這樣一段對話，被翻譯詳細地記錄了下來——

　　「真不知道你們國家想幹什麼，讓你們學這麼危險的科目。」院長指着畫着醒目紅槓的飛行計劃單說，「你們怕不怕死？」

　　計劃單上，從右至左，有一道寬約 5 毫米的紅色斜槓，按照試飛學校的規定，計劃單上如果出現這樣的標記，就意味着所執行的科目為一類風險科目。一類風險的意思是：如果失誤，機毀人亡。

　　雷強平靜地回答：「人都有怕死的一面，但要看幹什麼。我們來就是學飛尾旋，就不怕。」

　　院長說：「好樣的，中國小伙子們！那我送給你們每人一個『護身符』，祝你們好運。」

　　院長取出兩條銀項鏈，送給雷強和盧軍——能在試飛學校參加失速尾旋試飛的都是勇敢者，都會得到院長親自贈送的銀項鏈，不僅代表幸運，更表達讚賞。

　　試飛學校有一整套很完備的教學流程，其中有一條就是：在學習期間，整個過程中帶飛教官相對固定，也就是說，不管飛行什麼科目，都是一個固定的教官。這是一種非常好的做法，是為了最大限度地讓教員與學員相互熟悉、溝通，彼

此了解各自的操縱習慣以及處理問題的思維方式，以便在空中時達到最大限度的教學配合和默契。

國際試飛員有五個級別的通用標準：第一級是出廠試飛，第二級是機載設備試飛，第三級是飛機和雷達性能試飛，第四級是飛發動機和超穩，第五級才飛失速尾旋。在國外，只有經過非常嚴格的專門培訓，才能飛失速尾旋這個高風險科目。與他們同期來的日本試飛員，在學飛三角翼飛機失速尾旋之前，已經在美國培訓了三年。而雷強他們之前從未受過這方面的專業訓練。

雷強很快便了解到了俄羅斯教官居高臨下態度的起因，從而對這些技術高超的大鼻子教官由衷地心生敬意，他們的敬業精神，他們在尾旋試飛中精確無誤的判斷和動作，都堪稱完美。帶飛他們的教員也很高興地發現，這兩個來自中國的年輕人，果然是不同凡響的飛行天才。雷強沒有任何懸念地順利闖過了生死關，他在米格 -21 上完成了正尾旋試飛，之後又進行了負尾旋試飛。這還不算完，在飛完米格 -21 正負尾旋 100 多次後，他開始質疑試飛手冊上規定的負尾旋不能超過三圈的極限值，並且要求親自試飛來驗證。

望着這個眼睛小小個頭小小的中國軍人，身材高大的大鼻子教官在愕然之餘又有幾分不高興：「雷，我承認你尾旋已經飛得很好。但這個數值，是我們試飛學校幾代頂尖的試飛員用生命飛出來的數值，我肯定已經明確地告訴過你，這就是封頂的『禁區』。」

「是的，教官，」雷強說，「您是這樣教導我了，但我認為這個數值是有可能再探討的。」

「你是說，你要挑戰我們的紀錄嗎？」

「有這個打算。事實上，我就是準備挑戰這個極限。」

　　從事試飛的人都明白，在這一行當，直覺有時是無法評定但確實是至關重要的。望着雷強自信的眼神，俄羅斯教官妥協了，與其說這影響這一型飛機的性能包線，不如說這關係到試飛學校的榮譽。教官立即上報。院長再一次接見了這個中國試飛員。

　　「你確定要做這個科目嗎？」院長問。

　　「是的，確定。」雷強說。

　　「雷，試飛員需要你這種求真不畏的精神，我破例特許你試一次。但是，按照慣例——」

　　雷強說：「我明白。」他拿出一張紙，那是事先寫好的生死狀：此次飛行是我完全自願且個人承擔一切後果。

　　經過一些時間的準備，這一天，雷強在一名老試飛教官的陪同下跨入前艙，駕機直衝萬米高空。

　　一連串熟練的動作後，飛機緩慢下沉，進而加速滾轉，發動機發出刺耳的尖嘯聲。隨着滾轉的速度加劇，轉速錶驟然降為零，發動機停車，飛機進入負尾旋狀態。此時，飛機以 4 秒鐘一圈、一圈 600 米的速度仰扣着滾轉下墜，雷強闖進了「鬼門關」。

　　一圈、兩圈、三圈……已經到達極限值了，飛機像陀螺一樣越轉越快，後艙的教官大驚失色：「雷，改出，改出！」

　　雷強毫不理會，操縱着飛機直到完全進入第四圈，才拉桿改出倒飛狀態。伴隨一聲轟響，飛機重新啟動，再經過一系列姿態調整，飛機安然落地。

　　一個新的尾旋紀錄被中國軍人寫下！

　　那天在場觀看的人很多，幾乎所有當天沒有飛行任務的試飛員和教官都來了，這些來自世界各地的人目睹了一個中國軍人超凡的勇氣和技術。

　　雷強並沒有就此打住，此後他還學到了外方教官輕易不肯帶教、國外試飛員一般不敢觸及的小速度斤斗、躍升側轉等一系列高難試飛科目。

　　結業那天，院長走到雷強面前，伸出大拇指說：「雷，你能把飛機飛得跟玩具一樣，太棒了！中國試飛員，一流的！」

　　但是試飛的風險並不會因為一個人的勇敢無畏而稍減。結束了在俄羅斯為期四個月的學習回國後不久，盧軍就在一次飛行中意外身亡，英魂一縷，隨彩雲而去。這樣一來，這個時期的「型號工程」首席試飛員中，能夠完成尾旋飛行的，就只有雷強一人了。老朋友和老戰友私下裏悄悄地勸他：「你也別再飛這個了，太危險了。」雷強說：「只要需要，我就會飛。」

　　1994 年 6 月和 1995 年 6 月，根據工程進度的要求，雷強又連續兩次被安排去國外學習，要進行的仍然是一些風險性極高的科目：蘇 -27 的「眼鏡蛇機動」、尾旋和小速度特性，以及包線試飛。從科目的安排就可以看出，這些培訓主要是為殲 -10 做準備的。

　　雷強向組織提出：鑒於試飛科目的高風險性，建議再增加一位試飛員同往。

　　有一句話雷強沒有說出來，但所有人都明白。雷強想的是：如果我在飛行中犧牲了，「型號工程」還要繼續進行下去。

　　蘇－27「眼鏡蛇機動」是世界航空領域公認的高難度動作，征服它是備受各國飛行員青睞的至高無上的榮譽。雷強心想：作為新殲擊機的首席試飛員，我必須擔當蹚路先鋒，

為今後我國新型飛機的出廠試飛積累更多經驗。雷強滿懷信心地向「眼鏡蛇機動」發起挑戰，他一連將這個科目飛了 44 遍；把蘇－27 失速尾旋、尾衝飛了 172 次；打破了教科書上的「禁令」，將規定的不能超過四圈的失速尾旋飛到了六圈。從此，蘇－27 飛機對他來說已經沒有什麼秘密可言了！這次意外的收獲使雷強深信：國外試飛員能夠達到的水平，中國試飛員同樣能夠達到，甚至可以做得更好！

那條銀項鏈，雷強一直隨身帶着，儘管因為飛行要求不能帶上機，但它總是出現在雷強隨身的行裝包裹。雷強內心有一個強大的聲音說：「我是代表中國人在飛。」

現代飛機設計，把人和系統放到一起進行研究，使飛機操縱更加人性化，更利於達到人機一體。殲 -10 就採用了這種設計理念。

接到殲 -10 試飛任務伊始，雷強就一頭埋進了空氣動力學、氣象學、飛機設計原理等系統新理論知識裏，經常跑到飛機設計所、飛機製造車間，對飛機線路怎麼走，管路結構是什麼狀態，會發生什麼故障，在空中怎麼處置，都有意識地去學去練，力求從系統上去研究和掌握。「僅就新型戰機的座艙、起落架等方面的改進，就提出過近千條意見。」雷強回憶說。說起來難以置信，為了製作一型飛機的手柄、油門桿，他們用橡皮泥一點一點把心中的感覺捏出來。研製中的飛機是一個待調整的產品，設計人員沒有空中感覺，只能根據試飛員反饋的信息不斷完善。這不僅完全依賴試飛員，同時也對他們提出了很高的要求。一個飛行試驗科目，往往要做上百次，飛完後，每個試飛員都要做一個詳細的記錄，飛行感受是否靈敏，飛機哪個地方需要改進，都要反饋到設

計部門進行再修正設計，之後再飛，如此反覆，直到找到一組最佳的數據。

　　與飛機同步開發的，還有模擬器。其操作邏輯、燈光照明和座艙內所有設備都跟真飛機完全一樣。它還能模擬不同的能見度、不同的氣象條件及雲高、雲低、雨雪等 24 小時的天氣變化，並能模擬出 2500 種複雜氣象、特情處置，試飛員可以演練不同氣象條件、不同特情的飛行狀態。雷強幾乎天天泡在模擬器裏，直到對各種飛行狀態和處置情況爛熟於心。

　　首飛開始前，有一系列的先期試驗要完成，其中有一項是低速、中速、高速滑行試驗。一般低速滑行主要是看飛機在地面滑行的靈活度，因為對戰鬥機地面滑行的能力如轉彎半徑、滑行速度等指標有要求。這時候飛機就是一輛三輪車，只不過這輛車值好幾個億罷了。中速滑行試驗主要是看飛機的糾偏能力。導致跑偏的因素很多，這個問題當時也困擾了他們很久，試飛進度因此拖了八個多月，最終滑了 90 多次，終於把這個問題給解決了。這個試驗數字在世界範圍內，也算是比較多的。高速滑行試驗階段，需要確定飛機的氣動力狀況是否與設計值吻合。只有經過了低速、中速、高速三個階段的滑行試驗後，飛機才能離地上天。

　　高速滑行階段要進行的是抬前輪再放下的試驗。讓飛機滑行到一定速度後，駕駛員拉桿，讓飛機抬頭，這時飛機的氣動力應該能夠使前輪抬起來。接着再推桿，飛機前輪還能再回到地面。試驗完成後將飛機上這一氣動力參數與地面風洞吹風的數據比較，看是否達到要求，再根據情況確定是否需要修正計算模型。

　　這時他們面臨一個相當具體的問題：做高速滑行試驗需要飛機的速度達到一個指定的較高值，這就需要有很長的跑

道，以便飛機有足夠的時間將速度提升到指定值。但是，成都飛機工業公司所在的機場，跑道長度達不到要求。中國飛行試驗研究院的跑道符合條件，經過協商，對方也同意去那裏做試驗。但問題是，尚未完成高速滑行試驗的飛機，按規定是不能上天的，一個架次都沒有飛過的飛機用什麼辦法才能運輸到遠在西安的中國飛行試驗研究院去呢？難道要將飛機大卸八塊拆解了運過去再重新組裝？這顯然是不可能的。

這幾乎成了一個不可解的連環套問題，設計試驗小組陷入了一籌莫展的僵局。

這裏用通俗的話解釋一下高速滑行試驗的重要性：沒有這個氣動力參數，就無法據此進行仿真設計，也就無法完成地面起飛和着陸的模擬。而地面模擬的過程是為實際飛行提供技術參照及處置方法，這是必不可少的重要環節，不如此，飛機實際起飛離地後的安全就無法保障。

可是現實就只有這個條件，他們到機場實地勘查了好幾次，想了多種方法，都只能望「場」興歎——受機場周邊環境的限制，要想加長跑道完全沒有可能。

想不出好辦法，研製進度就這樣拖了下來。而且，一拖就是數月。

雷強經過分析和考慮，發現做抬前輪試驗時，要求飛機在發動機推力較大的過程中抬起前輪再放下。比如，設計的前輪離地速度是 100 千米 / 小時，要在加速到 100 千米 / 小時的時候，一邊繼續加速，一邊進行拉桿抬頭再推桿低頭的操作，這時候發動機的強大推力會使飛機產生一個向下低頭的力矩，必須克服這個力矩才能使飛機抬起頭來。這樣一來，等飛機前輪着地，開始減速的時候，飛機的速度就超過 100 千米 / 小時了，所以滑跑減速的距離就不夠。

　　「假如——我是説假如我能加速到略大於 100 千米 / 小時，然後收油門，利用飛機的慣性滑行，然後再進行抬前輪的操作，這時發動機推力的影響會降低，應該就能夠在 2500 米跑道上完成試驗。」雷強這樣分析。

　　「這個想法有點冒險啊，如果提出來，肯定沒有人敢支持。」我説。

　　「是，是太冒險了。所以我也就沒和別人商量，決心找機會試試。」

　　機會很快來了。這一天，雷強執行高速滑行試驗的任務。按照要求，他要在滑行到 100 千米 / 小時時向塔台報告，他正常報告了，但儘管油門收了，飛機實際上還在增速，很快就增到了 110 千米 / 小時——他拉桿，飛機的前輪離地，抬起來了！

　　他繼續拉着迎角，保持前輪離地的狀態飛。塔台當然馬上就看到了，指揮員立刻大喊：

　　「怎麼回事？前輪都起來了！」

　　因為是新殲擊機的試飛，每一個環節都至關重要，每次試飛，都有設計師和空軍機關的許多領導全程跟着。此刻他們都在跑道旁邊，看着飛機前輪離地，他們都呆了——

　　設計師反應快，他明白雷強在做什麼了，但他不吱聲。空軍領導中不少人是資深飛行員出身，他們也看出來了，但他們也沒有馬上表態。事實上，眾人也來不及做出更多的反應，雷強帶着飛機已經再次着陸後滑回來了。一個困擾眾人許久的難題解決了。

　　有領導在場，指揮員不能不説話的：「雷子，你小子違反了規定！」

雷強明白，按程序規定，自己這樣擅自改變動作，違反了紀律。所以，雷強馬上機智地應對道：「都怪我都怪我，剛才那一下沒控制好。」

眾人都大笑起來。笑聲裏，來自總部的一位領導對秘書說：「明天不是有飛機過來嗎？打電話給你阿姨，我櫃子裏還藏了瓶好酒，叫他們明天給我帶過來！」

酒在第二天下午如期到達，成飛公司和設計院共同舉行了慶功宴。雷強本來就有好酒量，而且是慶功酒，他很快喝得酩酊大醉。設計師也微醉了，他摟着雷強的肩頭說：「雷子，你小子一下子沒控制好，把困擾大家八個月之久的問題解決了。」

指揮員仰着通紅的臉說：「你以為『大哥大』這稱號是白給的？」

總部的領導說：「我可以放心地回北京了。今天你們大家誰也不要再勸雷強酒了，讓他趕緊回家！」

為了解決這第三階段的難題，雷強已經近一個月沒有回家了，儘管他家到機場只有 15 分鐘車程。

事後有記者問他：「你這樣做，沒有想到過風險嗎？」

雷強回答：「當然想到過，而且很清楚的確會有風險，但這風險是可以控制的。試飛是一個隨時準備和危險掰手腕的職業，不能怕危險就不履行自己的職責，而是要基於高超的技藝、紮實的知識和豐富的經驗去控制並戰勝風險，這是一個試飛員的本分！」

那天晚上雷強被人送回家，還在樓梯上他就讓人回去了。雷強搖搖晃晃地站着說：「放心吧，她肯定在家，等我。」果然，他剛到門口，門就開了。

「大哥大」雷強幾乎在所有人面前都是粗聲大氣的，唯

獨在這個再婚妻子面前，不管多麼焦躁、憂慮，他都能很快平和下來。

她叫李蓉，他們是經戰友介紹相識的，雷強見她第一面時就動了心。她吸引他的，不只是美貌，還有那種厚棉花一般綿軟的平靜與溫和。

進門後，雷強照例是挨個房間去看兩個孩子。孩子們早已經睡了，他悄悄把每個孩子的房門關上。等李蓉端着一杯泡好的熱茶走回客廳時，才發現雷強已經坐在沙發上睡着了，一隻襪子脫在腳邊，另一隻還捏在手裏。李蓉費了半天勁才把雷強弄上床，蓋上被子。然後她坐在他旁邊，盯着他那張被機場的紫外線過分關照而黑紅的臉，眼淚漸漸地，漸漸地盈滿了眼眶。

八、整個世界只剩下劇烈的心跳

　　雷強不由自主地大叫了一聲：「我 ×，這怎麼回事兒？」聲音清晰地傳回地面，塔台指揮員立刻緊張地問：「怎麼了？怎麼了？出什麼問題了？」

「座艙蓋關閉時，試飛員雷強感覺整個世界靜了下來，只剩下劇烈的心跳。」

在眾多媒體關於殲 -10 首飛的報道中，不知是哪位媒體人寫的這句話，深深地打動和吸引了我。

我問雷強：「你第一次見到殲 -10 是什麼時候？」

「大概是 1990 年。」

「這麼早？」

雷強笑了：「那時我看到的是樣機 —— 木頭做的模型。」

　　雷強第一次見到的殲 -10，是全尺寸木製樣機。儘管在此之前他和戰友們看過無數次圖紙，按説對飛機是什麼模樣應該了如指掌，但真正見到這架 1：1 模型時，還真是被震撼了。

　　「當時第一印象是，這個腹部進氣道的傢伙像一匹名駒，很有氣勢地、挑戰性地盤踞在總裝工廠，似乎兩翼間隱隱有風雷之聲！當時還沒定下來試飛員是誰，但我那時就暗下決心，我一定要征服這架飛機！」也就是在那一天，面對這架尚是模型的飛機，雷強又一次聽到了那個詞，新殲擊機採用的是「鴨式佈局與電傳操縱」。他想起那個漠紅秋深的時節，那位趾高氣揚的外國專家對他們説過的話。鴨式佈局——雷強在心裏説，我們也有這樣的飛機了。我一定要把它飛出來。

　　對於雷強來説，在他三十多年的試飛生涯中，殲 -10 的首飛，是最不尋常的。

　　首飛的日子終於定下了，1998 年 3 月 23 日。為了這一天，雷強整整準備了十三年。

　　首飛這一天，天公不作美，機場上空能見度很差。試飛現場聚集的人比以往哪一次都多，大家翹首望着灰蒙蒙的天空，盼着老天爺配合。一清早就準備好的雷強，等到上午 10 點，等不及了，詢問天氣情況，氣象答覆説，中午 1 點天氣好轉。雷強當年崇拜的試飛英雄王昂也在現場。已是航天某部副部長的老試飛英雄王昂招呼雷強他們説：「趕快去吃飯。」

　　「那時我很激動，哪裏吃得下去？」雷強這樣説。

　　「大哥大」也有沉不住氣的時候了，所以吃自助餐時，雖然端着一個大盤子，他卻只盛了一點點。王昂副部長看見了，就説：「雷子，吃這麼點怎麼可以？趕快再多盛點！」

吃完飯，11 點 30 分，雷強和其他試飛員提前進場。12 點 30 分，首長們陸續進入主席台就座。但天氣好轉很慢，仍然沒達到起飛的要求！等待的時間無比漫長。機場上人實在太多了，因為怕試飛員們分心，指揮部安排他們全都在屋裏等。焦慮的雷強一會兒出來看看，一會兒又出來看看 —— 看天氣情況。

到了 13 點多，氣象傳來消息說天氣好轉。雷強看了下天，估計能見度有 3000 米多一點，就問氣象保障人員：「這天氣還能不能再好轉一點？」

氣象的答覆是：「也就這樣了。」

指揮員湯連剛問雷強：「怎麼樣？飛不飛？」

雷強說：「飛。」

13 點 30 分，首飛小組五個試飛員穿着橘紅色的飛行服，圍成一圈，站在機場邊上，留下紀念的照片。所有人都背着手，滿臉的肅穆和莊嚴。主席台上，總裝備部、總裝科技部、空軍及航空工業總公司的領導都端坐着，等待最莊嚴時刻的到來。

天空終於裂開了雲縫，指揮塔上傳來準備起飛的指令。

總設計師宋文驄說：「雷子，你飛我心裏就有底了。」

雷強進入座艙坐下，回頭看時，周圍很多人已經開始抹眼淚了！

雷強心裏咯噔一下，心說，壞了，飛了三十多年，還沒遇過剛上飛機就有人哭的，搞不好我回不來了！

「大哥大」很難受，但不是為了自己的性命難受，而是覺得一旦有什麼問題，國家這麼多年的投入、幾十萬航空人的心血，就都毀在自己手裏了。

14 點 28 分，雷強開車，發動機啟動。

開車之後，雷強把飛控系統檢查了兩遍。當時成都飛機設計研究所的主任，也就是現在雙座殲-10的總設計師楊偉，他是管飛控的。在地面配合的楊偉主任舉起雙手，向上豎起大拇指，意思是：飛控，一切正常。

14點39分，飛機滑向主跑道起飛位置。

飛機滑出停機坪，到了跑道上。刹車、推油門，然後鬆開刹車，一切都和此前的高速滑行沒什麼區別。直到抬前輪的速度點，以前每次地面滑行試飛，到了這裏是收油門，今天終於可以繼續加油了。全場的人屏住呼吸，看着飛機發動、滑行、加速。雷強頂着油門桿，飛機迅速加速到離地速度，然後呼地一下就起來了！

14點41分，隨着一陣巨大的轟鳴，飛機抬起前輪，瞬間便衝天而起！

飛起來了，飛起來了！全場的人歡呼、跳躍、鼓掌，無數人把手中的鮮花拋向天空，向飛機和試飛員致敬。

飛機離陸，感覺非常好。因為首飛不用收起落架，雷強帶着起落架向一側壓了壓桿，誰知道飛機響應特別快，完全超出他的意料。雷強不由自主地大叫了一聲：「我×，這怎麼回事兒？」

雷強的聲音清晰地傳回地面，塔台指揮員立刻緊張地問：

「怎麼了？怎麼了？出什麼問題了？」

這時候雷強已經明白了：天，這傢伙就是這麼一架反應機敏的飛機，每秒200多度的極限瞬時滾轉角速度可真夠刺激的！

雷強趕快回覆說：「沒事沒事。」

在此之前，他雖然在模擬器上反覆飛過，但模擬器畢竟不如真飛機這麼狂放而強悍！考慮到當時雲底高度不夠，他

讓飛機爬到了 1000 多米，然後就開始改平。之後，加速，減速，調整了一下油門響應。接着在機場上空，雷強開始模擬減速下滑，到 500 米，一切正常。再接着就是通場，減油門。

「通場結束後，我左右壓了壓桿，看看坡度和滾轉響應，又試了試方向舵──一切都是那麼輕捷，令人滿意。」

按計劃，雷強在近空繞行三圈就下來，但他看看油量錶，請示說油量足，能不能再飛一圈。指揮員們商量了一下之後，回答說可以。雷強就又做了一次通場，然後落地。

殲 -10 的起落架是外八字的，緩衝性能好，輪子接地的感覺非常輕，減速傘一放，雷強覺得一直懸着的心一下子就回到肚子裏去了！他邊滑行邊想：真快呀，怎麼這麼快就飛完了啊……十幾年了，就為了這十幾分鐘，這麼快就飛完了。他甚至有了小小的不滿足、不捨、不過癮。數據顯示，這次的首飛，飛機在空中盤旋四圈，留空 17 分鐘。14 點 59 分，安全着陸。飛行最大高度 2670 米，最大速度 499 千米／小時。首飛成功了！

機場上沸騰了，人們激動地相互握手、擁抱，興奮地歡呼、跳躍！國防部、空軍、中航工業公司等的領導站在主席台邊，迎候着試飛員和總設計師的到來。來到主席台前，雷強立正敬禮，向首長報告。部長握住他的手，問：「這飛機飛起來怎麼樣？」

「報告首長，這飛機飛起來非常好！」雷強回答。

「你任務完成得非常好，辛苦了！」

「首長辛苦了！」雷強報告完畢，突然轉向宋文驄。他上前幾步，舉手向宋文驄敬了個軍禮，興奮地大聲說道：「宋總，這才叫真正的飛機啊！」

副部長王昂用一句話表達了他對雷強的讚許。王昂對另

外幾位首席試飛員說：「你們落地的時候能達到雷強首飛的那個水平，就算出師了。」

首飛成功後，一位外國資深首席試飛員向雷強表示祝賀，他說：「雷，你比我好！」

雷強說：「為什麼呢？」

他說：「我在美國訓練了三年。第一次首飛後，第二次我就不飛了。因為榮譽也好，工資也好，都已經夠了，我沒有必要再飛第二個起落了。而你比我好，01 架、03 架、04 架、05 架都是你首飛的。你比我多飛了 3 架，知道每架飛機都是不同的，而且每架飛的重點也不相同，你是好樣的。這是第一點。第二點是你的經驗沒我多，基礎不如我，為了首飛我在美國學了三年，西方各種電傳飛機我都飛過，而你第一次就飛電傳！第三點，我都五十歲了，你比我小，你才四十出頭，在西方國家，像這種氣動外形或全電子飛機，五十歲以下的試飛員是沒有資格飛的！你真的不錯！」

目前，這型具有中國完全自主知識產權的戰機，已經成為了人民空軍的主戰飛機。

殲 -10 作為中國航空工業開始走上自主發展道路的標誌性機型，又一次開創了一個時代。殲 -10 戰鬥機橫空出世，證明中國具備了設計研製第三代戰鬥機的能力，特別是在先進氣動佈局、航空電子綜合技術、數字式飛行控制系統、計算機輔助設計和製造技術等方面均取得重大突破。

殲 -10 首飛成功後，雷強將現場錄像拿回家，給年近八旬的老父親雷雨田看。那一晚，雷雨田獨自一人坐在小馬紮上，一邊看一邊抹着淚。半個小時的片子，他看了一遍又一

遍，直到深夜……

兒子雷強不僅圓了自己的夢，更圓了一個民族的夢！

1998 年 3 月 23 日，這是中國航空史上具有里程碑意義的一天，當然也是總設計師宋文驄人生中最最重要的一天。他這一生的全部心血、智慧、精神、情感和寶貴的年華，都傾注在了這架飛機上。宋文驄的生日原本是 3 月 26 日，從這一天起，他把自己的生日改在了 3 月 23 日——永遠紀念這個非同尋常的日子。

在本書寫作完成後的漫長審查期間，被譽為「殲 -10 之父」的宋文驄總師因病醫治無效，於 2016 年 3 月 22 日 13 時 10 分在北京逝世，享年八十六歲。

有人問雷強：「飛機是怎麼飛起來的？」雷強精彩地回答：「從物理學上說，飛機是借助升力飛起來的。從精神層面說，飛機是靠試飛員的勇氣和智慧飛起來的。」

在空軍慶祝殲 -10 試飛成功立功表彰大會上，雷強有一段激動人心的發言，結束的兩句話是：

「感謝試飛為我的人生插上飛翔的翅膀！感謝飛行帶給我激情燃燒的歲月！」

雷強，他用生命體驗飛翔的姿態，在中國空軍和中國航空事業騰飛的歷程中，貢獻了自己的汗水和智慧。他融入並推動了中國的航空事業。

第七章　小平頭

　　一群全副武裝的試飛員站在巨大的銀色機頭前，他們站成扇形，一律雙手抱肘，飛行服筆挺，頭盔挾在腋下，面帶微笑，昂首向上。這是他們最喜歡的動作，這也是他們最驕傲的造型。每次看到這張照片，我都會覺得心頭滾熱：這幫試飛員兄弟，那麼自豪帥氣，那麼坦蕩自信。

　　「如果你們都不戴頭盔和氧氣罩，就算是全部背對着我，我也能從這一大群人中準確地找到你。」

　　「是嗎？」他問，「確定？」

　　「確定！」

　　「根據？」

　　「根據你那個標誌性的小平頭！」

　　他啞然一笑。

　　如果不翻開他的履歷，如果你只看工作證上的相片，他只是個相貌普通的軍人，中等偏瘦的身材，小眼睛，膚色深黑。按照他妻子潘冬蘭的話說：當初第一眼真是沒看上他。

　　從入伍當兵招飛，進入人民空軍飛行員序列第一天起，他就一直是小平頭。二十多年過去了，他如今還是這樣的小平頭。但是，這個小平頭的頭是絕無僅有的，小平頭李中華在中國空軍試飛員隊伍中，是一個傳奇般的存在——

　　他在二十多年的試飛生涯中，駕駛過殲擊機、殲擊轟炸機、運輸機 3 個機種共 26 種機型；承擔過中國空軍多種新型戰鬥機極限科目的試飛，創造了中國航空試飛史上 10 多個極限科目的第一；他先後遭遇過數十次空中險情，其中嚴重危及人身和飛行安全的險情就有 20 次之多，卻奇跡般地次次化險為夷。

　　在擁有自主知識產權的中國第三代戰機殲 -10 的定型試飛中，小平頭李中華作為主力試飛員，一共完成了 57 個一類風險科目，他創造了殲 -10 最大飛行錶速、最大動升限、最大過載值、最大迎角、最大瞬時盤旋角速度和最小飛行速度 6 項國內紀錄。其中每一項，都是大多數試飛員窮盡一生也無法實現的。在世界航空試飛史上，國外的試飛員往往在完成一項任務後，姓名就可載入該型號飛機的史冊，就可以光榮退休。

　　飛行 2400 多個小時，李中華先後榮立軍隊一等功 1 次、二等功 5 次、三等功 6 次；榮立航空工業部門一等功 4 次、二等功 5 次、三等功 6 次；榮獲國家科學技術進步獎特等獎 1 次、二等獎 1 次；被評為「空軍特級飛行員」、「空軍級試飛專家」、首屆「全軍青年十大愛軍精武標兵」，獲得「空軍功勳飛行人員金質榮譽獎章」。2007 年 6 月，中央軍委授予李中華「英雄試飛員」榮譽稱號。他人生的飛行軌跡從東北到西北再到西南，在祖國廣袤的版圖上劃出了一道美麗的弧線。

　　那是酣暢淋漓的生命放飛。

一、二十多年來我只做了飛行這一件事

成功需要全神貫注的投入，需要你將所有的能量匯
集、聚焦——只有在焦點上的火柴才能燃燒。

採訪李中華是一件十分令人愉快的事。他平和沉穩，卻
睿智靈動。他的每個回答看似簡潔，實則意味深長，你隨時
可以感受到在與一個智者對話，這種對話在不動聲色中既隨
時挑戰你的反應，同時又啟迪、拓展你的思路。

「第一個問題——請你評價一下你自己。」一見面，我就
開門見山地對他說。

一般的受訪者，在聽到我這樣說時，通常會有如下的反
應——

率直豪邁者說：材料上都有，你還想了解什麼？

平和從容者說：講什麼呢？還是你問我答吧。

矜持謹慎者說：沒有什麼好講的。我所取得的一切成績
都是和黨的培養、組織的幫助分不開的……

作為資深、典型和著名的英雄人物，李中華數年來面對
過數不清的各路媒體記者，我以為他會輕車熟路地搬弄舊句
式老腔調，但是沒有。李中華取下帽子，掛到文件櫃旁邊的
衣帽鉤上，轉過身坐下，小平頭端正地對着我。他的回答是：

——二十多年來，我只做了飛行這一件事。

——我非常欣賞海爾老總張瑞敏的一句話：把平凡的事做
到極致，就是不平凡。人人都渴望成功，但對成功的定義是
因人而異的。我不認為我是成功者，我只是清晰地確認，我
一直走在通向成功的路上。能走到今天，我背後的推動力是
強大而又多元的，有組織的培養，有戰友團隊的協作，有家

人的支持以及自己的執着。成功需要全神貫注的投入，需要你將所有的能量匯集、聚焦——只有在焦點上的火柴才能燃燒。

李中華給了我這樣漂亮的開頭，令我興奮，更令我欣喜：小平頭李中華果然不同凡響。

李中華並非天生的智者，縱觀他的成才成功，與現當代所有學生青年的成長之路幾乎沒有區別。

李中華辦公室緊挨着衣帽架的地方，掛着一幅中國地圖，他的視線常常在一個地方留戀地停留。每當這個時候，他的目光是溫熱的。他看到的不是圖紙上的符號，而是被林木與白雪覆蓋、永遠有着清新空氣的長白山，綿亙起伏千山萬壑的群山西部的某個小山坳裏，隱藏着一塊美麗而豐饒的土地。那個叫作「朝陽林場」的地方，是他生命中最初也是最明亮的記憶——那是他摯愛的故鄉，他的出生地。

1961 年 9 月，朝陽林場秋風轉涼，白樺樹的葉片開始泛黃的時候，林場的家屬院裏，一聲聲響亮的哭聲昭示一個新生命的誕生。當過兵去過抗美援朝戰場的父親思考了很久，為長子取了一個響亮的名字：中華。

「在我童年的記憶中，那是一個群山環抱、四季分明的天堂般的世界。林場背靠一座小山，山上雜樹叢生，在地勢適合的地方，還種植着人參等珍貴藥材。林場前面有一條小河蜿蜒流過，這條沒有確切名字的河流，給我的童年生活帶來了無限的樂趣。」

朝陽林場是國有林場，在 20 世紀 70 年代之前實行計劃經濟的時代，林場的工人屬於非農業戶口，吃供應糧。他們

除了從事林木種植和採伐工作外，還經營梅花鹿養殖、人參種植、藥材加工等副業，生活富足自給。對於少年李中華來說，林場廣闊茂密的林海、夏天陽光燦爛的河岸和冬天的冰雪世界，構成了他天堂般的樂園。

朝陽林場子弟學校就坐落在場區，它是整個場區最氣派的建築。這個大山深處的小學校居然有一條標準的 400 米跑道，跑道中央還有一個標準的足球場，足夠少年們縱情馳騁。這樣的條件足見林場人對孩子們身心成長的高度重視。學校教室南面有一條長廊，長廊的一端，一根高大的木製旗杆頂端，終年有一面鮮紅的國旗在澄淨的藍天下飄揚着。它是標識，更是昭示，林場所有的子弟最熟悉的一句話是：身在林場，心向北京。

北京是一個聖地，更是一種象徵，這句話最簡潔地表述了祖國與個人的榮辱關係。林場子弟李中華從小就知道：為中華崛起而奮鬥。

林場小學附設初中部，李中華在那裏度過了九年時光。

每個月總會有一天，林場放露天電影，就在學校的操場上，架起一塊白色的幕布。這一天是林場所有人的節日，孩子們早早搬來椅凳佔位置。電影大多是戰爭題材的，像《閃閃的紅星》《南征北戰》《野火春風鬥古城》等等。在六七十年代，這些電影影響和塑造了整整一代人的心靈世界。影片中那些英勇無畏、機智勇敢、勇往直前的軍人形象，在李中華幼小的內心深處，靜靜地埋下了閃光的種子。李中華崇拜英雄，他的軍人情結由此而生。

1961 年，我的恩師閻肅老師還是個黑髮紅顏的青年。那年秋季的一天他到某飛行部隊採訪，準備寫一首關於飛行員

的歌詞。他坐在飛行部隊外場旁的小山坡上，連續數日吹着清風放目藍天白雲，他分明聽到了內心激盪的豪邁之情。他被這種激情鼓盪着，日復一日地跟在飛行員們後面，看着他們訓練、準備、登機、返航。他們年輕的面孔上洋溢着的陽光般的燦爛打動了他、感染了他。數月後，當他拿出《我愛祖國的藍天》的歌詞，鄭重地交到同事羊鳴手中時，他的神情是釋然的，與其說他覺得自己深入飛行部隊體驗生活得到了結果，不如說他用半年的時間找到了對飛行員情感與理想的準確且完美的表達。與他有着幾乎同樣經歷與感受的年輕作曲家羊鳴只用大半天時間就完成了配曲。從此，《我愛祖國的藍天》這首歌傳遍了祖國的大江南北，不止飛行員，不止空軍，60 年代後期出生的人們，有誰不知道這首歌呢？

　　我的這兩位前輩師長當時肯定想不到，他們的這首歌曲也飄進了大山深處的朝陽林場——李中華説，那藍天白雲下的豪邁抒情非常契合他躍躍欲試的少年情懷。

　　中學時代一晃而過，李中華幾乎沒有感到過學習的壓力。在整個少年時期，在李中華有限的課外讀物中，他最喜歡的是《航空知識》，僅有的零錢幾乎都用來購買這本雜誌，其中有關新型飛機和著名戰例的介紹是他最喜歡的內容。因為種種原因，他並沒有很近距離地看到過真正的大飛機，但他卻對飛機這神奇的空中巨鷹充滿了嚮往。

　　「那時你就想到空軍當飛行員嗎？」

　　「沒有想。準確地説，我想都沒敢想過，因為太遙不可及了。」李中華説。

　　正像歌曲裏唱的那樣，「1979 年，那是一個春天」——

　　這一年，李中華高中畢業。高考之後填報志願，李中華

當時的高考成績十分優秀，尤其是數學成績突出，差3分滿分。這樣好的理科成績，除了北大、清華，其他學校都可以去。對於他這樣一個成績優異的學生，每個老師當然各有高見。聽了一堆的建議、意見下來，李中華有點犯暈。這時候，他的高中物理老師和他談了一次話。

物理老師名叫王志平，是個頭腦清晰、有眼界、知識面非常廣的人。

王志平認真地說了一段話：「今後我們國家的科技將有巨大的發展，其中航空技術更是科技中的頂尖。中國的航空技術中，發動機是落後的。並且，我國的機械製造業因為受精準度技術含量的限制，發動機是非常難學難掌握的技術。國內只有北京和南京等地有限的幾家航空大學有航空專業。」王志平建議他，在飛機設計和發動機設計兩個專業中，選擇學習發動機設計專業。

我不知道如今還有誰會記得這位普普通通的農場子弟學校的物理老師王志平，人民空軍應該感謝這位普通的物理老師，優秀的教書育人者。正是聽了他的建議，李中華走進了中國的航空工業隊伍，並且在其中起到了舉足輕重的作用。正如李中華所說，王老師是他的引領者。

李中華以第一志願被南京航空航天大學錄取。這一年，全國五所設有飛機發動機自動控制專業的重點院校中，只有南航招收了一個班，全班只有學生三十三人。

李中華運氣不錯，儘管工科院校「和尚班」挺多，但他們班上居然還有三位女生，顏值也不低。不過，大學四年裏李中華忙得不亦樂乎，業餘時間都泡在圖書館，沒有一點心思在女性身上。這使得他整個大學時代的感情生活一片空白。也正因為集中精力，李中華大學期間一直保持優異的成

績。發動機原理是發動機專業的一門主課，最後考試，全班只有四人的成績超過 90 分，李中華居然考了 96 分，是全班最高的。

時隔多年，南航人對優秀學生的優異學業記憶猶新。2012 年秋，南航成立六十週年，畢業季時，李中華的老師王琴芳副教授給他帶來了一樣東西——李中華在南航四年各科的成績單。

紙張都發黃了，被裝裱在一個玻璃框子裏。李中華畢業近三十年了，學校還完好地保留着他的在校成績，這件珍貴的禮物令李中華十分感動，可見他留給母校的記憶同母校給他的回憶一樣長久。

南航確乎是人才輩出的靈傑之地，李中華可算是南航人的一面旗幟或者說一個傳奇。當全國掀起宣傳「試飛英雄」李中華的高潮時，南航人的自豪可想而知。

1983 年，李中華大學畢業。

他們是恢復高考後的第三屆大學畢業生，資源緊張，國家按照就近分配和專業對口的原則實行統一分配。班裏來自東北的加上李中華也只有四人，東北的航空單位較多，所以指導員早就告訴他們，瀋陽或哈爾濱任選。李中華也比較安心——專業對口，離家又近，可以全身心地在自己喜愛的崗位上，為祖國的航空工業工作。他毫不懷疑，自己將會成為航空工業一名出色的工程師。

二、六個字的電報走了三天

一個偶然的機遇，成為他必然的選擇。他仿佛覺得自己一直在等待，等待一次更高遠的翱翔。

人生的路雖然很長，但關鍵處只有幾步，一個看似不大的機遇，卻會改變人的一生。

李中華後來對我說，如果他不是趕上了空軍那次特殊的招飛，那麼他的人生將會是另外一種情況，也許，現在坐在我面前的，不會再是這個小平頭李中華了。

就在離李中華大學畢業還有兩個月時，一個新情況的到來，改變了李中華的人生軌跡。

進入 80 年代後，國防和軍隊的建設乘上了改革開放的快車，人民軍隊在經過一系列的撥亂反正之後，走上了爭分奪秒秣馬厲兵加快建設之路。軍委領導高瞻遠矚地指出，未來戰爭將是高科技的技術競爭，與其說武器裝備是決勝戰場的重要因素，毋寧說掌握武器裝備的人是決勝戰爭的決定因素。培養造就新型高素質軍事人才，成為軍隊建設發展的當務之急。軍委領導和空軍黨委做出重要決策：在地方重點大學本科畢業生中招收飛行學員，培養中國首批具有工學和軍事學雙學士學位的飛行員。第一批從國內最好的三所航空院校選擇，它們是：北京航空航天大學、南京航空航天大學和西北工業大學。

不用說，這則消息令即將畢業的航空專業的莘莘學子們歡呼雀躍，李中華他們全班同學一起報了名。

第一天初試後，第二天參加體檢的同學少了一多半。到了第三天，李中華被通知說要檢查眼底。查完了，醫生舉着戴手套的手對一個護士說，帶他去散瞳（用藥物放大瞳孔）。這是招飛體檢的最後一步，到了這一步，幾乎就可以確定，體檢通過了。

那一刻，李中華興奮得有些不敢相信——之前，關於畢業分配去向的考慮，他已經和家裏通報過，現在有了這麼大的

變化，當然應該和父母說一聲。當時通信手段有限，學院的電話很難打進遠在深山中的朝陽林場，最快的方法就是發電報了。電報是很貴的，一個字三分錢，李中華琢磨了半天，才用盡量簡短的句子把情況說明了。原話李中華已經記不得了，大意是：部隊來選飛行員，我通過了，準備去。

家裏第二天就回覆了，只有三個字：不同意。

李中華立刻就回了一個，大意是說，身體檢查和政審都已經做完了，他還是要去。

文字間的口氣雖然溫和，但態度是堅決的。

電報發出，李中華就開始等，一直等了三天。這三天裏他無數次地想，如果家裏還不同意，他怎麼做工作。說到這裏時，李中華說了一句話：「這是我當兵的人生歷程中稍嫌糾結的一個過程。」

稍嫌糾結的過程並沒有持續太久，第三天，家裏的電報來了。這一回是六個字：選準了就幹好。

學院和李中華一樣大喜。

1983 年 7 月，作為空軍首批地方大學航空專業本科畢業生飛行學員，李中華光榮入伍，成了一名空軍飛行員。

四年之後，已經成為飛行員的李中華探家。弟弟告訴他，接到他要當飛行員的第二封電報，父親和母親兩天兩夜沒有合眼。父親當過兵，參加過抗美援朝，那時的人民空軍只是初生的雛鷹，曾是電報員的父親對抗美援朝戰爭中殘酷的空戰情況十分清楚。但經過了兩個不眠之夜後，第三天早上起來，這位老軍人父親對母親說：「孩子長大了，讓他去，別留下遺憾。」

那一刻，李中華的眼睛濕了。李中華不知道父母如何度過那兩個糾結不安的不眠之夜，他也不知道當過兵的父親是

如何做通母親的工作的，但他在那一刻突然明白了，老兵父親為什麼會給自己起名「中華」。

選擇從軍當飛行員是李中華人生道路上一次極為重大的轉折。

這一次的招飛，是非同尋常的。入選之後的李中華他們被告知，他們這一期航空專業畢業的大學生飛行學員，具有良好的航空理論專業基礎，在學會了飛行後，既有駕駛技術，又有工程背景，將不是普通的飛行員，而是試飛員。

縱觀空軍試飛員隊伍的成長歷史，這次的招飛是非常好的一條試飛員培養路徑，之前或者之後從部隊成長起來的試飛員，因為成長經歷及環境所限，對航空知識的了解和儲備都是不夠的。這一年，空軍在三個航空院校一共招收了六十六名大學生飛行員。

六六大順，這是一個注定要造就輝煌的重要起點。

1985 年 7 月，李中華以全優的成績從飛行學院畢業，被分配到空軍航空兵某師，成為一名戰鬥機飛行員。到部隊的第一天，他剪成了小平頭。頂着這個標誌性的腦袋，在飛行部隊的幾年間，李中華沒有懸念地進步着，從普通飛行員到優秀的等級飛行員，到副大隊長，三年多的時間裏他穩穩地「進入梯隊」。但是，李中華的內心總有一個聲音在說：我就這樣飛下去嗎？

「那個時期空軍飛行部隊的裝備是個什麼情況呢？」我問。

「是不盡如人意的。在部隊，我的技術算是好的，但是能夠飛到的飛機卻是很有限的。」

李中華用手敲了敲他的小平頭對我說：「如果我告訴你，我們的訓練有一個重要的科目是學習如何用殲-6打殲-7，你明白嗎？你明白嗎？」

我哈哈地笑起來。

片刻，我收了笑容。

80年代初，高技術戰爭已經初露端倪，一批先進戰機已經在戰爭中亮相。1982年爆發了英阿馬島之戰，當時電視裏播放了英國「鷂」式戰鬥機從航空母艦上起飛的鏡頭。李中華十分清楚地記得當時還在讀大三的自己看到這一系列電視鏡頭時的震驚，學航空的他們還沒有人能想到戰鬥機居然也能垂直起飛！阿根廷的「超級軍旗」戰鬥機發射「飛魚」導彈，擊沉了英國的「謝菲爾德」號驅逐艦，這是人類歷史上被飛機發射導彈擊沉的第一艘大型艦艇。那一時期校園裏關於現代航空兵器發展趨勢的討論很熱烈，但真正的觸動還是李中華到了部隊以後。如果說，大學四年，李中華看到了中國航空工業水平與世界先進水平的明顯差距，那麼，當了飛行員之後，他更清楚地明白，當世界強國的天空中飛的是三代戰機的時候，一個靠二代戰機來保衛領空的國家，在未來的戰爭中會處於什麼樣的地位，這是他們必須要面對的現實。這一時期，蘇聯的蘇-27、米格-29已經裝備部隊，美國的F-15、F-16也已經亮相，但中國空軍的發展，還在舉步維艱的困難時期。沒有先進戰機，只靠勇敢精神是無法打贏現代戰爭的。李中華做夢都在想着能飛上新飛機。他弄到一本國外新型飛機的圖冊，這成了他的枕邊書，有空就看，幾年下來，這本畫冊幾乎被他翻爛了。

一轉眼，四年過去了，四年的戰鬥機飛行員生活的磨煉，為李中華的飛行技術打下了良好的基礎，同時也錘煉了他嚴

謹的作風和自覺的責任使命意識。他仿佛覺得自己一直在等待，等待一次更高遠的翱翔。

1989 年 9 月，空軍從首批雙學士飛行員中挑選試飛員。沒有任何周折，李中華成為了一名試飛員，從祖國的大東北來到了大西北。

飛行員與試飛員，名稱一字之差，內涵卻大不相同。

試飛，是人類對航空未知領域的探索。它的風險性、危險性，會令一些人望而卻步；它的開拓性、挑戰性，則會令另一些人怦然心動。試飛員是飛行試驗的直接執行者和監控者，也是試飛結果和結論最重要的裁決者。李中華走進了試飛員隊伍，這一幹就是二十多年。

李中華用了二十多年的時間明白：試飛員，這不是一種普通的職業，而是整個人生。

三、一架飛機在表演時突然起火墜毀──這卻是新的飛行時代到來的預示

1910 年 12 月 10 日，在法國巴黎展覽會上，一架飛機在表演時突然起火墜毀，眾目睽睽之下，駕駛員被拋出了燃燒的機艙⋯⋯

時至今天，人們依然確定，一個國家軍隊的戰鬥機水平標誌着這個國家航空技術的前沿高度。一方面，戰鬥機的發展受制於國家的國防工業、航空技術、試飛隊伍的成長速度；另一方面，要成為一名合格的戰鬥機試飛員，不僅需要高超的技術和豐富的知識，更需要強大的心理素質。在科學和技

術向成熟邁進的過程中，試飛員的智慧與素質、勇敢與膽識更是影響航空工程發展至關重要的因素。也基於此，試飛員人才的選拔和培養工程堪稱艱巨。

1910 年 12 月 10 日，在法國巴黎展覽會上，一架飛機在表演時突然起火墜毀，眾目睽睽之下，駕駛員被拋出了燃燒的機艙。

飛機失事並不鮮見，但這起事故在當時引起了航空界強烈的關注，因為這架飛機使用了一台新型發動機──後來人們稱之為「噴氣式」的發動機。這架飛機的設計者就是飛機駕駛員本人──羅馬尼亞人亨利·康達。

亨利·康達設計的這架飛機是用一台 50 馬力的發動機使風扇向後推動空氣，同時增設一個加力燃燒室，使燃氣在尾噴管中充分膨脹，以此來增大反推力，這是一種全新的發動機動力原理。這架壯志未酬的飛機，被認為是載入世界飛機發展史冊的先驅之一。亨利·康達的這次飛行表演，成為繼 1903 年 12 月 17 日萊特兄弟駕駛他們製造的飛行器進行首次持續的、有動力的、可操縱的動力飛行之後，世界上最早的關於噴氣式飛機的探索。因為飛行失敗，亨利·康達的噴氣機理論在當時並未被認可，但這位失敗的英雄卻開啟了一個新的飛行時代。

隨着航空業的不斷發展，到了 20 世紀初期，使用活塞驅動作為發動機動力的螺旋槳式飛機，最大平飛時速可達 750 千米，升限達 12000 米的極限，俯衝時速接近音速，隨之而來的是音障的問題日益突出。這使得飛機速度的提升受到了質的限制。很顯然，要使飛機飛得更快更高，必須更換發動機。繼亨利·康達之後，越來越多的飛機設計師都在探索使飛機飛得更快的辦法。

　　20 年代末，時任英國空軍教官的弗蘭克‧惠特爾提出了噴氣發動機的設想，並廣泛遊説。1935 年 6 月，惠特爾開始設計製造真正的噴氣發動機。幾乎同時，德國的馮‧奧亨也在研製渦輪噴氣發動機。裝有馮‧奧亨研製的 Hes3B 渦輪噴氣發動機的 He-178 飛機試飛成功，成為世界上第一架噴氣式飛機。它標誌着人類航空史上噴氣飛行時代的到來。

　　最早投入批量生產並被轉變為部隊噴氣式戰鬥機的，是英國的「流星」式戰鬥機和德國的梅塞施密特 Me-262 型戰鬥機。從某種意義上説，噴氣發動機開創了飛機發展的另一段歷史。二戰結束後，航空技術迅速變遷，最主要的潮流就是噴氣化。

　　與西方國家相比，中國的戰鬥機試飛起步較晚。如果按時間來劃分，以「科研試飛英雄」滑俊、王昂為代表的老一輩試飛員是第一代，以「試飛英雄」黃炳新為代表的是第二代，李中華趕上了第三代。第一、二代老試飛員飛的是由仿製發展到研製的國產一、二代戰鬥機。李中華們生逢其時，中國的國防航空工業開始了改革開放後第一次飛躍式發展，李中華和他的隊員們全程參與了三代機的大部分重要科目的試飛，與其説這是他們的幸運和機遇，不如説是他們的責任和挑戰。

　　1993 年 10 月「型號工程」啟動後，為了填補中國國際試飛員的空白，也為日後的殲 -10 試飛做準備，國家選派李中華和徐勇凌、張景亭，遠赴俄羅斯國家試飛員學校，進行為期一年的全程培訓。徐勇凌比李中華晚一年畢業於北京航空航天大學，張景亭畢業於西北工業大學航空系，他們二人都是當時那一批雙學士飛行員後轉入試飛員隊伍的。

　　李中華第一次與外國試飛專家直接打交道，是在 1992 年 2 月，在以色列，他參與某型飛機的飛行品質試驗，與他同去的還有一個老試飛員，名叫李存寶。對李存寶這名老試飛員，殲 -10 總師宋文驄的評價是：他是一位比較全面的試飛員，不僅會飛，而且會分析，能從理論上把各種情況講得清清楚楚，這在他那個時期的試飛員中不可多得。

　　因為是外事活動，兩個人都穿着「傻乎乎的西服」（李中華語）。西服是單位做的，呆板的黑色，大翻領，裏頭的白的確良襯衣領子很硬。制服呆板，李中華腦子卻開了竅。這是他第一次看到西方國家試驗科目的流程和程序，對方要求，所有在地面進行的試驗，試飛員要與工程技術人員一起全程參與，並提出意見。這一點令他十分震動。歐美體制下的飛行試驗流程顯然與他在國內參與的過程有很大的不同。

　　能夠再次去西方國家全程參與試飛員培訓，對李中華和徐勇凌、張景亭他們來說，實在是殊榮。因為同樣可以理解的原因，三人還是以航空工業公職人員身份出國，同樣還是穿着那種「傻乎乎的西服」。

　　俄羅斯國家試飛員學校坐落在茹科夫斯基，莫斯科河從城南蜿蜒而過，環抱着無邊的原野和森林。這個景色秀麗的小城在李中華心中留下了深深的烙印，不僅僅因為它的風光，更重要的是李中華覺得，從某種意義上說，這座小城令他的試飛人生拓展了一個新天地，達到了一個新高度。

　　一年的時間裏，他們要完成米格 -21、米格 -23、米格 -29、蘇 -27、安 -24、安 -26、圖 -154 飛機的試飛理論和試飛駕駛技術的培訓，難度之大，可想而知。他們差不多天天學習到深夜一兩點鐘。

　　學校注重飛行實踐，不僅僅是從理論上搞清楚，更注重試飛員飛行之後對飛機的定量定性評價。這就要求一個試飛員不僅知道要完成什麼科目，更要像一名工程人員一樣了解科目所代表的飛機各部分系統的性能原理。為期一年的培訓對李中華的影響十分巨大，他完整地參加了一個國際試飛員培訓的全過程、全課程，包括飛行訓練、考試、答辯，以及最後結業做論文。他不僅看到了試飛的全過程，還看到了外面的世界，看到飛機從生產、試驗，到試飛飛行的工業環節，這是一次系統性的了解。俄羅斯不愧是航空大國，名冠全球的俄羅斯國家試飛員學校的培訓相當務實，而且有效率，基本上學員要求什麼、需要什麼，學校就提供什麼、培訓什麼。學校的試飛員教員十分稱職，且技術全面，一個試飛員教員一天可以飛幾種型號的飛機，做不同科目的飛行，這在國內是不可想像的。在這一年裏，李中華一共飛行了150多個小時，相當於他在國內三年的飛行量。高頻率高強度的飛行不僅磨煉了他的飛行技術技能，更拓展了他的知識領域，培養了他強大的試飛心理素質。

　　試飛員之間的交流如同體育比賽中的同場競技一樣，很直接，也很有效率，是了解別人、提高自己的必要渠道。俄羅斯試飛員的敬業精神和專注態度給李中華他們留下了深刻印象。蘇聯解體後，俄羅斯獨立，國民經濟百廢待興，航空工業同樣舉步維艱。上課的理論教員都是五六十歲的老教授、老專家，由於暫時經濟困難，他們已經幾個月沒有發工資了，店裏的商品價格飛漲，生活很艱難。在機場，俄羅斯試飛員為節省開支不吃午餐，只是抓兩把麵包乾放在口袋裏，有空吃一點，喝點水再繼續飛行。儘管生活十分簡樸，但他們對待工作依然是那麼認真、敬業，在遵守工作時間、工作秩序

上還是那麼自律，同時保持着樂觀積極的態度，甚至充滿希望地給李中華他們朗誦蘇聯電影《列寧在十月》中的台詞：「麵包會有的，牛奶也會有的。」這種對國家、對未來、對生活的堅強信心，讓李中華備受鼓舞。

　　1994 年 11 月，白樺林黃葉翩飛的時節，在莊嚴的畢業典禮上，李中華和徐勇凌、張景亭一道，從院長康德拉欽科上校手裏接過了第一次屬於中國人的國際試飛員證書。

　　這一年的培訓對李中華影響深遠，他不僅學到了知識和技能，更提升了了對試飛的認識。西方試飛機構非常強調在試飛中通過飛行驗證飛機質量，拓展飛機性能，重視試飛數據，特別強調發揮試飛員的作用，要求試飛員不僅僅是完成飛行科目，更要飛出飛機的品質和性能。每次飛行結束，地面的工程人員和帶教將所有飛行動態曲線的所有數據逐個分析之後，一定要聽取試飛員對本次飛行科目的闡述。他們對評估規則的理解是數據式的，他們非常注重試飛員的意見，需要試飛員量化地做出闡明、解釋、評點，細化理論設計中間的過程，試飛員對飛機品性的所有評價都是以數據為基礎的定量意見。這種做法，與中式的籠統、簡單定性式試飛總結評點方式完全不同，前者更為嚴謹和準確，並且有效，要求試飛員不僅僅是駕駛飛機的體驗師，更要成為熟悉飛機品質的工程師。

　　試飛是嚴謹周密的科學，僅靠勇敢是遠遠不夠的。一個無知的勇者不管多麼無畏，於偉大的事業而言，並無大益。

四、「死亡螺旋」

「如果有一天發生意外，我們之中不管誰不在了，
其他人都要堅持下去……」

「如果有一天發生意外，我們之中不管誰不在了，其他人都要堅持下去，絕不能讓征服『死亡螺旋』的腳步因我們而受阻。」這句話，最早是老試飛員湯連剛和李存寶說的，原話是：

「如果有那麼一天，看咱哥兒幾個先是誰……但咱剩下的人絕不能退縮！」

後來，這話如同一根接力棒，在試飛部隊口口相傳，傳給了「大哥大」雷強，再後來，傳到了小平頭李中華。到了李中華這裏，他加了一句：

「要讓中國戰機驕傲地飛翔在新世紀的天空，試飛員必須志存高遠，奮發圖強。」

1995 年 11 月的一天，白雪素淨，松柏寂靜。

位於俄羅斯國家試飛員學校所在地茹科夫斯基的試飛員公墓，掩隱在一片樹林深處。這是世界上唯一一處專門為安放試飛員靈柩而設立的公墓。在這裏，幾十名在挑戰人類航空未知領域的征程中光榮殉職的先驅，靜靜地長眠在泥土下。

深深的腳印，一直延伸到松林深處。這裏，一排排墨綠的松樹之間，矗立着一座座墓碑，白色大理石的碑體與白雪渾然一色，只是上面黑色或紅色的字跡格外醒目。兩位軍人靜靜地站在墓地前，一個是俄羅斯國家試飛員學校教員熱尼亞，一個是中國試飛員李中華。他們脫帽在手，良久不語。

他們面前的十幾座墳塋，是在試飛失速尾旋中犧牲的試飛員的安息之地。

從進入公墓，到離開，兩位軍人誰都沒有説一個字。松濤陣陣，李中華聽到自己心裏有一個聲音在問：「你準備好了嗎？」

第二天早上，李中華站到教員面前，他面色沉靜、聲音堅定地説：「我準備好了，試飛失速尾旋。」

1994 年 11 月畢業典禮那天的情景，李中華終生都不會忘記，當他們從院長康德拉欽科上校手裏接過第一次屬於中國人的國際試飛員證書時，五星紅旗在試飛學校上空冉冉升起。

李中華明白，作為一名當代中國空軍試飛員，必須始終將目光瞄準世界航空發展的最前沿，要以時不我待的緊迫感和責任感向世界尖端技術發起衝擊。

當三角翼飛機成為中國空、海軍航空兵部隊的主戰裝備時，夢魘般的「死亡螺旋」不期而至，嚴重威脅飛行安全。中國有關部門曾重金聘請外國試飛員試飛這個科目，但被對方一口回絕⋯⋯

1995 年 9 月，國家再次派李中華赴俄羅斯國家試飛員學校，進行米格 -21 飛機失速尾旋專項培訓。

失速尾旋被世界航空界稱為「死亡螺旋」。據統計，世界上戰機大迎角失事，約 90% 是失速尾旋造成的。美國和俄羅斯在進行這項試飛時損失飛機數十架，犧牲飛行員數十人。人類第一位飛上太空的宇航員尤里・加加林，就是因飛機進入尾旋而犧牲的。

毫不誇張地説，衝擊失速尾旋，就是用生命叩響死亡之門。

　　試飛失速尾旋的這一天來到了。

　　天氣很好，雪霽初晴，遼闊寬廣的俄羅斯大地一望無際，遠方目力所及之處，佈滿白樺林的山坡綿延起伏。

　　穿戴齊整的李中華登機、關艙門、加力，飛機像一支離弦的箭，呼嘯而起。他駕駛的，是某新型三角翼戰機。

　　拉桿、收油門、蹬滿舵……一連串乾淨利落的動作後，飛機衝到了 12000 米高空的預定位置。

　　莊嚴而驚心的時刻到來，李中華開始奔赴「死亡之約」。飛機瞬間進入螺旋，旋滾着墜向茫茫雪野……

　　飛機以每秒 300 米的速度撲向大地！強大的負載產生的「黑視」讓他的雙眼一下「失明」，超過身體 2 倍重量的載荷全壓在他的雙肩，他全身的血管暴脹，臉龐立刻腫脹，身體疼痛得幾乎要寸寸裂開。

　　一圈、兩圈、三圈……已經是第三圈了，這個數字，已經接近國際上試飛失速尾旋的極限了。

　　飛機的高度在急速下降，隨着時間增加，飛機下降的速度迅速加大，對駕駛員的影響不可估計。巨大的生理變化下，試飛員會瞬間暈厥，而幾秒鐘後，飛機就會旋轉着急速墜地。

　　「快改出！沒時間了，李，快！」耳機裏傳來教員急切的指令。

　　儘管身體極度痛苦，但李中華的大腦還在飛速地轉動……李中華不是沒有聽見教員的指令，但他仍在等，等着飛機進入失速尾旋後的數據。沒有人能幫他記錄，即使是機載的記錄系統也不能保證完整地體現，他只能在身體極度痛苦的狀態下，用他千錘百煉過的大腦把這一切真實的數據記下來。他要成功地完成這個科目，只有這樣，才能將記錄在頭腦中

的一切完整地帶給他的戰友們、他的親愛的祖國。

　　第四圈、第五圈……李中華仍在等待飛機失速的完整數據。

　　直到飛機到達 8000 米高度，李中華才推桿，準備衝破螺旋，給倒滾的飛機一個坡度，讓滾動的飛機順勢從仰角再推力改出。但是就在這千鈞一發的時刻，一個意想不到的險情出現了——兩台發動機同時停車！

　　失速狀態下飛機雙發空停，在世界試飛史上從來沒有過這樣的記錄，也就是說，李中華遇到了世界試飛史上從未出現過的雙重難題。

　　時間如此短暫，他甚至來不及報告和聽從地面的指揮。生死抉擇只在 1 秒之間。李中華在半秒內就做出了選擇：一定要獲取這種在正常試飛中無法取得的各項數據，積累這種飛行狀態下的寶貴資料。

　　劇烈的身體反應讓他的臉失了常色，死神猙獰的魔爪已經在嘭嘭地敲打着舷窗，但他卻用平靜的手指準確地摸索着，一次又一次地啟動發動機開車開關。

　　第四次空中啟動後，飛機終於展開雙翼進入平飛——

　　這時的飛機，到達了 3000 米臨界高度。塔台上的教官們都仰起了頭，他們看到，飛機從急速下降的螺旋中改出，片刻間展翼平飛，如一隻大鵬，優美地伸展着巨大的翅膀。機身滑過天際，飛機衝出了死亡地帶。

　　飛機停穩，座艙打開，走下飛機的李中華步伐從容。俄羅斯教員張開雙臂熱淚盈眶地迎了上去，現場所有的俄羅斯同行歡呼雀躍。今日一飛的壯舉意義重大，自此之後，影響中國航空業的三角翼飛機失速尾旋後發動機停車的重大航空技術難關宣告突破。興奮的人群中不知是誰吹起了響亮的口

哨，機場跑道外不遠處的白樺林上空久久回響着尖銳的嘯鳴。

從這一天起，李中華與此前在俄羅斯接受過這一培訓的雷強、李存寶一起，成為中國三角翼飛機失速尾旋教員。

在採訪中，我問了李中華這樣一個問題：在俄羅斯飛行，那麼大的工作量，相對高深且複雜得多的科目，多樣的機型和科目，語言、環境的障礙，等等，這些因素對安全或多或少是有影響的，他們如何對待試飛中的風險？

李中華告訴我，俄羅斯試飛員學校對安全風險的管理很嚴格，有自己獨特的一整套保障體系。首先，如何看待安全。試飛學校的理念是，試飛的風險是存在的，試飛失敗是不可避免的正常事件，但所有的失敗都是有原因的，重要的是找出原因，一條一條列出來，使之成為後來者試飛的經驗。試飛的前提是最大限度地發揮試飛員的作用，飛出飛機的最好品質和性能，在這個前提下，保證安全、提倡安全才是有意義的。在試飛風險科目的時候，試飛學校的管理程序十分嚴謹細緻，提交給試飛員的任務單上，有一條寬約 5 毫米的醒目的紅線，斜着貫穿整個任務單。這種紅槓標示的是風險的最高等級，一看到這種任務單就知道，本次任務有高等級風險，嚴重時機毀人亡。

還有就是，從學員進入試飛學校開始，對帶教學員設立固定的人員搭配，也就是在整個培訓期間，從頭到尾都是由這個固定的帶教陪你飛，這樣便於了解和熟悉對方的操縱習慣、行為品性、處事風格，一旦遭遇突發事件，雙方呼應通暢。

功夫不負有心人！李中華將在學校期間的點點滴滴細細體味，銘記在心。畢業離校時，他丟掉了所有的衣物雜品，按最大行李負荷帶回了積累的全部筆記和飛行材料，重 20 多

公斤。

　　還有更重要的 ── 李中華説，在這個試飛學校，除了技術與程序、能力與膽量，他還學到一樣極其珍貴的品質：信仰。

　　試飛學校有一個管理裝具的管理員，年紀很大，大約七十歲了，他是自願在這裏做裝具管理員的。每天，李中華他們飛行回來將氧氣面罩、頭盔等特殊裝具交還後，由他負責接收清理。老人獨自工作，耐心而細緻地將每一件裝具用酒精清潔消毒，放在通風處晾乾，每一件儀錶都用三用錶細緻地測試，確保正常。做這些的時候，老人十分平靜安詳。他已經在這裏工作幾十年了。

　　起初，因為語言的關係，李中華很少與老人交談，但他很快就發現老人工作十分認真細緻。工作室裏掛着一幅照片，有一天，李中華交還裝具後沒有離開，他指着照片對老人説：「我認識他，加加林。」

　　像燦爛的光芒照在臉上，老人笑了，這笑容發自內心：一個來自遙遠的東方國度的外國人認識自己國家的宇航員，老人內心的自豪溢於言表。老人告訴李中華：「當年，我為加加林保管過飛行裝具。」

　　簡單的一句話深深地打動了李中華，他在那一刻明白，俄羅斯能成為飛行大國不是沒有原因的，這個國家的人民尊崇的一些東西，比如信仰，彌足珍貴。

　　一個有信仰的人是令人尊敬的。

　　一個有信仰的民族一定是強大的。

五、「眼鏡蛇機動」

　　高高仰起機頭的飛機，就像一條發怒時高昂頭部的眼鏡蛇。這驚人之舉令全場瞬間啞然，之後又是一片嘩然。

　　為了學習試飛「眼鏡蛇機動」，1997 年 4 月 23 日，李中華又一次踏上俄羅斯國土。

　　「眼鏡蛇機動」是著名的過失速機動動作，就是飛機在超過失速迎角之後，仍然有能力完成戰術機動。這一動作由蘇－27 戰鬥機首先試飛成功。

　　直到今天，航空界和試飛界人士仍對 1989 年 6 月的第三十八屆巴黎國際航空航天展覽會記憶猶新。因為在這次展覽會上，蘇－27 戰鬥機進行的飛行表演令在場觀眾大為震驚——

　　試飛員威克多爾·普加喬夫駕機升空後大角度爬升，突然間，機頭抬起並越抬越高，最終變成了機尾在前，機頭在後，仰立著懸停在巴黎的上空。高高仰起機頭的飛機，就像一條發怒時高昂頭部的眼鏡蛇。幾秒鐘後，機頭重新落下，恢復平飛狀態。這驚人之舉令全場瞬間啞然，之後又是一片嘩然。

　　其實，「普加喬夫眼鏡蛇機動」並不是人工設計出來的，而是普加喬夫於 1988 年在一次飛行中無意間創立的。當時，蘇霍伊設計局在試驗蘇-27 失速的大迎角極限。在飛行試驗中，戰機在 15 千米的高空突然失速急速下降，大驚失色的現場指揮員、蘇霍伊設計局的總設計師西蒙諾夫命令普加喬夫

放棄戰機彈射逃生。但普加喬夫鎮定自若，繼續留守並在飛機距離地面僅 800 米時奇跡般地啟動了發動機，之後他瞬間將戰機改成平飛。下來後，通過對飛行參數的判讀，人們發現，當時飛機在他的操控下，經大角度急速躍升，機頭不斷上仰，並達到了 120 度的大迎角，從而誕生了這震驚世界的機動動作。

普加喬夫用他驚人的勇敢和冷靜加上卓越的技術，不僅挽救了自己和飛機，而且飛出了蘇 -27 特殊的性能。航空界為了紀念普加喬夫這位天才的飛行家，把他創立的這一飛行動作形象地稱為「普加喬夫眼鏡蛇機動」。

「眼鏡蛇機動」剛出現的時候，很多人對它的實戰意義持懷疑態度。隨着近距空戰重新受到重視，人們逐漸認識到，「眼鏡蛇機動」這類非常規機動動作在近距空戰中，不但可以作為有效防禦的戰術手段，而且可以贏得由守轉攻的有利時機。儘管迄今為止這一動作尚未在實戰中運用，但在瞬息萬變的空戰格鬥中，這種快速機動的性能，稱得上是攻防兼備的撒手鐧，在各類模擬空戰的軟件及遊戲中被成功地反覆運用。

1997 年，李中華第三次赴俄羅斯學習。這一次，他要向俄方提出飛「眼鏡蛇機動」科目。

親自駕機完成享譽四海的「眼鏡蛇機動」，是世界頂尖級飛行員夢寐以求的目標，在俄羅斯也只有屈指可數的幾位資深試飛員可以完成。此前，中國還沒有人完成過這個高難度的動作，如果自己能完成，不但是飛行技術上的突破，更是信心和勇氣的突破。李中華要向國際公認的極限高難度科目衝刺了。

　　看見自己喜愛和欣賞的試飛員來了，康德拉欽科從辦公桌後面站起來，滿面微笑地伸出手：「歡迎你，中國勇士！你是我最出色的學生之一，這次回來想飛什麼？」

　　李中華立正答道：「我要飛『眼鏡蛇機動』！」

　　笑容從康德拉欽科臉上消失了，他用多少帶着吃驚的眼神看着面前的小平頭。李中華並不多言，只是再一次輕輕地、沉穩地一笑。

　　康德拉欽科太熟悉這位中國試飛員的笑容了。他知道這個貌不驚人的中國男人內心有着強大的力量。

　　沉默了片刻後，康德拉欽科點點頭：「好，我答應你，我來安排。但要記住，它充滿了風險。」

　　李中華默默地走在位於茹科夫斯基的試飛員公墓。

　　西斜的陽光淺淺地照着，微風輕拂，四下靜默無聲。

　　對這片墓地，李中華並不陌生，第一次到試飛學校學習時，他的教員帶他來過。之後，李中華不止一次單獨去過。到試飛學校學習的各國試飛員，都會到這裏來。在這裏，他們感受到的除了懷念和敬重，更多的是力量和使命。今天，李中華又來到這裏。面對這些冰冷肅穆的墓碑，他俯身撿去幾片落葉，心裏異常平靜。眼前的這些英靈，把自己的生命變作一塊塊鋪路的基石，才成就了俄羅斯作為航空大國的輝煌。作為同行，他對他們充滿敬仰。

　　「作為試飛員，風險與危險是隨時隨地都存在的。做你們這一行的，有沒有什麼忌諱？我的意思是說——是否會迴避談到……死亡？」

　　在向李中華提出這個問題之前，我特意關上了錄音筆。

　　他敏銳地看到了我的動作，淡淡地一笑：「別人可能有，但在我，沒關係。的確，同行們會比較相信直覺，因為作為一個成熟的試飛員，直覺是非常非常重要的，但這與迷信和忌諱無關。」

　　「你真正直面過犧牲嗎？」

　　「有。」

　　李中華經歷過不止一次戰友犧牲的飛行事故，參加過兩次犧牲戰友的追悼會。第一次飛行事故發生在 1994 年 4 月 4 日，犧牲的是當時在國內試飛界大名鼎鼎的盧軍。李中華從飛行員轉到試飛基地當試飛員伊始，帶他的第一個試飛教員就是盧軍。業內都認可盧軍有激情，有才華，技術精湛，膽識過人，是一個少見的飛行天才，但是很意外地，他卻在一架小型螺旋槳飛機上出了事。

　　事發時李中華遠在俄羅斯學習，由於通信不便，一週後消息才輾轉到達他那裏。聽到這個消息，李中華頓時腦袋發蒙，像是出現了錯覺。他陷入長時間的傷感和沉默之中，往日和盧軍在一起工作、生活的場景像過電影一樣，一幕幕出現在眼前。盧軍個子不高，身手敏捷，永遠充滿激情。他在飛行的間隙喜歡騎一輛火紅的摩托車，來去一陣風，這幾乎是當時試飛團的一景。他的教學方式很獨特，強調自醒自悟。當年，他對初入試飛行業的李中華啟迪頗多。但是，就是這樣一個渾身滿是飛行細胞的人轉眼間卻魂歸長天了。這從另一個角度說明了試飛的殘酷和不可預測性。

　　這是李中華第一次面對好友的離去，那一刻他真正地意識到「飛行安全」這幾個字的沉重意義。生命如此脆弱，死亡真的很近。在生死面前，所有生命都是平等的。作為試飛員，大家走著同樣的道路，如何能走得更久遠，的確是需要

深思的一個重要問題。

另一次是在試飛團時，團裏有位李中華熟識的老試飛員，兢兢業業飛了幾十年，已經接近飛行最高年齡，即將辦理退休手續，接到命令去執行一項重要任務，他二話沒說就上了飛機，誰知一去不復返，把生命的句號，莊嚴地畫在了最後一次履行使命的征途中。

參加追悼會的感受更難受，觸景生情、百感交集，沉重的氣氛壓得人喘不過氣來，時間仿佛停止了一樣。對於飛行員來講，這是一種痛苦而嚴峻的考驗。

在俄羅斯學習期間，李中華也經歷了一場生死的考驗和洗禮。這件事，是與他一起在試飛學校學習的張景亭告訴他的。

那天，一架圖-134和一架圖-22在空中相撞，圖-134墜毀，機上共有六名試飛員，全部犧牲。當時，張景亭正和教員在那一帶空域飛行，塔台突然傳來命令說科目暫停，要求他們尋找飛機墜毀的地點，報告從空中查看的情況。

張景亭的飛機很快就到了現場上空，他俯身清晰地看到地面上正在熊熊燃燒的飛機殘骸。那一刻強烈的心理刺激令張景亭失語，但是同機的俄羅斯教員卻用同往常一樣平靜的語氣詳細地向塔台報告了情況。片刻之後，教員對張景亭說：「好了，我們繼續。」

張景亭一下子沒反應過來：「繼續？繼續什麼？」

教員指着儀錶艙面說：「今天的科目還沒有完成啊！」

那一天，教員帶着張景亭，飛機繞過翼下冒着黑煙的失事現場，繼續進行規定科目的飛行，直到完成才落地。

晚上回到公寓，張景亭把白天發生的事告訴了李中華和徐勇凌，三個中國試飛員都沉默了。

　　在國內飛行時，如果發生事故，肯定是要求立刻停止所有科目，全體人員收隊，分析查找事故原因，在做出事故鑒定之前，為了平復大家的情緒，至少一週內不會再飛行。但是在俄羅斯國家試飛員學校，除當事者外，其餘的人，只是在經過事故附近的空域時會繞行一周，或者微微傾斜機翼，用目光和手勢表達哀悼，然後照舊正常執行完自己的任務。

　　一週之後，事故鑒定出來，試飛學校為犧牲的試飛員們舉行葬禮。那天上午，李中華和他的教員卡茲洛夫接到的命令是：駕駛一架蘇-27升空，圍繞會場，在茹科夫斯基上空低空盤旋。

　　以往機聲轟響的天空，這一天格外安靜，空曠的天空中只有這架單機。他們飛着，沒有科目，沒有要求，只是做低空自由飛行。李中華眼睛濕潤了……這低低盤旋的飛機是對犧牲的戰友表示沉痛的悼念，護送他們的靈魂遠行；是以行動告訴人們，雖然有人倒下，但試飛事業不會停滯……

　　那一天飛行之後，李中華在自己的筆記上做了一個特別的記號，這一天的經歷他終生難忘。他從國外同行身上，又一次看到了試飛人是如何坦然地面對生死的。

　　「我並不認為選擇放棄就可以更安全。試飛的道路也許並非坦途，走下來的一定是那些執着的人。太多的嘮叨或左顧右盼的眼神，起不了任何作用。經得起考驗，會使人更堅強。生活要繼續，飛行也要繼續。選擇試飛，就選擇了與風險、挑戰相伴。作為一名試飛員，必須坦然面對生死。」李中華説。

　　在飛「眼鏡蛇機動」前，有許多準備工作要做。在接下來的兩個多月裏，李中華完成了蘇-27的所有失速尾旋的試

飛科目——正尾旋、倒尾旋，再到「落葉飄」。這些高強度反常規的操縱，不斷考驗着身體和意志的極限。一方面，通過訓練學會一些處理問題的方法，提高克服風險、化解風險的能力；另一方面，在經歷複雜和驚險的同時，突破身心界限與心理障礙，提升心理素質。

6 月 16 日，康德拉欽科向李中華宣佈：「李，一週後，6 月 23 日，你試飛『眼鏡蛇機動』！」

試飛這天，上午 10 時，李中華在前艙，俄羅斯著名試飛員考切爾在後艙。李中華駕駛蘇 -27 起飛，很快，飛機進入 8000 米高的指定空域後開始動作，李中華一邊默念操縱程序，一邊緊盯着速度錶。

指針在不斷地迴轉——800、600、300，是時候了，他按照程序開始操縱：關閉限制器、斷開飛機電傳操縱系統、拉桿，當飛機抬起機頭約 20 度時，再猛地將駕駛桿抱在懷裏。

這一連串的動作之後，機頭猝然仰起，同時機身強烈地振動起來。這是最危險的一刻，動作稍不到位，飛機就會失速。這時，耳機裏傳來教官考切爾的聲音：「蹬滿舵，推滿油。」就在這一瞬間，飛機突然停止旋轉，振動消失。機頭非常溫和、馴服地原路回落，收起了猙獰的面孔。轉眼間，飛機平穩飛去……整個過程只有四五秒。

「眼鏡蛇機動」動作完成了！

雖然完成了「眼鏡蛇機動」，但精益求精的李中華總覺得自己的操作不完美，他發現駕駛桿沒有回到中立位置，使飛機產生了些許的偏轉，而完美的「眼鏡蛇機動」不應有任何偏轉。

於是他決定：再來一次！

但這一次，飛機再次發出怒吼後，機身突然發生了反倒

向偏轉。後座的考切爾喊道：「危險！危險！」這是進入尾旋的前兆。對此，李中華已有充分的心理準備，他迅速將飛機控制住。第二次、第三次……第六次，一遍又一遍，蘇 -27 飛機從高度 8000 米一直飛到 1000 米，「眼鏡蛇」終於被他降伏了！

走下飛機，考切爾拍了拍他的肩膀說：「李，祝賀你，完成『眼鏡蛇機動』是飛行員至高無上的榮譽。從此以後，我們的飛機對你來說沒有秘密了！你的榮譽屬於中國！」

這句話，讓這個在死神面前都沒有眨過眼的男子漢，淚水奪眶而出。

回國後，李中華發表了論文《「眼鏡蛇機動」及其戰術意義》，在 2000 年國家飛行力學年會上獲獎。

此後，李中華又接連 100 多次駕機重複這一動作，成為完成「眼鏡蛇機動」次數最多的中國試飛員。這一紀錄，至今尚無人打破。

六、生死 7 秒

在性命攸關的一刻，交出駕駛桿，以生命相託。這心甘情願的給予，是對戰友最高的信任。

對於絕大多數人來說，7 秒鐘，那只是數 7 個數的時間而已，可能沒有任何意義。但是對於空軍試飛團副團長李中華來說，在 2005 年 5 月 20 日那一天，7 秒鐘的時間，他已經在鬼門關上走了一個來回。

起初，險情的到來，沒有任何徵兆。

　　這一天，天氣一如既往地好。對於試飛員們來說，這樣的好天氣他們是絕不會放過的。

　　正午時分，陽光更加明亮。上半天的飛行快要結束了，前幾個起落已經完成任務的飛行員和工作人員都開始換衣服了。今天進場比較早，儘管中間加餐吃了些小點心，但大家還是餓了。年輕的司機說：「我都聞到飯菜香了。今天中午有紅燒肉啊！」

　　大家笑起來，說：「年輕人就是餓得快啊。等中華的這兩個起落結束後，我們就一起乘車去食堂吃飯。」

　　今天，李中華和試飛員梁劍鋒駕駛三軸變穩飛機進行試飛。中午 12 時整，飛機從機場起飛，梁劍鋒在前艙駕駛飛機，李中華作為空中帶飛教員坐在後艙。完成了兩個狀態的試飛後，飛機一切正常。

　　但險情像一隻蟄伏的怪獸，這時突然跳躍而出。

　　12 時 22 分，當新科目進行第三個狀態試飛，飛機向機場方向靠近，並構成着陸狀態時，在機場遠台附近的三轉彎過程中，飛機機載變穩系統突然告警，電傳系統停止工作。告警燈驟然發出刺眼的紅光，前艙的梁劍鋒已經無法操縱，瞬間，飛機滾轉倒扣，急速墜向地面……

　　此時，飛機高度：500 米；時速：270 千米。

　　「飛機不行了！」梁劍鋒失聲喊道。

　　座艙內，李中華和梁劍鋒的姿勢是仰面朝天，座艙面朝大地，飛機高度本來就低，幾秒鐘裏再急劇下降，現在的高度只有 500 米。李中華用餘光看到，四周翠綠的麥田、水墨般的村莊、銀子般閃光的河溝，正像一張張開的五彩斑斕的巨網，疾速向他們撲來，轉眼間就要吞噬飛機。不要說彈射高度不夠，就算是彈射跳傘，座椅下的火箭也會瞬間將他們

打到地上！

後艙傳來李中華鎮定的聲音：「別動，我來！」

李中華迅速接管飛機進行操縱。他關掉電傳系統電源並壓桿、蹬舵重新啟動，但飛機沒有任何反應。巨大的過載，把兩人的身體緊緊壓向機艙一側。

告警燈仍閃爍不停。數秒鐘裏，飛機高度急降至 200 米左右，頭盔就要頂到麥田了！他們不僅沒有迫降和跳傘的可能，而且飛機隨時可能進入尾旋。

李中華猛然意識到是變穩計算機在作怪。生死關頭，千鈞一發之際，李中華掙紥着騰出右手，一把抹下，將座艙側面的 3 個電門全部關閉！

這是扭轉乾坤的一舉。

一共有 3 個開關，倘若逐個關閉，時間完全來不及。又倘若李中華從後艙伸過來的手在姿勢困難的情況下沒有觸摸到開關，死神將不給他第二次機會。

這一抹，飛機好像是被點穴一般，停止了搖擺，立即響應了操縱。李中華毫不遲疑，迅速將倒扣的飛機翻轉過來，同時猛加油門，飛機倏然拉起，昂頭衝上天空，衝出了死亡線！

飛機雖然恢復了操縱，但險情並沒有結束，由於電源完全切斷，各種儀錶失去顯示，兩人再次陷入困境。無論如何也要把飛機飛回去！通過地面判斷飛機的高度、位置和姿態，最後李中華憑借自己多年練就的高超技藝，在最短的時間內實現了平穩着陸。

7 秒鐘！從遇險到脫險，只有短短 7 秒。李中華來不及向塔台報告。由於險情發生在機場人員視距之外，也沒有一個

機場人員目擊這驚險的一幕。

4 分鐘後，飛機輕盈地降落在跑道上。

跨出機艙，李中華表情沒有任何異樣，他只是輕描淡寫地告訴地面戰友：「發生了一點小問題。」

他在機場邊上坐了一會兒，喝了一杯開水，30 分鐘之後，就再次跨入座艙，駕駛一架殲 -10 躍上藍天。

當天下午，科研人員判讀這次試飛的數據。翔實的數據，重現了那驚心動魄的 7 秒鐘。

片刻的靜場，之後，所有人員都發出一聲由心底而生的驚呼：天啊！

聞訊而至的中國飛行試驗研究院高級顧問張克榮一把摟住李中華，眼含淚水，用顫抖的聲音說：「這次險情來得太快太玄了！要不是你們技術過硬，肯定摔了！你們保住的不僅僅是一架新型飛機，更是中國幾十年來上萬名科研人員智慧和心血的結晶啊！」

這是一架堪稱「國寶」的飛機，不僅單機造價高達近億元，更重要的，它是中國航空界引以為豪的首架變穩空中模擬飛行試驗機，從各類戰鬥機到波音 747，幾乎任何類型飛機的空中動態特性，它都能模擬，被譽為「空中魔術師」。當時，全世界只有美國、英國、法國、俄國和中國這五個國家有這種飛機。李中華不僅救出了「國寶」，更重要的是避免了因飛機失事而給新裝備的研製生產帶來的重大影響。否則，這種變穩型飛機的問世將會在數年甚至十數年裏被擱置延遲，中國航空事業的發展將遭受嚴重影響！

事後查明，是飛機的計算機控制系統在低電壓狀態下程序出現紊亂，導致飛行姿態改變，飛機無法控制。短短 7 秒鐘內，李中華果斷處置，保住了自己和另外一名試飛員的生

命，還保全了這架當時中國唯一的變穩空中模擬飛行試驗機。

僅僅 7 秒，能天崩地裂，亦可乾坤逆轉。這轉瞬即逝的機會，被李中華抓到了，並且完美地利用了——李中華能夠脫險絕不是靠運氣，他那小平頭裏裝着的，是幾千次起落飛行、數萬次動作操作，加上二十多年來日積月累一日不怠的思考。

中國飛行試驗研究院型號副總師趙永傑一語中的：「從『5·20』事件我們能看出，李中華首先是技術過硬，從另外一個角度說他很勇敢，遇到危難情況不緊張，心理素質過硬。勇敢，有智慧，技術又是高超的，綜合來說是合格的試飛員，優秀的試飛員。」

梁劍鋒後來在飛行日誌中這樣寫道：「我覺得要是換了另外一個人，可能就要出事了。那天晚上，白天的情景一直浮現，我一夜都沒睡好。」

「5·20」，終生難忘，梁劍鋒專門坐在那架試驗機裏照了一張相。相片拍得實在驚心，偌大的飛機幾乎佔滿了整幅照片，梁劍鋒小小的腦袋縮在機艙裏。手指撫摸着照片上的這架試驗機，梁劍鋒深情地說：「當時，中華說讓我別動，我就鬆開了駕駛桿。」

在性命攸關的一刻，交出駕駛桿，以生命相託。這心甘情願的給予，是對戰友最高的信任。

那一天傍晚時分，李中華回到家，他正在掏鑰匙的時候，門一下子開了，顯然，妻子潘冬蘭等候很久了。沒等李中華開口，潘冬蘭一頭撲到他的懷裏失聲痛哭。他什麼也沒說，扶着妻子進屋坐下，輕輕拍着她的後背。

良久，妻子抬起頭，眼裏還汪着淚：「到底怎麼了？」

他淡淡地一笑，說：「沒啥，我就是按了幾個電門。」

一旁的兒子被深深地震撼了：「我爸就是我的榜樣。」

舉重若輕！他是真正的男子漢！

舉重若輕的冷靜，來自試飛生涯的千錘百煉，也來源於他對試飛事業的深刻理解。

「我和我的這些試飛員戰友是幸運兒，我們能駕駛我們國家最優秀的戰機翔翔在藍天上，能夠把我們的青春、智慧和我們祖國的航空工業的發展聯繫在一起，這是我們非常自豪的一件事情。一位名人說過，什麼是幸福？幸福就是活着，並且快樂地工作着。我想說，我們如果能夠快樂地工作着，找到這樣一個點，就是幸福的。」

看過李中華飛行的人都有一個共同的感受，就是他的飛行動作非常標準、瀟灑，特別是他的兩點大姿勢着陸，堪稱經典。鬆鬆垮垮地落地，同樣也能帶回測試所需要的參數和數據，但李中華有自己的精打細算——規範的着陸，對於課題組成員、工程師做統計數據非常有利；規範的着陸對飛機輪胎、起落架等的衝擊都比較輕微，有利於節省飛機器材；一旦遇到異常情況，規範的着陸能給自己採取措施創造一些便利的條件。飛行的過程，其實是一個非常精準的操縱的過程，在每一個環節都應該嚴格按照要求來做。

在李中華的辦公室裏，整整齊齊地碼放着一摞飛行卡片。多年從事試飛工作使他養成了一個好習慣，就是每次試飛前都要認真做一張卡片，把要飛的科目、要做的動作、要達到的要求等等，一一記在卡片上。這種做法非常有效，不僅可以減少飛行中的錯、忘、漏，提高試飛效率，而且也是進行自我約束的一個很好的手段和方法。日積月累，現在他的飛行卡片已是厚厚的一摞，有 1100 張。這 1100 張飛行卡片，記錄了李中華從事試飛工作的分分秒秒，見證了李中華搏擊

藍天的一個個難忘時刻。

二十多年的飛行生涯，數千次起落，成萬次動作，他沒有飛過一個報廢的數據，也沒有出現過一個差錯動作。

2007 年，中宣部和中國人民解放軍總政治部組織的「試飛英雄李中華事跡報告團」在全國做巡迴報告。報告團 3 月 12 日在瀋陽做完報告後，應撫順市委、市政府的邀請，下午在李中華的家鄉撫順增加一場報告。市領導建議派人把李中華的父母接到報告現場來，李中華婉拒了。他的理由是，一來朝陽農場到撫順還有 100 多公里的路程，老人年紀大了，他不想讓父母來回辛苦顛簸；二來父母一直教育自己要老老實實做人，本本分分做事，所以他不想也不願意在父母面前張揚。

還有更深層的原因，李中華當時沒有明說。報告中有許多關於試飛的驚險事件，還輔以多媒體解說，他不想讓父母在那樣的場合，受那樣的震動，不想讓年邁的父母看了之後，從此對兒子放心不下。盡忠與行孝，在李中華這裏，的確是不好平衡的選擇。

李中華家中最引人注目的是牆上一幅巨大的照片。照片上的李中華，頂着他那標誌性的小平頭，一身橄欖綠色的連體飛行服，外套橘紅色的抗荷服，懷抱銀白色的頭盔，站在跑道中央，身後是飛機着陸時留下的重重的黑色擦痕，在大光圈的景深中虛幻為粗獷的線條，延伸向無邊的天際⋯⋯

這是他最喜歡的一幅照片，那身橄欖綠也是他最喜歡穿的飛行服。這是一套從國外帶回的帆布飛行服，又厚又硬，每次飛行回來，李中華都堅持自己洗。他從來不用洗衣機，而是將衣服泡在水中，用手輕輕地搓，輕輕地揉。「那種感

覺和心境，自己難以準確地表述，外人自然更難以體會。」
李中華說。

飛行已經融入了他的生命，只要是去機場，他永遠衣着
筆挺，皮鞋鋥亮，手套雪白，小平頭一絲不亂，頭盔一塵不染，
步伐堅定有力。

他是一流戰機的一流試飛員，從形象到內涵都名副其實。

金秋時節。北京航空航天博覽會上，李中華獲得首屆「中
國航空航天月桂獎‧英雄無畏獎」。

2007 年 6 月，中央軍委授予李中華「英雄試飛員」榮譽
稱號。

採訪李中華結束的時候，我讓他給我寫一句話，作為我
對這位試飛英雄的紀念。李中華想了想，低下他的小平頭，
在本子上寫下了一行漂亮的字：

「即使我化作流星離去，也要照亮戰友們試飛的航程。」

第三部

叩問天門

他們是直面生死的大勇者

對於中國空軍試飛員來說，在祖國的天空上，自己試飛的戰機，每一聲轟鳴都是「中國新鷹」馳騁萬里長空的前奏。從失速尾旋到全載重失速，他們以超人的膽量和技藝，飛出了外國試飛員沒有超越的極限，飛出了中國軍人的志氣。

從戰鬥機到運輸機，他們成功試飛了近兩百型數萬架國產飛機，飛出了國產飛機在國際上的赫赫威名，飛出了中國航空業跨越式的發展。

明敕星馳封寶劍，辭君一夜取樓蘭。——〔唐〕王昌齡《從軍行七首》（其六）

試飛工作主要包括兩項內容。一是暴露問題，也就是通過試飛最大限度地暴露飛機存在的設計缺陷，為設計部門改進飛機性能提供依據。如果在試飛階段問題暴露不出來，這些問題就會被帶到部隊，將直接影響部隊戰鬥力的形成。二是要通過試飛把飛機的潛能飛出來。如果在試飛階段沒有把飛機的全部潛能挖掘出來，就會嚴重影響飛機性能的發揮，甚至會埋沒一種好飛機。

所以說，好飛機是飛出來的，是試飛出來的。一個優秀的試飛員應當具有這樣一些品質：

優秀的飛行技術；豐富的試飛經驗；較高的理論知識水平；主動學習的能力和習慣；良好的環境感知能力、溝通能力；沉穩且機智果敢的性格；堅定忠誠的獻身事業的精神；強健的體魄和良好的身體協調性；勇敢無畏；科學務實。

但怎樣成為一名優秀試飛員，教科書裏沒有現成的答案，完全靠試飛員日復一日地摸索。

第八章　空中探險家

　　戰鬥機飛行員是一種充滿危險和挑戰的職業，被譽為空軍的「王牌」。而戰鬥機試飛員則堪稱「王牌中的王牌」，因為他們所駕馭的，都是普通飛行員從來沒有飛過的最先進、最前沿的機型。這些機型第一次從設計圖紙變成鋼鐵雄鷹，試飛員是和它們「第一次親密接觸」的人。

　　在中國空軍試飛員隊伍中，一些試飛員的名字是和某種或者某幾種機型的飛機聯繫在一起的。就像提起殲 -10 就不能不提雷強和李中華，提起殲 -8 就不能不提黃炳新，提起殲 -15 就不能不提李國恩一樣，提起著名的國產運 -8 飛機，就不能不提鄒延齡。

　　在中國試飛界，鄒延齡被稱為「空中探險家」。

　　但在試飛大隊，他有一個外人不知的特別的稱呼，叫作「鬼子」。

一、與運 -8 結下了兄弟般的友情

　　　　他帶着他招牌式的微笑回答說：「只要組織需要，我服從。」大隊政委得意地說：「我們可淘到了個寶！」

「我們想要鄒延齡。」

1986 年 11 月，空軍某試飛大隊要挑選一名飛行幹部，

接替即將離任的大隊長。別看只是一個團級單位的大隊長職務，但是，要完成的任務是試飛中國自行研製的最大型運輸機——運-8系列。所以，除非是相當資深且各方面能力極強的飛行員，一般人是無法輕易駕馭的。明眼人都明白，這樣優秀的飛行員，在作戰部隊那都是軍師級領導捧在手心的寶貴人才，個人「仕途」不可限量，哪個單位肯放？哪個人肯出來呢？

試飛大隊憑藉自己特殊的地位暗中在各飛行師摸了底，幾個人選進入視線。再經過一遍又一遍的考量，空軍航空兵某師技術檢查主任鄒延齡被選中了。

試飛大隊是不能自己去挑人的，他們把這個意見上報到空軍，申請要人。組織部門答覆說：「人是你們用，你們去考察，我們按程序給他們師裏下通知，但工作由你們自己去做。」

沒辦法了，難題還得自己解決。試飛大隊派出了政委王景海。政委嘛，擅長做嘴皮子上的工作。王景海在來到這個飛行師面對該師領導之前，是準備好了被人婉拒的。他打了幾遍腹稿，準備了一二三套說辭，決定視情況實施。至於結果如何，他心裏沒有底。

飛行部隊幹部有些習慣性口頭語，是朝夕相處生死相交數年後形成的傳統，上自師團領導，下至飛行大隊長，說起飛行員來愛在前面加一個定語，叫作「我的」。比如說：「張三啊，那是我的飛行員。」「李四啊，那是我的副大隊長。」

現在面對王景海，師長說的是：「你們要把我的飛行員弄走啊？看上誰了？」

王景海說：「我們想要鄒延齡。」

師長沒吱聲，臉色不太好看。

　　王景海硬着頭皮重申道：「我們覺得他最合適。」

　　飛行師長都是飛行員出身，無不是頭腦敏捷、言語爽快之人，他們落了地是師長，管飛行員的吃喝拉撒，上了機場是優秀的飛行員和技術精湛的指揮員。飛行員們上了天，一切的掌控與調度全在指揮員的口令上，指揮員與飛行員之間有一種沒有半分遲疑的百分百信賴。也正因如此，說一個師長能當每個飛行員的家，這話一點都不誇張。

　　王景海的話一出口，向來爽快的師長猶豫了。猶豫來自兩個方面：第一，鄒延齡已經飛了近二十年，從飛行中隊長、大隊長，到團參謀長，再到師技檢主任，在團職崗位上已工作了六年，經驗豐富，業務精湛。讓這樣一個優秀飛行員放棄有希望的發展前途，到一個只是正團級的單位去搞試飛，不僅沒有上升空間，還要承擔巨大的風險。第二，從內心來說，鄒延齡是自己的老骨幹，這時的鄒延齡已飛過 7 種運輸機型，是國內最大運輸機的機長，個人素質好，狀態穩定，飛行技術拔尖，年齡不到四十歲，正是好用又管用的時候，他實在是捨不得放。但組織上有了通知，硬抗是不行的。師長當然明白，留下這個優秀骨幹的唯一辦法是當事人自己拒絕。但這話做師長的是不能說的。

　　師長把鄒延齡叫來，當着試飛大隊政委的面說：「組織上當然完全尊重你的意見，我們也完全尊重你的意見。你談談想法吧，有什麼都可以說。」

　　師長的暗示再清楚不過了，他把「尊重你的意見」說了兩遍。

　　這時候的鄒延齡雖然還沒有被叫作「鬼子」，但以他的腦瓜子，什麼話聽不明白呢？

　　該王景海說話了，不知道為什麼，他一路上準備好的各

種腹稿全都成了誠懇的邀約：「我們只是個正團級單位，而且還在山溝裏。但是，我們要試飛大運，我們需要你。」

鄒延齡帶着他招牌式的微笑回答了，只說了一句：「只要組織需要，我服從。」

聽到這樣的答覆，師長啞了，撓了半天頭，才說：「你在這裏飛得好好的，為啥還想到試飛大隊去？」

「師長，我在這裏生活了十八年，從一名普通飛行員成長為團職指揮員。說實在的，我也捨不得離開師裏。但是，當我知道去了能參加國產大運飛機的試飛時，我就挺激動。」鄒延齡說，「師長，您是最了解我的，從航校當學員學飛行開始，跟着您也飛了這麼久，我們飛的一直都是外國人製造的飛機，我做夢都想飛上中國人自己造的最新的運輸機。」

鄒延齡清瘦的臉上泛出了少有的紅暈。他很想說，自己和戰友們很早就開始關注運-8了。當聽到國產運-8上馬，原型機首飛成功時，他們有多麼激動。他們日夜盼望着這飛機能儘快裝備部隊，這可是中國生產的首架最大型運輸機！但一盼二盼都沒有消息。那個年代因為消息閉塞，加上保密的原因，中間有好幾年，只能斷斷續續得到零星的消息，大致是說，搞了幾年，因為試飛力量不足，飛機一直不能出廠交付使用。

「我自信會是一個優秀的試飛員，能夠為運-8飛機的發展做點實際工作，絕不會給咱們師丟臉！」鄒延齡鄭重地向師長保證。

一席話說得師長也高興起來：「去吧，你是我們師出來的，好好幹，看你的了！抓緊時間搞出來，等把新飛機飛出來，記得先給我們師裝備起來！」

十幾年後，當年不為人知的技術檢查主任鄒延齡已成為

了名噪試飛行業的試飛英雄，但凡見過鄒延齡的人多少有些詫異：這位優秀的飛行家是個不起眼的小個子，細脖子、小腦袋，滿臉皺紋，渾身上下沒有一絲鬆垮和虛浮。他的臉上佈滿長年在天空飛行留下的印跡——幾乎所有的資深飛行員都有這樣的臉龐。只是，鄒延齡眼神清亮，喜歡微笑，他只要一開口，臉上縱橫的紋路裏就浮動着深深的笑意。

　　我深深地迷醉於他的安然和淡定。沒有數十年風雲打磨的底蘊，不會積澱下如此大音希聲的笑容。

　　總是微笑的鄒延齡還是個生動有趣的人。在向我講述完當年自己走進試飛員隊伍的過程後，鄒延齡帶着他那招牌式的微笑說了一句很有點文采的話：

　　「我從此與運 -8 結下了兄弟般的友情。」

　　在了解運 -8 前，先介紹一下中國運輸機的一些發展歷史。

　　1944 年，抗戰進行到艱苦的階段，出於戰事的需要，位於重慶南川的國民黨第二飛機製造廠成功製造出了第一架國產中型運輸機，主設計師為林同驥與顧光復。初夏的一天，編號為「中運 -CT-1」的飛機在重慶白市驛機場首次試飛成功。它的第二次光彩飛行是從重慶白市驛機場飛抵成都太平寺機場。

　　中運 -1 型飛機機身用軍用綠色漆處理，機腹漆成天青色，客艙內壁綠色，窗簾淡藍色，艙燈乳白色，地板深棕色，舷窗為方形。在烽火連天的當時，這種內飾處理已經算是豪華，使命與任務可以想見。中運 -1 的運氣並不太好，在交付國民黨軍方後不久，因當時國民黨空軍已經大量訂購美製 C-46、C-47 運輸機，中運 -1 遂被冷落於機場，機上設備幾乎被盜竊一空。

中華人民共和國成立前，共產黨人得到的第一架運輸機是中運 -2，當時國民黨第二飛機製造廠廠長馬德樹在試飛成功後就下令將該機從重慶飛往南昌並鎖入機庫。

中華人民共和國成立後，第一款軍用運輸機是南昌飛機製造公司生產的運 -5（據蘇聯 40 年代設計的安 -2 運輸機仿造）。繼運 -5 之後的運 -7，是西安飛機工業公司在蘇聯安 -24 型的基礎上研製生產的雙發渦輪螺旋槳中短程運輸機。運 -8 是第一架國產大型運輸機。它的生產和製造成功，結束了中國沒有大型運輸機的歷史。

秋意正濃的時候，鄒延齡來到了陝西，一路上楓紅林深，倒也景色宜人。

運 -8 總設計師、國家特殊貢獻專家徐培林親自接待了他。

徐培林安排的這第一次見面意味深長。沒有敲鑼打鼓，沒有鮮花水果，在設計師那樸素得近乎寒酸的辦公室裏，醒目地立着一個新機模型。鄒延齡進來後第一眼就注意到了。

「運 -8——是它嗎？」鄒延齡説。

徐培林介紹説：「是。」

運 -8 是當時中國自行設計製造的最大型運輸機，重量大，容積大，載重大，航程遠，續航時間長，適用性強。機艙內可裝載兩輛大卡車或一輛輕型坦克，或近百名全副武裝的傘兵。運 -8 是上單翼，翼展 38 米多。在兩隻巨翼上，除依次懸吊着四個渦槳式引擎外，還托舉着近 20 噸航油。這架英武的巨鷹，被稱為「超級空中駱駝」。

徐總設計師充滿情意的眼光撫過愛機的模型。他用手指輕輕地撥動模型機發動機的槳葉，緩緩地説：「由於運 -8 的這種適用性，它在國防現代化建設中具有重要地位，航空工

業部想儘快定型生產，滿足部隊需要，也希望早日打入國內外市場。運 -8 要想打入國內外市場，就必須拿到中國民航總局頒發的適航證，而要拿到適航證，就必須進行各種項目的試飛，特別是風險科目的試飛。」

徐培林看着鄒延齡說：「但由於多種原因，1980 年以來，它只試飛過一般風險科目，大風險科目還無法進行。」

一席話說得鄒延齡熱血奔湧，臉色通紅：「徐總，我明白了，我們一定要試飛出運 -8 ！如果試飛不出我們自己製造的飛機，就不配當中國空軍試飛員！」

幾天後，在試飛大隊教室裏，新來的大隊長發表了他的「就職演說」：

「我和大家一樣，到這裏來，一不為官，二不求財，只想早一天把咱自己生產的運 -8 飛出來。有人把新機試飛比作獅子嘴裏探喉嚨，這是比喻試飛工作的風險。我一直欽佩試飛員的膽量，我願與各位一起當個空中探險家！」

鄒延齡初來乍到，卻深切地感受到了這個試飛大隊與原來部隊的不同。

關於試飛員和飛行員的區別，殲 -10 首席試飛員雷強曾這樣說過：

「當我在部隊還是一名飛行員的時候，我並不了解飛機的具體結構。我默認飛機是完好的，一旦在空中遇到特殊情況，我只需要按照手冊上的規定進行處理，如果無法處理，只需要彈射跳傘逃生就行。但是手冊上的規定則是試飛員用血的教訓換來的。作為一個試飛員，我就需要了解我的飛機在什麼位置配備了什麼東西，配備的這些東西會有什麼影響。如果不清楚，出現了問題你甚至不知道怎麼和地勤人員講清

楚。試飛員要通過自己的飛行，幫助地面的工程師判斷飛機的能力和故障。」

從一名優秀的飛行員到一名稱職的試飛員，國外一般需要四到五年。鄒延齡一面潛心學習鑽研、了解情況，一面苦心尋找自己的第一個突破口。

當時，大隊正在進行載荷譜試飛。這是運 -8 原型機的定型科目，能否飛出來，直接關係到飛機能否定型和交付使用。由於各種原因，大隊飛了三年才完成任務的一半。如果按這個進度計算，還要三年時間才能完成。鄒延齡決定以它為突破口，來改變大隊的形象。

鄒延齡在動員會上說：「請大家想想，飛機定型要飛幾萬個數據，照這樣下去，等到何時才能試飛出來？……國家的航空事業等不起，軍隊的現代化建設等不起啊！」話語不多，眾皆動容。

鄒延齡發現了影響試飛進度的原因：過去到外地飛行時，每飛完一個科目就回本場休整一下，時間就這樣耽誤了。他與大家反覆研究後，決定採取新的試飛方法。他把載荷譜科目中所要飛的高寒、高溫、高原、海上等氣象條件下的項目，做成連續計劃，一次出動，不間斷地轉場飛行。他親自擔任機長，飛完一個項目接着又飛另一個項目，一連飛了十九天，創造了連續飛行的最高紀錄，終於提前兩年半完成了載荷譜科目的試飛任務。這漂亮的頭一腳，讓鄒延齡在大隊打開了局面，大家開始對這個貌不驚人的小個子新大隊長刮目相看了。

這次飛行積累了經驗，又鍛煉了團隊的戰鬥力。之後，鄒延齡乘勝前進，又組織了幾次這樣高強度的科目試飛，為國家節省經費 100 多萬元，為運 -8 早日裝備部隊、進入市場贏得了寶貴時間。

鄒延齡身量不高，內心卻有極強的爆發力，加上性格活躍，又樂於鑽研，最重要的是頭腦精明靈活、行動迅速敏捷，因此大家親昵地給他取了個特別的外號，叫作「鬼子」。

這可完全是個褒義詞。

鄒延齡原單位的師長一直還惦記着自己的愛將。在一次轉場時遇到了鄒延齡所在試飛大隊的隊員，師長就問：「老鄒 —— 你們大隊長怎麼樣啊？」

試飛員們在領導面前是沒有什麼忌諱的，笑嘻嘻地説：「你説『鬼子』啊，他人挺好，技術全面，能和我們弟兄們打成一片。」

師長也笑了，點頭説：「試飛大隊能人輩出，能和你們打成一片，説明挺有人緣。」

政委王景海高興壞了，逢人就得意地説：「看看看看，我們大隊淘到了個寶！」

二、美國「大咖」迪斯走了，他來了

「噓 —— 別吵！『鬼子』在『坐月子』！」

看着那個滿頭白髮、身材高大的美國人走下飛機時，鄒延齡覺得飛機的舷梯都在輕輕地搖晃。悄悄地目測了一下，這傢伙不僅體格超健壯，而且身形碩大，身高超過 1.8 米，體重差不多有 110 公斤，一臉自負的表情。這是來自美國的試飛員，名叫迪斯。

運 -8C 飛機是運 -8 系列的新型機，要打入國際市場，必須拿到中國民航總局頒發的適航證。要拿到它，又必須按照「CCAR-25-R4」，即《中國民用航空規章》第 25 部《運輸

類飛機適航標準》的要求進行各種項目的試飛。從生產到交付使用，除了進行數百次性能試飛，還要經過許多風險科目的試飛。性能試飛不易，風險科目試飛更難。「CCAR-25-R4」中，失速性能試飛是難度大、風險高的一項。其中又分為小噸位失速、大噸位失速和全載重失速試飛。這個科目在開始試飛時，國內一無先例，二無資料。按照有關規定，公司請外國試飛員來試飛。

六十二歲的迪斯是運輸機試飛員中的「大咖」，是美國洛克希德公司C -130等大型運輸機的首席試飛員，大運界知名的國際試飛專家。迪斯的身價很高，公司以日薪1000美元的重金僱請了他。在80年代後期，美元對人民幣的匯率高達1：10，迪斯的日酬勞相當於人民幣1萬元。當時一個普通的中國中產階層的月薪不過一兩百元，鄒延齡作為飛行大隊長，加上飛行補貼，月薪也不過1000餘元。

鄒延齡與迪斯的第一次見面，場面不太友好。翻譯先介紹各位公司領導，迪斯與他們一一握手。當介紹到鄒延齡時，翻譯說：「這位是中國運 -8C型飛機的首席試飛員。」

迪斯把手收回，雙手抱肘，眯起眼睛淡淡一笑，審視的目光落在鄒延齡身上。牛高馬大的他不相信面前這位個小體瘦的上校軍官能拉動那大型運輸機沉重的駕駛桿，成為與他合作的中方首席試飛員。

鄒延齡深深地受到了傷害，但還是以主人的寬厚容忍原諒了他。鄒延齡知道，迪斯的身份和資歷也助長了他這種令人不愉快的傲慢態度。

看着搖晃着走開的外國人，徐培林這位解放前就立志航空救國的老專家悄悄說道：「我們自己造的飛機卻要外國人來試飛，作為中國人，作為飛機的總設計師，我這心裏很不

好受啊！」

鄒延齡心頭一熱，他感激地拍了拍徐總的手背。

按規定，飛行員在駕駛另一種新飛機時，為了熟悉飛機，要進行幾個架次的感覺飛行。鄒延齡做好了帶飛的準備，但是傲慢的迪斯拒絕了。迪斯搖晃着碩大的花白腦袋説：「No!No!」

翻譯有點為難地説：「迪斯先生……他説……他是首席試飛員，不可能讓別人帶着上天。但作為妥協，他同意進行座艙實習。」

鄒延齡再一次寬容地退讓了。為方便迪斯操作，工廠的人把座艙設備上的中文標籤換成英文的，用不乾膠貼了上去。

首次的感覺飛行開始了。鄒延齡讓出了左座，那是機長的位置。迪斯的大腳邁進了機艙，坐在右座上的他友善地向迪斯點頭示意：可以開始了嗎？

關於鄒延齡與這位來自美國的試飛「大咖」打交道的過程，我沒有親自捕捉到，我的同行、資深作家劉立波先生曾用細膩的筆觸做過詳細的記述：

四台發動機吼叫了起來，地面機務人員打出了可以滑出的手旗。

迪斯鬆開剎車，轉動轉彎旋鈕，飛機卻未滑動。他覺得是推力不夠，順手就去推油門，飛機忽地向前衝去。迪斯還沒來得及旋動轉彎旋鈕，飛機已接近了草坪。

坐在右座的鄒延齡一腳踩住了剎車。

迪斯有些尷尬地看了鄒延齡一眼。

當迪斯掉頭向另一側滑行時，飛機在滑行道上扭來扭去，像認生一樣，不聽這個老外的使喚。迪斯停了下來，對隨機的翻譯説：「設備有問題。」

「設備沒問題，是你的操縱不熟練。」鄒延齡平靜地答道。他知道，C -130 的轉彎操縱是搖輪式手柄，而運 -8C 是旋鈕，迪斯初次使用，動作量當然不易把握。

他們調換了位置。鄒延齡操縱飛機原地轉了一圈，又滑了一個來回，靈巧輕盈，然後乾淨利落地飛了一個起落。

他們又把位置調換過來。迪斯主飛第二個起落時，飛機大迎角着陸，差點兒落在跑道頭的草地上。若打分，這不及格。

下了飛機，迪斯哈哈大笑，親熱地用兩隻手抓着鄒延齡的肩膀：「你很出色，很夠朋友。謝謝你沒把我趕下飛機！」他真誠地為自己的傲慢道歉。

美國人又是坦率的。

迪斯不愧是試飛老手，他很快熟悉了運 -8C。他在試飛中的表現是令鄒延齡佩服的。在飛機的性能試飛中，要用儀器對試飛員的操縱動作量進行測定，並要求達到任務書的指標。在這方面迪斯尤其過硬，完成的拉桿量和急蹬舵動作，總是和要求相差無幾。這沒有多年的工夫是辦不到的。

與鄒延齡相處一段時間後，當初對鄒延齡持置疑和輕視態度的迪斯，喜歡上了這個小個子中國同行。劉立波在採訪中注意到一個饒有趣味的細節：

鄒延齡十分珍惜這千載難逢的機會。他細心觀察、體味着迪斯的每一個操縱動作，通過正副駕駛桿和舵的聯動，感受着每一桿、每一舵的量與度。飛行後，他常常向迪斯請教技術問題。迪斯也有求必應，傾其所有。迪斯喜歡上了這個機敏好學的中國人，喜歡他對試飛工作的熱愛和鑽研探索精神。迪斯大概不怕這個中國人會跑到國外去爭搶他的飯碗，

而對每每想湊上來聽講的另外三個美國人，卻總是擺手讓他們走開。

　　迪斯不愧是行家裏手，大約兩週後，小頓位失速和大頓位失速兩項風險科目就飛完了。按照計劃，下一步應該是全載重失速性能科目的試飛。當公司將試飛計劃書拿到迪斯面前，提出要試飛時，迪斯搖頭了。

　　公司領導和翻譯嘀咕了一會兒，翻譯正要開口，迪斯搶在頭裏，大聲且乾脆地說：「No! No!」

　　迪斯擺擺手，頭也不回地走了。

　　翻譯為難地雙手一攤說，迪斯先生不飛。他補上一句，說：「看來與報酬無關。」

　　迪斯頭也不回地走了，但他把內心的真實想法不加掩飾地告訴了鄒延齡：「這個科目風險太大，我已經六十多歲了，我可不想把自己飛了大半生的名聲栽在中國，儘管我也喜歡你們這個國家和你。我的同行就是在這個科目上出事去見上帝了——順便說一句，他的本領可一點也不比我差。」

　　前後不到一個月，迪斯和他的三個同行走了，他們胸前的卡包裏，裝著中方付給他們的科目試飛費等共 126 萬美元。

　　走前，迪斯出於對鄒延齡的關切，悄悄說：「鄒，很遺憾最後一個科目我不飛。我也許知道你在想什麼。作為朋友我想說，如果我是你，就不會去冒這個險。要知道，一個試飛員的最高原則是，當試飛科目有可能讓你把生命搭進去的時候——you must refuse（你必須拒絕）。」

　　迪斯走了。全載重失速性能科目擱淺。運 -8C 項目不得不停下。

運 -8C 全載重失速性能試飛，要求試飛員在最大起飛重量為 61 噸的情況下，探索出該機種失速的各種實際數據，以驗證設計師在地面給出的理論推算是否正確；如果有誤差，正向、負向的誤差率是多少。比起小噸位失速和大噸位失速，全載重失速自然是險上加險。

身形矯健的戰鬥機做失速試飛尚且危機四伏，何況運 -8C 這個體量龐大的「空中駱駝」，並且是全載重。飛機機體越龐大，載重量越大，就越笨重，越不便操縱，因而也就越危險。難怪連自負的迪斯也不願意冒這個風險嘗試。

一向快人快語活潑好動的鄒延齡突然沉默了，總是微笑的臉也不生動了。飛行員出身的試飛員們從來都是作息固定的，但鄒延齡打破了自己多年來的生活習慣——他陷入了長久的沉默和思考。吃飯的時候常常走神。睡着睡着，坐起來，走到桌前，開燈翻出筆記本。連上廁所都一蹲半天。他大隊部辦公室的門，一關一整天。隊員們走過走廊路過他門口的時候都會噤聲，放輕腳步。有不知道輕重的還大聲説話，立刻會有年紀大些的試飛員制止説：「噓——別吵！『鬼子』在『坐月子』！」

試飛大隊的老隊員説，那　陣，鄒延齡和大隊的戰友們都不約而同地不在正常下班時間離開。

「是為了加班鑽研嗎？」我問。

老隊員搖頭説：「也是，也不是。」

我於是站在鄒延齡當年的辦公室外，望着緊閉的門，想像着這個小個子大隊長當年將自己關在屋裏時的心情。我當然能想到屋裏的鄒延齡日復一日地在做什麼。鄒延齡一定是在翻閲自己積累的一摞摞飛行資料、筆記，查看與迪斯試飛時的記錄、體會，琢磨着一組組數據、一條條曲線，翻來覆

去地讀美國人寫的《飛機失速、尾旋與安全》一書。

是啊，身為大隊長的鄒延齡壓力太大了，全載重失速性能科目不能攻剋，飛機不能定型，這款經過數年精心研製的新型運輸機，就可能會夭折。而國防和國家航空業，都迫切需要這樣的飛機。這種巨型「空中駱駝」，在運輸機系列中獨一無二，沒有其他機型可以代替。

但為什麼全大隊的人都不願意在正常時間下班了？我覺得似乎還沒有找到全部答案。

轉過天的傍晚，我站在試飛研究院大門口，面前是一條筆直通暢的路。這條叫作「試飛路」的著名的大道從閻良市中心延伸而來，兩側梧桐樹灑下濃蔭，梧桐樹後分佈着中國飛行試驗研究院、中飛航空遙感技術有限公司、中航飛機股份有限公司等。路的另一頭是一片密集的小區，小半個閻良城的航空人都住在那片叫作「凌雲小區」和「紅旗小區」的地方。20多層高的航空大廈上，「航空報國追求第一」的大字十分醒目。

不遠處的廠區突然響起了音樂聲，下午5點，下班的時間到了。

我看到了壯觀的一幕：數千米長的試飛路上突然擁滿了人，一律穿着式樣統一但顏色各異的工作服，這一片是藍色，另一片是紅色，其中間或有粉紅和雲朵白色的長褂，那一定是特殊科室的技術人員——一片一片雲朵從各個廠區門口飄出來，會集在試飛路上，會集成片片彩雲的河流。他們全是二十上下三十出頭的年輕人，統一騎着電瓶車，熟悉的工友們彼此說笑着，男男女女按響清脆的鈴聲，人人臉上笑容燦爛。這條試飛路上每天早晚兩次，上演着壯觀美好的仙音嫋嫋彩雲陣列圖。

我突然找到了答案——

全載重失速性能這個科目不飛，定型試飛就不算完成。不能完成定型，新機不能上馬，不能投入市場，沒有訂單，公司就要停產、停工，仙音不響，彩雲不再，鄒延齡和大隊的試飛員戰友們就無顏面對這條壯觀美好的彩雲陣列之路。

的確，在那一天的那一刻，望着這片片彩雲，連我都感到心頭火熱，熱淚盈眶。

由於連續思考、鑽研，「鬼子」病了。最早發現他生病的是妻子。妻子羅秋秀早上醒來時，赫然發現丈夫的枕頭上落着一層黑黑的頭髮。

鄒延齡自己也發現了，彼時他正在浴室裏洗頭，抬起水淋淋的腦袋時，他發現臉盆裏落着一層黑乎乎的頭髮。

鄒延齡住進了醫院，他的頭持續疼痛。妻子來看他，他盯着她拎着的大提包問：「東西呢？」

羅秋秀什麼也沒說，一樣一樣從提包裏拿出來：大大小小的筆記本、厚厚薄薄的書、鼓鼓的資料袋、紙、筆、計算尺……

他咧開嘴笑了，對妻子說：「你別勸我，等我想通了，我的頭就不疼了。」

就像不是所有人都能飛行一樣，不是所有的飛行員都能成為試飛員。在飛行上，鄒延齡確乎有着某種特殊的天賦，初入學時默默無聞，但一過體驗飛行，他就脫穎而出了，他幾乎總是同批學員中首先放單飛的。

年輕時的鄒延齡性情活躍，教員們說他鬼機靈，還多少有點淘氣。練跳傘，跳過一次後部分同學在這個科目上緊張

得夠嗆，他卻還有心情搞小把戲。在準備第二次跳傘的頭一天晚上，他和一位戰友每人各撿 20 顆小石子藏在袖中，約定等開傘後在空中開戰，以擊中對方多者為勝。每次跳傘時，傘離地面還有段距離呢，他就悄悄解了傘衣，手拉傘繩。等雙腳一着地，他就第一個從五花大綁的傘衣中鑽出來，看着一起跳傘的戰友有的被落下的傘蒙住，有的被傘拖着跑，落了地的還在手忙腳亂地解傘衣。

　　日子一天一天過去了。在軍地雙方聯席會議上，鄒延齡站起來，臉上還是那種招牌式的微笑，只是語氣更平靜。他說：「美國人走了。我上！」

　　鄒延齡說：「我想從運 -8C 開始，通過我們的努力，不再請外國人試飛！試飛領域不應該有迷信。外國人能飛的，我們能飛；外國人不願飛的，我們也要飛。我們就是要爭這口氣！」

　　在鄒延齡做出選擇的那一刻，他仿佛看到了，二十多年前的自己，站在牆頭破舊的村頭路口和父親告別。父親一身寒酸的衣着，手裏捧着一個紙包，那裏面只有 1 元錢。

　　這 1 元錢還帶着父親的體溫。這是當年父親能給遠行兒子的全部家當。

　　順便說一句，在當年，試飛員的工資與普通飛行員的差距不大，鄒延齡試飛高風險科目榮立一等功，也只有 800 元的獎金。而同樣的科目，如果請外國試飛員試飛，支付的報酬是百萬元。

　　試飛有嚴格而繁多的審批手續，並不是誰想飛、誰敢飛

就可以飛的,要經過周密的方案論證,對試飛員的資格、技術水平進行嚴格審查,最終要經國家最高的主管部門批准。

經過充分準備,鄒延齡帶領機組成員開始了中國運輸機試飛史上首次全載重失速性能試飛。

1990 年 11 月 26 日上午,秦嶺腳下某機場。

跑道一頭,巨大的「空中駱駝」昂首雄踞在起飛線上。它寬大的肚腹中裝滿了做配重用的沙袋。而在起飛線一側,消防車、救護車和裝載應急搶險裝備的卡車一字排開,人們目送着鄒延齡機組登上飛機。

這裏有個小插曲。設計所副所長歐陽紹修要隨鄒延齡上機,親自測試驗證自己的理論數據。他愛人擔憂得厲害,從飛行任務書下達後就開始哭。試飛員試飛重大科目是保密的,就是一般性風險科目,也是能不說就不說。歐陽知道妻子眼窩淺心思重,所以他的嘴巴是很緊的。可到了上機場這天,從家門到機場,妻子說什麼也不離開歐陽,幾個小時內哭了三次,就是不讓他上飛機。

歐陽有點急了:「我說沒事啊,哭什麼哭!」

愛人哭聲更大了:「什麼沒事!王老板(公司總經理)找了幾十個棒小伙子,準備了幾輛車,還有醫院人夫組成了搶救隊,這不都在那邊站着!廠裏頭動員會都開過了,你還騙我!」

歐陽火了:「大隊長來了!」

妻子只能鬆開手。

時間到了。跑道上傳來巨大的轟鳴聲,震得機場周圍的空氣都在抖動。

鄒延齡操縱着全載重的運 -8C 衝上了天。

飛機正常爬升,到了 6000 米高度的預定試驗空域。放下

起落架，襟翼增大至 35 度，油門減小。按行話講，此時的飛機是非光滑型的，放下的起落架和襟翼增大了阻力，飛機的時速正大幅度下降。鄒延齡雙手緊緊握住駕駛桿，全神貫注目不轉睛地盯着倒退的時速錶。機組的其他人員密切協同。

時速錶的指示一格一格地往後倒退：600 千米、400 千米、200 千米⋯⋯

已經超過理論設計的失速性能指標了。飛機出現抖動，機頭下沉，鄒延齡清楚，此時飛機開始失速。這個時候，透過他的頭盔，你一定能看到他的臉上浮現出招牌式的微笑：迪斯在全載重失速性能試飛中的最低速度數據，鄒延齡已經超過了。

按飛行計劃，鄒延齡已經完成任務，可以停止試驗返航了。但是，通過多年的飛行，經驗豐富的他和飛機之間已經產生了微妙的感應。此刻，憑感覺，他知道這架「大駱駝」還有潛力，還沒有進入極限失速狀態，仍有減速的餘地。他鎮定自若，命令機組：「各號位，注意協同。」他輕柔地帶桿，飛機的速度在 1 千米 1 千米地減小，當然，危險也在一分一分地增加。

時速還在下降⋯⋯這時每下降 1 千米，都無異於向死神靠近一步。

「大隊長，行了！別減了！」有人在一旁提醒。

鄒延齡一邊密切注視着儀錶板，一邊緊握駕駛桿，他的聲音異常沉靜：「還有突破的可能。」

飛機抖動加劇了，繼而開始搖擺，機頭傾斜 35 度開始墜落，下降率已達每秒 40 米。就在這時，他聽到嘭的一聲響。這是飛機尾翼失去操縱的反應。他知道這一回飛機到極限了。

此刻，飛機正呈自由狀態向下急墜，如果在 12 秒鐘內不

能改出，後果不堪設想。鄒延齡猛吸一口氣，迅速蹬舵、壓桿、推油門，將正在下墜的飛機改平，加大油門後，飛機重新躍入藍天。

全載重失速性能試飛成功了！

鄒延齡興奮地向地面指揮員報告：「我們飛出了 x－13 千米的時速！」

為了驗證這一科目真實可靠的數據，鄒延齡機組與機上科研測試人員一道，又在空中將失速動作重複了 30 次！

鄒延齡把美國人在同類飛機上試飛的每小時 x 千米的失速特性，減小到每小時 x－13 千米。這非同尋常的 13 千米差異，不僅表明中國的運-8C 飛機有着比國外同類型飛機優越的性能，而且填補了國產運輸機試飛史上的空白。消息報告到塔台。正在現場焦急等待的運-8C 總設計師徐培林，立刻將這個喜訊電告了千里之外的航空工業部。航空工業部發來賀電，讚揚鄒延齡機組以超人的膽量和技藝，飛出了外國試飛員沒有超越的極限，飛出了中國軍人的志氣！

鄒延齡的大女兒鄒輝那時在公司子弟學校讀書，她在回憶這次試飛時說：

「父親試飛全載重失速科目時，全廠上下都非常關心，很多人心裏沒底。臨近試飛的那幾天，父親回到家裏又是整夜整夜地翻資料。試飛那天上午，我照樣上了學，可人在教室心在機場。老師講課我一句也沒聽進去，我的心隨着忽遠忽近的飛機轟鳴聲一上一下。課間，我和同學們都在走廊上議論上午的試飛，說着說着，有個女同學談起國外試飛這個科目失敗的事兒。我最不願聽到的就是這種話。我讓她不要說了，可她還說。我都氣哭了，一向文靜的我也不知哪來的

勇氣，打了她一個耳光，哭着跑回了教室。好漫長的一上午，終於等到最後一節課下課，趕緊跑回家——」

一路飛跑回家的女兒見到站在家裏手捧鮮花的父親時，又一次哭了……

試飛完全載重失速性能科目後，鄒延齡沒有止步。五年後，他帶領戰友們又創造新的紀錄，將大噸位失速特性試飛由 159 千米／小時減小到 x-30 千米／小時。

不久，迪斯再次來到中國，這回是另一家公司請他來試飛。他走下飛機就提出想見見鄒延齡。

兩人一見面，便親切地握手、擁抱，比比劃劃開始說笑，也沒翻譯。迪斯給鄒延齡帶來了國際試飛員駕駛協會的入會登記表，並主動提出當介紹人。參加該協會的試飛員在任何一個國家的科研試飛都簽字有效。高大的迪斯用力搖着鄒延齡的肩膀：「鄒，我願與你這樣的強者交朋友！」

三、「試飛不是傻飛，探險不是冒險」

> 他們各買了三包紅塔山，兩包裝在身上，另一包留在家裏。紅塔山每包 10 元。相對他們的薪水來說，這已經是高消費了。只有在特殊的日子裏，他們才會買。

從試飛院大門出來，轉過街角，再拐個彎，有個小店。這是主人在自家屋子開的一間私人小店。朝街的小店店面不大，裏面的東西倒也豐富，價格也算公道。店主人姓秦，平時不怎麼說話，眼睛老是盯着收銀的機子看。但他對來往的顧客都很熟悉，即使顧客都是着便裝，他也能一眼就從臉面上看出，哪些是附近的街坊住戶，哪些是「前頭大院裏試飛院的人」。

　　試飛員們都身材勻稱，行動敏捷，還有個統一的特徵就是：臉龐黑紅，且皺。這是長期受高空紫外線照射的緣故。老秦當然知道這些軍人是幹什麼的，他們買東西不看價錢，而且一般只買那麼幾樣：手帕紙、餅乾、煙和打火機。後二者是每次必買。

　　日子久了，老秦發現，從他們買的東西上能看出他們的心情。

　　這天下午快吃晚飯了，小店進來幾個人，老秦一眼就看出是試飛大隊的試飛員。他們一起進來，直奔煙櫃，每人買了三包紅塔山——這是小店裏最好的煙了。老秦的心揪了一下，他送給他們每人一隻一次性打火機。

　　三個軍人都沒有打開煙抽，而是把煙仔細地揣進兜裏，走了。老秦看着他們走出好遠了，覺得心還是緊的。他知道，平素這些軍人都是抽兩三塊錢的白沙、黃金葉什麼的，年紀大些的會抽紅河。只有在特殊的日子裏，他們才會買紅塔山。

　　老秦認得三個軍人中年紀最大的那個小個子，他是這裏的大隊長。老秦知道他們都是了不起的人，做着關乎國家機密的了不起的事。

　　羅秋秀這天下班回家晚了幾分鐘，因為她的室主任把她叫住，問了幾句家裏的情況，末了還說，有什麼困難和需要就吱聲，如果忙不過來可以請假在家裏休息幾天。

　　羅秋秀有點奇怪，沒病沒災的，請什麼假呢？她惦記着趕緊下班回家做飯，也沒多想，打了個招呼就走了。

　　剛走到家門口，就聞見一陣香味。她打開門，聽到從廚房傳來熱油在鍋裏的聲音——噢，老鄒已經回來了。

　　女兒還沒有放學，羅秋秀推開廚房門，看見鄒延齡站在

灶台邊，手裏舉着鍋鏟，腰間繫着她平時用的那條花圍裙。
羅秋秀邊洗手邊説：「今天回來得早啊！明天飛行嗎？」

鄒延齡看着鍋説：「要飛。」

羅秋秀擦着手説：「明天要飛行，那就不用忙乎了，我來吧，隨便吃點就行。」

鄒延齡高舉着鍋鏟讓過妻子伸過來的手，笑着説：「我講過，前些年你一個人帶孩子吃了不少苦，現在我應該為你還債。」

羅秋秀笑了：「你今天這是怎麼了？」

「你去外頭坐着，看我今天給你們娘兒倆做頓好吃的。」鄒延齡興致勃勃地説。

羅秋秀有一點點不解，她覺得丈夫今天有點特別，可又説不上哪裏不一樣。她走到客廳，在沙發上坐下來。她看到，面前的茶几上，放着一盒沒拆封的紅塔山。

幾個月前的一幕浮現在了眼前：

那一次，丈夫將要試飛失速特性風險科目。飛行的前一天，傍晚在回家的路上，走在丈夫身後的她聽見與丈夫並排走着的設計所歐陽紹修副所長問：「萬一出事怎麼辦？」

鄒延齡笑笑説：「走就走了吧！發的保險費，組織上會替我們安排的，父母、妻子、孩子各三分之一。」

鄒延齡站下説：「先不回家，我得去買兩包好煙。如果摔了，就把煙帶走；如果沒有摔，下來就發煙……」

歐陽也跟了上去。

她站在他們身後 2 米遠的地方，什麼都聽得見，但她什麼都沒説。

那天丈夫回到家，淡淡地説，回來晚了，和歐陽去了趟小店，各買了三包紅塔山，兩包他裝在身上，另一包留家裏，

回來抽。

她看見他把煙正正地放在茶几上，她知道他不會説，所以她什麼都沒問。她想，從什麼時候開始，丈夫會時不時地把紅塔山放在茶几上呢？之前，她居然一點也沒有察覺，一點也沒有多想。

女兒回來了，放下書包一屁股坐在沙發上，拿起紅塔山喊起來：「呵，媽，爸爸抽上紅塔山了。」

她厲聲説：「放下。」

女兒愣了一下，不明白地看着媽媽。

她緩和了一下：「噢，別動你爸的，快去洗手吃飯吧。」

今天，一模一樣的紅塔山再一次靜靜地躺在茶几上。羅秋秀靜靜地坐着，聽着廚房傳來的丈夫炒菜的聲音。

「開飯啦──」廚房門大開，鄒延齡左右手各端着一盤菜。

羅秋秀仰起臉，努力綻出燦爛的微笑。

發動機空中停車再啟動科目，要求飛機升空後在規定的不同高度不同狀態下，先關掉一台發動機，3 分鐘之後重新啟動。之前國外的同類機型在這個科目中數次發生過機毀人亡的事故，所以航空界稱這一風險科目為「飛行禁區」。也正因此，中國的運輸機試飛中長達三十年無人涉足這個領域。但是按照國際民航業的規定，運 -8C 型飛機要想拿到民航總局頒發的適航證，這是必須要完成的科目。

人們把希望的目光再次投到鄒延齡的試飛大隊身上。

運 -8C 試飛組是多乘員機組，試飛需要大家互相配合，密切協同。鄒延齡明白，光靠自己勇敢承擔還不夠，必須依靠大隊和機組其他人員發揚英勇頑強的精神共同完成。

入夜，試飛大隊的工作室裏燈光明亮，幾張桌子拼在一起，材料和圖表堆了一桌子，鄒延齡和戰友們圍坐一圈。

「這個科目的重要性不用説了，我和大家一樣，也知道它的危險性。説老實話，作為大隊長，我可以去跟公司説，我們不接這工作，因為它不在我們試飛大隊承擔的任務範圍之內。但是，大家想一想，如果我們不飛，國內再沒有其他單位和人員能夠承擔這活，公司只能再次請外國人來試飛──」

鄒延齡頓了一下，看着大家説：「我算了一下，請外國人飛，時間耗費先不説，經濟上要付出上千萬元人民幣的代價。中國的航空工業還不富裕啊，讓外國人來試飛，這麼大一筆錢，多少人得勒緊褲帶攢外匯。作為軍人，作為試飛員，我們得為國分憂。」

大家都沉默了。確實，大隊長鄒延齡的這番話，誠懇樸實，沒有一點大道理。

「試飛不是傻飛，探險不是冒險。我仔細研究了這個科目，也和技術人員反覆交流溝通過，我認為，只要公司方面技術保障沒問題，我們就有信心完成這個任務！」

一個老試飛員先舉手表態了：「飛吧，只要大隊長在。」

其他人也都舉起了手：「大隊長，我們跟着你飛。」

正當鄒延齡和戰友們緊鑼密鼓地做試飛準備的時候，他們接到了一個通報：

兄弟單位發生了一等飛行事故，犧牲的試飛員所進行的科目，恰恰就是空中發動機停車再啟動科目。按照相關規定，如果鄒延齡此時提出，他們小組的該科目試飛工作可以先擱置。

鄒延齡什麼也沒有説，每天按時帶領小組成員繼續進行技術攻關準備。

　　這天上午，技術討論正在進行中，小組成員中的領航員劉興的電話響了，是他的妻子王傑打來的。劉興遲疑了一下，還是接了：「我上班，忙着呢！」

　　王傑説：「我知道你上班。你在幹嗎？」

　　劉興説：「科目準備唄——」

　　王傑的聲音變了：「咱不飛了行嘛？」

　　王傑就在出事單位所在的飛機製造公司工作，試飛失敗這樣的消息，家屬們是最不能聽到的。

　　王傑的聲音帶着哭腔了：「別飛這個科目……你也飛了大半輩子了，咱們現在啥也不圖，只求你千萬別出事……」

　　王傑的聲音很大，項目小組的隊員都在一起，人人都能聽到。劉興赧然。劉興是大隊裏的老隊員了，也是鄒延齡機組多年的老成員，以往的大部分風險科目都是他領航的。

　　鄒延齡伸手説：「劉啊，讓我跟小王説幾句吧——」

　　鄒延齡接過劉興遞過來的電話説：「小王，謝謝你的提醒。你放心，試飛前我們一定認真準備，不會出什麼事……」

　　電話裏的哭聲弱了：「大隊長，我知道你細心，我就是擔心——」

　　鄒延齡説：「你的擔心是正常的，而且你的這種擔心更提醒我們要充分準備。你放心，先冷靜一下。這樣吧，我先飛，讓你們老劉後飛，好嗎？」

　　放下電話，鄒延齡笑着問劉興：「你敢不敢飛？」

　　「你敢我就敢！」劉興説，「不就是陪你再走一趟死亡線嗎！」

　　劉興轉向大家：「飛吧，只要大隊長和我們在一起！」

　　下班了，鄒延齡向院子後街那家熟悉的小店走去。明天就正式飛行了，他要買幾包煙。平時他喜歡抽煙，但因為工

作和身體的要求，他對抽煙量控制得很好。

身後有腳步聲，他回了下頭，組裏幾個抽煙的戰友跟在身後追來了。

去小店轉一圈，買幾包煙。他們聲音長長短短地説。

於是有了本節開頭那一幕。

他們各買了三包紅塔山，兩包裝在身上，另一包留在家裏。紅塔山每包要 10 元。相對他們的薪水來説，這已經是高消費了。只有在特殊的日子裏，他們才會買。

「等咱們飛回來了，慶祝一下。」鄒延齡笑着説。

「對，下了飛機就散煙。」大家也笑了。

那個晚上，羅秋秀看到了家中茶几上放着的一包完好的紅塔山，她沒有看到的是，在大隊政委薛維勤上着鎖的抽屜裏，幾日前放進了一封封了口的信。畢竟空中停車再啟動是一級風險科目，畢竟是首次試飛，鄒延齡把各種後果都考慮到了。他留下了一封委託書：

秋秀，過幾天我去某試飛基地試飛，有一定風險，現交代如下：我們家庭是幸福家庭，但在此之前，我負你的太多，以後有機會一定償還。這次執行任務如有險（閃）失，家中積蓄請按三個三分之一分配，即你和孩子三分之二，大姐三分之一，因我小時候的成長，大姐的幫助太大了……

延齡

1993.9.8

　　1993 年 9 月 12 日，上午，天氣晴好。跑道盡頭，巨大的運 -8C 飛機靜伏着。

　　一行穿戴齊整的試飛員呈一字列走向飛機，陽光打在他們身上，形成漂亮的剪影。

　　來自北京、上海、西安等地的五十多名專家觀看着這一決定運 -8C 型飛機命運的試飛。按慣例，機組登機前，每個人都發了降落傘。

　　鄒延齡堅決不繫傘：「我不能繫這玩意兒。」

　　鄒延齡臉上是他招牌式的微笑，平靜、安然，輕風一般：「我是機長，繫着它給大家的感覺是沒有信心。真要出事，其他人都跳了我也來不及跳。」

　　13 點 48 分，飛機準時升空。

　　14 點 08 分，飛機爬升至 4000 米，到達預定空域。

　　14 點 27 分，鄒大隊長命令：順槳（即關閉發動機）！

　　機械師李惠全扳動順槳手柄，頓時，機艙外爆出一聲巨響，右側 4 號發動機轉速錶瞬間為「0」。飛機靠三台發動機保持飛行。這時的最大危險不是停掉一台發動機，而是關掉的發動機如果啟動不起來，會造成「風車狀態」，產生的反作用力一旦使飛機失去控制，就會發生災難性後果。

　　右側 4 號發動機停車所造成的偏轉果然出現了，停車的發動機產生的負拉力與左側正常工作的 1 號發動機產生的推力相加，使飛機難以控制地偏斜。這就是「風車狀態」。

　　按規定，停車後的發動機必須等 3 分鐘，冷卻了才能重新啟動，以檢驗發動機的可靠性。

　　等待 3 分鐘。

　　3 分鐘，對於地面上的人來說不足掛齒，它可能還不夠喝一杯茶或者吃半碗飯，但對於空中的試飛員們來說，度秒如

年。每一秒，飛機都在危險的臨界狀態中盤桓着，沒有人知道，在下一秒，飛機的狀態是否會瞬間改變，進入失控螺旋。

機艙裏十分安靜，只有發動機的轟響。每個人都全神貫注地盯着自己崗位的儀錶。機長鄒延齡手持操縱桿，同時調動起全身的每一個細胞，感覺着飛機極其細微的變化。

14 點 30 分，時間到了。鄒大隊長發出命令：「準備啟動！」

機械師李惠全回答：「準備完畢！」

「啟動！」鄒延齡的命令一出，不到 20 秒鐘，各號位做完 21 個動作。4 號發動機的轉速錶指示針開始反應、動作，並且越動越快，這意味着發動機轉速越來越快越來越快──

轟的一聲悶響傳進艙內，4 號發動機啟動！它以歡快的聲音，加入另外三個發動機的大合唱。

發動機動力一平衡，飛機很快恢復狀態。

他們在空中盤旋一周，完成規定動作，測評飛機開車空停又開車後的狀態。

14 點 51 分，巨大的「空中駱駝」停靠在機場跑道上。

邁出機艙的鄒延齡又一次沒有來得及散煙，因為他被無數隻手臂擁抱着。他也擁抱着別人。人們用最熱烈、最激情的言語和行動向這幾位英勇無畏的試飛員表示祝賀。

領航員劉興好不容易從人群中擠出來，他要趕緊打電話向愛人王傑報平安。

電話只響了一聲就接通了，劉興哇哇地大聲喊道：「我們成功啦！」

「成功了！真好！太好了！你繼續飛吧，飛吧，只要大隊長在……」電話那頭的妻子喜淚作答。

歷史記下了這一列空中勇士的姓名。他們是：鄒延齡、

梅立生、劉興、王景海、李惠全。

試飛成功後，航空工業部在發給陝飛公司的賀電裏稱——

這一壯舉標誌着運 -8C 型飛機試飛走上了新的里程！

這以後，鄒延齡和隊友們又試飛成功了十幾個風險科目。設計方設計的空投傘兵時速為 × 千米，他飛到了低於這個時速 50 千米以下，這意味着，傘兵離機後的集結時間縮短了四分之一。傘兵多是被投送到複雜環境，這一時間的縮短意味着危險性大大降低。他又將空投物資試飛的高度，修改為設計值的一半。降低設計的空投高度，意義重大。空投槍炮彈藥、裝甲車等作戰物資，飛行高度越低，空投落點準確度越高，損壞的可能性就越小。超低空空投性能，大大提高了部隊的快速機動能力。

在這之後不久，新華社發了一則電訊，報道空降兵某部官兵乘性能優越的運 -8C 型飛機，圓滿完成了南海某海域實兵空降演習任務。

只有懂軍事的內行人，才會明白這則消息對於國防航空來說意味着什麼。

這是一次出色的空降試飛。一位日睹試飛全過程的領導激動地說：「老鄒，這麼低的高度投送成功，我們的裝備插上了快速機動的翅膀！」

鄒延齡再一次微笑了，欣慰、自豪。

四、錯過了一些「美麗」的事物

「我是錯過了一些『美麗』的事物，但是我沒有錯過中國軍人的良心。」

連續幾天，鄒延齡辦公室的門都關着。路過的戰友們習慣性地放輕了腳步，壓低了聲音。在他們的印象中，連續數日關門，一定是「鬼子」又在「坐月子」。

試飛是一項科研實踐活動，需要有科學的態度。鄒延齡常說：「飛機離地三尺，飛行員全靠自己救自己。在技術上粗心大意、吃夾生飯，是要付出慘重代價的。一個優秀的試飛員必須有科學求實的態度和過硬的飛行技藝。」

鑒於此，鄒延齡在每次試飛一個科目前，都要對科目中的每一個架次，每個架次中的每個任務要求、機械原理、空中動作，等等，從頭到尾進行深思熟慮的精心準備，儘量多地考慮到可能出現的各種狀況及應對方法。他認為，如果沒有把握，逞一時之勇，那就是拿國家的巨額財產當兒戲，也是對科研人員辛勤勞動的不尊重。

運 -8 飛機有數萬個零部件，集各種新技術於一體，要弄懂各個部件的特性和工作原理，不是件容易的事。十年來，鄒延齡在攻下大學函數、三角幾何、微積分等課程的同時，還啃下了百萬字的軍事科技和航空理論資料。《現代高科技》《軍事運籌學》《空氣動力學》《飛行原理教程》《軍事飛機品質規範》《運輸機工程》等書，他看了一遍又一遍，做了近 20 萬字的學習筆記。總設計師徐培林稱讚鄒延齡「是一個具有深厚的飛行力學和空氣動力學功底，知其然又知其所

以然的專家型試飛員」。大隊的戰友們都知道，辦公室的門一關，或者一段時間見不着他，就不能打擾他，那是「鬼子」在「坐月子」——學習、思考、鑽研某個問題。這也就意味着，試飛大隊不久一定會有新舉動。每個人都躍躍欲試地等待着，等待着他們的大隊長「出月子」。

可是這一回，大隊長辦公室的門關了有些日子了，一直沒有開。一深入打聽，原來大隊長出國了，去了美麗的丫國。

進入 20 世紀 90 年代後，隨着運 -8 飛機技術的不斷改進，運 -8 在國際上的影響越來越大，作為首席試飛員的鄒延齡也越來越多地受到各方關注。國內一些航空公司想挖他去當飛行教員或擔任領導。一家航空公司聘請鄒延齡去當副總經理，並承諾給予豐厚年薪。

鄒延齡婉拒了，他説：「部隊需要試飛員，我還想為國防做些事。」

對方也很會説話：「到了民航，也一樣為國家做貢獻啊！在軍隊你只能幹到五十歲，到了民航，以你的身體和技術，能幹到六十歲，還能多些時間為國家工作嘛！」

鄒延齡臉上還是那種招牌式的微笑：「謝謝你們的好意。軍隊培養一個試飛員不容易。空軍黨委和首長對我們很關心，很照顧，我作為一名軍人和共產黨員，不能見利忘義，一走了之。空軍其他行業的戰友們對試飛員也很理解和尊重。我要把全部心思和才能都用在軍隊建設上，用在試飛事業上。」

轉過年，又有一家航空公司領導使出高招，説只要鄒延齡同意，可以花一筆錢讓他先去接受培訓，學完後，去不去工作隨其自便。鄒延齡還是毫不動心。他對前來聘請的人説：「謝謝你們的好意，我是不會離開試飛大隊的。運 -8 需要我，

我也離不開運 -8 ！」

國外某些飛行機構也開始打他的主意。

90 年代開始，Y 國有意向中國購買大運飛機，他們相中了性能卓越的運 -8。Y 國數次派飛行人員和技術人員來實地考察，經過一系列複雜的審看檢驗，他們一次性向中國訂購了數架運 -8。雙方商議，由鄒延齡帶隊，將出廠定型後的飛機交付 Y 國。

送飛機的任務是保密的，眼看出發日期就在眼前，他才告訴家裏，並讓妻子多準備兩件夏季的衣物。妻子羅秋秀説：「重新置辦兩件新衣服吧。我陪你去買。」

鄒延齡説：「算了。這兩天有太多的事情要處理，沒空上街。」他還笑嘻嘻地説，「反正又不是去相親。」

羅秋秀也笑了：「能相親也是好事啊！」

Y 國的 9 月是一年中最好的季節，也是這個熱帶國家景色最漂亮的時節，到處花團錦簇，色彩繽紛。長期在西北基地工作的鄒延齡一下飛機就被這層次豐富的景色吸引，覺得神清氣爽，心曠神怡。

經過仔細檢查和試飛，Y 國對這批來自中國的飛機十分滿意 —— 不僅性能質量與之前約定的完全一樣，而且廠方還特意精心給飛機做了內外裝飾，佈置得煥然一新。當鄒延齡飛完最後一個驗證試飛的起落，飛機穩穩地落在跑道上時，機場周圍響起了熱烈的掌聲。

飛機交接順利完成。Y 國對中國送來的飛機和送飛機來的中國飛行員們十分滿意，選了一個日子舉行了盛大的招待宴。接到邀請後，帶隊的鄒延齡事先召集送機小組全體人員開了個小會，再一次重申了外交禮儀和注意事項。

　　到了宴會這一天，鄒延齡換上了半舊的正裝。他還沒走到宴會大樓門口，一群人就親熱地圍了上來。

　　看着這些熟悉的面孔，鄒延齡也很激動。這些是他過去帶教的學員或者學員的學員，聽說鄒教官來了，都趕來看望。在Y國，像他們這些受過外國飛行專家帶教的試飛員和飛行員都能享受很好的福利待遇，所以，幾乎所有人都是開著各式小轎車來的。

　　接待方的規格很高，富麗堂皇的宴會廳裏不僅聚集了一群軍方要人，還有不少商界巨賈、貴婦名媛，男人個個衣着筆挺，女人人人珠光寶氣。滿眼的金碧輝煌、玉背粉肩。

　　敏感的鄒延齡發現，總有幾個人在他周圍不遠不近地用探究的目光打量他，還有幾位相貌出眾的女子總在他的視線之內轉悠，不時湊到他身邊，舉起手中的酒杯向他嫣然一笑。

　　鄒延齡淡淡地笑着，禮貌且有分寸地點頭回應，感覺到了一種力量在向他暗暗逼近。

　　酒至半酣，一個熟識的身影來到鄒延齡身邊，一邊親熱地打招呼，一邊揮手叫侍者再送一杯酒來。

　　他穿着筆挺的軍裝，上面的將星閃着金光。這是一位高等級軍官，鄒延齡還記得當年他以試飛員身份跟自己學習某型飛機的飛行時，在基地的模擬器上，自己一遍遍地教授過他特別的動作。

　　將軍笑吟吟地走到鄒延齡面前，恭敬地行了一個禮：「鄒先生，能再次見到您真是高興！」

　　鄒延齡微笑着看着他的軍銜説：「恭喜，我相信你的仕途同你的飛行技術一樣有長足的進步。」

　　將軍再一次大笑：「我不會忘記先生您對我的悉心教導，先生的精湛飛行技藝令我景仰。我以為我比其他人幸運得多，

因為我曾經得到過鄒先生的面傳親授。我本人，還有我的學生們，都想請您留下來——事實上，這裏的許多人都曾是您的學生，還有更多的人，也想成為您的學生。您不用擔心，您的任務很單純，只是技術上的教授而已——」

將軍湊近了些說：「不用您開口，鄒先生，我可以用我們的途徑同您的上司交涉。如果有任何不方便，全部由我們負責解決——」

將軍將一杯香檳酒放在鄒延齡的手上：「至於待遇方面，您完全不用操心，您會得到一個意想不到的滿意答覆。」

將軍再次湊近，聲音略略放低：「只要您願意，我保證我們可以滿足您的一切要求，包括——」

將軍頭也不回地伸手在空中打了個響指，鄒延齡只覺得香風襲來，一個濃妝豔抹的年輕女人仿佛從天而降來到他們面前。她衣着華美，姿態曼妙，美豔不可方物。

將軍的嘴角含着意味深長的笑：「只要您願意，我們有很多的姑娘願意給她們嚮往的英雄敬杯酒。」

「哈囉，上校先生。」隨着媚人的聲音，女郎貼到鄒延齡跟前，手上的香檳酒連同身上暖暖的脂粉氣息一起撲向鄒延齡，「鄒先生，你看我的皮膚怎樣？」

仿佛是為了更好地打量對方，鄒延齡微微向後退了半步，拉開了與她的距離，同時臉上帶着禮貌的微笑說：「這位女士的確很美麗，絲毫不遜色於我們東方的女性——」

鄒延齡低頭喝了一口酒，避開女郎誘惑的目光，他忽然想起一件事——

在此之前，有關方面為他們出國辦理護照。一系列程序走完後，拿到護照時，他們發現，對方領事館給同行的機組其他成員的護照有效期簽的都是三個月，唯獨鄒延齡的是破

例的三年。

看來，對方是蓄謀已久，想盡辦法讓他留下來長期任教。

音樂響起了，宴會廳歌舞昇平，觥籌交錯。鄒延齡指着將軍筆挺的制服說：「你的衣服很漂亮，但我這個人有個習慣，喜歡穿自家的舊衣服。」鄒延齡目光堅定地說，「將軍閣下，非常感謝你的盛情，不過很抱歉，我離不開我的國家。」

鄒延齡緩和了一下氣氛說：「將軍大概不知，我這個人十分懼內，用中國話說，叫作『妻管嚴』！」

鄒延齡機智地化解了勸誘，也深知此地不可久留。宴會結束後，他立即向有關部門報告了情況。數日後，鄒延齡和機組的其他人員登上了回國的班機，回到了他們夢縈魂牽的試飛大隊。

大隊長回來了，試飛大隊和工廠公司的人都十分高興。大家聚在一起，交流着這次出國的所見所得。幾杯酒下去，幾個年輕的試飛員開始嘴不把門，有兩個膽大的說：「聽說大隊長在 Y 國受到很高的禮遇啊！」

「是啊是啊，大隊長還有一段『豔遇』呢！」眾人打趣着。

鄒延齡微笑着：「是啊是啊，我是錯過了一些『美麗』的事物，但是我沒有錯過中國軍人的良心。」

第九章　沙礫在熱烈地呼吸

一、紅色日誌

　　試飛員有個習慣：每當遇到等級險情，當天的飛行日誌都是用紅筆寫的。

　　飛行部隊有一項明確的規定：每日的飛行科目完成以後，都要填寫飛行日誌。遇到險情，當天的飛行日誌都是用紅筆寫的。

　　空軍特級試飛員徐勇凌 1987 年 2 月 19 日這一天的飛行日誌是先由別人代寫的，填寫者是他的戰友們。紅色的字跡很清晰，但戰友們的眼睛是模糊的。

　　填寫這篇日誌時，已是失事數小時後，徐勇凌還杳無消息。大家唯一知道的是，他跳傘了，但傘是否打開了，如果打開了，人落到哪兒了，沒有人知道。沉重而又沉悶的氣氛裏，大家都覺得，那個叫作徐勇凌的年輕試飛員，可能回不來了。當然，徐勇凌後來回來了，否則關於他的故事就沒下文了。

　　三個月後，他將這篇日誌補充完成。這個驚心動魄的日子成為了他生命中的警鐘，常常響起。

　　他是到目前為止，中國空軍試飛員隊伍中唯一一名兩次

跳傘又兩次脫險的現役試飛員，他的試飛生涯因此充滿了傳奇色彩……

見到徐勇凌這一天，距離 1987 年 2 月 19 日，已二十七年。

二十七年的時光，足以將一塊生鐵精煉成鋼。

北京，香山腳下的一幢民居，朝陽的兩層小樓，門前還有小小的花園，收拾得井井有條，藤蔓架下有一副石製桌凳，只是因為天氣尚冷，我又極畏寒，沒去坐。香山腳下的林院曲徑通幽，他一直走到路口來接我，穿一件黑色對襟中式上衣，袖口、領口的鑲邊表明了精緻的手工。徐勇凌是浙江杭州人，但身材魁梧、健碩，外貌、性格都沒有太多杭州人的特點。

穿過小小的花園，進門就是客廳，四壁皆是字畫。廳堂正中一張巨大的原色硬木茶几，天然的漂亮花紋清晰而隨性。徐勇凌自己洗茶、烹茶，整套茶具專業而精緻。

我開門見山：我會有錄音，如果哪些問題你介意，我可以隨時關上。

徐：你隨便錄。

二、火車是從二樓開出來的

這位飛行員大哥手臂上挽着的，是他們院裏最漂亮的女孩。徐勇凌平時看她一眼都覺得光芒萬丈。

徐：我祖籍是江蘇省贛榆縣班里莊（今連雲港贛榆區班莊鎮），父親、母親都是軍人，母親跟着父親到處調防，我出生

後不久就被送回老家跟着我姥姥生活。直到五歲那年，母親來老家接我。

徐勇凌最早的記憶就是從這時候開始的。他記得一個穿着軍裝的女人站在姥姥家的村頭，姥姥應該是哭了的。然後他就被女人牽着小手帶走了。

他不記得走了多久，然後到了一個人很多的地方，是火車站。這是徐勇凌第一次看見村子外面的世界，那時他還很小，站台很高。在此之前，他從來沒有見過高樓，鎮上最高的樓才兩層半。他看到站台上一排排長長的大箱子整齊地排着隊，最前面的一個上面冒出股股白煙，巨大的聲響令人驚懼。那個讓他叫她媽媽的女軍人說，兒子，那是火車。徐勇凌印象最深的就是——

火車是從二樓開出來的。

火車一直在走一直在走，晃動的車廂裏來往的人很多，但徐勇凌一直在盯着車窗向外看。

徐：你現在看到的我，和小時候的我，簡直不是一個人，小時候我是一個很膽小又很囉嗦的孩子。在此之前我從來沒有離開過村子，看見什麼都覺得新鮮。那天一路上我看見什麼問什麼，不管是車廂裏的東西還是車窗外的景物，直到把我媽問得疲倦得睡着了，我還是興致勃勃的。

儘管一路上這個可愛的孩子興致勃勃，到了杭州他卻表現出了另一種狀態——初來乍到的兒子不要說親近，甚至幾乎不肯與父親做任何交流，儘管後者對他總是竭力表現得和顏悅色，仍然收效甚微。徐勇凌儘量避開一切可能與父親有交集的場合。比如下班回家後父親總是進門就去摸兒子的頭，但他每次都是在那隻大手碰到他的小腦袋之前下意識地躲開，

一跳八丈遠。一來二去，他的迴避令父親十分惱火。終於有一天——大約是徐勇凌到杭州後的第三個月，三個月了，兒子還不認老子——父親在伸手愛撫落空後生氣地給了他一個大巴掌。

這一巴掌打哭了徐勇凌，也打哭了女軍人母親。

父親當然並沒有用大勁，但母親的淚水讓徐勇凌不安了。他可以不認父親，但內心對母親卻十分依戀。母親穿軍裝的形象以及她微笑時溫暖燦爛的臉是徐勇凌童年時對女性最初的認知，這一點直到成年後一直影響着他對女性的審美。

五歲的徐勇凌見不得母親流淚，母親一哭，他就難過了，踮起腳尖給母親擦眼淚。他的這一舉動令母親感動，也令父親欣慰。母親哽咽着說：「不能怪兒子，孩子生下來我們就沒帶過。都是我們離開孩子太久的緣故。」

於是，從這一天起，父子關係奇跡般地緩和了。

徐：人類基因的遺傳或者說輪迴太可怕了，這種小小孩童對高大男人的恐懼感，我女兒也有。我女兒生下來後，我一直在試飛團飛行，很少見到她。女兒四歲多的時候，妻子帶着女兒來部隊探親，我女兒和當年的我一樣，見到父親就躲開。

少年徐勇凌生活的杭州的這個部隊大院，是一個機場場站，駐紮着空軍某部的一個強擊機團。在整個漫長的童年和少年時期，他時常能聽見飛機起降的轟響聲。機場的圍牆並不高，於是他也常常能看到，機頭尖尖的強-5飛機，低低地從頭頂越過圍牆而去。

大院裏每週都會放一次電影，露天的，屏幕是一大塊白

幕布，部隊集合坐在操場中間看，家屬們自帶小板凳，圍在四周看。有時去晚了人太多，徐勇凌就不得不到銀幕的背面去看。露天銀幕正反面都能看，這一點如今在電影院觀影長大的孩子們無法理解。不過，背面上的人物、場景等都是反的，銀幕被風吹動時，這些反的人物和場景還會變形扭曲，十分奇妙。少年徐勇凌對電影十分癡迷，所以，他的第一個夢想是當一名演員。與院裏的孩子們一起玩的時候，他會學着銀幕上人物的表情大段大段背誦對白，一些常看的電影，他能夠背下全本的台詞。這個背台詞的功夫一直伴隨他上大學，到部隊，直到今天。

徐：要不要我給你朗誦一段，比如，《列寧在十月》或者《春苗》？

的確，徐勇凌的嗓音渾厚有磁性，胸腔共鳴很好。

我：（笑着點頭）我相信你的記憶力，如果當年不是招飛走了，以你的外形和聲音條件，可以做個好演員，或者好配音演員。

徐勇凌想當演員的夢想沒有持續多久，「批林批孔」運動來了。大院的高音喇叭每天從早到晚地播放幾大報紙的長篇社論。母親和父親帶回家的報紙上也全是各種政論文章。這些東西徐勇凌不懂，他也沒興趣，他的興趣在同學們暗暗傳看的書上。因為破「四舊」，大院的圖書館被封了，許多圖書被束之高閣或者付之一炬。徐勇凌和幾個高年級男生從各種渠道得到了一些書，這些「毒草」大部分是名著，國內外作家的都有。書雖然破舊，但內文的品質卻不會有絲毫衰減。因為書的來源渠道不太光彩，徐勇凌只能晚上躲在屋裏悄悄地看。這些來之不易的書要在幾個要好的靠得住的同學中私下傳看，所以，每本書在自己手裏的時間常常只有一兩

天。徐勇凌因此練出了一目十行的快速閱讀本領，他曾經創造過 4 小時看完一部長篇小説的紀錄。那部小説叫《暴風驟雨》。

這樣的閱讀讓徐勇凌有了第二個夢想，他要當作家，並且他從此開始寫東西，像小説又像日記的東西。他因此也練就了很好的文筆。許多年後，他成為試飛員，在飛行之餘，他就寫東西，除了寫飛行日誌，還寫日記，寫隨筆，寫詩，寫總結和評論，還給當時的女友現今的妻子寫情書。他有着類似於飛行一樣遊刃有餘、豐富多彩的文筆。這使得徐勇凌成為一個在性格特徵上與其他飛行員不太相同的人。

童年裏所有的積累對人生的影響有着至關重要的意義。儘管在當時，徐勇凌要當作家的想法被小伙伴們視為狂妄而不以為然，但是徐勇凌自己並不氣餒，他從來就不是一個看別人眼色的人。這一點，父母以軍人的血性給了他良好的遺傳。多年以後，徐勇凌這種熱愛文字且表達順暢的獨特品質在人生最關鍵的時候幫了他的大忙——

這是後話，先按下不表。

徐勇凌關於飛行員的記憶和嚮往開始於八歲。那天他過生日，母親給他做了長壽麵，在裏面臥了兩個圓圓的荷包蛋。徐勇凌正在對着麵條埋頭苦幹時，父親進門了。

父親對兒子招招手説：「兒子，過來，看爸爸給你帶什麼了——」

父親把拳頭攤開：掌心躺着兩塊巧克力，漂亮的藍白色外包裝紙上，畫着一隻小飛機。

這種巧克力是飛行員專用食品，普通的空軍軍人是享受不到這種待遇的。在當年那個供給制時期，買盒火柴買塊豆

腐都要憑票，巧克力可以說是許多孩子夢寐以求的奢侈品。

　　那天父親帶回來的巧克力，徐勇凌捨不得吃完，他將剩下的半塊包好，裝在口袋裏。

　　在那天傍晚，徐勇凌又看見一塊巧克力，這回是拿在一個年輕女孩子的手上。這是他們院裏最漂亮的女孩，徐勇凌平時看她一眼都覺得光芒萬丈。女孩挎着一位身穿飛行服的飛行員。

　　徐：那是一個回家休探親假的飛行員，原是我們院裏的一個鄰家大哥，他招飛走後我就再沒有見過他。這是我第一次看見他穿大皮鞋和飛行服的樣子。

　　他穿飛行服的樣子真叫我吃驚。

　　後來的幾天，飛行員大哥常常黃昏時在徐勇凌的視界裏出現，還是那件飛行服，他身邊的漂亮面孔似乎每次都不一樣。

　　當年其貌不揚的大哥哥因着這飛行服和美麗的女孩子而變得令徐勇凌刮目相看。

　　飛行員大哥終於注意到了這個小男生的注視。有一天，他問徐勇凌：「你也想當飛行員嗎？」

　　徐勇凌說：「想。」

　　「你多大了？」

　　「八歲了。」

　　「想當飛行員，我送你一架小飛機。從明天開始，你每天跑 1 萬米，跑到十三歲。」

　　飛行員大哥沒有給徐勇凌巧克力，但給了他方向。那架銀色的小飛機，木製的，按原型機的比例縮小，十分精緻。

　　第二天，徐勇凌果然開始了晨跑。一開始 1 萬米跑不下來，他堅持慢走加跑。之後，當然能夠完成了。從此，風雨無阻。學校的跑道是 300 米環形道，徐勇凌每天跑三十四圈，跑完下來，臉上的汗水變成了鹽。跑步不僅鍛煉了他的體格，更磨煉了他的意志。

　　天將降大任於斯人，不光勞其筋骨，還要勞其心。

　　徐勇凌初中畢業那年，參加了招飛體檢，他在第一關就被淘汰了──身高不夠，他只有 1.58 米。他堅持跑步，跑步之餘，彈跳、摸高、高抬腿。他以為這樣能夠長高。他果然長高了。高中畢業前，再一次招飛，他身高夠了。不僅身高夠，各項體檢都合格，但他還是落選了。

　　徐：本來一共有四個人合格入選。但招飛的人說，他們只有兩個名額──以往，杭州的飛行員能飛出來的很少，杭州人綿軟，航校那麼殘酷的競爭他們適應不了，所以名額不多。但沒想到這一年一下就有四個人合格。但他們只能帶兩個人走。於是我被剩下了。

　　我：為什麼剩下的是你？理由？

　　徐：不知道，也許因為我爸的官不夠大──玩笑話啊！

　　徐勇凌高中就讀的杭州開元中學，是省屬重點中學。這一年高考，清華大學的錄取分數線是 439，徐勇凌考了 427。浙江省十幾萬名考生，他是第一千名。也就是說，除了清華大學和北京大學，其他所有的一級一類大學他都可以隨便選。母親非常滿意，也很高興。為了能把唯一的寶貝兒子留在身邊，她讓徐勇凌填報浙江大學。

　　開元中學的考生成績都不錯，家長們也很興奮。各地各校來選學生的招生幹部擠滿了學校的辦公室。為了減少家長

的干擾，學校關上大門，把家長統統關在門外。校長說：「同學們，祝賀你們取得了好成績。人生需要自己選擇，你們按照自己的成績，選擇自己最想學習的專業。」徐勇凌沒有任何猶豫，他的飛行員夢想已經在心中縈繞多年。他十個志願填的全部是：北京航空航天大學。

兩個多月後，在母親傷心而無奈的淚光中，徐勇凌來到北京，進入北京航空航天大學。北航這一年的錄取分數線是413分。

「為什麼十個志願都報北航呢？只有一個目標嗎？」我問徐勇凌。

徐勇凌目光如炬地盯着我說：「你記錄 —— 這句話務必要記錄在案。此時進了北航的徐勇凌只有一個目標 —— 我要當飛行員，要當中國最好的飛行員。」

我：狂。

徐：是的，我就是個非常狂妄的人。

三、我看見了但來不及了⋯⋯

> 長機在視線中迅速地變大，巨大⋯⋯這個日子的確是不凡。

在那個驚心的日子到來之前，徐勇凌是一帆風順而且「一覽眾山小」的。作為北航的高才生，他在大學畢業時通過了層層選拔，成為空軍首批大學生飛行員。客觀地說，儘管從小在軍營中長大，但剛開始到航校時他對航校的管理並不太適應。

北航的文化氛圍是開放式的，而軍隊的航校完全不同，

你每一天的每一分鐘都被嚴格地管理起來——做什麼和怎麼做，都有嚴格的程序。一開始他與航校的飛行文化格格不入，常以他年輕人的激烈詬病：怎麼會這麼僵化落後？不久他就明白了自己的簡單和浮淺——航校程序化的嚴格規範要求是飛行員的職業需要，你在空中的每一個行動，有意識的、下意識的，都必須嚴格按照程序，這就要求，你的全部生活與習性的養成，都必須是嚴謹和有程序的。就像當年在 300 米的跑道上轉圈一樣，徐勇凌的韌性出類拔萃。後來他在所有大學生飛行學員中第一個放單飛，並以全優的成績畢業。同批入校的二十八名大學生飛行學員，等到畢業時，只剩下了徐勇凌和另外兩人。

但命運隨即對他顯現出了詭異的不可捉摸性。

徐勇凌到了飛行部隊，他的飛行技術日漸提高，但性格卻沒有成長。一個重要的表現是，他並不太懂得要收斂鋒芒。中隊長調任了，徐勇凌掰著指頭算了算，論資歷，論技術，自己都是排在最前面的。於是他上書團領導，厚厚的一沓子紙，密密麻麻的幾十頁，不是自薦但相當於自薦，歷數中隊在飛行管理和訓練中的不合理處，多達二十八條意見，每一條意見下面都附著詳細的說明，標準的論文式格調，論點、論據十分清晰，儼然把自己放在中隊長的位置上了。

團長是見過大風大浪的，處理方式也有團長氣質。團長氣息均勻地看完所有文字，笑嘻嘻地說：「嗯，小徐，不錯不錯嘛！」

順便說一句，徐勇凌的字寫得極好，漂亮而有力道，有深厚的功力。

到了第二年，團裏的中隊長命令下來了。當然，不是徐勇凌，甚至也不是他一直看好暗暗較勁的一個隊友。

我：你有沒有衝進團長的房間質問團長？

徐：沒有。

我：有沒有在某個場合攔住團長，讓他解釋為什麼不要你這個張三也不要那個李四，而是選了王二麻子？

徐：沒有。我什麼都沒有做。因為我覺得，那個站上中隊長位置的人，其實根本就不是我的競爭對手。後來的事實也證明了這一點。

我：對。你剛才就說了，你是一個狂妄的人。

徐勇凌把那天叫作「出事的日子」。那是 1987 年 2 月 19 日出的事。

頭一天，18 日，也有飛行，他跟著師長飛，那天的科目是飛尾隨攻擊。尾隨攻擊這個科目，飛機狀態變化大，來回擺，要不斷地壓坡度。徐勇凌這個人身體沒別的毛病，就是在平衡機能上比較差，在航校上平衡器材飛平衡時吐過幾次，但到了部隊還一直沒飛吐過。可那一天他飛吐了。

在飛機上吐了，對飛行員來說，算不上什麼事兒。

從機場回來已經是下午 5 點多了。徐勇凌直接去了會議室，明天還有飛行，副團長正在下達任務，做協同準備。順便說一句，飛行部隊每當第二天有飛行任務，都必須在前一天下午做協同準備。簡單地說，就是做飛行前的地面準備，將第二天任務中所有的動作、飛機姿態、各部門配合等等，按飛行要求在地面演練一遍。

人到齊了，副團長就開說：「這樣……先改平，然後，聽我口令——開加力就開，明白了嗎？」徐勇凌覺得自己聽清楚了，他肯定地回答了大隊長問詢的目光。

下達完任務吃晚飯。吃飯的時候，團長來了。他走到徐

勇凌面前關心地説：「聽説你白天飛吐了。明天能行嗎？」

「沒問題！」徐勇凌明確地回答。

團長看了看他的臉色説：「沒事，晚上打場球就好了。」

的確，對飛行員來説，飛吐了如同游泳時嗆口水、吃飯時咬了下舌頭一樣，不是什麼事兒。

打籃球對於飛行員們是一項特別重要的活動。飛行員們都喜歡運動，在所有的運動項目中，他們又特別喜歡打籃球。白天飛行飛累了，或者今天飛得不太行，甚至和老婆或女朋友或隊友有了點小摩擦什麼的，情緒上過不來，只要聚起來打場球，活動一盤，放鬆一下，就什麼事都沒了。打球的時候，航醫和領導經常在球場邊看着，這是最好的觀察時機——一個飛行員只要在球場上生龍活虎的，就説明反應力和體力都沒有問題。

於是，晚飯後徐勇凌去打球了。從球場上下來，的確是出了一身汗。但是，這個晚上，徐勇凌輾轉反側，他覺得冷。

2 月 19 日。

今天的科目是飛超高空超音速編隊。這是他第一次飛這個科目。長機在最前面，他是編隊中的第三號機。他們的編隊在空中穩定地行進着。

徐勇凌坐在機艙裏，做好了一切準備後，他回答了指揮員的口令。

「300 準備超音。」

「300 明白。」徐勇凌迅速地回答。他今天的編號是 300。

超音速編隊飛行，難度和危險性較大，飛機要以超過 1.2 馬赫的速度飛行，也就是每架飛機的速度超過每小時 1000 千

米，一旦有微小的速度差別，就會迅即造成雙機距離的變化而發生危險。

徐勇凌的耳機內此時又傳來了一個口令：「360開加力。」

編隊飛行中，每一個飛行員的耳機都能聽到編隊中所有人員與指揮員的對話，飛行員只執行針對自己編號發出的指令。當天同時飛超音速編隊的還有其他的機組，口令是其他的長機發出的。精神高度集中的徐勇凌聽錯了口令，他把360聽成了300。

「明白。」他響應命令，隨即立刻打開發動機的加力——

當然，他錯了。因為事實上，他所在的編隊還沒有進入動作。可他的飛機，眨眼工夫就已經衝出去了。

我：長機就在你前面，你看不見嗎？

徐：我看見了但來不及了……

飛機迅速向前，箭一般接近了長機——

長機在視線中迅速地變大，巨大……其實幾乎就在開加力的一瞬間，徐勇凌就知道：錯了——聽錯指令，操作錯誤了。他明白自己錯了，改正錯誤是需要時間的，但在這個極短極短的時間裏讓已經加力的飛機減速或者改變方向都很困難，兩架飛機間的距離差急劇減小——

在徐勇凌與長機接近的瞬間，他做了最後努力——極力推桿，想從長機的下面衝過去。可是為時已晚，一聲巨響，他從下方撞上了長機——劇烈的撞擊後，座艙裏瞬間地動天昏，塵霧彌漫。

徐勇凌的飛機失去了操縱，快速地旋轉下墜。突如其來的事故中，徐勇凌唯一知道的是飛機已經沒救了，必須跳傘。

徐：我這個人，本能比較強，生命力很旺盛。撞機後，飛機在空中旋轉，這時候人就像一個肉丸子在鍋中涮轉，根

本行動不了，也沒有辦法做動作。但我還是比較冷靜的，我用腳尖鉤住了一個皮帶，人被拉回到座椅上，然後我一拉把手（逃生座椅把手），啪，彈了出去。

出艙的瞬間，他腦子裏一片空白，最初的數秒鐘內他暈厥了，冷風一吹，他迅速醒了。醒來以後他發現，身體在空中不知道打了幾個旋，傘居然還沒有打開。

徐：我發現我的手裏還緊握着東西，是座椅的把手。

我：明白，你是和座椅一起彈出去的——

徐：對。求生的本能使我緊緊抓着個東西不放。

我：可是座椅不丟，傘就開不了啊！

徐：所以説人緊張嘛。冷風一吹人就清醒了，等我明白過來，我就鬆了手——

徐勇凌丟了座椅，可傘還是沒有開。這又是怎麼回事？

原來，早期的螺旋槳式飛機飛行速度較慢，飛行員有時間打開艙蓋逃生。進入噴氣時代，飛機速度遠遠超過螺旋槳式飛機，而且經常在人類無法靠自己呼吸的萬米以上的高空飛行。飛行員離機後，如果傘過早地張開，強烈的氣流和稀薄寒冷的空氣隨時可以殺死離機後失去任何防護的飛行員。所以，為了防止高空凍傷，開傘的設計高度是在4000米左右。徐勇凌跳機時的高度是1萬米上下，傘當然不會張開。按每秒56米的自由落體速度，不考慮風速、風向的影響，他落到4000米高度還需要100多秒鐘。8000米以上的高空大氣溫度在零下幾十攝氏度，這每一秒對當時在空中的徐勇凌來説，簡直就是漫長得要死要活的煎熬。

人在彈出座艙後是很緊張的，我採訪過有跳傘經歷的飛行員，他們都説，在那一刻緊張得頭腦一片空白，甚至會緊張得想不起自己的名字。但徐勇凌還是清醒的，他居然想起

來有一個備份開關，並且，摸到了。

一摁，傘開了。

當傘啪地打開，身體拉直的那一刻，徐勇凌冷靜下來，他第一個要判斷的是：被撞的長機怎麼樣了── 被撞的長機是他的副團長。

徐：（撞機後）可能是我先跳（傘）的，所以我落在下面。等傘一開，我就開始找他呀。我低頭一看── 有一個黑色的東西咻的一聲從身邊直直地掉下去，就在離我不遠的邊上。是他，他的傘沒開，所以他直直地往下掉，掉在我下面了──

我一想，完了，這不把我哥們兒摔死了？！長機是我們副團長，姓朱，我們平時都叫他老朱。他人特別好，別看在機場上嚴格，下來以後待我們這些年輕的飛行員像哥們兒一樣。

因為只看到一個黑傢伙，沒有看到白花── 傘如果開了是一朵白花── 我就盯着那個黑點看，心真是提到了嗓子眼，看着看着，一朵花開了。

我：你那會兒才覺得你的心算是真的落回去了吧？

徐：那是當然啊，把長機撞死了還得了，那不要命了！

我一看長機老朱── 在那裏，我就控制着傘向他飄過去。他在下面，我在上面，高度層不一致，風速、風向不同，靠不過去，越飄越遠。事後得知，我們相差 13 千米。

這是怎樣的 13 千米！

高空中的風是非常複雜的，他只能眼睜睜地看着那個小白點越飄越遠，最後看不見了。隨着高度的降低，他可以看清楚腳下的地形，他發現自己的降落點是一片陡峭的山坡，這會給着陸帶來非常大的危險。徐勇凌努力回憶着跳傘訓練時教員教的要領，做好了充分的接地準備。而當他的雙腳再

次踩在堅實的大地上時，他發現自己幾乎沒受一點傷，可是精神仿佛經歷了一場煉獄。

徐勇凌看了一下手錶，手錶居然還在，但指針停在了 12 點 10 分。

從此，這隻破錶一直跟徐勇凌在一起。這個時間成為了永恆，從此留在了他的記憶中。

徐勇凌落在一個山坡上。

徐：從傘裏鑽出來後我發現，我站的位置離山頂有四五十米，坡度約有 60 度。這是一個險惡的位置，落地稍一不穩，就會掉到山底下去，那就真的沒命了。

還好，落地時啪地站住了，屁股蹾地蹾了一下，站起來活動一下，沒問題。

我：年輕就是好啊。

徐：就是。年輕。這第一次落地落得好。

關鍵時候就看得出，飛行員的肢體協調性是很重要的。這一點徐勇凌的基礎很不錯，在航校時一口氣能拉 100 多個引體向上。按規定跳傘後要帶上傘包的，但他看了一下，這是叢林地區，背上這麼個傘包會嚴重消耗體力，所以他放下傘包，先向山頂爬去。

徐：爬上山頂，我向周圍看。能見度非常好，方圓 50 公里——這是我當天能走到的地方——沒有看見一間茅草屋。

事後才知道，這是雲南的元謀。

我：元謀人的元謀？

徐：對。

元謀位於滇中高原北部，隸屬雲南省楚雄彝族自治州，

地處東經 101°35′─102°06′、北緯 25°23′─26°06′，東倚武
定，南接祿豐，西鄰大姚，北接四川會理，西南與牟定接壤，
西北與永仁毗連，是中國境內已知最早的人類元謀人發現地，
是「東方人類故鄉」。

這真是個蠻荒之地。徐勇凌有些絕望地下山。

下得山來，他爬上另外一座矮一點的山，再一次確定方
位。但他看到的，除了山包還是山包。正在這時，他發現山
間居然有動靜，是一個人，2 月的雲南，山不算禿，植被也不
太茂盛。

徐：他不知何時出現的，他在撿我的傘包。我喊，哎，
放下──那可是國家財產啊！他回頭看了我一眼，繼續走。

我：這人離你有多遠？

徐：大約 200 米。我拔出手槍，槍內有十發子彈，我對
着他頭頂上方斜 30 度角放了一槍。槍一響，他嚇了一跳，那
傘包一下落在地上。然後他回頭四下看，看到了我，見我沒
有追上來，撈起傘包揹上繼續跑。我又朝天放了一槍，他看
我沒有過去，飛快地跑了。

山民的腿腳太利索了，距離又遠，徐勇凌目測了一下，
追不上，就放棄了。

徐：這人不知從哪兒出來的，看樣子是個砍柴的。

這個人挺 X 蛋的，他應該來救我啊，把我救回村裏去，
結果，他揹着我的傘包跑了，還跑得特別快。他知道我不敢
真打他。

我：好不容易出現一個人，還跑了。

徐：我這個時候特別沮喪。心情很複雜，也很害怕。

兩架飛機摔了，一架 400 多萬，兩架 800 多萬，沒了，
因為我的緣故。這是第一。第二，朱廣才──就是被我撞下來

的長機副團長，我看見他飄遠了，是死是活不知道，戰友要是犧牲了，我就算完了，我怎麼回去？良心上一輩子也過不去啊！第三，就算能這樣回去，領導和部隊會怎麼處置我？一個從小立志要當飛行員要幹大事的人，事業還沒搞呢，把人撞了飛機摔了，這輩子完了，從小的理想就這麼破滅了……

　　大約下午 1 點鐘的時候，徐勇凌決定向山外走。可是山外是哪裏，他並不知道。他利用軍事地形學的知識，看光影和樹影，確定了一個方向，一直向前走。

　　他沒有水，也不敢隨便喝山裏的冷水——事實上，他一路上幾乎沒有遇到有水的地方。口袋裏只有幾塊巧克力。那是飛行員們上機場必備的。他不能動，必須留到最需要的時候。

　　一路行來，徐勇凌特別留神四下看，一是防止不明動物突然出沒，二是看看有無人煙。這是一段漫長的、令人絕望的行程，在荒無人煙的山中行走，每一分鐘都在期待，每一分鐘都是失望。在崎嶇的、複雜的山間行走時他突然明白了，為什麼當年那個臂挎漂亮姑娘的飛行員大哥要求他每天的體能訓練是跑 1 萬米。

　　徐：我就這麼一直在山裏走。

　　我：我看有關材料上說你走了 8 個小時。

　　徐：沒有那麼久。估計是寫事跡材料和做報告的時候，被別人昇華了一下。但 5 個小時是有的，因為看到人的時候，都到黃昏了，天色都暗了。

　　我：你看到人了？

　　徐勇凌最先看到的不是人，而是一根皮鞭子，趕羊人用的皮鞭子。

拴在一根木棍上的皮鞭子，放在石頭上。然後──他看到羊了。一群羊，一群令人心動的羊。有羊就有人家啊──果然，再然後，看到人了。在山路的一個拐彎處，他看見一個小孩子趴在山坡邊的石頭上埋頭寫字。走近了看，是寫作業呢。

徐：我跟他說，哎，你帶我到村公所。他看看我，不吱聲。

我：他是聽不懂漢語吧？

徐：你說對了！他聽不懂，小孩子是彝族還是什麼族的。我問他要了作業本、鉛筆，在他本子上寫下：請帶我到村公所。我想了想，又寫上：見村長。孩子特別乖，馬上帶我走了。

沒走多久，很快，村子在眼前出現了。

我：你有沒有拿「銀子」和巧克力「賄賂」他？

徐：「賄賂」了。小孩子姓雷。他家不遠，20 多分鐘就走到了。孩子羊也不要了，先帶我去的他家。他家裏沒有人，進了門，孩子抄起一隻水瓢舀水倒在鍋裏，用水炒雞蛋。因為沒有油。

炒好了蛋，他又把中午剩下的米飯倒進去炒，做成了蛋炒飯。雲南的早稻米很硬的，雞蛋又沒有油，但我吃得真香啊！

吃了飯，孩子又端來一碗水，讓徐勇凌在床上休息，就出去了。徐勇凌口袋裏只有 20 塊錢，就放枕頭底下了，也沒吱聲。這時候已經有人去通知村上了。

那是張老式的大木床，四下裏有木架子，徐勇凌躺下居然立刻睡着了。大約睡了 15 分鐘，孩子來叫醒他，帶他去了村公所。一進門，他嚇了一跳──

徐：院子裏滿滿的都是人，足有百十來號吧，全是老鄉，男女老少都有，全體村幹部都到了。原來之前村長他們已經

接到通知了，電話從省裏縣裏一路打下來的。

全村的鄉親們都到了，好像當年打仗的時候，人人挎着籃子拿着盆子，裏頭裝着準備支前的物品——雞蛋、饅頭、蘋果、西瓜。雲南有西瓜。

院子裏擠擠挨挨的，人聲鼎沸。歷經數小時孤苦無依的生死磨難後，突然面對這樣的場景，徐勇凌心裏那叫一個激動，覺得要對鄉親們説點什麼感謝的話。院門口正好有一個石頭台階，他就躍上去，大聲説：「老鄉們——」這一張口才發現，嗓子居然沒有發出聲音——他走了幾個小時之後人已經徹底耗盡了力氣，沒有底氣了。

説話聲音沒了，他只能又下來。

我：看看你吧，關鍵時刻，真是窘——

徐：就是，不夠慷慨激昂——

村公所的電話一搖，打到了縣裏。那時沒有手機，團裏的總機一直在等着縣裏回話。團政委接的電話。聽得出政委激動得夠嗆：「小徐，是你嗎？」

徐勇凌説：「政委，是我——」

電話那頭更多的聲音響起來。一些熟悉的戰友聲音高高低低地擠在一起，徐勇凌還聽出了幾位首長的聲音，他的心頭湧上一股熱流，熱流立刻湧出了眼眶——

「不好意思，對不起，對不起首長，我把戰友撞下來了……國家損失了……我犯了罪了……老朱呢？朱副團長？……」

政委大聲打斷他説：「小徐，小徐你終於回來了。我們一直在等你的消息。朱廣才落地半個小時就被農民救起來了，現在人沒大事——」

戰友與組織的溫暖在那一刻順着遙遠山村的這根黑色電

話線傳遞而來，他仿佛投入了親人溫暖的懷抱。那一刻大男人徐勇凌真是放聲號啕了，但因為嗓子倒了，他的哭聲大大地減弱了。

與徐勇凌失去聯繫的這幾個小時，全團全師，乃至整個空軍都震動了。兩機相撞，兩個飛行員跳傘，一個被成功救出，另一個下落不明，生死不詳。當時出動了多少人多少個部門搜救，不用提了。

徐勇凌這架飛機所使用的，是彈射座椅。

第一次世界大戰中，各國開始為作戰機飛行員配備降落傘。隨着飛機速度增大，飛行員爬出座艙跳傘日益困難。第二次世界大戰時，戰鬥機的時速已提高到 600 千米以上，飛行員跳傘要冒着被強風吹倒或被颳撞到飛機尾翼上的危險。德國首先開始了對能把飛行員彈射出機艙的座椅的研究。1938 年，德國曾試驗過橡筋動力的彈射座椅，但未達到實用要求。後來又研製了以壓縮空氣為動力的彈射座椅，但性能還不夠理想。於是又研製以火藥為動力的彈射座椅，並於 1940 年進行了地面試驗，後來又經過飛行彈射試驗，達到了實用要求，於第二次世界大戰結束前裝備了空軍。戰後，以火藥為動力的彈射座椅不斷改進，到 50 年代，已在噴氣式飛機上普遍使用。由於舊式彈射座椅無法在超低空條件下使用，飛行員的生存概率相對較小，為解決低空救生問題，美、英等國在 50 年代又相繼研製出火箭助推的組合動力彈射座椅。70 年代初，美國試驗了可飛彈射救生系統，座椅離機後變為可控飛行器，飛行一定距離後，人椅分離，開傘降落。

儘管彈射座椅都設計成了具備零零彈射功能，即零高度、零速度（接近靜態）的條件下 100% 彈射成功，但飛行員能否安全着地，還受很多因素的影響，例如飛機速度、姿態、角

度及彈射角度等等。簡單地説，如果飛機正好是反扣狀態，那麼一旦彈射，就等於直接將飛行員打到地面。所以説彈射座椅只是一件盡可能保證飛行員生存概率的工具，並不是絕對安全的逃生設備。

另外，徐勇凌跳傘後失去了聯繫，是落入山澗峽谷，還是叢林激流，是否平安落地，無從知曉。

團裏沒有小車，徐勇凌的一位戰友開着大卡車，沿盤山公路行駛了 2 個多小時，在晚上 9 點多到了村裏。村裏人打着火把把徐勇凌送上了卡車。戰友又一路顛簸將卡車往回開。

回到團裏已是晚上 11 點多了，領導和戰友們遠遠地迎出來。一群白大褂圍上來，扛着擔架，卡車直接拉着他去了醫院。徐勇凌下了車，幾乎站不住，但他堅持不坐擔架，並且推開所有人。

政委明白，説：「別攔他，他要去看老朱。小徐，我告訴你，見到老朱，別太激動。你和老朱都不能激動。」

我：政委的意思是，萬一你有內傷，這一激動……

徐：到了醫院，下車後第一件事我先去看長機。

我：怎麼樣，他？

徐：慘不忍睹。膝蓋上這麼大（手比劃成大碗狀）一個洞，骨頭露在外面。還有他的臉——這是我見到的最恐怖的一張臉，我×，人怎麼能成這樣！他右眼睛沒有眼白，眼睛水腫。因為跳傘時頭盔沒丟掉，從 1 萬多米高速掉到 4400 米開傘，由於高速氣流的作用，頭盔的擋風玻璃與眼睛形成一個旋渦負壓區，將眼睛的眼白吸出來，眼白掉在外面了，形成像拳頭那麼大一朵「雞蛋花」。

我一看，完了，這下壞了，眼睛要瞎了，這可怎麼辦？

當時我就跪下了。

朱副團長的妻子在一旁陪着。一般女人看見別人把自己老公撞成這樣，肯定受不了，肯定要說點什麼、幹點什麼。但是，當時朱副團長的愛人還拉我起來，她拍着我的背說：「小徐啊，當飛行員哪有不出事的？你副團長的戰友還有好多犧牲的。還好，你們算是幸運的，都還活着回來了，就行了。」

徐勇凌哭得更大聲了。

徐：我覺得這女人好偉大，飛行員家屬與飛行員的境界是一樣的。

還好，半個多月後朱副團長的眼睛好了。

第二天，上級派了一架直升機，把兩位飛行員送到昆明的大醫院，做系統的檢查治療。

在昆明軍區總醫院做了一番檢查，徐勇凌除了表皮的擦傷，身體並無大礙。他也不需要心理治療。普通飛行員遭遇這樣的事件會有一段相當長的心理恐懼期，這也是一般人的正常反應。但徐勇凌不是。徐勇凌在病房裏表現得很老實很正常，看不到任何沮喪和恐懼，心裏天天念想的反而是：如何能繼續飛。

出了這麼大的飛行事故，飛行員跳傘逃生，心理衝擊巨大，按有關規定，這個飛行員是必須停飛的，而且永遠退出飛行隊伍。

但徐勇凌的命運出現了轉機。

出現轉機是因為一封信——我們前面說過，少年徐勇凌因為熱愛閱讀、寫作，曾經夢想當作家。後來雖然沒有當上作家，漂亮的文筆卻練出來了。在病床上心心念念了數十日後，徐勇凌覺得不能「坐以待斃」，他要有所行動。他不能等着

被領導宣佈退場。於是，他思考了數日，又花了幾天時間，周密構思精心措辭，寫了一封長信。

信是寫給團領導的，厚厚的十幾頁，從思想、身體條件等幾個方面做了長篇論述，中心意思是表達自己希望繼續飛行的決心。

信到的這一天，團裏正在開常委會。團會議室的圓桌邊，圍坐着團裏一班黨委領導。軍區空軍來了一個副司令員，他是來聽事故小組報告階段性調查結果的。按計劃，團領導今天會彙報他們對事故飛行員的處理決定。會議剛開不久，通訊員進來，說徐飛行員送來一封信。

副司令員說：「拿過來我先看。」

常委會就停下來了，停了有十幾分鐘，等着首長看完信。

天遂人願，這封信到得正是時候，如果不是湊巧信在那天到，而是遲到一天，按照常規，會議決定已經做出，就不可能更改了。徐勇凌停飛，從此離開飛行員隊伍，那就沒有試飛這一說，更沒有之後的國際試飛員徐勇凌了。

徐：副司令員看完信，被打動了。我那封信寫得相當感人，後來我想，我的文筆還是有點強悍的。

副司令員說：「和小徐談談，如果能飛，就繼續飛吧。經歷了這麼大的事還願意飛，能飛出來的話一定是好苗子。」

我：插一句，你美好的愛情是不是得益於你美好的文筆？

徐：可以這麼說，我的太太也是看了我的情書，被打動，才同意嫁給我的。

信當時是手寫的，一氣呵成，徐勇凌沒有底稿，所以今天我無從知曉他到底在信中說了什麼，徐勇凌後來也從未向他人透露過這封信的詳細內容。一個顯而易見的事實是，處

於人生絕對關鍵時刻的徐勇凌文學才華大爆發，他寫下了平生最漂亮的文字，這是篇登頂之作——日後無論如何也無法準確地抵達那樣的文學高度。

所有的媒體後來也只是說，徐勇凌在信中明確表示了他熱愛飛行，矢志不渝要繼續飛下去的決心。

不久，徐勇凌重返藍天。

四、一切清零　重新開始

師長用白繃帶吊着胳膊。吊着白繃帶的師長淡定的談笑，讓所有的英雄口號都大為遜色。

徐勇凌復飛了。為了便於他克服可能遺留的心理障礙，領導給他換了個單位，他離開雲南，到了位於重慶 B 機場的某飛行師。部隊來了新飛行員，師領導是要第一時間來看望的。所以徐勇凌到的那天，團裏就通知說，師長下午就要來看望。

午休後，等了一會兒又一會兒，師長還沒有來。飛行部隊的時間觀念是極強的，通知開會或者上機場，精確到分秒。徐勇凌正在納悶時，外面一陣人聲說，師長來了。

師長來了，出乎意料的是，師長用白繃帶吊着胳膊的。飛行部隊的師長都是飛行員出身，吊着胳膊的師長，相貌堂堂，很有軍人氣質。

師長走了後團領導才說，師長 1 個小時前受傷，所以遲到了。那時的 B 機場，飛行員公寓還沒有建好，新來的飛行員們被安排在招待所。重慶是山城，招待所依坡而建，當時還在整修，一樓在地下，二樓是平層，進入大門就是二樓，

入口的簡易過道上鋪着的沙石建材未處理好，師長一腳踩空，從二樓掉到一樓，摔斷了五根肋骨。徐勇凌他們看見的，是師長吊着白繃帶的胳膊，看不見的，是師長整個上身都被繃帶纏滿了。因為肋骨無法固定，稍稍行動，骨折處還會摩擦心包及內臟壁，引起劇烈疼痛。

徐勇凌十分震驚。他想起，因為自己的房間小，師長一直站着，就站在外面，與飛行員們談笑風生，聲音很大，還與新飛行員們用力握手。

不用高喊什麼勇敢奉獻不怕犧牲，吊着白繃帶的師長淡定的談笑，讓所有的英雄口號都大為遜色。

徐：我以為我過了死亡關，不怕死。但是看到師長，我覺得我還是渺小。你問我是怎麼成長起來的，這也算是因素之一吧。

經歷了生死蛻變的徐勇凌，在這個飛行部隊迅速成長，成為了優秀飛行員。就在他設想着人生的更高目標時，招試飛員的消息來了。

我：你怎麼去的試飛部隊？為什麼去試飛？

徐：命令。

空軍當年共招收三期大飛學員，總共是一百二十人，歷經航校和部隊的淘汰，最後在飛的只剩下十五人。包括徐勇凌、李中華在內的這十五個分在不同飛行部隊的人，在同一天接到命令：9月9日之前，必須到試飛部隊報到。

徐勇凌立刻振奮起來，他毫不懷疑，數年的積累和等待，就是為了這一紙命令。他興奮地跑回家——順便說一句，這時的他已經結婚成家，妻子就是機場所在小鎮的幼兒園的老師，按他的話說，一個美麗得不像話的女人。

美麗的妻子哭了。

徐：她哭得死去活來。我一點也沒有誇張。以她的條件，她完全可以嫁到豪門，但她嫁給了我。按她和她母親的話說，嫁給我，就是因為能生活在一起，堅決不能接受兩地分居。

他們結婚才九個月，但真正在一起的時間不到二十天。半個月婚假結束後，徐勇凌就有任務，轉場走了，剛回來的第四天，又接到命令去試飛部隊。離報到截止時間只有三天。試飛部隊遠在陝西閻良，命令上規定，三年內不能帶家屬。

我：為什麼不能帶家屬？飛行員是可以帶家屬的啊。

徐：因為試飛部隊情況特殊，剛組建，編制沒有確定，沒有房子。我們剛去的時候還住過窯洞，乾打壘的房子。

我：你當時可不可以不去？

徐：當年招飛時就對我們說，你們這一代飛行員，六年後將成為空軍第一代科班試飛員。等啊等，終於等到了。我又找到自己了。誰不讓我去，我跟誰玩命。

儘管徐勇凌經歷過生死，而且復飛了，在航空兵飛行部隊，他算是相當優秀的，但到了試飛部隊他才知道，真正的坎坷才剛剛開始——他過去的一切都清零了，曾經自以為還不錯的歷史全部要扔掉，重新開始。

徐：到了試飛部隊，有點坎坷了，都是英雄，都是人中之人、龍中之龍，我在他們中絕對不算出色的。我的幹勁又來了，開始學理論。飛行少，我就每天學習每天寫，拚命充實自己。

徐勇凌的拚勁和韌性又上來了。試飛學院剛成立，中國空軍對試飛員的培養也剛剛開步走，沒有經驗，沒有先例，一切都在摸索中前進。教材不齊教員不夠，他就抱着所有能

找到的有關試飛的書看，還有老試飛員們的飛行筆記。當時沒有電腦，一切都靠手抄。白天上完課，晚上抄筆記。終於有一天，他被校長發現了。試飛學院的校長晚上值班，熄燈了看見學習室的燈還亮着就走過來看，那天是大年三十。他隔着窗子，看到徐勇凌一會兒皺眉頭，一會兒奮筆疾書，桌上攤開大大小小一堆的筆記本。校長沒吱聲，走開了。

試飛學員畢業典禮上，校長有段講話，先是鼓勵了一番，又說：「你們這一期學員，如果有人將來能成為優秀試飛員，肯定就有徐勇凌。你看他過春節還在寫論文。」

畢業時，徐勇凌的成績進入前三名。但這個成績，卻無法證明什麼。

試飛員們都到崗位了，但這個時期，國防工業和航空工業還在一個滯延期，任務量少，機型短缺，加上體制不匹配，試飛學員們很長一段時間沒有飽和的訓練科目。而歲月是一把刀，不光殺女人的顏值，也殺試飛豪傑們的年華。在漫長的等待中，年紀漸長的試飛員們因為各種原因一個一個離開了，最後只剩下了五個人。

我：這個時期，盧軍是你們隊長吧？

徐：我們隊長叫盧軍。你採訪過李中華吧？在我心目中他們兩個人都是英雄。

英雄遇英雄，要麼是惺惺相惜，要麼是絕地反擊。他們是前者。

兩人都是極端奔放，飛起來極其野蠻。還有一個英雄是雷強。雷頭和他們風格不一樣，他像錐子扎木頭一樣，一定要扎，扎到最底下。雷頭衣服顏色比較暗。但盧軍和李中華都喜歡穿亮色的衣服，穿喇叭褲，都喜歡開車。盧軍還有一輛紅色的本田125，他每天就騎着這輛車飆。

徐勇凌在試飛部隊的成長是從殲 -8III 開始的。

這是中國第一架航空電子飛機，誰來首飛？當時的團長湯連剛為了配置力量的均衡，選擇了徐勇凌。因為在此之前，湯連剛注意到他花了整整三年時間，把厚厚的一本航空電子的功能手冊，改寫成了中國第一部航空電子操作手冊。兩年後，得益於殲 -8III 的鍛煉，徐勇凌從殲 -10 試飛小組的第三梯隊，進入了第一梯隊。

徐：但到了殲 -10 我就不行了，跟雷強、湯連剛、盧軍一比，我沒有話語權，他們已經飛了十年。

這個時期，有一個人對徐勇凌影響很大。這個人就是「大哥大」雷強。

徐：雷頭對我的影響是從他的筆記本開始的。我們當時都記筆記，內容嘛就是跟着課堂內容走，流水賬一樣，當時不覺得有什麼問題，但半年以後再去翻，發現那筆記看不明白。要知道我們當時還沒有電腦，全靠手寫。課堂上老師講課的流程你並不能完整地記錄下來，說到什麼記什麼，想起什麼寫什麼。

我看了雷頭的筆記，他的不是流水賬。他當時準備了三種熒光筆，每一層標題是一種顏色。他把筆記分了層，像目錄。他的筆記，可以當書看。

早就聽人們說雷頭這傢伙飛行行，執着，我當時一看他的筆記，服了。跟他一比，我才知道什麼叫執着。其實在此之前，我 1991 年就認識雷頭。當時年輕，只知道他牛 ×，他一發言別人不敢吱聲，他一開口別人不敢說話。

我：為什麼？

徐：因為他總是對的。現在我明白了他為什麼那麼能。看了雷頭的筆記後，我把我 1994 年以前的筆記全丟了。之後，

我的筆記，像雷頭的一樣了。

徐勇凌扔掉的不光是筆記。他是把自己的歷史全部扔掉並重新開始的人。

徐勇凌 1991 年進殲 -10 試飛小組，從 2000 年 11 月 1 日起，他飛過的所有起落的所有架次的筆記全在。

我：一共有多少架次？

徐：1108 架次。

1993 年 10 月，徐勇凌穿上「傻乎乎的西服」，與李中華和張景亭一起，被送到了俄羅斯國家試飛員學校進行正規培訓。

五、我在米格 -29 上飛尾旋

就一架飛機來說，沒有兩次完全相同的尾旋。

下面的一些文字，選自徐勇凌的個人日記，有刪改。

10 月的茹科夫斯基城，毛毛細雨，我們在教室裏等待着俄羅斯教官的到來。今天與我們同飛的是來自米高揚設計局的首席試飛員巴威爾，這位到中國進行過飛行表演的著名試飛員，我們早就聽說過。

8 點整，高大英俊的巴威爾準時來到教室，開始了例行的飛行前講解。

「這是你們來俄羅斯的最後一次飛行。」巴威爾的開場白與往日不同。

　　我們聚精會神地聽着教員的講解，並記下要點，我們知道：到俄羅斯不光要學試飛的理論和技術，還要儘可能多地積累資料。

　　「今天我們要飛的是米格 -29 的尾旋。」巴威爾將飛行任務書遞給我們，俄羅斯國家試飛員學校要求飛行學員每次飛行都要編寫任務書。

　　在此之前，徐勇凌已經研究過米格 -29 的飛行大綱，對尾旋特性進行了細緻的分析。米格 -29 在飛控系統完全正常的情況下是不會進入尾旋的，真正做到了「無憂慮飛行」。為了試飛其尾旋特性，必須斷開飛機的自動駕駛系統。這不是給飛機找碴嗎？是的，試飛從某種意義上講就是跟飛機過不去，找飛機的碴，以便了解飛機的特性。斷開自動駕駛系統後，米格 -29 的尾旋是極其複雜的。與他們飛過的米格 -21、米格 -23、蘇 -27 相比，米格 -29 的尾旋最強烈，表現在尾旋的半徑小，角速度快，改出尾旋的難度大，延遲時間長。俄方院長康德拉欽科本已考慮取消米格 -29 的尾旋飛行，但是中國試飛員們在其他機種上的尾旋試飛的表現，使俄國人有了信心。在他們即將結束試飛培訓之前，院長決定在最後一個飛行日補上尾旋科目。不過院長一再叮囑教官：一定要留有餘地。

　　巴威爾的講解異常認真，他把尾旋試飛的每一個細節列成條目，寫在黑板上，然後口述兩遍。最後，關於尾旋，他講了一番令中國試飛員們受益匪淺的話：「對於尾旋，誰也不能説自己已經全部了解了。就一架飛機來説，沒有兩次完全相同的尾旋，尾旋中什麼情況都可能發生。因此，對試飛員來説，每次尾旋都是新的。」

　　試飛科目的難度極大，每個起落都有新的內容，錶速250千米／小時的小速度機動，持續過載7G（載荷單位）的高機動飛行，倒飛、側飛、尾衝、空中開車、失速、尾旋等科目，大都是飛行員訓練大綱中沒有的科目。每天的飛行量大得驚人，一個場次飛6個架次3個機種是常有的事，有時從早上一直飛到太陽落山，甚至連午飯都吃不上。殲擊機要飛，運輸機也要飛；能見度1000米要飛，颶風下雨還要飛。一個個難關被他們攻剋了。他們以中華民族特有的吃苦耐勞、勤奮好學的精神以及飛行中的靈感與悟性，贏得了俄羅斯同行的欽佩和讚揚。

　　天氣似乎沒有好轉的跡象，雨還在下着。接近傍晚，巴威爾提着飛行帽走進教室，一揮手，示意徐勇凌該上飛機了。看來在俄羅斯的告別飛行只能在雨中進行了。

　　巴威爾開着伏爾加轎車，駛上了機場的聯絡道。巨大的茹科夫斯基機場，近千架飛機停放在幾十個停機坪上。他們的車駛過圖波列夫設計局和雅科夫列夫設計局的停機坪，向米高揚設計局的停機坪駛去。一路上，徐勇凌都在專注地聆聽教官飛行前的最後叮囑。

　　米格-29在雨中等待着他們。作為近距格鬥戰鬥機，米格-29是一種性能優越的飛機，加減速性、機動性、敏捷性都非常好，中低空性能尤其突出。它的獨特設計是機翼上緣的輔助進氣道，在起飛時為了防止異物被吸進進氣道，主進氣道完全關閉，由輔助進氣道進氣，發動機即使在加力狀態，工作依然非常穩定。

　　進入座艙後，徐勇凌按習慣把飛行任務在腦子裏過了一遍，然後啟動發動機。飛機緩緩滑出停機坪，通過滑行道，進入了4500米的主跑道。開加力鬆剎車，飛機怒吼着急劇加速。

　　他喜歡米格 -29 的衝擊力，從飛機開始滑動到離陸，僅僅 11 秒。飛機昂着頭，鑽入雲中，很快又衝出雲層。雲頂高度 3000 米，這是尾旋飛行的最低氣象條件。他一邊操縱飛機上升，一邊鎖緊安全帶，身體被牢牢地固定在座椅上，這樣做的目的是防止飛行員被甩離座椅而失去操縱能力。

　　「Hot，hot ！」耳機裏傳來巴威爾的指令。

　　這是只有他和教官才能明白的口令，意思是打開熱空氣。在共同的飛行中，他們曾嘗試過用俄語對話，可是俄語的發音獨特，很難掌握，這種特殊的不拘泥於語法的「航空英語」就成了他們的空中對話語言。

　　座艙裏的溫度逐漸升高，我的額頭沁出了汗珠。鎖緊油門後，教官的指令從耳機中傳來。

　　「Yes，OK ！」我大聲地回答。

　　高度錶逐漸指向 10000 米，關鍵時刻到了。一切準備就緒，我打開了記錄器。油門收到慢車，飛機開始減速，400 千米 / 小時、300 千米 / 小時、200 千米 / 小時……隨着速度的減小，飛機像喝醉酒似的左右搖晃。

　　「Are you ready ？」巴威爾問道。

　　「Yes ！」我充滿自信地回答。

　　「1、2、3，go……」

　　我有力地蹬滿左舵，拉桿，然後向右壓桿到底。飛機呼嘯着搖擺了幾下，迅速向左偏轉，米格 -29 的尾旋來得既快又猛。

　　記得飛蘇 -27 尾旋時，飛機似乎很不情願進入尾旋，搖搖晃晃就是旋轉不起來。一個起落下來，好不容易進入了一次平尾旋，教官克沃丘爾告訴我：「你真幸運，因為這是我

今年第一次進入蘇 -27 的平尾旋。」

米格 -29 可沒這麼溫柔，座艙裏的儀錶隨着飛機的旋轉不停地擺動，座艙外，雲層在飛速地旋轉，飛機邊旋轉邊急劇地下降。耳機裏傳來教官的聲音：「1、2、3……」這是在數尾旋的時間，15 秒後我將改出尾旋。天旋地轉中，各種數據飛快地變化着，而時間仿佛凝固了。

我的眼睛盯着儀錶板，我必須把尾旋中的全部數據記在心裏，以便飛行後整理出資料。然而，在尾旋中要集中注意力是非常困難的，呼嘯的聲音、飛速的旋轉、座艙外快速轉動的景物，都在干擾着我的注意力，還有尾旋的恐懼感悄悄地襲擊着我的神經，沒有良好的心理素質，是難以承受尾旋中巨大的心理壓力的。

後艙的巴威爾在悄悄地將駕駛桿向前移，但這沒有逃過我的注意力。我知道，此刻巴威爾已經把院長「留有餘地」的話拋到九霄雲外了。因為，在尾旋中向前頂桿，會迅速加快飛機的旋轉角速度。飛機的旋轉明顯加快了，機頭慢慢抬起，俯角逐漸減小，飛機進入了平尾。我整個人被飛機的離心力猛力地向前甩去，身體幾乎貼在了儀錶板上，肩上的安全帶被扯得嘎嘎直響，肩背隱隱作痛，眼睛有充血的感覺。然而，飛機的動態變化、儀錶的數據絲毫沒有逃過我的眼睛。

「……13、14、15，OK ！」我知道這是改尾旋的指令，現在該看我的了。

作為第三代戰鬥機，米格 -29 的尾旋特性和改尾旋的方法與第二代戰鬥機有很大的差別，由於採用了小翼載、高機動的氣動佈局，用傳統的改尾旋方法，即我們稱之為標準法的反舵推桿的改尾旋方法，無法改出米格 -23、米格 -29、蘇 -27 的尾旋。蘇聯在米格 -23 的尾旋試飛中付出了血的代

價，摸索出了一套全新的、最有效的改尾旋方法，即反舵、抱桿、壓順桿的所謂第五種改尾旋方法。這是人類在與「飛行禁區」——尾旋做鬥爭的過程中，用血的代價換來的寶貴經驗。

「反舵，抱桿，壓順桿，操縱到極限位置。」我一邊在心中默唸着，一邊迅速有力地做着改尾旋動作。我感到氣流的強烈衝擊，卻感覺不到飛機減慢旋轉速度。飛機依然沉醉在尾旋中，呼嘯着像在抗議我的操縱，一圈、兩圈、三圈……飛機在旋轉着並迅速下降高度。這是一次極強的尾旋，正如巴威爾所說，這次尾旋與眾不同。

此時飛機的高度已降到 7000 米，我知道留給我的時間不多了，必須採取最強有力的措施，否則高度就不夠了。我使出了最後一招，斷開差動平尾限制器，利用差動平尾幫助改出尾旋。飛機終於做出了反應，旋轉速度迅速減慢，轉到第十圈，飛機終於停止了旋轉。米格 -29 就像被馴服的野馬，低下了頭。

「Very good！」巴威爾幾乎喊了起來。

此時我的心中只有飛機的高度和速度。速度 400 千米 /小時，高度 6000 米，我柔和地拉桿，使飛機退出了俯衝。我成功了！我的心中充滿了喜悦，那是試飛員翱翔於藍天中特有的喜悦，包含着對藍天、對飛機無限的愛，也包含着試飛員的自豪感。

返航了，我把機頭對準跑道的中心線，飛機優雅地下滑着。我柔和地向後拉桿，飛機的兩個主輪騎在跑道的中心線上，輕輕地接地，這是飛行員最引以為豪的着陸。我拉着桿，讓米格 -29 的機頭高高仰起，向茹科夫斯基機場，向試飛員學校告別。

　　徐勇凌一直認為自己是喜歡飛機熱愛飛行的，但和俄羅斯試飛員們一比，他震驚了，自己絕對達不到人家那種狀態，不光是技術上不行，連精神上、意志上都是小兒科。

　　我：他們什麼樣？

　　徐：怎麼說呢？

　　我們是一種努力的姿態，為了證明些什麼而去做，為達到了某個層次而歡呼。他們不是，事業於他們如呼吸如血肉如進入骨髓的東西，純粹的、渾然一體的一種禪定的狀態。我那時候還年輕，還不懂禪定，達不到他們那種忘我的境界，但看到他們，從精神和意志上，服了。

　　這一年 10 月，徐勇凌學成回國，迎接他的不僅僅是鮮花和祝賀，更有蓄勢待「飛」的多種型號的國產新型飛機。新一代的戰機無論是戰術性能還是配備的高技術設備，對試飛員的技術和知識水平都提出了更高的要求。他是幸運的，國防建設和航空事業的飛速發展為他展現才華提供了寬廣的舞台。

六、第二篇紅色日誌

　　迅速檢查了所有的儀錶燈光指示後，他知道：壞了，最不可能發生的事情真的發生了。他平生第二次按下了緊急救生按鈕。

　　正當徐勇凌高振起試飛之翼準備一搏藍天時，命運又顯露出了它的不可預測性。

　　1999 年 5 月 20 日，徐勇凌像往常一樣登上了戰鷹。開車、滑行、進入跑道，飛機昂着頭呼嘯着衝向藍天。他今天要試

飛的科目是某型飛機的滿載荷試飛。這也是該機第一次進行滿載起飛試飛。飛機帶着載滿油的三個副油箱加力起飛，在發動機加力狀態下，滿載的飛機發出沉重的轟鳴，緩緩離陸，徐勇凌感覺到駕駛桿上力量異乎尋常地沉重。當飛機高度上升到 400 米時，按計劃他需要調整飛機狀態，準備掉轉機頭對準跑道下降。但此時，座艙內兩個刺眼的紅燈亮了 —— 是發動機的火警燈。

他立刻巡視座艙，發現告警燈盒中兩台發動機的火警信號燈都亮了。

徐勇凌腦海中閃出的第一個念頭是「不可能」，因為他知道飛機在空中發生雙發同時起火的概率是非常低的。以一個職業試飛員的直覺，他對情況做出了兩種判斷：一是告警系統錯誤告警，試飛中有時會遇到這樣的情況；二是兩台發動機同時着火，如果真是如此，等待他的將是一場災難。

迅速檢查了所有的儀錶燈光指示後，他知道：壞了，最不可能發生的事情真的發生了。

挽救飛機是試飛員的使命，空中滅火已不可能，此刻座艙像是一個瘋狂搖擺的「舞廳」，飛機上所有的紅、黃色告警燈全部閃爍着可怕的光芒，許多儀錶的指針不聽使喚地飛轉。此時唯一的機會就是迅速回轉，對向機場緊急迫降。他迅速掉轉機頭準備着陸，飛機卻突然失去了操縱，隨之向下俯衝，機翼下的大地向他撲面而來。

之後的數據顯示：這次的火勢來得突然而且猛烈。在徐勇凌艱難地操縱飛機轉向機場的過程中，地面上的人用肉眼就可以清楚地看見飛機後面拖着兩條長長的「火龍」。

幾乎是在飛機失去操縱的一瞬間，試飛員的職業素質使他做出了當時唯一正確的選擇 —— 跳傘棄機。他向指揮員報告

一聲：「我跳傘了！」便迅即拉動了彈射手柄，彈出了飛機。

飛機失去了控制，一頭栽向大地。

失去操縱的飛機狀態是極其複雜的，徐勇凌彈出機艙的時候，身體與艙壁嚴重碰撞。儘管降落傘在空中順利打開，但身負重傷的他已經失去了任何的操縱能力，當他清醒過來時離地面只有不到 50 米，他還沒有調整好身體姿勢就重重地摔在了一片大蒜地裏。

從起火到墜落，前後共計 42 秒鐘。在這 42 秒鐘裏，飛機隨時都有可能在空中爆炸，但他在生死關頭異常沉着冷靜，將事故發生時重要的數據清晰地記了下來。

徐勇凌被當地農民救起，迅速送往醫院。

這是 1999 年 5 月 20 日。徐勇凌這一天的飛行日誌，按照習慣又以紅筆寫出。

由於事發突然，飛機墜落後，機上記錄數據的人稱「黑匣子」的東西在巨大的衝擊下丟失。但新機的研製不能因此而止步，必須查清事故的真正原因。當聽說調查小組的人失望而歸的時候，病床上的徐勇凌說：「我來試試。」

憑着多年來在試飛中養成的敏銳觀察力，病床上的徐勇凌把飛機從起飛到失去操縱的整個過程中的數據如實地進行了彙報，為查找事故原因提供了寶貴的第一手資料，他因此榮立了一等功。

飛機的黑匣子後來找到了，數據分析出來後，與徐勇凌的記憶相比對，幾無差別。

但這一次跳傘，徐勇凌就沒有那麼幸運了，他的傷勢非常嚴重，躺在床上連脖子都無法扭動，疼痛使他整夜都難以

入睡。但他想得更多的是如何戰勝傷痛，在最短時間內重返藍天。

人們都説，「試飛員是用特殊材料打造的人」。信念給了他無窮的力量。一個星期後，他艱難地下床了。

一個月後，他開始散步。

兩個月後，他開始慢跑。

四個月後，他重返藍天。

2000 年 5 月，事故過去整整一年，查清故障原因後，該新機將重新投入試飛。徐勇凌向上級提出請求：由他來試飛該機復飛後的第一個起落。

他的請求得到了領導的批准。

陽光普照的一天，徐勇凌重新登上闊別了一年的熟悉的戰鷹。當他開車、滑行、加力升空，飛機昂起頭呼嘯着衝入長天時，所有的人都知道，他是在向新的高度奮飛。他的人生，從此進入了一個新的高度。

徐勇凌説：「我以為，一個職業、一項事業，如果沒有一種精神的支撐，如果沒有一種文化的力量，要創造輝煌幾乎是不可能的。」

殲 -10 研製試飛的歷程，充滿着艱辛與汗水。殲 -10 是全新的飛機，新技術的使用率達到了 80%，殲 -10 試飛的技術難度和風險是前所未有的。在 2000 多個試飛架次中，共遇到 1000 多起故障，平均每 2 個架次就遇到 1 次故障：發動機停車，操縱系統卡死，液壓油漏光，低高度急劇振盪……在一次次的險情中，試飛員們與死神擦肩而過。憑着對飛行事業的忠誠，憑着高超過硬的試飛技術，試飛員們戰勝了風險，確保了試飛的安全，完成了極限過載、發動機空中啟動、大

迎角機動、空中彈射、低空大錶速、空中加油、空地武器實彈靶試等高難度高風險科目，獲得了國內過載最大、速度最快、升限最高的試飛數據。

新型戰機的定型試飛創造了中國航空發展史上的多項紀錄：試飛架次最多；問題遺留給用戶最少；試飛考核內容最新、最全；試飛包線和試飛風險最大；武器實彈投射種類和數量最多；機載測試和地面監控參數最多；試飛效率最高；試飛安全性最好；試飛實力的增長最顯著⋯⋯

徐勇凌説：「我這一生寫得最好的一首詩──《月光》，就是這個時候誕生的。」

9 月 11 日，第二天就是中秋節了。這天半夜裏，他夢見自己醒來，從窗戶爬了出去，走到沙漠中。月牙湖出現了，天上的月亮倒映在湖泊中。一首詩，自然地產生了：

踏着月光輕盈的足跡

我的夢游離

來到灑滿清霜的戈壁

沙礫在熱烈地呼吸

胡楊和沙柳卻屏氣沉息

月光下的小湖

豔麗的波光泛起

如悠揚的情歌

照亮夜幕下的大地

沒有夜鶯飛翔的天空

生命的紅光依稀

巴丹吉林的夜

回復嬰兒般平靜

青色的蒼穹下
萬物都已沉寂
唯有月光像情歌般　如訴如泣

離開西線時，徐勇凌帶走了一瓶細沙，那是從基地附近的沙漠裏採集的。無論是在沙漠裏飛奔，還是手捧沙礫細細地端詳，都會被沙礫感動。它是那樣的微小、晶瑩、潔淨，它又是那樣的博大、平靜、坦蕩，就像無數為了理想而拚搏奉獻的航空人，將永遠被大地銘記。

通往成功道路上的所有的坎坷，都是最美麗的風景。

第四部

光榮的背影

他們是迎死而生的真豪傑

老一輩試飛員們白手起家、艱苦創業，他們憑着對祖國的熱愛、對事業的執着追求，和科研技術人員一起，刻苦鑽研，頑強拚搏，不怕犧牲，奪勇攻關，艱難卻義無反顧地行進在中國航空業發展的道路上。他們甘冒風險，勇當大任，突破西方對中國的技術封鎖，推動了飛機國產化的步伐，使中國航空業一步步擺脫了受制於人的狀況，並且迅速發展壯大！

昨夜秋風入漢關，朔雲邊月滿西山。更催飛將追驕
虜，莫遣沙場匹馬還。——〔唐〕嚴武《軍城早秋》

明朝永樂三年（1405 年）六月十五日，身穿刺金長袍、腰環玉帶的鄭和站在高大巍峨的寶船上，他將指揮由兩萬七千多人、兩百多艘船組成的龐大船隊浩浩蕩蕩出海。

鄭和的這次遠航比哥倫布發現美洲大陸早八十七年，比達·伽馬發現歐印航線早九十二年，比麥哲倫環球航行早一百一十四年。

自海船之後，陸地上載人運動機械的發明不斷深刻地影響和改變着人們的生活。人類環球旅行的時間大大縮短了。19 世紀末，一個法國人乘火車環球旅行一周，花費了四十三天的時間。1979 年，英國人普斯貝特只用了 14 小時零 6 分鐘，就飛行了 36900 千米，環繞了地球一周。

飛機的發明改寫了人類環球史，並且第一次把雙腳在地面行走的人類送上了天空。飛機發明以後，人們對距離的穿越從地面上升到天空，險峻的高山、一望無際的大洋再也不會讓人望而生畏。它使得所有的思念和懸念都可以在旦夕之間解決。

包括愛。

當然也包括戰爭與死亡。

就如同一架飛機的命運不再只是一種航空器一樣，試飛員的高度，向來標示着國防實力在世界版圖的風雲榜上佔位的高下。試飛隊伍的技術和素質水平，就是大國國力角逐最具象的參數。

第十章　他們標誌着一個時代

一、誰是新中國第一個試飛員

從抗美援朝戰場上下來，披着戰爭硝煙的空軍飛行員，成為新中國第一代自學成才的試飛員。

誰是新中國第一個試飛員？

試飛員是從空軍飛行員中成長起來的。新中國空軍飛行員的歷史，要從東北這塊紅土地説起。

1946 年 3 月，抗日戰爭烽火剛熄，人民空軍第一所航校在吉林通化成立。1949 年 11 月 11 日，中國人民解放軍空軍成立。1950 年，新中國成立還不到一年，朝鮮戰爭的戰火燃燒到中國的鴨綠江邊，百廢待興的新中國受到了嚴重威脅。唇亡齒寒，年輕的空軍別無選擇，戰爭的硝煙將誕生不到七個月的人民空軍，推上了空戰的戰場。喜訊很快傳來，國內的報紙上巨大的標題寫着：《人民空軍健兒強，首次接戰顯榮光》。

在國內民眾的一片歡呼聲中，空軍領導正在焦慮地思考一個重大問題：

隨着朝鮮前線空戰日趨激烈頻繁，一方面需要大量的飛機投入作戰；另一方面，越來越多的戰損戰傷飛機從戰場上

撤換下來，以新中國當時的狀況，生產和製造新飛機沒有條件更沒有時間。必須立即修復戰傷飛機。戰損戰傷飛機經由鐵路、陸路線自朝鮮戰場運回，就在東北第五修理廠（後來的 112 廠的前身）進行修理。同一時期，我方從蘇聯亦調運了大批飛機散件進廠，抓緊組裝。戰傷飛機修復或者重新組裝後需要試飛，迫切需要專業試飛員進行出廠飛機試飛，但東北五廠自己沒有試飛出廠飛機的飛行員。由於朝鮮戰場的迫切需要，在航校培訓的飛行員都以速成班的形式畢業，許多僅飛行 20 多個小時的飛行員就直接被分配到一線作戰部隊去參戰了。

我一直在尋找新中國早期的試飛歷史，我想知道是哪些部門哪家公司最早承擔了修復戰傷飛機的任務——修復好的飛機肯定需要試飛——希望由此解答困擾我良久的關於「新中國第一個試飛員」的問題。

2014 年秋天，我在魯迅文學院進修結業，告別午餐上，一個剪着短髮的年輕女孩子端着杯紅酒走過來，説：「子影姐姐，我們其實是有緣的，你是空軍的，我是給空軍造飛機的。」她叫許珊。此時我才知道，個人簡歷上只簡單寫着「江西」的她，居然就來自江西洪都航空工業股份有限公司，其前身為南昌飛機製造公司，曾用名國營洪都機械廠。

真是「踏破鐵鞋無覓處，得來全不費工夫」啊！我瞬時有了柳暗花明的快樂。

兩個月後，許珊將一些廠史資料發給了我。特別感謝這個年輕的、剛工作不久的小女生，有些廠史資料是手寫或者油印記錄的，因為保密要求不能複印外傳，她就用筆將需要的部分一點點抄錄出來，脱密整理後發給我。

1951 年

4 月 10 日，受命遷廠、建廠。

華東空軍工程部南京第 22 廠（配件廠）×××，於 4 月 10 日參加了空軍司令部與重工業部在北京聯合召開的關於空軍所轄工廠移交航空工業管理局的會議，接受了有關工廠移交和遷廠、建廠的指示。會後，即派該廠副廠長 ×× 到南昌勘察廠址。

4 月 23 日，工廠誕生。

4 月 17 日，中央人民政府人民革命軍事委員會和中央人民政府政務院正式頒發《關於航空工業建設的決定》，將空軍所轄工廠，包括人員、設備、資材全部移交航空工業管理局。航空工業管理局於 4 月 23 日通知南京空軍 22 廠（移交後工廠代號為 512 廠）遷至南昌，在南昌的原國民黨空軍第二飛機製造廠舊址上新建飛機製造廠，工廠代號定為 321 廠（後來改為第 320 廠）。這一天，國營 321 廠就在抗美援朝的烽火中正式誕生了。

9 月 21 日，321 廠開始修理飛機。

工廠恢復性修建工作尚未全部竣工，9 月 21 日，空軍待修的第一批飛機就進廠了。送修的首批 8 架雅克 -18 型飛機和蘇聯專家、總工程師、技術人員等的辦公室都擠在剛修復的 31 號大機棚內。在這樣的條件下，工廠以南京空軍第 21 廠（移交後工廠代號為 511 廠）支援的二十五名搞過飛機修理的工人為主，依靠蘇聯專家在現場熱忱耐心地指導，傳授技藝和解決疑難問題，8 架雅克 -18 於 11 月 6 日修好，12 月初全部試飛合格交部隊驗收出廠，為飛機修理打響了第一炮。

比國營 321 廠建立略早些，東北瀋陽，在當年張學良修建的飛機場的舊址上，代號為國營 112 廠的另一家飛機製造廠也誕生了。這就是後來的瀋陽飛機製造公司。

隨着新中國航空工業的建立，空軍把東北五廠移交給了航空工業管理局。由於戰事緊張，這一時期，組裝和修復飛機後的試飛任務，由航空工業管理局委託空軍從部隊抽調飛行員來完成。從這些文字中，我們看到第一批待修飛機的進廠時間是 9 月 21 日，出廠時間為同年 11 月 6 日，這是我見到的新中國成立後最早提出的有關「試飛」的文字。可以確認的是，在 1951 年 9 月之後，來自作戰部隊的飛行員們作為試飛員已經投入到試飛修復飛機的工作中了。

歷史的雲煙塵封了太多的故事，我們至今已經無法查到，那些一夜之間離開作戰部隊、試飛修復飛機的飛行員們的名單了。我們只知道，那段時間，他們齊心協力，試飛了大批組裝和維修出廠的飛機，滿足了抗美援朝前線空戰的需求。老戰士說，起初剛接到命令時，這些滿腔熱血、決心殺敵立功的空軍飛行員，是不願意離開戰場去搞試飛工作的，畢竟試飛這個概念對尚年輕的中國空軍飛行員來說是很陌生的。但是在經過一番介紹和說明後，這些可愛的年輕人打着背包就來到了飛機製造廠——試飛可以讓受損的飛機恢復戰鬥力，能為戰友們提供更多的消滅侵略者的裝備，這項工作足以令他們振奮。

1952 年 3 月，空軍一紙命令：在瀋陽 112 廠組建空軍試飛組。

這是第一次有正式任命的試飛員編制，雖然只有三個人。他們標誌着新中國空軍第一支試飛員隊伍的建立。三名空軍飛行員幾乎是在完全沒有任何試飛條件也沒有試飛經驗的情況下，憑着不惜一死的「拚命三郎」精神，開始了新中國匆匆上

馬的試飛史──據統計，他們在九個月的時間裏，把 473 架戰傷飛機送上戰場、飛上藍天。從抗美援朝戰場上下來，披着戰爭硝煙的空軍飛行員，成為了新中國第一代自學成才的試飛員。

有記錄顯示當時的試飛組長叫劉光澤，可遺憾的是，我沒有查找到他帶領的這三名試飛員的名單。

歷史有時候是很有戲劇性的。雖然人民空軍的第一支試飛部隊是在瀋陽組建的，但在真正意義上把新中國自己生產製造的飛機飛上天空的，卻並不是第一支試飛部隊，而是在江西南昌的洪都機械廠駐廠的空軍試飛員。很幸運的是，洪都機械廠的廠史資料裏，清晰地記錄了這樣一個信息：新中國成立後，第一個把新中國自己生產製造的第一架飛機飛上天的，是中國空軍的試飛員，他叫段祥錄。

中國最初開始製造飛機的時間，大約在 1922 年，在「航空救國」思想指引下，孫中山先生指令在廣州興辦飛機製造廠，自行設計製造飛機。1923 年五六月間，該廠設計製造出第一架飛機，於同年 7 月 23 日舉行試飛典禮。這是第一架中國人自行設計製造的飛機，意義自然十分重大。孫中山偕夫人宋慶齡親臨現場，並攝影留念。試飛時，宋慶齡戴上飛行帽和眼鏡，登上飛機，由飛行員黃光銳駕機升空。飛機在廣州上空盤旋兩圈後平穩落地，頓時場上掌聲四起。當時飛機才問世不久，各國在試飛中發生事故屢見不鮮。孫中山贊同夫人宋慶齡不畏危險親身試機，確非一般。宋慶齡英勇果敢的行動，一直是中國航空史上的佳話。

1949 年 12 月 6 日，年輕的共和國剛剛成立兩個月，着一襲灰色中山裝的毛澤東就登上了前往蘇聯的火車。毛澤東最清楚中國的現狀，也最清楚中國未來發展最迫切的需求。對於這個有着五千年歷史的農業國家，要實現國家和民族的振興，

唯一可走的道路就是工業化。但對於一個飽受災難和戰亂的國家，實現工業化談何容易。滿目瘡痍的國土、薄弱的工業化基礎、落後的工業生產能力就是共和國締造者所面對的現實，更不要說西方國家對年輕共和國的敵視和封鎖了。對於毛澤東而言，尋求蘇聯的援助是唯一可以做出的選擇。談判是艱苦的，但最終的成果是豐厚的。隨着 1950 年 2 月《中蘇友好同盟互助條約》的簽署，一系列的經濟合作協定相繼簽訂。

對於上了年紀的洪都人來說，1954 年是令他們激動的一年。春天剛過完的時候，時任中國人民解放軍總司令的朱德來到廠裏，參觀了興建才兩年多的洪都機械廠。滿面微笑的總司令摸着那些堅硬而鋥亮的機械，眼裏閃着激動的光芒——這位從紅軍時期開始「赤腳」走過中國革命整個歷程的總司令深深地懂得，一個國家和軍隊的強盛，將不再只能是小米加步槍。參觀結束前，總司令滿懷希冀與深情地寫下了題詞：發揚工人階級的積極性、創造性，增強國防，保衛祖國。

新中國成立時，航空工業只留下一個爛攤子，中國人民多麼盼望祖國的航空工業能夠迅速壯大！總司令的題詞意味深長。是啊，增強國防，保衛祖國，不僅需要積極性，更需要創造性。

總司令的關注極大地鼓舞了洪都人。數月後，喜訊傳來，新中國第一架自己製造的飛機出廠了。

正午的陽光明亮而溫情，在北京西郊某幹休所花木扶疏的小園林裏，步履有些蹣跚的段祥錄老人注視着明淨的天空，臉上是憧憬的笑意，他仿佛又看到了 1954 年 7 月的那些熱火朝天的日子。

當時的洪都機械廠，飛行保障的設施以及保障人員的業

務水平都極有限，只有一塊草地機場、一部電台、一塊「Ｔ」字布和兩面紅白色的指揮小旗。每到飛行日，段祥錄既要檢查跑道，又要檢查塔台，還得檢查飛機、研究氣象、定下起飛決心並下達飛行計劃，裏裏外外一把手，天上地下一人抓。他飛行時地面連指揮員也沒有，只得叫不懂飛行的工廠幹部代替。一個飛行日往往要飛幾個機型，任務量大且內容複雜，而那時的段祥錄只有二十二歲。正是這種高強度高密度的試飛訓練，將他錘煉成了一名經驗豐富的試飛員。

以下摘自《洪都機械廠廠史》——

7月3日，試飛員段祥錄和刁家平駕駛（雅克-18）零批02架飛機首次升空試飛，（至）7月11日完成全部試飛科目，共計飛行13小時16分鐘，十四個起落，試飛結果表明飛機的性能完全符合設計技術指標。

7月26日，在試飛站隆重舉行了「國營320廠第一架飛機製造成功慶祝大會」，二機部趙爾陸部長，江西省邵式平主席和白棟材副書記，部、局及人民解放軍空、海軍領導等參加了大會。趙爾陸部長主持大會，並為第一架飛機起飛進行了剪彩。飛行結束之後，趙爾陸部長、邵式平主席、白棟材副書記講話，吳繼周廠長代表工廠全體職工發了言，廠工會主席周維代表全體職工，宣讀了向毛澤東主席報告第一架飛機試製成功的報捷電。

第一架國產飛機順利升空，對於新中國來說意義非凡。8月1日，國家主席毛澤東親筆簽發了給洪都機械廠全體職工的嘉勉電。

8月26日，時任中央軍委副主席的彭德懷批准同意雅克-18飛機成批生產。工廠在1954年完成首批10架生產任務和投入成批生產的生產準備工作，1955年正式轉入成批生產。

雅克 -18 自 1954 年仿製成功轉入成批生產後，為新中國空軍建設提供了裝備。到了 20 世紀 50 年代後期，部隊認為數量已滿足要求，雅克 -18 遂於 1958 年 10 月在完成它的歷史使命後停產。

完成試飛之後，段祥錄就返回了空軍部隊。他因首次將新中國製造的第一架飛機飛上藍天，而被譽為新中國「藍天探險第一人」。

1957 年 7 月，瀋陽 112 廠設計室開始設計一種初級教練機，定名為「殲教 -1」。1958 年初，四局領導考慮瀋陽第一設計室已開始設計兩種教練機，便決定噴氣式的殲教 -1 由 112 廠試製，活塞式的初教 -1 由 320 廠研製。8 月 27 日，中國自行設計研製的第一架初級教練機紅專 502（初教 -5）原型機，經過此前七十二天的日夜奮戰，完成了設計、生產準備、零件生產、初裝、總裝和起落架落震試驗、靜力試驗任務。

8 月 27 日，第一架紅專 502 首次飛上祖國的藍天。首飛試飛員是：呂茂繁、何銀喜。

9 月，2 架原型機飛往北京，向中央、部、局領導做了彙報表演。

1965 年 6 月 4 日，依然是需要記錄在中國試飛史冊上的日子。這一天，中國自行設計的第一架超音速噴氣式飛機強 -5 原型機第 02 架，在江西樟樹機場首次升空。

吳國良總師是當年強 -5 的試飛主管，他也是後來殲 -8 新機的試飛總師。對於強 -5 首飛的情景，吳老總至今記憶猶新。他向筆者回憶：

按慣例，新機首飛前要進行預起飛，也就是高速滑行抬

前輪後終止滑行，目的是檢查飛機起飛時操縱系統的工作情況。60 年代的中國，百廢待興，基礎設施建設與科研同時從頭進行，南昌飛機廠當時甚至沒有一條合適的試飛跑道，首飛改在附近的樟樹機場進行。但這裏的機場跑道條件仍舊不太理想，跑道長度不夠，飛機起飛速度達不到，起飛高度達不到，預起飛的風險很大。

硬件條件就是如此，還要不要實施預起飛？廠裏組織科研部門集思廣益。國家的科研工作不能等，中國的航空工業發展不能等。他們把意見上報空軍。當時主管裝備的空軍副司令曹里懷在聽取了技術人員的建議，又現場觀看了殲 -5 飛機的預起飛後，大膽拍板：強 -5 不做預起飛，直接首飛。

首飛小組的試飛員們齊刷刷地站在他面前：「報告首長，我們保證完成任務！」

「我不要口號，我要結果。」站在跑道邊上，看着這一張張年輕的面孔，老軍人曹里懷平靜地說，「你們好好準備，把困難和問題想清楚，想透，準備好了，就放心大膽地飛，有什麼問題，我擔着。」

1965 年 6 月 4 日，南昌這座英雄的城市，天空也感佩英雄們的壯舉，從清晨起，細雨霏霏，機場濕滑的跑道異常光亮。中午時分，一顆綠色信號彈穿過濛濛細雨，帶着燃燒的煙霧，在空中劃了一道大大的圓弧後向下墜落。機場上響起了飛機發動機隆隆的轟響。

今天承擔首飛任務的試飛員是拓鳴鳳，他在綿綿小雨中啟動了發動機，強 -5 在轟鳴聲中滑行到起飛線前。隨着指揮員邱寶善在指揮塔裏下達「同意起飛」命令，強 -5 開始滑動、加速。當高速滑行到跑道中段時，飛機拔地而起，迅速拉起爬升，轉眼間升入雲空。強 -5 在機場上空盤旋了一圈後，開

始降低高度，最後平穩地停在了起飛線旁。

　　飛機還未停穩，機場上已是歡呼盈沸。走下飛機的試飛員與設計師緊緊擁抱，激動的淚水奪眶而出。現場所有人都欣喜吶喊，振臂歡呼，慶祝強-5首飛成功！

　　吳國良總師對當年的試飛員團隊印象特別深刻。首飛試飛員拓鳴鳳雖然文化程度並不很高，但藝高人膽大。飛機改動如此之大，首飛的風險很高。拓鳴鳳原先是被安排在第二梯隊的，由於他對強-5充滿信心，又有強烈的求飛慾望，首飛之際，領導臨時換將，將他換成第一梯隊，實施首飛。當天的首飛指揮員邸寶善是從空軍第十一航校挑選的，他有豐富的組織試飛的經驗，嚴謹而細緻。每次飛行員上機前，邸寶善都要檢查飛行員的準備質量。

　　強-5是單座雙發超音速輕型強擊機，自服役以來一直是中國空軍的主力對地攻擊機，主要用於直接支援地面部隊作戰，也能執行空戰任務。

　　1968年9月23日，經中央軍委和毛澤東主席批准，強-5開始批量生產，70年代初開始列裝部隊。

　　強-5的首飛指揮員邸寶善是參加過抗美援朝的空戰英雄飛行員。1953年3月6日，時任空軍某師42團飛行員的邸寶善，與教員何亞雄雙機在青島外海擊落美海軍F4U戰鬥機一架。何亞雄為60年代空軍第十一航校複雜氣象飛行顧問，曾於1954年赴蘇聯學習複雜氣象飛行。1969年7月16日，已是空軍第十一航校副參謀長的邸寶善在駕駛殲-7完成某試飛任務後，在起落航線上突遇發動機壓縮器葉片斷裂停車的重大險情，飛機在着陸三轉彎時停車，空中開車不成功，此時高度不足300米，已經低於最佳跳傘安全高度（當時殲-7的彈射救生系統不具備零高度跳傘的性能）。邸寶善決心迫

降，在選擇迫降場時，為了避開在田間勞作的農民，飛機最終撞在了土坎上，邸寶善光榮犧牲。

（因為某些原因，烈士邸寶善的名字並沒有進入試飛員英烈名單，但他的英名，永久地留存在了小湯山空軍烈士紀念碑牆的名冊上。）

二、一步跨入噴氣時代

老實說，當吳克明踏着初冬的落葉興沖沖地趕到師部時，他完全沒有想到他會離開自己心愛的飛行師。

與他談話的是副師長李永泰：「上級指示，調你去瀋陽飛機製造廠，搞新機的試飛工作。」

「去工廠？搞試飛？」

吳克明是浙江蕭山人，1929 年出生。1949 年 5 月從湘湖師範畢業後吳克明參加了解放軍，這一年的 12 月他進入航校學習飛行，在蘇聯專家的指導下學習駕駛殲擊機。兩年後，剛剛從航校畢業的吳克明作為一名殲擊機飛行員參加了抗美援朝。在抗美援朝戰爭中，這位二十出頭的年輕飛行員，憑着保家衞國的一腔熱血和超人的勇氣，以及從蘇聯專家那裏學來的技術，與美國佬在空中格鬥。他戰鬥起飛近百次，參加空戰十餘次，擊落美國佬 2 架 F－86 戰鬥機。在激烈的空戰中他的座機被擊落，他跳傘逃生，落進了鴨綠江，是朝鮮群眾把他從鴨綠江的急流裏救了出來。

他負了傷，雖然傷得不嚴重，但掉了四顆門牙，這使得他的整個形象有了較大的變化，年紀輕輕的看上去老了許多。因為參戰的優異表現，他榮立二等功、三等功多次。

吳克明一臉的困惑：「試飛我可是從來沒搞過呀！」

很多年後，談起當初受命轉行的這一幕，吳克明笑着說：「那時候，我感覺試飛是一種邊角料的工作，作戰訓練才是主要工作。」

但副師長一句話讓吳克明沒了退路，他說：「在朝鮮打美國佬不也是給逼出來的嗎？搞試飛也是一樣，不懂就學，一學就會了嘛。」

第二天一早，飛行員宿舍院門外喇叭響，軍訓處的小吉普車已經在等着了。那個時候車很少，部隊領導能派出小汽車接一個普通的飛行員，足見這事情非比尋常。吳克明揹上背包，坐上車到了瀋陽 112 廠。

這是 1955 年，瀋陽 112 廠按照蘇聯的圖紙成功組裝了米格 -17 樣機。

12 月 5 日上午，吳克明駕駛新樣機進行了飛行表演。他知道這是工廠在考察自己的水平，於是使出渾身解數，飛機一升空，他便做了一個上升橫滾，然後是半滾倒轉、斤斗、低空大盤旋、超低空大速度通場……

落地以後，他覺得氣氛很不同，他在人群中看到了瀋陽市委書記焦若愚。飛行員的腦瓜子都是夠用的，吳克明知道，肯定是有大人物來看他表演了。果然，精彩的飛行表演過後，吳克明受到了首長的親切接見。這時他才知道，原來在白天看表演的人群中，居然有劉少奇和鄧小平。握着首長們溫暖的大手，吳克明的心這會兒才咚咚跳起來。

新殲擊機還在研製中，吳克明卻待不住了，他又回到了部隊。師領導高興壞了，他們生怕工廠把自己的寶貝飛行員留下。特別是師長鄒炎，在此之前，他專門對 112 廠的廠長說：「去表演一下可以，人不能給你。我們師我的幾個飛行

大隊長，你隨便挑，就是吳克明不能給你。」因為吳克明不僅是抗美援朝的空戰功臣，還是部隊的飛行骨幹，技術全面，是師裏的後備幹部。正好這時遠在遼西的一個夜航大隊要改裝一種新的帶機載雷達的飛機，吳克明恰好飛過這種機型，於是師領導想了一個辦法 —— 以幫助改裝為由，把吳克明「支開」，派他去了遙遠的夜航大隊。

可到了 6 月初，師長鄒炎的電話又打來了：「吳克明你快回來吧，你不回來我就要犯錯誤了。」

「師長，什麼事啊？」

「趕緊回來吧，國防部叫你去工廠。」鄒師長的語氣中透着只好割愛的無奈。

原來 112 廠也聰明，害怕自己到空軍要不到人，就直接上報了國防部，國防部指名向空軍選調。這下，師長鄒炎沒法子了：國防部的命令，當然不能不聽。這次，吳克明是徹底地到了工廠，不僅是鋪蓋，關係也一股腦兒「端」過來了。

工廠也是愛才心切，不久，吳克明被任命為空軍第一試飛部隊大隊長，成為人民空軍第一試飛部隊的第一任領導。

1956 年 7 月 19 日，瀋陽于洪機場。

這位二十幾歲的大隊長比別人起得早，就要試飛祖國生產的噴氣式戰鬥機了，那種心情是難以形容的。

一架銀白色的飛機靜靜停靠，機身細長，機翼後掠，水平尾翼在垂尾上部，機身上印着「中 0101」幾個鮮紅的大字。這就是中國生產的第一架噴氣式戰鬥機（後來命名為 56 式飛機，再後來統稱為殲 -5 飛機）。

一張珍貴的照片記錄下了吳克明進入座艙的那一刻 —— 他年輕的臉上滿是自信與興奮，頭盔的繫帶飄在一側，為他增添了幾分瀟灑和俊朗，那銀白機身上的「中 0101」清晰奪目。

媒體用熱情洋溢的文字描述了當天的試飛盛況：「他興奮，他驕傲，同時也感到責任的重大。他手托飛行帽望着萬里無雲的藍天，確實想得很多。」

「這才是我們的飛機！」一進座艙，吳克明便有心曠神怡的感覺，因為所有的標示都是中文，不再是以前的俄文了，這種標示最直接地向他展示着親切。

點火，加油，離地。吳克明輕鬆地駕駛中國第一架國產殲擊機 0101 號升空了。

當飛機在空中完成所有試飛動作，穩穩地停在「T」字布旁的時候，吳克明的眼前湧現的是鮮花、紅旗，聽到的是歡呼、喧鬧，看到的是閃着熱淚的人們慶祝勝利時的擁抱和跳躍。

成功了，中國大地上一片沸騰。當天的《人民日報》在頭版頭條公佈了首飛成功的消息，文中說：

「殲 -5 飛機的成功首飛，在中國航空工業史上，是一個劃時代的標誌，標誌着從這一天起，中國有了自己製造的噴氣式戰鬥機。」

首飛成功並不是定型試飛的結束，接下來的飛行是各種特技、各種故障的測試。吳克明冒着機毀人亡的危險，先後飛出八個過載、一次試飛三次空中停車等極限科目。外媒的報道稱：中國人一步跨進了噴氣時代。

殲 -5 飛機的首飛是吳克明精彩試飛人生的起點，更是中國空軍和航空工業發展的一個關鍵時刻。毛澤東在聽到第一架國產噴氣式戰鬥機上天的喜訊後不無感慨地說：「過去我們不會造汽車、飛機，今天我們都有了。」因為就在幾天前的 7 月 13 日，第一輛國產汽車——解放牌卡車剛剛製造成功。

毛澤東由衷地欣慰，因為中國的航空工業的夢想正在按照他胸中早已規劃好的藍圖一步步變為現實。

　　一步跨進噴氣時代的中國航空人，大踏步地走在發展國防航空的道路上，之後，各式新機接二連三地問世了。

　　1958 年 7 月 26 日，試飛員于振武駕駛中國第一架自行設計的噴氣式教練機殲教 -1 飛上了藍天。2004 年，中央電視台播出的紀錄片《中國戰鷹探秘》中，披露了這一段歷史。

　　在這部紀錄片中，空軍原司令員于振武上將回憶了當年首飛殲教 -1 時的情形：「當時國務院、軍委確定，任命我為首席試飛員。大家都在關注這一時刻，工廠裏包括職工將近十萬人在關注着你成功不成功。這個飛機你搞出來了，能不能飛起來？這對大家是一個問號，對我們科研人員也是一個問號。」

　　50 年代中後期，中國還沒有成建制的試飛員體系，更談不上專業的試飛員訓練，同吳克明、王昂、滑俊他們的情況一樣，這個時期參與新機試飛的試飛員，只能從飛行部隊經驗較為豐富、飛行技術較為突出的常規殲擊機駕駛員中挑選。經過嚴格挑選，最後確定由當時的空三軍技術檢查主任、打靶英雄于振武擔任殲教 -1 的首次試飛任務。

　　經過一些審查、批准手續之後，開始了試製的生產準備工作。接着，殲教 -1 的設計圖紙也下達車間。試製工作正式開始。廠房裏日夜通明，工人們熱火朝天地工作。殲教 -1 的結構試驗機在工廠的靜力試驗室進行了強度試驗，于振武觀看了多次試驗。他仔細觀察，一言不發。在試驗加載僅超過 80% 還遠未到 100% 的時候，他就在試驗現場正式向組織上提交了早已寫好的堅決完成試飛任務的決心書。

　　1958 年 7 月，殲教 -1 完成了試飛前的一切準備，距離王西萍局長來工廠動員正好一百天。據當年的設計師程不時老先生回憶：當設計人員向于振武詳細介紹設計中考慮的各種問題，並向他解釋了風洞試驗所得到的眾多曲線的意義和

結論時，他對廠方提供的一大堆曲線表示吃驚，因為他沒有想到對這架飛機做過如此周密的技術準備。

1958 年 7 月 26 日，是中國航空史上一個難忘的日子。于振武這一天的試飛面臨着極其巨大的壓力。在此之前，由徐舜壽設計師設計的第一架飛機，在試飛中由於飄擺事故不幸失事，今天將要試飛的，是徐舜壽設計的第二架飛機。國外同型飛機的試飛過程也是風險重重。資料記載，美國的第一架噴氣式飛機 F-80 在地面試車階段，進氣道突然被吸癟了，站在一旁的飛機總設計師差一點被吸到進氣道裏去。而 F-80 在試飛中前後一共摔過 7 架飛機，美軍當時最好的一批試飛員全部殞身在此系列飛機的試飛中。

試飛的所有壓力都集中在了年輕的試飛員于振武身上。

起飛前，一大群人圍着于振武，每個人都在表達着提醒、擔憂和期盼。技術人員比他還緊張，不停地向他做着種種提示和叮囑。就在這時，一個聲音説：「現在不需要你們再講更多的話，他需要非常冷靜地思考。給他半個鐘頭的時間。」

于振武如今已經很難想起當年發出這個聲音的老者是誰，他非常感激這位內行關鍵時候的點撥。接下來的半個小時，于振武獨自坐在空寂下來的休息室的一角，閉目靜心，把試飛的每一個細節在頭腦中仔細地過了一遍。

試飛登機的時間到了。

曾任上海飛機研究所副總設計師的程不時先生，1930 年出生於湖南醴陵，1951 年畢業於清華大學航空工程系。他是中國第一代飛機設計師，二十六歲成為中國第一架噴氣式教練機殲教 -1 的總設計師。程不時先生在回憶錄中這樣記述道：

7 月 26 日那一天，全體機務人員在檢查完飛機之後，在

飛機旁列隊立正，由組長跑步到身穿皮飛行服走過來的試飛員面前，舉手敬禮，報告「準備完畢，飛機良好」。

在人們熱切的目光中，于振武走上舷梯，登上飛機。

指揮台升起一顆綠色的信號彈。這是放飛的信號，是對這支飛機設計隊伍進行考核的信號，也是祖國航空工業又一次飛躍的起跑信號。大家的眼睛都盯在了新機和新機試飛員身上。在這個歷史性時刻，很多人喉頭發哽，熱淚盈眶。隨着指揮員一聲令下，于振武目視前方穩加油門，飛機仿佛從沉睡中蘇醒過來了，呼嘯着轉向跑道滑去，尾噴流捲起一片熱浪，然後在跑道上加速向前衝去，輕盈地飛上了藍天，在碧藍的天空中劃出一條優美的弧線。設計人員和工廠工人都聚集在跑道邊上觀看，隨着飛機平穩離地升空，人們揪緊的心漸漸平靜下來，繼而迸發出熱烈的掌聲和歡呼，歡呼聲在空曠的機場上空匯成巨雷般的轟響。

隨着新型飛機的平穩着陸，它向全世界宣告了這樣一個事實：新中國自行設計製造的第一架噴氣式教練機首飛成功！

當試飛員于振武興奮地跨出座艙時，在場的設計人員和工人們，一齊擁向了這位開中國自行研製飛機先河的試飛英雄。總設計師徐舜壽眼含激動的熱淚與于振武熱烈擁抱。歡呼的人們興奮地一次次地把于振武拋向空中……

八一電影製片廠把殲教 -1 的研製過程拍成了紀錄片，這成為記錄中國第一架噴氣式教練機誕生過程的歷史文獻。一段珍貴的歷史被永久地保存了下來。

關於于振武與殲教 -1 的首飛，還有一段小插曲——

首飛成功幾天後，8 月 4 日，時任中央軍委副主席的葉劍英元帥和空軍司令員劉亞樓專程來瀋陽，參加了殲教 -1 的報捷慶祝大會，觀看飛行表演。經過精心準備，試飛員于振武

在空中不僅做了常規飛行表演，而且還大膽地做了一些精彩的低空特技動作，新型飛機忽而俯衝躍升，忽而 S 機動，忽而大速度低空通場，在飛臨觀禮台時突然又做了超低空大坡度小半徑盤旋，動作嫻熟精準，驚心動魄，扣人心弦。精彩的飛行表演引起了觀禮台上葉劍英等首長的讚歎，更引發了現場觀眾們的一陣陣驚呼，以至於劉亞樓司令員都不免有些擔憂，他立即叫身邊的工作人員告訴塔台指揮員，再三叮囑說：「叫他飛高些！飛高些！」

三十年後，于振武，這位中國第一架自行研製的噴氣式教練機殲教 -1 的首飛試飛員，晉升為中國空軍司令員，他也是試飛員出身的空軍將領中級別最高的一位。

由於中國軍工體制的變化，殲教 -1 後來並沒有進入空軍裝備序列，但是殲教 -1 的設計成功拉開了中國航空工業自主研發的序幕。更重要的是，徐舜壽帶領的設計團隊，為未來的飛機設計培養了大量的人才。強 -5 的總設計師陸孝澎、殲 -8 的總設計師顧誦芬、運 -10 的總設計師程不時、轟 -7 的總設計師陳一堅，他們都是徐舜壽設計團隊的成員，殲教 -1 的設計為中國航空事業未來的發展做好了人才儲備。

段祥錄、刁家平、吳克明、丁振武……他們是新中國的第一批試飛員，他們在沒有任何試飛經驗、沒有任何監測技術手段的情況下，憑着對新中國的熱愛、對事業的執着追求，和科研技術人員一起，邁出了中國航空事業艱難而飽含激情的第一步。

20 世紀六七十年代，西方敵對勢力加緊對中國實行戰略包圍與經濟、技術封鎖，蘇聯政府又雪上加霜，背信棄義，撤走了所有援華專家。為了擺脫受制於人的境況，進一步加快飛機國產化的步伐，滿足空軍建設發展的需要，空軍從飛

行部隊中選拔了十多名優秀飛行員分配到全國，組成各個試飛部隊，其中規模最大的是位於關中平原的某試飛基地。這個基地是中國飛行試驗研究院的前身，當時共有四名試飛員，他們是王金生、張洪錄、畢雲喜和蔣樹仁。從這時候開始，中國的試飛機構開始逐步發展。

1960 年 1 月，殲 -6 飛機試製成功，首飛試飛員是王金生。

1959 年，中蘇組織聯合軍事演習，王金生參加了。演習結束後不久，一個中午，已經回到部隊的王金生正在吃午飯，師長走過來説：「組織上派你執行任務。時間嘛，三個月。」

王金生捨不得離開飛行部隊，他説：「任務完成了呢？」

師長説：「完成任務，當然是再回到部隊來。」

王金生高興了，像那個時期其他所有軍人一樣，他「打起背包就出發」。還是有小汽車送他，送到車站，不過這回與他同行的還有一名飛行員張洪錄。

王金生來到當時還叫作「老八院」的閻良。興沖沖到來的他到了機場一看，心裏涼了半截：簡陋的跑道，簡陋的住房 —— 説是房子，其實是陝北人的地窩子 —— 不僅沒有飛機，甚至連雷達和通信設備也沒有。

「哎，飛機呢？」他問。

院領導説：「在部隊，馬上快來了。」

沒過多久，飛機倒是來了，是他們親自從部隊開着飛來的。

落了地飛機要加油，王金生説：「哎，加油車呢？」

院領導説：「在蘇聯，馬上快來了。」

蘇聯王金生可去不了，他就一天一天地等，從 1959 年的冬天等到 1960 年的冬天，也沒有見到蘇聯老大哥承諾的加油車的影子。

附近村子裏的村民跑來看稀罕，他們還沒有見過飛機，不知道這個巨大的鐵傢伙是怎麼上天的。

老試飛人津津樂道的「臉盆加油」，就是這個時期，在王金生試飛時發生的。

按計劃第二天要飛行，王金生一大早起來奔向機場，當然加油車還是沒有來，機務人員全體出動，一群人排着隊，手裏提着水桶端着臉盆，給飛機加油。

王金生問：「怎麼樣了？」

領導說：「正在加，馬上快完了。」

王金生坐在機場邊上整裝待發（當時飛行員們還沒有外場休息室），等啊等，看着面前的機務員隊伍來來去去一趟又一趟，從早上 6 點等到下午 3 點。終於，機務人員通過用尺子量和目測確定了油箱中的油量，他聽到了準確的答覆：飛機的油加好了。

飛機的翅膀下面全是灑出來的汽油，機務人員用抹布將機身表面擦拭乾淨，但是汽油味依然很大。

下午 4 時，王金生起飛。

沒有雷達設施，只有地面指揮員的無線通話器。王金生冒着危險起飛，成功完成了殲 -6 的首飛。

三個月過去了，王金生沒有離開試飛。1974 年 3 月，空軍試飛部隊成立，王金生成為空軍試飛部隊的元老，這一幹就是十五年。

殲 -6 成為人民空軍服役時間最長的功勳飛機。王金生完成首飛後，又在殲 -6 上完成了最大和最小正負過載試飛。也就是在飛過載時，他的頸椎受傷，從此留下了病根，晚年時時發作，病痛不斷。但王金生很少向人提及。

坐在陳設簡陋的幹休所的居室裏，已是一頭白髮的王金

生慢慢地說：「這不算什麼，我覺得這一生，幹了試飛，有意義，太值了。」

他蒼老的臉上有了點點濕潤的淚痕，屋裏很靜，絲絲光線仿佛在跳舞。我知道他那一句沒有說出來的話：當年同車到「老八院」的戰友張洪錄，早在多年前就血灑藍天了。

1964 年，經過四年的努力，中國試製成功殲 -5 殲擊機。這年的 11 月 11 日，試飛員吳有昌駕駛這架被稱為「爭氣機」的飛機完成了首飛。在隨後的試飛中，試飛員和科研人員密切配合，僅僅用一年時間就完成了全部試飛科目，並排除了 130 多起重大故障，保證了這型飛機迅速裝備部隊。

同年 4 月，新中國第一架超音速殲擊機殲 -7 首飛成功，首席試飛員葛文墉曾在美國 F-16、法國「幻影」2000 上做過體驗飛行，後來還成長為空軍副參謀長。

1969 年 7 月 5 日 9 時 30 分，在瀋陽飛機製造廠機場上，試飛員尹玉煥進行了一次試飛前的高速滑行，當速度達到 250 千米 / 小時，機頭抬起，前輪離地。試飛結束，試飛員報告：「一切正常。」

殲 -8 首飛成功。

之後，試飛員鹿鳴東經過三個月的反覆試飛和高速風洞飛機模型油流試驗、地面共振試驗等，歷經空中停車等多次重大險情，解決了跨聲速抖、振、劇振等重大問題。

這一時期，好幾位在中國試飛史上留下威名的試飛員，都與殲 -8 的試飛有着密切的關係。

1980 年被中央軍委授予「科研試飛英雄」榮譽稱號的滑俊和王昂，就曾參與殲 -8 的試飛。

試飛員黃炳新曾參加 6 種新機的定型試飛，完成了 180

多項科研試飛任務，其中 80 多項高風險試飛科目都是他主動要求承擔的。1988 年，中央軍委授予他「試飛英雄」榮譽稱號。

1987 年 7 月 14 日，譚守才駕駛新機殲 -8 Ⅱ 型試飛時，在高度 20000 米，雙發全部停車，後在高度 8500 米空中開車成功，安全着陸。

1988 年 10 月，中國開始進行空中加受油技術攻關。面對國外技術封鎖，常慶賢、湯連剛等試飛員和航空科研人員用近三年時間，攻剋數百項技術難關，成功實現了加受油機在高空、中空、低空的「戰略對接」，使中國成為世界上第五個掌握該技術的國家。

1993 年 8 月 28 日，劉剛在執行殲 -8B 大錶速試飛任務時壯烈犧牲。

1996 年 10 月 15 日，史同洲駕駛教 -8 進行發動機空中啟動試飛時，啟動 4 次均未成功，最後駕駛無推力飛機空滑迫降成功，創造了該型機首次場內迫降成功的先例。

殲 -8 的試飛過程異常艱難，但也正是中國航空工業「引進、消化、改進、創新」過程的真實寫照。這一時期，新中國自行研製的殲教 -1、初教 -6、強 -5 和殲 -8 等一系列殲擊機定型試飛的相繼成功，標誌着新中國的航空工業已從仿製走上了自行設計的道路。在此過程中，空軍試飛員們甘冒風險、勇當大任，每一次起飛都是一次超越，為中國航空工業的發展和空中力量的建設打下了良好基礎。1984 年至 1987 年間殲 -7C、殲教 -7、殲 -8B 三型飛機的定型，在中國航空領域被稱為「三機定型」。

一代代從中國自己的生產線上放飛的戰鷹在藍天上劃過一道道壯美的航跡。其中，殲 -6 以擊落擊傷敵機數十架，自

己無一戰損的奇跡般的戰績，成為一代名機而彪炳史冊。

它服役超過四十年，在近三十年時間裏一直擔當主力戰鬥機，曾是中國空軍裝備數量最多、服役時間最長、實戰中擊落敵機最多的國產噴氣式超音速戰機。殲 -6 退役那天，全世界的航空愛好者自發地在各國的航空博物館、在網絡上為它舉行告別儀式。

巴基斯坦空軍專門舉行了隆重的告別殲 -6 儀式。空軍司令穆薩夫・阿里・米爾動情地說：「所有巴空軍飛過該機的飛行員都認為，飛殲 -6 是他們一生中榮幸的經歷。我們向這種偉大的機種致敬！」

三、軍用卡車上的放牛娃

在滴水成冰的凌晨，赤條條鑽過城門的創舉，讓滑俊及時地趕上並加入了空軍的隊伍。

1949 年的初冬。甘肅蘭州城郊外。

薄霧彌漫的凌晨，四周寂靜，一輛軍用卡車行駛在上了凍的土地上。搖晃的車廂裏坐着十幾個年輕的戰士，他們的臉在冷風中凍得通紅，一身嶄新的棉襖用軍用皮帶緊緊地紮在腰間，口中哈出的白氣在他們的眉毛、頭髮上凝成了白霜。他們彼此並不熟悉，但有一點十分相同 ── 他們都有着年輕的充滿活力的身體。

滑俊也在其中，這一年，他十九歲。

在中國空軍試飛員隊伍裏，放牛娃出身的試飛員滑俊，是個身世頗有些傳奇的人。

　　滑俊 1930 年出生於陝西省西安市附近的長安縣（今西安市長安區）。30 年代初，正是軍閥混戰、民不聊生的年代，和同時代其他孩子一樣，少年滑俊也經歷了艱苦生活的磨煉。他給人當過放牛娃、打過鐵、種過地，其間斷斷續續上了四年小學。1949 年 3 月，滑俊參加了中國人民解放軍。解放戰爭中，他作為第一野戰軍的戰士，在部隊裏擔任機槍射手，參加了是年 7 月的扶風眉縣戰役，之後，又於 8 月間參加了解放蘭州戰役。擔任這次戰役總指揮的是時任中國人民解放軍副總司令、第一野戰軍司令員兼政治委員的彭德懷。年輕的新戰士滑俊在兩次戰役中表現突出，半年後他就光榮地加入了中國共產黨。

　　蘭州戰役之後，滑俊所在的部隊在蘭州休整。滑俊在一個黃昏接到命令，讓他第二天在指定的時間到指定的地點集合。

　　第二天天剛亮，滑俊在指定的地點，上了一輛軍用卡車。他被告知，要帶他們去蘭州城裏的大醫院體檢。滑俊的身體一向很好，數月的戰鬥也沒有傷着哪裏，為什麼要體檢他並不清楚。

　　車子進了蘭州城後，停在蘭州中山醫院。在這裏，滑俊接受了平生第一次體檢。當戴着大口罩的女護士用纖細的手指指示他解開紐扣測量血壓和心率時，年輕的滑俊窘得臉都紅了。

　　幾天後，他被告知：他被選為空軍戰士了，要去北京開飛機！這個巨大的喜訊無疑是令人振奮的，滑俊和戰友們高興得互相擁抱——能當一名飛行員，在祖國的藍天上飛翔，這簡直是無法想像的美好。

　　元旦過後，命令到了，滑俊和一批戰友將離開蘭州的原

部隊前往北京。

　　那個晚上滑俊激動得一夜輾轉：北京啊，那是偉大領袖毛主席所在的地方。那個晚上，滑俊一顆激動的心已經飛到了金水橋邊。

　　他們正月上旬出發，由一位營長和一位教導員帶隊，日夜兼程往北京趕。正月十四下午，隊伍到了西安，住進了中原飯店。滑俊跟着營長看地圖，發現這裏離他位於武新的家只有五十里路。

　　滑俊的心跳起來：自當兵離開家鄉後他就再也沒有回去過，眼看家鄉近在咫尺，親人的面容一張張浮現。晚上，想了又想的滑俊找到帶隊的營長、教導員，囁嚅地表示：想請假，想回家看看。

　　營長和教導員撓了半天頭皮之後還是同意了。他們想到，這些體檢合格的兵已經不是普通的野戰軍士兵，而是即將在天上飛翔的祖國空軍的寶貝疙瘩，可以想像迎接他們的會是緊張的學習和訓練。

　　兩個帶隊幹部簡單地碰頭後決定給他假，但是第三天也就是正月十六的早晨滑俊必須歸隊。因為部隊在這裏只停留三天，等待辦理接轉下一站的手續，第三天的早飯後，他們就將繼續出發。

　　滑俊匆匆上路了。他根本不知道，營長和教導員的躊躇還有另外一個原因，他們害怕這個年紀還小、剛剛入黨不久的年輕人一旦回了家，就不再回來了。此時全國已經大部分解放，飽經戰爭創傷的人們都渴望着過上平靜安寧的生活。

　　那個時候還沒有長途汽車，滑俊用一雙腳踏上了回家的路。思鄉心切，他的腳步真是足夠快，5 個小時後，大約在晚上 10 點鐘他看到了家鄉村莊那熟悉的屋頂。

　　因為第二天就是正月十五，新中國成立後的第一個元宵節，村子裏到處歡聲笑語。滑俊站在自家敞開的大門口，頭上冒着熱氣。滑俊的父親見到仿佛從天而降的兒子，大吃一驚，隨即一家人喜出望外地哭了。

　　滑俊的母親已經去世，他離家後，父親帶着兩個尚年幼的弟弟在家，生活很清苦。

　　一家團聚的歡樂自不必說。但快樂的時光總是短暫的。

　　第二天夜裏，滑俊離開了家，向部隊所在的西安城趕。

　　半個世紀以後，一個天空蔚藍的秋日，新中國第一位被授予「科研試飛英雄」稱號的試飛員滑俊向採訪他的記者說到自己成為空軍戰士前一天的驚險一幕：

　　「（當天）晚上11點多我就往西安趕，我爸不放心我走夜路，就讓我叔父一路陪着我。我叔父跟不上我，走不動了，我就讓他別送我了，然後我繼續往西安趕路。」

　　滑俊這一路走得很快，在部隊幾年南征北戰，他練就的好腿腳當然是種田人叔父無法企及的。

　　大約在凌晨時分，滑俊來到了西安市。一路上大步流星的他萬萬沒想到，西安城城門緊閉。

　　西安是座古城，四周都有高大結實的城牆。曾幾何時，高大結實的城門是這個古老城市的驕傲，但這個夜晚，這個古老的驕傲成了滑俊的障礙。天快亮了，帶隊幹部說過，早飯後他們就會出發。中原飯店離城門還有好長一段路，如果等到城門打開再進城，一定來不及了。怎麼辦呢？

　　數九寒冬，滑俊急得頭上冒出了大汗。他圍着城門城牆轉了大半圈，城牆高近10米，翻越是想也別想的事。正在緊張時，滑俊突然發現，厚重的城門下有些光線透過來——原來城門下面取掉了門檻，留下了空隙。

滑俊大喜過望，他立刻趴下，向門下爬，頭進去了，身子卻卡住了，試了幾次都不行。他急了，爬起來，先脫了棉衣，又脫了絨衣，試試，還不行。他索性脫得赤條條，長吸一口氣，吸住肚子屏住氣，從城門下又擠又蹬地鑽，一寸一寸地居然爬了過去。

穿過了城門他就使勁跑，在蒙蒙發亮的天色裏，邊跑邊穿衣。太陽追着他慢慢升起。滑俊的心裏十分焦急，他生怕這來之不易的當空軍的機會被錯過了。他大步穿過半個城市，跑到了中原飯店。遠遠地，他看見營長和教導員正領着十幾個戰友集合呢。車子已經在預熱了。

「報告！」

滑俊這一聲喊，讓營長、教導員揪了一夜的心放了下來，看着他頭上冒着騰騰熱氣的樣子，就知道他經過了怎樣急切的長途跋涉。

在滴水成冰的凌晨，赤條條鑽過城門的創舉，讓滑俊及時地趕上並加入了空軍的隊伍。

就這樣，帶着戰場的征塵，滑俊與一野的十五名戰友一起被選入空軍飛行預備學校。這是人民空軍自 1949 年 11 月 11 日正式組建後首次招收飛行員。

1951 年 3 月，滑俊以全優成績畢業，被分配到了航空兵部隊。

新中國成立初，中國空軍的航空兵部隊也才組建不久，從部隊建制到飛行訓練大綱的設定都比較粗。滑俊所在的這個團，還是由蘇聯空軍的教官指導。蘇聯教官採取一對一帶教，帶着他們改裝拉 -9 和烏拉 -9 型飛機。因為語言不通，每個小組還專門配了一個俄文翻譯，但翻譯對飛行並不太在行。因為教與學中間隔了一層，所以滑俊時常感到溝通不那

麼順暢，特別是在進行戰鬥科目飛行時，這種隔閡會影響對飛機的操控，因為飛機在空中的姿態是瞬息萬變的。怎樣才能減小這種隔閡呢？滑俊於是養成了自我琢磨的習慣。他善於觀察和模仿，常常是教官剛剛做出動作，翻譯還沒有完全譯完，滑俊就悟出了其中的部分道理。許多年後，滑俊回憶說：「拉-9飛機非常難飛，飛行時教官的指揮要通過翻譯才能傳達到我們這裏，很不通暢，尤其在起降過程中，時間短暫，指揮不迅速，等到翻譯說清時已來不及了。那時每天飛行都要出事故，一出就要損壞三大件：螺旋槳、起落架和翼尖。我們是在摸爬滾打中飛出來的。」

當時尚年輕的滑俊並沒有意識到，在摸爬滾打中鍛煉出來的這種自主意識對於飛行員特別是之後成為試飛員來說，是至關重要的。

1951年，新中國成立兩週年。國慶典禮時，滑俊和戰友們一起，駕駛飛機編隊飛過天安門上空，接受了毛澤東主席、朱德總司令和全國人民的檢閱。這也是新中國成立以來，中國空軍第一次集體在全國人民面前亮相。

無論過去多少時光，滑俊都會記得那個紅旗漫捲的日子，即使身在數千米的高空，翼下天安門廣場上五彩絢爛的人潮依然清晰可辨。當機翼掠過天安門上空的時候，滑俊覺得自己分明是親眼看見了偉大領袖微笑的面容，連同這位偉人微微上抬的手臂。那一刻，熱淚和着一股暖流流過胸口。

這是一名新中國的空軍飛行員至高無上的榮譽。

滑俊曾參加過舟山保衛戰和入閩作戰，戰場的硝煙不僅給了他一副古銅色的身板和面容，更將他打造成了一名沉穩內斂、技藝嫻熟的功勳飛行員。

在50年代末，剛剛開始發展的中國空軍飛行員隊伍，整

體還年輕稚嫩，經歷了戰火考驗的滑俊在同時期的空軍飛行員中毫無爭議地脫穎而出。

試飛是一項極為艱巨複雜的工作。無論試驗新研製的飛機，還是在現役飛機上試驗新產品、新技術，都要精心制訂試飛計劃，安裝各種傳感器、數據記錄和測試設備，試飛過程中隨時可能出現新的問題，這些都對試飛員提出了極高的要求。相當長的時間裏，中國沒有專門培訓試飛員的學校（第一所試飛員學院於 1994 年 4 月 1 日成立），選調試飛員的做法是從飛行部隊的成熟飛行員中挑選。當時有三條標準：

一是必須具有高度的飛行事業心和責任心；

二是必須具有勇敢機智、沉着堅定、不怕犧牲的品質；

三是必須具有高超的飛機駕駛技術和較高的航空理論水平。

包括滑俊、王昂在內的第一代試飛員們，都是這樣被選進試飛員隊伍的。

這個時期的試飛員，特別要強調的品質是：勇敢，沉着，不怕犧牲。

二十九年的飛行生涯，滑俊從一名放牛娃成長為空軍93818 部隊的副部隊長。他不僅熱愛自己的飛行事業，而且在不斷學習中掌握了多種型號國產殲擊機的駕駛技術，共安全飛行 1892 架次 1440 小時。從 1960 年 8 月成為試飛員，到 1980 年 10 月，他共參加科研試飛 369 架次 200 小時，完成科研試飛項目 50 多個，獲得了大量準確的科研數據，並提供了儀器所不能記錄的空中試飛情況。他先後完成了飛機基本性能、強度檢查，機身結構溫度測量，進氣道工作可靠性檢查，導彈和火炮空中發射試驗等 16 個重要科研試飛項目，

為新機早日定型做出了巨大貢獻。他的出色表現為他贏得了 1 次二等功、2 次三等功。

如今滑俊已經退居二線，但他的名字，如同一個英雄的符號，標誌着一個試飛時代。

1980 年 1 月 3 日，中央軍委授予他「科研試飛英雄」榮譽稱號，頒發「一級英雄模範勳章」。

四、手提箱裏的一生

老英雄打開箱子，剎那間，一片燦爛的光芒照亮了整個房間，裏面整整齊齊密密地排列着大大小小四十多件證書、獎章。黃炳新指着這片光輝說：「看吧，我的一生都在這裏面了。」

2015 年 2 月 2 日。某試飛部隊。

偌大的會議室空空的，只有我一個人，屋裏沒有暖氣，空調也沒有開。坐了不到 10 分鐘，我就站起來，一邊來回走動着，一邊搓着冰冷的手。

我在等試飛老英雄黃炳新。他今天手上有一個檢測的工作，要完成後才有時間接受我的採訪。就在我第五次站起來的時候，門開了，黃老英雄進來了，他左手拿着一個文件包，右手拎着一隻沉重的小皮箱。

黃炳新進得門來就說：「對不起，對不起，讓作家同志久等了。」

我伸手接過黃老英雄的文件包說：「沒有關係啊。黃老英雄事情處理得怎麼樣了？」

「啊，還算順利，」陪同黃老英雄一起來的幹事嘴裏哈

着白氣説，「老將出馬總是能轉危為安——」

西北的寒冬是那麼寒冷，我在毛衣和毛呢制服的冬裝外面加了厚厚的羽絨服還是手腳冰涼，可年近七十的老英雄黃炳新只穿着薄線衣，深灰色單夾克外套大敞着，卻面色紅潤，神采飛揚。我想起夏天在機場上的一幕：我在地表溫度超過 50 攝氏度的跑道上頭暈眼花，而穿着厚厚的飛行服走下飛機的試飛員們卻閑庭信步、神態自若。這些能在天空中飛翔的驕子們對地面上的寒暑有強烈的抗禦能力——

其實，他們能夠抵抗的，何止氣象與風雲！

在試飛界，人稱「黃老英雄」的試飛專家黃炳新，是一個化石級的傳奇。

黃炳新：我是個農民的孩子。去當兵是因為不想在家吃紅薯。

在 1964 年冬天快要到來時，少年黃炳新深深地憂慮着。自從 1961 年起，他們家就沒有緩過氣來，每年從入秋起家裏就缺糧，好在秋天地裏還能找到野生瓜菜果子，但隨着冬季的到來，漫長的忍飢捱餓的日子來了。家裏唯一可食的糧食是紅薯，還得限量。從秋天要一直吃到轉過年的春天過後，紅薯爛了發芽了，也捨不得丟。這一年，黃炳新十六歲，剛上初三。

黃炳新：沒辦法，家裏頭太窮了，一天三頓紅薯。

鄉下孩子黃炳新知道，改變命運的唯一辦法是去當兵——當了兵，就算在部隊沒能提幹，復員回家後也能分配個工作，這是當年國家對復轉軍人的優惠政策。

我：所以你就去當兵了？

黃炳新：沒有——民兵連長不同意。

我：為什麼？

黃炳新：想當兵的人多了，我們家我哥哥已經報名了，所以他就不給我報名表了。

民兵連長是有些國防知識的，不讓黃炳新報名還有一個原因：那會兒黃炳新還是個小孩子，不僅年紀小，長得也瘦小，身高 1.5 米多，體重才 80 多斤。目測一下就知道他達不到部隊招兵身高 165 厘米、體重 45 公斤的要求。那幾年生活條件太差了，男孩子們大都沒到標準。全村報名參軍的四十八人，居然大部分落選，還差了兩個名額。這是民兵連長沒想到的，於是黃炳新就去替補。

我：民兵連長就讓你當兵了嗎？

黃炳新：（搖頭）不是那個民兵連長，是接兵的連長。

我：噢，接兵的連長是正規軍，有眼光。

黃炳新：（一笑）他拿着我的體檢表上下打量了下我這個乾瘦的小人，說，差一點沒關係，還長嘛！

黃炳新終生都感激那位接兵的連長，是他慧眼識珠把自己招進了軍隊。可惜這麼多年過去了，黃炳新一直沒能再當面感謝他，只知道這個連長姓王。

沒人想得通這位王姓連長是怎樣發現身高、體重都不達標的黃炳新是塊當兵的好料子的，走進部隊大門的黃炳新爆發出了與身高、體重、年齡都不相稱的巨大潛力，入伍三個月他就入了團，轉過年又入了黨。一年後，當了班長的黃炳新成為全師學毛著的積極分子，戴着大紅花坐上大卡車去軍部所在的吉林市開會。這是他第一次看到大城市，他面對着通衢大道和高樓大廈目瞪口呆——其實那時吉林的高樓大廈的數量和高度都極其有限。

開會回來不久，空軍某部到師裏來挑飛行員。陸軍老大

哥的風氣就是好，上面的通知一到，團裏就積極響應。團領導把全團戰士按條件排了一遍隊後，決定：人人都去，統一報名。這一下，有七百人。

黃炳新的連長（注：此連長非當年招兵的彼連長）不想讓黃炳新去，他捨不得讓這個表現好、人又機靈的得力班長走，但團裏的要求是人人都報名，也就讓他去了。連長十分釋然地想：這麼個乾巴小兵，去了也肯定選不上。黃炳新當時所在的部隊是著名的 Y 軍 113 師，他所在的機槍連又是全師的模範連，全連清一色都是精挑細選出來的精幹小伙子。

幾天後，消息來了，看著名單，連長的嘴巴大張着合不上：全團入選的十七個人中，居然就有乾巴小兵。

黃炳新走的那天，連長帶着全機槍連的精幹官兵坐上吉普車，一直送到火車站。

黃炳新：車子快開了，連長眼睛濕窪窪地握着我的手說：「到了人家空軍好好幹，別給我們光榮的部隊丟人！」

這是 1966 年 11 月，黃炳新十八歲，當兵正好兩年差一個月。他從一天三頓吃紅薯的鄉下飢餓少年，成了人民空軍吃飛行灶的飛行學員。

航校白米細麵的豐富伙食令黃炳新十分感動。這個純樸的、有良知的鄉下孩子咬着牙克服了種種難以想像的困難，一年後，他成了學員大隊的支部委員、團支部書記。

黃老英雄記憶力十分驚人，他能把三四十年前發生的事情的時間、地點、細節記得清清楚楚，這不能不說是試飛這個職業錘煉出的特殊能力。

1968 年 10 月，黃炳新與另外十九名新飛行員一起來到位於大連的空 S 師，成為戰鬥機飛行員。

1969 年 5 月 19 日，作為全師的「五好飛行學員」和「五

好飛行員」，黃炳新來到首都北京，參加空軍第一屆黨員代表大會。

黃炳新入選試飛員的過程與「大哥大」雷強有些相似，只不過時間上早了近二十年。

空 J 師師長來之事並沒有通告飛行員們。他先在師部看了所有飛行員的檔案，然後一聲不響地走出辦公樓，安靜地站在操場的一旁，那裏，一群飛行員小伙子在打籃球。

只要有時間，飛行員們每天下午三四點鐘時都會聚起來打一場球，這在飛行部隊是一種沿襲多年的習慣。這場球如同電腦的重啟鍵——一場球下來，整個人的狀態都恢復到了最佳。幹飛行的人都知道，體能考核的成績只能表明你是不是能夠成為一個飛行員，但是不是塊好飛行員的料，看你打一場球就知道了——球場上搶球、帶球和投球的表現，體現了你的智慧、反應、協調、控制和細微感知能力。

第二天師裏舉行運動會，黃炳新得了個 200 米的冠軍。運動會一完就洗澡吃飯。列隊的時候，黃炳新的師長招招手叫住他說：「小黃，明天你不飛了。」

黃炳新並不了解情況，就直愣着說：「要飛的，師長，明天我有飛行。」

師長臉上的表情有點無奈又有些惋惜：「不飛就是不飛了。根據空軍的指示，你要到西安去。」

順着自己師長的目光，黃炳新看到了另一個師長——空 J 師的師長，臉上沒有表情，卻是胸有成竹的樣子。

1972 年的春天，黃炳新來到閻良試飛基地——那時叫作「飛行試驗基地」。基地幹部們熱情洋溢地將黃炳新以及與他同來的十四名飛行員接着——這可是從全空軍精挑細選出來

的飛行員精英——送到基地宿舍區。黃炳新去了一看，心都涼了——簡單的乾打壘房子，一間房內就兩張光板床。

黃炳新轉了一圈，覺得四下空蕩蕩的，問：「我們在哪兒洗漱？澡堂在哪裏？」

飛行員們天天運動量極大，每天至少洗一次澡。

帶隊幹部還是熱情洋溢地說：「很快，我們很快就能解決。」

在那一天稍晚些的時候，他聽到院子裏有動靜，跑出去看，就見到了那個「胸有成竹」的空 J 師宋師長——現在他是小小的試飛基地主任，正指揮着幾個人接水管。其中還有一個人，來自北航的高才生、大名鼎鼎的試飛員王昂。王昂說的話是：「安排一下，明天帶小伙子們去買幾隻缸。」

黃炳新這才知道，這裏缺水少電，別說洗澡堂，連涼水都不能保證——水要定時供應，過點沒有。所以要買缸，供水時貯存起來備用。

在黃炳新還沒有成為「試飛英雄」時，沒有人問過他是否有過什麼宏圖大略或者遠大抱負。黃炳新自己老老實實地向我承認說，他當年——「想要向後轉」（退出試飛）。

那是 1973 年的 3 月，春天遲遲沒有來到閻良這個西北小縣城。在那個清晨，黃炳新一臉沮喪地找到基地主任，就是宋師長的辦公室，進門就說：「師長，您不能把我一個人留下。」

在此之前，與他同期的來自各軍區飛行部隊的十四名飛行員，陸續都離開了，到昨天為止，只有他一個人還沒有接到調離的命令。

宋師長的房間裏沒什麼擺設。宋師長從他那張舊舊的木頭大桌子後面抬起頭來，起身從身後的文件櫃裏拿了一個文

件夾説：「他們走他們的，你留下幹你的。」

宋師長盯着他説：「黄炳新同志，你還有什麼事情嗎？」

黄炳新看了看宋師長面前厚厚的各種文件和圖紙，立正站好，説：「沒有了。師長，您放心，我會好好幹的！」

那天黄昏，黄炳新穿着短褲孤獨地在院子裏洗着冷水澡。颼颼冷風裏他把水龍頭多開了一圈，水管裏的水就流得比較暢快：只有他一個人洗澡了，缸裏存的水肯定是足夠的。水花四濺裏，黄炳新對自己又大聲説了一遍：「師長，您放心，我會好好幹的！」

兩個月後，殲教 -6 鑒定試飛。

那一天他與王昂同機，作為試飛小組組長，他在前艙。飛機上升到指定高度在完成計劃動作時，突然，黄炳新發現大轉速時油門桿無法收回。

雙發，有兩個油門桿，發生故障的是左發油門桿，在108000 轉時突然卡死。在這裏我們略去複雜專業的處理過程，只報告結果：

當黄炳新帶着飛機落地後，宋師長走過來，看了飛機又看了黄炳新，説了一句話：「你這個飛行員，我選對了。」

事後檢查得知，是飛機上一顆鉚釘出了故障，將油門桿卡死了——那是「文革」後期生產的飛機零件。

黄炳新成功處置險情，榮立三等功。這是他第一次立功。

1978 年，黄炳新改飛殲 -8。

在一年半的時間裏，他完成了 2 個機型的改裝試飛。黄炳新在殲 -8 II 戰機試飛中，曾先後 10 次遇到重大險情，次次化險為夷，並飛出了該機型最大 / 小速度、最高高度（升限）等 10 個「最」。

之後，渦噴 -13 型發動機，由於地面沒有風洞試驗條件，直接在空中檢驗單發停車。

單發，意思是飛機只裝有一台發動機，試驗空中停車，這是一類風險科目。黃炳新飛了。

一共飛了 30 次。

30 次，只要其中任何一次空停後啟動不成功，飛機就會變成旋轉下墜的巨型鐵塊。

黃炳新第二次立功。

進入 80 年代，國防航空業飛速發展，試飛部隊成立了。當年院子裏用來洗澡的水管已經不見了，試飛員們搬進了新建的公寓樓。

1985 年，黃炳新升任試飛部隊團長，在團長位置上任職十年。這十年間，他個人和試飛部隊沒有發生過一起科研試飛事故。這在世界試飛界，都是奇跡。

1988 年 12 月 14 日，黃炳新、邢彥才駕駛殲轟 -7 首飛成功。之後，殲轟 -7 共投入 5 架試驗機，黃炳新歷時七年，累計飛行 1600 餘架次，於 1995 年 12 月 4 日，完成了所有定型試飛科目。

2007 年在俄羅斯舉行的「和平使命－ 2007」聯合軍事演習中，中國新型戰機首次在異國亮相，中國空降兵與俄羅斯空降兵同台展示重裝空投，創下中國空軍與外軍聯合飛行指揮、實施遠程跨國航空機務保障等多項第一。

8 月 6 日，俄羅斯的車里雅賓斯克州。這天，藍天格外高遠，美麗的淡積雲點綴其間。中國空軍新型戰機殲轟 -7 騰空而起，俯衝、發射，樹林前的靶標頓時應聲開花。當天，外電紛紛評論，中國空軍攜國產新型飛機殲轟 -7 首次全副武裝在國外亮相，這不同於美軍戰機在阿富汗、伊拉克等地以轟

炸的形式亮相，而是在聯合反恐演習中承擔起維護世界和平的大國責任。

十年裏，黃炳新個人完成了 6 種新機的定型試飛，在 17 種機型上完成科研試飛任務 180 多項，擔任 3 種新型飛機的首飛：

中國自行設計的首架超音速教練機殲教 -6；

具有發射超視距空空導彈能力的殲 -8 改進型高空高速戰鬥機殲 -8 Ⅱ；

中國第一架自行設計的新型殲擊轟炸機殲轟 -7 型。

他飛出了中國自行設計的某型飛機的最大飛行高度——動升限飛行 7 次，其中 4 次發生了空停。

他飛出了中國自行設計的某型飛機的最大錶速。

他飛出了某型飛機在最低高度下的最大飛行速度，高度只有 500 米。

500 米高度，飛機留空時間極其有限，以當時的最大飛行速度計算，一旦失控，飛機在數秒內就會墜地。

1979 年 10 月，剛剛休假回來的黃炳新在恢復飛行的第一個飛行日遭遇特情：殲 -6 雙發飛機在起飛時突然單發停車，這時飛機剛剛收起起落架，高度只有 15 米。黃炳新迅速控制飛機的狀態，只用單發將飛機平飛拉到 100 米的高度，然後小半徑轉彎落地。直到今天，說起當年那場事故，人們都會說的一句話是：15 米——只有 15 米高啊！

採訪到中間的時候，黃炳新老英雄的電話響起來，他起初不接，可是電話堅持不懈地響着，他於是站到窗前。

「啊，老吳啊，你好你好——」肯定是老朋友了，黃炳新臉上湧上了笑意。

可聽着聽着，他的笑容消失了，臉色沉了下來。

對方的聲音很大，我聽得清清楚楚：「錢好說，肯定讓你們單位滿意。你開個價。」

黃炳新說：「你給多少錢？」

「500 萬一個人！怎麼樣？夠意思吧？」

黃炳新的臉色很難看了：「這忙我幫不了。」

狠勁地掛了電話後，黃老英雄還是憤憤的。

黃炳新：一個航空公司的老總。他們總惦記着我帶出來的這幾個試飛員。

我：航空公司啊，怪不得這麼氣粗。一人 500 萬，價錢不低嘛。

黃炳新搖頭：不賣！不能賣！他們都是我們的寶貝，要用在國家的國防試飛上。

1999 年 10 月 1 日，早上 8 點剛過，黃炳新就端坐在電視機前，收看中央電視台直播的慶祝國慶特別節目。今天是中華人民共和國成立五十週年大慶，電視台直播國慶閱兵。

地面上一個個方陣走過，空中編隊來了—— 第一架通過的是殲 -8，之後是「飛豹」，再之後是殲 -7 和強 -5……黃炳新捏着煙的手指有點顫抖，他的眼睛有些濕潤了——

小女兒一下子跳起來：

「爸，這是你飛的——

「爸，這也是你飛的——

「這也是，這也是——」

「是的。」黃炳新說，「是的，是我飛的。」

他的目光隨着這些心愛的銀白戰鷹抵達無垠的天空：「是我飛的，這些著名的飛機都是我飛的！」

採訪結束前，黃炳新說：「作家同志，我按你的要求把個人簡歷帶來了。」

他把隨身帶來的那隻箱子放在桌子上。箱子很舊了，人造革的，看得出是 70 年代的物件。

黃炳新老英雄打開箱子，刹那間，一片燦爛的光芒照亮了整個房間，裏面整整齊齊密密地排列着大大小小四十多件證書、獎章。黃炳新指着這片光輝說：「看吧，我的一生都在這裏面了。」

黃炳新，男，漢族，河南南陽人，大學文化程度，空軍大校軍銜，特級飛行員。1948 年 10 月出生，1964 年 12 月入伍，1966 年 3 月入黨。曾擔任中國飛行試驗研究院副院長、中國試飛員學院院長、中國飛行試驗研究院高級顧問等職。安全飛行 3658 架次 1722 小時，先後榮立二等功 2 次、三等功 13 次。1987 年 7 月出席了全軍英模代表大會；1988 年 4 月 27 日，被中央軍委授予「試飛英雄」榮譽稱號，並獲「一級英雄模範勳章」；1991 年 4 月榮獲「空軍功勳飛行人員金質榮譽獎章」。第七屆全國人民代表大會代表、主席團成員。

在一份獲獎證書中有這樣一段話：

「黃炳新同志從事科研試飛工作二十八年，牢記肩負的光榮使命，刻苦鑽研，頑強拚搏，不畏艱險，奮勇攻關，在科研試飛中，先後遭遇 19 次重大險情，臨危不懼，正確處理，均轉危為安，挽救了億萬元的國家財產和珍貴資料，為發展我國的航空事業做出了貢獻。」

第十一章　一諾一生

一、橋的那邊好姑娘

　　多少年過去了，王昂他們這一茬試飛員都清楚地記得研究所的那幢104樓，更記得「三色書」。

　　閻良、閻良，一片荒涼，
　　找不到對象，聞不到米香。
　　走路黃土飛揚，住的乾打壘平房。

　　20世紀60年代，當身揹背包、懷抱手風琴、滿臉青澀的北航畢業生王昂站到渭河邊準備北上時，當時的閻良流傳着的，是這樣令人心涼的民謠。

　　今天的閻良，以「中國飛機城」的美譽名滿世界，被稱為「中國的西雅圖」。但是，新中國成立初期的閻良卻頗為荒涼。新中國成立初期，飛機城為何選址在閻良呢？

　　《閻良區志》上是這樣記載的：新中國成立初，根據毛澤東主席「要建設強大空軍」的指示，政務院「決定加快發展航空工業，築起萬里碧空的鋼鐵長城」。1952年，政務院總理周恩來提出「建設轟炸機廠，早日生產出我們自己製造的轟炸機」。

根據毛澤東主席的指示和周恩來總理的提議，1955年，國家決定建設轟炸機製造廠（代號172廠）和飛行研究院，並將其確定為蘇聯援助中國建設的重點工程之一，也是中國第二個五年計劃重點建設項目之一。1955年3月至1957年3月進行了勘測選址工作。國家先後4次組成選址小組，對十多個地區進行了踏勘。在蘇聯專家的協助下，選址小組認為閻良在自然、地理、經濟、政治、交通等方面具備發展現代化航空工業的優越條件。

從1957年9月起，一批批航空科研人員帶着祖國的重託從四面八方會集到閻良，組建起了新中國的尖端試飛機構。那時的閻良，完全沒有現在的繁華和別致，兩條土黃色的道路，偶爾還有拖拉機跑過。為了保密，本來就不起眼的單位大門上掛出的門牌是——國防部第六研究所。

這就是後來的中國飛行試驗研究院。

從這個夏天到轉過年的冬天，不時有一些打着背包的年輕軍人乘着各種運輸工具進入這個不起眼的大門。也正是從這時起，融飛機設計、製造和試飛於一體的「中國飛機城」正式誕生了。

那個時期，關於這個新成立的飛機研究所，有不少小故事。

對於大多數年輕人來說，對陝西閻良這塊荒僻的渭北土地，他們幾乎是一無所知。於是，在招人的時候，一些二十歲左右的士兵與負責人有這樣的對話：

士兵問：你們那裏冷不冷？要不要多帶棉被？

答：不用，我們會發的！

士兵問：你們那裏蚊子多不多？要不要帶蚊帳？

答：放心，我們會發的！

士兵認真地想了一下後問：那裏有沒有女的？我的意思是，如果我提了幹，對象⋯⋯發嗎？

答：你們放心，這些政府都考慮好了。我們院附近有一條小河，河上有座鐵索橋，鐵索橋那邊就是一家紡織廠，紡織廠裏有的是漂亮好姑娘。星期六的晚上放假，你們這些年輕小伙子可以過鐵索橋和你們看中的姑娘跳舞、約會⋯⋯

不管是傳說還是演繹，當初聽到這些故事時，年輕的王昂啞然一笑。

棉被當然是有的，蚊帳也不缺，但紡織廠和姑娘卻沒有了。接兵的負責人並沒有說謊。他們承諾的一切本來是應該有的，50 年代中後期國家制定的閻良城市發展規劃中，確實有紡織廠，但是後來因為種種原因，這個規劃被削減了。

我第一次認識陝西，是到一個叫作「三原」的小鎮上大學。同樣是因為保密的原因，我們這所軍事學院，對外稱作「空軍第二高射炮兵學院」。學院四個系中三個系都招有女學員，但人不多。我們系女生最少，只有九位。節假日的時候，學員們可以請假按比例外出。儘管穿着便裝，當我們三個兩個地出現在三原清寂安靜的街頭時，還是被當地人一眼認出是來自那個「神秘的軍隊學院」，他們因此十分驚奇：女孩子也能開高射炮？

當然，我們的專業，與高射炮半點關係也沒有。

1987 年，改革開放的春風早就颳起來了，不過這個三原小鎮依然「民風淳樸」。那個年代，軍校的學員是配給制的，我們的主食至少 35% 是粗糧：玉米麵和蕎麥麵。一週吃一次炒雞蛋，一次肉。星期天休息，這一天食堂只供應兩頓飯：

早上 9 點一頓，下午 4 點一頓。每週一次的肉就在這天下午就餐時上桌——雷打不動的大包子。偌大的學院除了食堂再沒有第二個地方會有飲水熱食，小賣部裏只有有限的幾樣粗糖果，連餅乾都沒有——那個年代這裏沒有麵包，沒有方便麵，連瓶裝礦泉水也沒有。我們從學院出來後要走一段漫長的簡易公路去鎮上，有十來里吧，沒有公交車，更不要説出租車，小臥車極難遇到。我們搭過拖拉機、三輪車、小蹦蹦（一種改裝的電動小三輪），以及單身男子的自行車——女人的不行，她們勁小，載不動人也不願意載。最理想的是能搭上拖拉機。一路風塵到了鎮上，我們首先要做的是痛快淋漓地吃上一大碗麵條——真正的白麵麵條，不加玉米麵和紅薯粉，澆上一勺用各種調料拌過的剁得細細的肉末，還撒了剁碎的香蔥和細細的芝麻末，價格是 5 角。這就是我們當年的生活。

三原距閻良約 20 公里。我到三原時已經是 1987 年，距王昂初到閻良已經過去了二十多年。二十多年後的情況尚且如此，不難想像，王昂他們這一代試飛員剛剛走上試飛之路時，條件是多麼艱苦。我至今記得，當年坐在拖拉機上一路顛簸，沿途經過的地方，一些村子裏的人還住在窯洞裏。甚至 80 年代後期李中華和徐勇凌他們那批試飛員初到閻良時，也曾經住過類似於窯洞的乾打壘的房子。

60 年代初，全國的經濟都很困難。王昂來到時，飛行研究院的幹部口糧標準每人每月只有 29 斤，蔬菜和副食是限量配給，不僅數量極少，且常常無法正常供應。配給的口糧裏還有一半是粗糧，王昂是上海人，吃不慣。在這樣的情況下，他們還每人每月節省出 1 斤糧食支援國家，實際只有 28 斤。王昂經常是在半飢餓狀態下飛行。機場的休息室沒有恆溫設備，也沒有開水爐，更別説加餐點心，他們唯一能做的就是

用軍大衣把裝着溫水的軍用水壺緊緊包起來。

　　現在的飛行員營養餐食中有一條要求是：如果連續飛行 4 小時，中間就要加餐，叫作「間餐」。在當年，一個飛行員卻連飯都吃不飽，這讓現在的年輕飛行員聽來，絕對是匪夷所思的。

　　但所有的困難都不會讓王昂們退縮。

　　王昂對航空的熱愛緣於他童年的經歷。

　　王昂生於上海，出生時正值抗日戰爭最殘酷的時期，日軍佔領下的上海，終日被血腥籠罩着。日軍的飛機常常飛臨轟炸，警報一響，四處狼煙，斷壁殘垣與血肉殘肢橫飛，全城人亂作一團，人們扶老攜幼紛紛逃難。幼小的他蜷縮在大人懷裏，眼前、耳畔是硝煙、血肉和悲愴的哭泣、絕望的呼喊 —— 童年時悲慘的一幕幕深深地長久地刻在了他幼小的心裏。終於盼到了解放，但是國民黨又派飛機轟炸，王昂親歷了上海「二六」轟炸事件。

　　那是 1950 年 2 月 6 日中午時分，一陣淒厲的空襲警報聲響徹上海上空，退守台灣的國民黨空軍分四批輪番轟炸了上海電力公司、滬南及閘北水電公司等地。上海再一次硝煙四起，同樣的悲呼與慘號，同樣的絕望與無助，到處是燒焦的房屋和巨大的彈坑、血肉模糊的屍體。當日的轟炸造成軍人和市民的傷亡人數超過一千四百人，損毀房屋一千一百餘間。飛機炸毀了上海水電廠，全市停電斷水，夜晚到來後偌大的城市陷入了巨大的黑暗。王昂永遠記得那些個黑暗而沉重的夜晚，冰冷、驚恐、飢餓，他長久地縮在床角，緊緊揪住被子的一角，窗外的任何一點動靜都會令他毛骨悚然、驚懼不已……

那段可怕的生活令少年王昂刻骨銘心。

轟炸後的第二天，時任華東軍區司令員兼上海市市長的陳毅就親臨遭到嚴重破壞的楊樹浦發電廠視察、指揮搶修工作。數日後，陳毅親自題寫了《華東防空》報頭，又寫了「要以最大的防空努力，把祖國的天空切實保護起來」的題詞。中國政府與蘇聯政府達成協議，蘇聯派遣由莫斯科防空軍巴基斯基將軍率領的一個混成航空兵團三千多人支援上海防空。

在王昂的印象中，自從第一次聽到噴氣式飛機的聲音後，上海的天好像從此晴了、亮了，他們再也沒有「跑警報」的淒愴，可以在街上從容地走來走去，這是一種多麼大的幸福啊！同樣是飛機，有了安全的天空才有正常的生活，飛機能帶來如此巨大的差異，王昂感受太深了。王昂有一個遠房親戚，就住在王昂家樓下，他喜歡畫航空畫，無論是什麼飛機，他只要看一眼，就可以很精確地畫出飛機的三維視圖來。那些空戰頻繁的日子裏，王昂經常跑去看他畫畫。

在天空中飛行的武器對一個國家的影響如此巨大，這一點令王昂感同身受。沒有強大的航空就沒有國家的安寧，這個理念早早地根植於少年王昂的心中。於是，中學畢業考大學時，他毫不猶豫地選擇了北京航空學院。

大學四年是王昂最快樂美好的時光。王昂不僅學業優秀，而且長得玉面修身，風姿翩然，拉得一手好手風琴，在學院時就是眾人矚目的白馬王子。大四時，他與一位美麗娟秀、能歌善舞的姑娘互生情愫。1958 年，年輕俊秀、風華正茂的上海小伙子王昂畢業了。

客觀地說，只要他同意，以他的個人條件和成績，他完全可以留在上海這座人人嚮往的大城市，獲得一份令人羨慕的工作，不僅可以守在父母身邊盡孝，還可以與心愛的人在

每一個假日漫步花前月下……命運已經向他展示了錦繡的前景。但王昂選擇了從軍，並且，遠赴荒涼的渭北。

在畢業選擇的決心書上，年輕的王昂決定：為了祖國天空的安寧，他要為新中國的航空事業奮鬥終生。這一句誓言重如泰山。

他用一生履行了自己的諾言。

新中國成立後，經過十餘年艱辛的努力，國防航空工業有了長足的進步，而這個過程是非常艱難的。

新中國航空工業的歷史很短，試飛員隊伍的建設時間就更短了。當時中國雖然已經能夠仿製出飛機，但在試飛領域卻沒有任何經驗。儘管王昂不畏懼生活的艱苦，但是，他面臨的現實還是很嚴酷——比飢餓、寒冷與蚊蟲叮咬等生活條件更嚴峻的是科研狀況：

50 年代中後期，在蘇聯的幫助下，我們仿製出了戰機。但是，設計和製造出來了飛機，並不代表這型飛機就能裝備部隊使用。能否使某種型號的作戰飛機批量生產形成戰鬥力，試飛這個環節至關重要。試飛工作越來越複雜，對試飛員的要求也越來越高。為了檢驗飛機性能、評定飛機品質，在蘇聯顧問的幫助下，中國開始注意培養試飛員。但建立一支合格的試飛員隊伍尚需時間，當時的做法是從部隊裏挑飛行技術好、文化水平高一些的飛行員來當試飛員。王昂就是在這種形勢下來到試飛部隊的。在此之前，他於 1958 年 9 月從北京航空學院畢業後，即應招進入第三航空學院學飛行，畢業後任飛行教員。有意思的是，儘管他知道空軍在全國各大院校招收這批學員是為了培養空軍試飛員的，但他在北京航空學院學習的這幾年，還只是個「學生老百姓」，並不是軍人

身份。1962 年 6 月，王昂正式參軍，成為中國人民解放軍空軍部隊的一員。

有着紮實的飛行理論基礎，王昂發揮了專業優勢，再加上良好的悟性，他在很短的時間裏參加了數型飛機的改裝——對於一個成熟的飛行員來説，涉獵的機型越多，説明經驗越豐富，技術越成熟。當時的殲-5、殲-6、殲-7 以及它們的幾種改進型飛機，王昂都一一熟悉了。

60 年代初期，有着高等航空專業知識背景，又有多種機型歷練的飛行員鳳毛麟角，王昂是其中的一員。1966 年，王昂成了一名試飛員，來到尚在初始建設中的閻良。儘管王昂是航空專業畢業的高材生，又在飛行部隊工作數年，但在來到飛機研究所之前，他從來沒有接觸過飛行試驗這門學科。研究所不僅沒有自己的試飛教員，甚至連飛行試驗教材也沒有。

許多年後，王昂、滑俊這一茬來自部隊的試飛員仍舊清楚地記得研究所的那幢 104 樓，更記得在這幢樓裏他們使用過的手工裝訂的「三色書」——

在 104 樓裏，蘇聯專家馬爾高林與希達耶夫用手工油印裝訂的黃皮書（試飛技術）、藍皮書（測試技術）、白皮書（試飛指南）給大家傳授了試飛方法和測試方法，不過這段時間的學習一共只有三個多月，那正是中蘇關係的蜜月期。

不久，短暫的蜜月期結束，中蘇關係惡化，蘇聯撤走專家後，飛機研究所與繈褓中的新中國航空工業一道遭遇了空前的困難。王昂、滑俊等空軍試飛員與試飛科研人員攜手頑強拚搏，在科研設備嚴重缺乏的條件下，艱難卻義無反顧地行進在中國航空試飛業的道路上。

命運仿佛在冥冥中給了王昂特別的眷顧，王昂在到研究

所之前就與試飛有緣。那是王昂從北航畢業那一年，他的實習單位是瀋陽飛機廠的試飛站，在那裏，他結識了試飛員吳克明——中國第一個噴氣式殲擊機試飛員。這位 1949 年 5 月入伍的年輕飛行員，剛剛從航空學校畢業就參加了抗美援朝，在戰爭中，戰鬥起飛近百次，空戰十餘次，擊落了美國佬 2 架 F-86 戰鬥機，他自己只損失了四顆門牙。

抗美援朝戰爭的硝煙還沒有散盡，上級領導一個命令把吳克明調到科研試飛前線，他成了空軍第一試飛部隊的大隊長，駐瀋陽飛機廠的試飛站。

王昂敬佩戰功赫赫的試飛部隊大隊長勇敢頑強、經驗豐富，吳克明也打心眼裏喜歡王昂這位年輕大學生新人的聰慧、勤奮與上進心，兩人很快成了朋友，在工作、生活中交流很多，相處甚歡。儘管當時王昂對飛行和試飛知之不多，但吳克明身上那種堅毅勇敢又智慧嚴謹的品格令他十分敬佩。那一段忘年的交往對王昂影響很大，王昂至今仍然對吳克明念念不忘，心存感激，他認為，吳克明對他走上試飛之路影響很大。

儘管缺了幾顆牙齒的吳克明説話有點漏風，但這絲毫不影響他準確和敏捷地表達。一有機會，這位被大家尊為元老級的試飛員就會將自己多年的試飛經驗毫無保留地傳授給後來者。王昂清楚地記得，老大隊長跟他們講過的「老三條」：做試飛員，有三條你必須記住——

第一，遇到險情不要慌張，一慌就會手忙腳亂，空中不像地面，短短幾秒鐘就可能出現一等事故；

第二，一旦遇到情況，按地面預想的緊急處置方案去做；

第三，抓緊時間採取行動。

世界上其他國家對試飛員的要求與普通飛行員是不同的，

首先要求駕駛技術出類拔萃，其次還要有豐富的航空理論知
識。英國成為試飛員的要求是在部隊服役十五年，飛行時間
在 700—1000 小時。新中國的航空事業沒有時間等待。雖然
年輕的中國試飛員們無法達到這個條件，一臉青春的王昂們
並沒有因此就停下探索試飛領域的腳步。

二、他飛出了中國第一個時代機：殲 -6

> 「在技術上我們還是學生，在生活上大家餓着肚
> 皮，但在精神上人人都充滿着豐沛的熱情。」

2010 年 6 月，國內各大新聞媒體在並不太醒目的位置發
佈了一則消息：一款有着卓越戰功的飛機——殲 -6 戰機，從
中國空軍的裝備序列中退出。殲 -6（J-6），即殲擊 6 型戰鬥
機，前稱 59 式戰鬥機，是瀋陽飛機製造公司以蘇聯米格 -19
為原型仿製的單座雙發超音速戰鬥機，是中國第一種超音速
戰鬥機，也是國產第一代噴氣式戰鬥機。它曾是解放軍空軍
和海軍航空兵裝備數量最多、服役時間最長、戰果最輝煌的
一種機型。

在殲 -6 的定型中，以王昂為代表的中國年輕的試飛員們
發揮了巨大作用，用汗水、智慧和鮮血將一代戰機送上了長
天。王昂十分懷念那一段艱苦卻充滿挑戰的歲月。

「在技術上我們還是學生，在生活上大家餓着肚皮，但
在精神上人人都充滿着豐沛的熱情。」王昂説。

在殲 -6 性能定型試飛的攻堅階段，飛機俯仰擺動問題成
了前進路上的一隻攔路虎。

　　這一天，王昂駕殲 -6 進行飛機性能試飛，做完半滾倒轉，退出俯衝後，他拉起轉入上升。

　　機頭半仰，窗外碧藍的天空中，一朵白雲擦窗而過。

　　突然，飛機產生了劇烈的縱向俯仰擺動和左右搖晃。地面指揮員從耳機裏聽到嘭的一聲巨響。

　　「××××（代號），怎麼了？」地面指揮員呼叫着。

　　耳機裏刺啦聲一片，沒有回答。

　　沒有人知道，此刻座艙內險象環生——

　　飛機猛烈的擺動甩掉了王昂同飛行指揮員聯絡的耳機的插頭，由於劇烈的晃動，座椅上固定人體的安全帶繃斷了，他的身體被反覆彈起，頭部多次與座艙蓋重重地撞擊。同時，飛機因正負過載交替迅速又突然，他的眼睛從「黑視」到「紅視」難以轉換，眼球脹得幾乎要蹦出眼眶。有什麼液體順着額頭流到臉頰，他知道，這是撞傷的額頭流出的鮮血……隨着擺動頻率的加快，他已有些不能自制，牙齒咬傷了腮幫，身體劇烈的疼痛和陣陣的腦震蕩使他幾乎昏迷過去……

　　儘管什麼都看不見，儘管疼痛使他幾乎暈厥，但是，一個優秀試飛員的潛質讓他用僅存的一點意識，以驚人的毅力控制着一隻手在盲視中牢牢抓住駕駛桿，腳踩油門，上升高度，採取一系列緊急處置措施，讓飛機恢復狀態。

　　振動和搖晃減弱了，王昂的眼睛恢復了些視力，他看到了機翼下越來越清晰的山峰。這時飛機的高度已由 5500 米下降到 2500 米，下面是連綿的群山。

　　他操縱飛機不斷上升，同時用雙腿夾住駕駛桿。來不及擦去臉上的血，他騰出手來快速接好耳機插頭，與指揮員取得聯繫。他的話音還沒落，飛機再一次發生了相同的擺動。這一回，王昂意識到：是飛機的操縱系統有了重大故障。他

立刻伸左手去夠關閉液壓操縱的電門。但他的手連續幾次努力都被劇烈的擺動打了回來。

飛機在逐漸下降，大片的雲朵從窗前飛一般地上升而過，他已經能看見翼下的山峰露出的尖頂。情況越來越緊急，駕駛艙內的彈射救生把手近在咫尺，他只要用手一拉或一握，在 1—2 秒鐘內就可以脫險，但他沒有這麼做。這是殲 -6，中國第一架整機試飛的飛機，它的身上，凝結着航空人全部的希望。

王昂迅速調整姿勢，在飛機晃動的萬分之一秒的間隙關閉了液壓操縱的電門，改用電動操縱。改為電動操縱後，飛機的駕駛桿會很重，因為飛機反應遲鈍，操縱更加困難，已經受傷的王昂每一次操縱都要付出很大的體力和精力。但是，飛機的搖擺俯仰停止了，他終於操縱着飛機飛回了機場。

當地面人員打開變形的座艙蓋，把王昂扶出來的時候，臉頰腫脹、艱難地睜着滲血的眼睛的王昂語氣平靜地說：「查一下操縱。」

一縷血沫順着他的嘴角流下來。

王昂安全着陸，他不僅挽救了飛機，而且為改進殲 -6 的操縱系統提供了寶貴的資料。

地面的徹查迅速展開，機務和技術人員將飛機打開，在這架試飛員用生命換回的飛機裏，他們的每項檢查和每個程序都變得意義非凡。數日後，故障鑒定結果出來：飛機力臂調節器故障。

技術人員投入攻關。之後的殲 -6，操縱系統進行了改進。

對於中國航空武器裝備的發展來說，殲 -6 是一個偉大的台階。正是通過對米格 -19 的仿製，中國的航空工業才初步

具備了設計和製造能力，才有了後來的強 -5、殲 -8、殲轟 -7
的研製成功。

對於空軍的作戰訓練體系而言，殲 -6 作為當時的主戰飛
機，對空軍的戰鬥力發展起到了關鍵性的作用。在 60 年代，
中國空軍的很大一部分戰鬥機飛行員有幸駕駛超音速戰機，
這對中國空軍整體作戰能力的提升是意義非凡的。殲 -6 儘管
不像米格 -21 和 F-104 那樣具備高空高速的優越性能，但在
中空近距格鬥中，殲 -6 不愧為二代機中的佼佼者。中國空軍
航空兵在國土防空作戰中的大部分戰功都是由殲 -6 創造的，
這就是最好的證明。對於曾經飛過殲 -6 的飛行員而言，殲 -6
就是他們飛行人生的一個坐標。

空軍某部大隊長邵文福，在殲 -6 飛行中遇到單發停車，
他機智果敢地利用單發安全返航，飛行員們因此對這種雙發
飛機的安全性印象深刻。

徐勇凌談起殲 -6 時有一種獨特的情感。距王昂試飛殲 -6
長達二十年之後，又一個傳奇在殲 -6 的飛行員身上發生──
1987 年 2 月 19 日，徐勇凌在戰機無法操縱的關鍵時刻跳傘
逃生，正是殲 -6 當時最新型的彈射救生系統挽救了他的生命。
由於彈射系統設計合理、性能良好，徐勇凌在高空跳傘落地
後幾乎毫髮未傷。

儘管殲 -6 已經退出了空軍現役裝備序列，但在科研試驗
工作中，作為一個試驗平台，殲 -6 還會在未來的很長時間裏
繼續為空軍裝備建設發揮作用。試飛員張旭在新型彈射救生
系統的試飛中，冒着生命危險駕駛殲 -6 彈射試驗機彈射假人。
試飛總師周自全在殲 -6 飛機的平台上設計製造了中國第一
架變穩飛機，獲得了國家科學技術進步獎特等獎。殲 -6 的退
出意味着中國空軍告別了一個時代。但對於每一個曾經飛過

殲 -6 的空軍飛行員，殲 -6 情結永遠也不會磨滅。

殲 -6 作為中國空軍曾經的主戰飛機之一，在長達半個世紀的服役期內，無數飛行員操縱過它。年輕的新飛行員們鮮有人知道，那根看上去並不特別的飛機駕駛桿，曾經是一名試飛員用生命試飛出來的。

人們常說，搞科研試飛必須有「不入虎穴，焉得虎子」的精神。王昂就有這樣一種能入虎穴、得虎子，而又不被虎傷着的本領。

這一年，科研部門提出要在高速殲擊機上進行低空大錶速試驗，要求試飛出這個飛機在低空的最大速度，這是飛機定型前的一個關鍵試飛科目。

這個試驗不僅難度大，而且十分危險。飛機在大速度飛行時，會產生顫振。對飛行員來説，出現顫振是可怕的，當顫振達到某種程度時，飛機會在瞬間解體。這項試驗就是要試飛員既飛出飛機的最大速度，又不能讓飛機因顫振而解體。

但顫振的極限值是多少，由於飛機動態狀態的不同，在地面試驗室中很難做出理論上的定論。如果地面設計計算不夠精確，或者飛行員在空中有絲毫疏忽，超過了飛機的極限速度，飛機就會在一瞬間全部散架，造成嚴重後果。國外在進行這項試飛時曾發生過機毀人亡的事故。

王昂清楚地知道這一切，但他還是堅決地向黨委請求：「我來飛！」

黨委批准了他的請求。

王昂很勇敢，但他從不蠻幹。接受任務後，他同科研人員一起詳細地討論了任務的內容和空中的要求、實施的具體方法。白天，他請科研人員上課，講如何辨別顫振和其他振

動，到資料室借了大量的書，了解顫振的原理；晚上他自己到計算機房看顫振的波形曲線，增加感性認識。他研究了圖書館中所有國外進行顫振試驗的例子，分析過程，總結結論。一切應該做的準備工作他都做了。

正式試飛開始了。根據科研人員的安排，王昂採取循序漸進的方法，一點點向最大速度抵近。儘管每前進一步就面臨更加困難的情況，但每一次王昂都順利地完成了試驗指標。

最後的衝刺開始了！

萬里晴空的試驗區域內，一陣轟鳴聲裏，在快如疾風閃電的飛行狀態下，王昂駕駛飛機先是衝向高藍的天空，繼而俯衝向茫茫的大海。機艙內，王昂全神貫注地駕駛着飛機，他用鎮靜而銳利的目光密切觀察着座艙內的每一個儀錶、信號燈。

飛機加力，再加速，馬上就要接近試驗預定的最大速度了！

但是，突然，一隻發動機加力綠燈亮了——這表明，一側發動機的加力已經斷開。這是架雙發飛機，兩側的兩個發動機，一個有加力，一個沒有，機身一傾，飛機急劇偏航。

王昂立即向地面指揮員報告：「右發加力自動切斷，飛機自動側滑。」

指揮員馬上回答：「情況不行就返航。」

膽大心細的王昂此時非常冷靜，他注意到這時候飛機的右發動機加力雖然斷開，但速度還在緩慢地增加。於是他一邊用一隻腳使勁蹬左舵，修正偏航，一邊迅速調整飛機的姿態。

塔台上的指揮員聽到了他平靜的聲音：「飛機狀態平穩。我再試一次。」

王昂繼續推加力，飛機的速度繼續加大，速度儀錶的指針漸漸上升，在到達預定的最大速度時，王昂發出了火箭（這是利用火箭產生的氣動力，讓飛機產生顫振的一種試驗方法）——

飛機安然無恙。試驗成功了！

在地面人員的歡呼聲中，王昂駕駛飛機勝利返場。

參與殲-6試飛的試飛員作為國防和航空工業的功臣，他們的名字被列入歷史的一頁：殲-6於1959年9月30日首次試飛，首席試飛員是吳克明。試飛員的代表人物是：滑俊、王昂、王冠揚、王金生。

一架殲-6靜靜地停在航空博物館的草坪上，每一位經過它身邊的老飛行員都會默默地向它行注目禮。對於飛行二十年以上的老飛行員們而言，殲-6就是他們飛行人生的一個坐標。望着藍天白雲下機場上它靜靜停靠的美麗身影時，他們會由衷地對當年那些參與定型試飛的先驅駕馭者們肅然起敬。

三、死神的手叩到了舷窗

儘管從空中傳回的他的聲音很平靜，但在地面指揮所的人們聽來，無異於驚雷。

科研試飛，是在浩渺的天空中進行的。試飛員要飛別人沒有飛過的飛機，做別人沒有做過的科目。許多情況下，他們沒有教材、資料作為參考，也缺乏條令、規範作為依據，更多情況下，靠的是他們經驗的累積和知識的貫通。其間，風險與困難總是如影隨形，是他們必須隨時要面對的。

王昂是理性的，更是勇敢的。

6 月是閻良最好的月份之一，也是試飛員們繁忙的日子。

王昂坐進了駕駛艙。他今天的科目是加力邊界試驗。

升空了。天高雲淡，空氣澄明，能見度很好。當飛機爬升到預定高度時，左發動機開始使用加力。就在這時，突然嘭嘭兩聲，兩個發動機同時停車。

王昂第一次遇到這種情況，但他沒有驚慌。他迅速把油門拉到停車位置，轉向機場，並報告地面指揮員：「雙發停車。」

指揮員當即命令：「到 12000 米，重新開車。」

高度到了預定位置，王昂一次、兩次、三次輪番啟動左發和右發，但都沒有成功。

「啟動不成功。」王昂報告。儘管從空中傳回的他的聲音很平靜，但在地面指揮所的人們聽來，無異於驚雷。

包括王昂在內，所有人都十分清楚：雙發停車，飛機失去動力，就如同一隻陀螺。

指揮員適時地下達命令，如果高度再掉，就跳傘。

儘管死神的手就要叩到王昂的舷窗，他的頭腦依然冷靜、清醒：雙發空停這種異常情況，平時無法試飛，地面上亦完全不可能模擬，現在正是掌握這個資料的好機會。憑着一個試飛員特別的眼力和特殊的快速記憶本領，他記錄下此時飛機每秒鐘的下滑速度。他要為這種高速殲擊機積累極為寶貴的科研資料。同時，他一面做好迫降的準備，一面繼續啟動發動機……

飛機的高度在不斷降低，地面上，監控報告：高度 3000 米。

這是最後的機會──如果飛機再無法啟動，就只能跳傘了。

在這千鈞一髮的時刻，王昂聲音清晰地報告：「右發啟

動成功。」

指揮員馬上命令：「右發油門加上去！」

「明白。右發加油門。」

接着，王昂又一次報告：「左發啟動成功。」

此時飛機離地面只有 1500 米了。

「保持速度。拉起來……」

飛機重新拉起，盤旋一圈後，對準跑道安全着陸了！

在這次飛行中，王昂不僅挽救了飛機，而且取得了這種高速殲擊機在高空、中空和低空的準確下滑率，為科研人員提供了靠儀器等其他手段不能取得的極其寶貴的資料。聞訊趕來的科研所領導握着王昂的手，眼裏含着淚水：「你是用自己的生命給我們飛出了數據。」

大學畢業，加上多年的飛行，王昂具有較豐富的航空理論知識，同時也練就了一身過硬的本領，能飛中國現有的各種型號的殲擊機，在試飛中多次立功受獎，但他從不滿足，不斷對自己提出新的要求。他說：「作為一個試飛員，經常面臨的是新的機種、新的技術、新的科目，如果不努力學習新的東西，就會在一些試飛任務中束手無策，就會延誤航空技術現代化的進程。因此，試飛員應該具有豐富的知識。」

多年來，他堅持不懈地刻苦學習國外航空科學技術資料，精心攻讀飛行原理，研習外國先進飛機試飛和有關駕駛等問題的資料。他自學了英語、日語，加上在大學學的俄語，能夠借助字典，閱讀國外航空專業方面的書刊，他還把一些資料翻譯出來，供其他試飛員參考。

這一天，王昂駕駛某型高速殲擊機做檢驗飛行，按預定計劃完成 12500 米高度上的試飛任務後，準備在 8000 米高

度上完成馬赫數（即音速的倍數）1.5 的檢飛動作。當他打開加力，馬赫數增至 1.24 時，意外的情況發生了：整個儀錶板都抖動了起來，而且隨着馬赫數的增大，抖動也越來越厲害。王昂立刻想到是飛機有故障。他果斷地切斷了右發動機加力，抖動才停止了。他一面觀察飛機的工作情況，一面收油門，放減速板，下降高度。

果然，當下降到 4000 米時，他聽到進氣道聲音似乎有些粗糙，發動機不正常振動。王昂迅速做出判斷：飛機發生了嚴重的問題，必須盡快落地，一分鐘也不能耽誤。

指揮員同意了。

但此時飛機剛起飛不久，載油量很大。王昂堅持不再進行空中耗油，他操縱飛機，在着陸油量超過規定、順風每秒 2 米的困難條件下返場準備落地。

飛機落在跑道上後，又出現了新的情況：減速傘放不出（已被燒壞）。他當機立斷，一邊用刹車，一邊關閉發動機，但速度仍很大。眼看距離保險道口只有 400 米了，只得使用應急刹車。

在刹車扳下的一瞬間，一個令人意想不到的事情發生了：跑道盡頭居然有一個老鄉騎着自行車，車後還帶着一個人，沿着機翼右前方同向前進。

此時，巨大的飛機呼嘯着，眼看離自行車越來越近。老鄉嚇慌了，不知道躲避，扶着自行車跳下來，傻了一樣呆呆地站着。

千鈞一發之際，王昂的手準確地伸向應急刹車，在用力拉動下飛機的左輪胎當即爆破，飛機斜着龐大的身軀從自行車邊上一擦而過，停在跑道盡頭。

飛機刹住了，兩位老鄉的生命保住了。

　　王昂來不及等到機務人員到場，就自己跳下飛機，這時機身下方已冒出滾滾濃煙和通紅的火苗。

　　消防車呼嘯而來，水槍對着火苗噴射。火很快被撲滅了，但飛機已嚴重燒傷。

　　事後，科研人員分析事故時發現：飛機發動機發生故障。

　　如果不是王昂在高空中敏銳且準確地發現，做出正確的判斷，如果他不是緊急降落，而是判斷不準，猶豫不決，或返場着陸時不採取應急措施，延誤時機，必然導致嚴重後果，不僅對事故原因的分析會有很大困難，而且會使這種高速殲擊機的試飛定型受到嚴重影響。

　　王昂，靠着他的豐富經驗和敏銳判斷，加上嫻熟的技術和大無畏的精神，又一次挽救了國家的財產。

　　一晃幾十年過去了，當年渭河畔的稚嫩青年，經過無數天際風雲的打磨，已經華髮上頭。組織上調整了王昂的工作，他到航空工業部擔任領導，繼續為發展中國的航空事業做貢獻。

　　身居高位的王昂更有了遠瞻性的思考。進入新時期後，世界軍事風雲的變化説明，強大的航空工業是支撐一個國家和軍隊強大的重要命脈，對位於「寶塔」頂端的試飛員的需求從數量到質量都將有一個較大的變化，自學成長的過程遠不能滿足要求。他着手抓試飛員隊伍建設，為航空工業培養階梯式試飛員隊伍。從選拔試飛員着手，他的標準是：必須要高起點，既要有理論基礎，又要有工作實踐和精湛的技術。在他的直接主抓下，航空部與空軍聯合，在航空工業系統的大學裏，先後4次選拔出一批試飛員苗子。這批學員先在試飛員學院學習，後來又被送到國外培訓，包括學習變穩飛機。

　　頭髮花白的王昂親自登上講台給這些年輕的新試飛員上

課，他結合自己的經歷，用最樸素的語言告訴大家怎樣才能成為優秀的試飛員。像當年吳克明教給他「老三條」一樣，王昂認為，入選試飛員的飛行員，必須具備「新三條」：

有理想，有夢想；有崇高的榮譽感、責任心；有強烈的職業精神。

夢想從事這項工作的人肯定會是優秀試飛員的料。榮譽和職責會讓他懂得並且做到，在試飛的過程中如果遇險，第一個想到的不是保全自己的生命，而是保全飛機。

經過王昂等人的共同努力，對這批經過專門挑選的試飛員的培養獲得巨大成功，他們中的很多人，在新型三代、四代機的科研試飛任務中發揮了很重要的作用。其中就有後來成為空軍試飛員隊伍中主力幹將的李中華、張景亭等人。

第十二章　老常的空中往事

　　空中加油的成功，徹底打破了西方的技術封鎖，結束了國產飛機不能進行加油的歷史，為我軍航空兵遠程作戰提供了技術保障，對增強空、海軍作戰能力具有重要的戰略意義。

　　——摘自試飛員常慶賢在「加油工程」慶功會上的發言

　　有些聲音注定要在天空中留下回音，就像有些日子會永遠銘刻在史冊上。

　　1991 年 12 月 23 日就是這樣一個日子，這一天中國人首次實現了空中加油。完成這一壯舉的是特等功臣、特級試飛員常慶賢，試飛晚輩親切地稱呼他為「老常」。

一、一張手繪紙片

　　兩機在空中相距 0.6 米。這個數據讓我目瞪口呆——這樣小的距離，不要說在空中，就是在地面汽車行駛中也是不可想像的。

　　老常，不怎麼活躍的一個人，按今天的話說，是低調型的，每天飛行完了，自己提着飛行帽匆匆回宿舍。

　　老常不言，但老常所做的工作已載入史冊。

　　老常珍藏着一批軍功章和各種試飛資料，一張夾在活頁中的手繪紙片引起了我的注意。圖上畫的是空中加油時加受油機之間的關係位置數據，受油機與加油機機翼之間距離最短時只有——0.6 米。

　　兩機在空中相距 0.6 米。這個數據讓我目瞪口呆——這樣小的距離，不要說在空中，就是在地面汽車行駛中也是不可想像的。

　　話題就從這張紙片開始了。老常説，0.6 米的距離就是當年壓在所有試飛人心上最大的石頭。

　　老常如今依然非常感謝當年第十一航校的飛行員。1990年 5 月，王鐵翼和第十一航校的幾名飛行員來到閻良，他率領的團隊在領先試飛中首先摸索了加受油機近距離編隊的可行性，這無疑是一種巨大的突破。在此之前，部隊訓練中最小的編隊距離是 5 米，而加受油機加油編隊時彼此之間是互相「咬合」的，從嚴格意義上講距離是負值。國外的加油編隊隊形雖然也較小，但由於國外加油機的加油軟管較長，加受油機之間的隊形相對寬鬆。也就是說，在加油試飛中，中國試飛員遇到比外國飛行員更大的困難。

　　在沒有任何經驗可以借鑒的情況下，開展加油編隊的訓練，試飛部隊團長黃炳新親自掛帥，成立由常慶賢、湯連剛等試飛員組成的空中加油試飛員團隊，常慶賢任首席試飛員。試飛員小組 1990 年 9 月成立，在黃老英雄——當年的黃團長的帶領下開展了密集隊形編隊訓練。但是，他們訓練用的飛機還沒有——加油機還在生產線上。

　　黃炳新説：「沒有加油機，我們就用殲擊機吧。」

　　老常説：「沒有教員，就採用同乘編隊飛行吧。」

湯連剛説：「我和老常一起飛。」

他們一起在殲 -6、殲 -7 上進行了幾十架次的密集編隊訓練，隊形從 10 米 ×10 米到 5 米 ×5 米，最後飛到兩架飛機幾乎貼在了一起。

「超密編隊那個距離有多近呢？」我問。

老常想了想説：「我能看到飛機身上的鉚釘，還能看到長機飛行員臉上的鬍子——」

老常微笑着説：「那天他沒有刮鬍子，所以被我看見了。」

老常雲淡風輕的描述令我心驚肉跳——在空中 2 架巨鷹用這樣一種親密的方式接觸，考驗的不僅是技術，更是膽量和胸懷。

經歷過密集編隊的試飛員都有一種體驗：試飛員面臨着巨大的心理壓力，甚至恐懼。僅僅學會掌握操縱要領是遠遠不夠的。

那是一種超越生死、超越自我的忘我狀態——不親身體驗，無法言明。

對於試飛員來説，技術與經驗都不是唯一的，更多的是心理素質的歷練。

老常慢悠悠地笑着説：「練到後來，恐懼變成了興奮——突破了心理障礙。」

湯連剛説：「還有一點，我們搶到了時間。等加油機下線的時候，我們的團隊已經準備好了。」

老湯後來接替黃老英雄做了試飛部隊團長，真可謂「強將手下無弱兵」。

二、老常拍了胸脯

「一個成熟的試飛員，不光要能爭取成功，更要能夠面對失敗。」

接受「加油工程」任務時，老常已經年滿四十二歲，原是航校的高級教官。1983 年因試飛需要，老常到試飛部隊參與殲 -8 的試飛工作，是參加過殲 -8 Ⅱ、殲 -8B、教 -8 等國產機試飛的老試飛員。總部領導選擇老常，看中的就是他高超的飛行技術和豐富的飛行經驗。空軍規定飛行員四十三到四十五歲就該停飛了，也就是說，老常不僅開始向高技術、高風險挑戰，更要與時間賽跑。因為留給老常的時間最多只有三年。

一向低調的老常接到任務後給領導拍了胸脯：一定在停飛前拿下「加油工程」試飛任務。

1991 年 7 月，試飛工作出現了有利的轉機，上級調來了轟 -6，老常們終於可以進入與轟 -6 的實際編隊飛行了。

這一飛，新的問題來了：之前他們訓練的是和殲擊機同型機編隊，現在換成了與轟 -6 編隊，轟 -6 是個大個頭，飛機巨大的機體給編隊試飛員帶來很大的壓力。尤其是進入模擬對接位置（轟 -6 沒有加油管）飛行時，試飛員真正體驗了夾在大飛機「胳肢窩」底下飛行的感受。

老湯鎖着眉頭說：「得加快訓練進度啊！」

老常的臉黑了下來：「必須趕在加油機到來之前掌握加油機編隊的駕駛技術。」

那些日子每天的飛行計劃量很大，飛行後還要和科研人員一起研究技術問題，老常每天忙到很晚。

這一天傍晚，老常居然早到家了。老常進門的時候，連妻子都有點詫異——自從飛加受油後，老常從來都是摸着黑回家。妻子看了看錶又看了看他，說：「怎麼這麼早？」

老常換着鞋子嘀咕了一句：「早嗎？」

妻子點點頭說：「當然早，中央台的《新聞聯播》還沒有播完呢。」

妻子又看了看電視說：「噢，完了。播完了，你看不成新聞了——」

沒有人搭理她。老常已經歪在沙發上睡着了。

他們爭分奪秒，終於趕上了時間。一個月後，經過加改裝的受油機到了，老常帶着試飛員們一邊對受油機進行調整性試飛，一邊繼續進行加油機編隊的訓練。他們一個月裏飛了幾十架次的編隊訓練。

8月正值酷暑，老常的黑臉更黑了，在機場一天下來，衣服都汗得結出了殼。

9月底，他們完成了受油機與轟-6的模擬加油編隊飛行。萬事俱備，就等加油機的到來了。

11月初，千呼萬喚的加油機終於姍姍來到。

11月24日，真正對接的日子來了。

清晨，為了趕在氣流平穩的時段起飛，試飛員早早來到了機場。老常和加油機長申長生再次進行協同，然後沉着地爬上了飛機的懸梯。

關艙門之前，老常向場外看了看，跑道外面站滿了人，空軍的、總部的、航空工業部的、飛機公司的、試飛院的，還有自己試飛部隊的。人人都眼巴巴地注視着。

加受油機對接試飛，行內俗稱「乾對接」，也就是只對

接不加油，試飛的目的是熟悉對接加油技術，考核加油對接系統的工作可靠性和效能。「乾對接」的成敗對於「加油工程」關係重大。儘管有了近一年的編隊和模擬加油訓練，但真正的對接今天還是第一次。部隊指戰員翹首以盼幾十年、航空工業戰線奮戰兩年多的「加油工程」今天就要見分曉了。老常不愧是老常，飛行 2000 多個小時了，他曬得黑黑的臉上看不出任何風雲變幻。事實上，老常的心裏也是風平浪靜的。

起飛、會合、編隊，一切順利，老常很快進入了預對接位置。

老常：請求加油機長進入對接。

加油機長申長生立刻回應說：可以對接。

老常輕輕推點油門，受油機緩緩地向前靠近了，5 米、4 米……隨着距離縮小，平日裏穩定的傘套此刻卻不聽話地跳起了舞，儘管在地面的研究中老常已經了解氣流擾動的原理，但要在空中高速飛行時用加油探管對上飄忽的傘套卻異常困難。

第一次對接不成功。

老常又做了第二次、第三次……

但是連續五次對接，都沒有成功。必須穩定情緒退出加油編隊了。老常平靜地向加油機長報告：

停止對接，返場着陸。

飛機停靠在跑道一頭，機場上所有的人都看到，走下飛機的老常提着飛行帽兀自低頭走着，目光不和任何人交匯。

「你當時想了些什麼？那麼多人那麼多雙眼睛，壓力很大吧？心情很複雜吧？」那天之後，有個記者採訪老常時這樣問道。

老常淡淡地說：「不複雜，有什麼複雜的？」

老常當時想說「我喝我的水，上我的廁所」，但他看對方是個年輕女性，就沒有這樣說。

老常說的是實話。低頭進了飛行員休息室，老常沒和任何人說話，他喝了水，去了洗手間，然後對迎着他走過來的總工程師張克榮說了句：「讓我想一想。」

張總工點點頭，閃開了。

老常走到休息室最角落的地方，放下飛行帽，靠在椅背上，一個人靜靜地坐着。他的腦海中飛速回放着空中的飛行動態。

湯連剛站在門口招了招手，所有的戰友和技術人員都輕輕挪動腳步離開了休息室。

「安靜。」老湯說，「現在需要安靜。」

老湯當然非常明白場外所有人的盼望與失望，他更知道，此刻老常最需要的，是安靜。

半個小時後，老常走出了休息室，他的臉上依然風平浪靜。張克榮和戰友們都聚了過來，他們重新研究了一遍技術。末了，老常不徐不疾地說：「再飛一個起落。我相信可以成功。」

太陽已經升起很高了，閻良果然是飛行的好地方，天空一片湛藍。

媒體後來這樣說：「在全場人們熱切殷殷的目光注視下，常慶賢毅然再次登上了飛機的懸梯。」

起飛、會合、編隊，一切照舊，老常又一次進入了預對接位置。他輕柔地、細細地推點油門，受油機緩緩地向前靠近了，5米、4米……

再次來到距離傘套1米的位置上，老常異常冷靜，速度

差，吊艙，駕駛桿穩住，眼看着受油探頭慢慢地延伸、延伸、緩緩地、穩穩地插進了加油傘套上的加油口。

「噢——」加油機上的加油員激動地喊了起來，聲音通過耳機清晰地傳進老常的耳朵，傳到地面指揮台——

對接成功了！

老常穩穩地坐着，只是飛行帽下的眼睛閃了一下。

當天老常共成功對接了 3 個架次，最長的一次對接後穩定保持達 6 分鐘之久。

團長湯連剛後來是這樣回答媒體的：「一個成熟的試飛員，不光要能爭取成功，更要能夠面對失敗。」

湯連剛的話，真是一語成讖。對接成功的喜悅還沒有散去，老常們又面對了新一輪的失敗——

在 12 月初的三次加油試飛中，連續出現加油探頭折斷的故障，儘管沒有危及飛機的安全，但加油試飛遇到了嚴重的挫折。

為什麼「乾對接」能試飛成功，而加油試飛會導致探頭連續折斷呢？

現場會開到了深夜。加油試飛副總師侯玉燕，是項目組中唯一的一位女副總師，她對加油系統技術的研究尤為深入。她以女性的敏銳和細緻，在分析國產加受油系統與國外同類系統的差別時，發現了軟管剛度、彈性和探頭強度的差別，於是她提出導致探頭折斷的主要原因是探頭強度的問題，另外加油時軟管內有油使軟管剛度發生變化也是導致探頭折斷的重要原因。

侯玉燕果斷做出結論：改進探頭設計。設計單位的老總王復華立下軍令狀，一定在 12 月 20 日前將改進後的新探頭

送達閻良。

研製廠所在 48 小時內就完成了探頭的改製工作。12 月 18 日，王復華親自押車連夜翻越秦嶺，夜裏汽車開至秦嶺群山間時不爭氣地拋錨了，一行人在寒冷的秦嶺凍了 7 個小時。經過連夜搶修，汽車終於又上路了。第二天也就是 12 月 19 日的早晨 7 點 15 分，盼望已久的探頭終於如期送達閻良試飛現場。

三、萬事俱備只待天氣

走下飛機那一刻，老常終於還是激動了。

離年底已經不到半個月了，而 12 月份基地的天氣不爭氣，通常這個月能飛的日子只有 3—5 天。

在等待的日子裏，老團長黃炳新來了，試飛英雄王昂來了，航總領導也來了。老英雄黃炳新主動提出擔任空中伴飛攝影，副團長譚守才擔任指揮員，為了年底拿下加油首飛，試飛部隊派出了最強陣容。

12 月 19 日，改進後的探頭裝上了飛機，萬事俱備，就等好天氣的光臨了。氣象預報說 12 月下旬有一股冷空氣，搞飛行的人都知道冷空氣降臨就意味着好天氣的到來，試飛部隊提前做好了周密的計劃，將冬季通常下午進場的飛行計劃改為上午進場。

1991 年 12 月 23 日，被陰霾籠罩了近半個月的閻良，天空豁然晴朗。試飛隊伍按計劃上午進場，航總負責加油的祈玉祥主任、西飛的老總王秦平、加油系統總師王復華、試飛院院長葛平都來到了現場。隨着一發綠色信號彈打響，加受油機分別開車滑出。承載着航空人的期盼，2 架戰鷹轟鳴着騰

空而起，緊接着伴飛飛機起飛，「加油工程」最驚心動魄的
樂章奏響了。

4000 米高空的氣流異常穩定，加油機長申長生知道加油
機飛行得越平穩，受油機的對接條件就越充分。根據規定，
加油飛行不能使用自動駕駛儀，整個加油航線足有 12 分鐘，
申長生穩穩地操縱飛機，保持了整個航線的穩定飛行。常慶
賢駕駛着受油機按部就班地操作着，編隊、加入加油隊形、
預對接編隊、對接，受油機來到了距離傘套 1 米的關鍵位置。

歷史性的一刻來到了：11 點 24 分，隨着咔嚓一聲響，
加受油機對接成功，加油軟管輕輕晃動了一下後，穩穩地將
加受油機連接在了一起，老常慢慢加油門向前緩緩推進，進
入加油區域，加油燈亮了，加油成功了！

試飛現場沸騰了。

走下飛機那一刻，老常終於還是激動了。他看見了歡呼
的人群，看到老專家、老領導熱淚盈眶的表情。

空中加油的成功是中國航空技術發展史上的一個里程碑，
是中國航空科技的重大突破。在沒有外國技術支持的情況下，
中國人完全靠自己的力量，在加油機投入試飛的第十四個飛
行日實現對接，緊接着用四個飛行日實現首次空中加油，創
造了試飛史上的奇跡。

故事講到這裏時，老常眼睛紅了起來。他揉了一下，又
揉了一下……

「不要忘了申長生。」老常説。

他突然淚水盈眶。

第五部

碎片的光芒

化作碎片也閃耀在祖國的天空

試飛之路上並非只有光榮與夢想，還時刻伴隨着風險與危險。中國空軍試飛員們把大無畏的英雄氣概和科學精神、科學態度結合起來，把航空理論與科研實踐結合起來，「忠誠、無畏、精飛」，靠高超的技藝、紮實的知識、豐富的經驗和過人的膽識去控制並戰勝危險。他們不僅在試飛場上為國鑄劍試劍，而且在精神高地也築起了一座時代豐碑！

仿佛夢魂歸帝所。聞天語，殷勤問我歸何處。我報路長嗟日暮。——〔宋〕李清照《漁家傲》

我在他的墓碑前放上一束菊花。

新鮮的花朵上帶着的不是露珠，而是我的淚水。戰友們説他是一個特別溫暖的人。之前我沒有見過他。我見到他時，他已經靜靜地躺在這裏，四寸見方的照片上，臉盤上都是笑，暖暖的笑。

6月2日是他的生日，晚餐時妻子做了好幾個菜，他倒是按時回家了。吃飯的時候，他望着忙裏忙外的妻子説：「等這次任務完了，我可以好好陪你了。」

妻子説：「這話説了多少回了。你們的任務哪有個完呢？」

他暖暖地笑着説：「五十五歲啦，到年齡了，讓給年輕人幹啦——」

他想説，他已經達到最高飛行年限，可以光榮停飛了。退休的命令這幾天應該就會到團裏了。但他想，等明天飛行完了結束了任務回來再告訴她。這回是真的有空陪她了。他能想像得到她會有多高興。他在天上飛了三十多年，她跟着擔了三十多年的心。

第二天一早他就出門了。走前，他對她説：「晚上飯不用做了，昨天剩的菜熱一下就行了。」

她答應了。她的確沒有做晚飯，因為他沒有回來吃。

他再也不會回家吃飯了。那是他試飛生涯中最後一個起落。

也是他生命中最後一次飛行。

太陽靜靜地照着這面山坡，綠草如茵，松柏青青。中國空軍首席試飛員申長生烈士就在這裏靜靜地躺着。

第十三章　球隊少了一個人

「生，還是死，這是一個問題。」這是莎士比亞《哈姆雷特》中的名言。

對普通人來說，生死固然是重大的問題，但主要是一個終極問題；而對試飛員來說，生死則是一個時時要面對的現實問題。就職業而言，飛行員犧牲的概率顯然要高於常人。而試飛員，為了人類航空事業在探索前行中取得突破與進展，更是一次次以付出生命為代價。

一種新型戰機的飛天之路，往往是一條「血路」。20 世紀 80 年代末，法國研製了 4 架「幻影」戰鬥機，在試飛中全部摔毀；在美國，每一個風險試飛科目，飛機生產廠家都要給試飛員投巨額保險；在俄羅斯國家試飛員學校，有一處世界上獨一無二的公墓，墓碑上鑴刻着一個又一個藍天探險者的名字……戰機亮晶晶的鋁合金碎片、試飛員殷紅的鮮血，灑滿了新型戰機的航程。

一部航空史，就是一部挑戰自然、挑戰自我、挑戰極限的歷史。人類航空事業的每一次進步，都是一次與死神的對話，都伴隨着巨大的風險和難以避免的犧牲。

一、從燒得焦黑的地面起飛

他就站下，就那麼抱着提着行李，站着看。

　　沈曉毅來到試飛部隊，是在冬末的一天，半下午，自由活動時間，沒有飛行任務的試飛員們聚在操場上打籃球。

　　沈曉毅跳下車，左手拎箱子，右手提背囊，腋下還夾着個包，一搖一晃地向試飛員公寓走。在經過操場的時候，正看見幾個老試飛員穿着背心短褲在場上熱火朝天地爭搶籃球，他就站下，就那麼抱着提着行李，站着看。操場上其中一方的爭奪看上去力不從心——後備老史去外區執行任務了，所以球隊少了一個人。

　　場上的隊長是王文江。王文江是個小個子，他從對手的封鎖中突圍出來後，看到了站在場地邊上觀望的年輕人。王文江抱着籃球，説：

　　「哎——打不打？」

　　「哎！打！」

　　沈曉毅答應了一聲，把行李朝公寓門口的台階上一放，兩把脱下上衣，露出裏面的短袖 T 恤。他把外衣倆肩膀頭一對折，一裹一捲疊好放進背囊裏，再從背囊的側袋裏抽出運動鞋換上，站起身時順便把皮鞋擺整齊立在箱子上，然後三步兩躍跳進操場，等他行頭整齊地站在大伙面前時，總共才花了十幾秒。小伙子的一舉一動，大家盡收眼底。

　　王文江上下看了看他：「新來的？」

　　沈曉毅笑了一下説：「新來的。」他向大家拱了一下手。

　　王文江點點頭説：「來吧——」

幾分鐘後，當時還是副大隊長的梁萬俊提着頭盔、圖表袋走來，他剛飛行回來路過操場。他一眼就看到操場上多了一張陌生面孔，於是站下來，看了一會兒。

那天散場後，王文江從水房出來，在走廊上碰到梁萬俊。王文江説：「新來的那個小沈，不錯。」

梁萬俊説：「是的，我也看了幾分鐘。」

只有資深幹飛行的人，才聽得懂他們的話。

搞飛行的人都知道，是不是飛行的料，不是看你書面上的航理成績，而是看你在運動場上的表現。航理得一百分，只能證明你理論過關。可飛行員是離開地面在天上的運動員。一個好的飛行員必須是一個好的駕駛員，而要成為一名優秀的試飛員，僅僅做一名飛機駕駛員是遠遠不夠的。

「看他的打球動作就感覺到他非常靈活。」梁萬俊後來對我説。

經過一段時間的準備，熟悉飛機和空地環境，一個月後，沈曉毅可以飛品質飛行了。第一個架次是梁萬俊親自帶飛的。小伙子精湛靈活的空中技術令這位資深的試飛副大隊長十分滿意。那一次飛完，落地以後，王文江對興致勃勃的梁萬俊説：「撈到寶了？」

梁萬俊笑着説：「回答正確。」

進入 3 月就進入了春天，這個位於溫帶的南方城市，每到春天綠意盎然，滿城鳥語花香。

按流程規定，品質試飛通過後，沈曉毅可以進入單獨執飛。他果然飛得不錯，儘管還沒有進入複雜科目，但是從兩個起落就能看出他手上的功夫。小伙子頭腦清醒，動作乾淨。

「如果沒有那次意外，他現在一定是我們大隊非常優秀

的試飛員。」梁萬俊説。

事故報告：

2001 年 4 月 12 日，試飛員沈曉毅駕駛某型號飛機，在本場執行訓練任務時，起飛過程中飛機發動機吸入鷹類猛禽，導致發動機空中停車，飛機失去動力，高度無法提升。飛機衝出了跑道，衝過攔阻網後撞上了旁邊的一座民房。飛機起火爆炸。試飛員犧牲。

出了賓館的門，外面站着的司機對我説：「王隊讓我來接你。」

我點點頭。事故發生後，在經過差不多一週的等待後，試飛部隊終於有時間接受我的採訪了。

司機説：「請你直接去機場。」

我有點意外：「去機場？他今天還沒有空啊？」

司機説：「他説你去了機場一看就明白。王隊今天確實還沒空。」

我點頭：「走。」

車子進了機場，我跳下車，看着跑道上飄動的信號旗：「今天還飛啊？！」

「為什麼不飛？」王文江穿戴整齊大步流星地走過來。

我問：「事故原因確認了嗎？」

「一隻鳥撞進了發動機。」王文江説。

「飛行員為什麼不跳傘？」

他看了我一眼，沒説話。

「我研究了你們的報告，高度夠，也許可能會受傷，但以小沈的技術，及時彈射出艙保全生命是完全可能的。試飛

員的生命這麼寶貴⋯⋯」我説。

牽引車退下了，飛機停在跑道上。

王文江説：「我馬上要飛，不過還有二十幾分鐘。你，跟我走。」

太陽很大，預報午後的溫度會上升到 37 攝氏度。我沒有戴帽子——在機場，任何零碎都要少帶，如果風把帽子吹進了發動機通風口，那可不是鬧着玩的。曾經有一位來訪者在參觀完飛機後離開機場時被發現掉了一顆扣子。沒有任何證據證明紐扣掉在哪裏，是飛機上還是飛機下，只知道他在進場下飛機時紐扣是在的——有照片為證。機務出動兩個小組十五個人，整整找了 5 個小時，把那天這位參觀者碰過的飛機座艙內外全部檢查了一遍，終於在一架飛機座艙地面的夾縫裏找到了那粒小小的「害人精」，這事才算罷休。飛行部隊有一條明確規定，一般情況下，不允許參觀者進入飛機座艙。在機場的參觀者，也一定要戴好帽子、圍巾，儘量不要佩戴胸花之類的小物品。

隨身物品可以加以管理，但天空中自由飛行的鳥兒沒有安全觀念。

一般人認為，體型小、質量輕的鳥類與鋼筋鐵骨的飛機相撞，應該是以卵擊石，可又為什麼能把飛機撞壞？這是因為破壞主要來自飛機的速度，而非鳥類本身的質量。根據動量定理，一隻體重僅 0.45 千克的鳥與時速 80 千米的飛機相撞，就會產生 153 千克的衝擊力；一隻體重 7 千克的大鳥撞在時速 960 千米的飛機上，衝擊力將達到 144 噸。所以，高速運動使得鳥擊的破壞力達到了驚人的程度，一隻麻雀就足以撞毀降落時的飛機的發動機。

飛行器的導航系統大多位於前部，由於導航的需要，這

些設備的防護罩包括擋風玻璃的機械強度大多較其他部位差，更容易在受到鳥擊後損壞。飛機發動機的葉片很薄，工作時以巨大的力量將周圍空氣吸入，因此飛鳥只要處於發動機附近，就很容易被吸進去。發動機在高速旋轉時吸入鳥類，葉片瞬間會被打碎，立即失去動力。

由於鳥飛行的高度有限，飛機撞鳥概率較高的是在飛機剛起飛或快着陸時。

那一天，聽到話筒裏小沈報告發動機撞鳥停車了，塔台的人們迅速站了起來，透過四面落地的大玻璃窗清楚地看見，那架失事飛機跌撞地傾斜着，貼地而飛，像一隻折翼的大鳥。小沈顯然在努力控制飛機試圖拉起，但失去動力的飛機翅膀抖動着，向跑道盡頭衝去。此時飛機剛剛離地，尚在近場上數十米的低空。

如果沈曉毅跳傘，失控的飛機隨時可能衝上公路，而幾十米外的公路上，車輛與行人正來往穿行着。

沈曉毅仍然試圖拉起飛機。但飛機拉不起來了，方向也難以控制，他能做的，就是讓飛機繼續前衝，衝過馬路，衝過人群密集區。

飛機剛越過跑道頭的攔阻網就下墜，落地時跳了幾跳，起落架蹾斷了，飛機仍然繼續傾斜着向前，撞上一座民房。

現場所有人都目睹了轟的一聲巨響後那一團衝天的煙火。

沈曉毅壯烈犧牲了。

聽到這裏，我仿佛被人突然狠狠捅了一刀。我捂着胸口一下蹲在地上，眼淚嘩地流了出來。

能到試飛部隊的，都是各飛行團裏最拔尖的，以個人技術而言，是不應該出現問題的。但飛機在天空中，危險的事情太多了。有時候，試飛的任務就是要試飛出飛機的缺陷和

邊界，在這種情況下，雖然有風險，但風險是預知的，可以事先做出應對方案。但也有時候，危險是不可預測的，比如飛機突然撞鳥。

一直走着的王文江站住了，用下巴朝一個方向輕輕指了指，說：「喏，就是這裏。」

我低頭。我面前 3 米遠的地方，小半個操場大的一塊黑色地皮赫然在目，能清楚地看到有一些深色的印跡深入泥土。

這就是數日前，年輕的新試飛員沈曉毅墜機之處。

我蹲下來，儘量低地蹲着，雙手輕輕撫摸這片滲透了烈士血肉的土地，仿佛撫摸他青春俊秀的臉。一個年輕試飛員，燦爛的試飛生涯還沒有真正開始，就結束了。

我問王文江：「你怕不怕死？」

王文江目光炯炯：「怕死當不了試飛員。但是，試飛要的是科學，僅僅當一個不怕死的英雄肯定不合格。」

是的，一名優秀的試飛員，當他進入座艙的時候，飛機，只有飛機——動力、潤滑、傳導、電磁、任務內容、目的要求、預置方案等等，他看飛機和飛機看他，都應該是清晰的、完全透明的。其他的，生與死、榮譽與恥辱，都置之度外。

太陽很大，能看到跑道上空的空氣抖動着。王文江覷着眼睛看了看天空，又看看那片黑色地皮，他將目光收回，衝我一笑：「走了！」

王文江把頭盔戴上，大步向一架銀色的飛機走去，風鼓動着他的藍色飛行服。我看着他登上了飛機，站在座艙旁，回首向我揮了揮手。

風從高遠的天空猛烈地颳來，他站得很直，他目光清亮，胸懷坦蕩。兩個機務跟着站上舷梯，艙門關上，他回身打了個手勢，舷梯撤下，幾秒鐘後，我的耳邊就響起了發動機熟

悉的轟鳴。空氣在這巨大的轟鳴中顫抖，目力所及的景物開始顫抖，我忽然覺得我看到了沈曉毅，那個我從未謀面的年輕小伙子。他此刻就端坐在機艙裏，帶着他受傷的戰鷹，呼嘯着，從我面前一掠而過。

飛機滑行、加力、起飛、騰空、飛翔，天空如此廣闊、遼遠、清澈，他整個人和整架飛機，都在陽光下閃閃發光，像一隻晶瑩剔透的鷹。

那天後半下午的時候，我和完成了飛行任務的王文江一起從機場返回。經過操場，我們同時看見操場上有一些試飛員在打籃球。

王文江站下了，看見梁萬俊也在，便向他走過去，兩個人一起站着、看着，不聲不響。過了半天，梁萬俊説：

「球隊少了一個人。」

附錄：

2001 年，時任空軍某試飛部隊副大隊長的王文江領受了某新型飛機的定型試飛任務。自 2000 年 12 月 20 日王文江完成該機的首飛任務以來，定型試飛如果順利完成，就意味着該機可以交付了。定型試飛前，王文江把已經十分熟悉的飛機資料又認真看了一遍，特別是與定型試飛相關的重點內容以及特情處置預案。

定型試飛當天，王文江與戰友們像往常一樣進場，召開試飛準備會，聽取了地面試飛站對飛機相關準備情況的報告。一切就緒後，王文江爬上飛機，按照程序例行檢查。接到地面塔台的起飛命令後，隨着發動機的轟鳴，王文江駕機升空。起飛不久後，王文江即發現液壓系統壓力驟降。不一會兒，後機身就冒起了滾滾濃煙。王文江迅速做出了故障判斷：液

壓系統故障。他一邊向塔台指揮員彙報，一邊果斷迅速地掉頭返航。對於依靠液壓系統進行機械傳動控制的第二代戰鬥機，液壓系統故障意味着飛機將無法操縱，無法迫降，只能選擇跳傘。而一旦跳傘，新機墜毀，故障原因將很難查找，定型很可能將遙遙無期。

王文江沒有考慮太多，他通過儀錶密切關注飛機姿態及高度，集中精力操控飛機返場降落。當飛機着陸滑跑時，駕駛桿已經完全不能操縱。後來機務人員檢查時發現，液壓油已經漏完。如果再晚幾秒鐘，飛機就將在平衡失去控制的情況下落地，本就十分危險的「黑色時刻」，將變成「血色時刻」，後果不堪設想。王文江迅速及時正確地判斷處置，避免了一起很可能發生的嚴重飛行事故，並幫助地面技術人員很快查出了故障原因，避免了類似問題再次發生，為國家挽回了巨額財產。

二、寒食節

今天別理我。我不想說話。

作家同志，您請坐。

作家同志，您請喝水。

作家同志，您請問吧。您說讓我隨意？那我就想到哪兒說到哪兒了……

作家同志，您今天來我們隊來得是時候。要是昨天來了，您可能啥也問不到。啥心情也沒有。起碼我是不會説什麼的。您今天來，我就知道，您肯定知道昨天是我們隊的特別日子，我挺感動的，看來您還是了解不少我們的情況的。

每年寒食節這天，我們都會不自覺地寡言少語。

在 QQ 簽名和微信朋友圈上，我這一天寫的是：今天別理我。我不想説話。

寒食節，是一個人的忌日。

他叫盧軍。在中國試飛員隊伍中，他是一個少見的天才型試飛員。

他戴着頭盔，騎在紅色本田 125 上一路疾馳而過的畫面，絕對是試飛學院無人能夠忘懷的一景。試飛員盧軍，小個子，精瘦，修肩窄背，四肢柔韌，小腿堅硬，渾身上下每一寸皮膚都緊而結實，每一根線條都緊繃繃的。他敏捷得像隻猴子，眼睛小小目光敏鋭，這顯然是通過多年嚴格訓練獲得的。

提起英年早逝的盧軍，沒有人不唏噓傷懷。一位將軍對我説，中國的空軍試飛員中，説誰是勤奮型的、膽大型的、智慧型的、穩重型的都會有爭議，但要説天才型的，誰都認為盧軍是一個。

但是很遺憾，我只在照片上見過這個傳奇般的人物。不知道為什麼，我每次去採訪試飛部隊，總是與他失之交臂。關於他的所有印象，都來自他的戰友們的講述。徐勇凌和李中華當年來到試飛學院時，試飛學院第一期試飛員學員隊的隊長兼教員就是盧軍。

徐勇凌：盧軍給我的第一印象就是帥氣。每天上課的路上，他總是昂首挺胸走在我們學員隊伍的頭裏。每天放學後，在我們換裝準備運動時，學員宿舍大樓門前就傳來了摩托車的轟鳴聲，那一定是盧軍在擺弄他那輛進口的紅色本田125，盧軍騎車時的那份帥氣一點都不亞於他飛行時。

第一次和盧軍一起飛行，飛的是階躍科目。階躍是飛行

品質試飛中最簡單的動作，就是拉桿推桿一氣呵成。看似簡單的動作做起來卻是最難的，動作時間只有短短的 3—5 秒。我們學員做的動作曲線，不是高度升了幾十米，就是時速減小了幾十千米，我們階躍動作的台階也是五花八門，不是像一個傾斜的大壩，就是像一把破鋸子。而盧軍的階躍動作曲線看起來就像一個端端正正的板凳，上沿平平的，兩頭絕對對稱。

　　幹飛行的人都知道，這樣一手絕活不是三年五載能練出來的，多少飛行員飛了幾十年，也只能飛出鋸齒樣的曲線。這本事不能只靠練，更重要的是經驗和悟性 —— 說到底，就是手腕上的功夫。也許是為了練手腕上的功夫，凡是與手腕有關的事物，盧軍都操作得十分了得：寫書法、開摩托、釣魚……

　　小個子往往有驚人之處，這話一點不錯。身量小巧的盧軍體內蘊藏着巨大的能量。真正令新試飛學員們佩服的是，他們隊長不光長得帥，技術好，而且特別勤奮和專注。李中華在談到這一點時用了一個詞，他說盧軍的專注「無人可比」。試飛學院所有課程中英語最難，比起數理邏輯和操作，語言通常是男人的短板。經過航校幾年的高強度飛行訓練，在大學學的那點英語早還給老師了。剛開始上課時，盧軍連英語的 26 個字母都唸不全，但僅僅過了三個月，他竟成為可以用英語搶答的學員。

　　盧軍是年輕試飛員中的佼佼者，是首席試飛員小組中最年輕的成員，他一個人身兼 3 個機型的試飛任務，這在那一批試飛員中，簡直是令人景仰的。

　　殲 -10 進入詳細設計階段，盧軍被確定為首飛試飛員的第一人選。在中國的試飛員中，他和雷強是第一批被送到國

外專門進行培訓的試飛員，學成之後，他們成為中國首批具備三角翼飛機尾旋和三代戰機試飛能力的超一流試飛員。在俄羅斯國家試飛員學校，盧軍是院長康德拉欽科最欣賞的中國試飛員之一，被俄羅斯試飛專家譽為中國當時幾個試飛尖子之一。他在米格 -21 比斯（Y 型）飛機上飛過大迎角、失速尾旋等世界航空界公認的高難度科目，從而填補了中國航空事業的空白。他飛「飛豹」時起飛迎角達到了 80 度，幾乎是在 500 米滑跑後立即垂直升空，然後再倒飛改平。飛機大迎角飛行的意義在於：飛機因大迎角飛行獲得了更良好的低速機動能力和更好的操控穩定性。最重要的是大迎角飛行保證了飛機的機頭指向性，使得飛機更容易鎖定與反鎖定。所以現代戰鬥機都比較重視大迎角飛行的能力。

看他飛行的軌跡，我只能用「歎為觀止」來形容。

那時「飛豹」試飛處於攻堅階段，垂尾斷裂的重大險情剛發生不久，盧軍就遇到了最危險的油管斷裂。

「飛豹」在空中加速，以每小時 2000 多千米的速度飛行，當進入預定空域時，盧軍習慣性地看了一下油量錶，心中一驚：油量下降的速度過快。有着豐富飛行經驗的盧軍馬上意識到，飛機在漏油。他立刻採取了空中應急措施，可油量錶的指示還在急劇地下降。他立即向地面報告：

「報告 1 號指揮員，×× 號出現漏油，要求返航。」

聽到呼叫，機場指揮員立刻意識到這是嚴重的空中故障，當即回答：

「×× 號立刻返航，注意安全！」

指揮員的命令一下，機場同時開始應急動作，機場淨空，所有飛機避讓。地面各種應急救援車輛、人員也隨即到位。考慮到事故的具體情況，機場警務隊和場務班調集了足量的

沙袋和化學噴霧滅火器。各部門嚴陣以待。

「飛豹」終於在跑道盡頭的天空中出現了，呈直線俯衝而下。通常，飛機歸航時須做一個小航線動作，即繞場轉一圈，平緩地降低高度和速度後再落地。但眼前的飛機顯然沒有做這個動作的意思。為節省油料，盧軍沒有任何遲疑，機頭直接對準跑道，降低高度，一個大斜線直直落地。飛機像一輛灑水車，在後部拉起一道濃濃的油霧，在藍天綠地間看得一清二楚。半分鐘內，「飛豹」安全落地了。經查，飛機油箱裏只剩下了 30 多升油。這樣的油量，即使不考慮漏油的情況，也只夠支撐數秒鐘。

這真是命懸一線。再晚上哪怕幾秒鐘，就是機毀人亡的慘劇。事後查明，飛機上一個輸油軟管脫落，造成了飛機漏油。

「飛豹」在整個定型試飛過程中無重大安全事故，這份了不起的成績中有盧軍非凡的貢獻。

1994 年 4 月 4 日，那一天在本場進行飛行表演，許多人慕名來看盧軍的飛行。試飛院和試飛學院的許多人都來到現場，包括盧軍的妻子在內。盧軍在進行一項特技動作時，飛機突然失控，眾目睽睽之下，摔落在近場。

他的犧牲，震動了整個試飛界。

對於他的死，有一些其他的議論。有人說，一個優秀的試飛員，沒有在科研任務中犧牲，而是殞命於飛行表演，可惜了。

我理解發言者痛惜英雄的心情，但對這樣的觀點不敢苟同。就像我們不能認同，一個優秀的司機只能駕駛一輛固定的車行走在固定的路線上一樣，我們不能簡單地把一個試飛員的工作只理解成單一的某個科目的科研試飛。試飛員們身

上需要承載的，除了本職任務，還有幫助、影響、傳播、召喚更多同道者並行，繼承使命。正如蘇聯的加加林沒有倒在通往太空的航路上，而是不幸殉命於普通的帶教訓練一樣，盧軍雖然不是因試飛某個具體科研項目而犧牲，但他依然是為了祖國試飛的大事業光榮捐軀。他最後一次飛行所要完成的動作，是世界飛行領域公認的高難危險科目，這一點，從當年他與雷強一同在俄羅斯國家試飛員學校學習時就十分清楚——但他們依然要求去飛，並且寫下生死狀。能否飛出這個動作，不僅僅是個人飛行技能、心理品質的體現，更是一個國家、一支軍隊試飛水平和能力的標誌。試飛就是探索，試飛就是探險。「每一次飛行都是用生命博弈」，這句話並不是一句虛言。

盧軍是一名偉大的試飛員，他用最寶貴的生命證明了一個試飛人徹底的無私和純粹的大無畏。他的名字，鑴刻在了中國航空博物館飛行員烈士紀念碑上。

盧軍魂歸長空那一天，是寒食節。

之後，每年的這一天，中國航空博物館飛行員烈士紀念碑黑色的碑石下，都會擺放着一束束鮮豔的鮮花，仿佛他曾經燦爛的青春，絢麗綻放。

三、在父親墓前跪下

爸，你從那麼高的天空摔下來，該有多疼啊……

爸，你教教我，怎麼才能讓媽媽不哭……

到試飛部隊採訪那天，我乘坐的民航飛機因故延誤了，接機的小劉幹事在機場足足等了 3 個小時。但見到我的時候，

他笑盈盈地説：「沒關係。」小伙子二十出頭，身材細高，相貌清秀，白淨清爽，像株小白楊。這笑容讓我釋然了。

已經是傍晚6點，因為與受訪者約好了時間，所以我決定不吃晚飯，直接去對方處。

等我結束採訪走出來時，已是星光滿天，小劉坐在副駕駛座上睡着了。部隊駐地的超市和食堂早就關門了，我們只好飢腸轆轆地往回趕。下車時，我歉疚地説：「讓你跟着捱餓了。」小劉從前排座上轉過身來，笑盈盈地説：「我沒關係，就是沒照顧好作家姐姐。」

到了營地，已是夜裏11點多了，我十分疲倦，但還是堅持把採訪錄音和筆記整理到電腦裏保存。正在這時手機響了，看看錶12點過了，小劉説，東西放在門口了。我打開門，門把手上掛着一個打包袋，裏面是一盒熱氣騰騰的麵。這個時間，在這種地方，不知道他跑了多遠才弄到這碗麵。之後的幾天，小劉一直跟着我。每天一早我開門出來，他已經站在門口，笑盈盈地點頭説：「我們可以走了嗎？」

採訪進行到週末那天，氣象預報説當日陰雨，有霧，這種天氣是不飛行的，部隊放了一天假。考慮到試飛員們難得有一天假期，不便打擾，我就向部隊長提出，去烈士陵園祭奠。我看出部隊長似乎遲疑了一下，就趕緊説：「領導們就不要陪了，讓小劉跟着給我指個路就行了。」烈士陵園在山間，去山裏的路有一些岔道，我這個人記路的本事很差。

領導轉向小劉。小劉點了下頭：「行，我陪作家姐姐去。」

領導再一次遲疑了一下，然後拍着他的肩頭説：「你這小子，長得越來越像你爸了。」

出門時，我問：「小劉，你父親也是幹試飛的嗎？」

小劉沒看我，只顧低頭把手上的工作記錄本裝入隨身的

文件袋，説：「以前是。」

半個小時後，我和小劉坐着車出發了。我們先去買了一些鮮花。大捧新鮮的菊花放在車後座上，一束一束紮好的，白的黃的。我數了兩遍，還是確定多了一束。我想一定是那個賣花的數錯了。

烈士陵園在城外的一座山上，從營地過去還有挺長的一段距離，通常我們把那裏叫作「北塬上」。每次到試飛部隊來，我都要過去看看。

山道彎彎，沒有人，兩邊的叢林一晃而過。塬上很安靜，松柏株株靜立，只有風吹樹響的聲音。沿着陵園的青磚小道一路往裏，不多時，就能看到兩頭威武雄壯的石獅子守護着墓群。石獅子後方，迎面是一座紀念碑，上面端正地書寫着「中國飛行試驗研究院烈士公墓」的大字。紀念碑頂部是一隻雄鷹的雕塑。幾十名為中國航空工業發展而在試飛中獻出寶貴生命的英烈靜靜地睡在這裏。

天還是陰着，起了一些風，我覺得身上冷冷的。這個季節本來是不該有這麼冷的風的。想來是烈士們住在這裏，有點冷清。一排接着一排的烈士墓，我一個接着一個走過去，掃掃碑上的浮土，摸摸烈士們的墳頭，再一一讀下那些冰涼的文字。照片中的人沉默地面對着我，他們一律微笑着，仿佛要張嘴説些什麼，卻久久不能説出。心隱隱作痛，我的眼睛被淚水浸得痠痠的，那些照片開始模糊了。我慢慢地蹲下來，把菊花一束一束地放在每個墓前——

突然，我的身旁，一個人影撲通一聲跪了下來。

「爸爸——我來了——我來看你了——」

是小劉。

低低的嗚咽聲裏，他的頭沉沉地低下。他的手上，捧着

一大把菊花。

我下意識地看了一眼石碑上的名字：劉普強。

兩束菊花放在烈士劉普強的碑前，對於小劉來說，劉普強不僅是英雄，還是父親。腦袋嗡了一下，我這才明白，自己無意間犯了一個殘忍的錯誤——

「又有好些天沒來了——我和媽媽都想你——」

我輕輕地走開了，留下小劉一個人獨處。我走得遠遠的，站在一個我們彼此看不見的地方，隔着數十米的距離，隔着鬱鬱蔥蔥的松柏。冷風拍打着我被淚水浸濕的臉，我聽見一個年輕人長久的、撕心的哭泣。

父親劉普強是突然走的。那一年小劉還在上高中。

最開始的幾天，家裏人來人往進進出出，他總是恍惚着，他總是不相信，好像在夢裏一樣。父親常年執行任務，常常一連數日甚至一兩個月不在家，他總是覺得，這些人在說的事，並不是真的。那些日子他沒上學，連續幾天，他都站在門口，他把門大開着。等他們走了，他就想，都錯了，他們都錯了，父親只是出差執行任務去了，過不了幾天，父親就會像以前一樣，手提飛行圖囊，邁着大步走來，走進門，會大聲説：「兒子，作業寫好沒有啊？」

小劉是獨子，學業優秀，相貌俊秀，性格平和，在學校、在家裏都是讓人省心放心的孩子。做父親的在任何場合都不掩飾對這個獨子的喜愛。

他不相信，那麼疼愛他的父親，就這麼走了，一聲不響，一句話也不交代地，走了。但是，但是，一週以後，哀樂低迴的靈堂裏，那個躺在鮮花叢中被白色紗布纏滿全身的人，還有牆壁上那張巨大的掛着白紗鑲着黑框的照片，讓他終於

明白，這一切都是現實。

遺體告別儀式上，母親一進靈堂就昏過去了⋯⋯

父親和母親感情極好，他們結婚這麼多年了，小劉都是上高中的大孩子了，父親稱呼母親，還是叫小名。

外公來了。

外公一夜之間就老了，老得腰都彎了，聲音都啞了，他把小劉的手抓得那麼緊，那麼疼。

外公說：「寶啊，這個家就指望你了。你是男子漢。家裏就只有你這個男子漢了。你必須挺住。」

小劉哭着抱着外公說：「外公，怎麼挺？我挺不住──」

外公說：「挺不住也要挺。咬牙，咬緊牙。」

小劉咬着牙，可眼淚還是不聽話地流：「外公，我咬了，還是不行──」

外公摟着他，淚水滴滴落在他的頭上。外公說：「孩子，這樣就行。記住，咬牙，別出聲，一定要跟緊你媽，她去哪兒你去哪兒，跟緊她，一定別在你媽面前哭。」

他咬住牙，他聽見牙齒咯咯地響，他聽見被壓回自己胸腔的破風機一樣的哭泣聲。很多天裏，他的牙酸得不能吃任何硬的東西，哪怕稍稍硬一點的都不能碰。但他一夜之間懂事了。

他咬住牙，天天一步不落地守着母親。母親一病多日，醒來後人脆弱得像一張薄而脆的紙片，他無數次擔心一陣風就會把他的母親吹折或者吹走。他坐在母親床前，一遍一遍地說：「媽，我在，我還在這呢！」母親散了的目光就會收回來，停在他的身上。

放學後，他絕不在外逗留。一進門他就大聲地說：「媽媽，我回來了。」

他大聲地唸書，做飯、洗衣、寫作業，他都儘量做出動靜。他大聲和媽媽說話，大事小事都說，努力地找各種話題。他要讓家裏有聲音，有動靜，像爸爸在家時那樣，有熱乎乎的動靜。他不能把任何憂傷的影子帶到媽媽面前。

只是，只是在深深地暗下來的夜裏，少年小劉用被子蒙住頭，咬着牙無聲地流淚。

媽媽的房間，燈一夜一夜地亮着。他知道，媽媽也在無聲地流淚。

再到父親墓前時，他把所有的克制釋放了出來，他徹底地放下了一切。他長久地跪着，抱着冰冷的碑，放聲號啕，任淚水長流。

他說：「爸爸，你好嗎？」

他說：「爸爸，你教教我，怎麼才能讓媽媽不哭？」

不知道過了多久，也不知走出了多遠，陰鬱的天空漸漸放明了。我回首望去，那一排排掩在青青松柏中的墓碑看不見了，但我看見了那隻鷹，站在高高的紀念碑頂端。展翅欲飛的雄鷹，它曾經像英雄一樣翔翔天際；如今，雖然不再飛翔了，但它炯炯的目光，依然冷峻而深情地守望着那片他們為之獻出生命的藍天。

那天，我改變了採訪計劃。下午，我和小劉坐在窗前。我給他泡了一杯自己帶的茶，那是我心愛的安徽岩茶，他要站起來道謝，我無言地搖搖頭阻止。放下茶杯，我在一旁坐下。

我把臉轉向窗外。

之後的時間，我和這個年輕人，靜靜地坐着。

窗外能夠看到北塬的山頂，天空放晴了，一朵白雲輕輕地懸在塬頂。

茶水緩緩地冒着熱氣，茶葉在滾燙的水中慢慢綻開，透

明的青翠佈滿雪白的茶杯，清香在寂靜的房間裏繚繞。我想告訴他，這茶產自金寨 3000 米以上的高寒山頂。安徽金寨是著名的革命老區，這裏是僅次於紅安的中國第二大將軍縣，這裏更是無數先烈的家鄉。我在金寨紅軍紀念館看到，密密麻麻地刻着小四號字的烈士姓名的黑色石牆，高 2 米，長度足足有十數米。十萬烈士。

我想告訴他，我文件袋裏裝着他的個人檔案，中午拿到的，裏面有個人簡歷、家庭情況。我知道一個二十出頭的年輕人的人生，不是這張薄薄的紙能寫盡的。其實我很想問很多話，比如他父親的性格脾氣，比如他母親現在的身體情況和生活狀況，這麼多年過去了，母親已經不再青春，她獨自帶着兒子，有過怎樣的艱難和辛酸……

預計的採訪並沒有進行。整個下午，從頭到尾我沒有問一個字，小劉也沒有說一句話。小劉就那樣坐着，軍裝儀容嚴整，指甲和襯衣的領口乾淨清潔，手機調在靜音狀態，身邊帶着的筆記本上，一行行小字秀麗工整。對於這樣一個經歷了與至愛親人生死離別的年輕人來說，所有的理論和說教都是蒼白的。我們就那麼坐着，從下午，到黃昏。我們就那樣坐着，看着空空的天際，看着青綠的塬頂漸漸被黛色的暮靄籠罩。

告別前，我對着空無一字的採訪本，對小劉說：「跟你爸爸說句話吧。」

小劉握着筆的手抖了一下，他輕輕地說：

「我心裏總在想，爸，你從那麼高的天空摔下來，該有多疼啊！」

四、追着夢想而去

　　如今，我只有在這短短 39 秒的視頻中，才能再看見他了。

　　這是一盤轉自中央電視台《新聞聯播》的視頻錄像。經過多次播放，帶子已經有些花了，但畫面中的人物和聲音，還是那麼清晰、熟悉和親切。與他有關的畫面，從 1 分 22 秒起，至 2 分 01 秒止，一共有 39 秒。去掉主持人的插入提問和音樂空鏡，出現他的聲音和圖像的地方，合計有 21 秒。對於我和戰友們的懷念來說，這短短的幾十秒，已是一生。

　　畫面中的他，年輕，生動，快樂，自信，英姿颯爽。是的，他就是這個樣子，他以這種永恆的形象，活在我們的心中。錄像中最後一句話是：「用我們的努力和犧牲，圓強國強軍夢。」

　　在關於中國試飛員的視頻中，余錦旺是第一個說出「中國夢」的人。

　　他追着夢想而去了。

　　余錦旺籍貫是江西萍鄉，幼時在湘潭長大。余錦旺在學校並不高調，每個人都能和他說得上話，他話不多，卻很有主見。在同學彭宇光看來，余錦旺並不是個按部就班的乖學生，他喜歡玩電遊，玩得最好的是當時流行的打飛機類遊戲。

　　他的另一個同學王洪濤對打遊戲這一點有另一種解讀。王洪濤與余錦旺住隔壁，是最好的朋友。他說，余錦旺從中學起就對飛機產生了濃厚興趣，家裏貼滿了各種飛機海報。聽說每年都會在高中畢業生中招收飛行員後，余錦旺從進入高中起就開始準備。比如他打聽到在飛行員考試中，打飛機

遊戲是考試項目中的一種，因此他經常去電子遊戲室玩打飛機的遊戲。同學胡鶴宇在回憶時講到，高中時期余錦旺每天都跑步上學，冬天洗澡都用冷水。顯然，如果不是有特別的需要，一個中學生堅持做這些，是解釋不通的。有一點同學們的認識比較統一：儘管余錦旺上課經常遲到或者早退，但學習成績一直優良。

1991 年，湘潭市三中有兩名學生被招為飛行員，余錦旺是其中之一。

我提出想與他的父母聯繫，希望能去他的家鄉看看。但是，我的請求遲遲沒有得到有關部門的答覆。

我也沒有再催問。我知道，從 2011 年余錦旺飛機失事犧牲，到如今，數年過去了，如果我走上門去，那些好不容易才被時間漸漸撫平的創傷，會再一次被無情撕開，這終生不癒的傷口，疼痛無以復加。

2011 年，對於余錦旺來說，是一個空前絕後的時間段。3 月 12 日和 4 月 9 日，他在不到一個月的時間裏，遭遇了兩次空中停車。

飛機發動機空中停車是飛行安全的大敵，特別是對單發飛機而言，如果空中啟動不成功，會給飛行員和飛機帶來極大的風險。每一次空中停車對飛行員來說都是生死考驗。就算是最理想的狀況，飛機在機場進行空滑迫降，由於在停車狀態下不能調整飛機油門，目測過低飛機會掉在跑道外，目測過高飛機則會衝出跑道，無論哪種情況都是致命的。降落作為飛行最複雜的環節，正常情況下都會產生誤差，何況是停車狀態呢？因此，處置空中停車不但是對飛行員駕駛技術的挑戰，更是對飛行員心理素質的嚴峻考驗。

　　3 月 12 日下午，余錦旺按照飛行計劃，進行某型新機一類風險科目顫振試飛的第二架次。15 時 33 分，飛機爬升至指定高度。就在余錦旺操縱飛機改平的過程中，飛機的發動機轉速突然自動從 85% 下降到 80%。同時，座艙屏顯上出現了故障顯示，發動機「啟動」指示燈也開始不斷地閃爍。大約 10 秒後，這些故障就像突然到來時一樣，又突然消失了。余錦旺憑經驗判斷，可能是發動機出現了問題。他一邊立即報告地面指揮員，一邊停止試飛科目動作，駕機掉頭返場。

　　在返場過程中，同樣的故障又像幽靈一樣多次出現，而且越來越嚴重。在隨後 10 分鐘時間裏，發動機竟然連續出現 30 餘次自動切油，發動機不斷地發出超溫告警，並連續 7 次自行空中啟動，幾秒鐘後又自動切油。這是一個連環險情，事後分析得知，這也是空軍和中國試飛史上首例「綜調故障導致多次切油空停」的重大空中特情。這是新裝備，試飛部門沒有相關的處置經驗和方法。也就是說，試飛員要想保住飛機，只能靠自己的膽識和技藝，在巨大的風險中孤身摸索並破譯解鎖生命之門的密碼。

　　按預案的要求，應當採用滑翔的方式，下滑至本場。但此時飛機的高度只有 2000 米，飛機推力不足，這個高度是根本不能滑回本場的，備降機場的跑道較短，不宜進行迫降。怎麼辦？

　　險情發生時，保持冷靜是一名優秀試飛員的首要素質。余錦旺深深吸了一口氣，大腦像高速運轉的計算機一樣，對面前所有現象進行綜合分析判斷。他將突破的焦點集中在發動機上。在發動機啟動後轉速上升的階段，他先試探性地柔和加油門，在觀察飛機反應的同時，密切注視着急速變化的各種儀錶和數據，他想根據眼前不停變化的各種信息掌握飛

機的狀態和趨勢。十幾秒後，奇跡出現了——發動機轉速短時間上升至 90% 以上。他抓住這難得的機會，立即操縱飛機爬升至 3000 米左右的高度。高度就是生命！余錦旺抓住了這稍縱即逝的寶貴機會，為飛機贏得了 1000 米的高度。

迫降場上，地面指揮員、副團長李吉寬緊急調離余錦旺迫降航線內的所有飛機，並提示他可以直接操縱飛機進行對頭着陸，以縮短滑翔距離和空中滯留時間，儘快落地。500 米、300 米、100 米……飛機距跑道越來越近，高度越來越低，地面上人們的心卻在不斷地往上提。15 時 48 分，飛機終於貼着地平線以優美的姿態安全着陸。

從險情發生到成功返場，前後共 15 分鐘，整整 900 秒，每一秒都暗藏着巨大的風險。余錦旺以他堅強的信念、無畏的精神和過硬的技術創造了中國航空史上又一個奇跡。

險情發生後，調查組專家一致認為：此次特情處置非常正確，特別是試飛員及時發現並果斷返場，縮短了滯空時間。如返場不及時，很可能導致發動機最終無法再次啟動。試飛員挽救了飛機，挽救了型號。

不久，余錦旺第二次遭遇了空中停車事故。

4 月 9 日，12 時 08 分，余錦旺駕駛國產新型高級教練機——高教 -9（「山鷹」），執行飛機性能試飛任務。

飛機很快躍升至 11000 米的高空，在這個空域，天空呈現出最動人的藍色，機身下的白雲層層疊疊。12 時 35 分，飛機剛剛改平，突然，飛機發動機發出一聲像打雷一樣的爆響。隨即，發動機轉速、溫度指針瞬間下滑，飛機推力迅速下降，無法維持高度。

余錦旺此時的第一反應就是「發動機停車了」！

對於一架單發的飛機，一旦在空中失去了動力，情況會非常危險。此時飛機距機場還有 80 多千米，按滑翔比計算根本不可能飛回去。更複雜的情況是，由於這是一架還未定型的新機，飛機設計不完善，駕駛艙內的「停車」「斷電」「液壓壓力」等各種紅、黃色告警燈全都閃爍着刺眼的光芒，語音告警系統的「女中音」也不斷地用「溫柔」的語調和「平緩」的語氣提示他各個系統發生了故障。這些光源和這種聲音分散了他的精力，嚴重干擾到他和地面指揮員的聯繫。他只能靠自己了。他先推桿下降高度，盡量將飛機錶速控制在 450 千米／小時左右，並一直保持 7000 米的高度。最佳的啟動時機到來後，他毫不遲疑地撥啟空中啟動電門。終於，轉速錶開始慢慢上升，發動機也發出了嗯嗯的啟動旋轉聲，空中啟動一次性成功！接着他輕緩地（這個操作方式很重要）推油門至慢車位，最後將油門保持在 85% 左右的控制量。狀態穩定後，余錦旺在地面指揮員的準確引導下，於 12 時 48 分安全降落在機場跑道上。

事後，各方專家對飛機和飛行參數進行了全面分析，得出的結論是：問題是飛機系統意外突發故障所致，試飛員處置準確及時有效，不但有效化解了風險，還發現了飛機設計中存在的部分缺陷，提供了對飛機相關系統進行改進的直接依據，為型號飛機的發展做出了重要貢獻。

高教 -9 是中國航空企業自籌資金研製生產的新一代高級教練機，一旦飛機空中啟動不成功，後果將不堪設想。若棄機跳傘，摔掉的不僅僅是上億元的裝備，更可能是一個型號的命運！

一個月內連續正確處置兩次重大事故，余錦旺表現出了

一個成熟試飛員卓越的品質——機敏智慧、沉穩冷靜、勇敢無畏、頭腦清晰、操作精準。也就是在這兩次事故發生後不久，中央電視台製作《紅旗飄飄‧空軍試飛員——我們都是共產黨員》節目，記者在試飛現場抓拍了一段余錦旺的鏡頭。視頻中的余錦旺，穿着深藍色制服，短短的頭髮，在面對鏡頭的時候，樸素、淡然、自信而帥氣。

但命運在 2011 年的後半段顯露出了其不可捉摸的凶險。

2011 年 10 月 14 日上午，「2011 中國國際通用航空大會」召開，在陝西省蒲城縣內府機場舉行飛行表演時，意外發生了。一架國產「飛豹」飛機在飛行表演完成通場任務返航途中發生意外，突然失控，墜毀在陝西省蒲城縣黨睦鎮董樓村二組一塊鹽鹼沼澤地中。據中國國際通用航空大會執委會相關人士介紹，飛機失事時離地面很近，後艙飛行員彈射出艙，降落傘打開，沒有大的問題；前艙飛行員確認遇難。

余錦旺就是前艙飛行員。這一次他沒有跳出死神的大口。

噩耗傳來，戰友們淚飛如雨。

得知我在做中國試飛員的採訪，一些朋友和戰友，包括不少關心航空的軍迷網友，小心地，但卻是明確地問我，現在的航空救生系統已經有巨大的進步，現在的火箭彈射座椅不是都號稱零零彈射嗎？為什麼飛行員還會遇難？如果說一個成熟的飛行員是以等重的金子鑄成的，那麼，一個優秀的試飛員已經無法用金錢衡量，他的經驗與技術，是經歷了數十年、多種機型與數以萬計的飛行後累積而成的，每一個人的經驗和技術都不可複製，國家失去了這麼一個優秀的試飛員，是多麼大的損失啊！

為了回答這個問題，在這裏，有必要討論一下現代飛機

的救生系統 —— 彈射座椅。

從人類開始在天空中飛行，彈射座椅就一直起着非常重要的作用。在螺旋槳時代，由於飛機飛行速度較低，飛行員甚至可以自己打開艙蓋翻出來跳傘，也可以讓飛機倒過來飛行，自己打開艙蓋，頭朝下靠重力自由落出飛機。但是這些方式在噴氣式飛機出現以後已經不可能採用。噴氣式飛機的速度遠遠超過螺旋槳飛機，而且經常在人類無法靠自己呼吸的萬米以上高空飛行，強烈的氣流和稀薄的空氣隨時可以殺死離機的飛行員。進入噴氣時代，隨着飛機的速度越來越快，開始採用彈射座椅保障飛行員的安全。如今的彈射座椅，已經從最早期的壓縮空氣或者是火藥式彈射，演變成了火箭式彈射。火箭式彈射推力輸出變化較小，不會像其他方式在開始彈射階段有一個巨大的加速，會損傷飛行員的脊椎，而且火箭式彈射推力充沛而持久，在穿蓋（座艙蓋）時力量更足。同時，由於火箭發動機持續工作，還可以把飛行員彈射到一個較高的高度，使飛行員不容易被處於失控狀態的飛機的尾翼和機翼所掛到。這些都極大地提高了飛行安全性。

零零彈射，是當代航空救生領域的標準，也就是說在飛機即將墜地的狀態下也可以讓飛行員安全離機，但這個標準在實踐中是否完全可靠？答案是否定的。

無論多麼先進的救生系統，都無法 100% 地保證飛行員的絕對安全。

零零彈射試驗，是採用程序控制的自動化裝置在彈射試驗平台上的理論測試結果，而不是實機測試，更不是真人操作。真人操作與電子裝置控制有本質的區別：

第一，理論上的彈射試驗，僅僅需要讓電子裝置給出一個脈衝信號來啟動彈射器，所花時間不超過百分之一秒。而

在實機操作中，駕駛員要彈射，必須將手從操縱桿上移開，挪動到彈射手柄處，然後扳動手柄，而且為了防止誤操作，手柄上還設有一定的保險裝置，這些極大地延遲了操作反應時間。從反應時間上來說，二者完全沒有可比性。

第二，雙座飛機的彈射更為複雜，為了防止前、後艙飛行員同時彈射，造成空中相撞，一般是先彈射後艙飛行員，延遲一定的時間後再彈射前艙飛行員。所以在後艙飛行員跳傘後，留給前艙飛行員的時間就更短了。

第三，彈射是需要飛行員做出反應的。當飛機在幾十米低空失控時，下一步怎麼處理？是跳傘還是挽救飛機？這需要飛行員在第一時間做出判斷，而這個決策時間就算只有 0.1 秒，也足以讓他失去彈射的機會。

事故調查發現，當時飛機離地高度在 100 米左右，後艙彈射成功，飛行員安全着陸，而前艙的余錦旺並未進行彈射。余錦旺很可能是一直在努力使飛機改平以挽救飛機——數月前，余錦旺在兩次空中遇險的情況下，都曾成功處置。以余錦旺的飛行經驗來說，如果飛機完全沒有挽救的機會，他的判斷就會迅速得多，反而能提高獲救的概率。但顯然，他沒有放棄，他要做最後的努力，這是一個試飛員最令人敬仰的職業操守——可他也因此失去了彈射的最佳時機。

採訪中我發現，幾乎所有犧牲的試飛員烈士，在他們生命的最後一刻，都在努力爭取，直到再也無法挽回——他們要用寶貴的生命換取型號飛機的生存。

轟然倒下的英雄，依然是英雄。

余錦旺犧牲一週後，戰友們將他安葬於閻良北塬的烈士陵園，同那些先他而去的試飛烈士長眠在一起。那一天是 10

月 20 日，陰天。上午 10 時，裝載着烈士靈柩的靈車在警車車隊的莊嚴護送下，緩緩地上路，穿過試飛路，穿越人民大道後駛出，就在即將離開這座飛機城的時候，突然下起了大雨──仿佛是英雄不捨他的事業，更是戰友們為他的離去而悲傷。

大雨中，一路跟隨的人們痛哭失聲。

寫到這裏，我又一次打開這段珍藏的視頻錄像，畫面中，那個穿着藍色飛行服的帥氣小伙子，用漂亮的男中音説着：

因為它那個停車跟打雷是一樣的，崩噔……飛機像要衝向地面似的，對人的心理壓迫……確實挺大的。

男主持：這時，飛機距離起飛機場 50 公里，不具備返場條件。保住戰機，是余錦旺的第一個念頭。

余錦旺（同期聲）：……你一旦摔了，不僅僅是裝備，它更可能是摔掉重要的數據，更有可能一旦摔掉了，找不到原因，這型飛機可能它以後就很困難了。

男主持：生死關頭，余錦旺沒有選擇跳傘，而是拚命穩住戰機，終於在無動力的情況下成功迫降。

……

余錦旺（同期聲）：用我們的努力和犧牲，圓強國強軍夢……

我讓畫面定格，讓這張微笑的臉停留在記憶中。

余錦旺走了，他追夢而去。我在戰友們給他開設的網上紀念館裏，看到了這樣兩段文字：

你離開我們已 1592 天。

許久沒有聯繫你了，我是「魔法皇子」，你一定還記得我。希望你在天堂快樂！

戰友余錦旺，希望你在天堂快樂！

五、被壓癟的頭盔靜靜地躺在那裏……

故鄉年年梨花雪，不見舊時故人歸。

在試飛部隊的榮譽室裏，兩個被壓癟的頭盔靜靜地躺在那裏，那是楊曉彬、唐純文烈士的遺物。

悲壯的一瞬定格在 1996 年 8 月 12 日。

這一天，試飛員楊曉彬和唐純文共同駕駛「飛豹」085號原型機，在某沿海機場進行海上科目試飛。飛機突然發生故障，儘管他們做了最快的處理，但飛機失控，10 時 57 分，兩人壯烈犧牲。

四川南充，坐落在群山環抱的四川盆地東北部。我們的英雄唐純文烈士，就來自南充市高坪區溪頭鄉七村一組。

這是南方常見的鄉村院落，簡易的數間民房，四周農作物茂盛，院落裏一株高大的梨樹枝繁葉茂。正屋迎面就是堂廳，牆壁正中懸掛着烈士身穿軍服的大幅遺像，旁邊是國家民政部頒發的革命烈士證書。

唐媽媽九十多歲了，她現在每天都會對着遺像久久地看。倘若有人來到她面前，她會對着來人仰起頭，扳着枯瘦的手指，目光散着，説：

我的大兒子走了。

心愛的大兒子走了快二十年了。

老邁的她眼睛裏已經流不出淚水了。

1968 年春，梨花勝雪的時節，村子裏炸開了鍋似的熱鬧——唐家大兒子唐純文當上兵了。當兵，在這個不起眼的小鄉村裏，算得上大事了。

送別那天，唐家小院裏聚集了好多人，梨樹下鄉親們你一言我一語地叮嚀囑咐，搞得唐媽媽都沒有時間多跟兒子說些甚麼。

溫暖的春風吹過，梨花片片飄蕩，唐純文穿着嶄新軍裝的身影，漸漸離開了親人的視線。

入伍第二年，優秀士兵唐純文被部隊保送到空軍第十六航空學校，學習領航轟炸專業。也就是說，唐純文從「陸軍小兄弟」變成了「空軍老大哥」——這個消息再次讓村子轟動，梨樹下，唐媽媽對着前來祝賀的鄉親們樂得合不攏嘴。

1986 年 2 月，為了試飛當時尚處高度機密狀態的「飛豹」，試飛部隊領導到空軍各單位選調優秀人才，唐純文從數百名應徵者中脫穎而出。

得到這個消息時，組織上和他的老戰友都找他談了話。內容很簡單也很直接——唐純文已接近退役年齡，如果不去搞試飛，他完全可以有另外幾種選擇：去航校任教，或者退役後去當民航飛行員。前者安全，後者收入豐厚。從事試飛，的確是光榮的事業，但伴隨着巨大的風險。唐純文，這個樸實的農家孩子說：「只要是空軍需要，我服從組織安排。」

村裏上點年紀的人都記得這個老實肯吃苦的孩子。家中並不富裕，作為長子的唐純文從小就幫父母勞動，上學時他一週回來一次，每逢週末回家，他總是搶着做家務。家鄉的冬天寒冷，體貼的兒子在上學之前，總要幫母親洗好幾大筐紅苕，然後才搓着凍紅的手跑步去學校。

唐媽媽渾濁的眼睛，仿佛又看到了她那個矯健的、總是

憨厚微笑的大兒子笑眯眯地揮手離開，背上的布口袋裏揹着一週的糧食和柴火。

兒子是個孝子。1988 年 8 月父親去世，他作為長子回家守靈，正值盛夏，他堅持戴着孝帕，再熱也不肯取下來。

父親去世後，唐純文擔心母親一個人在家裏孤單，每年都會接母親到部隊住一陣子。老人不習慣城裏的生活，又放心不下鄉下家裏的雞鴨菜園，住上一段時間後就想回來。每次返程，唐純文不管多忙，都想辦法調休幾天，親自送母親回家。

唐媽媽昏花的眼睛，又看到了兒子一手抱着鼓鼓的大袋子，一手挽着自己的胳膊，走在回家鄉的路上。兒子每次送她走，頭幾天就開始讓媳婦準備。那袋子裏裝着的，全是給母親準備的吃的穿的用的。

她每次都説：「不消送，這邊上了車，那邊你弟他們接就行。」每次兒子都搖頭：「媽耶，不行的，我不放心。」

她想起，是哪一天呢，兒子在送她回家的路上説：「媽耶，我現在幹的這個工作，早上吃了飯，就不知道還能不能吃午飯。如果哪一天我出了事，你可千萬要想開些啊！」

她那時沒有在意這話。自從兒子在天上飛，這話她不是第一次聽見，她從來沒有想過，有一天，真的，兒子沒有回來吃午飯。而且，再也不會回來吃飯。

活蹦亂跳的兒子，貼心貼肝的兒子，再不會出現。

故鄉年年梨花雪，不見舊時故人歸。

1996 年 8 月 12 日早晨，領航員唐純文與重慶籍試飛員楊曉彬一起，駕駛「飛豹」戰機執行一項科研試飛任務。任務完成後他們返航，10 時 50 分左右，飛機已經對準跑道開

始下降準備着陸時，飛機後側的一處起落架打不開。當時，指揮塔台裏的飛機製造公司代表搶過話筒，大喊：「跳傘！飛機我們只要一個月就能生產出來！」可兩名試飛員拒絕跳傘，試圖靠機腹迫降挽救飛機。

但因為飛機故障嚴重，無法進行操縱，迫降時未放出降落傘，未完全對準跑道，機腹貼地滑行一段後完全失控，飛機反扣，駕駛艙與堅硬的跑道摩擦，座艙全部被磨平，兩名試飛員壯烈犧牲，遺體僅留存下大腿以下的部位。現場異常慘烈。戰友們撿回了烈士被壓癟的頭盔，永久地陳列在部隊的榮譽室裏。

不懂行的人每每會問，為什麼不跳傘？為什麼不跳？

哪怕只有一線希望也不放棄，這正是試飛員應當具有的特殊品格。通常進行試飛的都是未定型的飛機，飛機在遇到險情時究竟有什麼特異表現，誰也不清楚。如果遇到特情就棄機跳傘，飛機摔了，試驗數據連同故障原因一起摔掉，小而言之，潛在的危險依然存在；大而言之，一個型號的飛機可能就宣佈不存在了。但是如果能處置成功，轉危為安，飛機的設計完善就會大大跨越一步。而這種進步與完善，每每需要以巨大的風險為代價。生與死，跳傘還是堅持，完全只在一念之間。可能是在飛行員做出判斷的前一秒，飛機還可控，但後一秒，飛機情況逆轉，無力回天。

關於唐純文和楊曉彬的犧牲，有關領導是這樣説的：

「中國空軍試飛員隊伍蒙受了巨大的損失——我們優秀的試飛員唐純文和他的戰友楊曉彬在執行科研試飛任務時不幸以身殉職。他們是為祖國航空事業而光榮犧牲的，他們的英名連同他們的業績將永遠銘記在航空試飛史冊上。」

犧牲前，唐純文是當時空軍試飛部隊裏軍齡最長、軍銜

最高的一位。

在「飛豹」長達八年的定型試飛中，每次試飛平均每 17 分鐘就出現一次特情，試飛英雄們無時不在死神出沒的雲霧中拚搏。空軍試飛部隊的黃炳新、楊曉彬、唐純文、史同洲等十五位試飛員先後駕駛 5 架原型機共試飛 1600 多架次，完成試飛項目達 82 項，完成飛機顫振、強度、武器發射、外掛物投放等風險科目試飛 11 項。他們的名字已同「飛豹」一起鐫刻在了中國航空史的豐碑上。

我到達那裏時，那條跑道還在。筆直的跑道，在藍天下泛着灰白的光。這是條歷史悠久的跑道，見證了一代代飛行員的成長和犧牲。

四十年前，我的父親也曾在這裏駐防，曾在這條跑道上多少次地起飛降落。父親對我說過，某個秋天的正午，他帶隊執飛回來，剛剛落地就接到電報，祖父因病去世了。而僅僅數日前，將要離家執行任務的父親曾帶着我去看望過祖父，身患癌症的老人家行走困難，已經大半年未下床了，但我和父親告別下樓再回望時，居然看到爺爺不知何時慢慢蹭到門邊，扶着門框向樓下花園中的我們揮手。父親也回身，「大聲說：大（爹），回去——回去睡倒——過幾天我就回來了——」

爺爺不動，一直看着我們離開。那時我還小，只有六七歲吧。以後的日子裏，每當走過那幢樓。我都會抬頭向二樓上看，總覺得一個清瘦虛弱的老人還在那裏扶門而立。我一直不明白，為什麼那一次的探望，祖父會奇跡般地從床上下來，走到門口與我和父親告別。我想，也許那時將不久於人世的爺爺在冥冥中預感到，此一揮手之後，他就只能在天上

與做飛行員的兒子神會了。

當飛行員的父親一生經歷多少長空風雨，我其實真的不很清楚，如今年已八十的他能平安落地安享晚年，是我們整個家庭巨大的幸福。

時間將過去的一切痕跡抹去，俊鳥飛離，英雄遠去，跑道上當初觸目驚心的黑色焦痕早已蕩然無存。兩邊的青草還是那麼茂盛，那是英雄的血肉滋養的重生的生命。

唐媽媽說，兒子犧牲後，她和兒媳、孫女一道趕去部隊，很想到出事地點看看，但沒有得到批准。

我向試飛部隊領導說了這一點後，部隊領導沉默了許久之後才抬起頭說，老唐和小楊人太好了。因為是近場，那天有太多人目睹了失事的全過程，他們犧牲得那麼慘烈悲壯，之後，機場所在的飛行部隊，整整半年沒有放過音樂——而在此之前，試飛部隊每天早起床、晚熄燈以及三頓飯開飯時都是固定要放音樂的。

政委紅着眼睛，幾乎衝着我吼起來：「試飛有風險，這風險我們做軍人做兒子的擔了，吞了，可唐媽媽那麼大歲數了，我們怎麼能讓她老人家去現場再體驗那種撕心裂肺的痛苦？！怎麼能？！」

雖然沒有人敢對唐媽媽說起細節，但母親與兒子同心連體。開追悼會那天，兒子的遺體從海邊空運回閻良，只是個用紗布包裹的人形，唐媽媽剛看一眼就昏死過去了。

兒子走了，故鄉院裏的梨樹依然年年繁盛。年年梨花雪，不見故人歸。

唐媽媽說：「都説親人死了就看不見了，可我為啥子還是看見我兒子了呢？」

梨花盛開的時節，唐媽媽做了一個夢，她夢見剛剛會走

路的兒子，舉着白白胖胖的小手，一邊搖搖晃晃地走，一邊咯咯笑着，撲向自己。

戰友的犧牲非但沒有嚇倒試飛員們，反而激發了他們投身試飛的豪情壯志。在兩名試飛員犧牲後的第二年，1997年6月19日，試飛員譚守才駕駛「飛豹」從試飛院機場騰空而起，呼嘯着直刺雲天。機艙內，譚守才手握駕駛桿，目光堅毅。

今天，他將在空中查找該型機座艙失密的原因，如果發現不了故障產生的原因，此型飛機將無法進行設計定型。而帶着問題駕機上天，意外的情況會隨時出現，死神也將隨時向他發起攻擊。

飛機平穩地飛行於藍天上，一切都是那麼平靜。突然，飛機的告警燈閃出可怕的紅光，不好，險情出現了！隨着飛機發出一聲怪叫，駕駛艙立即失去了密封性，譚守才頓時感到渾身脹痛難忍。但他馬上鎮靜了下來，操縱飛機迅速下降高度。

當高度錶指向1540米時，只聽嘭的一聲巨響，飛機前座艙蓋被拋到了九霄雲外。強大的氣流伴着死神的淒泣呼嘯着將他緊緊壓在座椅靠背上，眼睛睜不開，耳朵聽不見，渾身被吹得冰涼，他與地面指揮員也完全失去了聯繫。

由於飛機座艙蓋被拋掉，彈射系統失去了保險，試飛員隨時面臨着被突然彈離飛機的危險。此刻，如果他正常跳傘，可以輕鬆脫離險情，但譚守才只有一個念頭：飛機是國家的財產，是幾代科研生產人員智慧和心血的結晶，自己只要還有一口氣，就要把它飛回去。

座艙內已是浮塵遮眼，陰風怪叫，譚守才臉部的肌肉幾

乎要被撕裂。他艱難地拉下頭盔風鏡，護住眼睛，同時咬緊牙關，雙手緊握駕駛桿。他知道，此時任何一個微小的錯誤都會導致機毀人亡。他將身體一點點移向儀錶板，盡量減少強氣流對身體的衝擊。強大的氣流下他渾身冰涼，握桿的手已經不聽使喚了。他狠狠咬着嘴唇，讓自己保持清醒，嘴唇被咬出了鮮血，他渾然不知，他要拚着性命去挽救戰機。

1400米、1300米、1200米……帶着沒有前座艙蓋的飛機，經過16分鐘的空中搏殺，譚守才終於成功着陸。中國試飛員又創造了一個試飛奇跡。

譚守才是被戰友們抱下飛機的，強冷風、高壓和缺氧，使他臉上和身上的皮膚都變了顏色，身體僵硬得像塊石頭。沒人知道這樣的他是如何把飛機操縱回來的。在去醫院的路上，航醫和戰友們不停地搓着他的各部位關節。剛剛緩過氣來的譚守才眨着他的小眼睛，對圍在身邊的眾戰友說：「我的媽，真夠涼快的。」

某年初，東海某海域傳出一條爆炸性新聞：我軍「飛豹」以排山倒海之勢，對某海域中的數十個目標進行了毀滅性打擊，100%命中目標。

六、包子，是你嗎？

看到那搖晃着的樹枝，我激動極了，我使勁地喊，
包子——包子——是你嗎？

敍述者：老李、大楊、小朱。

老李：作家同志，關於犧牲烈士的這個問題是比較難受

的，也是迴避不開的。

小朱：要説難忘，試飛員生涯中很多個片斷都是終生難忘的。不過，最痛徹心扉的還是事故。

大楊：其實，從當試飛員那天起，就知道幹這一行有風險，我自己也經歷了多次大大小小的風險事件。但是，真正面對戰友的離開，還是很難接受。

我：請你們説説包子吧。

他姓包，戰友們都這樣叫他：包子。

那年老李從國外受訓回來，打羽毛球時把腳的跟腱踢斷了，休息了兩個多月，腳上的力量還是不好，複雜科目一時還不能上，主要就擔任指揮員。馬上要進9月，試飛任務鬆了些，團裏就安排試飛員們抓緊時間療養。

老李：本來安排包子去療養的，但當時他兒子高考完，他跟隊裏説，他不去了，孩子要報志願什麼的，事情非常多。中國孩子上大學是大事，你知道的，這個時候家長肯定走不開。

沒有療養的隊員就參加正常飛行。那天老李是指揮員，包子有4個架次，飛的是某國產新型戰機。第一、二架次都順利完成了，中午吃完飯，飛第三架次，他上去了。

老李：然後就失聯了。雷達波突然消失了。無線電喊不到。我還對當時在鄰近空域的大楊喊話，讓他也幫着喊。

大楊：我聽到指揮員讓我喊包子的代號，就喊了，喊了三四聲，沒有回答。

沒有聽到包子的回答，大楊覺得不對頭，駕駛飛機沿空域盤旋掉頭回來後繼續喊，但耳機裏還是沒有聽到熟悉的應答。

大楊：我的心一下子就空了。

沒有當過飛行員的人，不太懂這個感覺。飛行員們朝夕相處日夜相伴，彼此十分熟悉，誰是什麼語氣什麼音色什麼説話風格，都十分了解，在天上飛的時候，只要在耳機裏聽上一兩個字，哪怕只報個代號，就知道是誰在説話。

在正常飛行狀態下，連續喊了數聲都沒有應答，這是非常不正常的現象。不安的大楊立即向指揮員老李詢問包子的起飛時間和飛行情況。

大楊：我一算，包子……包子已經飛 1 個多小時了。我的腦袋嗡一下就大了。

飛機的油量是按科目情況配給的，會有一定的富餘量考慮。包子的科目在空中連續飛行的時間應該在半小時之內，可時間已過去了 1 個多小時，現在喊他又無應答，不管是大楊還是老李都意識到，可能出事了。

在得到准許後，大楊中止了當天的任務，立即返航。他着陸後跳下飛機，頭盔來不及取就直奔塔台。大楊跑進塔台，在樓梯上遇到團長張景亭和老李。老李捏着一張紙條，瘸着傷腿説：「來了，走！快走！」

大楊攔住了老李：「我去！」

紙條上標記着雷達監控記下的目標航跡，一個黑色的圓圈標出了最後丟失目標的地域坐標，大楊默然揣起紙條。團長張景亭帶人帶車已經停在塔台門口了，他們直奔出事地點組織搜救。

能動員的力量都動員起來了，試飛院和試飛部隊的人立即出動，同時致電當地派出所請求協助，還動員了附近的村民。空軍某部在附近有一個司訓大隊，兩百名官兵全數出動，加上消防、武警一起，連夜搜山。

小朱：山西那裏的山不是很高，但很險。我們想着他可能跳傘了、受傷了，早一點找到他就早一點揹他回來。

到了出事地域已經是傍晚 6 點多了。有個放羊的老人説在山的那邊聽到一聲巨響，隨後看到一股煙，他們判斷那個地方應該就是出事地點，便找到老人立即出發了。天黑以後開始下雨。他們冒雨趕路，一直走到一個懸崖邊上，這裏就是飛機最後的雷達點。老人不讓再進去了。天完全黑了，視線不好，下雨導致地面濕滑，路側又是懸崖，他們只能停下來，先在山腳下休息，等待天亮。山裏的夜間，下了雨十分寒冷，大家走得急，什麼厚衣服也沒有帶，就穿着一件單衣。但沒有一個人肯回去，也沒人願意離開去其他避風處，大家揪了些濕茅草堆成堆靠着。熬到天蒙蒙亮，剛有了些許的能見度，大家趕快起身進山，向出事地點靠近。

中午過後，他們在繞過山的地方發現了四散的金屬塊，這説明出事地點就在附近。山一座挨着一座，眾人分幾路，包圍着一座山搜尋，一座山頭找完了，再轉向下一個山頭。突然有人大喊：「那邊發現了傘！」

大楊：那一刻大家和我一樣都興奮起來，心想是不是包子跳出來了。

所有人的頭都轉向那個方向。大楊拔腳就朝發聲處跑，刺叢濕泥遍佈的山坡，又黏又絆腳，大楊的奔跑變成了跌撞，他的心呼呼跳着。

跑到跟前，大楊一把撈起傘一看，卻是着陸用的減速傘，飛機跌落時掉出來的。

已經是下午 4 點多了，在雨裏走了大半天，大家的衣服早已濕透了，大楊隨身帶的軍官證都已經被雨水泡得看不清字了，可撞擊點還沒找到。大楊又急又累又傷心，下山的時

候腳下一滑滾了下去，至今他的腿上從膝蓋往下還有着一連串的傷疤。

　　腿和腳鮮血淋漓，但是大楊並不覺得疼，只是心裏堵得難受。張景亭要幫他檢查傷處，大楊粗暴地拒絕了：「哪有時間管這個啊！」

　　天色暗下來，再找不到，夜色將上來了。眾人越來越焦慮。張景亭在又一次的張望後突然有了發現，他用變了聲的聲音喊：「那邊有個傘！」

　　張景亭是老試飛員了，眼睛當然是特別好。眾人順着他指的方向看過去，果然，對面半山腰確實掛着個傘。這回看得真真的，肯定是救生傘。

　　再定睛一看，傘的旁邊還有樹枝在不停地晃。

　　大楊：看到那搖晃着的樹枝，我激動極了，我使勁地喊，包子——包子——是你嗎？

　　熱淚迸出眼眶，大楊一下子跳起來，像隻猴子一樣，跳着直往那裏躥。一路上樹枝、棘刺胡亂刮着他的身體，他全然不顧，一邊狂奔着，一邊聲嘶力竭地喊着：

　　「包子啊——包！聽到沒？堅持住啊——哥來了——哥救你來了！」

　　他的身後，戰友們一個接一個，喊着、叫着，以各種近乎狂歡的姿勢朝那隻傘奔去。

　　大楊第一個跑到，到了那裏一看，傘是在，掛在樹上一半，飄着一半，可裏頭是空的，周圍什麼也沒有，一隻鞋、一片衣服也沒有。他不死心，不相信，把傘拎起來裏外前後都看遍了，確實沒有。張景亭細心，又仔細檢查了周圍的樹幹、樹枝，沒有任何刮擦或者人工留下的痕跡。大楊在四周來回跑，一邊跑，一邊抬頭低頭樹上地上地到處找。

「包啊──」他喊。

「包子啊！你在哪兒？」

眾人跟着喊：「包──包子──」

山谷中有了聲音，但那是山間的回音，他們想聽到的戰友熟悉的聲音，沒有出現。

沒有。

樹枝再一次晃動起來，誰都看清了，是被風吹的。

大楊一下子坐在地上，控制不住地抽泣起來。他用髒兮兮的手捂着髒兮兮的臉，眼淚嘩嘩地從指縫裏流出來：「包啊，你在哪兒啊？你快出來！哥在這兒──哥來了──哥來救你了！」

大楊的聲音變成了嘶啞的嗚咽，他跪在地上，頭深深地紮在泥地裏。

張景亭忍住淚，拉起他：「走，繼續找，現在不是難過的時候。一定要找到他。」

小朱：其實我們也知道，跳傘的可能性不大。咱們試飛部隊的烈士有幾個生前跳傘的？每一個試飛員不到最後關頭，絕對不放棄飛機。他們都抱着最後的希望，都想挽救裝備。

但往往到了最後，已經失去了跳傘的時機。

那一天的晚些時候，他們找到了撞擊點，在山頭接近山頂的地方。飛機是大速度撞山的，超音速的撞擊把山頭撞出了半個足球場那麼大的一塊平地。

面對現場，數百人鴉雀無聲。人人都明白，這樣大的速度下，飛行員生還無望了。

一片嗚咽。

老李：對這種飛機滾轉時出現的情況，連設計師也是沒

有預想到的。還有就是天氣的影響，做滾轉的時候，對雲頂的高度預計不足，第二圈就入雲了，飛行員在雲中丟失狀態，飛機以大速度撞山，釀成了事故。

小朱：其實我們都知道，這樣的速度，就算是彈射出來也沒有生存的可能……可我們就是希望……就是希望……（忍不住低頭掉淚）

第三天中午，他們終於找到了包子的遺體，是已經炭化的部分遺骸。他們用 GPS（全球定位系統）定了點。大楊嗚咽着，脫下身上僅有的一件上衣，把戰友的遺體包起來，抱在懷裏，一路抱着下山。

追悼會上躺在花叢中的包子，是戰友們用買來的木製模特代替的。用醫用棉紗把頭部和上半身全部包裹起來，用松木枝做腿，穿上軍裝，戴上軍帽、墨鏡，再用鮮花覆蓋。

烈士的家屬都接受不了這一現實，見到親人躺在那裏，都會撲上去，想最後抱一抱摸一摸親一親，可是不行——

老李：不能讓烈士家屬靠近。只能遠遠地看一眼。

包子的兒子哭着要撲上去，被小朱一把拉住了。

小朱說：「兒子，你現在是家裏唯一的男子漢，媽媽需要你照顧，你要懂事。你就站在這裏看一眼，看一眼馬上走，把你媽媽也拉走。一定要拉走。明白嗎？」

小朱：這個兒子真懂事，他知道我在說什麼。

殲擊機出事，遺體能有一塊完整的那都是萬幸。我們老說奉獻啊、犧牲啊，在這裏，大家都有特深的感受，都是刻骨銘心。

出事後，大家都很難過，很傷心，但擦乾眼淚後，拿着紅旗還得繼續前進。一般情況下，大家都不談論死亡。但真正遇到了犧牲，為了國家的利益，大家都沒有什麼說的，從

來沒有膽怯過，因為我們這個事業就意味着犧牲。

小朱名叫朱傳軍。這位試飛部隊的年輕政工幹部是 70 後，長着一張可愛的娃娃臉。他是山東長清人，研究生學歷，有着豐富的管理經驗和良好的協調能力。在擔任教導員期間，他所在的大隊多次被評為先進黨支部和基層建設先進單位，榮立三等功 2 次。

「在我們空軍試飛部隊，這麼多年來，從來沒有一個人，因為害怕出事，主動要求離開。從來沒有。」

朱傳軍說。

七、一下空了兩個房間

兩個哥們兒在塬上躺着呢。天挺涼的……

在試飛部隊的採訪都是插空進行的。

試飛部隊不同於一般的作戰飛行部隊。飛行部隊的計劃一旦確定，一般沒有變化。但在試飛部隊，科目確定後，實際執行時，根據當時飛行的情況，會有增減更改的調整。所以，我總是根據他們的任務計劃提前做出採訪計劃，提出受訪人，在採訪中，根據情況隨時調整談話內容。

2013 年 7 月 17 日上午，採訪未能按計劃進行。艦載機指揮員鄒建國休假不在，陸智勇連續一週都有飛行任務，試飛學院院長張景亭去試飛研究院開會了。於是我臨時提出想與幾位年輕試飛員座談。

早上 8 點半，我坐進了試飛員公寓的小會議室，朱傳軍政委來了。朱政委告訴我，年輕試飛員們的座談時間只有 1

個多小時，因為臨時調整，他們 10 點以後有堂模擬課。

我問：「他們現在在哪裏？」

「都在宿舍準備功課，也沒啥準備的，可以過來先談。」

我說：「1 個多小時的座談時間雖然短，但可以先接觸一下，需要進一步詳細了解的再約。」

朱傳軍說：「我也是這個意思，所以讓他們都在宿舍等着了。」

這棟樓的整個五層都是試飛員宿舍，宿舍與會議室在同一層，幾分鐘後，年輕試飛員們陸續到了。

談話熱烈而輕鬆。沒有錄音，也沒有領導在，年輕試飛員們敞開了說，1 個小時很快過去了。這期間，先後進來五六個小伙子，先進來的還沒有說完，後來的就接上了茬。試飛員們腦子就是好，後來的人坐下後只消聽上幾十秒鐘，就能迅速跟上主題。

有一個小伙子中間去給我們大家接了兩回水。他手腳麻利，兩手端杯子時，用腳尖將門開合。

他第二次端水回來時，我說：「你叫易建國吧？你這個姓稀罕。」

他嘻嘻一笑：「也不稀罕，咱家還有個易建聯不是？」

我也笑起來：「不錯不錯，你肯定是他哥。」

我面前放着一本打開的花名冊，我指着其中的一個名字說：「溫——偉——民。姓溫啊，這個姓也少見的。」

最後進來的劉志剛說：「小溫啊，就是，他怎麼沒來？他今天在的，剛才我還見他在宿舍裏呢。」

門被敲響了，一個幹事站在門口說：「作家同志，他們要去上課了——」

我趕緊遞上採訪本，請他們留下名字和電話。劉志剛正

在繫鞋帶，一隻腳放在凳子上，嘴裏報着自己的手機號，報完後抬起頭來指着幹事身後對我說：「喏，他就是小溫。」

一個年輕人站在門口的走廊上，身材不高，他向我轉過臉來，一張白淨的臉，眉目疏朗。

「今天你沒來座談喲。」我說。

他笑笑，沒吱聲。

「下次吧，下次你第一個說。」我又說。

他還是微笑着，不點頭也不搖頭。

「小溫這人呀，是秀才型的，一肚子墨水。」是誰說了這麼一句。

溫偉民還是只笑，一言不發。

哨音響起來，要集合了。我站在長長的宿舍通道上，目送着他們一個個躥出會議室，走廊裏響起了一陣橐橐的腳步聲和一陣嘩嘩的鑰匙聲。通道兩邊的門一扇扇打開，他們進門去，三兩秒鐘後又躥出來，人人手上多了個藍黑色的文件提袋。他們回身，嘭地關上門，嘻嘻哈哈、你呼我喚的，勾肩搭背，噔噔地一起下樓。

轉過天的上午，採訪完張景亭院長時已近正午，我們一起向試飛員食堂走去。路上，小劉幹事說，按照國家航空工業部和空軍的要求，艦載機方面的情況目前尚未全部放開，近期內暫不能安排對艦載機試飛員陸智勇等人的採訪。

他說這話的時候，一陣很清晰的飛機聲響起，我抬頭，看到天空中有飛機掠過。

小劉幹事說：「今天陸智勇有任務。這一週都有。沒準這就是他在飛呢！」

我抬頭看着天空，我能看見遠去的飛機在天空中留下的軌跡，當然，我看不見陸智勇。

「好吧，那就等下次吧。」我說。

幾天後，我離開了這支試飛部隊，轉場到另一支試飛部隊。我那時並不知道，我錯過了什麼。

經過又一次漫長的申請和等待後，終於，在 2014 年即將過去的最後幾天，我得到了批覆，可以去採訪，而且有關艦載機的內容也部分放開了。就在出發前的那個夜晚，22 點 45 分，我接到負責聯繫的小王幹事的電話，在本書的《序章》中已做了講述。

2015 年 2 月 3 日，陰天。我又坐在那間會議室裏，今天的年輕試飛員座談會，他們來得很齊。小劉、小董、小宋、小鄭，還有「兄弟」是易建聯的小易，我能一一叫出他們的名字。

但是，有兩個人沒有來。

他們永遠不會來了。

2014 年 12 月 22 日 15 時 30 分許，隸屬於國防工業部門的一架殲轟 -7 在執行科研試飛任務時，在陝西渭南墜毀，首批航母艦載戰鬥機編隊飛行員之一、空軍上校陸智勇以及試飛員溫偉民犧牲。

失事過程被附近的一位網友用手機拍攝了下來。從視頻中可以看到，飛機墜毀前，從房頂上空飛過，尾翼燃着火焰，呼嘯着，拚盡最後一絲力量，避開人口稠密區，墜落在了沙王大橋附近的麥田裏。有關專家對事故過程分析後認為：

兩名試飛員駕駛嚴重故障的飛機穿越渭南經濟開發區時，完全可以棄機跳傘，但是軍人的使命感促使他們未選擇在密集的廠房上空棄機。如此時做逃生彈射的話，很容易就給飛

機一個低頭力矩，飛機會一頭栽到工業區裏。而當飛機在即將穿過開發區時，因前方就是村落及公路，試飛員此時應該是想盡力控制飛機偏離前面的人員密集區，也許就是這次操作，導致飛機開始嚴重解體並起火墜落，兩名試飛員也犧牲在事發現場。

三天後，在國防部舉行的例行記者會上，國防部新聞發言人楊宇軍正式對外公佈了這一事件，他充滿深情地說：「對於所有為國防事業獻出生命的勇士，我們將永遠懷念他們！」

飛機是機器，人也不是神仙。飛機的各系統要經過成百上千次試驗，人只能在飛行中經受試驗和考驗……汽車的速度達到每小時 200 千米時人的神經和肌肉的緊張度你是可以想像的，飛機一般的速度都是超過每小時 1000 千米的，人的各系統需要多久才能適應？作為試飛員，對於風險他們每個人都很清楚。但是，一個真正的試飛員，不會在風險和犧牲面前退縮。

陸智勇是河北人，1995 年考入中國人民解放軍空軍長春飛行學院保定分院，2006 年調入空軍試飛部隊。他生前累計飛行 3344 架次 1960 小時，榮立二等功 2 次、三等功 1 次。2013 年，陸智勇與戴明盟等五人通過了航母資格認證，成為堪稱海天驕子「夢之隊」的航母艦載戰鬥機編隊飛行員。作為中國首批艦載機飛行員，他們的選拔培養堪比航天員，甚至更為苛刻。首批艦載機飛行員年齡在三十五歲以下，至少飛過 5 個機種，飛行時間超過 1000 小時，其中在第三代戰機上的飛行時間超過 500 小時。

我終於知道溫偉民那天為什麼沒有參加座談會了。事實上，這個溫和的、文質彬彬的小溫是特殊系統試飛員，像試

飛部隊中某一部分試飛員一樣，他從不接受採訪，也不允許畫面鏡頭曝光，因為他所擔負的，是高等級的國家機密工作。

這一天的座談會，還是那幾個人，卻不見了之前的生動。沉默了許久之後，他們還是開口了：

作家同志，上次你來的時候，我是在這，跟你說，小溫站在門口那塊……

怎麼說呢？事故發生了，我們現在坐在這裏，討論、總結、檢查，更多的是謹慎，更多的是自查、學習和反省，隔壁家失火檢查自家灶房。

頭幾天真是難受啊，喘不過氣來。後來政委把我們拉到機場，啥也不說，就讓我們在機庫邊上來回走。走着走着，左邊一看，殲-10、殲-11，右邊一看，殲-20、殲-15，心裏一下子鬆了。再聽聽飛機聲，感覺舒服了。再回來，又有勁了。

國家和軍隊需要我們，我們自己必須有所擔當，一味地悲痛沒有意義。

那天我也在飛，也是飛出廠（鑒定試飛）。聽到耳機裏在叫他們的代號，前後叫了有1分多鐘，我就趕緊對其他人說：「弟兄們先別出聲，聽無線電……」

早上出來一塊兒上的車，一塊兒進的場，一塊兒進的空勤休息室，飛機準備好我們就各自去接收飛機了，這就成最後一面了。

要過年了。想着兩個哥們兒在塬上躺着呢。天挺涼的……

我悄悄地把劉志剛叫出會議室，對他說：「我想去看看他們的宿舍。」

劉志剛趕緊四下裏看了看，輕聲說：「這個……鑰匙在

領導那裏。」

「我知道，你們領導肯定説了，不讓人隨便進去。」

劉志剛不吱聲。

「我不進去，我只在門口站着看一下。」我內心酸楚地説，「讓我看一下，我保證，我只在門口站着。」

「就看一下，一小下。」我的聲音顫抖了。

劉志剛的眼睛紅了，他不敢看我，點點頭輕聲地説：「我去想辦法。」

等了不到 3 分鐘，劉志剛回來了，手裏拿着一串鑰匙。試飛員們的家安在院外，這裏每人一間宿舍。鑰匙一共三把，隊裏一把，每個人自己有兩把，一般是自己身上帶一把，家裏放一把。

長長的走廊靜悄悄的，兩側都是試飛員們的宿舍。每個房間門口的牆壁上都掛着一個玻璃框，框裏是一張精選的個人飛行照片，下面是個人簡歷、飛行時間、立功受獎情況。

烈士離去了，但是照片框還原樣掛着。

518 房間是溫偉民。522 房間是陸智勇。兩個房間中間隔着另一位戰友，兩個房間，相隔 6 米。

門鎖清脆一響，又一響，門慢慢地打開了。房間迎面是窗，右側正中一張床，左側臨牆一隻衣櫃、一隻書櫃，窗下一張書桌、一把椅子。

小劉説，這是溫偉民的房間。小溫平時最愛乾淨，每天飛行回來都要拿抹布擦桌子。烈士走後，他的家屬來整理過，照樣把床鋪得整整齊齊，床單、枕套拍得沒有一絲褶子，被子疊成豆腐塊。現在，戰友們隔幾日還會進來，把桌子擦擦、地掃掃，再在床邊坐坐，摸摸桌子、椅子、床頭、枕頭。床上還擺放着大中小三隻軍綠色軍用背囊，裏面滿滿地裝着飛

行裝具，拉鎖嚴密拉好。三隻背囊一個挨一個立着，仿佛還像從前一樣等待着，主人一旦需要，拎起就走。

陸智勇的房間，朝向與擺設和溫偉民房間的完全相同。我進去的時候，正好太陽來到窗外，陽光從潔淨的大玻璃窗射進來，在屋子正中形成一片彩色的光區。細微的塵埃如同無數精靈，緩緩地、無聲地在這片光區裏飛舞。

去年準備採訪陸智勇時，我就做了他的功課：河北人，頭腦聰明，空中反應佳，心理穩定。閑時喜歡把玩小件玉石。喜歡穿明亮淨色的Ｔ恤。每次飛行完回家後總要換上輕便的運動鞋。總是斜揹一掛包。運動型身材，細腰健背，有發達的上臂肌和胸大肌，腰、腿和腕的力量非常好。

牆邊的小鞋架上擺着一雙制式皮靴，很新，很亮。那一天，小陸的愛人來收拾遺物，臨走，把這雙鞋仔細擦好後，又放回這裏。陪同的戰友説：「嫂子，這鞋不帶嗎？」

女人安安靜靜地説：「回家都是穿便裝，這是他平時在隊裏穿的，他回來了還要穿的。」

沒有人再説一句話。

多少個日子過去了，這雙鞋還那樣放着，鞋頭衝牆，沉默地等待着，主人歸來後，一腳蹬入就可以穿上，再赴千山萬水的征程。

我站在門口，輕輕地摸着門把手，那上面，仿佛還能感受到烈士的體溫，我好像又聽到他們關門的嘭嘭聲……

政委朱傳軍不知道何時來的，他悄無聲息地站在我的身邊，把門開得更大一些，一言不發，帶着我走進去。站在窗邊，他拉拉窗簾繩，再用手摸一下桌面，湊近了看看手指，然後熟練地從門後拿起一塊帕子，把桌子連同椅子細細地擦了一遍。我知道，在此之前，他已經無數次地、無數次地在

這裏這樣做了——作為試飛部隊的政委,他是怎樣把這些弟兄當作眼珠子一樣天天地照看着、呵護着、疼愛着,又管束着。什麼口味什麼習慣什麼愛好,什麼脾氣什麼情緒什麼毛病,他甚至比他們的妻子父母更了解他們,甚至他們中的誰今天多上了兩趟廁所或者少盛了半碗飯他都要了解清楚。他一定不能相信,好像剛才還在房間裏與他嘰嘰咕咕淘氣的兩個活蹦亂跳的兄弟,轉眼一去不返。人去屋涼。

末了,他長長地歎了一口氣,用手揉着心口說:「一下子空了兩個房間……」

我忍了一上午的眼淚再也忍不住了,我用手捂住了臉,卻捂不住鳴咽。淚眼模糊中,我久久地注視着牆上的照片,照片中那兩張熟悉的笑臉。

「作家姐姐你不能這樣,」朱傳軍說,目光移開我的臉,「你不能這樣進去談話吧,他們一會兒還有進場的任務。」

我努力擦乾眼淚,恢復平靜。走出房間的時候,我恍然看到了一個白淨的年輕人在走廊上站着,一言不發地衝我笑;而頭頂上正有一架飛機掠過,一身藍色飛行服的陸智勇坐在座艙裏,目視前方……

518 房門在我面前輕輕地關上了,鎖上了。

522 房門也關上了,鎖上了。

這兩間房,都關了,鎖了,它們的主人,再也不會回來了。

他們再也不會嘩嘩地掏出鑰匙,把門打開……

第六部

女人們花枝招展

好男人和好飛機都是飛出來的

作為試飛員的愛人，她們明白，試飛事業是國家的事業、人民的事業，找試飛員做丈夫，就意味着他首先屬於祖國的天空，然後才是屬於自己的。她們以丈夫令人驕傲的事業和成就為榮，同時也把偉大而崇高的使命感與奉獻精神融入了自己的生命，為男人們營造溫馨而舒暢的港灣，為他們的飛行增添了信念和力量，也使自己的人生變得鮮亮而莊重。

吾令鳳鳥飛騰兮，繼之以日夜。飄風屯其相離兮，

帥雲霓而來禦。──〔戰國〕屈原《離騷》

當三個女人像三朵鮮花一樣出現在酒店門口時，我着實吃了一驚。她們笑着，彼此親熱地打着招呼。她們的笑容明亮開朗，衣着與髮式修飾得十分漂亮精緻，中航格蘭雲天大酒店的大堂突然亮了。

她們都是試飛員的愛人，用部隊的話說，叫作試飛員的家屬。

在那一刻，我有了一個很好的主題──所以，也就有了第六部的標題。

第十四章 一日勝過十年

找試飛員做丈夫，就意味着他首先屬於天空，然後才是屬於我的。天空中不全是藍天白雲，還有風雲變幻。只有試飛員的妻子，才能真正懂得這句話的深刻含義。

一、我把我兒子揍了

「媽媽，謝謝您！這麼多年了，您的養育之恩大於生育之恩，您太辛苦了！」

項目分析會定在下午3點，但那一天雷強晚到了幾分鐘。這可是很不尋常的。試飛員們的時間觀念強到以秒計算——所有人都知道，飛行這麼多年，大事小事上，「大哥大」雷強從來沒有誤過事的。

副總師拿起電話準備打的時候，雷強跑着進來了，頭上還冒着熱氣。

散會了，我一溜小跑地跟着雷強問他：「到底什麼事？你也會遲到？」他瞪了我一眼，不吱聲，兀自朝前走。「大哥大」雷強永遠來去一陣風。我迎着他的惱火：「你不說，我就一直跟着你。」

雷強無奈地站下了，雙手一攤：「我把我兒子揍了。」

和雷強見了兩次面後，介紹人問她：「怎麼樣？這人不錯吧！」

李蓉想：怎麼你們都這麼説？

年輕美麗的女醫生李蓉就職於某部隊醫院，生活平靜。但是，自從那個叫雷強的試飛員來住了一次院後，接下來的幾週裏，總有人要給她「介紹介紹」，所有人對這個雷強的評價都不約而同地相同——那人不錯。

這讓她不能不對這個小個子男人重視起來了。

一番接觸下來，李蓉倒也挺滿意。試飛員嘛，思想品德之類的不用説，組織上都是嚴格審查過的；至於技術，只要稍稍一打聽，誰都知道他飛得好，這説明聰明悟性才幹也不在話下，專業能力這一點也滿意。剩下的，就是脾氣性格和個人素養了。這麼個能力強、品性超群的男人，會不會是個脾氣剛硬之人呢？

週末再見面的時候，雷強帶了兒子來——週末幼兒園放假，兒子沒地方放。

雷強沒想到，就是這一天的相處，讓李蓉對他有了轉變性的認識——一個能對孩子如此耐心盡心的人，定會是個厚道的男人。這是李蓉的判斷。

平時雷強上班，兒子大部分時間都被獨自鎖在家裏，這回出來，淘氣的小傢伙風一樣到處跑。雷強跑前跑後地跟，一會兒送水，一會兒脱衣，一會兒擦汗。中午吃飯的時候，雷強安頓了小的又照顧大的，面面俱到。看着忙得滿頭大汗的雷強，善良的李蓉心裏感慨：這個男人非常不容易，既要帶孩子又要飛行，是個有責任心的人。

　　李蓉自己是幹業務的，看到雷強在飛行上非常認真專注，自然欣賞。女人的心又是軟的，得知雷強經常是忙了一天的飛行，累得不行了，還要去幼兒園接孩子，陪孩子玩，把孩子哄睡着了，還要洗衣服整理房間，夜深了才坐下來，準備第二天的飛行，她心裏就有了感動。沒多久，他們就結婚了。他們的結合一點也談不上浪漫，都是再婚，也沒怎麼操辦。李蓉就帶着女兒進了雷強的家。兩個孩子正好同年同月生。這似乎是天緣。

　　從把家門鑰匙交給李蓉的那一刻起，雷強就迅速地完成了從單身漢到有老婆的幸福男人的轉變。他從此一門心思將全部精力投入他的試飛，把他的這個家，連同兒子，全權交給了李蓉。

　　那一天我走進他們家，看着這個手腳麻利的女人進進出出幾分鐘就收拾好了客廳及兩個孩子的房間，並且把自己修飾得漂漂亮亮地坐在我面前。她的皮膚很白，頭髮微鬈，用黑色的小髮卡在耳後別成一朵花形，聲音低而婉轉，語速緩慢。茶几上的大口玻璃瓶裏插着一把從機場野地裏採來的小花，藍色、紫色、黃色都有。李蓉整理了一下花束，輕言細語地說，昨天晚上帶孩子們去機場邊上散步，兩個小傢伙採的。

　　「結婚這麼多年，你們家雷強好在哪裏就不用說了，你說說他有什麼缺點吧。」我提出這樣的開場白，李蓉顯然有點吃驚。她努力地想了半天，才說：

　　「一個毛病是喝酒。我是學醫的，特別不喜歡他喝酒抽煙。可是喝酒和他的職業有關係，很多飛行員都是抽煙喝酒的，他們可能把這當成了緩解壓力的一種方法。他個性還特別直，酒量不太好，容易喝多，有時我在場還替他擋酒。另

一個是對孩子特別溺愛，可能是因為他平時工作忙，陪孩子的時間少。基本上孩子要什麼，他能滿足的都滿足，從來不會和孩子說『不』字。惡人從來都是我來當的。」

——噢，對了，今天雷強做了一回惡人。這麼多年，這還是第一回。

事情的起因是兒子。男孩子幾乎沒有不搗蛋的。

上午，李蓉被兒子的班主任「請」到學校。班主任客氣卻憤憤地歷數了小雷同學的種種不乖行為：玩遊戲、不完成作業、打架、逃課。

末了，老師不無深意地說：「我知道你們忙，也很愛孩子，但是這個年齡的孩子，要引起重視，光提醒教育恐怕不夠，該嚴格管理就要嚴格管理。」

回到家，李蓉決定先和兒子談談：「老師說你不寫作業，玩遊戲。」

兒子一副滿不在乎的樣子：「就不想寫那作業。那些生字，老師動不動就讓我們寫五十遍，我都會了，幹嗎還要寫？玩遊戲怎麼了？我爸還玩遊戲呢，玩得比我還快。」

李蓉想說，你爸玩遊戲是練習反應力，也是放鬆。但她知道這樣的解釋對兒子無效，就換了一個問題：「那為什麼逃課呢？」

「我不喜歡他的課，我自己看書都看明白了，老師還在講台上講來講去的。」

兒子蹭過來，親熱地抱着她的腿說：「媽，星期天你帶我們出去玩吧，我不等爸爸了，他老說帶我們出去，老沒時間。你帶我們去，好不好嗎？」

李蓉一點也生不起氣來。她坐在床上想了半天，只好給

雷強打電話。

中午，雷強飯也沒吃就跑回來了，進門對李蓉說的第一句話就是：「都是你平時太慣着這小子了，看慣出毛病了吧？」

雷強後來告訴我說，其實他進了大院一路上就向路兩邊看，想找個樹枝、木棍什麼的，作為教訓兒子的工具，但是這院子被打掃得太乾淨了，地上連片樹葉也沒有，他只能空手而歸。到家了，雷強在屋裏轉着圈找可以動手的武器，末了，從廚房拎了把掃帚出來。

李蓉一見緊張了，一把搶過掃帚說：「我來，你手勁太大。」

雷強說：「好，你來，你來！今天非好好教訓這小子不可！」

李蓉拎着掃帚向客廳走，一副氣勢洶洶的樣子。走到淘氣包兒子跟前，她板着臉大聲說：「站起來！」

小雷同學乖乖地站起來，眼睛眨巴眨巴地看着李蓉，他還從來沒見過李蓉這樣的表情，所以還是一副不明白的樣子。李蓉把掃帚高高地舉起來，卻遲遲打不下去。

雷強在一邊着急地說：「打啊，打啊！」

李蓉把臉轉向丈夫：「打……打哪兒？」

雷強指點着說：「打屁股，打他屁股！」

李蓉的手還是舉着，打不下去。

自從進了這個家，李蓉承擔了全部的家務，對兩個孩子百般呵護，很多情況下，對男孩子還要偏愛些——私下裏她對女兒說，哥哥以前一直沒有媽媽照顧，所以現在媽媽要多疼他些。孩子的心靈是最簡單透亮的，兩個孩子相處友好，幾年下來，兒子比女兒還會撒嬌。

李蓉心又軟下來：「兒子知道錯了，下次注意吧——」

「不行，不給他點教訓，他記不住。」雷強在一邊嘆着，「臭小子，趴下！」

兒子梗着脖子對抗：「憑啥？」

「憑我是你老子！」

「你天天都不在家，憑什麼管我？」

雷強火了，挽着袖子說：「真讓老師說着了，這孩子簡直不知道天高地厚。今天我非要教訓教訓你。」

雷強奪過掃帚，衝着兒子的屁股啪啪用力打了兩下。

身邊哇的一聲——不是兒子，是李蓉。李蓉上前抱着兒子，大聲哭起來。

那一天雷強對兒子的懲罰沒能進行下去。雷強把妻子扶起來，他看到她臉上摔傷落下的青烏還沒有完全消退。

雷強進入殲-10首飛小組後，有一段時間是封閉式訓練，儘管訓練基地離他們家只有不到 300 米，但他常常兩三個月都不能回家。兩個孩子的教育管理和全部家務都壓在李蓉一人身上，李蓉還要上班，每天早出晚歸，時間一長，勞累過度導致嚴重貧血，數次暈倒，摔得臉上、胳膊上都是傷。幾天前，李蓉帶空勤人員去體檢，小伙子們還沒體檢完，她卻先倒下了，立刻被送去急診。一檢查，血色素還不到 5 克。大夫歎着氣說：「你這個醫生是怎麼當的？你這種情況可以下病危通知書了。」傍晚時分雷強跑來了，臉像李蓉的一樣蒼白，握着她的手說：「可不能有事啊，你可別嚇我。」

「你當試飛員的，飛過那麼多風險科目，怕過什麼啊？」李蓉說。

雷強眼睛一紅：「天不怕地不怕，就怕你出事。」

上班時間快到了，下午有會，雷強站起來，他必須跑步

前往了。兒子縮在媽媽懷裏，用憤怒的小眼睛瞪着他親爹：「你走，你趕緊走！我不要你！」

雷強把兒子拎到臥室，讓他面對自己站着。兒子嚇得大喊：「媽媽，媽媽——」

雷強用手指制止了兒子的求救：「兒子，爸爸不打你。聽着，爸爸跟你說幾句話。爸爸有很重要的工作要做，你要聽話，不僅要做個好孩子，還要照顧好媽媽和妹妹。在家裏，只有你一個男子漢，明白嗎？」

兒子有點明白了，點點頭。

「如果你再不聽話，媽媽再病倒，就只能送到醫院去，那樣你回家就沒有媽媽了——」

沒有媽媽在家是不可想像的。兒子這回真哭了：「爸爸，我聽話——」

雷強出門的時候，李蓉說：「你快走吧。放心，孩子們我一定帶好。」

雷強握了一下妻子的手。他想說，謝謝。他還想說，難為你了。但雷強最後說的是：「我一定能飛出來。」

殲-10首飛那天，李蓉也去了。到了現場，她不敢上前面去，不想讓丈夫看到，怕他分心，可她又想看到他，就躲在一個不起眼的地方，遠遠地注視着。

穿着橘紅色抗荷服的雷強出現了，他向主席台上的領導敬禮，試飛局長和總師走過來，幾乎是挽着他的手，把他送上了飛機。艙門關上的那一刻，李蓉的心都要跳出嗓子眼了——她想看着他走，又怕看見他離地⋯⋯

李蓉：一直到現在，參與這個「型號工程」的人，談起當時的情景，都還是很感動。但還是有一些業外的人不理解，

不就是一個飛機首飛嗎？為什麼那麼多人要哭？我知道他們的艱辛、所付出的辛苦。有時雷強在家，深夜一兩點鐘接到電話，要去做試驗，不管是下雨還是什麼，他軍大衣一披，馬上去機庫。那些工人、設計師啊，都守在那，都不休息，真的非常不容易⋯⋯

首飛那天，飛機在空中盤旋四圈，留空 18 分鐘。沒有人知道，這 18 分鐘裏的每一秒，對李蓉來說，是怎樣膽戰心驚的煎熬。飛機落地後，雷強走下飛機時，看見那個橘紅色的親切熟悉的身影終於出現了，李蓉再也控制不住，她衝出人群，向丈夫跑去——

結婚十數年，無數的困難，無數難言的磨折，無數次無奈而揪心的等待，都如潮水般在心頭澎湃而至，她抱着他大哭起來⋯⋯這令人感動的一幕被現場記者用攝像機記錄了下來。

兒子的痛哭是在幾年後。那一天，兒子動身離家上大學。一早，李蓉特地做了豐盛的早飯，又把準備了又準備的行李放在門口，她一直在不停地叮囑。

時間到了，兒子不捨地囁嚅道：「媽，我走了。您答應了要去看我的喲！」

「要去啊，當然要去。」李蓉說，「你到了學校好好學習，還要照顧好自己。有空多打電話。」

走到門口，兒子突然手一鬆，行李落地，他轉過身，一把抱住了李蓉：「媽——」

十八歲的高大小伙子哭出了聲：「媽媽，謝謝您！這麼多年了，您的養育之恩大於生育之恩，您太辛苦了！我不在家，您一定要保重身體！等我畢業了，我好好孝敬您！」

　　李蓉：雷強每次做成功了一件事情，我都特別為他感到高興，也經常會送他一些禮物什麼的，比如說他喜歡的打火機啊、皮帶啊，他很喜歡這些小玩意，其實他還是很有情趣的一個人。但印象中他好像從來沒送過我什麼東西，都是給我錢讓我自己去買。他這輩子對飛行事業的熱愛和執着，真的是一般人比不了的，也許是他從小受到了他父親的影響。我真的很崇拜雷強。記得有一次我們和研究所人員乘民航飛機去某地執行任務，碰上許多明星，好多人找他們簽名。大家看我不去，就問我。我跟他們開玩笑說：「我最崇拜的就只有雷強，他是我心中的明星，我是他的粉絲，要簽也只會找他簽。」

　　雷強只給李蓉過過一次生日，這是李蓉記憶中雷強唯一的一次浪漫之舉。那天他買了個蛋糕，請了幾個同學、同事，一起去Ｋ歌。雷強唱功一般，但膽子大，聲音大。歌廳裏溫情的光線搖曳，喝了些酒的雷強拉着妻子的手，一連唱了好幾首歌。那天雷強說了很多感謝的話，感謝她對他的支持，對他飛行事業的幫助，幫他把家裏打理好，讓他沒有後顧之憂……「沒有你，我很多事情都做不了。」雷強一直在絮絮地說着，這樣的表白平時很少，雷強不是個擅長表達情感的人。

　　李蓉說，那天，在吹生日蠟燭的時候，她許的願望是——希望他能夠平平安安地結束飛行事業。

　　「大哥大」雷強對我說：「你李蓉嫂子，她才是我們家真正的『大哥大』。」

二、太太就是太太

我能成為今天這樣的人，太太給我的精神提升是很重要的。她給我一種暗示：一個如此完美的女人能嫁給你，你一定要配得上。

一個試飛員的自述——

我的初戀是我大學班上的一個女同學。

我高分進的北航。到大學報到那一天，新生們在學校體育館前辦手續，人很多，擠擠挨挨的。我是一個人去的，沒人送我。我自己提着大包小包，就在這數百人中，我突然看見了一個女生。她的個子不高，但不知道怎麼的，在一群高個子同學中，她突然跳了出來，因為她的臉——怎麼說呢？粉嫩粉嫩的，吹彈可破。一個男孩子，剛剛發育成熟，又剛從高考的黑色高壓下喘過氣來，突然面對這樣一張臉——我一下被這張臉迷住了。

那一年我十九歲。我不知道她的名字，沒法打招呼，也沒法打聽。總不能上去拍人家肩膀吧？我就提着行李跟着她，她走到哪裏我跟到哪裏。轉了幾個圈，跟丟了，那天人太多了。我就想，這女生要是能分到我們班就好了。結果——哈！居然，她分到了我這個班！當然，她是班花。

我從此開始了長達兩年的單相思。

白天上課在大教室，上晚自習在小教室。小教室三十二人，她坐在我前面，她的臉就在我前方側面的位置，我只要抬頭就能看到她的側影，線條美妙的臉形。但只要她在，我就只能一直埋着頭，直到下自習她離開，我才恢復正常。這

樣持續了一年多。一天晚自習，小教室裏居然沒有人，我剛坐下，她進來了。她看見我，臉也是紅的，我就知道，她肯定知道我喜歡她。這是一個絕好的機會，我準備了快兩年的話要表白了。我剛剛叫出她的名字，教室的門嘭地開了，一個單戀我兩年的女生進來了，一看見我們倆的狀態，立馬臉就變了，生氣地把門狠狠一摔，走了。

完了，這一下氣氛被破壞了，她站起來走掉了，我什麼也沒能說。

我是班幹部，負責分發報紙。終於有一天，我在她訂的報紙裏夾了一張紙條：「今天晚上 8 點，綠園見。」綠園是我們學院裏的一個小花園。

晚上，她真的來了。

那時年輕的我多笨啊，每次約她，她都出來，我們也不吃飯，也不喝咖啡和茶，就在花園裏的冷風中站着、走着。我們從大三開始約會，直到大四，我們之間沒有任何進展——她對愛情的所有憧憬可能都在這冷風中吹沒了。兩年裏，我除了拉過一次她的手——第一次見面時的握手，沒有其他任何甜蜜親昵的舉動，她肯定以為我並不十分愛她。而班上狂熱地愛她的男生可不止我一個。加上我，有三個。

畢業時，班上那兩個哥們兒都跑到我面前哭：「告訴你班長，我喜歡她，現在大學畢業了要分別了，十分痛苦，因為還沒有表白就要失去她了。」班長就是我。我說：「你們還在我面前哭，我應該哭得比你們還慘，兩年了，不過是一場空。」果然，畢業後我一到部隊就給她寫信，每週一封信，但她從來不回。直到有一天，她回了，信上說：「對不起，我們分手吧，我已經有男朋友了。」

我的初戀就這樣結束了。那時候我的人生，除了飛行以

外還沒有別的目標，難過得呀，想着從此不再愛女人了。

但是在飛行部隊我遇見了第二段愛情。

那天我在街上走，看見一個年輕的女人推輛二八自行車，身高有 1 米 65，自行車前面放一個小孩，後座上還放着一個小孩。她引起我的注意不是因為有兩個孩子，而是因為她的相貌——重慶是出美女的地方，但這個美女又美得不同，我再一次有了怦然心動的感覺。小鎮地方不大，我很快就知道，她是幼兒園的老師，我們部隊許多飛行員和幹部忙着飛行，不能按時接孩子，下了班她就把孩子們一個個送回家去，所以她和我們飛行團的領導和幹部們都比較熟悉。

過了幾天，團裏放電影，家屬群眾都來看，我們是發票，群眾是買票，她的票是部隊長給的。那天她正好坐在我前排右側的位置，與初戀女友在教室的位置一樣，我可以看清她臉的側面輪廓，那麼完美的臉形，震撼住我了，我再一次傻了。那晚電影裏演了什麼我根本不記得了，我一晚上都在看她。這個人是不是和我有緣哪？

結果緣分真來了。

到年底，我們飛行團和鎮上的軍民搞共建聯歡會，她是晚會女主持人。我有一招很厲害，我記性特別好，大學時代為了鍛煉記憶力背英語詞典，背台詞。背英語詞典肯定沒人聽，但背台詞有效果，尤其是我還會模仿。我的聲音也不錯。有一部法國電影裏面有一段主持人向男主人公介紹飛機掉地上的過程，這一段台詞有 6 分多鐘，我就表演這一段。

晚會上我和另一個戰友在表演時，宣傳幹事拍了一張照片，她也被拍進去了——這張照片我現在還留着——她「放肆」地坐在邊上，正在嗑瓜子。宣傳幹事說：「那天晚會上的男主持追這姑娘兩年多了，人家一直沒點頭。這天仙一樣

的人，你肯定沒戲。不如我給你介紹幼兒園另一個老師，也很漂亮，就是那晚跳新疆舞的，你追她可能差不多。」

7月1日建黨節，參謀長説：「晚上到我家裏來。」

我這個人腦瓜好使。我一聽就知道，領導是要給我介紹對象，又一想肯定是那個跳舞的，我自己覺得和對方條件差不多，就高興地去了，穿着件半新T恤。但我一進門，看見是她坐在那裏，心想：這不行了，肯定成不了，差距太明顯了。這樣一想，我反而放鬆了，狀態自然。走出領導家，我像對戰友一樣隨意地説：「去我宿舍看看唄。」

她爽快地同意了，她説，還沒進過飛行員公寓呢，聽説修得很漂亮。

她只在屋門邊看了看，當然我房間很乾淨。其實那天我出來之前，特別有心地整理了房間，採了蘭花，插在桌子上的玻璃水杯裏，還在蚊帳上別了枚剪紙。她走時我送她到團部機關門口，該分手了，我禮貌地問她：「握一下手可以不？」她大大方方地説：「可以。」

這是我人生中第二次握心儀的女人的手。

然後她就走了。我看着她的背影，那麼好看的背影，但她頭也不回——我知道，其實她根本沒把我當回事。你想啊，這麼個出色的姑娘，不知有多少人介紹過對象給她，於她而言，我不過是其中之一罷了。我長得當然不能説是其貌不揚，但也太普通了。

第二天是週日，我上街閑逛，路過一家髮廊，居然看到了她，這也太戲劇化了。我站下和她聊了兩句。我想她家肯定就在附近，就隨口説：「有機會去你家裏看看？」

這姑娘性格真好，立刻就接話説：「去唄！」

她家果然就在附近，我這一去，故事就來了。

我後來才知道，頭天晚上一回家，她就跟她媽媽講了相親的事。當然，她給媽媽描述了我的形象，相貌她說記不住，個子不高，學歷高一點，又是軍人。後來我岳母對我説，説者無心，她是無所謂的，但是做媽媽的聽進去了——人不要太帥，太帥的容易花心；學歷要高，學歷高説明個人修養好；要有正式工作，不找經商和從政的，穩定性差，最好是軍人，有組織，能吃苦。而我的條件，完全符合她老人家的期待。

那天我受到了熱情而隆重的接待，她媽媽看我的眼神，那叫一個欣賞。她媽媽給我做了糖水蛋：加豬油，加糖，兩個荷包蛋。這是當地人待女婿的規格。她媽媽還一遍一遍地説，有空多來家裏玩啊！

我們不冷不熱地交往了大半年，雖然離得近，但是我飛行任務多，只有週末才能請一天假出來，平時都是信件來往。突然有一天，她給我寫了一封信，説她要調到另一個大地方去了，進教委機關。教委啊，對於一個年輕姑娘來説，不得了的事情。她説我們結束吧。

那天，我哭了整整一晚上。真的，覺得天都黑了，這是我從來沒有過的感覺。

第二天沒有飛行。我找她，問能不能再見她一面。她説：「你要來就來。反正我的意思已經説明白了。」我進了她的家，家裏沒有人，我第一次進了她的閨房，閨房裏有風琴，牆上有她的照片。她是好老師，美貌而善良。她會跳舞，會彈琴。我這輩子沒見過這麼完美的女人。可她就要離開我了。我心酸得要命。

她的表情淡淡的：「你想説什麼就説吧——」

我就跪下了。我説：「我跳過傘，已經死過一回了，死而復生。但如果你拒絕我，等於我又死一回。」我説完，眼

淚已經控制不住了。我不等她答話，走出閨房門，門一摔，再走出大門，第二次摔門。

我一路在街上狂走，眼淚嘩嘩的。

我想我真的是不會談戀愛。在跟她交往的時候，我總在想，這麼好的一個女孩，我能給她什麼？我只是個飛行員，一名軍人，我沒有錢，沒有房子，飛行又是充滿危險的事業。我們的交往，平靜而平淡，她肯定不明白，對我來說，她有多重要 —— 在昨天晚上之前，我也不明白。

轉天她給我寫了一封信，信中說：「我不去教委了，我們重新開始吧。」

我們的戀愛這才算真正開始。她說：「在結婚前，我不收你的禮物。」我說我明白，我保證我們保持絕對純潔的戀愛關係。

轉過年，1月9日，那天我們去領過結婚證後，我就趕回部隊了 —— 有任務。第二天，我去了她家，結婚了。

婚假只有半個月。然後我就轉場執行任務去了外地，半年後才回來 —— 因為我接到了調令，我要去當試飛員了。要離開重慶，離開她，去閻良，按規定，三年內不能帶家屬，因為當時閻良沒有房子，還住乾打壘。你可以想像她哭成什麼樣子。她為了我連教委都沒去。但我還是走了。我走那天，太太送我，說：「如果你想我，就寫信吧，告訴我你每天都幹了什麼。不過，你的字太難看了。」

我一走七年。這七年裏我平均兩天一封信，告訴她我的工作（當然保密的除外）、我每天的所思所想，直到我進入首飛小組，封閉訓練。

我用毛筆寫的信。寫毛筆字需要人進入禪定的狀態，寫信的過程，也是我回頭梳理我的思考和工作的過程。所以我

養成了每天分析思考的習慣、穩定從容的心理素質，不管多麼嘈雜的環境，我都能在 2 秒鐘內進入忘我狀態，不受外界干擾。寫信還讓我練就了一筆好字、一手好文章。後來我在一些航空雜誌上開專欄。現在老戰友們還經常向我索字。

太太是個特別律己的人，結婚十八年了，從我們結婚開始，只要我回家，出現在我面前的太太，總是神清氣爽，衣衫整潔明麗，化着淡淡的妝，就連懷孕的時候，她也穿着漂亮的孕婦服。我從一個飛行員，到試飛員，到後來成為功勳試飛員，成為空軍試飛專家，她從來不說你要進步，要好好幹，要注意安全，要怎麼怎麼樣。她只說：「我知道，嫁給你沒嫁錯。」後來有了孩子，她說：「你又當爹又當老公喲，你想做什麼，應該怎麼做，你肯定知道。」

她這麼說的時候，我就在心裏感慨：太太就是太太。

這麼多年了，在我的眼裏，世界上只有一個美女，就是我太太。我喜歡給她照相，每當她在鏡頭裏向我轉過她花一樣的臉蛋時，我就在心裏感歎：太太就是太太。

人說大難不死必有後福，這就是吧。上帝給了我一個太好的女人，成就了我。這是一個很重要的原因。我能成為今天這樣的人，太太給我的精神提升是很重要的。她給我一種暗示：一個如此完美的女人能嫁給你，你一定要配得上。

三、十年只見過五次面

日思夜想的丈夫站在面前，她竟然沒法一眼認出⋯⋯

1960 年 8 月的一天，參加完入閩作戰的滑俊剛剛飛回部

隊，就被師長召見。征塵未洗的他接到的命令是：趕赴西安擔負試飛員的重任。

「有什麼意見和要求嗎？」師長問。

試飛員是個什麼職業，當時的滑俊並不完全了解，作為一名經歷了戰爭的老軍人，他的回答是：「沒有。我服從組織安排。」

「你對組織沒有要求，但組織對你有要求——」師長板着臉說，「多久沒有回家啦？車票給你買了，放你兩天假，回家陪媳婦去！」

滑俊黑紅的臉一熱，心裏嘩啦一下，笑了。

結婚十年了，他和愛人只見了五次面。

還記得那個大步流星地奔走，然後在滴水成冰的凌晨，赤條條鑽過城門的創舉嗎？

1950 年農曆正月十四那天，滑俊在到空軍報到之前和戰友們在西安集合。當天他請假到位於武新的家中探望，走了 5 個小時的山路，晚上 10 點左右才到家。

看到滑俊歷經戰火完完整整回到家，家裏人都萬分高興。一番熱淚盈眶的傾訴之後，父親拉着他的手說：「俊娃兒，仗打完了，也解放了，你就別再回部隊了，留在家裏吧。」看着父親佈滿皺紋的臉、淚光閃閃的眼，滑俊心裏也很難過。父親老了，母親去世了，弟弟還小，自己出去當兵後，全家裏裏外外的重擔全壓在父親一個人身上。他能想像父親對遠走他鄉去當兵的長子的百般牽掛。

夜深了，滑俊挨着父親的床邊打了個地鋪睡下。

第二天一早，他起床時父親已經不見了。滑俊剛擔起水桶，父親從屋外走進來，攔着他說：「娃，你今天別出門，

等過哂結了婚再走。」

結婚？滑俊蒙了：「爹，部隊明天一早集合，我今天就要趕回去。結什麼婚哪？」

父親說：「我替你算過了，你娃兒今兒白天結婚，傍黑以後你趕路，到明天天亮還有 10 多個小時，不會耽擱你部隊上的事。」

滑俊哭笑不得地問：「這大半天的工夫，我跟誰結婚？新娘子在哪裏呢？」

父親說：「人在哪塊不消你娃操心。夜黑裏我已安排下了，馬車一早就去拉人了，這會子新媳婦已經在路上了。」

這是真正的包辦婚姻。原來父親黎明時分就出門找媒人，媒人動作更快，立刻找到了個姑娘。父親這邊也緊着行動，上親戚、鄰居家借了些家具鍋什，屋裏一會兒倒也堆得滿滿的了。

滑俊至今也不知道那位能說會道的媒人用什麼方法說通了妻子的二老，總之，哂午時分，門外就響起了媒人響亮的大嗓門。一輛馬車停在他們家院子外頭，車上果然坐着一個穿着半新花衣裳的垂着頭的年輕姑娘。媒人大着嗓門說：「姑娘叫王鳳英，是好人家的女兒。」

現實真是像唱戲一般，一切都太突然了，太倉促了。儘管並沒有看見姑娘的臉，但看見她低垂的頭和盤起的烏黑髮髻，看着院門口擁過來的鄉親，滑俊就知道，既然人家姑娘已經進門，自己就不能再說什麼了。

沒有絲竹鞭炮，沒有大碗喜宴，這個沒有女主人的家裏也沒人能做出像樣的菜。兩個鄰居大嬸幫忙做了幾道菜，看着是大大的海碗，下面全是醃菜，只在上面蓋着薄薄幾片肉。父親趕緊催着眾人吃，吃了飯就把一對新人朝屋裏一推，關

上了門。

牆上貼着新鮮的紅喜字，糨糊還沒乾透。滑俊抓了半天頭，也不知道該對坐在炕沿上一動不動的新媳婦說些什麼。天黑下來了，他要準備出發了。上午才過門，夜晚做丈夫的就要走，這個婚結得實在是對不起人家。滑俊狠了狠心，說話了：

「本來我不打算這麼早結婚，只是路過家鄉順便回家看看。可左右四鄰都說，爹一個人帶倆弟弟，帶不過來呀，我就同意了。」儘管這是憨厚老實的小伙子滑俊的心裏話，可這話說得實在不是時候。

但王鳳英這個有着中國女性傳統美德的可愛的新娘，只是點點頭，什麼也沒說。

看着紅燭下新娘溫順低垂的頭，滑俊心裏湧上酸酸的溫情：「我要走了，也沒有什麼話，就說三句吧：一是我不在家，你凡事小心；二是咱家窮，苦就苦一點吧，好在解放了，日子會好起來的；三是咱們倆結婚了，訂婚、結婚，都沒給你買東西，以後有條件了，我給你補。屋裏的這點擺設全是借的，明天你把它們還了。」

停頓了一下，他又說：「我走了，我把家交給你，家裏的擔子也全交給你了，鳳英！」

一句「鳳英」叫出，一直端坐的新娘抬起頭，淚瑩瑩地點點頭，輕聲說道：「俺懂，你放心走吧，家裏的活兒俺幹得了。」

「那天我離開家時，流淚了。」滑俊後來對我說。

滑俊對新媳婦說完了話，站起來打開屋門的時候，王鳳英在他身後說了一句話。新娘子認真地說：「俺這身衣服，明天還不了，得三天後回了娘家才能還。」

就是這一刻，站在門外的夜色裏，滑俊的眼淚流了下來。

滑俊一走就是四年。部隊規定，為了飛行學員們的安全考慮，在畢業分到部隊前一律不准休假，因此，滑俊四年沒有探過家。1953 年，滑俊從航校畢業了，分到新部隊，到了部隊，家屬就可以探親了。因此，一到新部隊他就給家裏發電報，要妻子來探親。

做父親的考慮到女兒從沒有出過遠門，再加上也想知道女婿的真實情況——畢竟四年沒見，王鳳英的父親就陪同女兒一起來了。汽車加火車，幾天後，父女倆風塵僕僕地來到了部隊。

父女二人到部隊那天，正趕上滑俊飛夜航，負責接待的參謀把父女倆接到滑俊的宿舍，安排了飯後就離開了，父女倆就坐在屋裏等。

屋裏有兩張床——飛行員們是兩人一間——床單雪白，被子疊得整整齊齊，兩張桌子，桌上擱着書和筆記本，陳設一模一樣。

午夜時分，門突然開了，滑俊和兩個戰友說說笑笑地走進來——他們是飛完夜航準備一起聊天的。因為還不知道妻子、岳父已經到了，所以一進門看見屋裏坐着的父女倆，滑俊一時怔住了。

三個穿皮飛行服的棒小伙兒齊刷刷地站在自己面前，都盯着自己看，王鳳英的臉一下紅了。更要命的是，結婚那天，她壓根兒就沒敢正眼看丈夫，此刻才發現，四年了，日思夜想的丈夫站在面前，她竟然沒法一眼認出來，想再仔細分辨，又不好意思抬頭，惶恐與幸福、激動和慌亂交織在一起……

還是滑俊先喊了一聲「爹」，她才偷偷用眼角的餘光瞟

了一眼，這一眼，鎖定了丈夫。

「對於飛行員來說，祖國天空任來回，為什麼你們十年只見過五次面？」

「對於我們第一代試飛員來說，夫妻長期分居兩地是再正常不過的事情了。一是任務高度保密的要求；二是當年的情況不比現在，試飛基地條件不允許；還有，任務一來，全部投入，工作地點也不固定。」

滑俊的回答淡然而平靜。他歷經歲月風雲的臉龐上，無怨無悔。

滑俊的話，讓我想起了試飛部隊政委丁玉清給我講過的一個故事。

那一年，入夏後天氣就一直比較熱。有那麼一個多月的時間，每天下午，成飛設計院招待所門口的馬路上，就有一個年輕媽媽，左手一男右手一女牽着兩個孩子在散步。他們只在招待所大門口附近流連，一遍又一遍，來來回回地走。

她是試飛員雷強的妻子李蓉。雷強參加殲-10首飛小組，每天要進行大量的新機品模學習訓練，首飛小組的成員們集中在設計院招待所進行封閉式訓練。這個招待所，離雷強的家，只有不到300米。

殲-10的試飛，對中國空軍試飛員來說，是跨世紀、跨時代的變化，試飛員們面臨新科技的巨大挑戰，壓力大，任務重。雷強已經連續三個月沒有回過家了，孩子們想爸爸。李蓉被纏得沒辦法，便在孩子們放學後帶着他們在雷強住的招待所門外散步，一邊走路，一邊給孩子們唱歌、講故事。首飛小組的試飛員和技術人員們從招待所到試驗室，這條路是必經之路。李蓉盼望着，雷強他們出來的時候，能夠「正

巧遇見」。

有一天，天氣實在太熱，孩子們走了一會兒就滿頭大汗。李蓉讓兩個孩子站在路邊的樹蔭下等着，她跑到馬路的那一頭去買水。也就 2 分鐘的時間吧，當她拿着水回來時，遠遠地看見雷強他們試飛小組的車子出了招待所，她趕緊跑起來，一邊跑，一邊揮着手上的礦泉水喊。

但車子徑直走了。雷強他們在車上討論着什麼，沒有人注意到車外，濃重的樹蔭又擋住了兩個孩子的小身體，車子一眨眼的工夫就走遠了。

李蓉和孩子們只看到車子遠去的影子，三個人都哭了。

大隊領導知道了這件事，要求雷強必須放下工作回家一趟。雷強回了趟家，只待了 1 個小時。

雷強對妻子說：「弟兄們還在等着我呢。他們都和我一樣。」

兩個孩子上前抱住了他的腿。雷強蹲下來對孩子們說：「爸爸要飛中國最高級的飛機，等爸爸飛出來，帶你們到飛機上看看！」

我採訪徐勇凌的時候，他說過一件小事：長達大半年的西線試飛新型殲擊機任務結束後，他回家探親。下午到的家，吃過晚飯，他興致勃勃地給妻子講試飛中的故事，快五歲的女兒一直躲在自己屋裏。後來，女兒把門打開一條小縫，衝着母親招招小手。妻子走過去，女兒踮起腳在她耳邊說了句什麼。

妻子回頭看看他，眼睛紅了。

「咱閨女說什麼？」徐勇凌問。

妻子說：「她說，她困了，這個叔叔怎麼還不走。」

徐勇凌瞪起眼睛向女兒走過去：「閨女，我是你爸爸——」

女兒一下用手捂住眼睛，哇地大哭起來。

「三十多年前，我母親從鄉下姥姥家把我接到我父親身邊，我見到我父親時也是這樣，一邊哭，一邊用手捂着眼睛。」徐勇凌説。

四、一日勝過十年

　　她收起了全部的花容月貌。所有的春風秋雨，在她
　　這裏，波瀾不驚。

女兒

　　爸爸出事那年，我十一歲，暑假裏，馬上就要開學了。記憶中，爸爸只要不加班的話都是下了班就回家，回來就在廚房裏忙碌，做飯燒菜什麼的——我媽身體不好，類風濕，不能沾冷水。可那天回家家裏好安靜，周醫生在我家——她和我爸是同事——然後大隊的其他一些家屬來了。大人們在議論飛機的事，我不太明白。媽媽上班還沒回來，到了晚上，媽媽也沒有回來，我還發現試飛大隊其他叔叔都沒回來。我們那時都住在一個樓裏。

　　那兩天裏我就沒怎麼見到我媽，我和姐姐住在周醫生家。兩天後開學了，我去上學，姐姐本來也到大學報到的時間了——姐姐考上了遼寧大學。之前，爸爸還跟媽媽説，等忙完這兩天就送姐姐去大學報到，可是爸爸一直沒回來，姐姐也沒有去報到……

　　確認爸爸出事的那一天，組織上來人説這事。那天，我和姐姐去了大隊其他人家裏。那時姐姐要大一點，懂事一些，姐姐就堅持説要回去，然後我們倆就回家，回家就……（哭泣）

回家後見到了媽媽，當時媽媽狀態挺不好的。爸爸出事之前，媽媽就已經得了嚴重的類風濕病，周醫生一直叫媽媽去住院治療。媽媽平時就要強，考慮到爸爸要飛行，姐姐又要高考，她要是住院還得有人去照顧，她就一直沒去……我感覺到媽媽垮了……一夜之間她頭髮就全白了……（哭泣）那天是組織上正式來找媽媽談話。當時大隊領導在一個房間裏單獨和我媽說，我和姐姐在隔壁，一些家屬、工作人員、醫生、護士啊，他們都來了，感覺那氣氛……

那天媽媽沒有哭。

媽媽暈倒了……

1993 年 8 月 28 日，空軍某試飛部隊試飛員劉剛駕殲 -8 某型飛機進行大 M 數試飛。到達預定空域和高度時，他按試飛程序開加力增速。隨着儀錶指針的變化，飛機就要接近最大 M 數了，突然聽到嘭的一聲——地面指揮員收到了他的報告：左發空中停車。

這是劉剛留在人世間的最後一句話。當指揮員再次詢問飛機狀態時，聽筒裏卻沒有了聲音，之後，雷達信號消失，劉剛與地面失去了聯絡……

最初的幾分鐘裏，沒有人太過焦慮，因為無論是指揮員還是戰友們對劉剛的飛行技術都是深信不疑的。劉剛是老試飛員了，飛行時間近 1800 小時，他曾試飛過殲 -6 及各種改型，以及殲教 -6、殲 -8 等各種型號的飛機，有着高超的飛行技術和豐富的試飛經驗，曾多次以自己的機智、勇敢、無畏，排除了重大空中險情，化險為夷。

正因為如此，作為優秀的試飛員，他多次被選為國家重點科研項目的主要試飛者。1987 年，他被國家派往國外學

習考察先進的 ACT（飛機主動控制系統）技術，回國後便成為了中國研製 ACT 技術的主要試飛人員。1988 年 11 月至 1989 年 2 月，作為首席試飛員，他僅用二十八個試飛起落，就使這項新技術獲得了圓滿成功，不僅為國家節約了大量科研經費，而且使中國的 ACT 技術一躍跨進了世界先進行列，填補了中國在該技術領域的空白。由於劉剛在科研、生產試飛和保證飛行安全方面做出了特殊貢獻，部隊曾先後給他記二等功 2 次、三等功 5 次，航空航天工業部為他記一等功 2 次、二等功 1 次，他多次被評為優秀共產黨員和先進生產工作者，還榮獲了國防科學技術進步獎二等獎。就在前不久的一次新型戰機的極限科目的試飛中，他也突然遇到左發動機空中停車事故。當時由於飛機滿載，轉眼間就從萬米高空掉到了幾千米，情況十分危險。他沉着冷靜，在合適的位置果斷實施空中開車，一次啟動成功，平安返回，保住了寶貴的試飛數據。無論從技術還是經驗上來說，劉剛都是極其優秀的，所以大家相信這一次他仍能化險為夷。

然而，時間一分一秒地過去了，無論塔台指揮員怎麼呼叫，人們再也沒有聽到劉剛那熟悉的回答。

緊急營救程序立即啟動。幾個小時後，最不願意聽到的消息確認了：試飛員劉剛英勇犧牲。

事後查明，這是由於發動機渦輪葉片疲勞斷裂而導致的一等飛行事故。

女兒

爸爸突然就這麼走了。

我不知道媽媽是怎麼挺過來的。當時爺爺奶奶還在世，年紀大，身體也不好，媽媽想了又想，一開始沒有告訴他們。

他們都在四川自貢老家。爸爸在的時候比較忙，給老人寫信、寄錢的事都是媽媽去做。爸爸走了以後，媽媽還是那樣，每個月寫信、寄錢，就當我爸爸仍在世一樣。這樣一直寄了十年，直到我爺爺奶奶去世。

那時沒有手機，但能打電話。有時候爺爺奶奶來電話了，媽媽就說爸爸出國了，聯繫不上。

爸爸出事後，四川老家的姑姑來了。姑姑也幫着媽媽對爺爺奶奶說爸爸去美國了，要好幾年呢。因為爸爸在 80 年代去英國學習過，他們就信了。但從那以後，爺爺奶奶就特別關心外國新聞，特別是聽到報道有關美國的一些不太平的事情時，就挺擔心爸爸的。我聽姑姑講，當時老家也有人知道了爸爸的事情，特別接受不了，跑到我爺爺奶奶家說：「勇兒（我爸的小名）死了！」爺爺奶奶就生氣地說：「胡說八道，人家在美國呢！」

可是出國總是有期限的，總不能老編這個理由。後來媽媽沒辦法，就另外編了一個理由，說爸爸在機密單位工作，就像以前那些搞原子彈的人一樣，不讓對外說的。每次，媽媽放了電話都會躲在房間裏哭。

2000 年，爺爺去世了，我姐姐回去了。我媽身體不好，沒回去，還有一點是她沒法回去面對老人。

對爺爺奶奶來說，爸爸是他們的三個兒子中最令他們自豪的一個，是他們的驕傲。過去一個普通家庭出一個飛行員太難了，一個縣城多少年都不會出一個。可兒子那麼長時間不回來，又有那麼多傳聞，他們心裏其實也很糾結，也有不好的感覺，既想知道，又怕知道。媽媽說，總要給老人心裏留一點念想，所以一直都沒有捅破那層窗戶紙。我每次回老家看爺爺奶奶的時候，姑姑、媽媽就會跟我交代，要說爸爸

在國外工作很忙，在執行一些任務，至於是什麼任務，家裏面也不知道。反正我們全家的口徑是一致的。

奶奶臨終時，家裏人才將爸爸已犧牲十年的事情告訴了她，是我姑父跟奶奶說的。他對奶奶說：「你是烈士家屬了，這回你想見的人，你都能見着了……」

那時候奶奶清醒着，奶奶說不出一句話，只是眼角流下兩行淚，輕輕點了點頭，就走了。

戰友老付

出事那天下午，消息傳得很快，劉剛家屬也知道了，因為她單位就在我們跑道邊上，一出啥事一下就傳過去了。其實飛行員的家屬都知道，天這麼好，機場上突然聽不到飛機響，突然不飛，肯定是有啥事。

事情發生後，是我去的現場。回來以後，對她講事故情況時，說得比較簡單，也沒把現場報告給她看。我不敢說啊，等時間長了才慢慢地跟她說了一點。如果當時就把現場情況直接告訴她，她肯定受不了。

劉剛愛人身體不好，家裏的事基本上都是劉剛做。他們兩口子感情特別好。聽說黑螞蟻能治類風濕，只要不飛行的時候，劉剛就去院子裏的濕地上抓黑螞蟻。那時候我剛來大隊不久，我和劉剛走得比較近，出事那天，吃過午飯，我和他還在一起抓黑螞蟻。那天中午，他們兩口子還見面說了一會兒話。劉剛出事後，她有幾個月都下不了床，生活都不能自理，頭髮全白了。

事後那麼多年，她一直對家鄉的老人家保密。其實老人家後來也感覺到有些不對頭，今年出國不回來，明年還不回來？但老人家對部隊、對試飛員了解得也不是很清楚，一聽

說執行任務去了，出國了，也就不說什麼了……

她房間裏擺着劉剛的相片，這一擺就是好幾年。房間也一直那樣，沒動，只要是劉剛的東西，她死活都不讓動，一直維持了好多年。我和她說過一次，說這房子要收拾了，不能老擺着這種東西，要不 24 小時見到這些場面會很難受，都這麼多年了，一定要走出這個陰影。出事那年她才四十四歲，我們也和她探討過組建新家庭的事情，她始終不肯。因為劉剛和他家屬感情特別特別深。

妻子

窗子開着。她倚着窗前的桌子站着，一點一點仔細擦着相框。照片中的劉剛，溫和地笑着，眉目清晰。她想着他就是這樣一副樣子，下了班開門進來的樣子，從廚房裏端出炒好的菜的樣子，一邊翻着本子一邊和戰友們講述情況時的樣子……

這是他的辦公桌，還有辦公櫃，收拾遺物的時候，她把它們帶回了家。這麼多年裏，它們一直那樣擺放着，上面還有一樣東西：他的手錶。每天，她都要為它上弦，夜深人靜的時候，她聽着它沙沙沙地走着，像他歸來的腳步。

懷念充滿了她全部的記憶。

組織上來看望，他們緩緩地說：「有什麼困難和要求，儘管提出來，我們儘量解決。」

她羸弱地躺着，輕輕地、堅定地說：「只有一個要求，希望查清楚事故的真正原因，不要讓這種問題再在第二個人身上出現。」

他們結婚一二十年，大部分時間他都在飛行。他飛得好，她知道。近幾年，他有很多機會去地方航空公司工作，他的戰友有一些都去了，但是他說，民航雖說經濟收入更高，但

只是從事一個簡單而重複的工作。他喜歡試飛。她支持他。錢當然重要，但多少才算是多呢？做自己追求的事情，這才是有質量的男人。他也有機會調回四川老家，但他也不願意，因為西南地區陰雨天多，雲厚，飛行時間少，不像這邊，天氣晴朗，飛行時間總體比那邊多一倍，更利於搞科研飛行。她支持他，她愛他的執着，還有他的才幹。當然她也知道，試飛是有危險的。她不止一次聽到他和他的戰友們遇險的消息、兄弟單位傳來的噩耗，但是她從來沒有想到，有一天，他會以這種突如其來的方式，決絕地離開，一句話，甚至一個字也沒有留下。數小時前，他們還在廠區的院子裏見過，他手裏拿着個廣口罐頭瓶子，裏面有幾隻黑乎乎的小東西。是黑螞蟻。他不知道從哪兒聽説這小東西泡酒能治類風濕病，到處都沒有賣的，於是他下了班，有空就到院子裏的濕地上去捉。

「今天捉得不多。」他説，舉着罐頭瓶子晃晃。

「孩子就要去大學報到了，這幾天做幾樣她愛吃的，你別動了，等着我回來收拾。你就想想還有什麼事不，特別是女孩子的事，該叮囑的你多叮囑。今天飛完後，我向隊裏請假，到時候送她去⋯⋯」

他不是個善於表達的人，輕易不做承諾，這一次，他承諾了，卻失信於她。他説了要送孩子上大學的，但他突然走了，走得那麼幹脆徹底，一等事故，機毀人亡。戰友們幾經搜索，只撿回來小半塊沒燒盡的肩章和肘下一塊皮。

她在空空的骨灰盒裏放了一架飛機模型。她説：「劉剛他一輩子愛飛行，生為飛行，死為飛行，就讓飛機陪着他吧——」

她收起了全部的花容月貌。所有的春風秋雨，在她這裏，

波瀾不驚。她說心裏再也裝不下別人了，一個男人在她的心中永駐，再苦再難她也要把兩個女兒撫養成人。

這是人世間最徹底的愛情、最純粹的堅貞。

他們曾經共有的歲月，一日勝過十年。

五、三喜同志

三喜是他的名字。他說爹媽給他起這名字起得太好了，因為他這輩子，就是有三喜。

三喜是他的名字。他說爹媽給他起這名字起得太好了，因為他這輩子，就是有三喜。

第一喜是當了試飛員。第二喜是當了試飛員還飛上了三代機。第三喜是當了試飛員飛上了三代機，老婆還那麼漂亮。

三喜說：「有些女人是階段性漂亮，我老婆是越長越好看、越看越耐看。不謙虛地說，我當年還是有眼力的。嘻嘻嘻。」

翻開有眼力的三喜同志的個人簡歷，安全飛行 4000 多小時的經歷使他榮獲了從中航集團到空軍、從軍隊到國家的各級各項榮譽，房間一角的大紙箱裏裝着的形形色色的獎章、證書，足以彰顯他輝煌的試飛功勳。但他卻謙虛地坦言：「和試飛群體中其他任何一個人比，我都是小巫見大巫。」當然三喜也有過憂愁的時候，那是他即將滿四十八歲的時候，老婆阿蘭張羅着要給他慶生，他少見地虎了臉。一番審問下來，三喜同志說了實話：「空軍規定到了四十八歲就得停飛。可我飛了這幾十年，一下子不讓我飛了，好不習慣——就好比，

老婆你天天都在，突然你不在了一樣。」

試飛院的人都知道，三喜同志是最黏老婆的。在家裏，阿蘭太能幹了，連出門開車都是阿蘭，所以落了地的三喜同志一切都太無能了。三喜同志每天飛行完回來，在家裏就是老太爺，只管蹺着腿喝茶看電視看報——萬事都有阿蘭。年輕的時候，三喜同志忙飛行，阿蘭一個人又上班又帶孩子，現在孩子大了，阿蘭又退休了，她每天的主要任務除了上網、健身、打扮，就是侍候試飛員三喜同志。三喜同志是經常連鑰匙都不帶的。三喜同志說：「她在家，有人給我開門。」有時候阿蘭不在家，三喜同志一分鐘都不在家裏待，立刻出門，「阿蘭阿蘭」地尋找。

「阿蘭你不在家，家裏又黑又冷清。」三喜同志找到老婆後，一般都會這樣可憐巴巴地說。

三喜同志愛老婆，夫妻二人的興趣愛好卻迥異：三喜同志鍾情於電子方面，阿蘭則是文學小資。有時候討論飛行或者電子方面的事情，三喜同志說幾遍阿蘭總講聽不明白，三喜同志就會居高臨下地對老婆說：「你這個文盲，不跟你說了，你啥都不知道。」

一旁的女兒便哈哈大笑起來。

女兒是研究生，畢業於西北工業大學航天學院。三喜同志認為女兒是家裏最有學問的。

三喜同志在即將滿四十八歲時卻說「生日都不高興過了」，阿蘭明白三喜同志這是在敲打她。在此之前，從三喜同志滿四十五歲時起，她就天天等着盼着這一天——盼望着三喜同志能夠平安地從試飛崗位上退下來，他們好好享受二人世界。那時她常常與他一起憧憬未來——

「等你退了休，到時候我們做點生意吧？」阿蘭問丈夫。

「哎呀，算了吧。你會幹什麼？」三喜同志立刻否定。

「要不開個小店也行。」

「你這個急性子，你能天天坐店裏嗎？」三喜同志繼續否定。

現在想想，阿蘭明白了，三喜同志的種種否定是另有所想啊！老實人說起話來是讓人動心的。阿蘭同意了三喜同志的潛台詞：選擇「延壽」（試飛員到齡後，經空軍有關部門批准，經過嚴格的身體及業務審查後，可以放寬年限再飛兩年），從四十八歲延長至五十歲。

在試飛部隊，三喜同志一直都是普通試飛員，但在妻子眼裏，他是了不起的。那天下午，在格蘭雲天的大堂裏，衣着美麗的阿蘭在我面前聊起她親愛又可愛的丈夫時說：「他的飛行技術就和他的人品一樣讓人放心，他心特別細、特別認真，而且他能很踏實地去學、去琢磨，院裏很多人也都知道他。我對丈夫既放心又自豪，畢竟他的技術就擺在那兒！」

三喜同志從內心裏感激阿蘭，因為阿蘭在關鍵時候支持了他——

2002 年秋天的一個週末，已是飛行團領導的三喜同志突然約阿蘭去郊遊，並且帶上了相機。阿蘭喜滋滋地跟着他出了門。到了郊外，東看看，西望望，三喜同志手上拎着相機，眼睛卻不怎麼聚焦。阿蘭多聰明啊，她盯着三喜同志的小眼睛說：「有事吧？」

三喜同志很老實地說：「是有點事，想聽聽你的意見。」

「說唄。」

「領導告訴我，想選我去試飛部隊。」

阿蘭的眼珠轉了轉，然後盯着三喜同志看，三喜同志的表情是誠懇的，眼睛是誠實的。

　　試飛部隊的領導對當時已經是團副參謀長的三喜同志說：「我們這兒就是一個團級單位，你想要當官呢，就不用來了；你要是想接觸一些更前沿的高科技的東西，你就來吧！」

　　阿蘭先問：「為什麼選你？」

　　三喜同志很不謙虛地說：「我各方面優秀。年輕，技術成熟，全面發展。」

　　阿蘭點頭，三喜同志是這樣的。「選你去幹什麼？」

　　三喜同志說：「去飛某型發動機。國家發動機研製立項了。你知道的，我們國家的航空發動機一直是弱項。這也是航空工業的軟肋，空軍就缺一個渦扇的、大推力的發動機，所以我們老受外國人限制。」

　　「你怎麼回答的？」

　　「我說，當什麼官啊，能學到很多東西，幹自己喜歡的事，當一個普通的試飛員就可以了。」

　　「你去了，那我怎麼辦？」

　　三喜同志毫不猶豫地說：「我當然要帶着你。」

　　阿蘭問了最關鍵的一個問題：「去哪裏？」

　　三喜同志眨了眨眼，不吱聲。

　　阿蘭說：「上有天堂，下有蘇杭，除了北京，就是閻良。對嗎？」

　　三喜同志笑嘻嘻道：「我老婆就是聰明。」

　　阿蘭不說話了，她看着遠方，慢慢地，眼淚一點一點地溢出了眼眶……三喜同志慌了。三喜同志說：「哎哎，不要這樣吧，這事還沒有最後定呢，現在只是徵求意見──」

　　阿蘭說：「我知道你的，你想做事，你剛才說到發動機，小眼睛都閃光。你去吧，做自己喜歡的事。我不在乎你當不當官。」

光天化日之下，三喜同志抱着老婆親了一口。

三喜同志後來對我說：「看看吧，這就是我老婆，多麼大氣，多麼明事理。」

「其實我一開始並不真正了解試飛。但我相信我們家三喜。」

阿蘭說起一件事：一次飛行結束後，三喜同志渾身滲着血回來了，特別是兩條腿，把阿蘭嚇哭了。三喜同志還能笑，說，任務單上寫着需要飛 7 個大載荷的架次。一般情況下，如果試飛員身體受不了，少飛幾個架次也可以，三喜同志卻老實巴交地飛滿了。望着全身紅彤彤的丈夫，阿蘭直歎氣：「怪不得人家都說你特別老實，你怎麼那麼傻？」

三喜同志仍然笑嘻嘻地說：「沒啥子，休息幾天就好了。」

另一次特情處置，阿蘭是從同事那裏得知的。同事的愛人是某個項目小組的，某天對她說：「哎呀！你們家三喜可真是的，我老公還說了，要是換別人的話說不定這個飛機就報廢了，肯定得跳傘了嘛！可他還真把飛機原樣開回來了。」

三喜同志不太願意講這事，他無所謂地一揮手說，那都是過去的事兒了。

我找到了當時宣傳部門寫的一個簡要材料，寫作者應該是個生手，文字有些生澀，但事件原委倒也描述得清楚。文中括號內文字是我加的註。

空軍試飛員勇敢沉着征服「脫韁的野馬」

在一次試飛中，某試飛部隊副師職試飛員三喜駕駛的殲 XB 剛收完起落架就出現俯仰擺動（故障）。在高

度七八十米的時候，飛機就好像失去了控制，大幅度地擺動，當時整個人就像騎在一匹脫韁的野馬背上，一顛一顛，隨時都有被摔下來的危險。

塔台指揮員見狀立即詢問：「你怎麼了？」

「飛機操縱桿失去阻力，異常靈活，無法操作控制。」三喜回答。

「完了，平尾壞掉了。」（此處次序似乎不對，應該是先有此感慨，後有與指揮員的對話。）他立即判斷出故障原因，（是）因為失去了阻力，整個飛機操作變得異常靈活。由於故障發生時飛機起飛剛離地，高度只有七八十米，他的操作也變得尤為小心。

小幅度地壓操作桿，（是）他做出的第一步，然而故障沒有消除。此時飛機升到了 100 多米，他下定決心壓了個大坡度，故障被制止，緊接着將飛機慢慢改平。「當時是一種特殊的電傳故障，失去控制力的飛機只要稍微地一操作就盪了起來……」回憶起當時的險情，他激動不已（不應該是激動吧？）。

「後來我就沿航線，保持一定的高度，緩慢地操作飛機，剛開始不適應，一操作（飛機）就咣地跳起來，趕緊穩住，一點點地改變下降力，很柔和很柔和地改，慢慢地慢慢地推，橫推也是。下降就慢慢地慢慢地下降，上升就慢慢地慢慢地上升（精彩！），整個操作過程一定要穩着，不能急，一急飛機就要盪起來。」三喜用雙手慢慢地比劃着當時的操作動作，講述的語氣和語調也柔和了下來，仿佛在向自己臨睡前的孩子講述一段險象環生的故事（此句改成「仿佛在哄自己臨睡的孩子」更好）。

　　三喜介紹說，這種平尾出現的電傳故障從飛機設計、正常品質來說是不允許的。隨後他柔和地駕馭着這匹「脫韁的野馬」旋轉了兩圈，放油、放起落架，十幾分鐘後終於安全着陸。

　　「出現這種狀況時不能緊張，如果不能沉着，一彈射跳傘走了，這是不應該的。」三喜激動地說，「特情面前，你隨便一跳，不僅扔了飛機，扔了國家財產，更重要的是你把試飛的數據也扔了，這是最大的損失。」

　　那天聽了同事的話後，阿蘭很憤怒，她不是氣丈夫冒險，而是氣他對她隱瞞。三喜同志回到家後，見阿蘭在沙發上正襟危坐，一臉嚴肅，就問：「怎麼了？炒股票虧了？」

　　阿蘭拍拍沙發說：「你過來。」

　　三喜同志就聽話地過去了。

　　阿蘭說：「坐下。」

　　三喜同志小心地坐下，問：「出了什麼事？誰惹我媳婦生氣了？」

　　阿蘭用好看的大眼睛盯着老公說：「你有事瞞着我！」

　　三喜同志立刻否認：「不可能！絕對沒有！」

　　阿蘭眼睛水汪汪地質問：「你說，那天你是咋飛回來的？你不會選擇跳傘嗎？」

　　三喜同志老老實實地說：「沒想到跳傘。那是我的飛機，我得把它帶回來。」

　　「飛機失去平衡了，你知道是什麼概念嗎？」

　　三喜同志笑嘻嘻地說：「乖乖，有水平了，連『平衡』都會說。你都知道的我當然知道。不過呢，飛機有事，你不能慌，不能強行操作，得哄着它，它才能回來。」

　　三喜同志的回答很正確，阿蘭找不到破綻，但阿蘭的氣

還是沒有消：「你不肯告訴我，就是不相信我的承受力唄。」

阿蘭把這個問題上升到了感情的高度：「夫妻之間要坦誠，要透明。以後，像這樣的大事一定要告訴我。」

三喜同志使勁點頭說：「好好，大事一定要告訴你。」

背着阿蘭的時候，三喜同志笑眯眯地對我說：「你看我老婆，像不像個小姑娘？大事要告訴她？告訴她管什麼用？她這個文盲，什麼都不知道，還瞎緊張。」

我一下子笑出聲來。

「我是不想讓她擔心。」過了一會兒，三喜同志突然又說了這句話，並且歎了一口長氣。

我笑不出來了。

三喜同志的「延壽」申請書是老婆阿蘭幫助修改的，裏面很有點文學小資的味道：

「空軍領導：

雖然本人已接近飛行最高年限，但考慮到本人熱愛試飛工作，且身體健康，希望能夠延長飛行年限，為國家的試飛事業繼續貢獻力量。」

因為三喜同志優秀的試飛經歷，「延壽」順利地獲得了空軍領導的批准。三喜同志喜滋滋地說：「我還算是為國家航空事業做了一點事，沒有白走試飛這條路。」

採訪結束前，阿蘭突然問我：「你看我們家三喜黑吧？」

這話太跳躍了，我一時摸不着頭腦，只得呵呵地敷衍。但阿蘭明顯是有一些憂慮的，她對我說：

「其實本來他是很白的，可是只要飛一飛，他就曬得黑乎乎的。」

第十五章　好男人和好飛機都是飛出來的

一、嫂子騙腿上單車

> 初次見面那天，煞費苦心穿上的新衣服卻大煞風
> 景，差一點令他被淘汰。

差 5 分 16 點，他準時站在這家咖啡廳門口，衣服筆挺，頭面整潔。16 點整，她來了，騎着一輛單車，略施粉黛，長裙飄逸。他拉開門，將她先讓進去。

二樓，臨窗。老位置。他拉開椅子讓她坐下，然後轉過來坐在她對面，向服務生揮手：「老規矩，兩杯摩卡。」咖啡上來了，四溢的芳香裏他們開說，說近期的工作、兒子的學業，也說新聞八卦。其間，他突然說：「老婆，今天你真漂亮。」

她飛快地還嘴：「我哪天不漂亮？」

他嘎嘎地笑起來：「客觀些啊，老婆大人，畢竟咱們年過四十——」

他湊近一些，直直地盯着她：「我喜歡你騎單車的樣子。那些弟兄都說：『別看四十多歲的人，咱嫂子騙腿上單車的樣子，真是風采不減。』」

今天是他們結婚二十五週年紀念日。自從兒子上大學後，五年前，他和她約定，每個月，至少每個季度，都要選一個週末的下午或晚上出來坐坐，聊天，就他們兩人，像戀愛時一樣。

當初第一次見面的時候，她對他印象很一般。

飛行員都是封閉式管理，他們的婚戀一般是經人介紹，成功一對後男女雙方會互相發展周圍的朋友。他們就是這樣認識的。他已經二十七歲了，卻是第一次談戀愛。初次見面那天，他特意穿上了一件新買的白襯衣。但這件煞費苦心穿上的新衣服卻大煞風景，差一點令他被淘汰。

新襯衣樣式老套，他還古板地從上到下扣得嚴嚴實實 —— 包括第一個扣子。新衣服的領子漿得太硬，他就那麼直着脖子，好像戴着頸箍，土氣又窘迫。更要命的是，本來他就身材瘦小，卻帶着一個 1.8 米的高大英俊的帥哥戰友做伴。

之後介紹人問她對他的印象，她是有教養的女孩，遂客氣地說，也沒有什麼特別深的印象 —— 本來這話隱藏了些微婉拒，但介紹人領會錯了意思。介紹人是了解他的，堅持認為他「是個難得的好小伙子」。

他卻是較真的。他是飛行員，她是部隊醫校的護士學員。那是 80 年代末，在那個時期，穿着軍裝的小護士，幾乎是所有未婚男軍人的理想老婆。況且這個姑娘秀氣又文靜。他開始給她寫信，一天一封。這些信漸漸改變了她對他的印象。後來她對他說，信比人出色。

幾個月後，他外出開會，路過她的學校所在的城市，自然奔去看她。他請她出來吃飯，她謹慎地帶了女伴。過馬路的時候，他自然地站在兩位女孩子前面，伸手護着她們。到了飯桌前，他先輕輕拉開凳子，請兩位女士入座 —— 他不知道

這不起眼的細節令他順利通過了這天的「審查」。女伴是她有心安排的,她最相信這個女伴的眼光。女伴評點説,心細,對人好,就他了。

他們從此開始了認真的戀愛。他只是個蹲山溝的普通飛行員。她家境好,人長得漂亮,又在大城市工作,他用他的實心實意感動了她。

東北的冬天漫長而寒冷,她轉至外地學習,離家遠,想家想得要命。女孩子想媽媽,主要是想媽媽做的美食。他出差經過她家,上門去看了她的父母。中午,他看着錶説,給蘭兒包點羊肉餃子吧,她喜歡吃媽媽包的餃子。

餃子滾燙地出鍋了,他用鋁飯盒裝好,包上大毛巾,再用軍大衣裹緊,一聲「再見」就奔了火車站。開慣了飛機的人總覺得火車慢,本來嘛,這段距離,要在天上,不夠一桿加力的。2個小時後他下了火車,繼續大步流星。當他頂着滿頭熱氣站在軍醫學校大門口時,他正好聽到熄燈號在響。

軍校有規定,吹了熄燈號,學員們就不准出宿舍了。他在冷風裏走到她的宿舍樓外,數着數字敲了敲一扇緊閉的窗戶——萬幸她正好住在一樓。

屋裏已經熄了燈,姑娘們起初聽到聲音嚇了一跳,還是她立刻聽出了他壓低的聲音。她光着腳丫子跳下床,撲到窗前,拉開窗簾就看到了一個熟悉的身影。她立刻將窗子打開,一雙手將一隻帶着體溫的飯盒送了進來。片刻之後,他聽到屋子裏面一片脆嫩的歡騰。

此刻她坐在我面前,修眉入鬢,合體的軍裝下她的身姿依舊窈窕挺拔。説起這段二十多年前的往事,她面帶微紅,眼若秋水,宛如少女。冬夜的一盒餃子雖然已遠,但那份體貼與溫馨令她終生難忘。

正當他們感情升溫的時候，他決定去當試飛員，這意味着，他將要離開她，遠赴數千里之外的西北。對於兩個熱戀中的年輕人來説，這是一次意義重大的考驗。

那天晚上她沒有上晚自習，拿着放大鏡在中國地圖上找閻良，找啊找，半天，放下放大鏡，她哭了──她居然沒有找到，可見那是個多麼偏遠的小地方。

女伴們也開始嘰嘰喳喳：找個飛行員就夠擔驚受怕的了，還要當試飛員，還那麼遙遠！

部隊對飛行員的婚戀問題極為重視，試飛部隊專門派了政工幹部去給她做工作。政工幹部都是游説的行家裏手了，在她面前把閻良誇得天花亂墜：大名鼎鼎的航空城，在全世界都著名，人稱「中國的西雅圖」。俗話説，上有天堂，下有蘇杭，除了北京，就是閻良！──誕生中國最先進航空飛行器的地方，能差嗎？

於是她輾轉給他打了個電話。

她説：「那裏精英薈萃，是嗎？」

他説：「被選入試飛部隊的，都是空軍航空兵中最優秀的飛行員。」

她説：「可你不一定非要飛行，做技術搞研究也一樣能發揮你的專業特長。」

他説：「我喜歡飛行，沒有哪一樣工作能像飛行一樣讓我充滿激情。」

她説：「可是──那是西北。西北的氣候我不適應──」

他説：「飛行靠的是天，選擇那裏做航空城，環境、天氣一定是適合的。請支持我，我會成為一名優秀的試飛員。再説，外在的氣候不重要，重要的是，心裏有愛，就總是春天。」

最後這一句打動了她。

畢業的時候，她約了女伴一起旅遊，首選地當然就是西安，這是離閻良最近的城市。他早早站在站台上等，手裏捏着一枝蔫了的玫瑰花──閻良小城那時還沒有花店，這僅有的一枝還是他向一位養花老人要來的。

他們一起坐上了小公共車。從西安到閻良，那時還沒有高速，小公共是那種鄉間小巴，不僅擠滿了乘客，還擠着嘎嘎叫的鴨子和咕嚕嚕的雞。小路顛簸，車上又臭烘烘的，她忍了又忍，不斷地問怎麼還沒有到。他就一遍一遍地說，快了，快了。

終於到了閻良，僅次於天堂蘇杭、北京的閻良，灰撲撲的小城，黃風漠漠，她哭笑不得地看着他，卻發現他居然更精神了。

兩人一間的宿舍收拾得乾淨整潔。領導和戰友們噓寒問暖。招待所雖然簡陋，但她感受到了大家庭的溫暖。

轉過天，他笑嘻嘻地說：「通知說下週天氣不好，一週都不飛行，不如我們結婚吧！」

她看着他，說：「反正我畢業了。行，結就結吧。」

半年前，因為組織上安排他去Y國培訓，按照有關要求必須已婚，於是他和她匆匆去領了結婚證，然後就各奔東西，他回部隊，她回學校繼續上學。

他們把自己口袋裏的錢全掏出來，每人買了套新衣，又買了一些瓜子、糖果，戰友們送了些鍋碗水瓶。買的唯一的大件物品是婚紗，小城的婚紗算不上奢華，但在部隊，算得上足夠驚豔了。

結婚那天，他騎着自行車，後面坐着她，兩人叮叮當當從招待所去部隊。路上穿過一個農貿市場，她看着那些嘎嘎叫的鴨子和咕嚕嚕的雞紛紛讓路，覺得心裏充滿了安寧和快樂。

但快樂與安寧很快被打破了。結婚後他們一直分居，到了兒子一歲多時，她來到了試飛部隊。數年的兩地分居結束後，一家團圓的板凳還沒坐熱，他出國培訓，這一去又是一年多。她一個人帶着小小的兒子，要上班，要照顧孩子，每天騎着單車，風裏雨裏，忙得人仰馬翻。忙碌是一回事，心裏沉重的壓力更是日日揮之不去——

那個春意濃濃的日子，一起嚴重的一等事故猝然發生。因為就在近場，許多人連同犧牲者的親人目睹了機毀人亡的慘烈現場，他們號啕大哭。她也驚呆了。犧牲者是她的鄰居，他的好技術和卓異的飛行天分在試飛部隊是人所共知的。他們太熟悉了，昨天下班前，她還在路口與他打招呼，一轉眼，天人永隔。追悼會上，扶着那位悲痛欲絕的遺孀，她幾乎站不住了。在部隊長大的她雖然對飛行並不陌生，知道飛行有風險，她也不止一次對丈夫說注意安全，可是這一回，她才切切實實地感受到原來死亡竟然離自己如此之近。她不知道自己是怎麼回家的，頭重腳輕地進了門。幼小的兒子還在咿呀學語，她倒在床上，一整夜噩夢連連。是夜大風，風從沒有關好的窗戶颳進來，窗台上的一隻小飛機模型被颳到地上，摔得粉碎。她驚醒了，望着拾不起來的碎片，她失聲痛哭。模型是他最喜歡的收藏之一，她將這個意外認作了不祥的預兆。

一夜再無眠，輾轉到了天明，一上班，她就跑去找政治部主任，央求主任給正在俄羅斯國家試飛員學校培訓的他打電話。那個時候部隊與國外的通話是嚴格禁止的，他出國數月，他們一直靠通信聯繫，而國際信函往返需要數週。一向穩重的她驚慌失措，主任詫異，出什麼事了嗎？

她欲言又止，只是堅持說，要和他通話。看着主任一副

為難的樣子，她失態地一下子哭出聲來：「我要知道他現在在做什麼！我要知道他好不好！」

整個部隊這幾日都被事故的陰影籠罩着，主任似乎明白了，他安慰她說：「好好好，我去飛機公司想辦法。」

她終於輾轉得到了外辦的回覆，說這幾日那邊天不好，只做地面準備；培訓的課程進展順利，人人安康。

遠在異國的他了解了她的擔憂，在給她的信中寫道：「你要相信我。人生道路上的坎坷是每個人都繞不過去的，需要我們理性、客觀地對待。不經歷風雨，怎麼能見彩虹？不能讓坎坷削弱了你的鬥志。」

她在跟我說到這一段時，有些靦顏，似是看到了當年那個青澀的年輕妻子，一腔愛情，卻少不更事。

他培訓結束回國後，正值三代機緊鑼密鼓地上馬，試飛任務越來越密集，他承擔的高風險科目越來越多。她每天一聽見飛機響就緊張，聽不見飛機聲了更緊張。

就在這期間，部隊又發生了一起一等事故。處理後事是要求試飛員家屬們迴避的，但她是分管空勤家屬的幹事，她從頭到尾參加了所有工作，接待親屬，談話，小心翼翼一點一點說出情況。她目睹了烈士親屬們從驚愕焦慮到震驚絕望的過程，他們揪住她的袖子，求她讓他們去見親人一面，就最後一面，她只能無奈地搖頭。她能讓他們看什麼？他們能看到什麼？高速衝擊下，飛機巨大的金屬軀體都變成了碎片，何況人的血肉之軀？他們悲痛欲絕，淚水洶湧，鮮花一樣的妻子暈倒在她懷裏，原本柔軟的身子那麼沉重……她感同身受，她心力交瘁。她請求他放棄高風險科目，列舉說誰誰誰都轉民航了，他已經做出了許多的努力，他對得起國家、軍隊了。他不光是試飛員軍人，還是她的丈夫，是孩子的父親。

他不爭執，但一口就回絕了。

她何嘗不知，讓他放棄是沒有任何可能的。可她的焦慮和擔憂與日俱增。她無法表述，無處表達，因為只要他還在飛，她就只能保持平和，用如常的微笑送他上班。那陣子正值新機定型，飛行任務極重，他每天忙到很晚，又常常轉場異地。她夜夜失眠，只能在電腦上看碟、玩「偷菜」遊戲，以此打發長夜。三個月下來，她消瘦、蒼白，頭暈、頭疼頻發。他從外場執行任務回來，驚異於她的變化，帶她看醫生。醫生語重心長地説，她得了焦慮症，壓力太大所致。

終於有一天，她騎上自行車，狂奔出門。他不喊也不叫，另騎一輛車跟着她，穿大街過小巷，一直跟到郊外。空曠的原野秋風陣陣，她終於力竭倒地，號啕大哭。

那天下午，他陪她在野地裏漫無目的地走，談他們的相識、相戀，談兒子出生和成長的片斷，苦口婆心。當他指給她看美麗的夕陽時，他終於又在她的臉上看到美麗的笑容——雖然只有短短的一瞬。他突然明白，以前，因為怕她擔心而什麼都不説的做法是不恰當的，不清楚內情的妻子只能憑空猜測，越猜越擔心。

他慢慢地對她解釋，試飛是風險與激勵同在，選擇風險並不是不珍惜生命。與其他行業相比，試飛風險是大，但從工作中獲取的快樂與成功價值更高。在生命面前，大家都是平等的，走着同樣的道路，如何走得更遠，是需要深思的重要的問題。並不是遇到風險就必須選擇放棄，現在的飛機裝備有完備的救生設備，且每一種故障幾乎都有對應的處置預案和處置原則，我們無法保證試飛時飛機不出故障，但我們可以選擇出故障後正確處置。

生活要繼續，飛行也要繼續。

他並不指望靠一兩次談心就能解開她的心結，但他開始有意識地加強夫妻間關於業務的交流。他用行動讓她看到，試飛是科學，是一項十分嚴謹的科學。試飛行業會聚着一支堅守執着、從容淡定的試飛員隊伍，一支素養高、追求完美的工程師隊伍和一支技藝精湛、責任心強的專業維護保障隊伍，這樣的團隊能夠將失誤降低到最小，把風險控制到最低。

每隔一段時間，他就陪她出門，騎着單車，去郊外，或者在這個小城的大街小巷轉悠，每一處新鮮的景致都令他們樂不可支。

他很清楚，他需要放鬆，她更需要。只是他能夠自我調節，而她，需要他幫一把。單車騎遊的時候，是他們交流的最好時機。在那條被稱作「試飛大道」的路上，到處都是與飛機有關的標識、雕塑，或者人。看吧，他和她，他們和她們，這麼多人的辛勤努力，最後的成果都要靠他一飛衝天的試飛來做鑒定。

好飛機是飛出來的。

好男人也是。

他說，要有把風險轉化為平安的智慧，而不能只是膽怯和退縮，所以要刓緊學習，提高化解風險的能力，用科學求實的態度，既膽大又心細。他堅持學習，每次接受任務後，他都會拿出充足的時間，進行充分而周密的準備，預想可能發生的各種問題和意外，手上資料不夠就上圖書館、上網。他習慣做卡片，案頭上日益增多的卡片令她感佩，他臉上不斷增加的自信和從容也一天天地感染和鼓舞着她。她開始漸漸地真正認識了她的丈夫、她的愛人。

她開始懂得他的嚴謹和一絲不苟：家裏常用物品在收藏前他都要編上號，放在固定的地方；週末上街，也寫個購物

清單，把目的、方位做個流程。

　　他飲食有節，只要到了定量，一定放下筷子，再好吃的東西，一口也不再嚐。只要有飛行，他滴酒不沾。她認識他這麼多年來，他的體重變化從來不超過 1 公斤。他按時作息，即使是世界杯來了，到點也一定上床休息。他每天早晨 6 點準時起床跑步，雷打不動；每天打球，保持體力的同時提高肌體的協調性、靈活性；滑冰── 沒有冰就滑旱冰，有時太忙了就穿着冰鞋上食堂。他保持充沛的精力，在大過載高機動和複雜科目的試飛中，也始終能保持清醒的頭腦、敏銳的反應和有效的操縱。

　　她能夠和他同步了，不僅從情感上，更從業務上。以前她覺得他「死板」，現在她明白了，這種嚴謹與板正，正是職業的要求、責任的約束和自我素質使然。因為試飛要求有嚴格的操縱程序和流程，嚴謹的作風能最有效地保證在空中飛行時避免錯忘漏，保證每一次飛行的安全和高效。在危險面前，重要的不是害怕，而是最大限度地展示智慧與勇氣，轉危為安。

　　家是他溫馨而舒暢的港灣，她給他的飛行增添了信念和力量。2007 年 2 月 27 日，北京人民大會堂，鼓樂齊鳴，鮮花綻放，2006 年度國家科學技術獎勵大會在這裏舉行。「殲十飛機工程」被授予國家科學技術進步獎特等獎，在名列前茅的獲獎人員中，飛行員只有兩名── 他和雷強。這是中國科技界最高獎，是無數科學家畢生追求的目標。他，一名普通的中國空軍試飛員驕傲地擁抱了這一崇高的獎項。

　　同年 6 月，國家主席簽署命令，他被授予「英雄試飛員」榮譽稱號。

　　轉眼，他的生日到了。這一天都有飛行，下午落了地，

夕陽已經泛紅了，他打開手機，在一串的祝福短信中，他首先挑出了她的，是一首小詩：

「老公今年四十三，臉上河流漫山川。掙得不多也不少，老婆愛你不愛錢。如果還能有進步，我和兒子沒意見。」

他大笑，所有的緊張和疲憊，如煙消散。

事業成功的同時，愛情更加醇厚。

他們約定，每年帶她逛街至少兩次，與她像戀愛般約會至少四次——騎車去他們熟悉的那家咖啡廳，無拘無束地聊天。

他們的兒子已經大學畢業。當年填高考志願時，兒子在所有志願上只填了一個選項：北航，發動機設計和製造專業。兒子說：「爸，咱們中國現在的發動機不行，等我給你設計好用的發動機。」

她面色紅潤，肌膚光滑，腰身依然纖細，她騙腿跨上單車的姿態，果真是楚楚動人。

我問她：「作為試飛員的家屬，你怎麼評價你的愛人？」

她說：「好男人和好飛機一樣，都是飛出來的。」

二、我的十項全能

她為試飛員家屬定義的十項全能是：本職工作、妻子、廚師、保姆、家庭教師、家庭醫生、採購員、水電工、秘書兼司機，最後一條，也是最重要的一條——丈夫的安全監督員和精神疏導員。

音樂會是晚上 7 點半開場，他們 6 點鐘吃完晚飯就開始打扮了。

「你幫我穿好看點，別讓別人又認為我是孩子的爺爺。」他說。

她給他打着領帶，看着他臉上縱橫交錯的「溝渠」，説：「那你別笑，一笑臉上就有皺紋了。」

其實，在她眼裏，丈夫一點不顯老，身體挺拔，頭髮烏黑，舉止文雅，談吐斯文，不知道的以為他是研究員或者教授什麼的，完全看不出來是叱吒長天的試飛員、空軍試飛專家。

這已經是十幾年前的事情了，那天他休息，難得地抱着孩子去打牛奶——

「他穿着飛行服，那會兒飛行服是很簡易的布夾克。」她對我説，「可能是因為工作比較辛苦，人瘦一些，又沒刮鬍子，賣牛奶的農村大姐不認識他，就指着孩子説：『這是你孫子吧？』」

試飛員們都有個習慣，如果第二天要飛行，頭一天，不理髮，不刮鬍子。

那天回來以後，他在鏡子前面站了半天，説：「我有這麼老嗎？以後我不去參加家長會了。」

此刻他又説起這個話題，顯然，他在刻意營造輕鬆的氣氛。

她想：既然他不想讓我知道，那我就裝作不知道好了，不要讓他為我分心。

董源是個美麗活潑的女人，在試飛院新聞中心任主播，丈夫張景亭是某試飛部隊的部隊長。

上午快下班的時候，她遇見同事，同事見了她就説：「哎！董源，你老公飛的那個一類風險科目，因天氣不好今天撤了，明天再飛。」旁邊的人想制止已經來不及了，同事的話讓董

源心裏咯噔一下。她知道這是一個填補國家空白的一類風險科目，之前已經通知影像室要留好資料，只是當時還沒有確定試飛員。對此，董源一直在迴避，她想問又不敢問，怕給丈夫增加負擔。

試飛員們有個不成文的規矩：幾乎所有的試飛員在飛高風險科目時都不會提前告訴家人，一是因為保密要求，二是不願家人擔心。

進家門的時候，她平靜了一下：他明天還要飛，越是在關鍵時刻越不能給他增加負擔。

董源進了門，見他已經回來了，正在翻騰衣櫃找東西，床上放着找出來的西裝和襯衣——他正在找領帶。

「你穿什麼顏色的衣服？」他問。

「什麼？」她一下子沒明白。

「音樂會啊，今天晚上的音樂會。」他用下巴指指桌上的門票。

她恍然大悟，想起來，前幾天託人好不容易買了三張音樂會的門票，正好是週末，可以帶兒子一起去欣賞。

然後他說：「你幫我穿好看點，別讓別人又認為我是孩子的爺爺。」

她看着他手上的領帶，說：「正好，我穿這個顏色的裙子——」

她仔細化着妝，他在一邊評點着，他還是那麼溫和體貼，聲音緩慢而低沉，從容有致，沒有大戰前的緊張，更沒有生死未卜的悲壯。這就是自己的丈夫，她怎能不為他驕傲？她配合着他的平靜，專心致志地勾着眉毛。從鏡子裏她看到他正悄悄地取下身上的電極片——在試飛重要而且高風險的科目時，試飛員需要佩戴動態心電圖監控心率。

　　她替他打上領帶，他們站得很近，她清楚地聽到了他平和的心跳、均勻的呼吸。

　　她回頭喊：「兒子，準備走了。」

　　18 點 50 分，他們出發了。她把手自然地插在他的臂彎裏，向他轉過美麗的笑臉。兒子在他們前面雀躍：「噢，走了——」

　　丈夫英俊，妻子柔美，兒子陽光，令人羨慕的一家三口，任誰也看不出明天他們將面臨怎樣的生死考驗。只有他們自己知道，為了這份愛、這份安詳，彼此對對方隱瞞了什麼……

　　張景亭畢業於西北工業大學。這所院校在整個西部地區乃至中國都很有名氣，它的許多專業與上海交通大學的專業齊名。那個蟬鳴盈沸的夏天，已經是碩士研究生的張景亭在他畢業的那天下午聽說了招收空軍試飛員的消息。

　　招生的人特別說明，要從有工科背景的畢業生中招收飛行員，目標是培養試飛員。

　　張景亭的專業是飛機發動機。那天下午，導師對他說：「你可以試試，如果能飛上幾年回來再搞科研，你既懂發動機原理，又懂飛行，對你將來的研究大有裨益。」但誰知，他這一去，從此就和飛行結下了解不開的緣分。

　　嫁給張景亭是董源自己的主意，漂亮的四川姑娘董源幾乎是在遇到他的當時，就「找到感覺了」。

　　那時候張景亭還只是試飛學員。結婚後，董源也是聽了做思想工作的試飛部隊領導關於「上有天堂，下有蘇杭，除了北京，就是閻良」的宣傳，離開了舒適富饒的四川成都，跟着丈夫到了這個位於西北小城的試飛部隊。甜蜜的新婚生活還沒過多久，一紙命令，張景亭就被派往俄羅斯國家試飛員學校學習。董源不承認與新婚丈夫分別時自己掉了眼淚。

「我那時候忙得要命，哪裏有時間婆婆媽媽的？」董源說。

董源說的忙，其實在時間上是稍後些的事——單位給他們分了房子，董源忙着搬家。

女人們在家庭建設上都有着蜜蜂築巢般的美好品質，董源也不例外，看着嬌滴滴的她做起事來還真是麻利。

本來，張景亭說：「我不在家，你就先別張羅了，就揀你自己的日常用品什麼的先搬過去就行，其他的，等我回來再說。」但是不久，試飛院的人們就看到，她騎着輛到處響的自行車，車前一個大包，車後一個大包，胸前掛個小包，背後還揹着一個大個的，一路叮叮當當騎過去，引得無數路人側目。

她日日期待着愛人歸來，一等就是十三個月。艱難是一個人成長最好的課堂，柔弱的董源在這一個人的新婚歲月裏學會了很多——她學會了堅強，學會了在別人眼裏只有男人才會幹的活，更學會了一個人在空蕩蕩的家裏忍受着無盡的孤獨，她甚至以為自己已經變得很堅強。

她與他的第一次通話是在他出國四個半月後。

當時試飛院有個項目，從俄羅斯過來了一架飛機，高個子灰眼睛大鼻子的機組飛行員就住在試飛院的招待所裏。董源就動了心思。她有點羞澀地和外事辦的人商量：「我和我丈夫四個多月沒有通過一次話了，都靠寫信，可不可以幫我打個電話？」

電話很快接通了，就在招待所裏，當着外事辦的人和大鼻子機組人員的面。

「喂……」當聽筒中傳來丈夫的聲音時，才聽到這一個字，她就突然愣怔了，所有的艱辛與委屈剎那間奔湧，內心

翻江倒海，嘴卻顫抖着發不出聲。

外事辦的人着急，悄悄地拉拉她的袖子説：「説話啊，快説話啊，這可是國際長途，按秒收費的——」

話音剛落，董源放聲大哭……

第二次搬家的時候，張景亭因為有任務，直到最後搬家那天他才來到新家。當時他穿着工作服，在地下室幫着收拾，董源僱的工人來了。看到有陌生的男人在幹活，工人不幹了，生氣地説：「嫂子，你不是僱了我嗎？你咋又僱他咧？」

董源正在擦家具，一張舊報紙做的帽子遮擋着她的一頭秀髮，她用戴着手套的手指着蹲在一邊積極表現的丈夫説：「噢，你説他啊——那是俺家的長工。」

近午時分，眼看着天空放亮，董源人坐在辦公室裏，心卻忽上忽下的。她豎着耳朵聽着窗外的聲音：她在等待飛機起飛發動時那一串振聾發聵的轟鳴聲。

仿佛有感應一般，果然，一陣轟響由遠及近，她一下子站起來，快步向外奔。長長的走廊上此刻無人，她聽着自己的腳步無序地慌亂——15 樓有監控室，她不由自主地向那裏走。

監控室的門緊閉，她顧不上敲，推開就進去，裏面居然有這麼多人，看她的眼神都有點愧疚——他們肯定也是了解這個科目的。按規定，監控室是不允許無關人員隨意進入的。有個同事在監控室主任耳邊悄悄説了句什麼，主任站起來，招呼她：「來這裏看吧——別擔心！你看你家老張多沉着。」

董源的眼睛一眨不眨地盯着屏幕，丈夫沉穩地坐着，手上的動作看不太清，但臉上的表情一覽無餘。她忽然覺得，他真的是不老，還是那麼目光敏銳，明亮的眼睛裏閃爍着智

慧的光芒。

做部隊長的張景亭是中國頂尖試飛員、中國首批十五名雙學士試飛員之一，他是第一個駕駛米格-23和第一個駕駛米格-29的中國試飛員。張景亭試飛過殲-10、殲轟-7等各類戰機，是目前國內試飛機型最多的戰機試飛員。在多年的科研試飛中，張景亭創造了中國飛行、試飛史上的50多項紀錄。

那一年董源所在的新聞中心年終工作會的彙報總結，做了一個專題片，就是這個科目的精彩剪輯。

片子在大會上播放的時候，董源悄悄地從座位上站了起來，借着暗下來的燈光向外走，走到會場最後一排，這是個昏暗的僻靜角落。屏幕上，隨着聲情並茂的解說，他的形象一遍一遍地躍出，近景、中景、大頭的特寫——他臉上的皺紋看得清清楚楚。

溫熱的淚水，無聲地滑落在她的臉上。與其說是心酸，不如說是自豪。

「現在我覺得我基本上是十項全能，什麼事都交給我，他也比較放心。」最後董源自信地說。

董源為試飛員家屬定義的十項全能是：本職工作、妻子、廚師、保姆、家庭教師、家庭醫生、採購員、水電工、秘書兼司機，最後一條，也是最重要的一條——丈夫的安全監督員和精神疏導員。

三、共同成長

> 我們是愛人也是朋友，是青春的見證人、事業的共
> 渡者，共同經歷苦難，也共同分享榮耀，所有一切互相
> 去見證。

「賀兵有任務在身，他的工作涉及保密，所以只能和你
們泛泛聊天，不談任務，只論風月。」我對賀兵和他的愛人
陳娟開門見山地說。

賀兵中等身材，比起一般的殲擊機試飛員，他的身量要
稍稍魁梧些，寬額，長眉，線條硬朗，渾身上下透着胸有成
竹的沉穩和自信，是那種從外形上看就令人心儀的男人。陳
娟，三十出頭，穿着考究的正裝，化着淡妝，有着南方女性
美好的姿態和膚質，按時下的說法，是那種典型的「白骨精」
類型。

這一對真是好搭配。

陳娟先說話，果然是做經理的，思路敏捷，條理清晰：

「剛開始，我感覺試飛員不過是一種職業而已，談不上
理解，就更別說支持了。」

這一代年輕試飛員與老試飛員們的情況有些不同，他們
的另一半以知識女性居多，而且多半事業有成、身居要職。
陳娟就是某大型投資公司的財務經理。

陳娟與賀兵認識的時候，賀兵只是個普通飛行員，而碩
士畢業的陳娟已經在部門負責人的位置上了。陳娟總結他們
的婚姻時，用了一個詞：成長。

愛情與事業共同成長。

「一開始，我們老是爭執，他總是強調他的工作，我就

很不贊同。你有工作，我也有工作，為什麼我一定要服從你？你是試飛員，但同時也是我的丈夫、孩子的父親，在一些關鍵時刻和關鍵問題上，為什麼你就以工作為由，投入那麼少？比如，家庭長遠規劃問題和孩子成長進步的事情，為什麼都是我的事？老是強調他的那些科研試飛項目，不就是工作嗎？當時我覺得他的魂、他的精力不在家裏。只要在工作，他就一定會對我視而不見，即使在談戀愛的時候也是這樣。」

那年，陳娟婚後第一次來探親，到試飛部隊這天，接她的，是個不認識的女幹事。女幹事把她安排在部隊駐地之外的一個小賓館，放下她就走了。賀兵打來電話，說忙完了就過來。陳娟放下電話就在賓館裏等。

一等就是三天。

第四天，賀兵來了，但他面色青白，頭髮凌亂，鬍子拉碴，樣子好像老了十歲。他站都站不住，進門就倒在床上，睡到天黑，陳娟才發現，他是昏睡，怎麼也搖不醒。她嚇慌了，趕緊打電話。不一會兒來了幾個戰友，七手八腳地把賀兵弄進醫院。醫生裏外檢查了一番，卻沒有發現問題，賀兵只是閉著眼睡覺。後來還是政委明白，政委說：「別鬧騰了，讓他睡吧，睡醒了就好了。」

陳娟這才知道，丈夫已經三天三夜沒合眼。

「執行什麼任務這麼緊張？」她問。

戰友們支吾着，躲閃開了。

她扭住政委問。政委看着她年輕無邪的臉，歎口氣說：「特殊情況，特殊情況。」

陳娟心裏很委屈，是什麼特別的事情？自己那麼遠地來了，他三天都沒露面，露了面卻睡得像個死人。話一出口她就看到政委的臉色變了。陳娟再粗心，也看得到政委眼裏含

着的淚花。她是個聰明人，心裏咯噔一下——飛行部隊是忌諱用這個詞的。

好幾年以後，一次偶然的機會，她才知道，她初來探親的那次，部隊發生了一等事故，賀兵忙着搜救戰友、分析現場、安撫犧牲戰友家屬等等，忙了三個晝夜。

初來乍到就面對這樣殘酷的場面，對年輕的妻子肯定會有巨大的心理衝擊，賀兵成功地隱瞞了事實，並且瞞了幾年，直到她開始一點點真正地進入試飛員家屬的角色。

他們結婚後兩地分居長達十年。家庭剛剛組建不久，孩子小，陳娟的工作又處於上升期，公司考勤嚴格，陳娟負責的又是財務方面的大事，一點不能馬虎不說，還常常加班加點。賀兵一年的假期有限，那幾年，家裏、單位的事情，常常令她精疲力竭。不知多少個夜晚，她抱着高燒的孩子哆嗦着站在路邊打車去醫院；不知多少個風雨交加的日子，她在風雨中狂奔，一頭秀髮在風中亂舞，為了儘快去學校接孩子。美麗、學業優異的陳娟大學時曾是男生們心中的女神，她千挑萬選選了當試飛員的賀兵，結果，卻是過着這種獨自打拼的生活。

因為工作需要，也因為賀兵出色的飛行技術，他被派往國外參加培訓，一走數月。終於打通了電話，陳娟在電話裏大哭：「我真的懷疑這輩子是不是嫁錯人了。」

陳娟掛斷了賀兵的電話，但她到底也沒有跟丈夫說，孩子生病，檢查發現血液指數不好，血小板低，不能再用西藥，好不容易看了中醫，孩子在服用中藥後卻開始哮喘。哮喘發作時是很危險的，孩子食不能咽，夜不安枕，必須 24 小時監護。看着孩子喘息不已的痛苦樣子，做母親的心如刀絞。

陳娟低下頭，散開盤着的髮髻，一頭黑髮水一樣瀉下。

她用手指撥開，指着頭頂的一個位置說：「我的白頭髮就是那時候長出來的。」

我赫然看到了一頭黑髮中幾縷驚心動魄的白髮。那時候，陳娟剛剛三十歲。一個美麗的三十歲的女人，長出了白髮。

有段時間，賀兵與科研人員一起研究項目，雖然在同一座城市，但他常常一週都不能回家一次，有時候晚上 12 點還在做試驗分析。有天晚上，陳娟去單位給他送換洗衣物，看到他在辦公桌前一會兒快速地寫下什麼東西，一會兒激動地站起來用手比劃着。在門外的陳娟站住了，看了好一會兒，然後悄悄地放下東西走了。「那個時候，我感覺認真工作的他，是全世界最帥的男人。」

新型戰機亮相那天，她帶着孩子去了試飛現場。丈夫穿着一身笨重的試飛服，抱着頭盔走下飛機，被鮮花和掌聲、歡呼聲包圍。她看到了他的戰友，也看到了他身旁那些白髮蒼蒼的老總工，他們孩子一樣地激動，又像女人一樣哭泣。那天晚上她聽見女兒說：「媽媽，我在《新聞聯播》和《新聞會客廳》上看見爸爸了，我為這樣的爸爸感到驕傲！」

她被深深地震撼了：如此崇高偉大的事業，丈夫是其中重要的創造者。丈夫雖然沒有時間對女兒說教，但他對待事業的責任感和態度卻正潛移默化地影響着她和女兒。

「我有時特別羨慕他們，因為他們這個團隊是在忘我地工作。其實人在一定的時候有一種實現社會價值的衝動。我有時候嫉妒地說：『你們這個團隊一起努力工作的時候，你們真的很幸福。』他打趣我說：『領導，我拿錢回家，工資全交，你還不幸福啊！』」

賀兵是個率性的人，他是試飛大隊公認的聰明人。但這

個聰明人，也有沒辦法聰明的時候。

　　那一天，他們執行送飛機任務，賀兵是長機，那時他還是副大隊長，僚機是大隊長王文江。那天天氣不好，飛機起飛後不久，賀兵的飛機出了故障，整機斷電，除了發動機還在響，其他的儀錶設備屏幕一片沉寂。

　　地面叫不到賀兵，但從雷達信號上看得到軌跡，判斷是飛機出了問題。天氣不好，賀兵看不到跑道，於是他就緊跟僚機王文江。但不久後王文江的飛機快沒油了，不能再做引導，只能離開編隊趕快找機場先行降落。失去通信的賀兵並不知情，還一直緊跟着王文江。那天的能見度實在太差，近場的雲底高度不足 200 米，儀錶又完全沒有導航，等賀兵看到機場的時候，跑道都在眼皮子底下了。但此時他的飛機還有三個滿油的副油箱，他肯定不能降落。他絲毫沒有猶豫，立刻把飛機拉起，離開機場── 他必須找一個地方先把副油箱丟了。

　　飛機一路爬升，厚厚的雲層在窗外彌漫，賀兵沒有高度，沒有方向，只能憑着感覺控制飛機的狀態，情況萬分緊急。他很清醒，機場周圍的環境他還是熟悉的，他在心裏算了下時間，必須爬升到足夠的高度，以避開機場周邊的高山。如果在雲中丟狀態，那結果會非常可怕：如果飛機是反扣狀態，他動作中的爬升就變成了下墜，雲底高度這麼低，等出雲看見大地已經沒有時間再調整飛機姿態了。

　　地面上，指揮員頭上大汗淋漓，大家都為賀兵捏着把汗，但他們都一籌莫展。後來才知道，那一天，地面緊急通知了民航，所有民航飛機全部讓出了附近的空域。

　　想像一下，一架儀錶全無，沒有任何指示，沒有方向、速度、高度、地平儀，沒有雷達通信的飛機，在茫茫無際的

雲海中穿行，掠過窗外的除了灰雲還是灰雲，飛機如同一個又聾又啞又盲的人在無邊的黑暗中摸索，又像一隻失去了方向的小船在茫茫大海上漂泊。

一個人要有怎樣的心理素質，才能在這樣的情況下保持清醒和鎮定！

他努力尋找機會，努力根據雲層的運動盤旋尋找。果然，雲層出現了一小片縫隙，他迅速飛進去，修正好飛機狀態，並且保持住，然後憑着感覺判斷飛機的速度，靠手錶上的時間推算飛機的大致高度和位置。憑着對周圍環境的記憶，他把飛機帶到了一片山區，丟下了副油箱。

沒有人知道，賀兵是怎樣返回，怎樣找到機場的。當飛機聲在近場天空中響起來的時候，地面上的人們都驚喜交加。

驚喜過後，新的危險出現了：降落機場的能見度依然很差，飛機高度降低到一定位置後，賀兵約略能夠看到些地面的輪廓，但是，他沒有辦法精確量化地掌握飛機的平衡系數和落地速度——

通常，飛機起降時，飛行員都需要儀錶和指揮口令的幫助，特別是在雲底高度如此低的情況下。但眼下，賀兵一無儀錶，二無指揮，只有他孤家寡人，獨自完成。

飛機起飛和落地時是風險較大的時候，統計表明，超過70%的飛行事故都發生在起降階段。此刻，賀兵面臨的最大問題是速度：沒有速度或者速度大了，都會發生嚴重問題。

賀兵駕駛飛機一落地，等候已久的王文江就從指揮室裏跳出來，一路向飛機跑。等他跑到時，下了飛機的賀兵已經被眾人圍住了。小個子王文江費了些勁，才把眾人分開個縫隙，擠到賀兵面前。

「你總算回來了！」王文江説，「你把人急死了！」

賀兵還笑得出來：「你急啥啊？你差點把我帶到溝裏去！」

王文江急了，說：「你電都沒有，我又沒辦法聯繫你。我那時就想，咱咋不在座艙蓋上安個天窗，我好把手伸出去向你招招手呢！」

「在那種情況下，你是怎麼把飛機給開回來的？」

事後，這幾乎是所有媒體都問的一個問題。面對年輕的記者，驕傲的賀兵眼皮都不抬，說：「就那樣開回來的。」我能感覺到賀兵的回答有些應付的成分——他不想多說，對於不懂飛行不了解他的人，說了也白說。

私下裏，在陳娟問起丈夫這個問題時，賀兵笑着狡黠地說：「憑感覺唄，抱着操縱桿就像抱着愛人一樣。」——我明白，他的意思就是試飛員們常說的一句話，叫作「人機合一」。

四、每人講一個最難忘的故事

「女人們，丈夫在天上，風雲萬千，我們能給丈夫的，應該是美麗的形象和比形象更晴朗的笑臉。想一想那些躺在北塬上的戰友，和丈夫在一起的每一天，都要好好珍惜……」

每人講一個最難忘的故事吧。

我剛向她們提出這個話題，她們就笑起來，她們說，這個不好講。

在一起那麼多年，難忘的事情太多了，哪個算「最」呢？

我說，不管最不最的，想到哪個就說哪個吧。

潘冬蘭講的故事

中校幹事潘冬蘭與試飛員李中華，是一對人人豔羨的和睦夫妻——說和睦還不夠準確，在許多人看來，他們都這個年紀了，未免有些黏糊。

2005 年 10 月的一天，潘冬蘭的生日。那一天，李中華遠在西線飛行，中午時分剛落地，他就特意打來電話，語氣纏綿地祝「親愛的老婆大人」生日快樂。李中華去西線執行新機試飛任務已經兩個多月了，按計劃，他們還要有兩個月才能完成預定科目的飛行。儘管夫妻倆每天通電話，但今天的這個電話顯然是意義不同的。

正是週末，放下電話，潘冬蘭哼着歌更衣，上街。她買了些熟食和點心，約了兩個女伴一同回家。老公不在，自己還是要小樂一下的。

女人們飽肚的食物主要是水果、蔬菜，姹紫嫣紅的一桌。燈全開了，音響也打開，音樂剛剛調好，門鈴響了。

女友甲說：「誰啊？」

女友乙說：「你還約了別的客人？」

潘冬蘭說：「沒有啊。這個點來的人，估計是收水電費的——」

女友甲跳起來說：「我去看看。」

門開了——迎面是一大捧玫瑰花，花束稍稍移開，露出一張男人的臉。風塵僕僕的李中華站在門口，左手拿着一大束花，右手拎着盒蛋糕，身上還穿着飛行訓練服，一臉得意的笑。

女友們一起驚呼：「天啊！你從天上掉下來的？」

李中華的確是從天上下來的。

中午李中華掛了電話準備退場，聽説有一架飛機要回閻良拉器材，第二天一早返回，他一算，真是天賜良機。他衣服都沒換，跟帶隊領導請了假就登上了飛機。

天空中的一腳油門當然是快的。千里之遙，2 個多小時就到了。飛機落地是下午 4 點多，他沒回家，跳下飛機就向城裏跑，直奔商場買了東西，再叫輛出租車一路駛回家屬院。等他微喘着氣站在家門口時，他聽見了熟悉的聲音。

巨大的驚喜！潘冬蘭的激動和感動可以想見，最受刺激的是兩個女伴。

目睹這一切的女友甲説：「哼，怪不得你要嫁給飛行員呢，祖國大地任來回啊！」

女友乙深刻地思考着，半天才説：「等我女兒長大了，也要她嫁給飛行員。」

李翔征講的故事

李翔征是飛行試驗研究院技安環保處的工程師，丈夫匡代想，副師職試飛員，大校軍銜。

1949 年 8 月，當著名的衡陽寶慶戰役正緊張籌備之際，在湖南祁東縣一個偏僻的小山村裏，一個男孩子於午夜時分呱呱墜地。

李翔征是個很會表達的人，她以這樣的講述開頭，像一篇流暢的文章。

那天清晨，天一亮，新生兒的父親就起來了。對於三十八歲才喜得貴子的他來説，這個巨大的喜悦讓他等待得太久了，所以他要按鄉間的隆重的風俗，在太陽升起時在家門口燃放一串響亮的炮仗，以此宣告他們老匡家香火有繼了。就在他打開屋門的一瞬間，他嚇了一跳：院子裏、屋簷下，

密密挨挨地躺滿了扛着槍的兵！

準確地説，兵們的槍不是扛着，而是枕着或者抱着，他們席地而睡，頭足相抵，露水打濕了他們的衣服。他們都很年輕，不過十七八九、二十出頭。老匡悄悄地撤回屋，關好門，收起鞭炮。他知道，這些秋毫無犯的兵是老百姓自己的隊伍，他們叫人民解放軍。

他去側屋的廚房燒了一大鍋水。等他端着滾燙的開水再一次出來時，集合號響了，隨着一陣急促的腳步聲，那些兵紛紛跑出來，過了一會兒，他們排着隊喊着口號沿着村前的大路離開了。老匡看到了碼得整整齊齊的稻草，還有水缸裏加得漫邊漫沿的水。

大路上煙塵彌漫，短短幾分鐘，那些生龍活虎的年輕軍人長了翅膀一樣，消失了。村子重歸寂靜。老匡堅信一定是老天爺給了他暗示。十七年後，當年那個在兵臨村子的夜裏出生的小男孩，真的走入了人民解放軍的行列。後來，他還成了試飛員，真正有了能飛翔的翅膀。

那一天，1986 年 6 月 3 日，按計劃，他們兩日後將起飛，執行某導彈轟炸機轉場的試飛任務。傍晚，飛行計劃會結束，他剛走出會議室，政委在門口把他叫住。一向親切的政委此刻的神情憂慮糾結，他的心沒來由地跳起來：「出了什麼事？」

政委不吱聲，拉起他的手，一封電報無聲地落在他手裏。

經歷過七八十年代的中國人都知道，在那個時期，通信主要靠信件，沒有極端特別的事情不會使用電報。

他的手哆嗦着，不敢拆。「出了什麼事？」他問。

政委緩緩地説：「小匡，你要冷靜，電報上説，你父親去世了。」

晴天霹靂。

匡代想是匡家的長子，忠厚老實的農民父親三十八歲才有了他，說來也巧，他出生之後沒幾年，弟弟妹妹相繼到來，家裏人丁興旺。對這個給全家帶來好運的長子，父親視若至寶，給他起名「想」。他離家當兵，當了試飛員，當了軍官，成了家，也做了父親，但每次回家，父親還是總叫他的小名：想來。一個「想」字，凝結了多少父子深情。可是突然地，父親怎麼就走了呢？

「小匡，你是知道的，這個出口任務很急，如果重新換人再政審一次需要半個多月的時間，可是出口合同的時間是確定的，命令都下達了。怎麼辦呢？你回去考慮考慮吧。」

當領導的只能這樣說，在飛行部隊做管理幹部的人，對每位飛行員的個人及家庭情況都了如指掌。

出口飛機的交接，事關兩國的政治、軍事、經濟，稍有差池，就可能會引起國際糾紛。何況計劃和任務下達之前，他和戰友們已經做了各種準備，臨時換人，先不說政審程序是否來得及，就是飛行任務的實施準備，也需要相當長的時間。

第二天一早，眼睛紅紅的匡代想沒等政委開口就說：「保證把任務完成好。」

政委的眼睛也一下子紅了。

6月5日早上8點，飛機起飛，過黃河，跨太行，飛過波光粼粼的渤海灣，上午10點，準時降落在指定的機場。下了飛機，匡代想沒有吃飯，一個人一路小跑來到一個公園裏。夏日的正午，公園裏寂靜無人，12點整，他在一棵參天大樹下下跪，向西南方向深深叩了三個頭。

他知道，此時此刻的湖南祁東老家，山坡的某處高地上，

他慈愛的父親正在緩緩下葬。

他放聲痛哭。

李玲玲講的故事

那天家屬委員會開會，出的題目是：如何去愛老公。

女人們一個個笑得花枝亂顫。三個女人，抵得上一百隻鴨子。

她不笑：「誰昨天和老公嚷嚷了，說不管家不顧家，孩子要中考了也不幫忙？孩子中考男人能幫什麼忙？讓他帶着情緒走，孩子成績不好的問題就解決了嗎？」

人群中的一個女人低下頭。

「你們能說自己都會愛老公嗎？男人要上天，不要拿地上的小事煩他。家裏有情況，小事自己決定，大事上咱們家屬委員會，再不行，找政治處。三個臭皮匠還抵上個諸葛亮，咱們有這麼些臭皮匠……」

她是試飛員的家屬，他們管她叫「老營長」。在很多事情上，她是這群「鴨子」的主心骨。

她對年輕的試飛員妻子們說：「我們不光要在生活上搞好後勤服務，更要從精神上、行政上把好關。業務上『三摸底』（思想、技術、身體）、『五把關』（思想、技術、身體、機務、氣象），咱們不懂，可是，思想、身體咱們能管理好——比如，不該纏綿的時候就不能纏，不能沾酒的時候就不能沾，不能發脾氣的時候就不能發，再大的事情，不該說的時候堅決按下不表，天大的事情大不過男人的飛行。

「不要天天餵好吃的，吃了空勤灶回來不要加餐。誰誰誰的老公，看着肚子起來了，體重關乎安全。

「誰誰誰，不要老提要求接送孩子。男爺兒們下午打球、

跳沙坑不是玩，是體能和協調鍛煉，這點道理都不懂嗎？

「女人嘛，週期性有點不舒服多大的事？不要讓男人陪着做家務，他們有他們的工作計劃，不能跟着你的週期走……說的就是你！

「要學會主動獻好 —— 不要笑，不要想歪了。飛行壓力大，老公回來沉着臉，你得有笑臉。男人也要哄，主動點，哄一哄，男人的情緒就化解、分解、轉移了。

「誰沒點小病小痛？不要哼哼，誰有病找家屬委員會，我們帶着去看。找老公沒用，他不是醫生。等完成了任務去療養，他帶着你去海邊，想怎麼埋怨怎麼埋怨，想怎麼收拾怎麼收拾。

「女人們，丈夫在天上，風雲萬千，我們能給丈夫的，應該是美麗的形象和比形象更晴朗的笑臉。想一想那些躺在北塬上的戰友，和丈夫在一起的每一天，都要好好珍惜。女人是男人的天，天空如果陰轉多雲，對丈夫的影響不只是心情，還有生命。」

沒有人再笑。飛行員的家屬，都能聽懂。

「老營長」的真名很美麗，叫作李玲玲，正式的稱謂應該是李參謀，她是大隊長、著名試飛員李國恩的妻子。

「老營長」可是河南農業技術學院的高材生，二十出頭的年紀，就是省裏某大型企業的工程師。後來，正當妙齡的工程師小姐認識了尚在航校學習飛行的李國恩。航校是不支持學員們談戀愛的，他們便以「朋友」名義保持聯繫。待李國恩畢業後，按一句老話說，有情人終成眷屬。

2002 年，優秀飛行員李國恩被選入試飛大隊，她夫唱婦

隨跟着來了──工程師是當不成了，她特招入伍，成為正營職參謀。因編制所限，正營職崗位成為她職務晉升的上限，也就是説，不管她怎麼辛苦地幹，「入團」（指職務晉升為團級）是沒戲的，但她每天還是東奔西忙。她的口頭禪是：「只要部隊需要，我的工作就是有價值的。」

「老營長」人前樂觀，其實自己也有人後辛酸的時候。女人嘛，哪個不巴望男人時刻把自己放在心上？可是她的他，心中滿滿的全是試飛：他自己要飛，還要管理整個大隊。特別是艦載機首飛那段日子。

有一年冬天來到的時候，「老營長」臉色蠟黃，手捂着腹部來到醫院，超聲檢查結果──膽結石。這是要住院的。她一個人，左扛右挎地把一應用品帶到醫院。同病房的女病友有個黏黏糊糊的丈夫，一天到晚陪着，跑前跑後端茶送水不説，兩人還絮語不休。「老營長」看得眼熱，有時候在孤獨的晚上悄悄地蒙在被子裏掉淚珠。膽結石是個痛苦的病，發作起來疼得像刀絞，她咬牙忍着。每天在電話裏，她都聲音清脆地説：「好多了。你忙你的，不用過來，女病房你來也不方便……」

正值某新型戰機批量生產出廠，試飛任務繁重，雖然是在同一個城市，但丈夫已連續二十八天都在出廠試飛一線，連家都沒回。一天又一天，女病友看她總是一個人孤零零的，艱難地上下樓打飯打水，自己去做治療，就問：「你老公呢？」她説：「他忙。」

女病友黏黏糊糊的丈夫很正義地説：「你這都住院二十幾天了，再大的事，有老婆重要嗎？」

她笑了，她想説，試飛大過天，她老公肩上擔的可不是一個小家，而是關乎國家的大家。她想説，許多試飛員一輩

子也飛不上一次新型飛機的首飛，她的丈夫，一個人首飛了
5 種新機型，其中最著名的是殲 -15 艦載機。不過當時這個型
號沒有完全解密，還不能對外說。不當試飛員的妻子，他們
不會懂得，她以丈夫令人驕傲的事業心和成就為榮。

這天下午，李國恩終於倒出半天假，直奔醫院。進了病
房，見到她如花的笑臉，緊張數十日的神經突然放鬆了，「老
營長」一杯熱水還沒有放下，他上下眼皮一合，居然倒在床
上睡着了。

女病友的丈夫說：「什麼人哪，來了就睡覺，到底誰是
病人哪？」

女病人看出點不凡：「你老公忙成這樣，他是做什麼的？」

「老營長」輕聲地，但是驕傲地說：「他啊，試飛員。」

胡曉宇的故事

胡曉宇的故事，我來幫她講。

胡曉宇是我的同事，她來單位報到那天，我在走廊上看
到她的背影，筆直挺拔，腦後一把墨黑的刷子似的頭髮，晃
啊晃的，怎麼看都不像是個上中學的孩子的媽，倒像個高中
生。

領導介紹曉宇時說，別看人家是試飛員家屬，能寫一手
漂亮的好文章呢！

因為試飛員工作的特殊性，組織上一般同意他們的家屬
做全職太太，可以不用上班，或者只安排相對輕鬆的工作，
但曉宇在單位卻是個獨當一面的好手。她的試飛員老公叫油
林，這個名字太可愛了，而油林人比名字更可愛。

1990 年 4 月烏魯木齊至和田的緊急轉場任務，是曉宇印
象最為深刻的。那時油林還在號稱「天山第一團」的航空兵

某師 109 團，此前他還沒有執行過轉場任務。因為任務十分緊急，有些探親休假在家的老飛行員來不及返回，油林作為唯一的年輕試飛員被擇優選中。當時領導問他有沒有信心，他說了句：「感謝領導信任，我特別有信心！」

下達任務是 4 月 6 日，要求 4 月 8 日轉場，任務結束時間待定。而油林手上捏着 4 月 8 日回家探親的火車票，因為曉宇的預產期是 10 號。因為任務保密的要求，油林臨時退票不能按期回家的事沒能及時通知曉宇。曉宇到底是試飛員的妻子，明白油林肯定是有重要任務走不開。

雖然心裏滿是牽掛，但一進機場，飛機就成了油林的唯一。執行任務的八名飛行員分成兩個四機編隊，油林最後一架。在和田機場降落前，因為天氣不好，有 3 架飛機復飛，油林一次性降落成功。

4 月 12 日，曉宇生下了一個女兒。油林所在團收到一封「母女平安，重 4200 克」的電報，從烏魯木齊輾轉傳遞到和田已經是 4 月 15 日，油林捏着電報哇哇大叫：「我生了我生了！」一個月後，任務結束。5 月 8 日，油林回到部隊。5 月 13 日，風塵僕僕的油林終於趕到家，見到了日思夜想的妻子和女兒。

這一天，女兒已經滿月。

「如此重要的時刻，他沒有陪在身邊，不能傾聽孩子的第一聲啼哭，不能抱一抱孩子⋯⋯這是人生中多麼遺憾的事情啊！」曉宇説。

因為工作關係，曉宇需要經常下部隊採訪。曉宇説：「我們家油林笨死了，我要是不在家，三天之內可以，三天之後他就亂套了，襪子都找不到。」曉宇下部隊一走數天，三天不回來是常事，油林就打起背包去試飛員宿舍住了。

　　油林是個「老飛」了，試飛業務上所有的事都處理得井井有條。因為試飛多年經驗豐富，加上技術穩定，第一次「延壽」後，他希望再一次「延壽」。曉宇說：「你自己的事情你自己定。」私下裏，曉宇揪着頭髮對我說：「油林他一天不停飛，我的心就一天不落停。」

　　但是第二次「延壽」，曉宇還是同意了。油林對老婆說：「我就是喜歡飛行，我不飛行我幹什麼呢？」

　　曉宇痛快地答應說：「好吧，你想飛，就繼續飛吧。」

　　油林在家的日子，晚飯後要陪曉宇散步。一天走到樓下了，曉宇問：「油林，你門鎖了沒有？」

　　油林說：「是我鎖門嗎？」

　　曉宇說：「是你後出來的啊！」

　　油林說：「鎖了吧？」

　　曉宇說：「什麼叫鎖了吧？」

　　油林自覺地說：「那我回去看看。」

　　油林三步兩步上樓，再下樓，說：「我看了，鎖了。」

　　曉宇說：「看看，我們家油林笨死了。」

　　油林說，地上的事，全是她管。

　　曉宇說，天上的事，她全不用管。

王秀霞講的故事

　　結束了幾年的兩地分居生活，終於調到一起了。王秀霞來部隊那天，領導、戰友們都來看望，噓寒問暖的。

　　她當試飛員的丈夫名叫楊步進，是個文質彬彬的人兒。熱鬧了兩天之後，第三天，他上班去了。下午下了班，他對她說：「天還早，我帶你出去下。」

　　王秀霞很高興，以為愛人要帶自己去哪個好地方玩玩，

就興致勃勃地跟在後面。

院子裏停了輛三輪車——她前天來的時候，楊步進用這車拉過他們的家什用品。楊步進先騎上，讓她坐上來。她也沒想啥，三輪車也是車嘛，他們那時候，別說汽車，連自行車都沒有。

騎着三輪車，到了操場上，楊步進停車，對她說：「下來。」

「到了嗎？」

「到了。」

「操場啊？這有啥看的？」

楊步進認真地看着她說：「誰說來看風景了？我教你騎三輪車。」

王秀霞說：「久別重逢的夫妻，剛結束兩地分居的生活，我以為從此要過舒坦幸福全家團圓的日子了，結果剛到一起，他要辦的第一件事，竟然是教我學蹬三輪車。這人幹啥都是一本正經的，態度很嚴肅，教騎車也是，很認真，先講要領，然後讓我上車實踐，他在一旁指點。我就在車上，一會兒撞樹，一會兒撞籃球架，有一回還翻到了操場邊的排水溝裏。每次，他把車子正好，檢查一遍，然後對我說：『再來。』」

這樣學了差不多一週吧，有一天，王秀霞騎着三輪車從操場一直把楊步進帶回家。下車的時候，楊步進對老婆說：「行了，你可以放單飛了。」

王秀霞很快就知道他為什麼教她騎三輪車了。在那個冬天到來之前，家裏買米，買油，買大白菜烤火煤，甚至拉水，全是她自己騎三輪車解決。那半年來楊步進一直在任務中，三天兩頭要飛，就是不飛行，也是不斷地討論開會和學習理論，每天都很忙。

　　她騎在車上汗流浹背的，説：「怪不得教人家騎車子，敢情家裏的事情一點也指望不上。」他對這抱怨的回覆是淡淡的：「不管怎麼説，三輪車比自行車安全多了，雖然速度慢一點。」

　　那一天是 12 月 4 日，天有點陰，但是能見度還好，他有科研飛行任務，頭一天做飛行準備，住在試飛員宿舍沒回來（那時候飛行部隊有要求，如果第二天要飛行，當天都不回家的）。那天下午 3 點鐘後，天上烏雲越來越厚，一整天轟鳴不已的機場突然安靜了下來——飛行員的妻子們都知道，在飛行日的中間突然沒了聲音，十有八九是出事了。

　　王秀霞心開始猛跳。她走出辦公室，看見幾位參加科研試飛的師傅回來了，各科室門口都站着三五個人，小聲地説着什麼，看見她出來了，立刻又不説話了。她的心就揪緊了：「出了什麼事？」

　　人人都看着她，噤若寒蟬。血液一下子衝上了頭，她大喊了一聲「步進——」就衝出了辦公室，在門外隨便拉了一輛自行車——自從學會騎三輪車，她就無師自通地學會了騎自行車——一路狂奔衝向部隊機關。早已迎出來的部隊領導告訴她：「楊步進被迫跳傘。」

　　「被迫」是什麼意思，她不知道，她也沒時間知道，她只是追問：「他在哪兒？他怎麼樣了？」

　　領導説：「我們已經派人去尋找了，試飛院和部隊的人都派出去了。」領導和戰友們沒有説的是，彈射逃生也是危險重重——飛行員離機前飛機的狀態直接影響彈射成功率，當時飛機正在失速翻滾，如果飛機是座艙倒扣，或者機內電力系統斷電，或者飛行員出艙時動作受限，比如已經受傷昏迷，又或是降落地點地理地貌異常，等等，那麼……

看着不聲不響地獨自坐在房間一角的王秀霞，領導和戰友們什麼都沒再説，也不能説。

王秀霞想起了一年前楊步進説過一件事，兄弟部隊的戰友在飛行時因飛機故障被迫跳傘，卻沒有成功，一位領導和一位優秀的老飛行員同時犧牲了。

一個半小時後，好消息傳來：楊步進跳傘成功，搜救人員找到了他，萬幸，他只受了輕傷。

當領導飛跑着進來告訴王秀霞這個消息時，她已經站不起來了。她努力地想笑，卻發現自己整個人，手腳，連同臉上的肌肉都是僵的。

事後，根據黑匣子的記錄得知，楊步進的飛機在空中突發故障，失去操縱的飛機進入失速尾旋，他整個人在座艙裏也失去了平衡，能夠彈射跳傘成功是萬分幸運的——事故報告的分析顯示，當時的高度有限，哪怕再遲緩數秒，他也就逃生無望了。而且，從彈射的瞬間到離機到最後落地，他連續完成了幾十個複雜的動作，這些動作中哪怕做錯一個或者遲做一秒，他都不能安全落地。事後，楊步進把他這次跳傘的經歷寫成了論文《一次被迫跳傘的技術分析》，發表在航空雜誌上。

王秀霞説，很多年裏她都不願意提起這件事，不願意更不敢回想這一天下午的時光，那個陰雲翻滾的天空在她眼裏凶險莫測，詭異非常。那一個半小時的每一秒，於王秀霞，都如同煉獄般煎熬。可以想像夫妻劫後餘生相見時的悲喜交加，王秀霞緊緊地揪着丈夫的衣服，她害怕下一秒鐘他又要離她而去。

那天晚上回到家後，她對丈夫説：「不知道隊裏那輛三輪車賣不賣，要是賣，我們買下來。以後，你只管飛行，家

裏的事情什麼都不用操心，我有三輪車嘛。」

她還是要買米，買油，買菜，還要拉煤拉水，到後來，接送孩子上下學。幾年以後，他們分了新房子，裝修、買東西全是王秀霞騎着這輛三輪車忙活。

比起自行車，是慢一點，不過安全。她用他的話說，地面上的幾分鐘算得了什麼？在天空，1 秒鐘之後，就可能是天人永隔。

五、山道上走着一個女人

試飛員烈士的遺孀幾乎沒有再婚的，因為在她們眼裏，曾經用生命叱咤藍天的那個人，無與倫比。

採訪完試飛員的家屬，臨走前，我再一次去了試飛烈士陵園，看望並向那些無言的戰友告別。

那天離開烈士陵園，車子沿着盤山路而下，在拐過一道彎後，突然減速，靠邊，然後停了下來。司機熄火，悄無聲息地坐在駕駛座上。

遠遠地，我看見，山道上走着一個女人。

她一身素服，頭髮用紗巾紮起，如是，山上的風還是把她一頭的青絲連同紗巾一起吹得飄起來。她沿着山路，一步一步向上走，四下很靜，只有山風吹過林木的聲音。這是通往山頂唯一的一條路，這條路的盡頭只有一個去處：試飛烈士陵園。一個素服的女人，神情落寞憂傷地走在這裏，她的身份，一望便知。

這是一個楚楚動人的女人，修頸玉面，肌膚白淨，眉如漆畫，髮如墨染。

她是四哥的愛人，我們平時都叫她嫂子。他們結婚那天，大家一起喝酒吃飯。席間，看着一直低眉淺笑的美麗新娘，有淘氣的年輕試飛員問：

「四哥，嫂子叫什麼名字啊？」

四哥說：「嫂子的名字是你們能叫的嗎？那只能我叫，你們叫嫂子！」

四哥和嫂子感情很好。嫂子在家嬌生慣養的，結婚後跟着四哥到了部隊，四哥怕嫂子不習慣，時時事事都叮囑交代。平時飛行忙，四哥就把各種交代連同噓寒問暖的親熱話一同放在短信裏，發給嫂子。四哥犧牲後，嫂子的手機裏還有許多條短信。

嫂子去電信廳，把之前與四哥的短信來往記錄全部恢復後打印了出來，一條一條抄在一個小本子上。抄出來的短信，有一千多條。

抄有短信的小本子，嫂子放在手包裏，每天都看。上面密密麻麻的小字，以及其中的許多暗語諧語，只有嫂子自己看得懂。看着看着，嫂子的眼淚就叭叭地掉下來，模糊了字跡。

她是個非常有才華的女性。四哥的事情處理完之後，她依舊按時上班、下班，在單位，她的業務能力人人稱道。她衣着得體，舉止輕盈，與人交流依然低語淺笑。只有熟悉她的戰友們，才能感覺到她唇邊那常在的一縷微笑多麼令人心痛——四哥在她的心裏，從沒有離去。

她常常到他的墓地去，休息天或者節假日，一個人沿着山路慢慢走，在他的墓前，一坐半天，直到天色將晚才離開，再沿着山道，一個人慢慢下山。領導有次說：「下次再去，別一個人走，要車送你。」

　　她淺淺地一笑，説：「我要慢慢習慣一個人走。」

　　她才三十出頭，領導和戰友們都關心她，希望她能再覓新緣，她輕輕地搖頭 —— 沒有人能代替他。她指着心口説：「他已經長在我這裏了。」

　　我們都坐在車裏，不動，不説話，靜靜地看着她走近，再走過。

　　我相信她一個人在山道上慢慢行走的時候，滿腦子都是對四哥甜蜜的回憶。

　　若干年來，試飛員烈士的遺孀幾乎沒有再婚的，因為在她們眼裏，曾經用生命叱咤藍天的那個人，無與倫比。

第七部

滙集起我們的青春和熱血

千金不求，萬死不辭

一代代中國空軍試飛員，胸懷強國夢、矢志強軍夢、放飛藍天夢，為國防和軍隊現代化建設做出了重大貢獻，一批批具有世界先進水平的航空武器裝備列裝部隊，中國國防力量開始逐步實現以空固土、以空強海的華麗轉身。

在「建設一支空天一體、攻防兼備的強大人民空軍」的征程中，他們忠誠使命，攻堅克險，勇於搏擊，無愧於「英雄」的稱號！

出身仕漢羽林郎，初隨驃騎戰漁陽。孰知不向邊庭
苦，縱死猶聞俠骨香。——〔唐〕王維《少年行》（其二）

　　試飛員面對的通常是全新戰機，他們的工作，就是在實
際駕駛中探索戰機的品質和性能，敏銳地感知其機動能力和
駕駛感，熟悉其武器系統和操控環節，對戰機進行反覆檢驗，
使設計的缺陷逐一得到暴露，然後幫助設計者完成對戰機的
調試、改進，直至最後定型。

　　中國空軍試飛員們不斷追求完美、激情超越，他們逐夢
藍天的步伐從未停歇。他們的技術和品質，代表了中國航空
業發展的速度和高度。

第十六章　驚天一落 彩虹飛翔

你必須每時每刻做好，並且儘量做對，因為你不知道生命中的哪一個時刻，會成為對你一生的評價。

一、在最危險的時候保住最重要的東西

試飛員要把成功地、完整地帶回試飛數據當成「最重要的東西」，關鍵時候要像抱着自己的孩子一樣「保得住」！

我們每個人一生中都會遇到決定自己命運的關鍵時刻。對於全美航空公司 1549 航班的機長切斯利·薩倫伯格來說，這個最重要的時刻就是 2009 年 1 月 15 日 15 時 27 分，當時他駕駛的飛機從拉瓜迪亞機場起飛約 2 分鐘後，在他的眼前突然出現了排列成「V」字形的鳥群。薩倫伯格事後在回憶這個驚恐瞬間的時候說，當時的恐怖情形讓他想起了希區柯克的影片《群鳥》——那是一部表現鳥群瘋狂地啄食駐島居民的驚悚電影。

薩倫伯格只來得及看到一些黑壓壓的東西撞向飛機座艙頭部，飛機的前擋風玻璃頃刻間就被鳥的屍體糊滿了！彼時

飛機剛剛起飛，正加力呼嘯着高速衝向天空。緊接着，飛機發動機高速旋轉所產生的巨大氣流將飛鳥吸入發動機的心臟中，驟然間飛機上的兩台發動機全部停車。

飛機為全美航空公司空中客車 A320，航班號 1549，原計劃從紐約長島拉瓜迪亞機場飛往北卡羅來納州夏洛特。

之後的事情全世界都知道了，薩倫伯格機長依靠他篤誠的專業精神、頑強的自我意志、高超的飛行技術，將這架負傷的空客 A320 平安地降落在了哈德遜河面上，機上一百五十五名乘客和機組人員全部幸免於難。

丁玉清一直咳嗽着，這使他的敍述斷斷續續的。這位試飛部隊的政委長身修面，語調從容，如果不是長期在機場露天工作，臉上留下了塊塊太陽斑，他應該算是比較英俊的。

丁玉清不知道自己從何時起患上了這個令他不爽的咳症。他有兩樣東西永不離手：一個是工作筆記本，另一個就是一隻大容量茶杯。在相當長一段時間內，這隻茶杯裏裝了各式各樣千奇百怪令人匪夷所思的藥水。從總部大醫院的醫生到民間小郎中，至少有二十名醫生看過他那不爭氣的喉嚨，每位醫生看後都會提出一堆建議，再開出一堆藥方，於是他的辦公室裏就總飄着一種奇怪的味道。妻子每天早晚將煮好的藥水裝在保溫桶裏送來，再灌進他的大茶杯。但在差不多三年的時間裏，我每次見到他，都不得不關上錄音筆——他的咳疾沒有任何好轉。

除非休假，去氣候乾燥的北方，一個月內禁煙、禁茶、禁説話。有醫生這樣説。

煙和茶是早就禁了。一個月？他怎麼有時間丟下大隊自己去休假一個月？還有，禁止説話是不可能的。一個試飛部

隊的政委一天要説多少話，不在試飛部隊幹的人，不可能明白。

丁玉清拍拍他的筆記本説：「説吧，想問什麼，我這裏面都有。」

一名飛行員一生當中會經歷成千上萬次的起飛着陸，其中絕大多數猶如過眼雲煙，但總會有那麼一兩次特殊的飛行會令飛行員面臨挑戰，給他以經驗或者讓他改變，從而使他對這一兩次飛行的分分秒秒永生難忘。對於試飛員梁萬俊來説，雖然那一次的飛行只持續了短短的幾分鐘，但所有的細節仍然在他的腦海中清晰而鮮活地閃動着。

2004 年 7 月 1 日，西南某機場。雨過天晴，碧空如洗。

13 時 09 分，一發綠色信號彈騰空而起，梁萬俊駕駛着某型國產科研樣機直衝九霄。

這是一次新機定型試飛，梁萬俊駕駛的是一架多用途科研樣機，價值上億元。

12000 米高空，梁萬俊剛做完一個預定動作，突然發現油泵指示燈閃爍，緊接着油量錶指針開始下跌。他向塔台報告了現象：供油箱油量輸油比較快。地面監控也隨即發現，油泵指示燈亮得偏早。

正在塔台休息的雷強聽到監控説耗油大，立刻過來，拿過指揮員話筒問：「油量多少？」

監控回答了。雷強一聽就明白，與標準有差距。

發動機漏油，僅僅 2 分鐘，油量錶指針就指向了「0」刻度。沒有了油，發動機就完全失去動力。

這是一級空中特情！

指揮塔台裏的空氣凝結到了冰點。

按照空軍相關條例規定，此時梁萬俊可以視情況做出不同選擇——跳傘或迫降。

梁萬俊和雷強都明白，面對如此險情，跳傘無可指責。以現在飛機的高度和狀態，放棄飛機跳傘，只需 0.01 秒，生命就得以保全，但是，凝聚了科研人員無數心血的戰鷹就會墜毀，不僅故障原因難以準確查找，新機型的推進也可能因缺乏依據而延宕……

沒有任何猶豫，梁萬俊便做出抉擇：我要滑回去，盡一切可能把樣機保住！

在一般人的眼裏，如果不是穿着那身特製的飛行服，相貌清瘦、為人謙和的特級試飛員、空軍某部部隊長梁萬俊怎麼看都像個儒雅的教書先生。

梁萬俊是四川廣漢人。廣漢有個民航飛行學院，他的兩個高年級的中學學友在那裏學飛行，所以他對飛機並不陌生，但是他當年從沒有想過自己會當上飛行員，而且後來又做了試飛員。高中畢業時空軍來學校招飛，校領導和老師召集了一車的學生去體檢，身材瘦削的梁萬俊自然不在其中。他看着同學們一個個興奮不已呼呼啦啦地上了車，就一路小跑跟着車去看熱鬧。

腳丫子當然沒有車輪子快，他連走帶跑地進了武裝部大院的時候，正看見同學們又在上車。原來目測已經結束，同學們將要返回，只有三兩個被選中，參加明天的體檢。

上了車的同學們明顯都不像來時那樣興致勃勃，梁萬俊看見了，也不好上前打招呼。跑了挺遠的路，還沒有看上熱鬧，梁萬俊有點沮喪。

命運的阿拉丁神燈就是這個時候閃亮的。負責組織招飛

工作的武裝部部長從屋裏出來送同學們，一眼就看到了安靜地站在一旁的梁萬俊。

武裝部部長是軍人出身，眼光不同於旁人。他又瞄了一眼梁萬俊後，對工作人員說：「這個小伙子也可以嘛，讓他明天來參加體檢。」於是，一個膚色白淨的工作人員就對梁萬俊交代了注意事項、時間，要求他明早空腹來體檢。

喜出望外的梁萬俊一路小跑回去。

他一進家門，母親就說：「下了學這麼久了，你這娃兒跑哪裏去了？去把紅薯洗了，明天早上煮稀飯。」母親的聲音雖然帶着埋怨，但仍然溫和。

梁萬俊興奮地說：「部隊來招飛行員，我被選中去體檢，明天早上不吃飯了。」

「哦——」母親平靜地回應，臉上依然是風平浪靜。母親說：「去把紅薯洗了，再把皮削了。」

那一年招飛，廣漢一共有五人被錄取，梁萬俊是其中之一。離開家那天，父親取下大兒子腕上的錶，鄭重地戴在小兒子腕上。那是一塊舊的上海錶，也是全家唯一的一塊錶。

從那時起直到今天，這塊錶梁萬俊一直珍藏着，時常拿出來看看，上上弦，貼到耳邊聽聽它清脆而熟悉的走動聲。

後來，梁萬俊終於得知了武裝部部長的姓名，在一次探家時專門去看望他。老部長已經退休，他完全不記得面前這個小伙子了。看着這位玉樹臨風的年輕試飛員，老部長說：「試飛這個職業很有風險的，你後悔嗎？」

梁萬俊說：「有風險，更有挑戰。當試飛員是我一生中最正確的選擇。」

1998年，梁萬俊從某飛行團副團長的崗位上來到試飛部隊。

　　梁萬俊所在的試飛部隊是一個英雄輩出的群體，承擔着中國自行研製的新型戰機科研試飛重任，曾有多名試飛員壯烈犧牲。梁萬俊向老一輩試飛員看齊，每次執行高難度高風險試飛、參加飛行表演等重大任務都主動請纓，迎難而上。幾年間，他圓滿完成了國產最新型戰機火控系統定型、某型系列戰機鑒定、國產某新機首飛等數十項重大科研試飛任務，先後榮立二等功 2 次、三等功 4 次。

　　在中國空軍試飛員隊伍中，像梁萬俊這樣的人比比皆是，由於職業特點及工作性質的要求，他們雖然擔負着現代人類社會中最具挑戰性、最崇高的工作，卻又都是默默無聞的。如果不是那一次驚天之舉，梁萬俊也會像大多數中國空軍試飛員一樣，並不被人知曉。

　　成年後的梁萬俊很好地秉承了母親沉穩內斂的性格，按照妻子的話說，「他性格沉穩，心理素質好，反應靈敏，應變能力強，善於控制自己的情緒，很少見到他大喜大悲，別人十分激動的事，他往往只是一笑而過」。正是這種良好的心理品質，使他在試飛時能始終保持沉着冷靜，這也是他成為一名優秀試飛員的重要保證。

　　現在我們回到梁萬俊遇到特情那天的現場。

　　幾秒鐘前，梁萬俊向指揮員報告，他要把飛機帶回去。

　　但是，飛機的高度在下降，機上的梁萬俊和地面監控都看到：油量錶的指示在異常迅速地下降，但油卻輸不到供油箱。情況越來越嚴重。

　　雷強迅速查看着各種監控數據，人們從他擰緊的兩眉間看到了步步臨近的危機。同在塔台的研究所老總眼裏含着淚，聲音顫抖地說：「雷頭，跳傘吧——」他哽咽着，沒有說出下

半句。

雷強的眼睛血紅，一向剛烈的他聲音很大地吼了一聲：
「聽我的！」

巨大的飛機向機場上空逼近。機場上，所有應急車輛全部到位，所有人的心都懸到了嗓子眼。指揮塔台裏的氣氛令人窒息，只聽見指揮員下達指令的聲音：「保持好飛機狀態，控制高度、速度，做好迫降準備。」

失去動力控制的飛機在下一秒會發生什麼問題，沒有人能夠預測得到。

梁萬俊心裏很明白，要想將飛機空滑回去，必須準確地通過高度來換取速度，用勢能來換取動能。但這一切必須百分百精確。正常的飛機降落，可以修正方向和速度，實在不行，還可以拉起來復飛。但此刻，失去動力的飛機沒有可控餘地，稍有差池，沒有任何挽回的可能。

藍藍的天空中，隱隱傳來一陣空氣撕裂聲。轉瞬，一架失去動力的飛機驀然闖來！霎時，機場上、塔台裏，數百人仰頭矚望，一雙雙眼睛焦灼地盯住飛機！

在所有人心跳如鼓的當兒，雷強的聲音聽上去還是那麼正常：「保持好狀態——」

梁萬俊冷靜沉着地調整飛機的狀態，在指揮員的指揮下，小心地修正速度和高度偏差，為迫降爭取每一秒鐘。

近了，更近了……轉眼間，梁萬俊駕駛的飛機俯衝直下。下落航線與跑道呈 70 度夾角，但此時飛機的速度在 400 千米 / 小時左右，遠遠大於正常值，大速度落地，飛機衝力過大，操作上但凡有丁點失誤，飛機就可能衝出跑道，翻滾墜毀。

飛機設計師、生產人員、試飛指揮員、地面保障人員一起屏住了呼吸。

13 時 44 分，戰鷹陡然降落，在進跑道 450 米處接地。接近跑道的一剎那，機頭一昂，哧——輪胎下飛出兩股白煙。

「放傘！」雷強及時喊話，聲音加大。

他的話音未落，一朵傘花在飛機尾部猛然綻開。然而，飛機衝勢只是略減，依然朝跑道盡頭狂奔。

「拉應急！」雷強的指令一連串跟上。

「剎爆！」隨着一陣刺耳的尖嘯，輪轂在水泥跑道上激起兩條刺眼的火龍！巨大的速度下，一側輪胎爆破。

500 米、800 米、1000 米……飛機一氣衝出 1700 米，在距離跑道盡頭 300 米處戛然停住。跑道上，留下兩道長長的黑色擦痕。此時距飛機出現故障整整 8 分鐘。

「好着呢——」這次，梁萬俊從雷頭簡單的一句話裏聽到了讚許。

「成功了！成功了！」聞訊而來的人們歡呼着向機場衝去。

梁萬俊走下座艙，飛機總設計師與他緊緊擁抱，激動地說：「你創造了世界航空史上的奇跡！」

梁萬俊成功處置國產某新型科研樣機重大特情，榮立了一等功，軍委首長稱讚他是「思想、技術雙過硬的優秀試飛員」。

特情發生後，空情處置時的錄音，後來作為特情分析播放。在對梁萬俊做事跡採訪時，有關方面把這段現場原始錄音向所有媒體公開了：

1 號（雷）：按迫降航線做。到三轉彎位置，高度保持

2500。

×××：明白了。

1 號：保持好下降速度 420。

×××：現在速度 410。

1 號：對的，保持好。把油泵的電門關閉一次再打開。

×××：現在發電機故障。

2 號：主交發報故。

1 號：保持好速度，保持好高度，保持好下降率，距離不要遠，位置不要超過三轉彎。

1 號：檢查一下電源電門是不是都在打開的位置。

×××：都是打開的。

1 號：明白了，你可以把交發關一次再打開。

×××：好的，我把直發關一下。

1 號：可以，把直發關了打開以後可以把交發關一下。注意檢查液壓，檢查應急泵電門是不是打開的。

×××：打開的。

1 號：儘量少動駕駛桿，注意用應急放起落架。

×××：明白。

1 號：注意檢查液壓，放起落架的時候駕駛桿不要動，你電源出故障了，電壓不夠。

×××：不行了，已經停車了。

1 號：正常放起落架，趕快把起落架放下來。你現在高度？

×××：高度 1800。

×××：距離 11 公里。

1 號：可以稍下降點高度。

×××：我再向裏面轉一點再説。

1 號：好的，我看到你了，稍向裏面轉一點。

×××：我現在速度 380。

1 號：速度不要再小了。可以轉，可以下降，保持速度 400，你進場沒問題。

×××：明白。

1 號：保持好速度，看到跑道轉。很好，沒問題。帶住，柔和，柔和，好，放傘！好，傘好了，不行用應急——

1 號：拉一把應急。

1 號：保持好方向。

1 號：注意方向，輪胎爆了。注意保持直線——保持直線。

×××：好了，停下了。

1 號：把所有的電門都關了。

×××：明白了。

從頭到尾，梁萬俊的語氣平平靜靜，話筒裏的聲音高低大小幾乎沒有變化。一般情況下人在緊張的時候會呼吸急促。指揮員們都聽到過從話筒傳來的呼呼的喘氣聲，但梁萬俊沒有。

一聲也沒有。我有點不相信地把錄音音量調到最大，我甚至捕捉到了雷達波掃描屏幕的吱吱聲，也沒有聽到梁萬俊任何的喘息聲。

當初，一位同我一樣驚詫不已的記者見到神情淡然的梁萬俊，二人有了如下的對話——

記者：試飛樣機價值上億元，出現險情精神壓力可想而知。可是我們反覆聽當天你和地面指揮員的對話錄音，好像跟平時沒有什麼區別，為什麼？

梁萬俊：（微笑着）給你們講個小故事吧。我兒子才幾個月時，有一次我抱着他下樓梯。可能是當了爸爸太高興了

吧，不知怎麼我一腳踩空，和孩子一起從樓梯上滾了下去。那一瞬間，我心裏一驚，下意識地把孩子緊緊地抱在胸前，然後收腹、低頭，順勢一滾……結果，孩子一點事也沒有，還在我懷裏睡着。我的胳膊、膝蓋都摔破了，血肉模糊，把我愛人和岳母嚇得夠嗆。事後我和她們開玩笑說，作為試飛員，關鍵時候就要「保住最重要的東西」。用這個小例子回答你的問題，試飛員在關鍵時候肯定什麼也來不及想，你如果非要問我那個時候想什麼，那就是這句話——「保住最重要的東西」。

記者：你所說的「最重要的東西」在試飛中是指什麼？

梁萬俊：一架科研樣機是無數科研人員心血和智慧的結晶，是中國幾代航空人的夢想，一旦被我在試飛中摔了，摔得面目全非、七零八落，要準確分析事故原因就很難。如果分析不準，就容易忽略真正的問題，投產裝備部隊後就不知要出現多少危險。到那時候再來改進，代價就難以估量。退一步講，就算安全飛回來了，但是由於驚慌失措，應該取得的試飛數據沒有拿到，一個起落十幾萬元的科研保障經費就損失了。所以我認為，試飛員要把成功地、完整地帶回試飛數據當成「最重要的東西」，關鍵時候要像抱着自己的孩子一樣「保得住」！我上天之前，飛行高度有兩個選擇：一個是 1.2 萬米，一個是 1.1 萬米。當時我徵求大隊長雷強的意見，他考慮了一下說飛 1.2 萬米。他這個選擇實際上為我在出現特情的時候贏得了 1000 米的高度，這樣我才有足夠的高度空滑回來。

記者：你成功處理發動機空中停車特情，從 20 多公里外空滑着陸，無意中證明這種飛機具有較好的滑翔能力。這不僅讓設計師感到意外，也為戰友們日後處理類似特情增添了

信心。可是，這畢竟是你冒着巨大風險得來的。你怎樣看待冒險和成功的關係？

梁萬俊：你的提問讓我想起我們的一位同行——普加喬夫。他有一次試飛蘇-27，飛機出現了大仰角失速。按理說，這個時候他如果把飛機扔了跳傘也是無可非議的。但是，他沒有放棄，而是在大家都認為不可能挽回的情況下把飛機改成了平飛。這個動作就是大名鼎鼎的「眼鏡蛇機動」。普加喬夫了不起，就在於他不僅戰勝了風險，而且證實了蘇-27卓越的機動性能。可見，作為試飛員，要把飛機的潛力挖掘出來，風險是不可避免的。

我不止一次目睹身邊的戰友犧牲。當年被燒焦的那片土地現在又是綠油油的一片。可是我常常覺得，戰友的眼睛在看着我……

梁萬俊驚天一落駕機返回，落地後只是像平常飛行回來一樣給妻子打了個電話，說：「飛機沒油了。發動機停了。我飛回來了。今天飛完了。」語氣平靜得像什麼也沒有發生過。直到三個月以後，榮立一等功的梁萬俊被各路媒體包圍採訪，有不少記者提出要採訪「站在他背後的女人」時，妻子才知道了具體實情。

這個站在梁萬俊背後的女人叫王文敏，是成都一家醫院的護士長，苗條修長的身材，開朗活潑的性格，與沉穩安靜的梁萬俊站在一起，怎麼看都是有趣。這一對是人人皆知的恩愛夫妻，只要有空就總是出雙入對，王文敏永遠在不停地說話，而梁萬俊是一副成竹在胸「任爾東西南北風」的姿態。

王文敏曾經在我面前說：「以前他挺會說的啊。我有時候問他：『怎麼你老不說話？』他說：『好聽的都在結婚前

對你說完了。』實在問急了，他居然說：『要不，我給你唸一段小說吧！』」

他們相識是文敏姐姐幫的忙，文敏的姐姐和梁萬俊的姐姐是好朋友。經過她倆的共同謀劃，當年還是小王的文敏姑娘和還是小梁的梁萬俊認識了。小王姑娘是文藝女青年，還有些小資情調，醫院又是男小資美小護們集中的地方，有個翱翔藍天的飛行員男友，甭提有多神氣和帶勁。

那時，文敏在成都，小梁在雲南，兩人大部分時間靠書信往來。小梁雖然嘴上功夫不行，可文筆不錯，字也漂亮，在信紙上沒少說好聽話，這樣就把小王姑娘給吸引住了。

等到談婚論嫁的時候，小王姑娘提出不能兩地分居，小梁很輕鬆地回答說，結婚後轉業就可以回成都。小王大喜，本來嘛，成都當時有兩家大的航空公司，早就盯上了技術出眾的梁萬俊。但結婚後，當小王再一次提出轉業的事時，小梁同志呵呵一笑：「我們部隊不讓我轉業。再說，你不是因為我是飛行員才喜歡我的嗎？」

這是文敏記憶中梁萬俊唯一的一次「耍滑頭」。

文敏剛懷孕時，有一天收到一封厚厚的信，打開一看，全是梁萬俊利用業餘時間一筆一畫抄下來的孕育指南。孕婦應該注意什麼？哪些東西能吃？如何調節心情？孩子尿布要疊多大？怎麼抱新生兒？……不僅有文字，旁邊居然還畫着圖解示範，鉛筆勾畫的大人、小孩生動可愛。這件事被文敏反反覆覆誇了好多年。

得知梁萬俊成功處置了一級空中特情的那天晚上，文敏失眠了，睜着大眼睛想心事。夜深了，她突然對丈夫說：「我特別巴望我快點老──」

梁萬俊很奇怪：「人家都盼着永葆青春，你怎麼還盼老？」

她説：「你比我大，我老了你肯定也老了，你一老就能退休了。你退休，我就徹底踏實了。」

梁萬俊沉默了片刻，他當然知道試飛員的妻子們對丈夫的特殊擔憂，看上去樂天派的妻子的內心也深深藏着同樣的牽掛。

「傻呀你呀——」他輕輕地説，「不能這麼想，在一起的每一天，我們都要快快樂樂的。」

2005年2月，萬眾矚目的「感動中國2004年度人物」頒獎儀式隆重舉行。當主持人唸到梁萬俊的名字時，一個身穿飛行服的年輕清瘦的人走向前台，他神情安詳，臉上帶着一縷清風般的微笑。

主持人深情的聲音在偌大的大廳裏回響，這段堪稱經典的授獎詞多年之後仍然被人們反覆提起：

「鷹是天空中最嫻熟的飛行家，但是他卻有比鷹還要優秀的飛行技能。萬米高空之上，數險併發之際，他從容鎮靜，瞬間的選擇注定了這次飛行像彩虹一樣輝煌。生死八分，驚天一落，他創造了奇跡。為你驕傲！中國軍人，鋼鐵是這樣煉成的。」

試飛事業不會因為風險而停滯，而總是在風險中前進，在失敗中崛起。誰能把風險變成機遇，誰就是成功者。梁萬俊題字：

「你必須每時每刻做好，並且儘量做對，因為你不知道生命中的哪一個時刻，會成為對你一生的評價。」

二、兩個億的屁股

試飛員們屁股下面坐的飛機，隨便拎出來一架，至少都價值一兩個億。

隨着國防航空工業的飛速發展，越來越多越來越尖端的型號飛機頻頻問世，同一型號的飛機也在通過不斷的研究和實戰出現改進型、增強型，定型後的飛機的每一次改變依然需要重新鑒定試飛。最新的高精尖航空武器都出自試飛員之手。試飛員們屁股下面坐的飛機，隨便拎出來一架，至少都價值一兩個億。所以試飛員們常常開玩笑地說：「我們的屁股值兩個億。」

只有最優秀的飛行員，才能有這樣的幸運。這是驕傲、自豪，更是使命和光榮。

如果把空警 -2000 的風險科目試飛的過程記錄下來，不需要加工，就是一部驚心動魄的懸疑劇。這句話，是空警 -2000 試飛小組的試飛總師説的。

試飛小組成員們説的是：「我們是一步一步拚過來的。」

不要錯誤地理解這個「拚」字。試飛的「拚」，與普通意義上的對峙、較量完全不可同日而語——試飛的道路上有太多未知因素，試飛員必須時刻保持如臨深淵、如履薄冰的警覺，隨時要與風險共伍，與死神對壘。試飛是科學，是比一般意義上的科學更嚴謹、更精確的系統工程，僅有信仰和勇氣，是完全不夠的。

今天是 2008 年元旦前最後一個飛行日。早晨出來的時候，所有試飛員的老婆幾乎都交代了同一句話：「今天飛完

了早點回來。回家吃飯。」

對於試飛員們的家屬來説，全家人一起吃個飯是件很難得很珍稀因而很重要的事情。

起飛線上，聯合試飛機組在完成起飛前的最後檢查後，向指揮員報告。隨着一聲令下，駕駛員打開加力，加大油門，空警-×飛機發出巨大的轟鳴，開始滑跑。

今天要飛的科目是地面最小操縱速度，要求試飛員在試飛中關閉飛機關鍵的右翼主發動機，以檢驗在這種人為製造的極端狀態下飛機的性能。在飛行計劃表裏，它的等級標記是一類風險。

飛機滑動了，迅速加速。發動機噴口噴出的巨大尾氣令整個機場的空氣都在震動。

在滑跑加速過程中，仿佛一個趔趄，飛機突然產生了劇烈的偏轉角，忽地向右側跑道外的草地衝去。左座駕駛員此時正手把駕駛盤，腳蹬左舵，沒有操縱飛機改變狀態的能力，眼看着飛機以巨大的速度向前偏離——

在此千鈞一發之際，右座駕駛劉學岩伸手準確地將舵控電門迅速扳到腳控位置，機頭唰地一下向左轉去，在跑道上留下了一個半圓形的輪跡。隨後，兩名試飛員通力合作，將飛機控制住了。

事後，媒體在形容劉學岩完成這個動作的快速性上，幾乎全都用的「以子彈出膛般的速度」這幾個字。

的確經典。

事後，在現場，人們看到，飛機離跑道邊線的距離不足半米。這意味着，如果劉學岩的反應晚上 0.01 秒，飛機肯定就會衝出跑道了。

當時除了機上的兩位試飛員，現場觀察到飛機發生這次

嚴重險情的還有試飛院的 GDAS（地面實時監控系統），由於時間太短，其他人根本不知道飛機險些就回不來了。

機場上還是一如既往的平靜，兩位試飛員走下飛機回到戰友們中間時，還像平時一樣與大家有說有笑。但是那天的團圓飯是吃不成了。他們隨即召開分析會，當技術人員將判讀出來的參數呈現在大家面前的時候，人人都向他們投去讚許的目光。

重大險情被成功處置，激動之餘，來不及慶祝，試飛總師朱增科在問題分析會上提出要求：「現在必須中斷風險試飛，立即着手清查問題。」

那個元旦沒人休息，來自全國的專家雲集基地，就出現的問題進行集中分析研究，隨後組成了攻關組。當然，最終他們找到了問題所在，並有效解決了問題。

但是新年早已悄悄地溜走了，等他們終於可以輕鬆地走出試驗室時，他們發現樹葉綠了，春天來了。

這個忙碌的冬季裏，劉學岩還有一本難唸的經。原來，他九十歲的母親剛做完手術，他的愛人也患有嚴重的心臟病，這樣，一個有病的老母親只能由一個有病的妻子照顧。無奈之下，他只能請保姆看護。

好事的確多磨，在此之前，空警 -2000 的試飛曾數次出現狀況。

2006 年 12 月 15 日，由試飛員張海擔任機長的機組執行試飛任務。

10 時 08 分，飛機從 D 機場起飛。12 時 55 分，機組接到指揮員「浩海」的指令：

「飛機直接返航。」

張海駕駛飛機轉向，同時通知機上科研人員關閉雷達，停止試驗任務。此時，距機場尚有 360 千米，飛行時間約為 6 分鐘。

但是，13 時 01 分，機組接到降落機場的指令，由於空域氣象原因，D 機場無法降落，又要求他們備降 Y 機場。

他們再次調整航向，轉角 110 度，雷達指示，他們到 Y 機場還需大約 5 分鐘。

3 分鐘後，13 時 04 分，他們臨近 Y 機場時，再次接到指令：「緊急備降 Z 機場！」

原來，之前他們要求備降的兩個機場因大風先後關閉。此時，飛機高度 9000 米，距 Z 機場 215 千米。飛機油量有限，這是他們可能備降的最後一個機場了。

但很快，機組又接到 Z 機場的通知：「本場有大風，30 分鐘後機場關閉。」

「我 20 分鐘內到本場。」張海機組回答。

「本場跑道厚度只有 0.16 米。」Z 機場塔台通報機場跑道情況。

「我可以在草地機場着陸。」機組回答。

Z 機場的降落條件立刻報了過來：場壓 640 毫米汞柱，風向 280 度，風速每秒 8—10 米。

這個落地風速偏大。張海機組迅速確定着陸方法，決定採取應急程序。由機長張海操縱飛機，飛行員對外與指揮所、機場保持聯繫，領航員利用 GPS 領航確定加入航線方法及着陸方法，空中機械師檢查油量，兼顧飛機狀態——一切應急工作分工明確、有條不紊！

「油量告警！」突然，紅色告警信號燈閃爍，顯示飛機餘油數只有 8 噸。

「電子航圖周邊鍵工作不正常，無法正常輸入航線！」

「機場編碼錯誤，無法調用機場數據！」

一連串意想不到的特情瞬間井噴式凸現。

「按照無線電羅盤飛向備降機場！」張海果斷下令。

13 時 25 分，在機組密切配合下，飛機一次性着陸成功。由於跑道長度限制，着陸後張海迅速啟動四發反推，飛機安全滑回停機坪。

在這次險情頻仍的飛行中，機組全體人員沒有一個人慌亂，在最危險的時候，也沒有人動議棄機而去。

「我們屁股下的飛機，隨便拎出來一架就是好幾個億。不僅如此，一架飛機還凝聚着成千上萬航空人員多年的心血，那麼多的數據、資料、程序，一旦我們沒有處理好，沒有保住，可能這一型號的飛機就沒有了。」張海如此解釋他們的選擇。

2009 年 4 月 10 日，是試飛院五十週年院慶前的一個飛行日，本來是個喜慶的日子，但這一天，聯合試飛機組所有成員又一次「與死神接吻」了。

試飛中，當以接近抬前輪速度的速度在跑道上滑跑時，飛機的主輪突然同時被抱死（輪胎轉不動）。由於飛機巨大的重量加上幾百千米的時速，瞬間，機下濃煙滾滾。面對突發險情，機組成員們沒有驚慌失措，但是，他們現在必須做出生死攸關的抉擇。如果中斷起飛，由於速度過大，飛機必然會衝出跑道。這時如果將飛機拉起，只有三台發動機工作（該試飛要求關閉一台發動機），加之速度不夠，可能會導致飛機拉不起來，就是拉起來，飛機也會因為舵面效應不足，離陸後狀態難以控制。

此時，機場上的人都清楚地看到了拖着濃煙的飛機，大家的心都提到了嗓子眼，時間仿佛一下子凝固了。現在，沒有人能幫助他們，生與死、成與敗，全掌握在他們自己的手裏。

不拉起飛機，飛機一定會衝出跑道；如果拉起，飛機還有一線生機。「拉起！」機組成員們下定了決心。機組成員們當下最希望的就是飛機能夠增速，他們推動油門，但此時飛機增速非常困難，因為地面與飛機輪胎的摩擦力實在太大了。

飛機硬是拖着輪胎在跑道上蹭出 130 多米遠，巨大的摩擦力下，輪胎在堅硬的跑道上劃出了幾道深深的黑印。突然，機組成員們聽見飛機腹部傳來嘭的一聲悶響，是輪胎爆了！

沒有時間了，拉起——

試飛員劉學岩飛快推桿，嘗試着抬起前輪。飛機總算艱難地抬起了機頭，輪胎與地面的摩擦力減小了一點，飛機的速度略微增加了一點，劉學岩果斷再推桿，將飛機拉起。

飛機的速度畢竟不夠，升力不足，機頭雖然抬了一下，但龐大的身軀又落在了地面上，兩個後機輪蹾在了跑道上。劉學岩還是保持着拉起動作，由於飛機與地面的摩擦力進一步減小，飛機再次離地，但隨即後機輪第二次蹾在跑道上。就這樣一上一下，飛機在跑道上來了個「六級跳」，顛了 6 次後才終於頑強地在跑道盡頭處爬上了天空。跑道上，留下了 6 道深深的痕跡。飛機在跑道上的這個「六級跳」，令機場上所有目睹者都驚駭得說不出話來。試飛員持續果斷的、不屈不撓絕不放棄的正確操作，不僅在最大限度上挽救了飛機，減少了機體損傷，而且挽救了他們自己。

由於飛機只有三台發動機工作，加之舵面效應不足，機

身雖然騰空而起了，但操縱起來仍非常困難。起飛後，飛機又產生了大坡度，向右偏去。面對險象環生的情況，機組成員們齊心協力，終於穩定住了飛機。

隨着高度的增加，飛機的狀態越來越穩定了。

其實，飛機從刹車抱死到離開地面，一共才 10 秒鐘，然而，機組成員們感覺這是有生以來最長的 10 秒。期間任何一個操作失誤，都會導致機毀人亡。同樣，如果機組成員們有任何的恐慌，都會導致難以想像的後果。他們的飛行服早已被汗水濕透了。

飛機一離陸，機組立即啟動四發，準備着陸。此時，剛才似乎空氣凝固的塔台一下子像是被引爆了，大家迅速分頭行動起來，為飛機着陸創造最佳條件。地面指揮員大聲通知空中和地面立即啟動應急程序，並要求飛機低空通場兩圈，讓地面觀察飛機的狀態，特別是輪胎的情況。

第一次通場，飛機的高度為 100 米，但地面沒有看清楚，要求再通場一次。

第二次通場，劉學岩下了狠心，飛機離地面的高度只有 11 米。地面終於看清了，通過無線電告訴劉學岩：左側機輪爆胎。

這種險情，在中國飛行史上也是絕無僅有的。

鑒於飛機當時近乎滿油，按照降落要求，指揮員指示機組先進行空中耗油。

劉學岩通過無線電明確地告訴塔台：「不耗油，馬上落地。」

作為一名經驗豐富的試飛員，劉學岩此時清楚，雖然空中耗油可以減輕飛機重量，對着陸更加安全，但現在最重要的是大家的心態，在空中多停留 1 秒，就會增加一分不可預

知的風險。於是飛機對準了跑道，準備降落了……地面上，消防車、急救車等應急車輛已準備到位。

飛機以輕柔的姿態滑向跑道。不愧是一個老到的機組！由於左側輪胎爆胎，他們以右側機輪先着地，並保持飛機 2 度的坡度。飛機上，兩名駕駛員齊心協力，共同保持住飛機的姿態，領航員報速度，空中機械師報發動機狀態，配合得相當默契。當飛機穩定後，他們才將飛機的左輪輕輕地放下。

飛機「軟着陸」成功，飛機安全了，他們拚回來了！

當機組走下飛機時，大家的手緊緊握在了一起。此時，他們已沒有更多的話語，就這麼緊緊地握着，好像一鬆開就會失去彼此一樣，他們的眼中全都噙滿了淚水。他們就那麼牽着手，互相緊緊地牽着，回到跑道上查看情況。

陽光很明亮，灰白的跑道上那條 130 多米長的拖痕和 6 道深深的黑色印跡，一覽無餘。他們久久地站在那裏，看着，風從他們身邊吹過，4 月暖暖的陽光，跑道兩邊返青的碧草，預報有飛行的黃色標誌旗──這一切是那麼熟悉、那麼親切。

試飛員們都不擅長抒情，過了一會兒，不知是誰先說了話：

「要我說，今天的降落動作可以給咱們打 5 分。」

「反應也可以打 5 分。」

有人帶頭吹起了口哨，於是大伙吹着口哨往回走。

春風將這優美的哨音吹送得很遠。

那一次特情的發生完全沒有預兆。張海機組進行的是加油機的出廠試飛。

本來試飛的科目完成得很順利，他們順利返航，向指揮室報告高度、速度後，他們已經看見跑道那條灰色帶子了。

飛機加入着陸航線，放起落架，降低高度。高度降下來了，但起落架只放一半就停了。此刻飛機保持着下降速度，轉眼間，飛機的高度越來越低，跑道越來越近，眼看着灰色的帶子升起，迎面而來，着陸點就在眼前了，但塔台指揮員發現前起落架只放下了一半，還是沒有完全放到位。

「加油門帶桿！」危急時刻，張海果斷選擇了復飛。

復飛通場進行第二次着陸，然而起落架還是放不到位。眼看天色越來越暗，問題還是沒有解決。

張海意識到，問題一時是解決不了了。

棄機跳傘還是嘗試着陸？一番考量之後，張海選擇了嘗試着陸。

「最後，前起落架放了一半，沒全部放下來，沒上鎖，就是隨時可以收起來，就這樣落地了。」張海輕描淡寫地説道。

「當時喇叭叫得也挺嚇人的，如果機頭直接觸地，我的腿就沒了，因為我在前面坐。」最後這一句，他輕聲説的，在我，卻如同雷震。

落地後查明，起落架裝置中一個膠管裏塞了顆鉚釘。這小東西像蘑菇一樣來回滾轉着，最後被卡住了，造成了起落架放不到位。

一顆小小的鉚釘，卻可能成為一起驚天事故的隱患。聽到這個故事，我倒吸一口涼氣。

試飛員面對的特情，真是千變萬化、千奇百怪。

試飛部隊長陳章給我講過一件事──

那一次，陳章大隊長是在地面遇到的危險。那天他試飛殲教-7，開車滑出時，他發現飛機的擋板推起來比平時費

勁——這完全是一種手上的感覺，必須是對此型飛機極端熟悉的手才能感覺出來，因為你沒有現實可比性，只能與自己記憶中的狀態比較。

陳章毫不猶豫地報告指揮台，要求重新檢查飛機，終止起飛。然後他把飛機滑回來，直接進庫，説一聲「飛機有問題」，就頭也不回地走了。

後來在他的描述、指點下，機務人員沒花多少工夫就找到了原因：原來飛機在安裝時有塊擋板沒放到位，位置差了一點，擋板就把推桿頂住了，出廠檢查又沒能查出來。

看似一點小小的位置誤差，卻是巨大的隱患，如果陳章忽略了這一點感覺，繼續起飛的話，這架飛機絕對飛不回來了。

對於陳章來説，飛行中遇到特情是常有的事，這件小事他只是按習慣記錄在飛行記錄本上，回家並沒有提起。到了年底，飛機公司召開全體員工大會，廠家出於感激在會上提起這件事，要求地面各部門人員一定要細心謹慎，盡職盡責。

陳章的愛人就是這家公司的。她坐在會場裏聽着聽着，當場就哭了起來。

試飛員鄒建國給我講過這樣一件事——

有一年的 8 月，他和試飛員張貽來駕殲轟 -7 執行出廠試飛前的滑行任務。前艙張貽來，後艙鄒建國。得到起飛命令後，飛機開始滑行，塔台裏的指揮員目測就能看到飛機在滑行中漸漸右偏，前艙的張貽來看來是在修正，但飛機依然側偏。後艙的鄒建國用無線電呼叫前艙，沒有聽到回應。他立即切換操作，一邊呼叫前艙，一邊減速，並對飛機進行糾偏。在這短短十幾秒的操作中，他感到了頭暈、呼吸急促。

　　鄒建國毫不猶豫地一把扯下了氧氣面罩。

　　他沉着地向指揮員報告，同時操作飛機回轉，並繼續呼叫前艙。他看到，前艙張貽來的身體已傾向一邊，處於側倒狀態，他判斷張貽來昏迷了。在飛機返回途中，他迅速將張貽來的情況報告地面。飛機停穩後，來不及將張貽來送下飛機，醫護人員和設備直接抵達舷梯下，座艙門一開，立即進入座艙施救。

　　後來的事故調查發現，飛機氧氣系統錯誤地儲存了工業氮氣（氧氣含量低於 1%），張貽來吸入過量氮氣，造成急性缺氧而昏迷。腦缺氧昏迷時間越長，對人腦損害越大且不可逆。鄒建國及時發現報告，地面救助及時，為搶救張貽來提供了寶貴的時間，避免了一起重大事故的發生，挽回了國家財產，挽救了戰友的生命。

　　這起匪夷所思的事故，很長時間後還被試飛員們常常提及，工廠方面更是對當事人做了嚴厲的處罰並警醒全廠。如果不是鄒建國快速反應，再過十幾秒，他也會陷入昏迷，而此時飛機已經離地，他們絕無生還可能。

　　作為資深的優秀試飛員，鄒建國的名字真正為世人所知，是在 2012 年 11 月 24 日。這一天，中國航母艦載機殲 -15 一舉突破了滑躍起飛、攔阻着艦等飛行關鍵技術，降落在遼寧艦甲板上，由海軍飛行員戴明盟首降成功。這一驚世之舉受到了全世界的空前關注。鄒建國就是這一次的着艦指揮員。

　　2013 年 7 月 1 日，鄒建國順利通過航母資格認證，成為中國首批艦載戰鬥機飛行員和着艦指揮員行列中的一員。同年 8 月 23 日，中央軍委主席習近平簽署通令，給鄒建國記一等功。

　　與在陸地機場起降相比，戰機在航母平台上起降難度要

大得多。即使一艘排水量達 10 萬噸的航母，其飛行甲板面積有三個足球場那麼大，但在空中的飛行員看來就像一張小郵票。而且，航母飛行甲板跑道長度僅為陸地機場的 1/10，面積只有其 1%。雖然航母甲板總長有 300 多米，但供艦載機起飛着艦使用的距離只有百米左右，僅為陸上跑道的 1/15。而且海面上沒有參照物，海天一色，同時風向、風速複雜多變，不規則的氣流會嚴重擾亂飛行軌跡，加上航母行進時運動要素複雜，在湧浪的作用下，飛行甲板可能會沿着前、後、左、右、上、下六個方向進行運動，飛行員無法完全感知現場環境，飛行員要將一架重約 30 噸的加速飛行的戰鬥機降落在郵票大小的甲板上，其難度就可想而知了。因此艦載機着艦指揮員及時發出指令，及時準確地引導飛行員修正航線軌跡、調整下降姿態，成為艦載機安全着艦的關鍵因素和基本保障。

美、俄、英、法等擁有航母的國家中，艦載機着艦指揮員從成熟的艦載戰鬥機飛行員中產生。他不僅要有精湛的飛行技術，還必須具備優秀的指揮組織能力，同時對飛機的狀態和性能、飛行員的技術特點和性格秉性必須十分了解，才能在第一時間指揮艦載機安全着艦。因此，培養一名合格、成熟的艦載機着艦指揮員十分不容易。

作為中國目前唯一的艦載機着艦指揮員，鄒建國被網上熱愛他的軍迷們稱作「手眼通天」的人，意思是他能眼觀六路，耳聽八方，及時發現飛機偏差，並提醒飛行員修正着艦航線。

回到空警 -2000 在機場跑道上「六級跳」那天。當天，為了慶祝這次絕無僅有的死裏逃生，試飛單位專門舉行了一場特別的宴會，一是慶祝、感謝，二是幫助機組成員們放鬆一下情緒。在飯桌上，機組成員們與保障試飛的機務人員有

説有笑，開懷暢飲，有兩個小伙子還揮着筷子高歌了一曲。

他們快樂得好像什麼事都沒有發生，不像是剛從鬼門關走回來的。

那天晚上劉學岩先在家門口的院子裏徘徊了兩大圈，連續吼了好幾嗓子才進門，進了門就直奔衞生間，反覆仔細地刷牙。妻子李春英是護士出身，平時嚴格限制他喝酒。

第二天沒有飛行任務，劉學岩打開電視，用一種最舒服的姿勢躺在沙發上，眼睛盯着屏幕，半醒半睡地看着，李春英就坐在他身邊一言不發地陪着。時間一分一分過去了，夜有些深了，劉學岩感覺到了這沉默的異常。他突然想起來，今天是妻子的生日。

他看了看錶，23 點 53 分。

這個時間，超市都關門了。

晚上，劉學岩在夢中突然大喊：「拉起來，速度不能再小了！」身子一下子從床上彈了起來，又倒下，繼續睡。李春英被他嚇了一大跳，醒了，再也睡不着，她坐起來，久久地望着他。

寂靜的夜裏，李春英慢慢地對熟睡的丈夫説：「其實也沒啥要慶祝的，只要你在天上平平安安的，順順利利地回家，我就知足了。」

無獨有偶，這個晚上，空警 -2000 的試飛總師朱增科也做了幾乎同樣的夢，也在夢中被驚醒，大喊了一聲：「輪胎爆了，危險！」

這個四十多歲、身高 1.87 米的大個子，戴着一副深度眼鏡，説話辦事向來井井有條。在這個型號的試飛中，他和許多參試人員一樣，頭髮明顯比一年前白了不少。

三、機場上的「福爾摩斯」

一進機場，不管是在機上還是機下，他的五官全部
像雷達一樣張開，每一個細胞都高度敏感。

試飛部隊長張新文有個外號，叫作「福爾摩斯」。

2013 年 7 月 15 日晚，夜涼如水，我在空軍某院校的小
教室裏見到了張新文。

飛機嚴重晚點，又經過近 3 個小時的長途驅車，走向小
教室時，我擔心採訪對象們等急了。負責聯繫的小李說，沒
有關係，他們在打撲克牌。

試飛員們的打牌法你肯定沒見過。小李說，說是打牌，
其實是猜牌，他們每人摸一手牌，留下五張，然後按規定順
序出牌。出牌的時候，報牌號且只報一次，不准亮牌，牌下
了桌就不准收回，誰最先打完，誰就為贏家，本局結束。

這太有意思了，相當於打盲牌。普通人常常需要將打出
的牌反覆翻看，以此來分析對方手中的牌。試飛員們的這種
打牌法，完全是靠記憶力和自己的推斷。

見我進來，他們立刻起身，要收牌，我趕緊說：「把這
一把打完，讓我也見識見識。」

「這把已經完了，」三人中的高個子說，「我還有兩手
牌。」

另一個中等個子的說：「你那麼肯定？萬一我有大王呢？」

高個子笑了，說：「這把大王根本沒上場。大王到現在
還沒出，那就是出不來了。」

中等個子翻開了桌上扣着的底牌，果然，一張大王在裏面。

真夠神的。

我點着高個子：「你就是張新文？」

他笑起來：「看不出來，作家的眼力不錯嘛。介紹一下，這兩位是在我們這裏上課的教員。你怎麼猜出來的？」

我說：「他們臉上沒有陽光的味道。你有。」

面端體健、溫雅親和的張新文，比福爾摩斯英俊多了。但我知道，「福爾摩斯」這個外號不是形容外表，而是說他細緻縝密且記憶力極好，善於發現飛行中的問題。

張新文用簡單的幾句話概括了試飛員的工作。他說，試飛就是發現問題、解決問題。任務不同，風險程度也不同。不管哪一種風險程度的科目，試飛員要做好的是：作風嚴謹，準備充分，快速應對。

作風嚴謹就是嚴格按照規定的流程和程序完成動作。

準備充分是指全面分析科目在執行過程中可能會出現的種種問題及解決處置方法。

快速應對是指優秀的試飛員能夠在第一時間正確判斷是什麼問題，問題出現在哪一部分。這要求試飛員必須對飛機各部分的性能都十分熟悉。前兩條是最後一條的必要條件。

那天，張新文駕駛飛機在高度 7000 多米的位置，突然間他感到耳膜產生了劇烈刺痛，同時眼睛發脹，腹部也有些疼痛。他馬上意識到：飛機失密了！

大氣壓是隨着高度變化而變化的。坐車快速上山下山和坐過飛機的人都會有這樣的體會：當高度差快速增加時，會有耳鳴耳痛的感覺。普通人坐民航班機，當飛機開始下降高度準備降落時，這種感覺會比較明顯。儘管民航班機機艙加壓了，但在高度變化太快時人還是會有生理反應。

高空失密，指戰鬥機在快速改變飛行高度時，如果座艙

沒有密封加壓，氣壓在短時間內快速減少的現象。戰鬥機在高速飛行時，高空失密會導致飛行員體內的壓力和體外的不平衡，出現耳膜出血等很多症狀，甚至快速導致昏迷。

此時，張新文駕駛飛機在 7000 多米的高空，空氣密度不到正常值的一半，如果失密，幾十秒之內人就會因為大腦缺氧而休克，必須迅速將高度下降到 4000 米以下的安全區。他立即指示機組成員戴起氧氣面罩供氧，隨後向塔台報告飛機所在高度，並迅速辨認周圍環境，下降飛機高度。他們忍受着失密和失重給身體帶來的極度不適，以每秒 40 米的速度火速下降，終於在 70 多秒後，到達安全空域。

飛機落地後，早已等候的航醫立即對他們進行身體檢查，有兩個年輕的機務人員耳膜已經嚴重充血。如果當時張新文反應慢幾秒，一來他自己可能昏迷；二來就算還能執行操作，也不得不以更快的速度下降高度，而人體的承受能力根本適應不了那麼大的下降速率，極可能對內部臟器和耳膜造成不可逆的損害。

也就是說，如果當時張新文的判斷或者操作慢上幾秒，輕則身體終身損害，重則機毀人亡。

張新文不僅在牌桌上能「感應」到牌，工作中的他，也常常被人用欽佩的語氣說，他福爾摩斯一樣的感覺太到位了。

一次，技術員將科研單位提供的某型飛機的飛行任務單交到張新文手裏，轉身就要走，張新文喊住了他：「等一下，這表要動一下。」

技術員很詫異，任務單有好幾頁紙，三兩秒的工夫，張大隊長就看完了？

張新文指着第一頁上那張表，說：「不用看完，我一看這些科目就知道排得還不夠科學。這上面排了 8 個架次，我

覺得不需要這麼多。這樣，請相關人員來一起開個會吧。」

會上，張新文說任務安排不太合理，應該在不減少科目的前提下，充分利用可飛天氣，合理統籌調整，把同類科目進行合併。

「我們把飛機飛到 8000 米，如果只是試驗一個小科目，下來再準備另外一個架次，這樣既耽誤時間，又浪費經費。我們看看怎麼一起來調整下這個任務單。如果一次飛行按 3 個小時算的話，一般飛機到位後，我們爭取用 2 個小時去完成一般科目，剩下 1 個小時開展第二個不需要重新落地起飛的科目。這樣我們爭取飛 3 個架次就把全部科目試飛完。」

與會者大喜，一致同意。

最後，張新文他們只用了 2 個架次，就完成了任務單上所有科目的試飛任務。

公司老總給我算了一筆賬：「如果 1 個架次按 2 到 3 個小時算，每小時的油量費、地面保障費、航務管理費加上其他人員費用，1 個架次得需要十幾萬元，少飛了 6 個架次，總共節省約 100 萬元的經費。」

天哪，一個小會，半個小時的時間，節省約 100 萬元！

「不僅如此，減少起降也就最大限度降低了飛行時的附加危險，最為關鍵的是為接下來的科研試飛項目贏得了金錢無法衡量的寶貴時間。」老總說，「試飛員們太行了！」

在我寫作這本書的 2015 年，台灣復興航空公司發生的墜機事件引起了全世界的關注——

2015 年 2 月 4 日 10 時 52 分，台灣復興航空公司輕型民航客機 B-22816 從台北飛往金門。起飛後不久，10 時 56 分，客機偏離航道側飛，與地平線垂直，掃過環東大道高架橋，

迫降於南港經貿園區後方的基隆河，機身斷裂，飛機殘骸散落在道路上。事件共導致四十三人罹難，十五人受傷。事後公佈的調查分析報告稱，飛機起飛後約 36 秒，2 號發動機自動順槳；又過了約 46 秒，1 號發動機被駕駛員錯誤關斷。

張新文就遇到過一起順槳事件。

2011 年的一天，張新文帶領機組試飛某型飛機時，一台發動機無徵兆順槳。這個故障之前沒有遇到過，廠家和技術員認為是偶發。但張新文憑藉多年試飛經驗，感到這次特情不是偶發現象，如果不加以解決，必將成為隱患，會影響部隊的飛行安全。他與廠方負責人鄭重交涉：「要是對這次順槳查不出個一二三來，對不起，同批次的飛機一概停飛！」

對一次偶發的事故如此大動干戈，外行人可能極不理解，但張新文如此肯定，廠方負責人不敢懈怠。為查清原因、明確責任，公司派質檢人員專程趕到生產發動機的工廠，全程跟蹤查找問題。經過對發動機的層層分解排查，最終發現導致發動機停車的原因，竟然是發動機內部的一個小墊片（膠圈）的外形尺寸超出了規定的公差範圍。非常令人驚異的是，這個誤差僅僅有 0.04 厘米。但正是這個小墊片的這點小誤差，導致發動機軸在連續運轉過程中漸漸產生偏軸，偏軸到一定程度後產生的側力導致發動機抱死，最終發生無徵兆順槳事故。檢查結果通報後，張新文窮追不捨：「墊片生產超差的原因又是什麼？」

又查。原因很簡單：切割刀具磨損，未及時發現。

「為什麼沒有及時發現？這架刀具上一共生產了多少不合格的墊片？有多少發動機裝上了這種墊片？如果一架飛機的四台發動機全部裝了這種墊片，如果是十幾架、幾十架飛機呢……」張新文一席話讓在場的人後背直冒冷汗！

經過詳細調查，廠方及時處理好了全部可能有問題的飛機。張新文的一個「神感覺」，避免了重大安全隱患。為此，廠方進行了深刻反思，進一步嚴格規範各項制度，挽回了巨額損失。

「這個試飛員的感覺太神了！」熟悉張新文的人都這樣說。

在一次正常試飛過程中，對飛機狀態十分敏感的張新文感到飛機有低頻、上下抖動，並聽到啪啪聲不斷，也就是所謂的「卡拉崑崙之音」，而當時同機的其他機組人員卻無人感知。降落以後，張新文找到機務人員說，把頂部的圓盤檢查一下，看是否固定好了。

機務人員一查，發現固定圓盤的 14 顆螺釘中，有 7 顆是鬆的，徒手都可以卸下來。

另一次，一架飛機落地時在跑道上滑行跑偏，張新文看見後，當時就對在場的廠方負責人說：「把胎壓檢查一下。」

負責人看了他一眼，立刻親自跑去告訴機務人員。檢查發現，兩側後輪胎壓果然不對，不過，壓差僅為 0.02。

這個數字讓機務人員佩服極了。有人問張新文：「你是怎麼判斷出來問題在胎壓上的？」

張新文解釋說，導致飛機跑偏的原因眾多，他用的是快速排除法：機場跑道質量沒問題（這裏的跑道他很熟悉），飛機落地時沒有側風（他當時在現場，對這一點也清楚），發動機運轉正常（他對發動機的聲音太熟悉了，飛行員之前也並未報故障），飛機兩邊對稱，那麼可能導致跑偏的原因要麼是前輪沒在中立位置（但這個可能性不大，並且檢查不便），要麼是後輪胎壓不一致，於是他要求廠方先檢查胎壓。

像這種小事，發生在張新文身上的還有好多。

空警-200試飛初期，張新文敏銳地發現飛機有飄的現象，他建議廠方在飛機尾翼的尾端加兩個短板，增加之後果然很快解決了這個問題。

還有一次，一架飛機剛啟動就發現前軸輪鬆，常規應對措施是緊一下軸承，但張新文建議再檢查一下中立機構。機務人員很相信他的話，跑去把飛機前置起來，再把中立機構拆開一看，果然，一個鋼珠破損了。

事後機務人員問起，張新文淡淡地説：「聽聲辨位。」

出現類似的硬件問題時，一般都會有異樣的聲音，雖然極輕微，而且可能一閃即過，但任何一絲細微的異樣聲音都逃不過張新文警覺的耳朵。一進機場，不管是在機上還是機下，他的五官全部像雷達一樣張開，每一個細胞都高度敏感。

武俠小説中的劍客，始終追求人劍合一的最高境界。在飛行界，人機合一也是飛行員們夢寐以求的。我想，福爾摩斯一樣的張新文就達到了這種境界吧！

四、你的目標決定你奔跑的速度

所有的等待、積累和準備都不會白費，你的目標決定你奔跑的速度。

1991年12月27日，在冰天雪地的斯德哥爾摩，一架麥道-81型飛機在起飛之後不久，兩台發動機因吸入了從機翼上脱落下來的冰塊而停車，飛機緊急迫降，在機場外着陸，機體斷為三截，所幸沒有人員死亡。

1982年1月13日，美國佛羅里達航空公司的一架B737飛機就沒有那麼幸運了。之前，該飛機因大風雪天氣被困於

華盛頓國家機場，數次推遲起飛，在最後一次噴灑防凍液後，又在風雪中等待了 49 分鐘。得到起飛指令後，沒有檢查機身外表的冰雪是否已徹底清除就倉促起飛，結果因機翼上嚴重積冰，達不到足夠的上升速率而下掉，共計七十八人死亡。

1986 年 12 月 15 日，西安管理局 An-24-3413 號機執行蘭州—西安—成都往返航班任務。9 時 03 分，飛機從中川機場起飛，有輕度積冰。9 時 29 分，機組要求返航。飛機保持 2600 米高度飛回中川機場，結冰相當嚴重。後來飛機在降落過程中撞樹，之後觸地，機上旅客死亡六人。

1994 年 10 月 31 日，當地時間約下午 4 點，西蒙斯航空公司 4184 航班從印第安納波利斯到芝加哥。飛機在有利於積冰的氣象條件下等待了 30 分鐘，起飛後突然翻滾並從大約 10000 英尺的高度墜下，猛衝入一片豆子地裏，機上六十八人死亡。

飛機在空中結冰是飛行的大敵，因為飛機結冰而發生的事故屢見不鮮。飛機部件的幾何外形是嚴格按照空氣動力學的原理設計的，如果表面積聚了冰層，其空氣動力學外形就會被破壞，從而導致飛機的飛行性能和氣動性能下降，影響儀錶和通信，甚至影響飛機的穩定性，使操縱困難，造成失速的危險，嚴重時會造成飛機失事。

「空中結冰這個科目的試飛，安全上並沒有絕對把握。」

試飛總師李勤紅站在鄧友明面前，神情憂鬱而猶豫。他徵求鄧友明的意見：「你們能不能飛？」

鄧友明是從事運輸機科研試飛的雙學士學位試飛員。

新舟 60 是中國第一種具有獨立自主知識產權的支線客機，也是中國第一次打破西方在民航機領域的壟斷，向國內外民航輸送的第一型運輸機。時任全國人大常委會委員長的

吳邦國、當時的幾位副總理，都曾在北京南苑機場乘坐過新舟 60，並向中國民航進行了推薦；國家領導人出國訪問時，也曾向第三世界國家推薦這一機種。當國家領導人為中國自己的民機吶喊助威時，有一個新的困難擺在了中國航空人的面前：出售國內外的民機必須通過國際公認的民機適航要求，否則會被視作不合格。空軍試飛員不僅擔負着軍用飛機的試飛任務，民用航空器的試飛也在他們的工作範圍內。新舟 60 民機適航認證科目的重擔落在了鄧友明的肩上。

適航要求中，空中結冰是不可逾越的科目。飛機空中結冰試飛是一類風險科目，目的在於找出飛機在結冰時如何保持安全的飛行方法，在中國運輸機的歷史上，之前從來沒有人試飛過這類科目，只有地面上的理論。所以，當任務提出來時，試飛總師的心裏是矛盾而猶豫的。

鄧友明不是激情型的人，他仿佛永遠不慌不忙，按老試飛員們的話説，他的心理品質強大。面對總師盼望的眼神，鄧友明只是淡然地説：「我可以飛。」

許多年之後，當新機解密，面對眾多同行和媒體的誇讚時，鄧友明還是淡然。在被問到「你當初心裏想的是什麼？」這樣老套的問題時，他説：「我其他的什麼也沒想，只是想接受任務後怎麼準備，從哪些方面入手。」

記者們當然不滿足於此，他們努力啟發他、暗示他，希望他説出些豪言壯語。鄧友明説：「我的老師盧軍生前説過，試飛就是試飛飛機的極限，就是擴展飛機的性能和戰力，不只需要知識、技術，許多時候更需要勇敢、堅毅和獻身。」

記者們大喜，立刻記下。

鄧友明對我説，其實這句話，他是想反過來説：試飛不能光靠勇敢和獻身精神，更需要知識和技術。

　　元旦這一天，中午會餐，鄧友明已經在桌旁坐下了，家屬們帶着孩子們也到了，大師傅正端着一大鍋清燉羊肉上桌。突然，鄧友明看到總師和部隊長出現在了門口，他下意識地站起來 —— 他知道，任務下來了。

　　果然，通知說讓他們立即帶機轉場西北，那邊的氣象條件適合。他們已經待命幾天了，如果錯過這一天，可能還要再等一年。

　　沒啥可說的，他和機組從熱氣騰騰、香氣撲鼻的桌前站起來，大步向外走。大師傅在他們身後喊：「等你們啥時回來了，我再做一桌一模一樣的！」

　　到了預定空域，爬高3000多米以後，他們看到雲雖然低，但沒有雪花。沒有雪花就很難結冰。他們轉了一會兒，覺得效果不大。今天的科目是測試飛機機翼和尾翼翼尖的結冰，任務書要求這兩種翼尖的結冰厚度要達到25毫米以上。

　　進入天山山麓的空域，鄧友明發現這裏的雲很密很厚，在3000多米的高空飛行，就如同在飛夜航，雲層中間的能見度很差，只有幾十米。再向南飛行幾千米就是天山山峰了，稍微馬虎點轉眼之間就可能撞上天山。但值得高興的是，在雲層中可以看到飄揚的雪花，這正是試飛結冰的好氣象條件。

　　在北國的天空中飛行，從座艙內向外看，藍天白雲，雪峰冰谷，蔚為壯觀。但鄧友明沒有時間抒情，窗外是零下38攝氏度，萬一發生問題，即使迫降，在茫茫的野外，半個小時後機艙內外溫度一樣，他非常清楚這意味着什麼。

　　正常人很難想像零下38攝氏度是什麼概念。舉一個簡單的例子：飛行員的皮質飛行提包、飛行圖囊，平時看上去是軟硬適中有型的，到了這個溫度時，十幾分鐘就會變挺，變得乾巴脆，只消輕輕一折，就斷了。牛皮尚且如此，血肉之

軀呢？

　　這是中國人第一次試飛運輸機結冰這一科目，國外資料上有國外一些試飛機構在試飛這一科目時多次出現機毀人亡事故的報告。

　　這樣低的溫度下，飛機的各部分會出現什麼情況，誰也無法預計。對於他們來說，成功與悲壯都在這一試。

　　任務必須完成，這壓力對鄧友明來說是前所未有的。雲層既厚又密，飛機越來越難操縱。隨着機翼前緣結的冰越來越厚，機頭下沉，飛機開始飄擺不定，失速出現了，繼而飛機就像鐵砣一樣掉向地面。飛機旋轉着向莽莽群山紮去，鄧友明感到天旋地轉，似乎進入了一個巨大的旋渦。他用力前推駕駛盤，同時增速，連續兩次按程序操縱飛機，才艱難地抬起了機頭，飛機在強力的拉動中重新開始爬高。事後科研人員現場測量的結果顯示，機翼前緣結冰厚度達 35 毫米，機翼翼根已結成冰砣，遠遠超過了設計要求。

　　2005 年 4 月 23 日，首批交付非洲某國的 2 架新舟 60 在閻良舉行了盛大的交付儀式，同時還進行了斐濟購買 1 架新舟 60 的簽約儀式和厄立特里亞、剛果等國的 10 架購機意向儀式。國產新舟 60 支線客機終於成功地走出了國門，邁向了世界。

　　2005 年 4 月 30 日，新舟 60B-673 飛機按合同將由中國飛行試驗研究院機場轉場到昆明國際機場。上午 10 時，試飛員鄧友明和徐鵬德準時來到起飛線。10 時 20 分，飛機帶着巨大的轟鳴衝上了天空，新舟 60 飛機遠嫁非洲的歷程開始了。

　　駕駛新舟 60 其實是一件很愜意的事情，飛機的操控性和安全性都很好，在航線上，打開自動駕駛儀，飛行員非常輕

鬆。轉眼間，飛機到達了 3000 米的高度，厚厚的雲彩被踩在了腳下，金色的陽光灑滿飛機，遠處，一簇簇白雲如海浪般起伏跌宕。12 時 40 分，飛機滑向了昆明機場的跑道。

5 月 1 日，兩架飛機由昆明出發，跨出國門，直飛非洲大陸。兩架新舟 60 飛機終於抵達了目的地 —— 津巴布韋哈拉雷國際機場。首次「娶到」中國「媳婦」的津巴布韋機場早已準備好了盛大的歡迎儀式。

2005 年 5 月 4 日的哈拉雷國際機場一派節日的氣氛。津巴布韋總統穆加貝攜夫人以及副總統、交通部長等數十位高級官員一同到場出席新舟 60 飛機的歡迎儀式。身着鮮豔、奇特民族服裝的津巴布韋土著居民打着獸皮鼓、敲着木琴載歌載舞，並不時地高聲發出尖叫。歌舞表演後，津巴布韋總統穆加貝發表熱情洋溢的講話，對此次中、津的成功合作給予了高度的評價，並對新舟 60 飛機在非洲市場的發展充滿了希望。隨後，中航技副總經理王大偉代表中方也進行了簡短的發言。

當天上午 9 時，中國試飛員駕駛着新舟 60 從起飛線上加力滑跑，飛行表演開始了。新舟 60 似一隻展翅翱翔的巨大彩鳳，表演動作是他們精心準備的 360 度盤旋、小速度通場、單發通場、大坡度下滑和反槳倒滑等高難度動作。天空中，徐鵬德先操縱飛機掉轉機頭，使觀眾可清楚看到飛機的姿態。飛機開始側飛，傾斜角不斷加大，當到達 50 度時，飛機機身最大限度地展示在了地面觀眾的視野中。緊接着機組收油門開始減速，「鳳凰」跳起了「卡通舞」，龐大的飛機慢慢由觀眾眼前遊過。

當新舟 60 關閉一台發動機，只用一台發動機飛過觀禮台時，津巴布韋主持人用英語反覆介紹：「看，飛機用一台發

動機也能飛。」

那天的飛行表演異常成功，充分展示了飛機的優良性能。國產新舟 60 也由此開啟了新的征程。

新華社北京電：

中國航空工業集團公司籌備組在京宣佈，2008 年 10 月 9 日，由中航工業西安飛機工業（集團）有限責任公司自主設計和研製的國產另一種渦槳支線客機新舟 600 在閻良機場首飛成功。

擔任這次首飛和保障任務的是由試飛部隊副團長、特級試飛員鄧友明，試飛部隊二大隊副大隊長、一級試飛員袁志鵬，試飛部隊團長、國際試飛員張景亭三人組成的首席試飛員小組。這次試飛標誌着新舟 600 從此正式進入了適航驗證試飛階段。

在 2008 年 11 月於珠海舉辦的第七屆中國國際航空航天博覽會上，鄧友明和袁志鵬兩名試飛員駕駛新舟 600 進行了精彩的飛行表演。作為唯一在國內通過適航驗證的民用渦槳支線客機，新舟 600 樹立了中國民用飛機的品牌形象。新舟系列飛機成為中國民用飛機產業發展的重要力量。

所有新舟系列的首席試飛員都是鄧友明。

其實，不僅是所有的新舟系列，鄧友明作為試飛部隊資深的運輸機試飛員，試飛過國產運輸機的所有機型，先後取得了波音 737-800 型飛機飛行執照、新舟 60 機長和飛行教員執照，承擔並出色完成了數十項重大科研試飛任務，填補了我國軍用、民用運輸機的顫振、失速、最小操縱速度等多項空白。

當年與李中華、徐勇凌、李存寶、張景亭等一起進入第一屆試飛員學員培訓班的鄧友明，因為工作需要，由試飛殲

擊機改為試飛運輸機。90 年代初，中國的航空工業處於起步初期，殲擊機系列工程率先發力，而國產運輸機的發展則相對滯後，飛行任務極其不飽和，數年裏他僅靠基本工資維持全家人的生活。但他從來就沒有動過離開或者轉業轉行的念頭。有人勸他說，與其在軍隊坐「冷板凳」，不如轉業去民航，專業對口，必受重用，但鄧友明總是搖頭。勸的人多了，他就對勸他的朋友開玩笑說：「不行不行，我老婆不同意，怕我去了民航被漂亮空姐包圍，革命意志瓦解了 —— 咱這樣的好男人誰不愛啊！」

鄧友明堅信，祖國天空遼闊，一定會有運輸機發展的遠大前景。

鄧友明說：「我能夠在運輸機試飛中走到今天，有人說是因為我機遇好。我們這個行業有一句話：所有的等待、積累和準備都不會白費，你的目標決定你奔跑的速度。」

五、千金不求，萬死不辭

生命的價值體現在每一個瞬間。

人類沒有翅膀，需要借助智慧的力量飛行。

試飛員跨入座艙的那一刻，開啟的是一個從夢想到現實的征程。僅僅有大無畏的精神和赤子情懷是不夠的，沒有與時俱進的學習，不僅沒有我們英雄的試飛群體，更沒有我們當前居於世界先進水平的戰鬥機群。

不懼死亡是試飛員面臨的第一道關卡，對於常人來說是無法逾越的障礙，對試飛員來講僅僅是「及格線」。真正的艱難不僅在於和死神的對決，還在於對新技術、新裝備的了

解和掌握。正如李中華所説：「開最新型的飛機，做最驚險的動作，出最有分量的結論，這是試飛員的責任。」

如果説，第一代試飛員是勇氣型的，第二代試飛員是技術型的，那麼，現在的第三代試飛員則是專家型的。他們不僅是新型戰機的試飛者，還是設計研製的主要參與者。時代在變，技術在變，試飛員也要隨之改變。一個優秀的試飛員，不僅是科學的冒險家，還是航空理論的探索者、飛機設計的參與者和飛行的先行者。所以新時代的試飛員有個更準確的稱呼，叫「飛行的工程師」。

試飛是一個龐大的飛行試驗點陣，試驗點數以萬計。一架新機試飛，涉及飛行的幾十個專業領域，需要有信息學、工程學、電子學等十幾門學科知識的支撐，這些都是試飛員必須掌握的知識。「試飛員跟最先進的飛機打交道，光有膽子不夠，關鍵要靠腦子。」試飛員李吉寬説，「套用 IT（信息技術）界的話説，就是你大腦的『內存』要大，『CPU』（中央處理器）要快。」

「學習跟不上趟，上了天，掉的可不只是腦袋。」這是試飛員們常説的一句話。

試飛員的能力和素質直接關係到飛機的品質。正是具備了以上這三種素質，新一代試飛員才區別於他們的前輩試飛員，不再僅僅是飛機的操縱者，而成為了飛機設計者中的一員。高素質試飛員不應當是頭腦簡單的飛行工具，他應當比飛機更聰明，不僅要用身體飛，更要用腦子飛。

對於試飛員們來説，生命的價值體現在每一個瞬間。

一架墨綠色的戰機從試飛院機場騰空而起，直刺長空。座艙內，空軍特級試飛員李存寶精神高度集中，不敢有絲毫

鬆懈。當到達萬米高度時，飛機突然發出兩聲異響，隨即飛機的無線通信失效，平顯消失，所有設備指示燈全部熄滅，只有總告警燈發出可怕的紅光。

此時，李存寶與地面完全失去了聯繫，他根據經驗判斷，很可能是發動機意外停車。失去動力的飛機高度急劇下降，李存寶迅速穩定住情緒，6 秒鐘後，他手動打開了 EPU（應急動力系統）。再過 20 多秒，飛機就將接地了，李存寶仍牢牢地握着駕駛桿。就在這時，嘭的一聲，飛機發動機重新噴出耀眼的火焰，飛機空中啟動成功，再次躍上藍天。李存寶在耳機裏又聽到了現場指揮員、他的老伙伴湯連剛那熟悉的聲音，他感到這聲音是那麼的近、那麼的親切。

這是新機的首次空中停車。李存寶不但保住了飛機，更令人驚訝的是，在那樣危急的時刻，他還準確記住並且在事後完整地敍述了在發生意外停車的幾秒鐘裏，飛機和座艙的一切情況和數據，這些為進一步改進和完善飛機提供了重要依據。

2003 年 10 月 21 日，空軍某試驗基地，一架國產新型戰機殲 -8F 呼嘯着直射藍天。十幾分鐘後，戰機到達預定空域，指揮中心的大屏幕上清晰地顯示着戰機的飛行狀態。屏幕前的指揮員，總裝備部和空軍機關的領導，有關科研院所的飛機專家、導彈專家和各類科技人員等，都在期待着一個重要時刻的到來。

今天試飛員陳加亮要進行的是某型導彈的發射試驗。

這時，無線電傳來了陳加亮的聲音：「報告 1 號，導彈準備完畢，是否允許發射，請指示！」

「可以發射。」指揮員發出了命令。

「明白。」

只見萬米高空中，機翼下突然噴出了一條耀眼的火龍。出乎意料的是，這條火龍並沒有像事先預想的那樣直奔攻擊目標而去，而是仍然懸掛在機翼上。

指揮中心裏每一個人的心頓時懸了起來。還沒等人們做出反應，飛機突然側偏，飛出了監控的視線。空中的陳加亮準確做出判斷：「報告 1 號，導彈未離樑，飛機側偏。」

已經點上火的導彈未發射出去，還掛在導彈架上，導彈點火受力導致飛機側偏——這一驚人的故障在地面的靜止狀態下顯然是無法模擬更無法預知的，人們不敢想像那將造成什麼後果。

大家的心都提到了嗓子眼。

「按應急預案處置。」指揮員果斷地下達命令。

「明白。」空中的陳加亮超乎尋常地冷靜。

飛機已在導彈巨大推力的作用下產生嚴重側偏，就像是一匹突然脫韁的烈馬，難以駕馭。此刻，陳加亮清醒地意識到自己正面臨着一場生與死的嚴峻考驗。誰都清楚點火後的導彈仍掛在飛機上意味着什麼，而他只有十幾秒的選擇時間。按特情處置預案規定他完全可以棄機跳傘，但這樣一來，凝聚着幾代科研人員心血的新型戰機和新型導彈，在頃刻間就會化為烏有，必將影響新裝備研製的整個進程。

「一定要不惜代價保住新型戰機和科研成果！」幾秒鐘內，陳加亮便以自己的生命為抵押做出了決斷。他迅速蹬舵、壓桿，保持正常的飛行狀態，同時迅速將導彈處置好。幾個動作迅速準確、一氣呵成，「脫韁的烈馬」終於被降伏了。陳加亮立即向指揮中心報告：「報告 1 號，飛機狀態已經穩定，請求返航。」

「可以返航，注意飛機狀態。」

在返航途中，陳加亮隱約感到飛機有些異常，他憑經驗判斷可能是水平尾翼出現損傷。這是飛行員最忌諱的特情，尤其是在着陸時，當飛行速度減小時，尾翼因為損傷無法控制平衡，飛機會突然下沉，處置不當便會機毀人亡，飛行史上曾多次發生過這類事故。

飛臨機場了，陳加亮小心地做了一個標準航線正常着陸。在臨近着陸時，飛機果然急劇下墜，他旋即推油門增速，同時帶桿，控制飛機平穩接地。當飛機穩穩地降落在跑道上以後，現場的人都驚呆了——飛機左側的水平尾翼已被導彈的尾焰燒掉了近一半。

新型戰機保住了，科研數據保住了，凝結了幾代科研人員心血的科研成果保住了！

2013 年 4 月 8 日，以萬里晴空為舞台，試飛部隊長顧博，在祖國的藍天上上演了一場扣人心弦的刀尖上的舞蹈。

這天，試飛院組織混合場次科研試飛，某型機計劃執行 3 個架次科研試飛科目。第一架次之後，前艙試飛員顧博、後艙試飛員張曉松執行第二架次試飛科目。

15 時 09 分 00 秒，戰鷹出擊。飛機衝天而起，很快上升至 12500 米高空，機組按照任務單要求，開始做試飛動作，一切操作都按照程序正常進行，一切都那麼平靜。

15 時 34 分 06 秒，飛行 25 分鐘之後，飛機在減速過程中，顧博、張曉松突然聽到嘭的一聲沉悶且巨大的聲響。還沒等他們反應過來，左右發動機相繼喘振，緊接着，雙發排氣溫度急劇升高，5 秒內躥升 200 攝氏度，發動機達到了超溫臨界點。

機組立刻將特情報告給塔台主指揮員。今天的指揮員是

李吉寬，副指揮員是張景亭，地面監控指揮員是丁三喜。作為業內人，大家心裏都明白：雙發同時喘振，急劇超溫後，如果不及時處置或者處置不當，發動機將會瞬間全部燒毀，飛機必然墜毀。唯一的辦法就是立即收停雙發油門。

但是，萬米的高度本就在發動機啟動包線之外（設計要求發動機在 8000 米以下啟動成功率高），何況發動機剛剛發生喘振故障，發生故障之後的情況完全不可預測。還有一個非常不利的因素——飛機離機場還有 180 千米，這就意味着飛機空中停留時間較長，風險巨大。

在以往的試飛中，飛機雙側發動機同時喘振超溫、出現故障的概率幾乎為零，數十年來未曾出現過。雙發關閉後，飛機失去動力，平顯、左右多功能顯示器等全部無顯示或者畫面不正常，應急部分信息指示不正確，無法確認高度、航向、位置等信息，飛機操縱變得更加複雜艱險。作為一名多年奮戰在高風險試飛一線的資深試飛員，顧博怎能不知此時的處境？按照《飛行手冊》的規定，他們早就可以選擇跳傘。

此型飛機是國防和軍隊長期研製的重點型號，機上的機載科研設備經歷了漫漫研製長路，如果墜機，那一切都要從頭再來。「必須保住發動機，就是死，也要試一試！」生死抉擇面前，英雄的舉動出奇地一致，顧博和張曉松幾乎同時執行了關掉發動機操作。

15 時 34 分 15 秒，兩台發動機停車！飛機正常供電中斷！

生死存亡時刻，顧博和張曉松選擇駕機返場，因為這關乎國家重點型號飛機的發展，關乎國防現代化建設的大局，這些早已鑄成一種強烈的責任感和使命感，成為了他們生命的一部分。

失去姿態信息，顧博、張曉松只能根據外景目視保持飛

機狀態，進入下降高度增速通道。所幸天公作美，當天天氣晴朗，能見度好。每一秒鐘，他們二人的大腦都飛快地做出各種判斷。憑着對該型發動機的熟悉，顧博明白，只有使飛機保持較大的俯衝角和飛行錶速，通過俯衝增速將飛機勢能轉化為動能，用高速氣流衝擊發動機前端的風扇葉片，保證發動機較大的風車轉速，才能保證正常的液壓壓力。

指揮員丁三喜是一名經驗豐富的試飛員和指揮員，他不斷提醒顧博操縱飛機「俯衝增速，保持狀態」。事後調查證明：這是決定發動機重啟成功的關鍵之舉。

於是，史上最震撼的場面在萬米高空上演了：只見飛機機頭下沉，機尾上翹，飛機保持一定角度高速俯衝，像一支離弦的箭一般直刺大地，整個場面堪比好萊塢空中驚險大片……

在多次啟動發動機失敗、接近跳傘邊界的情況下，顧博、張曉松仍然保持沉着冷靜，繼續開車動作。他們分工明確，密切協作，顧博保持飛機狀態，張曉松判斷飛機位置，並相互鼓勵。在飛機俯衝進入啟動包線後，終於將右發成功啟動，飛機恢復部分指示，此時飛機速度已接近每小時 700 千米。

15 時 39 分 00 秒，在相對地面 2000 多米高空時，左發也啟動成功。此時的機場早已啟動應急預案，搶險救援系統全速運轉起來了。各類值班員、應急搶險人員各就各位，消防車、救護車、搶險車、指揮車等各類搶險車輛緊急啟動，機場上其他飛機也快速有序疏散。塔台上，大家不約而同地望着遠處的天空，焦急地等待着……

飛機雙發啟動成功後，二次雷達供電恢復正常，塔台收到飛機高度顯示，指揮員李吉寬據此不斷通報飛機位置，果斷下達了一系列正確指令。

　　在距離機場 14 千米時，兩條跑道像銀色的細帶出現在了顧博眼前，機組立即建立起落航線。由於情況緊急，飛機進行應急反向落地，地面保障人員迅速將升起的攔阻網放下，開啟盲降雷達。

　　16 時 04 分 00 秒，在指揮員的指揮引導下，飛機反向安全着陸。

　　從險情發生到安全着陸，機組經歷了將近 30 分鐘 1800 秒的生死考驗！

　　這次特情處置，他們創造了一個史無前例的藍天奇跡，挽救了飛機，挽救了型號，挽救了機載科研設備。隨後，他們聯合設計廠家，從技術層面深入分析了此次特情出現的原因，細緻分析每一組數字，搞清楚問題的根源，完善了設計。

　　當被問起為何能在如此極限條件下成功處置特情時，顧博說：「正是因為我熟悉飛機和發動機之間的小脾氣和小秘密，才能夠平衡兩者之間的關係，最終成功啟動雙發。」

　　「緊張會讓人或成為一頭獅子，或成為一隻兔子。」這是顧博最喜歡的一句話。自從 2006 年 12 月調入試飛部隊後，顧博的人生從此掀開了新的　頁，經過系統專業的培訓，攻讀了碩士研究生，入選某重點型號飛機的試飛部隊，出國培訓。作為一名 80 後試飛員，他深知光有過硬的戰鬥精神和作風還不夠，還要建立完善的知識結構，具備過硬的試飛技術，力求成長為一名「知識型、學者型、專家型試飛員」。試飛是科學，不是逞強。英雄是凡人，不是傳說，更不是神。

　　那一晚，幾杯啤酒下肚，顧博和張曉松敞開心扉：「啟動了 6 次，左右發動機各啟動 3 次，只要有一次啟動不了，就要和死神握手了。」

「我們連跳傘的地方都選好了。我們是專業的試飛員，既不放棄，也不做無謂的犧牲，如果挽救不了飛機，也不會造成更大的損失。我們敢做事，但不蠻做事。」

2010 年 8 月，年輕的試飛員叢剛執行送一架新型科研飛機赴閻良定型的任務。這架飛機，就是後來名噪全世界的中國第一架新型艦載機：殲 -15。

當天，按照預定計劃，飛機將直接從瀋陽飛赴閻良。然而，當飛到中途的時候，叢剛突然發現油不夠了。

「當時看到油量錶迅速下降，心裏就沒有了底！」

懂飛行的人都知道，空中最怕的就是油不夠，出了這個問題，只有迫降！

當時飛機正接近 D 機場，耳機裏傳來了指揮員的聲音：「迅速迫降備降機場！」

幾分鐘後，飛機平穩降落 D 機場，地面人員趕緊進行機務維護。

幾天後，維護一新的殲 -15 重返藍天，直飛目的地。

「當天的天氣不錯，我的心情也特別好！」談及當時的感覺，叢剛記憶猶新。

但是，沒有想到的是，在距閻良還有 180 千米的時候，機艙告警燈又一次亮起。叢剛沒有緊張，他一邊向地面報告情況，一邊仔細查看各個儀錶。他發現錶數從 2100 很快就下降到 0，緊接着，操作系統、電傳等告警燈同時亮了起來。

飛機液壓的主要作用，是對操縱系統進行控制。殲 -15 飛機有兩套液壓系統，第一系統主控起落架、應急剎車、左側斜板和左側進氣道調節；第二系統主控剎車、減速板、拐彎、右側系統等。儘管兩套系統主管的設備不一樣，但共性

都是給操作系統供壓。叢剛判斷出是第二系統液壓液漏光了，他立即向地面報告了情況。

對於這架將要定型的科研飛機殲-15的重要性，叢剛心裏太清楚了。此時飛機已有一個系統出現故障，如果另一個系統再發生問題，飛機將失去控制，像一個鐵疙瘩一樣從萬米高空墜向地面。

「當時地面比我還緊張，總設計師告訴我，旁邊還有機場，在那直接落了！」

叢剛知道，殲-15飛機影響着解放軍航母建設的發展，事關重大，上下關注，如果在中途機場降落，影響的涉及面太廣，甚至會動搖很多人繼續奮鬥的信心。而此時閻良機場上，包括飛機總設計師在內的軍隊、中航集團人員都在翹首以盼，迎接殲-15這一「霸海鯨鯊」的到來。

叢剛又操控了一下飛機，發現基本能控制。他決定還是要將飛機飛到閻良。

因為第二系統液壓液漏光，飛機落地就受到限制了，減速板放不下來，刹車刹不了。本來殲-15就沒有減速傘，是用掛鉤的。好在應急刹車是管用的。但它不像主刹車可以自行控制，應急刹車全部靠人為控制。

「這得逐漸增加載荷，如果一下到底的話，就會把輪胎刹爆了。必須慢慢拉，直到停。」這已不是一個技巧活，它考驗的是一名飛行員的操控力。空難史上，用應急刹車刹爆的案例不在少數。

目擊的指揮員後來對我說，那一天，那架龐然大物從空中呼嘯而過緩緩地落地，似乎少了些威風而多了些穩重。它穩穩地向前滑行，比正常落地時「溫順」許多，直到最後停到跑道中間。

「兄弟，謝謝你！你是功臣啊！」殲 -15 總設計師孫聰跑上來緊緊地抱住了叢剛。

往常，當掛鐘指向晚上 7 點時，白麗麗坐在餐桌旁翻手機，廚房裏，丈夫李吉寬活潑潑地在水池邊一邊洗碗一邊哼着歌。老實說他唱得真不怎麼樣，也聽不明白是唱什麼，就那麼哼着，自娛自樂。在家裏，這是他唯一能幫上她忙的地方。這是他們一天中最輕鬆的時刻，他時常中斷他的哼唱回答她的一些話語，社會新聞、單位見聞什麼的。

今天，當掛鐘指向老時間時，這個家裏靜得只聽得到指針走動的聲音。自從戰友兼好友余錦旺在執行任務時犧牲，他們晚飯後的這段輕鬆時光消失了。他迴避看她，她的目光卻從他進門開始就再也不離開他。李吉寬整整守了兩天靈，一進門倒頭就睡。醒來時看到她紅腫的眼睛，他什麼也沒有說。他知道，她需要的不是安慰。

連續幾天，他早出晚歸地忙碌，作為好友要安慰親屬，作為部隊領導要處理一些善後事宜，還要調查事故原因。他偶爾回家，兩人也很少說話，但他能感覺到她久久粘在他身上的目光。他知道她在想什麼。

親密戰友余錦旺的音容笑貌，白髮蒼蒼的老媽媽忍着晚年喪子的悲痛大義凜然地說「我兒子這樣犧牲，很光榮」的情景，以及余錦旺的妻子痛不欲生的樣子交替出現在他們的眼前、耳邊，揮之不去。很長一段時間，他們的生活裏沒有了輕鬆的氣氛。

兩個月過去了，今天，他們面對面坐下來。他們都明白，需要好好談一談。

一個月前，李吉寬的老岳父突然來了。女婿不在家的時

候，做父親的對女兒說：「跟吉寬商量一下，轉業吧，別幹了。這個風險太大了。咱們已經為部隊做了不少貢獻，現在離開，對得起自己的。」父親沒有多留，也拒絕她送，一個人步子沉沉地走了。她目送着父親的身影，突然發現，父親已經很老了。

幾年前，兄弟試飛部隊的一位戰友發生試飛事故犧牲，在送殯的那天，由於承受不了劇烈的刺激，烈士的父親轟然倒下，就倒在兒子的靈柩旁邊。

但作為妻子，她知道他的追求。

李吉寬緊鎖着眉頭，深深地吸了一口煙，雙眼凝視着前方，像是在看，又像是什麼也沒有看，時間仿佛靜止了。數秒之後，他才緩緩地將煙霧吐出，眼睛微微眯起，嘴唇輕動。李吉寬只說了一句話：「飛，還是要飛的，工作總得有人幹，只要幹這個事，這樣或那樣的傷亡，總會有。」

她把手伸過去，隔着餐桌，握住了丈夫的手。

「我知道。」她輕輕地說，「我明白。你放心忙你的，家裏有我。」

經過長達三年的努力，新型發動機鑒定會終於召開。這是中國第一台自主製造的渦扇發動機。這意味着中國人掌握了發動機技術的研發和製造，不僅滿足了部隊對飛機的需求，更使中國在國際政治舞台上有了發言權和主動權，丁三喜也因此榮獲了國家科學技術進步獎個人特等獎。

會議結束，人們卻遍尋不到試飛小組中重要的功臣丁三喜。

原來，丁三喜又去看好兄弟余錦旺了。以前他們天天在一起，兩人最投機，不僅在業務上時時切磋，就連哄老婆的

方式都互相交流。出事那天，他們在同場飛行，余錦旺第一個架次，丁三喜是後面的架次。丁三喜永遠記得他剛升空就看到前方某個位置騰起一股黑煙，他還以為哪裏的村民在燒秸稈——那正是秋收的黃金季節。

他怎麼能想到，他親愛的戰友、好兄弟隨着那股黑煙走了。

余錦旺的墓碑在烈士陵園後排右數第二個位置，平時愛說愛笑的丁三喜到了這裏笑不起來了，但話還是要説。他一點點地叨叨着試飛中的各種情況：單發停車了，空中出現異常響聲了，發動機轉速不跟隨了……今天，他要告訴自己的戰友，我們的發動機飛出來了。

兄弟，放心，部隊的主力三代機很快就能都裝上咱們自己的發動機。艦載機、大型運輸機都將裝備。以前沒有發動機，光看別人臉色。現在好了，剛開完鑒定會，外國人就主動來找我們談了，價格也降了。

兄弟，你沒飛完的，我繼續飛。

每個人都有離開人世的時候，只不過離開的意義不一樣。

劉剛犧牲後，付國祥代表家屬去看的現場。飛機墜毀砸出了十幾米的大坑，四下散落着飛機爆炸的殘骸。

山風悲呼，草木動容。一位摯愛試飛事業的藍天驕子，用生命書寫着無限忠誠。

「剛子，我們會完成你未了的任務，你將永遠和我們翱翔在祖國的藍天中！」付國祥和戰友們擦乾眼淚，全身心地投入到事故技術分析。他們明白，剛子走了，祖國的試飛事業還得繼續，他們必須接過戰友的接力棒。

調閱同類特情數據，組織工廠進行技術研究，精心做好

飛行準備，付國祥和戰友們暗自加勁。

這是一個復飛的日子。付國祥、王惠林、林學本默默來到機場，他們要完成犧牲的戰友未了的調整試飛任務，用實際行動告慰藍天英魂。

伴隨着發動機的轟鳴，付國祥率先駕駛戰鷹飛向萬米高空。16000 米、17000 米，飛機還在爬升……

「18000 米，飛機各系統正常，發動機正常！」當付國祥通過無線電報告塔台時，全場一片沸騰。當 12 架殲 -8 圓滿完成調整試飛後，付國祥和戰友打開機艙蓋，向蔚藍的天空投去最深情的凝望……

李存寶進行高溫試飛，是在一個三伏天，揭去飛機上的蒙布，把飛機停放在火辣辣的太陽底下曬 4 個小時。然後，穿上光是橡膠皮就有 4 層的特種飛行服，再戴上 7 斤重的密封頭盔，關閉飛機的空調系統去試飛，座艙內最高溫度達到了 65 攝氏度。下飛機後，他迫不及待地喊：「快幫我脫衣服！」當地勤人員為他卸下頭盔時，嘩的一聲，汗水瀑布一般灑了一地。一位工人師傅目瞪口呆：「啊！出這麼多汗，我還是第一次看到！」

老一輩試飛員李少飛駕駛高空高速殲擊機試飛，空中兩台發動機突然停車。飛行員聽慣了發動機的轟鳴，一旦這種聲音消失了，就好像一個不會游泳的人掉進了幾十米深的水池，讓人毛骨悚然。這時候，試飛員就要嘗試空中開車。第一次開車，失敗；第二次開車，失敗；再嘗試第三次……那次，他連續 7 次空中開車，才重新啟動了發動機！這非常不容易，心理稍有波動，很容易棄機跳傘，於是他獲得了一個美稱：「空中開車大王」。

　　運輸機試飛的危險一點不比殲擊機試飛的少。運輸機試飛部隊的李玉民、呂振修、姚月福、徐鵬德、鄧友明、梁文，一次試飛時是由兩輛消防車護送，在跑道上滑跑——為了驗證發動機的性能，飛機加的是 50 攝氏度的「熱燃油」，他們駕駛着裝滿滾滾熱油的飛機起飛。為了攻剋運輸機空中結冰難關，他們駕駛着戴「盔甲」的飛機起飛——將特製塑料貼在飛機的不同部位，厚約 8 厘米，整個飛機的氣動外形都發生了顯著變化，稍有閃失就很危險。

　　飛轟炸機，老英雄張師的曾駕機執行中國第一次空投原子彈試飛任務，飛機返回地面後人們發現，機翼都被光輻射燒成了黑色……

　　彭向東和傅雲龍回憶了這樣一個細節。殲 -10 首飛時，他們負責通過飛機上加裝的遙測設備拿到試飛的數據。雷強找到他們：「咱們雖然是充滿信心地去飛，但我最後還是要說一句：哥們兒我如果真的不行了，走了，你們一定要把遙測數據拿到，這也算是我最後為大家做的一點貢獻。」

　　這樣的話語，與其說悲壯，不如說是內心的一種坦然，是融入一種事業後對自身使命的認知。因為飛行這一領域集科技之大成，是推動一個國家創新的引擎。尖端的航空器體現了國家的綜合國力，是一個國家能力的重要標誌，空中力量關乎國運。中華民族復興的偉大夢想借助科技之翼騰飛，強軍夢離不開航空夢。離開了航空，強軍無從談起。離開了試飛員，試飛無從談起。試飛員是飛行員，也是工程師，他們架起了空軍與航空工業的橋樑，架起了大地與天空的橋樑，架起夢想與現實的橋樑。這樣的角色讓他們清楚地認識到自己的使命所在和責任所在。

　　試飛員梁萬俊說：「如果說我們只是受僱於某個公司，

單純為追求薪水的話，等錢賺夠之後，很可能就不幹了，畢竟風險太大。但我們從事的是國家的事業、民族的事業，我們想的是能為空軍裝備的發展、為航空工業的發展再貢獻點力量。」

2016 年 1 月 20 日，中國航空工業集團公司新聞中心公佈了《中航工業「十二五」成就大盤點》，摘要如下：

「十二五」期間，中航工業按照黨中央、國務院、中央軍委關於推進航空工業改革發展的重大部署，肩負「航空報國，強軍富民」的神聖使命，深刻把握世界航空工業發展的科學規律和成功道路，全面實施「兩融、三新、五化、萬億」的發展戰略，以航空為本，全力打造覆蓋航空全產業鏈、全價值鏈的，相關多元化的，具有國際競爭力的跨國公司，全力推動航空工業由戰略先導產業向戰略支柱產業轉變，中航工業邁入跨越式發展的新里程。

2015 年紀念世界反法西斯戰爭暨中國人民抗日戰爭勝利七十週年閱兵式上，全部由中航工業研製的 20 餘型近 200 架飛機組成 10 個梯隊飛越天安門廣場，創造了新中國歷次閱兵的規模和機型數量歷史之最，舉國讚歎，世界震驚。

作為我國航空武器裝備的主承製商，「十二五」計劃期間，中航工業始終把「保軍」作為神聖天職，緊跟我軍戰略轉型的需求，加強技術攻關，強化組織領導，創新管理方式，廣大幹部職工長期加班加點、日夜鏖戰攻關，實現了我國航空武器裝備的井噴式發展，以「鯤鵬」大型運輸機、「鶻鷹」戰鬥機、殲 -15 艦載機、殲 -10 系列發展型、殲 -11 系列發展型、直 -10、直 -19、轟 -6 發展型、新型預警機、「翼龍」系列無人機、「玉龍」發動機、「閃電」-10 新型導彈等為代

表的一批具有世界先進水平的重大裝備項目橫空出世，震撼世界，振奮人心；「鯤鵬」大型運輸機、「鶻鷹」先進戰鬥機等 150 餘項先進航空產品亮相 2014 年珠海航展，吸引了世人目光。

以大型運輸機「鯤鵬」為代表的系列運輸機，標誌着我國成為了世界上為數不多的幾個能夠自主研製大型運輸機的國家之一。以「鶻鷹」隱形戰機為代表，標誌着我國成為了第三個能自主研製隱身戰機的國家，推動了我國戰機從第三代向第四代、從非隱身向隱身的巨大跨越。以殲 -15 飛機在航母上完美起降及完成系列任務為標誌，中航工業陸續提供和研製的航空裝備正在推動中國進入「以空強海」的新時代。以直 -10、直 -19 武裝直升機成功研製和批量裝備為代表，標誌着我國的直升機研製達到了世界先進水平。以殲 -10、殲 -11 飛機大批量裝備部隊和系列發展為代表，推動中國軍機由以二代裝備為主向以三代裝備為主跨越。以空警 -200、空警 -2000、新型預警機等特種飛機為代表，加速了我國航空裝備由機械化向信息化的轉變。以「翼龍」等多型先進無人機批量生產為代表，表明我國飛機已經從有人時代進入到無人時代。以「太行」發動機批量裝備部隊為代表，表明我國航空工業已具備自主研發第三代大推力航空發動機的能力。以「玉龍」發動機為代表，標誌着我國已具備了完全立足國內製造具有國際先進水平的第三代先進渦軸發動機的能力。以「閃電」-10 導彈為代表，我國空空、空地導彈實現了從第三代向第四代的跨越，並實現了批量交付。

「十二五」期間，一批具有世界先進水平的航空武器裝備發展呈井噴之勢，使航空武器裝備實現了從跟蹤發展到自主創新、從「望其項背」到「同台競技」的歷史性跨越，加

快了國防力量由單純防禦型向攻防兼備型轉變，助力我國國防力量開始逐步實現以空固土、以空強海的華麗轉身，使我國躋身世界少數幾個能系列化、網絡化、多譜系自主研製具有國際先進水平航空武器裝備的國家之列，為國防和軍隊現代化建設做出了重大貢獻。

　　中航工業旗下所有軍用、民用飛機，包括各種飛行器、飛行器發動機，首飛、新機定型、鑒定試飛與新機出廠試飛，全部由空軍試飛員試飛完成。

　　「空軍是戰略性軍種，在國家安全和軍事戰略全局中具有舉足輕重的地位和作用……加快建設一支空天一體、攻防兼備的強大人民空軍。」

　　中共中央總書記、國家主席、中央軍委主席習近平對空軍提出了這樣的要求。

　　中國空軍試飛員注定要承擔更加重大的責任。

　　「圖發財我們不會選擇試飛，圖當官我們不會幹試飛事業，但為了新型戰機早日裝備部隊，我們千金不求，萬死不辭！」

　　這是中國空軍試飛員群體共同的聲明。他們用青春和生命踐行了自己的誓言。

六、記住這些英雄的名字

　　如果犧牲是必要的或不可避免的，生命將因此而閃光。就是化作碎片也閃耀在祖國的天空，照亮戰友們前行的路。

　　中國空軍試飛員隊伍走過了艱辛的征程，他們為中國的航空事業爭取了無限燦爛的前景，也為這光輝的事業奉獻了青春和熱血。六十餘年來，共有二十九人血灑藍天，讓我們記住這些英雄的名字。

　　他們是：

　　1. 張茂亭烈士，1970 年 12 月 7 日，在執行任務中犧牲。

　　2. 劉春榮烈士，1970 年 12 月 7 日，在執行任務中犧牲。

　　3. 康鐸烈士，1971 年 8 月 18 日，在執行科研試飛任務時犧牲。

　　4. 楊會錄烈士，1982 年 12 月 16 日，在執行某型直升機新機出廠試飛任務時犧牲。

　　5. 周立占烈士，1982 年 12 月 16 日，在執行某型直升機新機出廠試飛任務時犧牲。

　　6. 張留玲烈士，1985 年 10 月 12 日，在執行任務中犧牲。

　　7. 吳清永烈士，1988 年 10 月 19 日，在執行某型飛機科研試飛任務時犧牲。

　　8. 郭建業烈士，1990 年 3 月 24 日，在執行任務中犧牲。

　　9. 黃延國烈士，1991 年 8 月 11 日駕駛某型直升機執行任務時，因飛機故障失事受傷，經搶救無效，於 1991 年 8 月 19 日犧牲。

　　10. 劉剛烈士，1993 年 8 月 28 日，在執行某型飛機大 M 數試飛時，因發動機故障，飛機失事犧牲。

　　11. 盧軍烈士，1994 年 4 月 4 日，在執行任務中犧牲。

　　12. 劉永忠烈士，1994 年 6 月 17 日，在執行試飛任務時犧牲。

　　13. 楊曉彬烈士，1996 年 8 月 12 日，在執行科研試飛任務時犧牲。

14.唐純文烈士，1996 年 8 月 12 日，在執行科研試飛任務時犧牲。

15.鄭金良烈士，1998 年 7 月 27 日，在執行試飛任務時因飛機失速墜地犧牲。

16.胡光懷烈士，1998 年 7 月 27 日，在執行試飛任務時因飛機失速墜地犧牲。

17.沈曉毅烈士，2001 年 4 月 12 日，在執行任務中犧牲。

18.林啟進烈士，2002 年 8 月 9 日，在執行某型武裝直升機新機出廠試飛任務時犧牲。

19.鄭露烈士，2002 年 8 月 9 日，在執行某型武裝直升機新機出廠試飛任務時犧牲。

20.申長生烈士，2006 年 6 月 3 日，在執行某型飛機科研試飛任務時犧牲。

21.雷志強烈士，2006 年 6 月 3 日，在執行某型飛機科研試飛任務時犧牲。

22.劉普強烈士，2006 年 6 月 3 日，在執行某型飛機科研試飛任務時犧牲。

23.包德軍烈士，2008 年 9 月 8 日，在執行科研試飛任務時犧牲。

24.萬傳瑞烈士，2010 年 9 月 18 日，在執行科研試飛任務時犧牲。

25.余錦旺烈士，2011 年 10 月 14 日，在執行科研試飛任務時犧牲。

26.郭彥波烈士，2012 年 11 月 13 日，在執行某型飛機出廠試飛任務時犧牲。

27.張國榮烈士，2012 年 11 月 13 日，在執行某型飛機出廠試飛任務時犧牲。

28.盧志永烈士，2014 年 12 月 22 日，在執行科研試飛任務時犧牲。

29.溫智平烈士，2014 年 12 月 22 日，在執行科研試飛任務時犧牲。

此外，還有一些犧牲的英烈，如邸寶善、張洪錄等，雖然他們是在執行試飛任務中犧牲，但因為他們隸屬於空軍飛行員部隊，未進入試飛員序列，所以未在此列出。

靈魂鑄成軍魂，生命融入使命。中國空軍試飛員隊伍是一個功勳卓著的英雄群體，他們不僅在試飛場上為國鑄劍試劍，而且在精神高地築起了一座時代豐碑。如果犧牲是必要的或不可避免的，生命將因此而閃光。就是化作碎片也閃耀在祖國的天空，照亮戰友們前行的路。

藍天上永遠留下了他們的英名！

他們的名字叫「中國空軍試飛員」

　　航跡承載夢想，藍天見證輝煌。中國空軍試飛員羣體是「強軍報國，鑄夢藍天」的時代先鋒，他們自主創新、勇於開拓，英勇無畏、敢於亮劍，以自己的大智大勇，賦予強國強軍夢豐富而深刻的內涵。他們以信念和忠誠打造錚錚鐵骨，以熱血與希望鑄就藍天軍魂，成為國家、民族的精英和脊樑，托舉起億萬中國人航空強國的夢想。

太陽就在這一刻突然跳出了地平線，那麼紅，那麼亮，燦爛的光芒如同神力，照亮了關中平原大地，給這個飽含淚水與傷心的現場鑲上了金紅的邊。

2015 年 1 月 30 日這天，我來到飛機失事現場。同我一起來的，還有渭南人宋樹清。宋樹清騎着他的兩輪輕摩托，並且帶上了他十歲的兒子。

我們天剛亮就出發了。我冒着冷風站在宋樹清家門前時，天邊的朝霞是一種淡淡的玫瑰紅。

出發前，兒子睡眼惺忪地問：「大，我們去看誰？」

宋樹清説：「好人。」

「恩人。」宋樹清又説。

臘月的田間，麥苗蟄伏着，但經過了霜洗，莖稈是韌的，春天的風一吹，就會嗖嗖地拔節。遠遠望去，正中好大一塊地光禿着，有凹陷，露着黑色的地皮。這是一個多月前，兩位試飛員犧牲的地方。

垷場已經處理過了，飛機殘骸已經被拉走了，但那塊裸露的黑色地皮，像一個巨大的傷口，又像一隻孤獨而憂傷的眼睛，直直地面對天空。

事發時，兩位戰友正在執行一款新飛豹系列樣機的出廠試飛任務，飛機升空後突遇機械故障，為了避免造成地面人員傷亡，他們帶着失去動力的飛機飛離了居民區，在操作過程中飛機起火。儘管這款飛機配備有「零 - 零」救生系統，但應該是因為飛機起火，機上電力系統癱瘓，他們最終失去了逃生的最佳時機，在起飛 35 分鐘後，飛機墜落在一片無人的

麥田。

　　他們付諸了生命的避護成功了：地面無任何建築損失和人員傷亡。飛行員二人雙雙赴難。

　　我看着宋樹清把帶來的供品擺在地頭上，一共四樣：蘋果、鍋盔、核桃、大棗。蘋果是真正的洛川果。鍋盔是他今天起大早烙的。核桃和大棗都是精心挑選的，個頭又大又勻稱。

　　他按着兒子的頭說：「娃崽，跪下，磕頭。」

　　兒子不明白：「還沒到年哩，在這兒給誰磕？」

　　宋樹清劈手打了兒子一巴掌：「讓你磕你就磕。」

　　宋樹清比劃着說：「俺看着飛機擦着俺腦殼邊上這屋頂過去。這附近有高鐵站、公路，還有俺們這個村子。」

　　「飛機在村上頭這塊轉了半個圈，都貼着屋頂了，駕駛員都沒有跳傘，肯定是想避開，找個沒人的地方。要不是他們捨命，咱全村難說能活下來幾個。」宋樹清說。

　　「可憐那兩個摔壞的人，村上人都叫不上名字。政府也不會告訴俺們他們是誰。俺們只知道，他們是基地上搞機密任務的。摔成那樣，模樣也看不到，這一想起來心裏頭真的是……」宋樹清說，眼淚汪汪的。

　　我發現農民商人宋樹清小心翼翼地避開了「死」這個字眼。

　　「你能不能悄悄告訴俺，他們是誰？逢年過清明的，俺好給人家燒炷香。你告訴俺，俺指定不告訴別人。」宋樹清懇切地望着我說。

　　太陽就在這一刻突然跳出了地平線，那麼紅，那麼亮，燦爛的光芒如同神力，照亮了關中平原大地，給這個飽含淚水與傷心的現場鑲上了金紅的邊。

　　「你可以告訴任何人——」我說，「犧牲的兩位是我們中國空軍試飛員。他們是一批在和平時期離死亡最近的人。」

　　我再一次想起了泰戈爾的那句話：

　　「天空中沒有翅膀的痕跡，但我已經飛過！」

　　　　　　　　　　　　　　　2015 年 4 月第一稿

　　　　　　　　　　　　　　　2016 年 7 月第八稿於北京

試 飛 英 雄

責任編輯：劉　華
封面設計：陳嬋君
印　　務：林佳年

著者　　張子影

出版　　開明書店
　　　　香港北角英皇道 499 號北角工業大廈一樓 B
　　　　電話：(852) 2137 2338　傳真：(852) 2713 8202
　　　　電子郵件：info@chunghwabook.com.hk
　　　　網址：http://www.chunghwabook.com.hk

發行　　香港聯合書刊物流有限公司
　　　　香港新界大埔汀麗路 36 號
　　　　中華商務印刷大廈 3 字樓
　　　　電話：(852) 2150 2100　傳真：(852) 2407 3062
　　　　電子郵件：info@suplogistics.com.hk

印刷　　美雅印刷製本有限公司
　　　　香港觀塘榮業街 6 號海濱工業大廈 4 樓 A 室

版次　　2020 年 4 月初版
　　　　© 2020 開明書店

規格　　16 開（235mm×160mm）

ISBN　　978-962-459-188-0

本書繁體字版由安徽文藝出版社授權出版